그리고 산이 울렸다

그리고 산이 울렸다
AND THE MOUNTAINS ECHOED

할레드 호세이니 지음
왕은철 옮김

현대문학

내 눈의 누르(빛)인 하리스와 파라,
그리고
자랑스러워했을 아버지께 이 책을 바칩니다.

일레인에게

잘잘못에 대한 생각을
넘어선 저 멀리에
들판이 있다.
나, 그대를 그곳에서 만나리.

—13세기 시인 잘랄 아드딘 루미

1

1952년 가을

그래, 얘기를 해달라니 해주마. 그러나 딱 하나만이다. 너희 둘 다, 더 해달라고 하면 안 돼. 날이 저물었잖니, 파리와 나는 먼 길을 가야 한다. 파리, 너는 오늘 밤 잘 자둬야 해. 압둘라, 너도 마찬가지다. 내가 없는 동안, 네가 집을 잘 지키고 있을 거라 믿는다. 네 어머니도 그렇게 믿고 있다. 자, 얘기는 딱 하나만이다. 둘 다, 잘 들어라. 그리고 내가 얘기할 때 끼어들지 마라.

디브(악마)와 진(신령)과 거인들이 땅에 돌아다니던 아득히 먼 옛날에 아유브라는 이름의 농부가 살고 있었단다. 그는 마이단 사브즈라는 작은 마을에서 가족과 함께 살았다. 그런데 아유브에게는 먹여 살려야 할 가족이 많아서 날마다 힘들게 일을 해야 했다. 그는 매일

뼈 빠지게 일을 했지. 해가 뜰 때부터 질 때까지 밭을 갈고 땅을 파고 빈약한 피스타치오 나무들을 가꿨지. 허리까지 등을 구부린 그의 모습을 늘 밭에서 볼 수 있었어. 하루 종일 휘두르는 낫만큼이나 휙 구부러진 그의 등을 늘 밭에서 볼 수 있었다는 말이다. 손에는 굳은살이 박이고 종종 피가 났단다. 그는 매일 밤, 베개에 머리를 대자마자 곯아떨어졌지.

그런데 그만 그런 게 아니었어. 마이단 사브즈 마을 사람은 누구나 힘들게 살았단다. 그런데 북쪽 계곡에는 그 마을보다 운이 좋은 다른 마을들이 있었지. 거기에는 과일나무와 꽃과 상쾌한 공기, 서늘하고 깨끗한 물이 흐르는 개울이 있었어. 그러나 마이단 사브즈 마을은 황폐한 곳이었단다. '초록 들판'이라는 의미의 마을 이름을 들으면 으레 연상되는 모습이 있지만, 이 마을은 이름과는 딴판이었어. 그곳은 험난한 산들에 둘러싸인 편평하고 건조한 들판에 있었단다. 더운 바람이 불 때면 눈에 먼지가 들어가는 곳이었어. 그런데 사람들은 날마다, 물 때문에 몸부림을 쳐야 했지. 샘이 종종 바닥을 드러냈거든. 수심이 깊은 샘들까지 말이야. 물론 강이 하나 있긴 했어. 그러나 강까지 가려면 한나절이 걸리는 데다, 강물이 1년 내내 흙탕물이었단다. 게다가 지난 10년 동안 가뭄이 들어 강물도 얕아져버린 상태였지. 마이단 사브즈 마을 사람들은 살기 위해서 배로 힘들게 일을 해야 했단다.

그래도 아유브는 스스로를 운이 좋은 사람이라고 생각했어. 그 무엇보다도 소중한 가족이 있었기 때문이야. 그는 아내를 사랑했단다.

아내에게 손을 대는 건 고사하고 목소리조차 높인 적이 없었지. 그는 아내의 충고를 소중하게 여겼어. 그녀와 같이 사는 게 정말이지 행복했단다. 그는 자식 복도 많아서 한 손에 있는 손가락 개수만큼의 자식을 얻었단다. 아들 셋에 딸 둘을 낳은 거지. 그는 그들 모두를 끔찍이 사랑했어. 두 딸은 고분고분하고 상냥하며, 성격도 좋고 행실도 발랐단다. 그는 일찌감치 아들들에게 정직과 용기와 우정, 그리고 불평하지 않고 열심히 일하는 것의 소중함을 가르쳤단다. 그들은 착한 아들답게 아버지의 말에 순종하며 농사일을 거들었지.

아유브는 자식 모두를 사랑했지만, 속으로는 막둥이인 카이스를 특히 좋아했단다. 막내는 이제 세 살이었어. 검푸른 눈의 카이스는 웃음으로 사람들의 마음을 녹였지. 그 아이는 다른 사람의 진을 쏙 빼놓을 정도로 활기가 넘쳤어. 걸음마를 배울 때는 어찌나 좋아했던지 낮에 하루 종일 걸어 다닌 건 물론이고, 밤에 잠을 자면서까지 그랬단다. 자면서도 오두막에서 나가 달빛이 휘황한 어둠 속을 걸어 다녔던 거지. 아이의 부모는 걱정이 이만저만이 아니었어. 우물에 빠지거나 길을 잃거나, 밤에 평원에서 어슬렁거리는 동물한테 공격을 당하면 어쩌나 싶었던 거지. 그들은 아이를 치료하려고 갖가지 방법을 동원했지만 아무 소용이 없었단다. 결국 아유브가 찾아낸 해결책은 최고의 해결책들이 보통 그렇듯이 간단한 것이었어. 양의 목에 달린 작은 방울을 떼어내 카이스의 목에 걸어준 거지. 그래서 카이스가 한밤중에 일어나면 방울 소리가 나고, 그 소리에 누군가가 잠을 깨게 되었단다. 몽유병은 얼마 후 멈췄어. 그런데 문제는, 카이스가 그 방울에 너무 집착해 떼어내지 못하게 했다는 거야. 그래서 처음의 목적이 달성된 후에도, 방울은 아이의 목에 계속 붙어 있었단다. 아유브가 하루 일을 끝내고 집으로 돌아오면, 카이스는 아버지를 향해 달려갔어. 걸음을 아장아장 뗄 때마다 방울 소리가 났지. 그러면 아유브는 아이를 안고 집으로 데리고 들어갔지. 카이스는 아버지가 씻는 모습을 주의 깊게 보고, 밥을 먹을 때면 아버지 옆에 앉았어. 식사가 끝나면 아유브는 차를 마시면서 가족들을 바라보며 자식들 모두가 결혼해서 자기 자식들을 낳게 될 날을 상상했단다. 그때가 되면 자기가 더 많은 가족을 거느린 자랑스러운 가장이 될 테니까 말이다.

그런데 참, 세상일이란 게 얘들아, 아유브의 행복한 나날은 곧 막을 내리고야 말았다.

어느 날, 악마가 마이단 사브즈 마을에 왔다. 산 쪽에서 마을로 접근해온 거야. 그가 발을 내디딜 때마다 땅이 쿵쿵 울렸지. 마을 사람들은 삽과 호미와 도끼를 얼른 내려놓고 흩어졌단다. 그들은 집에 들어가 문을 걸어 잠그고 서로를 껴안았어. 귀청이 터질 듯한 악마의 발소리가 멈췄을 때, 마이단 사브즈 마을 위의 하늘은 악마의 그림자로 새까맸단다. 악마의 머리에는 구부러진 뿔이 나 있었고, 굵고 검은 머리칼이 어깨와 무시무시한 꼬리를 덮고 있었다고 한다. 눈에서 붉은 빛이 쏟아져 나왔다고도 하고. 물론 정말로 그런지는 아무도 알지 못했지. 적어도 목숨이 붙어 있는 이들은 말이다. 악마는 누가 감히 자기를 쳐다보면, 그 자리에서 잡아먹어버렸거든. 그걸 알고 마을 사람들은 눈을 땅에 고정하고 있었지.

마을 사람들은 누구나 악마가 왜 왔는지를 알았단다. 악마가 다른 마을들에 찾아갔던 이야기를 많이 들어왔거든. 그들은 마이단 사브즈 마을이 어떻게 그처럼 오랫동안 악마의 관심을 피할 수 있었는지 의아스러워했다. 한편으로는 마을의 가난하고 궁핍한 삶이 유리하게 작용한 것이 아닐까 생각했지. 아이들이 잘 먹지 못해 뼈밖에 없었으니까 말이다.

마이단 사브즈 사람들은 숨을 죽이고 벌벌 떨고 있었단다. 하나같이 악마가 그들의 집에 오지 않게 해달라고 기도했단다. 악마가 지붕을 두드리면 아이 하나를 내줘야 했기 때문이지. 악마는 아이를 받으면 자루에 넣어 어깨에 들쳐 메고 돌아갔어. 아무도 그 불쌍한 아이들을 다시는 보지 못했단다. 그리고 만약 아이를 내주지 않으려 하면, 악마는 그 집 아이들을 다 잡아갔어.

악마가 아이들을 어디로 데려갔을 것 같니? 가파른 산꼭대기의 요새로 데려갔단다. 악마의 요새는 마이단 사브즈 마을에서 아주 먼 곳에 있었지. 거기에 가려면 여러 개의 계곡과 사막들을 건너고 산맥 두 개를 넘어야 했어. 가야 죽을 뿐인데 제정신인 사람이라면 누가 그곳에 가려고 했겠니? 사람들 말로는, 벽에 큰 칼들이 걸려 있는 지하 감옥이 요새에 즐비하다고 했다. 천장에는 고기를 매다는 갈고리들이 있고 말이다. 엄청난 꼬챙이와 불구덩이도 있다고 했어. 악마는 어른 고기를 싫어하는데도 침입자를 잡으면 그 자리에서 먹어치운다는 이야기도 있었지.

너희들도 악마가 누구 집의 지붕을 두드렸는지 이제는 짐작하겠지. 지붕을 두드리는 소리를 듣고 아유브의 입에서는 고통스러운 신음이 새어 나오고, 그의 아내는 기절하고 말았다. 아이들은 무섭고 슬퍼서 울었어. 자기들 중 하나가 없어질 거라는 게 확실했거든. 가족은 이튿날 새벽까지 한 아이를 내줘야 했단다.

아유브와 그의 아내가 그날 밤 경험했던 고통에 대해서 내가 너희들에게 무슨 말을 할 수 있겠니? 어떤 부모도 그런 선택을 해서는 안 될 일이지. 부부는 아이들이 듣지 않는 곳에서 어떻게 해야 할지를 의논했어. 그들은 얘기하고 울고 얘기하고 울었다. 밤새도록 이리저리 서성였지만 새벽이 가까워올 때까지 결정을 내리지 못했지. 어쩌면 그거야말로 악마가 원했던 것인지도 모르겠구나. 그들이 결정을 못 내리면 한 아이 대신에 다섯 아이를 다 잡아갈 수 있었을 테니까 말이야. 결국 아유브는 집 밖으로 나가 똑같은 크기와 모양의 돌 다섯 개를 주워 왔다. 그리고 하나하나에 아이들의 이름을 새겼지. 그러고는 돌을 삼베 자루에 넣었는데, 그가 자루를 내밀자 그의 아내는 거기에 독사가 들어 있기라도 한 것처럼 몸을 움츠렸어.

그녀는 고개를 저으며 남편에게 말했다.

"못하겠어요. 저는 도저히 못하겠어요. 견딜 수가 없을 것 같아요."

"나도 마찬가지야."

아유브는 이렇게 대꾸하면서 창문을 바라보았지. 해가 동쪽 언덕 위로 떠오르는 건 이제 시간문제였다. 지체할 시간이 없었어. 그는 다섯 아이들을 비참한 심정으로 바라보았다. 손을 살리려면 손가락

하나를 잘라내야 했지. 그는 눈을 질끈 감고 자루에서 돌 하나를 꺼냈단다.

너희들도 아유브가 어떤 돌을 꺼냈는지 알겠지. 아유브는 이름을 확인하고 하늘을 쳐다보며 울부짖었다. 그는 절망스러운 마음으로 막내를 들어 올려 품에 안았어. 아버지를 절대적으로 신뢰했던 카이스는 좋아서 아버지의 목을 껴안았지. 아유브가 아이를 집 밖에 내놓고 문을 닫을 때까지, 카이스는 무엇이 잘못되었는지를 알아채지 못했어. 아유브는 문에 등을 대고 눈을 꼭 감았다. 두 눈에서는 눈물이 흘러내렸지. 그가 사랑하는 카이스가 작은 주먹으로 문을 두드리며 아버지한테 들여보내달라고 울고 있었어. 아유브는 거기에 서서 중얼거렸지.

"나를 용서하렴. 나를 용서하렴."

악마의 발자국 소리가 들리면서 땅이 흔들렸어. 그의 아들이 비명을 질렀지. 악마가 마이단 사브즈 마을을 떠나면서 땅이 계속 흔들렸다. 악마가 마침내 가버릴 때까지 그랬단다. 그리고 정적이 찾아왔지. 그러나 아유브는 여전히 울면서 카이스에게 용서를 빌고 있었어.

압둘라, 네 동생은 잠이 들었구나. 발에 담요를 덮어주렴. 그래, 잘했다. 얘기는 이쯤에서 그만두는 게 좋을지 모르겠구나. 아니라고? 더 해달라고? 정말이니? 좋다.

내가 어디까지 얘기했지? 그래, 맞다. 그 후로 40일에 걸친 애도기가 있었다. 이웃들은 날마다 가족을 위해 요리를 해주고 밤을 같이 새웠지. 사람들은 차, 사탕, 빵, 아몬드 등 그들이 줄 수 있는 것들을 가져왔어. 물론 위로의 말과 함께 말이지. 아유브는 고맙다는 말 한 마디도 제대로 할 수 없는 상황이었다. 그는 구석에 앉아 울기만 했어. 그의 두 눈에서는 끝없이 눈물이 흘러내렸다. 그 눈물로 마을의 가뭄을 끝내버리기라도 할 것처럼 말이야. 세상에서 가장 못된 사람이라 하더라도, 그가 겪는 고통과 괴로움을 감당해내지 못했을 거다.

몇 년이 지났다. 가뭄은 계속되었고 마이단 사브즈 마을은 더 심한 가난에 허덕였어. 갓난아이 여럿이 갈증에 시달리다 아기 침대에서 죽었지. 우물은 바닥을 더 드러냈어. 강물도 말라붙었다. 그러나 아유브의 마음속에 있는 괴로움의 강물은 매일매일 불어만 갔단다. 그는 더 이상 가족한테 쓸모가 없었다. 일하지도 않았고 기도하지도 않았고 거의 먹지조차 않았어. 아내와 아이들이 만류했지만 소용이 없었지. 아들들이 그의 일을 떠맡아야 했고, 아유브는 날마다 밭 가장자리에 앉아 산을 처량하게 바라보기만 했다. 그는 마을 사람들이 등 뒤에서 자기에 대해 수군거린다고 여기고 그들과 더 이상 얘기를 하지도 않았어. 아들을 너무나 쉽게 내준 겁쟁이고, 아버지 자격이 없으며, 진짜 아버지라면 악마와 싸우고 가족을 지키다가 죽었을 거라고 손가락질한다고 생각했던 거지.

어느 날 밤, 그는 이런 이야기를 아내에게 꺼냈어. 그러자 그의 아내가 말했지.

"사람들은 그런 말 안 해요. 아무도 당신을 겁쟁이라고 생각하지 않아요."

"내 귀에는 들려."

"여보, 그건 당신 착각이에요."

그러나 그녀는 마을 사람들이 그의 등 뒤에서 실제로 수군거린다는 얘기는 하지 않았어. 그들은 그가 정말로 미쳤을지 모른다고 수군거리고 있었거든.

그러던 어느 날, 그는 자신이 미쳤다는 증거를 보이고야 말았다. 그는 새벽에 일어나 아내와 아이들을 깨우지 않고 빵 몇 조각을 삼베 자루에 넣고는 신발을 신고 허리에 큰 낫을 차고 집을 나섰어.

그는 며칠이고 걸었어. 무수한 날을 걸었지. 해가 떨어질 때까지 걷다가 바람 많은 밤에는 동굴에서 잤어. 그렇지 않으면 강가나 나무 밑이나 바위 사이에서 잠을 청했지. 빵이 떨어지고 난 후에는 닥치는 대로 먹었어. 야생딸기와 버섯도 먹고, 개울에서 맨손으로 잡은 물고기도 먹었지. 아무것도 먹지 못하는 날도 있었다. 그래도 그는 걸었어. 누군가가 그에게 행선지를 물으면 솔직하게 말해줬지. 일부는 그 말을 듣고 웃었고, 일부는 그가 미쳤다고 생각해서 서둘러 지나갔고, 일부는 자기들 역시 아이를 악마한테 잃었기 때문에 그를 위해 기도해줬어. 아유브는 고개를 숙이고 걸어갔어. 신발이 찢어지자, 끈으로 동여맸어. 끈도 닳자, 맨발로 걸어갔지. 그렇게 그는 사막과 계곡과 산을 건넜어.

마침내 그는 꼭대기에 악마의 요새가 있는 산에 도착했단다. 그리고 너무 절박해서 쉬지도 않고 바로 산을 올라가기 시작했지. 옷은 찢어지고 발에서는 피가 나고 머리카락에는 먼지가 엉겼지만 그의 결심은 흔들리지 않았다. 울퉁불퉁한 바위에 발바닥이 찢어지고, 매

둥지 옆을 지나칠 때는 매 떼가 그의 볼을 쪼았어. 요란한 돌풍이 불어 그를 날려버릴 뻔하기도 했지. 그래도 그는 아랑곳하지 않고 바위를 하나하나 올랐어. 결국 그는 요새의 거대한 문에 도착했다.

아유브가 문에 돌을 던지자 악마의 목소리가 울렸어.

"감히 어떤 놈이냐?"

아유브가 자기 이름을 댔어.

"나는 마이단 사브즈 마을에서 왔다."

"죽고 싶으냐? 내 집에 있는 나를 건드리다니 죽고 싶은 게 분명하구나! 용건이 뭐냐?"

"너를 죽이러 왔다."

문 안쪽에서 잠시 침묵이 흘렀어. 그리고 삐걱대는 소리를 내며 문이 열리더니 악마가 나왔단다. 무시무시한 형상으로 아유브 앞에 모습을 드러낸 거지.

그가 천둥 같은 목소리로 말했어.

"네가 나를?"

아유브가 대답했어.

"그렇다, 우리 둘 중 하나는 오늘 죽는다."

한순간 악마가 아유브를 땅에서 낚아채 단도처럼 날카로운 이로 으스러뜨리는가 싶었지. 그러나 뭔가가 악마를 망설이게 했지. 그는 눈을 가늘게 뜨고 상대를 노려봤어. 어쩌면 그 늙수그레한 남자의 말에 밴 광기 때문이었을지 몰라. 아니면 남자의 행색 때문이었는지도 모르지. 옷은 너덜너덜하고 얼굴은 피투성이가 되고 온몸은 머리에서 발끝까지 먼지로 덮이고 살갗은 찢어져 있었으니까 말이다. 어쩌면 남자의 눈에 눈곱만큼도 두려움이 없어서 그랬는지도 몰라.

"어디에서 왔다고?"

"마이단 사브즈에서 왔다."

"마이단 사브즈라는 곳은 네 행색으로 보아 아주 먼 데 있을 게 틀림없겠군."

"나는 시시껄렁한 얘기를 하려고 여기 온 게 아니다. 내가 여기에 온 건……"

악마가 날카로운 손톱이 달린 손을 들었어.

"아하, 나를 죽이러 왔다 이거지. 그래, 알겠다. 그러나 내가 죽기 전에 마지막으로 몇 마디 해도 되겠지?"

아유브가 말했어.

"좋다. 짧게 해라."

악마가 씩 웃었어.

"고맙군그래. 그런데 내가 너한테 죽어야 할 정도로 무슨 잘못을 했는지 물어도 되겠느냐?"

아유브가 대꾸했어.

"너는 나한테서 막내아들을 데려갔다. 그 아이는 세상에서 내게 가장 소중한 아이였다."

악마가 으르렁거리며 턱을 두드렸어.

"나는 많은 아버지들한테서 많은 아이들을 데려왔다."

아유브는 화가 나서 낫을 빼어 들었다.

"그렇다면 내가 그들을 위해서도 복수를 해야 되겠다."

"용기 한번 가상하구나."

"너는 용기에 대해서는 아무것도 모른다. 용기는 뭔가 잃을 게 있어야 내는 거다. 그러나 나는 아무것도 잃을 게 없는 상태로 여기에 왔다."

악마가 대꾸했지.

"너는 목숨을 잃을 수 있다."

"그건 네가 이미 나한테서 빼앗아 간 거다."

악마가 다시 으르렁거리며 아유브를 찬찬히 바라보았어. 그리고 잠시 후 말했지.

"그렇다면 좋다. 너한테 결투를 허락하마. 그러기 전에 나를 따라와라."

"서둘러라. 나는 참을 수가 없다."

그러나 악마는 벌써 거대한 통로를 향해 걸어가고 있었어. 아유브는 그를 따라가는 수밖에 없었다. 그는 악마를 따라 여러 개의 구불구불한 통로를 걸어갔어. 통로에는 어마어마하게 큰 기둥이 있었고, 천장은 구름에 거의 닿아 있었지. 그들은 무수한 계단과 마이단 사브즈 마을 사람 전체가 들어갈 정도로 큰 방들을 지나쳤어. 마침내 악마는 아유브를 거대한 방으로 데리고 들어갔단다. 방에는 커튼이 쳐져 있었지.

악마가 손짓하며 말했어.

"가까이 와라."

아유브는 악마 옆에 섰지.

악마가 커튼을 젖히자, 유리로 된 창문이 있었어. 아유브는 창문을 통해 거대한 정원을 내려다보았어. 삼나무가 둘레에 심어져 있는 정원이었어. 땅에는 형형색색의 꽃들이 피어 있었지. 파란색 타일과 대리석 발코니, 푸른 잔디가 깔린 수영장들도 있었어. 아름답게 장식된 울타리와 석류나무 그늘 밑에서 물이 뿜어져 나오는 분수도 있었어. 아유브가 세상을 다시 살고 또 살았더라도 그렇게 아름다운 곳을 상상할 수는 없었을 거다.

그러나 아유브를 무릎 꿇게 만든 건 정원에서 행복하게 뛰노는 아이들의 모습이었단다. 아이들은 산책길과 나무들 사이로 서로를 쫓아다니고 있었어. 울타리 뒤에서 숨바꼭질을 한 거지. 아유브는 아이들을 유심히 살피다가 마침내 그 속에서 자기가 찾던 이를 발견했어. 자신의 아들이 거기에 있었던 거야! 그의 아들 카이스가 아주 건강하게 살아 있었던 거야. 키도 좀 컸고, 아유브가 기억하는 것보다 머리도 길어 있었어. 멋진 바지에 아름다운 흰 셔츠를 입고 있었어. 카이스는 행복한 웃음을 띠고 다른 두 아이의 뒤를 쫓고 있었다.

아유브가 낮은 소리로 중얼거렸어.

"카이스."

그의 입김으로 유리가 뿌예졌어. 그가 이번에는 아들의 이름을 소리쳐 불렀어.

악마가 말했다.

"아이한테는 네 목소리가 들리지 않아. 네가 보이지도 않고."

아유브는 펄쩍펄쩍 뛰면서 손을 흔들고 유리를 주먹으로 쳤어. 악마가 다시 커튼을 여몄어.

아유브가 말했어.

"영문을 알 수 없군. 내 생각에……"

악마는 대꾸했지.

"이게 보답이다."

"설명해봐라."

아유브가 소리쳤어.

"나는 너를 시험한 거다."

"시험이라고?"

"네 사랑을 시험해본 거야. 어려운 일이었지. 너는 심각한 대가를 치러야 했지만, 통과했다. 이것이 너에 대한 보답이다. 그리고 그 아이의 것이기도 하고."

아유브가 울부짖었지.

"내가 택하지 않았다면 어쩔 뻔했지? 내가 너의 시험을 거부했더라면 어쩔 뻔했나?"

악마가 말했어.

"그렇다면 네 자식들은 모두 죽었겠지. 약한 사람을 아버지로 뒀으니 어쨌든 저주를 받았을 거다. 겁쟁이라면 마음에 짐을 지기보다는 그들 모두를 죽게 했겠지. 너는 너한테 용기가 없다고 말하지만, 너한테는 용기가 있다. 네가 어깨에 진 짐은 용기를 필요로 했어. 그 점에서 나는 너를 높게 평가한다."

아유브가 힘없이 낫을 빼 들었어. 그러나 낫은 그의 손에서 미끄러져 대리석 바닥에 큰 소리를 내며 떨어졌지. 그는 무릎이 풀렸어. 그래서 주저앉아야 했다.

악마의 말이 계속됐어.

"네 아들은 널 기억하지 못한다. 이제, 이것이 네 아들의 삶이다. 너는 그 아이가 행복해하는 걸 네 눈으로 보았다. 아이는 여기에서 가장 좋은 음식과 옷, 우정과 애정을 만끽하고 있다. 또 예술과 언어와 과학, 그리고 지혜와 자선의 길에 대한 가르침을 받고 있지. 언젠가 성인이 되면, 아이는 이곳을 떠날 수 있다. 자기가 하고 싶은 일을 마음대로 하게 될 것이고. 내 생각에 네 아들은 친절로 많은 사람의 마음을 감동시키고 슬픔에 잠긴 사람들에게 행복을 가져다줄 거다."

아유브가 말했어.

"나는 그 아이를 보고 싶다. 카이스를 집으로 데려가겠다."

"정말이냐?"

아유브가 악마를 올려다보았어.

악마는 커튼 가까이에 있는 책상으로 가더니 서랍에서 모래시계를 꺼냈어. 압둘라, 모래시계가 뭔지 아니? 알고 있구나. 좋아. 그래, 악마는 모래시계를 꺼내 뒤집더니 아유브의 발치에 놓아주며 이렇게 말했단다.

"아이를 집에 데려가게 해주마. 네가 그렇게 원한다면, 아이는 여기로 결코 돌아올 수 없게 될 거다. 모래가 다 내려오면, 네가 어떤 결정을 했는지 묻겠다."

그 말과 함께 악마는 아유브가 또 다른 고통스러운 결정을 내리게 놔두고 방에서 나갔다.

아유브의 머릿속에 떠오른 생각은 카이스를 집으로 데려가야 한다는 것이었어. 그게 그가 가장 원하는 일이었다. 그는 그런 상상을 수없이 했었던 거지. 다시 카이스를 안고 아이의 볼에 입맞춤을 하고 부드러운 작은 손을 느껴보는 상상 말이야. 그러나…… 마이단 사브즈의 집으로 데려가면 어떤 삶이 카이스를 기다릴까? 잘해봐야 농부의 고단한 삶이겠지. 그것마저도 마을의 많은 아이들처럼 카이스가 가뭄으로 인해 죽지 않는다는 전제가 있어야 될 거다. 아유브는 속으로 자문했다. 자신이 이기적인 이유로 아이의 삶에서 즐거움과 기회를 박탈하게 되면 나중에 스스로를 용서할 수 있을까? 반면, 그가 카이스를 두고 가면, 아이가 살아 있고 어디에 있는지를 알면서도 보지 못하는 것을 견뎌낼 수 있을까? 어떻게 그걸 견딜 수 있을까? 이런 생각을 하며 아유브는 울었어. 그는 너무 절망스러운 나머지 모래시계를 들어 벽에 던졌지. 그러자 모래시계는 박살이 나면서 고운 모래가 바닥에 엎질러졌어.

악마가 방에 다시 들어와 아유브가 어깨를 웅크리고 깨진 모래시계를 굽어다 보고 있는 걸 보았단다.

아유브가 말했어.

"너는 잔인한 짐승이야."

악마가 대답했어.

"네가 나처럼 오래 살았다면, 잔인함과 자비심은 똑같은 색상의 음영일 뿐이라는 걸 알게 될 거다. 그래, 결정했느냐?"

아유브는 눈물을 닦고 낫을 들어 허리에 묶었어. 그리고 고개를 늘어뜨리고 문을 향해 천천히 걸어갔다.

아유브가 자신을 지나칠 때, 악마가 말했어.

"너는 좋은 아버지다."

아유브가 지친 목소리로 대꾸했어.

"나한테 이런 짓을 한 네놈이 지옥 불에 튀겨졌으면 좋겠구나!"

그가 방에서 나가 통로 쪽으로 내려갈 때, 악마가 그를 불러 검은 액체가 담긴 작은 유리병을 건네주며 말했다.

"이걸 가져가거라. 집에 갈 때 이걸 마셔라. 잘 가라."

아유브는 병을 받고 아무 말 없이 떠났단다.

여러 날이 지났어. 그의 아내는 밭 가장자리에 앉아 있었어. 그녀는 아유브가 카이스를 그리워하며 거기에 앉아 있었던 것처럼 그를 기다리고 있었던 거야. 날이 갈수록 그가 돌아올 것이라는 희망이 약해졌어. 마을 사람들은 벌써 아유브에 대해 과거 시제로 말하고 있었지. 어느 날, 그녀가 다시 흙 위에 앉아 있었어. 그녀의 입술은 기도를 달싹거리고 있었지. 그런데 산 쪽에서 마이단 사브즈 마을을 향해 다가오는 홀쭉한 사람의 형상이 보였다. 처음에 그녀는 그를 길 잃은 수도승이라고 생각했어. 올이 드러나 보이는 누더기에 푹 꺼진 눈과 관자놀이를 가진 바싹 마른 사람이었으니까 그럴 만도 했지. 그녀는 그가 더 가까이 와서야 그 사람이 남편이라는 걸 알아봤어. 그녀는 뛸 듯이 기뻐 안도의 비명을 질렀단다.

아유브가 몸을 씻고 물을 마시고 식사를 하고 나자, 사람들이 몰려들어 그에게 질문을 퍼부었어.

"아유브, 어디 갔었던 거요?"

"뭘 본 거요?"

"무슨 일이 있었던 거요?"

아유브는 그런 질문에 대답하지 않았어. 자신에게 무슨 일이 있었는지 기억할 수 없었기 때문이야. 그는 여행에 대해서도 아무것도 기억하지 못했다. 악마의 산을 오른 것도, 악마와 얘기한 것도, 거대한 요새도, 커튼이 있는 큰 방에 대해서도 기억하지 못했지. 마치 꿈을 꾸다가 그 내용을 몽땅 잊어버리고 잠에서 깬 것 같았어. 그는 비밀스러운 정원도, 아이들도 기억하지 못했어. 무엇보다도, 그는 자신의 아들인 카이스가 친구들과 함께 나무들 사이에서 놀고 있는 걸 본 것도 기억하지 못했다. 아유브는 누군가가 카이스의 이름을 입에 올리자, 당황해하며 눈을 깜빡였어.

"누구라고요?"

그는 자신에게 카이스라는 이름의 아들이 있었다는 것도 기억하지 못했어.

압둘라, 이것이 어째서 자비였는지 이해하겠니? 이런 기억들을 지워버린 그 약이 말이다, 악마의 두 번째 시험을 통과한 데 대해 아유브에게 내려진 보상이었던 거다.

그해 봄, 마침내 마이단 사브즈 마을 위의 하늘이 열렸어. 하늘에서 내려온 것은 과거에 내렸던 부드러운 보슬비가 아니라 엄청난 장대비였다. 굵은 빗줄기가 하늘에서 쏟아져 마을을 촉촉이 적셨어. 하루 종일, 마이단 사브즈 마을의 지붕 위에는 물이 흐르며 다른 모든 소리를 압도해버렸지. 굵은 빗물이 나뭇잎 끝에서 굴러떨어졌어. 우물에도 물이 차고 강물에도 물이 차올랐어. 동쪽의 언덕들도 푸르게 변했어. 들꽃들도 피어나고, 몇 년 만에 처음으로 아이들도 풀밭 위에서 뛰놀고 암소들도 풀을 뜯었어. 모든 사람이 즐거워했다.

비가 그치자, 마을에는 할 일이 생겼어. 흙벽들이 비에 녹아내렸던 거야. 지붕이 늘어진 집들도 있었고, 밭 전체가 늪으로 변해 있기도 했다. 그러나 10년에 걸쳐 비참한 생활을 해온 마이단 사브즈 마을 사람들에게 그것은 불평할 상황이 아니었지. 벽은 다시 세우고 지붕은 수리하고 수로에서는 물을 뺐어. 그해 가을, 아유브는 자신의 일생에서 가장 많은 피스타치오를 수확했다. 다음 해에도 그랬고 그다음 해도 마찬가지였지. 수확은 양과 질 모두, 더 많아지고 더 좋아졌어. 아유브는 그걸 대도시에 가지고 가서 팔았어. 아유브는 피스타치오를 수북이 쌓아놓고 자신만만하게 앉아 있었다. 그의 얼굴은 세상에서 가장 행복한 사람처럼 환하게 빛났지. 그 후로 마이단 사브즈 마을에는 가뭄이 들지 않았어.

압둘라, 더 이상 얘기해줄 게 없구나. 그러나 이런 질문을 할 수는 있겠지. 잘생긴 젊은이가 말을 타고 모험을 하러 가는 길에 마을을 지나쳤는지 물을 수 있겠지. 그리고 그가 가던 길을 멈추고 이제 마을에 풍족하게 있는 물을 마시거나, 마을 사람들하고 빵을 같이 먹거나, 아유브하고 얘기를 나눴는지 물을 수도 있겠지. 얘야, 그런 건 나도 모른다. 내가 얘기**할 수 있는** 건 아유브가 나이를 아주 많이 먹었다는 거다. 그는 늘 원했던 것처럼 자식들이 결혼하는 걸 보았단다. 그리고 자식들도 아이들을 많이 낳아 아버지를 기쁘게 했지. 손자들 하나하나가 아유브를 아주 행복하게 만들었단다.

그런데 어떤 날에는 아유브가 특별한 이유도 없이 잠을 이룰 수 없었단다. 그는 이제 아주 나이가 많이 들었지만, 지팡이를 짚으면 아직도 다리를 쓸 수 있었지. 그래서 잠이 오지 않는 밤이면 아내를 깨우지 않고 침대에서 빠져나와 지팡이를 들고 집을 나섰다. 그는 지팡이로 땅을 두드리며 어둠 속을 거닐었단다. 밤바람을 맞으면서 말이다. 그의 밭 가장자리에는 편평한 바위가 하나 있었는데, 그는 거기에 앉아 있곤 했지. 종종 한 시간 정도 거기에 앉아서 별을 바라보고 달을 지나쳐 흘러가는 구름들을 바라보았어. 그는 자신의 긴 삶을 돌아보고 자신에게 주어진 혜택과 기쁨에 감사했단다. 그 이상을 바라는 것은 옹졸한 생각이라는 걸 그는 알고 있었지. 아유브는 행복한 한숨을 쉬며 산에서 내려오는 바람 소리와 밤에 지저귀는 새소리에 귀를 기울였다.

그러나 이따금 한 번씩, 그런 소리들 사이에 섞여 다른 소리가 들리는 것 같았단다. 늘 똑같은 소리였어. 높은 방울 소리였던 거지. 그는 자신이 왜 그런 소리를 어둠 속에서 혼자 들어야 하는지 이해할 수 없었단다. 양들과 염소들까지 다 자고 있는 밤중에 말이지. 때때로 그는 그런 것을 들은 적이 없다고 생각하기도 했지만, 때때로 그 소리를 들었다고 확신하고 어둠 속을 향해 소리를 쳤단다.

"거기 누구 있어요? 누구요? 나와봐요."

이렇게 말이다. 그러나 아무 대답도 들리지 않았지. 아유브는 이해할 수 없었다. 또한 그는 방울 소리가 나면 뭔가가, 슬픈 꿈의 끝자락 같은 뭔가가, 늘 그를 훑고 지나가며 예기치 않은 돌풍처럼 매번 그를 놀래는 이유도 이해할 수 없었단다. 그러나 모든 것들이 그러하듯, 그것도 지나갔단다. 지나간 거지.

얘야, 이야기는 그렇게 끝난다. 여기가 끝이다. 더 이상 해줄 건 없다. 이제 정말로 시간이 늦었구나. 나도 피곤하다. 네 동생과 나는 새벽에 일어나야 한다. 그러니 촛불을 꺼라. 너도 누워서 자라. 잘 자라, 아들아. 작별 인사는 아침에 하자꾸나.

2
1952년 가을

아버지는 압둘라를 때린 적이 없었다. 그래서 그가 옆머리를 갑자기 손바닥으로 세게 때렸을 때, 압둘라의 눈에는 놀라움의 눈물이 솟았다. 압둘라는 바로 눈물을 떨궈냈다.

아버지가 이를 악물고 말했다.

"집에 가라."

파리가 위에서 흐느끼는 소리가 압둘라의 귀에 들렸다.

그때 아버지가 다시 한 번, 더 세게 때렸다. 이번에는 왼쪽 뺨이었다. 압둘라의 머리가 옆으로 홱 젖혀졌다. 얼굴이 얼얼했고 눈물이 더 났다. 왼쪽 귀가 울렸다. 아버지가 몸을 굽히고 몸을 기울였다. 너무 가까이 기울이는 바람에 그의 어둡고 주름진 얼굴에 사막과 산과 하늘이 가려졌다.

그는 일그러진 표정으로 말했다.

"내가 집으로 가라고 했잖아."

압둘라는 아무 소리도 내지 않았다. 그는 침을 꿀꺽 삼키고 아버지를 곁눈질하면서 손으로 햇빛을 가리고 눈을 깜빡였다.

파리가 붉은색의 작은 수레 위에서 불안에 떠는 높은 목소리로 압둘라의 이름을 불렀다.

"아볼라!"

아버지는 아들을 엄한 눈길로 쳐다보더니 수레 쪽으로 무거운 발걸음을 옮겼다. 파리가 압둘라에게로 손을 뻗었다. 압둘라는 그들이 먼저 출발하게 놔뒀다. 그리고 손등으로 눈물을 훔치고 따라갔다.

잠시 후, 아버지가 그를 향해 돌을 던졌다. 샤드바그의 아이들이 파리의 개 슈자에게 그러하듯이, 돌을 던졌다. 다른 점이 있다면 아이들의 돌팔매질은 슈자를 맞혀 다치게 하려는 것이었고, 아버지가 던진 돌은 압둘라로부터 떨어진 곳에 그냥 떨어졌다는 것이다. 압둘라는 기다렸다. 그리고 아버지와 파리가 다시 움직이자, 다시 그들을 따라갔다.

해가 막 산봉우리 위로 떠오르자, 아버지가 다시 한 번 멈췄다. 그는 압둘라를 돌아보며 무슨 생각을 하는 것 같더니 아들을 손짓으로 불렀다.

"너, 포기 안 할 셈이구나."

수레 안에서 파리가 후다닥 손을 뻗어 압둘라의 손을 잡았다. 파리는 눈물이 그렁그렁한 눈으로 오빠를 바라보고 있었다. 그리고 압둘라가 옆에 있는 한, 어떤 나쁜 일도 자기에게 일어나지 않을 것처럼, 미소를 짓고 있었다. 파리가 미소 짓자 틈새가 벌어진 치아가 드러났다. 압둘라는 파리의 손을 꼭 쥐었다. 두 사람이 그들의 침대에서 매일 밤 머리를 맞대고 다리를 얽고 잘 때 그랬던 것처럼, 꼭 쥐었다.

아버지가 덧붙였다.

"너는 네 어머니와 이크발하고 집에 있어야 해. 내가 그렇게 말했잖아."

압둘라는 속으로 생각했다. **그분은 아버지의 아내잖아요. 우리 어머니는 우리가 땅에 묻었잖아요.** 그러나 그는 그런 말들이 입 밖으로 나오게 해서는 안 된다는 걸 알았다.

아버지가 말했다.

"그렇다면 좋다. 하지만 더 이상 울고불고하면 안 된다. 알겠니?"

"네."

"경고하는 거다. 용납하지 않겠다."

파리가 압둘라를 향해 방긋 웃었다. 동생의 옅은 눈동자와 둥근 복숭앗빛 볼을 내려다보며 그도 방긋 웃었다.

그때부터 압둘라는 파리의 손을 잡고, 울퉁불퉁한 사막 길을 굴러가는 수레 옆에서 걸어갔다. 그들은 은밀한 눈길을 주고받았다. 그리고 아버지의 심기를 불편하게 해 그들의 행운을 망칠까 봐 아무 말도 하지 않았다. 오랫동안, 그들 세 사람만 있었다. 아무도, 아무것도 눈에 보이지 않았다. 보이는 것이라곤 짙은 적갈색 계곡과 거대한 사암 절벽밖에 없었다. 사막이 그들 앞에 광활하게 펼쳐졌다. 그것은 마치 그들을 위해서, 그들만을 위해서, 만들어진 것 같았다. 공기는 움직이지 않고 지독히 더웠다. 하늘은 높고 푸르렀다. 돌들이 갈라진 노면에서 반짝거렸다. 압둘라가 들은 유일한 소리는 자신의 숨소리, 그리고 아버지가 붉은 수레를 북쪽으로 끌고 갈 때 바퀴에서 규칙적으로 나는 소리였다.

잠시 후, 그들은 가던 길을 멈추고 반질반질한 바위 밑의 그늘에서 쉬었다. 아버지가 신음 소리를 내며 손잡이를 바닥에 내려놓았다. 그는 허리를 구부리고 해를 향해 얼굴을 들면서 움찔했다.

압둘라가 물었다.

"카불까지는 얼마나 더 가야 돼요?"

아버지가 그들을 내려다보았다. 그의 이름은 사부르였다. 그는 피부가 까무잡잡하고 표정이 딱딱한 사람이었다. 얼굴은 각이 지고 야위었으며, 코는 사막 매의 부리처럼 구부러지고, 눈은 움푹 들어가 있었다. 그는 갈대처럼 가늘었지만, 평생 일을 하며 산 탓에 근육이 고리버들 의자의 팔걸이를 이루는 등나무 껍질처럼 단단하고 다부졌다. 그가 소가죽으로 된 물 자루를 입으로 들어 올리며 대꾸했다.

"시간을 잘 쓰면, 내일 오후쯤 도착할 거다."

그가 물을 길게 한 모금 마셨다. 목울대가 오르락내리락했다.

압둘라가 말했다.

"어째서 나비 삼촌이 우리를 태우러 오지 않은 거죠? 삼촌한텐 차가 있잖아요."

아버지가 압둘라를 향해 눈을 부라렸다.

"그랬다면 우리가 이 먼 길을 걸어갈 필요가 없었잖아요."

그러나 아버지는 아무 말도 하지 않았다. 그는 검댕이 묻은 사발 모양의 모자를 벗고 셔츠 소매로 이마의 땀을 훔쳤다.

파리의 손가락이 수레 밖으로 나왔다. 파리가 흥분해서 소리쳤다.

"아볼라 오빠! 저기 또 있어."

압둘라는 동생의 손가락이 가리키는 곳으로 향했다. 반질반질한 바위 그늘에 깃털 하나가 놓여 있었다. 불에 타고 난 후의 석탄처럼 회색빛이 도는 기다란 깃털이었다. 압둘라가 그것을 집어 입김으로 먼지를 불어냈다. 그러고는 그것을 돌려 보았다. 송골매의 깃털일 것 같았다. 어쩌면 비둘기나 사막종다리의 깃털일지도 몰랐다. 그는 그 날 그것과 같은 깃털을 여러 개 보았던 것이다. 압둘라는 다시 입김을 불어서 털고 깃털을 파리에게 건넸다. 파리는 좋아라 하며 그것을 받아 들었다.

샤드바그의 집에는 낡은 티 박스가 있었다. 압둘라가 준 것인데, 파리는 그것을 베개 밑에 간직했다. 티 박스에는 녹이 슨 걸쇠가 달려 있었다. 뚜껑에는 터번을 두르고 기다란 붉은 옷을 입은, 수염이 더부룩하게 난 인도인이 김이 모락모락 나는 찻잔을 두 손으로 들고 있는 모습이 그려져 있었다. 박스 안에는 파리가 모은 깃털들이 들어 있었다. 그것은 파리가 가장 소중하게 생각하는 것들이었다. 진녹색과 진홍색의 수탉 깃털, 희끄무레한 갈색을 띠고 검은 반점들이 있는 참새 깃털, 끝자락에 크고 아름다운 눈이 있는 영롱한 녹색 공작 깃털. 파리는 그중에서 공작 깃털을 가장 뿌듯하게 생각했다.

공작 깃털은 압둘라가 두 달 전에 준 선물이었다. 그는 다른 마을에 사는 소년의 집에서 공작을 키운다는 얘기를 듣고, 어느 날 아버지가 샤드바그 남쪽에 있는 도시로 도랑을 파러 갔을 때, 그 마을로 갔다. 그는 그 소년에게 깃털 하나만 달라고 했다. 협상이 시작되었다. 결국 압둘라는 자기 신발과 깃털을 바꾸기로 했다. 그가 샤드바그로 돌아올 때, 공작 깃털은 셔츠 밑의 바지 허리춤에 들어가 있었다. 뒤꿈치는 찢어져 피가 났다. 가시가 발바닥에 박혔다. 걸음을 뗄 때마다 발이 엄청나게 아팠다.

압둘라가 집에 도착했을 때, 새어머니 파르와나가 집 밖에 있는 탄두르(항아리 가마 형식의 오븐) 앞에 몸을 숙이고 난(밀가루 빵)을 굽고 있었다. 그는 근처에 있는 거대한 참나무 뒤로 얼른 숨어서 그녀가 일을 끝내기를 기다렸다. 그는 나무의 몸통에 숨어 그녀가 일하는 모습을 바라보았다. 어깨는 두툼하고 팔은 길고 손가락은 뭉툭하고 손은 거친 여자였다. 얼굴은 부풀고 둥글었다. 나비[蝶]란 의미의 이름과는 그야말로 먼 여자였다.

압둘라는 어머니를 사랑했던 것처럼 파르와나를 사랑할 수 있으면 싶었다. 압둘라가 일곱 살이던 3년 6개월 전, 어머니는 파리를 낳다가 죽었다. 어머니의 얼굴은 이제 거의 생각나지 않았다. 그녀는 매일 밤 압둘라가 잠들기 전에 머리를 두 손으로 감싸 끌어당겨 안고는, 볼을 쓰다듬으면서 자장가를 불러주곤 했다.

나는 종이 나무 그늘 밑에 있는

슬픈 요정을 보았네.

나는 어느 날 밤, 바람에 날아간

슬픈 요정을 알고 있네.

그는 새어머니도 그렇게 사랑할 수 있으면 싶었다. 그는 새어머니 또한 어쩌면 자신을 사랑할 수 있기를 바랄지도 모른다고 생각했다. 이크발을 사랑하듯이. 이크발은 첫돌이 지난 친아들이었다. 그녀는 늘 아이의 얼굴에 입맞춤을 했고, 이크발이 기침이나 재채기를 할 때마다 초조해했다. 혹은 그녀의 첫아이인 오마르를 사랑했듯이. 그녀는 오마르를 아주 예뻐했다. 그런데 지지난 겨울, 아이는 감기에 걸려 죽었다. 태어나고 두 주가 지났을 때였다. 새어머니와 아버지가 이름을 지어주자마자 죽은 것이었다. 오마르는 그 혹독한 겨울에 샤드 바그에서 죽은 세 아이 중 하나였다. 압둘라는 포대기에 싸인 오마르의 작은 시신을 부둥켜안고 오열하던 파르와나의 모습을 기억하고 있었다. 압둘라는 그들이 오마르를 언덕에 묻은 날도 기억하고 있었다. 희끄무레한 하늘 밑의 언 땅에 만들어진 작은 봉분, 기도를 읊조리던 셰킵 물라(이슬람교 율법학자), 사람들의 눈에 눈과 얼음을 뿌리던 바람.

압둘라는 파르와나가 나중에 하나밖에 없는 신발을 공작 깃털 하나와 바꿨다는 걸 알면 노발대발할 것이라고 생각했다. 아버지가 그 신발을 사려고 뙤약볕 밑에서 힘들게 일을 했으니 그럴 만도 했다.

그녀는 그 사실을 알면 아버지한테 일러바칠 터였다. 그를 때릴지도 몰랐다. 파르와나는 전에도 몇 차례 그를 때린 적이 있었다. 그녀의 손은 강하고 두툼했다. 압둘라는 그녀가 아픈 언니를 오랫동안 수발하다가 그렇게 강하고 두툼한 손을 갖게 됐다고 상상했다. 빗자루를 휘두르거나 목표 지점을 정확히 겨냥해 때리는 건 그녀에게는 일도 아니었다.

그러나 파르와나는 그를 때리는 것에서 아무런 만족감도 찾지 못하는 듯했다. 그리고 의붓자식들을 따뜻하게 대하는 것도 영 불가능한 일은 아닌 모양이었다. 언젠가 그녀는 아버지가 카불에서 사 온 옷감으로 파리에게 은색과 녹색이 섞인 원피스를 만들어준 적도 있었다. 노른자를 터뜨리지 않고 두 개의 달걀을 동시에 깨는 방법을 압둘라에게 가르쳐줄 때는 놀라운 인내심을 갖고 그렇게 했다. 그리고 그녀가 어렸을 때, 언니와 했던 대로 옥수수 껍데기로 작은 인형 만드는 법을 가르쳐줄 때도 그랬다. 파르와나는 그들에게 찢어진 천 조각으로 인형의 옷을 만드는 법을 가르쳐줬다.

그러나 압둘라는 그것이 의무감에서 나온 행위와 몸짓이라는 걸 알았다. 그것이 우물에서 나온 것이라면, 그녀가 이크발에게 하는 것보다 얕은 우물에서 나온 것이었다. 압둘라는 어느 날 밤, 그들의 집에 불이 나면, 파르와나가 어떤 아이를 안고 나갈지 확실히 알았다. 그녀는 두 번도 생각하지 않을 것이었다. 결국 모든 건 하나의 단순한 사실로 귀결되었다. 그와 파리는 그녀가 낳은 자식이 아니었다. 대부분의 사람은 자기 자식을 사랑했다. 그와 여동생이 그녀의 자식이 아닌 건 어쩔 수 없는 일이었다. 그들은 다른 여자가 남긴 자식들이었다.

압둘라는 파르와나가 난을 안으로 갖고 들어가기를 기다렸다가, 그녀가 한쪽 팔에 이크발을, 다른 쪽 팔에 빨래를 잔뜩 안고 오두막에서 나오는 걸 지켜보았다. 그리고 그녀가 개울이 있는 방향으로 천천히 걸어가 시야에서 사라지기를 기다렸다가 집 안으로 살금살금 들어갔다. 발바닥이 땅에 닿을 때마다 욱신거렸다. 그는 앉아서 낡은 샌들을 신었다. 신을 것이라곤 그것밖에 없었다. 압둘라는 자신이 현명한 짓을 한 거라고는 생각하지 않았다. 그러나 낮잠을 자는 파리 옆에 무릎을 꿇고 앉아 동생을 부드럽게 흔들어 깨우고는, 마술사처럼 등 뒤에서 깃털을 꺼냈을 때, 처음에는 놀라서 눈을 동그랗게 뜨고 다음에는 즐거워하는 걸 보는 것만으로도 충분히 그럴 가치가 있었다. 파리는 오빠의 볼에 입맞춤을 퍼부었다. 파리는 그가 깃털의 부드러운 끝으로 턱을 간질이자 깔깔 웃었다. 그러자 아픔이 씻은 듯이 가셨다.

아버지가 다시 한 번 소매로 얼굴을 닦았다. 그들은 돌아가며 물자루의 물을 마셨다. 그들이 물을 마시고 나자, 아버지가 입을 열었다.

"너, 피곤하겠구나."

압둘라는 피곤했지만 그렇지 않다고 대답했다. 그는 기진맥진했다. 발이 아팠다. 샌들을 신고 사막을 가로지르는 건 쉬운 일이 아니었다.

아버지가 말했다.

"올라타라."

압둘라는 나무로 된 수레 옆면에 등을 대고 파리를 무릎에 앉혔다. 동생의 작은 등뼈가 그의 배와 가슴팍에 닿았다. 아버지가 그들을 끌고 앞으로 나아갈 때, 압둘라는 하늘과 산과 수없이 이어지는, 멀리서 보면 부드러운 둥근 언덕들을 바라보았다. 그는 고개를 숙이고 적갈색 모래를 발로 차는 아버지의 뒷모습을 바라보았다. 쿠치 유목민들의 대상隊商이 지나갔다. 방울 소리와 낙타의 신음 소리가 섞여서 들렸다. 눈언저리를 검게 칠하고 머리칼 색이 금빛 갈색인 여자가 압둘라를 향해 미소를 지어 보였다.

압둘라는 그녀의 머리를 보며 어머니의 머리를 떠올렸다. 어머니가 또 보고 싶었다. 어머니의 부드러움과 타고난 낙천성이 그리웠고, 사람들의 잔인함에 당혹스러워하던 모습이 그리웠다. 그는 딸꾹질을 하며 웃던 그녀의 모습을 떠올렸다. 이따금 겁을 먹고 고개를 기울이던 모습도 떠올렸다. 어머니는 몸집도 그렇고 천성도 여린 여자였다. 스카프 밑으로 늘 한 움큼의 머리칼이 나와 있는, 호리호리한 허리의 가녀린 여자였다. 그는 그렇게 연약하고 작은 몸이 어떻게 그리도 많은 기쁨과 선함을 가질 수 있는지 궁금했다. 그건 불가능한 일이었다. 그것은 그녀에게서 흘러내리고 그녀의 눈에서 쏟아져 내렸다. 아버지는 달랐다. 아버지는 딱딱했다. 그의 눈은 똑같은 세상을 바라보았지만, 무관심밖에 보지 못했다. 끝이 없는 고생밖에 보이지 않았다. 아버지의 세계는 비정했다. 좋은 건 아무것도 공짜가 아니었다. 사랑마저도 그랬다. 모든 것에 값을 지불해야 했다. 가난한 사람에게는 고통이 화폐였다. 압둘라는 딱지 앉은 여동생의 가르마와 수레 옆으로 흔들리는 작은 팔목을 바라보았다. 그는 그들의 어머니가 죽으면서 그녀가 갖고 있던 것이 파리에게 옮아갔다는 걸 알았다. 즐거운 헌신, 순진함, 태연한 낙천성 등이 그랬다. 파리는 이 세상에서 그를 결코 해치지도 않고 해칠 수도 없는 유일한 사람이었다. 파리야말로 그가 가진 유일한 진짜 가족이라는 생각이 들 때가 있었다.

세상이 서서히 회색으로 변해갔다. 먼 산의 봉우리들은 몸을 웅크린 거인들의 분명치 않은 실루엣 같았다. 그날 일찍, 그들은 여러 개의 마을을 지나쳤다. 대부분은 샤드바그처럼 흩어져 있고 먼지가 많은 곳이었다. 진흙으로 만들어진 네모난 형태의 작은 집들이 때로는 산허리까지 들어서 있었고, 지붕에서는 연기가 모락모락 피어올랐다. 빨랫줄도 보이고 불 옆에 쪼그려 앉은 여자들의 모습도 보였다. 포플러 몇 그루, 닭 몇 마리, 얼마 안 되는 암소와 염소가 보였다. 그리고 늘 사원이 있었다. 그들이 마지막으로 지나친 마을은 양귀비 밭 근처에 있었다. 완두콩을 가꾸던 노인이 그들을 향해 손을 흔들었다. 그는 압둘라가 알아들을 수 없는 말로 소리를 쳤다. 아버지가 손을 마주 흔들었다.

파리가 말했다.

"아볼라 오빠?"

"응."

"슈자가 슬퍼할까?"

"괜찮을 거야."

"아무도 슈자에게 해를 끼치진 않겠지?"

"파리, 다 큰 개잖니. 자기 몸은 자기가 지킬 수 있을 거야."

슈자는 큰 개였다. 아버지는 귀와 꼬리가 잘린 걸 보면 투견이었던 게 틀림없다고 했다. 슈자가 자기를 지킬 수 있을지, 지키게 될지의 여부는 다른 문제였다. 길을 잃은 그 개가 샤드바그에 처음 나타났을 때, 아이들은 돌을 던지고 나뭇가지나 녹슨 자전거 바퀴살로 찌르곤 했다. 슈자는 맞서지 않았다. 시간이 지나면서 마을 아이들은 개를 괴롭히는 데 진력이 났던지 어느 순간 잠잠해졌다. 그러나 슈자는 여전히 조심스러워하고 미심쩍어했다. 자기를 향한 그들의 불친절을 잊지 않고 있는 듯했다.

슈자는 파리 외에는 샤드바그에 있는 모든 사람을 피했다. 파리에 한해서만 마음의 평정을 잃었다. 파리를 향한 사랑은 넓고도 밝았다. 파리는 그의 우주였다. 슈자는 아침에 파리가 집 밖으로 나오면, 펄쩍펄쩍 뛰면서 온몸을 흔들었다. 그는 잘린 꼬리를 정신없이 흔들어대고, 불붙은 석탄을 밟은 것처럼 껑충껑충 뛰어다녔다. 그는 파리의 주위를 빙글빙글 돌았다. 그는 하루 종일 파리를 따라다니며 뒤꿈치에 코를 대고 킁킁거렸다. 그리고 밤에 헤어질 때는 문밖에 앉아 처량하게 아침을 기다렸다.

"아볼라 오빠?"

"응."

"내가 크면 오빠랑 살게 될까?"

압둘라는 오렌지색의 해가 아래로 떨어지며 지평선에 다가가는 모습을 지켜보았다.

"네가 원한다면 그렇게 되겠지. 그러나 네가 원하지 않을 거야."

"나는 그렇게 할 거야."

"너는 네 집을 갖고 싶어 할 거야."

"우리가 이웃에 살면 되잖아."

"그럴 수도 있겠지."

"멀리 살지 않을 거지?"

"네가 나한테 싫증을 내면 어떡하게?"

파리가 팔꿈치로 압둘라의 옆구리를 쳤다.

"난 안 그럴 거야!"

압둘라가 씩 웃었다.

"그럼 좋아."

"가까이 있을 거지?"

"그래."

"우리가 늙을 때까지."

"아주 늙을 때까지."

"언제나."

"그래, 언제나."

파리가 수레 앞에서 고개를 돌려 압둘라를 바라보았다.

"아볼라 오빠, 약속하는 거지?"

"그래, 언제나 같이 있을게."

나중에 아버지는 파리를 등에 업었다. 압둘라는 뒤에서 빈 수레를 끌고 갔다. 그들이 걸어갈 때, 그는 아무 생각도 없는 몽환상태에 접어들었다. 압둘라는 자신의 무릎이 오르락내리락하는 모습과 모자 가장자리에서 떨어지는 땀방울만을 의식했다. 파리의 작은 발이 아버지의 엉덩이에 부딪는 모습만을 의식했다. 희끄무레한 사막 위로 길어지는 아버지와 여동생의 그림자만을, 그가 속도를 늦추면 금세 멀어져버릴 것 같은 그들의 그림자만을 의식했다.

아버지에게 일자리를 주선해준 사람은 나비 삼촌이었다. 나비 삼촌은 파르와나의 오빠였다. 그러니 그는 사실 압둘라의 외삼촌인 셈이었다. 나비 삼촌은 카불에서 요리사 겸 운전기사로 일하고 있었는데, 한 달에 한 번씩 차를 몰고 카불에서 샤드바그로 그들을 찾아왔다. 그가 올 때면, 차의 경적 소리와 아이들의 떠들썩한 소리로 마을이 요란해졌다. 아이들은 지붕이 황갈색이고 바퀴 테가 번쩍이는 큼지막한 청색 차를 쫓아다녔다. 그들은 그가 시동을 끄고 웃으면서 밖으로 나올 때까지 범퍼와 창문을 두드렸다. 나비 삼촌은 구레나룻을 길게 기르고 구불거리는 검은 머리를 뒤로 빗어 넘긴 잘생긴 남자였다. 그는 흰 드레스셔츠에 갈색 구두를 신고, 다소 큰 올리브색 양복을 입고 있었다. 모든 사람이 그를 보러 나왔다. 비록 주인의 소유이기는 했지만, 그가 차를 몰고 왔기 때문이었다. 또한 그가 양복을 입고 카불이라는 대도시에서 일하고 있기 때문이었다.

나비 삼촌이 아버지에게 그 일에 관해 얘기한 것은 그가 마지막으로 찾아왔을 때였다. 그가 일하고 있는 부잣집에서 집을 증축하려한다고 했다. 화장실까지 갖춘 작은 숙소를 본채와 떨어진 뒤뜰에 짓는데, 나비 삼촌은 공사장 일을 잘 아는 아버지를 고용하면 어떻겠느냐고 제안했다고 했다. 그는 그 일이 보수도 좋고 한 달이면 모든 게 끝난다고 말했다.

아버지는 공사장 일에 익숙했다. 그는 꽤 많은 곳에서 그런 일을 했다. 압둘라가 기억하기로, 아버지는 하루 품을 팔 곳을 찾아 집집마다 돌아다녔다. 압둘라는 어느 날 아버지가 마을 원로인 셰킵 물라에게 이렇게 말하는 소리를 들었다. **선생님, 제가 동물로 태어났다면 노새가 되었을 것 같아요.**

이따금 아버지는 일을 하러 갈 때 압둘라를 데리고 갔다. 그들은 언젠가 샤드바그에서 하루 종일 걸어야 닿을 수 있는 곳에 가서 사과를 딴 적이 있었다. 압둘라는 아버지가 해가 떨어질 때까지 사다리 위에 올라가 있던 모습을 기억했다. 웅크린 어깨, 햇볕에 탄 주름진 목덜미, 밖으로 드러난 팔뚝, 두툼한 손가락으로 사과를 하나씩 돌려 따던 모습을 전부 기억했다. 다른 곳에서 그들은 사원을 짓는 데 쓸 벽돌을 만들었다. 아버지는 압둘라에게 좋은 흙, 즉 바랜 듯한 짙은 색깔의 흙을 어떻게 고르는지 알려줬다. 그들은 같이 흙을 체질해서 짚을 넣었다. 그리고 아버지는 그에게 너무 묽어지지 않도록 물을 섞는 효과적인 방법을 차근차근 알려줬다. 아버지는 지난해에는 돌을 치우는 일을 하기도 하고, 흙을 파서 밭을 일구기도 했다. 그리고 아스팔트를 까는 일을 하기도 했다.

압둘라는 아버지가 오마르의 죽음을 자기 탓이라고 생각한다는 걸 알았다. 아버지는 자신이 일을 더 많이 했더라면, 혹은 더 그럴듯한 일을 찾았더라면, 아이에게 더 좋은 겨울옷과 더 두툼한 담요, 어쩌면 집 안을 따뜻하게 할 난로까지 살 수 있었을 거라고 여겼다. 그는 오마르가 죽은 후 압둘라에게 아무 말도 하지 않았지만, 압둘라는 그걸 알았다.

그는 오마르가 죽고 나서 며칠 후, 아버지가 커다란 떡갈나무 밑에 혼자 서 있던 모습을 기억했다. 떡갈나무는 샤드바그에 있는 어떤 것보다 우뚝했고, 마을에서 살아 있는 것 중 가장 오래된 존재였다. 아버지는 바부르 황제가 군사를 이끌고 카불을 함락하러 전진했던 시절에도 그 나무가 이 자리에 있었다고 해도 놀랄 일은 아닐 것이라고 말했다. 그는 유년 시절의 반을 거대한 우듬지 그늘에서 놀거나 큼지막한 가지들을 타며 보냈다고 했다. 그의 아버지, 즉 압둘라의 할아버지는 두툼한 가지에 기다란 밧줄을 매어 그네를 만들어줬다고 했다. 그네는 거친 세월을 무수히 거치면서도 지금까지 버텨왔다. 아버지는 어렸을 때, 파르와나, 그녀의 언니 마수마와 번갈아가면서 그네를 탔다고 했다.

그러나 최근 들어 아버지는 일 때문에 늘 지쳐 있었다. 파리가 그의 소매를 잡아당기며 그네를 태워달라고 해도 그럴 수가 없었다.

파리, 내일 타자.

아빠, 잠깐이면 돼요. 제발 일어나요.

지금은 안 돼. 다음에 타자.

그러면 파리는 결국 포기하고 소매를 놓고는 낙담해서 물러났다.

때때로 아버지의 좁은 얼굴은 딸이 물러가는 모습을 지켜보며 무너져 내렸다. 그는 옆으로 돌아누워서 누비이불을 잡아당겨 피곤한 눈을 덮었다.

압둘라는 아버지가 그네를 타는 모습을 상상할 수 없었다. 아버지가 자기처럼 한때 아이였다는 것도 상상할 수 없었다. 다른 아이들과 같이 들판으로 달려가고 마음대로 뛰놀던 태평한 시절이 있었다는 것도 도저히 상상할 수 없었다. 아버지의 손은 상처투성이였고, 얼굴은 깊은 주름으로 덮여 있었다. 아버지는 손에 삽을 들고 손톱 밑에 때가 덕지덕지 낀 채 태어났을 것만 같았다.

그날 밤에는 사막에서 자야 했다. 그들은 파르와나가 싸준 빵과 마지막 남은 삶은 감자를 먹었다. 아버지는 불을 피우고, 차를 끓이려고 주전자를 올려놨다.

압둘라는 양털 담요를 덮고 불 옆에 웅크렸다. 파리의 차가운 발바닥이 그의 몸에 닿았다.

아버지는 불 위로 몸을 굽히고 담배에 불을 붙였다.

압둘라가 반듯이 누웠다. 파리가 자세를 고쳐 오빠의 쇄골 아래 오목한 곳에 볼을 댔다. 사막의 먼지 냄새가 났다. 그는 얼음 수정처럼 반짝이는 별들로 가득한 하늘을 올려다보았다. 고운 초승달이 어슴푸레한 하늘을 어루만지고 있었다.

압둘라는 지난겨울을 떠올렸다. 모든 것을 삼킨 어둠, 느리고 길고 큰 바람 소리, 천장에 난 작은 틈새들을 파고드는 바람 소리. 눈에 파묻혀 형체가 없어진 마을의 모습. 별도 뜨지 않는 긴긴 밤들. 짧고 우울한 낮 시간, 햇빛을 거의 볼 수 없는 나날들, 뜨더라도 잠깐 떴다가 사라지는 해. 그는 이런 것들을 떠올렸다. 그는 오마르의 부자연스러운 울음과 침묵을 떠올렸다. 그리고 아버지가 굳은 얼굴로 나무 판에 초승달을 새기는 모습도 떠올렸다. 지금 그들 뒤에 떠 있는 달과 똑같이 생긴 초승달을. 아버지는 작은 묘 앞에서 그 판자로 얼어붙은 땅을 내리쳤다.

이제 다시 한 번 가을의 끝자락이 다가와 있었다. 겨울은 벌써 모퉁이에서 어른거렸다. 그러나 아버지도, 파리도 그것에 관해서는 아무 말도 하지 않았다. 그 말을 입 밖에 내면 겨울이 오는 걸 재촉하게 되기라도 할 것처럼.

압둘라가 입을 뗐다.

"아버지?"

모닥불의 다른 쪽에서 아버지가 부드럽게 대답하는 소리가 들렸다.

"제가 도와드릴까요? 집 짓는 일 말이에요."

아버지의 담배에서 연기가 꼬불꼬불 올라갔다. 그는 어둠 속을 응시하고 있었다.

"아버지?"

아버지가 앉아 있던 바위에서 몸을 움직였다.

"시멘트 섞는 일은 도울 수 있을 거다."

"어떻게 하는지는 몰라요."

"내가 가르쳐주마. 금방 배운다."

파리가 말했다.

"저는요?"

아버지가 천천히 말했다.

"너?"

그는 담배를 한 모금 빨더니 막대기로 불을 헤집었다. 작은 불꽃
들이 어둠 속으로 날아올랐다.

"너는 물을 담당하면 되겠구나. 우리가 목마르지 않도록 말이다.
남자는 목마르면 일을 할 수가 없단다."

파리는 아무 말이 없었다.

압둘라가 말했다.

"아버지 말씀이 맞아."

그는 파리가 자기도 손을 더럽히고 흙을 만지고 싶은데, 아버지가
맡긴 일에 성이 차지 않아 하는 걸 느꼈다.

"네가 물을 갖다 주지 않으면 집을 못 짓게 될 거야."

아버지는 찻주전자 손잡이 밑으로 막대기를 집어넣어 들어 올렸
다. 그리고 식으라고 옆에 놓았다.

그가 말했다.

"네가 일을 잘하면 다른 할 일이 있는지 찾아보마."

파리가 턱을 들고 압둘라를 바라보았다. 동생의 얼굴에 환한 미소
가 번졌다.

압둘라는 동생이 어렸을 때를 떠올렸다. 동생은 그의 가슴 위에서

잠을 자곤 했다. 때때로 한밤중에 눈을 뜨면 파리가 지금 같은 표정을 지으며 그를 향해 조용히 미소 짓곤 했었다.

파리를 키운 사람은 압둘라였다. 사실이었다. 그가 아직 열 살밖에 안 된 아이였지만 사실이었다. 갓난애였을 때, 파리가 울거나 칭얼거리면서 밤중에 깨운 건 오빠였다. 밤중에 파리를 껴안고 돌아다니며 어른 것 또한 그였다. 더러워진 기저귀를 간 것도 그였다. 파리에게 목욕을 시켜준 것도 그였다. 그것은 아버지가 할 일이 아니었다. 아버지는 남자였다. 게다가 아버지는 늘 일 때문에 녹초가 되어 있었다. 그리고 이미 오마르가 배 속에 있던 파르와나는 파리가 필요한 걸 들어주려고 몸을 일으키기에는 너무 느렸다. 그녀에게는 인내심도 힘도 없었다. 그래서 파리를 돌보는 일은 압둘라에게 맡겨졌다. 그러나 그는 전혀 마다하지 않았다. 기쁘게 그 일을 받아들였고, 자신이 파리에게 첫걸음마를 타게 하고, 첫말을 하게 돕는다는 사실이 몹시도 좋았다. 그는 알라께서 자신에게 그런 일을 시킨 것이라고 생각했다. 알라께서 그들의 어머니를 데려가면서 파리를 돌보는 일을 그에게 맡긴 것이라고.

파리가 졸랐다.

"아버지, 얘기 하나 해주세요."

아버지가 말했다.

"늦었다."

"제발요."

아버지는 기질적으로 말이 없는 사람이었다. 그는 늘 두 문장 이상을 입 밖에 내지 않았다. 그러나 때때로, 압둘라가 알 수 없는 이유로 아버지 안에 있는 뭔가가 빗장을 열고 갑자기 이야기를 쏟아냈다. 때때로 그는 파르와나가 부엌에서 그릇들을 요란하게 씻고 있을 때, 압둘라와 파리를 앞에 앉히고, 자신이 어렸을 때 할머니한테 들은 얘기들을 들려줬다. 그렇게 해서 그는 그들을 술탄과 악마와 신령과 수도승들이 살던 곳으로 데리고 갔다. 아버지는 어떤 때는 이야기를 지어냈다. 즉석에서 지어냈다. 그의 이야기는 아버지의 상상력과 꿈이 가진 저력을 드러냈다. 압둘라는 언제나 그것이 놀라웠다. 이야기를 해줄 때만큼 아버지가 생생하고 힘 있고 진실하게 느껴진 적이 없었다. 마치 그 이야기들이 그의 불투명하고 불가해한 세계 속으로 들어가는 바늘구멍이라도 되는 것 같았다.

그러나 아버지의 표정으로 보아 오늘 밤은 얘기를 해주지 않을 거라는 걸 압둘라는 알 수 있었다.

아버지가 다시 말했다.

"늦었다."

그는 어깨에 걸친 숄 끝자락으로 주전자를 들어서 차를 따랐다. 그는 김을 입으로 불고 한 모금을 마셨다. 그의 얼굴이 불길에 오렌지색으로 빛났다.

"잘 시간이다. 내일은 먼 길을 가야 한다."

압둘라는 그들의 머리 위로 담요를 끌어당겼다. 그 밑에서 그는 파리의 목덜미에 대고 노래를 불러줬다.

나는 종이 나무 그늘 밑에 있는

슬픈 요정을 보았네.

이미 졸음에 겨운 파리가 느릿느릿 노래를 따라 불렀다.

나는 어느 날 밤, 바람에 날아간

슬픈 요정을 알고 있네.

금세 파리가 코를 골기 시작했다.

문득 압둘라가 눈을 떴는데 아버지가 없었다. 그는 놀라서 일어나 앉았다. 모닥불은 타다 남은 심홍색 잔재일 뿐, 거의 꺼져 있었다. 압둘라는 주변을 둘러보았다. 그러나 거대하면서도 질식할 듯한 어둠 때문에 아무것도 보이지 않았다. 얼굴이 핼쑥해지고 가슴이 방망이질했다. 그는 귀를 쫑긋 세우고 숨을 멈췄다.

압둘라가 낮은 소리로 불렀다.

"아버지?"

침묵뿐이었다.

돌연한 공포가 그의 가슴에 퍼지기 시작했다. 그는 몸을 꼿꼿이 세우고 아무런 움직임 없이 오랫동안 귀를 기울였다. 아무 소리도 들리지 않았다. 그와 파리만이 있었다. 어둠이 그들을 압박해 들어왔다. 그들은 버려진 것이었다. 아버지가 그들을 버린 것이었다. 압둘라는 처음으로 사막과 세상의 거대함을 느꼈다. 그 안에서 얼마나 쉽

게 길을 잃을 수 있는가를 실감했다. 도와줄 이도 없고 길을 안내해
줄 이도 없었다. 그때, 더 무서운 생각이 들었다. 아버지가 죽었다는
생각, 누군가가 그의 목을 그어 죽였다는 생각이 들었다. 강도떼가
그를 죽이고, 이제는 자신과 파리를 향해 거리를 좁혀오고 있다는
생각이 들었다. 그들이 느긋하게 여유를 갖고 상황을 즐기고 있다는
생각이 들었다.

압둘라가 이번에는 목소리를 높여 불렀다.

"아버지?"

아무 대답도 없었다.

"아버지?"

그는 거듭 아버지를 불렀다. 목구멍이 죄어드는 것 같았다. 그는 한
참 동안 수없이 아버지를 불렀다. 그러나 어둠 속에서는 아무 대답도
돌아오지 않았다. 그는 땅에서 불쑥 솟은 산에 숨어 파리와 자신을
향해 악의적인 웃음을 흘리고 있는 얼굴들을 상상해보았다. 공포가
몰려들며 내장이 꼬였다. 그는 몸을 떨면서 소리를 죽이고 울기 시작
했다. 그가 막 비명을 지르려 할 때였다.

발자국 소리가 들렸다. 어둠 속에서 형체가 나타났다.

압둘라가 떨면서 말했다.

"아버지가 어디로 가버리신 줄 알았어요."

아버지가 남아 있는 불 옆에 앉았다.

"어디 갔다 오셨어요?"

"어서 자라."

"우리를 두고 어디 가시진 않을 거죠? 아버지, 그렇게는 안 하실 거죠?"

아버지가 그를 바라보았다. 그러나 어두워서 압둘라는 그의 표정이 어떤지 알 수 없었다.

"동생 깨겠다."

"우리를 두고 가지 마세요."

"이제 그만하면 됐다."

압둘라는 다시 몸을 눕혔다. 동생이 그의 팔을 꼭 껴안았다. 가슴이 아직도 떨리고 있었다.

압둘라는 카불에 가본 적이 없었다. 그가 카불에 대해 알고 있는 건 나비 삼촌이 해준 얘기가 전부였다. 그는 아버지와 함께 일을 하러 작은 도시를 다닌 적은 있었지만, 진짜 도시에는 가본 적이 없었다. 나비 삼촌의 얘기를 듣긴 했어도, 그는 엄청나게 크고 번잡한 도시의 북적대는 소음에 마음의 준비가 되어 있지 않았다. 어디를 보나 신호등과 찻집과 식당, 전면이 유리로 된 휘황한 색의 가게들이 눈에 들어왔다. 차들은 번잡한 도로를 요란한 소리를 내며 달렸다. 그들은 경적을 울리고 버스와 보행자와 자전거 사이를 아슬아슬하게 피해가며 달렸다. 말이 끄는 가리(수레)들이 짤랑짤랑 소리를 내며 테두리가 쇠로 된 바퀴로 대로를 달렸다. 압둘라가 파리와 아버지와 같이 걷고 있는 인도는 담배와 껌을 파는 장사꾼들로 붐볐다. 잡지 가판대도 있었고 편자를 두드리는 대장장이들도 있었다. 몸에 잘 맞지 않는 제복을 입은 교통경찰들이 교차로에서 호각을 불며 위엄 있는 몸짓으로 교통정리를 했지만, 아무도 주의를 기울이지 않는 것 같았다.

압둘라는 파리를 무릎에 앉히고 푸줏간 옆 인도에 있는 벤치에서, 아버지가 노점에서 사다 준 음식을 먹었다. 익힌 콩이 섞인 고수 잎 처트니가 양철 판에 담겨 있었다.

"아볼라 오빠, 저기 좀 봐."

파리가 길 건너의 가게를 가리켰다. 유리창 안에는 아름다운 자수가 놓인 녹색 드레스를 입은 젊은 여자가 있었다. 드레스에는 작은 반짝이와 구슬들이 붙어 있었는데, 그녀는 드레스에 어울리는 기다란 스카프를 두르고, 은으로 된 보석에 심홍색 바지를 입고 있었다. 그녀는 미동도 하지 않고 서 있었다. 단 한 번도 눈을 깜빡이지 않고 행인들을 무심하게 응시하고 있었다. 그녀는 압둘라와 파리가 콩을 다 먹었을 때도 그랬고 그 후에도 손가락 하나 까딱하지 않았다. 높은 건물 정면에 거대한 포스터가 걸려 있는 게 압둘라의 눈에 들어왔다. 젊고 아름다운 인도 여자가 비를 맞으며 튤립 꽃밭에 서 있는 포스터였다. 그 여자는 방갈로 뒤로 장난스럽게 고개를 숙이고 있었다. 그녀는 수줍게 웃고 있었다. 비에 젖은 사리가 아름다운 몸을 휘감고 있었다. 압둘라는 이것이 나비 삼촌이 말한 영화관이 아닐까 싶었다. 사람들은 그곳으로 영화를 보러 간다고 했다. 그는 다음 달에 나비 삼촌이 자신과 파리를 그 영화관에 데려가줬으면 싶었다. 그 생각을 하자 압둘라의 얼굴에 웃음꽃이 피었다.

청색 타일이 깔린 거리 위쪽의 사원에서 기도 시간을 알리는 소리가 들린 직후, 압둘라는 나비 삼촌이 보도 가까이에 차를 세우는 걸 보았다. 나비 삼촌이 운전석에서 내렸다. 그는 올리브색 양복을 입고 있었는데, 문을 열다가 차판(변형 카프탄)을 입고 자전거를 타던 젊은 친구와 부딪칠 뻔했다. 젊은이가 가까스로 몸을 틀어서 사고를 면했다.

나비 삼촌이 빠르게 차의 앞을 돌아서 오더니 아버지를 껴안았다. 압둘라와 파리를 보자, 그의 얼굴에 커다란 미소가 번졌다. 그가 그들 높이로 몸을 낮추고 말했다.

"얘들아, 카불이 좋니?"

파리가 말했다.

"아주 시끄러워요."

나비 삼촌이 웃었다.

"그건 그렇지. 어서 타라. 훨씬 더 많은 차를 보게 될 거다. 타기 전에 발을 털어라. 사부르는 앞에 타고."

뒷좌석은 서늘하고 딱딱했다. 차의 외관과 어울리게 옅은 청색이었다. 압둘라는 운전석 뒤의 창문 쪽으로 옮겨 앉아 파리를 무릎에 앉혔다. 사람들이 차를 부러운 듯이 바라보았다. 파리가 압둘라를 향해 고개를 돌렸다. 그들은 마주 보고 웃었다.

그들은 나비 삼촌이 운전하는 차를 타고 가면서, 차창으로 흐르는 도시를 바라보았다. 그는 그들이 카불을 조금 더 볼 수 있도록 더 오래 걸리는 길을 택하겠다고 말했다. 그가 타파 마란잔이라고 불리는 능선과 그 위에 서면 도시가 내려다보이는 능을 손가락으로 가리켰다. 그는 자히르 샤 국왕의 아버지 나데르 샤가 거기에 묻혀 있다고 말했다. 또 코에시르다와자 산 위에 있는 발라 히사르 요새를 보여줬다. 그의 말에 따르면, 영국인들은 아프가니스탄과의 두 번째 전쟁에서 그곳을 이용했다고 했다.

압둘라가 커다란 황색 마름모꼴 건물을 가리키며 창을 두드렸다.

"나비 삼촌, 저게 뭐죠?"

"저건 실로다. 새로운 빵 공장이지."

나비가 한 손으로 운전대를 잡고 뒤를 돌아다보며 그를 향해 한쪽 눈을 찡긋했다.

"우리의 친구 러시아인들 덕이지!"

압둘라는 샤드바그의 진흙 탄두르 옆에 대고 밀가루 반죽을 때리는 파르와나의 모습을 상상하며, 그것이 빵 공장이라는 사실에 놀랐다.

마침내 나비 삼촌이 삼나무가 고른 간격으로 심어진 깨끗하고 넓은 거리로 차를 돌렸다. 이곳에 있는 집들은 우아하고 압둘라가 지금까지 보았던 것들보다 컸다. 흰색도 있고 노란색도 있고 엷은 푸른색도 있었다. 대부분은 2층이고 높은 벽으로 둘러싸였으며 앞에는 이중 쇠문이 달려 있었다. 압둘라는 나비 삼촌이 운전하는 것과 같은 차 여러 대가 거리를 따라 주차되어 있는 걸 보았다.

나비 삼촌은 말끔하게 깎인 관목이 양쪽에 있는 차도에 차를 세웠다. 차도 너머로 엄청나게 큰 2층짜리 집이 보였다. 벽은 흰색이었다.

파리가 눈을 크게 뜨고 놀라며 말했다.

"삼촌 집은 정말 크네요."

나비 삼촌이 웃으면서 고개를 돌려 어깨 너머를 바라보았다.

"저게 내 집이라면 좋겠지. 아니다, 저건 주인집이다. 곧 그분들을 만나게 될 거다. 예의 바르게 행동하렴."

나비 삼촌이 압둘라, 파리, 아버지를 안으로 데리고 들어가니, 집이 한결 웅장해 보였다. 압둘라는 그 집이 적어도 샤드바그 마을에 있는 집들의 반이 들어갈 정도로 크다는 느낌을 받았다. 그러면서 자신이 악마의 요새에 들어가는 것 같은 느낌을 받았다. 정원은 아름답게 꾸며져 있었다. 형형색색의 꽃들이 가지런히 심어져 있고, 무릎까지 닿는 관목들과 과일나무들이 곳곳에 즐비했다. 압둘라는 버찌와 사과, 살구와 석류가 열린 걸 보았다. 지붕이 달린 입구가 집에서부터 정원으로 이어져 있었다. 나비 삼촌은 그걸 베란다라고 부른다고 말했다. 베란다는 녹색 덩굴로 덮인 낮은 난간으로 둘러싸여 있었다. 와다티 부부가 기다리고 있는 방으로 가는 도중, 압둘라는 변기가 있는 욕실을 보았다. 나비 삼촌이 그들에게 얘기했던 것과 똑같은 욕실이었다. 청동색 수도꼭지가 달린 반짝이는 세면대도 보였다. 샤드바그의 공동 우물에서 매주 몇 시간씩 물통으로 물을 길어 와야 했던 압둘라는 손만 대면 물이 나오는 곳이 있다는 사실이 놀라울 따름이었다.

이제 그들은, 즉 압둘라와 파리와 아버지는, 금술이 달린 큰 소파에 앉았다. 그들의 등 뒤에 있는 부드러운 쿠션에는 팔각형 반짝이가 여기저기 달려 있었다. 소파 맞은편에는 그림 하나가 벽 대부분을 차지하고 걸려 있었다. 나이가 지긋한 석공이 작업대 위에 몸을 구부리고 망치로 돌을 때리는 모습을 묘사한 그림이었다. 허리 높이의 철제 난간이 있는 발코니 쪽으로 열린 넓은 창문에는 주름 잡힌 부르고뉴 휘장들이 있었다. 방 안의 모든 것은 티끌 하나 묻지 않고 세련된 것이었다.

압둘라는 자신의 더러움을 그렇게 의식해본 적이 결코 없었다.

나비 삼촌의 주인아저씨인 와다티 씨는 팔짱을 끼고 가죽 의자에 앉아 있었다. 그는 불친절하다고는 할 수 없지만 멀고도 알 수 없는 표정으로 그들을 바라보았는데, 아버지보다 키가 컸다. 압둘라는 그가 그들을 맞으려고 일어설 때, 그 점을 눈여겨보았다. 그는 좁은 어깨에 얇은 입술, 훤칠하게 빛나는 이마를 갖고 있었다. 또 목깃이 열린 녹색 셔츠에 허리 부근에서 통이 좁아지는 흰 양복을 입고 있었다. 셔츠의 소맷부리에는 타원형의 청금석 단추들이 달려 있었다. 그는 거의 말을 하지 않았다.

파리는 그들 앞의 유리 탁자에 놓인 과자 접시를 내려다보고 있었다. 압둘라는 그렇게 다양한 과자가 있다는 사실이 놀랍기만 했다. 크림이 이리저리 발린 손가락 모양의 초콜릿 과자들, 가운데에 오렌지가 들어간 작고 둥근 과자들, 나뭇잎 모양의 녹색 과자들, 온갖 종류가 다 있었다.

와다티 부인이 말했다.

“하나 먹을래?”

얘기를 주도하는 사람은 그녀였다.

“먹으렴, 너희 둘 다. 내가 너희들을 위해 내놓은 거란다.”

압둘라는 아버지를 향해 고개를 돌리며 허락을 구했다. 파리도 따라서 했다. 그걸 보고 와다티 부인은 좋은 모양이었다. 그녀는 눈썹을 올리며 고개를 기울이고 미소를 지었다.

아버지가 가볍게 고개를 끄덕이며 낮은 목소리로 말했다.

“하나씩만 먹어라.”

와다티 부인이 참견했다.

“아니, 그건 안 되죠. 제가 나비한테 이걸 사 오라고 카불 시내에 있는 먼 빵집까지 갔다 오게 했는걸요.”

아버지가 얼굴을 붉히고 눈길을 외면했다. 그는 찌그러진 모자를 두 손으로 잡고 소파 가장자리에 앉아 있었는데, 와다티 부인 쪽을 향하고 있는 무릎을 옆으로 기울이고 그녀의 남편을 쳐다보고 있었다.

압둘라가 과자를 두 개 집어 하나를 파리에게 건넸다.

“하나 더 먹어. 나비 삼촌이 허비한 시간이 아깝잖니.”

와다티 부인이 나무라듯 말하며 나비 삼촌을 향해 미소 지었다.

나비 삼촌이 얼굴을 붉히며 말했다.

“전혀 힘들지 않았어요.”

나비 삼촌은 두툼한 유리문이 달린 커다란 목조 캐비닛 옆의 문 가까이에 서 있었다. 압둘라는 캐비닛 안의 선반에 은색 테두리 액자에 넣어진 와다티 부부의 사진이 놓여 있는 걸 보았다. 사진 속의 그들은 두툼한 코트에 두툼한 목도리를 두르고 다른 부부와 나란히 서 있었다. 그들 뒤로는 거품을 내며 흐르는 강이 보였다. 다른 사진도 있었다. 와다티 부인이 잔을 들고, 와다티 씨가 아닌 남자의 허리에 팔을 두르고 웃고 있는 사진이었다. 압둘라로서는 상상할 수도 없는 모습이었다. 결혼사진도 있었다. 키가 크고 날씬한 신랑은 검정 연미복을 입었고, 신부는 흰 드레스를 입고 있었다. 두 사람은 입을 다물고 미소를 짓고 있었다.

　압둘라는 그녀를 슬쩍 쳐다보았다. 잘록한 허리, 작고 귀여운 입술, 아치형 눈썹, 분홍색 발톱과 거기에 어울리는 립스틱. 그는 2년 전, 그녀를 보았을 때를 떠올렸다. 파리가 두 살이 다 됐을 무렵이었는데 나비 삼촌이 그녀를 샤드바그에 데리고 왔었다. 그녀가 그의 가족을 만나고 싶다고 해서 데려왔다고 했다. 와다티 부인은 소매가 없는 분홍색 드레스 차림이었는데, 그때 아버지의 얼굴에 놀라는 표정이 깃들던 걸 압둘라는 기억하고 있었다. 그녀는 두툼한 흰 테의 검은 선글라스를 끼고 있었고, 내내 미소를 지으며 마을과 그들의 삶에 대해 묻고 아이들의 이름과 나이를 물었다. 그녀는 자기가 천장이 낮은 오두막에 살고 있는 것처럼 행동했다. 그녀는 검댕으로 새까매진 벽에 등을 대고, 파리똥이 묻은 창문과 부엌과 방을 가르는 흐릿한 비닐 칸막이 옆에 앉았다. 그곳은 압둘라와 파리가 잠을 자는 공간이기도 했다. 그녀는 하이힐을 문에서 벗고 아버지가 의자에 앉으라고 권하자 마루에 앉겠다고 했다. 자신이 그들 중 하나인 듯한 모습이었다. 압둘라는 그때 여덟 살밖에 되지 않았지만 무슨 영문인지를 간파하고 있었다.

그때의 기억 중에서 압둘라에게 가장 인상적으로 남아 있는 건 당시 이크발을 임신하고 있던 파르와나가 구석에 공처럼 몸을 오그리고 침묵을 지키던 모습이었다. 그녀는 벽 속으로 사라져버리려는 듯, 어깨를 웅크리고 불룩한 배 아래로 발을 집어넣고 있었다. 얼굴은 더러운 베일에 가려 보이지 않았고, 턱 밑으로 베일 끝을 잡고 있었다. 압둘라는 그녀가 창피해하는 걸 알 수 있었다. 파르와나는 자신의 초라한 몰골에 당황하고 있는 것 같았다. 그 모습을 보며 그는 놀랍게도 새어머니가 문득 안쓰러워졌다.

와다티 부인은 과자 접시 옆에 있는 담뱃갑에서 담배를 꺼내 불을 붙였다.

나비 삼촌이 말했다.

"길게 우회해서 왔습니다. 제가 시내를 좀 보여줬습니다."

와다티 부인이 말했다.

"잘했어요, 잘했어. 사부르, 당신은 카불에 와본 적이 있나요?"

아버지가 대답했다.

"한두 번 왔습니다, 사모님."

"인상이 어땠는지 물어봐도 될까요?"

아버지가 어깨를 으쓱했다.

"붐비죠."

"맞아요."

와다티 씨는 재킷 소매에 있는 실밥을 뜯더니 양탄자를 내려다보
았다.

그의 아내가 말했다.

"그래요, 붐비죠. 그리고 어떤 때는 지루하기도 하죠."

아버지가 알겠다는 듯 고개를 끄덕였다.

"카불은 실제로는 섬이에요. 이곳이 진보적이라고 말하는 사람들
이 있어요. 맞는 말일 수도 있어요. 내 생각에도 일리가 있는 말이에
요. 그러나 이 나라의 다른 지역들과 단절된 곳이기도 하죠."

아버지는 손에 든 모자를 내려다보며 눈을 깜빡였다.

그녀가 계속해서 말했다.

"내 말을 오해하지 마세요. 나는 이 도시에서 출발하는 진보적인
것들을 진심으로 지지해요. 이 나라가 그걸 활용할 수 있을지는 두
고 봐야 알 일이지만요. 그러나 내 생각에는 이 도시가 좀 지나칠 정
도로 자기만족에 빠져 있지 않나 싶어요. 거만하고요."

그녀가 한숨을 쉬고 말을 이었다.

"도시가 지겨워져요. 나는 늘 시골이 좋았어요. 시골이 아주 좋아
요. 멀리 떨어진 곳에 있는 카리아(작은 마을)들 말이죠. 그런 게 **진
짜** 아프가니스탄이죠."

아버지는 모호하게 고개를 끄덕였다.

"내가 부족적인 전통을 전부, 아니면 대부분, 좋아하는 건 아니지
만 시골 사람들이 더 진실한 삶을 사는 것처럼 보여요. 그들에게는
건강함이 있어요. 기분 좋은 겸손함도 있고 환대의 정신도 있어요.

발랄함도 있고 자부심도 있어요. 술레이만, 내가 **자부심**이라는 말을 제대로 쓴 걸까요?"

그녀의 남편이 조용히 말했다.

"그만해요, 닐라."

무거운 침묵이 이어졌다. 압둘라는 와다티 씨가 의자의 팔걸이를 손으로 두드리는 모습을 바라보았다. 그의 아내는 굳은 미소를 지었다. 그녀가 피우는 담배에 분홍색 얼룩이 묻어 있었다. 그녀는 발목 근처에서 발을 꼬고 팔꿈치를 의자 팔걸이에 댔다.

그녀가 침묵을 깨고 말했다.

"아마 적절한 말이 아닐 수도 있겠네요. **위엄**이라는 말이 더 맞을지 모르겠어요."

와다티 부인이 고르고 하얀 이를 드러내며 미소를 지었다. 압둘라는 그런 치아를 본 적이 없었다.

"그래요, 그게 훨씬 더 좋겠네요. 시골 사람들한테는 위엄이 있어요. 그걸 배지처럼 차고 다니잖아요. 순수한 의미에서 하는 말이에요. 사부르, 나는 당신에게서 그걸 봐요."

아버지가 여전히 모자를 내려다보며 소파에서 자세를 바꾸면서 낮게 말했다.

"고맙습니다, 사모님."

와다티 부인이 고개를 끄덕였다. 그녀는 파리를 향해 눈길을 돌렸다.

"너, 참 예쁘구나."

파리가 압둘라에게로 몸을 바짝 붙였다.

와다티 부인이 천천히 말했다.

"나는 오늘, 내가 찾고 있던 매력과 아름다움과 우아함을 갖춘 얼굴을 만나게 된 것 같아요."

그녀가 미소 지었다.

"너, 루미에 대해 들은 적 있니? 얘야, 그 사람이 너를 위해 시를 쓴 것 같구나."

나비 삼촌이 덧붙였다.

"사모님께서는 유명한 시인이란다."

저편에서 와다티 씨가 과자 하나를 집어 반으로 쪼개더니 약간 베어 먹었다.

와다티 부인이 나비 삼촌을 따뜻하게 쳐다보며 말했다.

"나비 삼촌이 참 친절하구나."

압둘라는 다시 한 번, 나비 삼촌의 볼이 붉어지는 걸 보았다.

와다티 부인은 재떨이에 담배를 여러 번 비벼 껐다.

그녀가 말했다.

"내가 아이들을 데리고 다른 데 가봐도 될까요?"

금방이라도 와다티 씨가 거친 숨을 내쉬고 의자 팔걸이를 양쪽 손바닥으로 내리치며 일어설 것 같았지만, 정작 일어서지는 않았다.

와다티 부인이 아버지에게 말했다.

"사부르, 당신이 괜찮다고만 하면 아이들을 데리고 시장에 가고 싶어요. 나비가 운전을 해줄 거예요. 그리고 당신에게는 술레이만이 뒤뜰의 작업장을 보여줄 수 있을 거예요. 직접 확인할 수 있게 말이죠."

아버지가 고개를 끄덕였다.

와다티 씨의 눈이 천천히 감겼다.

그들이 일어섰다.

불현듯 압둘라는 아버지가 이 사람들에게 과자와 차를 대접해준 데 대해 고맙다는 인사를 하고, 자신과 파리의 손을 잡고 이 집과 그림과 커튼과 넘치는 사치와 편안함을 뒤로하고 떠났으면 싶었다. 그들은 물 자루를 채우고 빵과 삶은 달걀 몇 개를 사서 그들이 왔던 길로 돌아갈 수 있을 것이다. 사막을 지나고 바위와 언덕들을 다시 지나며 아버지는 그들에게 얘기를 해줄 수 있을 것이다. 그들은 돌아가면서 파리를 수레에 태우고 끌고 갈 수 있을 것이다. 먼지를 뒤집어쓰고 피곤하겠지만 이틀이면, 아마 사흘이면, 그들은 샤드바그 마을로 돌아가 있을 것이다. 슈자는 그들이 오는 걸 보고 뛰어와서 파리 주변을 빙빙 돌면서 좋아할 것이다. 그들은 집에 있게 될 것이다.

아버지가 말했다.

"애들아, 다녀오너라."

압둘라는 한 발짝을 떼며 무슨 말을 하려고 했다. 그러나 나비 삼촌의 두툼한 손이 그의 어깨를 잡고 돌려세워 복도로 데리고 갔다.

"시장을 구경할 때까지 기다리려무나. 너희 둘 다 그런 건 본 적이 없잖니."

와다티 부인은 그들과 함께 뒷좌석에 앉았다. 그녀에게서 풍기는 향수 냄새가 차 안에 가득 찼다. 압둘라로서는 알 수 없지만, 달짝지근하기도 하고 약간 얼얼하기도 한 냄새도 배어 있었다. 나비 삼촌이 차를 몰고 가는 동안, 그녀는 그들에게 여러 가지 질문을 했다. 친구는 누구냐, 학교는 다니느냐, 그들이 하는 집안일은 어떠냐, 이웃은 누구냐, 어떤 놀이를 하느냐 등등. 햇빛이 그녀의 얼굴 오른쪽에 내려앉고 있었다. 그녀의 볼에 난 보송보송한 작은 털과 화장이 끝나는 걸 알리는 턱 밑의 희미한 선이 압둘라의 눈에 들어왔다.

파리가 말했다.

"저한테는 개가 있어요."

"그래?"

나비 삼촌이 앞좌석에서 끼어들었다.

"아주 괴짜랍니다."

"이름이 슈자예요. 제가 슬퍼하면 알아채요."

와다티 부인이 말했다.

"개들은 그렇단다. 내가 만난 어떤 사람들보다는 그 점에서 더 낫지."

그들은 인도를 뛰어가는 여학생 세 명을 지나쳤다. 여학생들은 검정색 교복을 입고 턱 밑으로 흰 스카프를 질끈 묶고 있었다.

"아까는 내가 얘기를 그렇게 했지만, 카불은 그리 나쁜 곳이 아니란다."

와다티 부인이 목걸이를 무심히 만지작거렸다. 창밖을 내다보는 그녀의 모습이 무거워 보였다.

"나는 늦봄을 좋아한단다. 특히 비 온 후의 늦봄 말이야. 공기가 아주 깨끗하고 여름이 오는 징후가 느껴지지. 햇살이 산에 닿는 모습이 달라지거든."

그녀가 힘없이 미소를 지었다.

"아이가 하나 있으면 참 좋을 텐데. 약간 시끄럽기도 하고 사람 사는 맛도 나고 말이지."

압둘라가 그녀를 바라보았다. 그는 여자에게서 왠지 모를 꺼림칙함을 느꼈다. 화장한 얼굴과 향수 냄새, 그리고 동정심을 유발하는 말들 밑으로 어딘지 불안하고 크게 갈라진 뭔가가 있는 걸 느꼈다. 압둘라는 유리병과 짝이 안 맞는 접시와 얼룩이 묻은 단지들이 선반에 무질서하게 놓여 있는 부엌에서 파르와나가 요리할 때 나는 냄새를 떠올렸다. 스프링이 언제라도 밖으로 나오려 하고 더럽긴 했지만, 그는 파리와 같이 쓰던 매트리스가 그리웠다. 모든 게 그리웠다. 그는 집이 그렇게 가슴 아프게 그리웠던 적이 없었다.

와다티 부인이 한숨을 쉬며 좌석 깊숙이 몸을 눕혔다. 그녀는 임신한 여자가 큰 배를 감싸 쥐듯, 자신의 핸드백을 감싸 쥐고 있었다.

나비 삼촌이 사람들로 번잡한 보도 옆에 차를 세웠다. 길 건너 뾰족탑들이 있는 사원 옆에 시장이 있었다. 사람들로 북적거리는 미로들이 보였다. 그 사이의 통로는 지붕이 있는 곳도 있고 없는 곳도 있었다. 그들은 가죽옷과 형형색색의 보석이 달린 반지, 다양한 향신료 등을 파는 상점들이 늘어선 통로를 걸어 다녔다. 와다티 부인과 두 아이가 앞에 가고 나비 삼촌은 뒤를 따라왔다. 밖으로 나오자, 와다티 부인은 검은 선글라스를 썼다. 그걸 쓰자 그녀의 얼굴이 이상하게 고양이처럼 보였다.

홍정하는 소리들이 사방에서 들렸다. 상점마다 음악을 크게 틀어 놓고 있었다. 그들은 책, 라디오, 램프, 은색 주방 기구 등을 파는, 앞이 트인 가게들을 지나쳤다. 압둘라는 흙이 묻은 군화에 짙은 갈색 외투를 입은 군인 두 명이 담배를 나눠 피우면서 사람들을 무심하게 쳐다보고 있는 걸 보았다.

그들은 신발 가게에서 멈췄다. 와다티 부인이 상자 안에 진열되어 있는 신발들을 샅샅이 살폈다. 나비는 뒷짐을 지고 다음 가게로 가서 옛날 동전들을 지그시 내려다보았다.

와다티 부인이 파리에게 말했다.

"이거 어떠니?"

그녀의 손에는 노란 운동화가 들려 있었다.

파리가 믿을 수 없다는 표정으로 신발을 바라보며 말했다.

"진짜 예뻐요."

"한번 신어보렴."

와다티 부인은 파리가 신발 신는 걸 도와줬다. 그녀는 파리를 위해 신발 끈을 조정해 묶어줬다. 그녀가 선글라스 너머로 압둘라를 올려다보았다.

"너도 하나 사면 되겠다. 그런 샌들을 신고 마을에서 여기까지 걸어왔다니 믿을 수가 없구나."

압둘라는 고개를 젓고 눈길을 돌렸다. 수염을 너저분하게 기르고 두 발이 안으로 굽은 거지가 골목 아래쪽에서 행인들에게 구걸을 하고 있었다.

"아불라 오빠, 여기 좀 봐!"

파리가 한쪽 발을 들었다가 다시 다른 발을 들어 보였다. 그러더니 발을 구르며 뛰었다. 와다티 부인이 나비 삼촌을 불러, 신발이 잘 맞는지 볼 수 있도록 파리를 데리고 골목을 걸어가보라고 했다. 나비 삼촌이 파리의 손을 잡고 걸어갔다.

와다티 부인이 압둘라를 내려다보았다.

그녀가 말했다.

"너는 내가 아까 한 얘기를 듣고 날 나쁜 사람이라고 생각하는구나."

압둘라는 파리와 나비 삼촌이 다리가 안으로 굽은 늙은 거지 옆을 지나는 모습을 바라보았다. 노인이 파리에게 뭐라고 했다. 그러자 파리가 나비 삼촌을 향해 얼굴을 들었다. 나비 삼촌이 노인에게 동전 하나를 던져줬다.

압둘라가 소리 없이 울기 시작했다.

와다티 부인이 깜짝 놀라며 말했다.

"가엾은 아이로구나."

그녀는 핸드백에서 손수건을 꺼내 건넸다.

압둘라가 그걸 밀치며 갈라진 목소리로 말했다.

"그러지 마세요, 제발."

그녀는 선글라스를 머리 위로 올리고, 이제 그의 옆에 쭈그리고 앉았다. 와다티 부인의 눈에도 물기가 어려 있었다. 그녀가 손수건으로 눈물을 훔쳐내자, 검은 얼룩이 묻어 나왔다.

"네가 나를 미워해도 탓할 수가 없구나. 네 권리니까 말이다. 그러나 지금은 이해하지 못하겠지만, 이건 최선을 위해서란다. 압둘라, 정말이다. 최선을 위해서야. 언젠가 알게 될 거다."

압둘라는 하늘을 향해 고개를 들고 소리 내어 울었다. 그때, 파리가 그를 향해 뛰어왔다. 동생의 눈에는 고마운 표정이 묻어났고 얼굴은 행복감으로 빛나고 있었다.

그해 겨울의 어느 날 아침, 아버지는 도끼로 거대한 떡갈나무를 잘랐다. 셰킵 물라의 아들인 바이툴라와 다른 남자 몇이 그 일을 도왔다. 아무도 막으려고 하지 않았다. 압둘라는 다른 아이들 옆에 서서 어른들을 바라보았다. 아버지가 첫 번째로 한 일은 그네를 내린 것이었다. 그는 나무에 올라가 칼로 밧줄을 잘랐다. 그리고 다른 남자들과 오후 늦게까지 두툼한 나무의 몸통을 잘랐다. 그러자 나무가 마침내 요란한 소리를 내며 넘어졌다. 아버지는 압둘라에게 겨울에 쓸 장작이 필요해서 자르는 거라고 했다. 그러나 그의 도끼질은 지나치게 거칠었다. 아버지의 턱은 굳어 있었고 얼굴에는 구름이 가득했다. 마치 나무를 바라보는 걸 더 이상 견딜 수 없는 것 같았다.

이제, 희끄무레한 하늘 밑에서 어른들이 넘어진 나무를 도끼로 내려찍고 있었다. 그들이 나무를 찍을 때, 도끼날에서는 공허한 소리가 났고 그들의 코와 볼은 추위로 빨개져 있었다. 압둘라는 나무의 위쪽에 달린 작은 가지를 부러뜨렸다. 이틀 전에 첫눈이 내렸다. 많은 양은 아니었다. 아직은 아니었다. 이후로 올 것에 대한 조짐일 뿐이었다. 곧 샤드바그 마을에 겨울이 들이닥치면 고드름이 얼고 한 주 내내 눈이 내리고 바람이 불 것이다. 그러면 손등이 갈라 터질 것이다. 지금은 흰 눈이 별로 보이지 않고, 이곳에서부터 가파른 언덕 중턱까지 흐릿한 갈색 흙에 드문드문 섞여 있을 뿐이었다.

압둘라는 작은 나뭇가지를 한 아름 모아 인근에 있는 공동 나뭇단 쪽으로 날랐다. 그는 새로 장만한 겨울용 신발을 신고 장갑을 끼고 겨울 점퍼를 입고 있었다. 점퍼는 중고였지만, 고장이 나서 아버지가 고쳐야 했던 지퍼를 제외하면 새것이나 다름없었다. 솜이 들어가 있고 오렌지색 털이 안감으로 대어진 짙은 청색 점퍼였다. 여닫을 수 있는 깊숙한 주머니 네 개와 줄을 잡아당기면 얼굴 주변을 꼭 여밀 수 있는 누비 모자가 달려 있었다. 그는 모자를 벗고 길게 숨을 내쉬었다.

해가 지평선 너머로 지고 있었다. 마을의 흙담 너머로 삭막하고 희끄무레한 모습의 낡은 풍차가 아직도 보였다. 차가운 돌풍이 언덕에서 불어올 때마다, 풍차의 날개에서 삐걱거리는 소리가 났다. 풍차는 여름에는 주로, 푸른 왜가리들의 집이었다. 그런데 겨울에는 왜가리들이 가버리고 까마귀 떼가 날아들었다. 매일 아침, 압둘라는 까마귀들이 깍깍대는 소리에 잠이 깼다.

오른쪽 땅에서 뭔가가 그의 눈길을 끌었다. 그는 그것을 향해 다가가 무릎을 꿇었다.

깃털. 작고 노란.

그는 장갑 한 짝을 벗고 그것을 집었다.

오늘 밤 그들은 파티에 참석할 예정이었다. 그와 아버지, 그리고 배다른 동생 이크발, 이렇게 셋이서. 바이툴라의 집에 사내아이가 태어났기 때문이었다. 모트렙(가수)이 와서 노래를 하고 누군가가 탬버린을 연주할 것이라고 했다. 차와 막 구운 빵이 나오고 감자를 곁들인 쇼르와(수프)가 나올 것이라고 했다. 그러고 나면 셰킵 물라가 달짝지근한 물이 든 그릇에 손가락을 적셔서 아이에게 빨아 먹게 할 것이었다. 그리고 반들반들한 검정색 돌과 양날의 면도칼을 꺼내 아이의 옷의 몸통 부분을 들어 올릴 것이었다. 일상적인 의식이었다. 그것이 샤드바그에서 돌아가는 삶이었다.

압둘라는 깃털을 손바닥에 놓고 뒤집어 보았다.

아버지는 그때 말했었다. **더 이상 울고불고하면 안 된다. 울지 마라. 용납하지 않겠다.**

그리고 압둘라는 더 이상 울지 않았다. 마을에서는 아무도 파리에 대해 묻지 않았다. 아무도 그 아이의 이름을 입에 올리지 않았다. 파리가 얼마나 완벽하게 그들의 삶에서 사라졌는지 압둘라는 놀라울 따름이었다.

슈자만이 자신처럼 슬퍼했다. 개는 날마다 그들의 오두막 문가에 나타났다. 파르와나는 개에게 돌을 던졌고 아버지는 막대기를 들고 개를 쫓았다. 하지만 개는 계속 돌아왔다. 매일 밤, 개가 슬퍼서 낑낑거리는 소리가 들렸다. 매일 아침, 개는 턱을 앞발에 괸 채 문가에 엎드려 있었다. 개는 자기를 공격하는 사람을 비난하는 기색 없이 우울하게 쳐다보았다. 몇 주 동안, 이런 일이 계속되었다. 그러던 어느 날 아침, 압둘라는 개가 고개를 늘어뜨리고 언덕을 향해 절뚝거리며 걸어가는 모습을 보았다. 그 후로 아무도 개를 보지 못했다.

압둘라는 노란 깃털을 호주머니에 넣고 풍차를 향해 걸어가기 시작했다.

때때로 그는 아버지의 얼굴에 수심이 가득해지고 복잡한 감정이 얽히는 걸 보았다. 아버지는 이제 작아 보였다. 뭔가 중요한 것을 빼앗긴 사람 같았다. 그는 집 주변을 느릿느릿 돌아다니거나, 이크발을 무릎에 앉히고 커다란 무쇠 난로를 쬐며 불길을 바라보았다. 그의 목소리는 느려졌다. 압둘라가 기억하기론 그런 적이 없었다. 그의 말 하나하나가 뭔가에 눌리고 있는 것 같았다. 아버지는 굳은 표정으로 긴 침묵 속에 빠져들었다. 그는 더 이상 이야기를 해주지도 않았다. 그와 압둘라가 카불에서 돌아온 후로 아무런 이야기도 해주지 않았다. 압둘라는 아버지가 와다티 가족에게 자신의 뮤즈도 팔아버렸는지 모른다고 생각했다.

가버린 것이었다.

사라진 것이었다.

남은 게 아무것도 없었다.

아무런 말도 없었다.

그 아이일 수밖에 없었다. 미안하구나, 압둘라. 그 아이일 수밖에 없었다.

파르와나가 이렇게 말한 것 말고는 아무것도 없었다.

손을 살리기 위해 잘라낸 손가락.

압둘라는 풍차 뒤편의 땅에 무릎을 꿇었다. 허물어지는 석탑 아래였다. 그는 장갑을 벗고 땅을 팠다. 그리고 동생의 굵은 눈썹과 넓고 둥근 이마, 사이가 벌어진 이를 드러내며 짓던 미소를 떠올렸다. 집 안 가득 울리던 파리의 웃음소리가 생각났다. 그는 그들이 시장에서 돌아왔을 때 생겼던 혼란스러운 상황을 떠올렸다. 파리는 공포에 질려 소리를 질렀다. 그러자 나비 삼촌이 파리를 후다닥 데려갔었다. 압둘라는 손가락에 금속이 닿아올 때까지 땅을 팠다. 그리고 그 밑으로 손을 넣어 구멍에서 티 박스를 들어 올렸다. 그는 뚜껑에서 차가운 흙을 쓸어냈다.

최근 들어 그는 아버지가 카불에 가기 전날 밤 해준 이야기를 떠올리는 일이 잦았다. 아버지는 늙은 농부인 아유브와 악마에 관한 얘기를 해줬었다. 압둘라는 자신이 파리가 한때 서 있었던 곳에 있다는 걸 알았다. 동생의 부재가 발밑의 흙에서 올라오는 냄새 같았다. 무릎이 휘청거리고 가슴이 무너져 내렸다. 그는 악마가 아유브에게 줬다는 마법의 약을 한 모금 마시고 싶었다. 그도 잊어버리고 싶었다.

그러나 잊을 수가 없었다. 어디를 가든, 파리의 모습이 압둘라의 의식 가장자리에 떠돌았다. 파리는 그의 셔츠에 달라붙은 먼지 같았다. 파리는 집 안에 자주 찾아드는 침묵 속에 존재했다. 그들의 말 사이사이에 고이는 침묵 속에 존재했다. 때로 그 침묵은 차갑고 공허했고, 때로 그 침묵은 입 밖에 내지 않은 것들을 의미했다. 그것은 마치 결코 내리지 않는 비로 가득한 구름 같았다. 압둘라는 어떤 날에는 자신이 다시 사막에 있는 꿈을 꿨다. 꿈속에서 그는 산으로 둘러싸여 있었다. 멀리서 하나의 불빛이 무슨 전언처럼 깜빡거렸다.

그는 박스를 열었다. 파리의 깃털들이 거기에 있었다. 수탉, 오리, 비둘기, 공작의 깃털들이. 그는 노란 깃털을 안에 집어넣었다. 그리고 생각했다. 언젠가.

그리고 소망했다.

슈자의 나날이 그랬듯이, 압둘라가 샤드바그에 있을 날이 며칠 남아 있지 않았다. 그는 이제 그걸 알았다. 여기에는 그를 위해 남은 게 아무것도 없었다. 이곳은 그에게 집이 아니었다. 그는 겨울이 가고 봄이 오기를 기다릴 셈이었다. 그리고 어느 날 아침 새벽에 일어나서 문밖으로 발을 내디딜 것이다. 그는 방향을 정하고 걷기 시작할 것이다. 발걸음이 닿는 한, 샤드바그에서 최대한 멀리 떨어진 곳으로 갈 것이다. 그리고 어느 날, 광활한 들판을 지나다가 절망에 사로잡히면 눈을 감고, 파리가 사막에서 발견했던 매의 깃털을 생각할 것이다. 그는 새의 몸에서 떨어져 나온 깃털이 구름 속으로 떠올라, 세상보다 1킬로미터쯤 높은 곳에서 격렬한 바람에 소용돌이치다가, 돌풍에 밀려 수 킬로미터에 걸친 사막과 산 위로 밀려가다가, 어쩌다 우연히, 어떤 돌 밑에 내려앉아 동생의 눈에 띄기를 바랄 것이다. 그는 그런 일들이 실제로 일어나기를 바랄 것이다. 그렇다면 놀라운 일일 것이다. 그런 일이 있을 것 같지는 않지만, 그렇게 되면 그는 용기를 내서 눈을 뜨고 걸어갈 것이다.

3

1949년 봄

파르와나는 누비이불을 잡아당기기 전에 냄새를 맡고 살핀다. 마수마의 엉덩이, 허벅지 아래까지 온통 더러워져 있다. 침대보도 그렇고 매트리스도 그렇고 누비이불도 그렇다. 마수마가 어깨 너머로 그녀를 바라보며 용서해달라고 한다. 창피한 모양이다. 많은 시간이 지났어도, 오랜 세월이 지났어도, 여전히 창피한 모양이다.

마수마가 속삭인다.

"미안해."

파르와나는 소리를 지르고 싶지만 애써 희미한 미소를 짓는다. 이럴 때면 요지부동한 사실을 잊지 않고 기억하는 데 상당한 노력이 든다. 이 혼란이 자초한 짓이라는 사실 말이다. 그녀에게 닥친 어느 것도 부당하거나 과한 게 아니다. 자신은 이런 일을 당해도 싸다. 파르와나는 한숨을 쉬고 더러워진 리넨을 살피며 그녀가 해야 할 일을 두려워한다. 그녀가 말한다.

"씻겨줄게."

마수마가 소리 없이 울기 시작한다. 표정의 변화도 없다. 눈물만이 아래로 흘러내린다.

쌀쌀한 이른 아침이다. 파르와나가 아궁이에 불을 지핀다. 불이 붙자, 그녀는 샤드바그의 공동 우물에서 길어 온 물을 통에 붓고 데우기 시작한다. 그녀는 불에 손을 녹인다. 이곳에서는 풍차가 보인다. 그녀와 마수마가 어렸을 때, 셰킵 물라가 글자를 가르쳐주던 마을 사원도 보인다. 완만한 경사면 아래에 자리한 셰킵 물라의 집도 보인다. 좀 있다 해가 뜨면, 그 집의 지붕은 먼지를 배경으로 아주 붉고 완벽한 사각형이 될 것이다. 그의 아내가 햇볕에 말리려고 널어놓은 토마토 때문에 그렇다. 파르와나는 희미해지는 새벽 별을 쳐다본다. 별들이 그녀를 향해 무심하게 깜빡거린다. 그녀는 용기를 낸다.

안에 들어가서 그녀는 마수마를 뒤집고 행주를 물에 빨아 엉덩이를 깨끗이 닦아준다. 엉덩이에 묻은 더러운 것을 닦아내고 연약한 다리도 닦는다.

마수마가 베개에 대고 웅얼거린다.

"왜 따뜻한 물로 하는 거니? 힘들게 왜 그래? 그럴 필요 없어. 나는 그 차이를 몰라."

파르와나가 악취에 얼굴을 찡그리며 대꾸한다.

"어쩌면 그게 맞을지도 모르지. 그래도 난 이렇게 할 거야. 그러니 내가 이걸 끝내게 입 다물고 있어."

거기서부터 파르와나의 하루가 시작된다. 그들의 부모가 죽은 후로 지난 4년간 늘 그랬다. 그녀는 닭에게 모이를 준다. 장작을 패고 우물에서 물을 길어 온다. 그녀는 반죽을 만들어 오두막 밖에 있는 탄두르에서 굽는다. 그녀는 바닥을 빗자루로 쓴다. 오후가 되면 개울가에 앉아 다른 마을 여자들과 함께 돌에 두드려가며 빨래를 한다. 나중에는 공동묘지에 있는 부모의 무덤에 가서 짧은 기도를 올린다. 금요일이기 때문이다. 일을 하는 틈틈이, 그녀는 마수마의 몸을 이쪽 저쪽으로 움직여준다. 한쪽 엉덩이에 베개를 댔다가 다른 쪽 엉덩이로 옮겨준다.

그런데 그날은 두 번이나 사부르를 본다.

파르와나는 작은 오두막 밖에서 그가 쪼그려 앉아 아궁이에 불을 지피고 있는 걸 본다. 연기가 매운지 눈을 가늘게 뜨고 있다. 그의 아들 압둘라가 그 옆에 있다. 그러고 나서 그녀는 그가 다른 남자들과 얘기하는 걸 본다. 그들은 사부르처럼 지금은 가정이 있지만, 한때는 그와 같이 싸움박질하고 연을 날리고 개를 쫓고 숨바꼭질하던 마을 소년들이었다. 요즘은 사부르의 어깨에 무거운 짐이 얹히고 비극의 장막이 드리워졌다. 아내의 죽음에 어미 없는 아이들. 그것도 하나는 갓난애다. 그는 이제 피곤하고 거의 들리지 않는 목소리로 말한다. 그는 초췌한 몰골로 마을을 돌아다닌다.

파르와나는 멀리서 무거운 시선으로 그를 바라본다. 그녀는 그를 지나칠 때, 눈길을 외면한다. 우연히 두 사람의 눈이 마주치면, 그는 그저 그녀를 향해 고개를 끄덕이기만 한다. 그러면 그녀의 얼굴에 피가 몰린다.

그날 밤, 파르와나는 잠을 자려고 자리에 눕는다. 팔을 들 힘조차 없다. 기진맥진해서 머리가 빙빙 돈다. 그녀는 누워서 잠이 오기를 기다린다.

그때 어둠 속에서 소리가 들려온다.

"파르와나?"

"응."

"우리가 자전거를 같이 탈 때, 기억나니?"

"응."

"정말 빨리 탔었잖아! 그렇게 언덕을 내려갔지. 개들이 우리를 쫓아오고 말이야."

"기억나지."

"우리 둘 다 소리 지르고 난리였잖아. 바위에 부딪쳤을 때는……"

파르와나는 마수마가 어둠 속에서 미소 짓는 걸 느낄 수 있다.

"어머니가 우리한테 엄청 화를 내셨지. 나비 오빠도 그랬고 말이야. 자기 자전거를 부숴놓았다면서."

파르와나가 눈을 감는다.

"파르와나?"

"응."

"오늘 밤 내 옆에서 자줄 수 있니?"

파르와나가 누비이불을 걷어내고 오두막을 가로질러 마수마가 있는 곳으로 가서 담요 속으로 들어간다. 마수마가 파르와나의 어깨에 볼을 대고, 한쪽 팔을 파르와나의 가슴에 두른다.

마수마가 속삭인다.

"네가 나 때문에 묶여 있으면 안 되는데."

파르와나가 되받아 속삭인다.

"또 시작이네."

그녀는 마수마의 머리를 오래 쓰다듬어준다. 마수마는 그게 좋다.

그들은 한동안 낮은 목소리로 별로 중요하지 않은 사소한 것들에 대해 얘기한다. 더운 입김이 서로의 얼굴에 닿는다. 이것이 파르와나에게는 나름 행복한 순간이다. 이럴 때면 어린 시절이 떠오른다. 담요 속으로 들어가 코를 비비면서 은밀한 얘기나 잡담을 하고 소리 없이 웃던 어린 시절이. 곧 마수마는 잠이 든다. 무슨 꿈을 꾸는지 혀를 요란하게 굴리고 있다. 파르와나는 새까매진 하늘을 창문으로 내다본다. 그녀의 머리에 단편적인 생각들이 오간다. 그러다가 그녀는 오래된 잡지에서 보았던, 몸통이 붙은 험상궂은 얼굴의 샴쌍둥이의 사진을 떠올린다. 한쪽의 골수에서 만들어진 피가 다른 쪽의 혈관에서 흐르는, 영원히 분리될 수 없는 두 형제의 사진. 파르와나는 누군가의 손이 자신의 가슴을 압박하는 것처럼 죄어드는 느낌을 받는다. 절망스럽다. 그녀는 숨을 쉰다. 그녀는 다시 한 번 사부르를 생각하려고 노력한다. 그러나 그가 새 아내를 찾고 있다는 소문에 생각이 미친다. 그녀는 머릿속에서 그의 얼굴을 밀어낸다. 그녀는 어리석은 생각을 물리친다.

파르와나는 예기치 않게 태어난 아이였다.

마수마는 이미 나와서 산파의 팔에 안겨 조용히 꿈틀거리고 있었다. 그때 또 다른 아이의 머리가 산모의 몸을 두 번째로 열고 나왔고, 그들의 어머니는 비명을 질렀다. 마수마는 무난하게 태어났다. 나중에 산파는 말했다. **천사는 스스로 나왔다우.** 그런데 파르와나는 나오는 데 오래 걸렸다. 산모한테는 괴롭고 아이한테는 위험한 일이었다. 산파가 파르와나의 목에 감겨 있던 탯줄을 풀어줘야 했다. 마치 헤어지는 게 두려운 듯, 아이는 탯줄을 목에 감고 있었다. 자기혐오의 물결이 밀려올 때면, 파르와나는 어쩌면 무엇이 최선인지 탯줄이 알고 있었던 게 아닌가 하는 생각이 든다. 탯줄은 어느 쪽이 더 좋은 반쪽인지를 알고 있었던 게 아닐까.

마수마는 규칙적으로 먹고 규칙적으로 잤다. 배가 고프거나 기저귀를 갈아야 할 때만 울었다. 깨어 있을 때는 놀기 좋아하고 쾌활했다. 포대기에 둘러싸인 아이는 늘 까르륵까르륵 웃으며 행복해했다. 아이는 딸랑이 빨기를 좋아했다.

사람들은 마수마를 현명한 아이라고 생각했다.

그런데 파르와나는 폭군이었다. 아이는 자신의 힘을 양껏 어머니에게 행사했다. 그들의 아버지는 아이의 기세에 눌려 아이의 오빠인 나비를 데리고 형네로 자러 갔다. 밤은 어머니에게는 엄청나게 어려운 시간이었다. 쉴 수 있는 시간은 잠시뿐, 매일 밤새도록 파르와나를 어르며 서성여야 했다. 아이에게 노래를 불러주고 흔들어줘야 했다. 그녀는 파르와나가 자신의 부풀어 오른 젖가슴을 파고들어 젖꼭지를 물어뜯으면 움찔했다. 아이는 그녀의 뼛속에 있는 젖까지 먹어버릴 기세였다. 그러나 젖을 다 먹여도 끝난 게 아니었다. 파르와나는 배가 불러도, 도리질을 하며 울고불고 난리였다. 어머니가 애원해도 소용없었다.

마수마는 방 한구석에서 생각에 잠긴 표정으로 그 모습을 바라보았다. 마치 어려운 상황에 빠져 있는 어머니를 동정하는 것 같았다.

하루는 그들의 어머니가 아버지에게 말했다.

나비는 이런 적이 없었는데 그러네요.

아이는 저마다 다르잖아.

저 애가 나를 죽일 작정인가 봐요.

지나갈 거야. 나쁜 날씨가 그러듯이.

사실, 그것은 지나갔다. 아이가 그랬던 건 복통이나 무해한 병 때문이었는지도 모른다. 하지만 너무 늦게 지나갔다. 파르와나가 악명을 떨칠 대로 떨친 후였던 것이다.

쌍둥이 자매가 태어난 지 열 달쯤 되던 늦여름의 오후였다. 샤드바그 사람들은 결혼식이 끝나고 모여 있었다. 여자들은 사프란이 점점이 들어간 보풀보풀한 흰 쌀밥을 큰 접시에 열심히 담고 있었다. 그들은 빵을 자르고, 솥 바닥의 누룽지를 긁어내고, 요구르트와 말린 박하를 뿌린 가지나물을 서로에게 돌렸다. 나비는 남자애들과 밖에서 놀았다. 아이의 어머니는 이웃들과 함께 마을의 거대한 떡갈나무 밑에 펼쳐놓은 깔개에 앉아 있었다. 이따금 그녀는 그늘 밑에서 나란히 자고 있는 딸들을 바라보았다.

식사가 끝나자, 아이들이 낮잠에서 깨어났다. 누군가가 마수마를 바로 데려왔다. 사람들은 아이를 안아보느라 정신이 없었다. 사촌, 숙모, 숙부 등 친척들이 돌아가며 아이를 안았다. 마수마는 그들의 무릎 위에서 몸의 균형을 잡고 뛰었다. 사람들은 아이의 부드러운 배를 간질이고, 아이의 코에 코를 대고 비볐다. 그들은 아이가 셰킵 물라의 수염을 잡아당기자 배꼽을 잡고 웃었다. 그들은 낯을 가리지 않는 마수마를 놀라워했다. 그들은 아이를 들어 올리고 발그스레한 볼, 푸른 눈, 부드러운 이마를 감탄하며 바라보았다. 그런 것들은 몇 년이 지나면 아이를 놀라운 미인으로 만들어줄 전조였다.

파르와나는 어머니의 무릎에 있었다. 마수마가 어른들한테 재롱을 부릴 때, 파르와나는 약간 어리둥절한 것처럼 조용히 그 모습을 바라보았다. 아이는 무슨 일인지 알지 못했다. 이따금 어머니가 파르와나를 내려다보고 작은 발을 살짝, 미안한 듯 쥐었다. 누군가가 마수마의 새 이가 두 개 나온다고 말했을 때, 어머니는 작은 목소리로 파르와나는 세 개나 나온다고 말했다. 그러나 아무도 관심을 가져주지 않았다.

자매가 아홉 살 때였다. 가족이 사부르의 집에 모였다. 라마단 기간 동안의 단식이 끝나고 이른 이프타르(라마단 단식 후의 저녁 식사)를 하기 위한 자리였다. 어른들은 바닥에 깔린 방석에 앉아 있었다. 얘기 소리로 집 안이 왁자지껄했다. 사람들은 차도 마시고 덕담도 하고 잡담도 했다. 노인들은 염주를 만지작거렸다. 파르와나는 조용히 앉아서 사부르와 같은 공기를 마시는 데 만족해했다. 사부르의 둥글고 검은 눈 근처에 있는 게 마냥 좋았다. 소녀는 저녁 내내, 소년이 있는 방향을 쳐다보았다. 소년이 각설탕을 깨물고, 부드러운 이마를 문지르고, 나이 많은 삼촌이 무슨 얘기를 하자 기운차게 웃는 모습을 바라보았다. 한두 번인가 사부르가 파르와나를 쳐다보았는데, 그녀는 당황해서 재빨리 눈길을 돌렸다. 무릎이 떨리기 시작했다. 입이 너무 바짝 말라 말을 할 수도 없었다.

그때, 파르와나는 집에 있는 물건 더미에 숨겨놓은 공책을 떠올렸다. 사부르는 이야기를 하기 좋아했다. 신령과 요정과 악마들이 많이 나오는 이야기였다. 종종, 마을 아이들이 주변에 모여 사부르가 만들어내는 이야기에 숨을 죽였다. 6개월 전쯤, 파르와나는 사부르가 나비에게 언젠가 자기 얘기를 쓰고 싶다고 얘기하는 걸 엿들었다. 파르와나가 어머니와 함께 다른 도시의 시장에 갔다가 중고 서적을 파는 상점에서 예쁜 공책을 발견한 건 그 일이 있은 직후였다. 깔끔하게 줄이 그이고 가장자리가 짙은 갈색 가죽으로 장정된 두툼한 공책이었다. 소녀는 그 공책을 손에 들자마자 자신의 어머니가 그걸 사줄 수 없다는 걸 알았다. 그래서 가게 주인이 보지 않을 때, 스웨터 속에 공책을 슬쩍 집어넣었다.

그러나 6개월이 지났어도 파르와나는 아직 그 공책을 사부르에게 줄 용기를 찾지 못했다. 소녀는 소년이 그걸 보고 비웃거나 어떻게 얻은 것인지 알고 돌려주지 않을까 두려웠다. 그래서 매일 밤, 담요

속에서 아무도 몰래 공책을 만지며 가죽에 그려진 무늬를 손가락 끝으로 쓸곤 했다. **내일**, 그녀는 매일 밤 스스로에게 이렇게 다짐했다. **내일은 이걸 갖다 줄 거야.**

그날 저녁 늦게, 이프타르가 끝난 후, 아이들은 밖으로 놀러 나갔다. 파르와나, 마수마, 사부르는 번갈아가며 사부르의 아버지가 커다란 떡갈나무의 단단한 가지에 매어놓은 그네를 탔다. 파르와나의 차례가 되면, 사부르는 이야기를 하느라 소녀를 밀어주는 걸 계속 잊어버렸다. 이번에는 커다란 떡갈나무에 관한 이야기를 하고 있었다. 사부르는 떡갈나무에 마법이 있다고 했다. 소원이 있으면 떡갈나무 앞에 무릎을 꿇고 빌면 된다고 했다. 떡갈나무가 그 소원을 들어주겠다고 하면, 정확하게 열 개의 이파리가 머리 위로 떨어질 거라고 했다.

그네가 멈추려고 하자, 파르와나는 그네를 밀어달라고 사부르를 쳐다보았다. 그러나 목구멍에 말이 걸려 나오지 않았다. 사부르와 마수마는 서로를 향해 미소를 짓고 있었다. 파르와나는 사부르의 손에 공책이 들려 있는 걸 보았다. 자신의 것이었다.

마수마가 나중에 말했다.

집에 있던데, 그게 네 거였니? 어떡해서든 내가 돈을 마련해서 갚을게. 괜찮지? 나는 그 공책이 사부르한테 딱 어울리는 거라고 생각했어. 이야기를 쓰는 데 말이지. 파르와나, 그 애가 어떤 표정을 지었는지 보았니? 응?

파르와나는 괜찮다고 했지만 속으로는 무너지고 있었다. 마수마와 사부르가 서로를 향해 미소 짓고 눈길을 주고받는 모습이 머리에서 떠나질 않았다. 파르와나는 사부르의 이야기 속에 나오는 마귀처럼 공기 속으로 사라져버린 존재 같았다. 그렇게 느낄 정도로 그들은 자신의 존재를 의식하지 못했다. 파르와나는 그 사실이 너무 괴로웠다. 그날 밤, 소녀는 이불 속에서 소리 없이 울었다.

소녀와 언니가 열한 살이었을 무렵, 파르와나는 은밀히 좋아하는 여자들을 향해 남자들이 보이는 이상한 행동을 조숙하게 이해했다. 그녀는 특히 언니하고 같이 학교에서 집으로 걸어올 때, 그것을 눈여겨보았다. 학교라고 해봐야 실제로는 사원의 안쪽 방이 전부였다. 그곳에서 셰킵 물라는 코란 암송뿐만 아니라, 마을의 모든 아이에게 읽고 쓰고 시를 암송하는 걸 가르쳤다. 자매의 아버지는 그처럼 현명한 사람이 말리크(지도자)여서 샤드바그는 운이 좋다고 말했다. 수업을 받고 집으로 돌아올 때, 쌍둥이 자매는 벽에 등을 대고 앉아 있는 소년들과 이따금 마주쳤다. 여자아이들이 지나가면 남자아이들은 야유하거나 조약돌을 던졌다. 파르와나는 보통 그에 맞서 소리를 치거나 돌을 되던졌다. 그러나 마수마는 늘 파르와나의 팔꿈치를 잡아당기며 그들이 더 자극하게 놔두지 말고 더 빨리 걸으라고 했다. 그러나 마수마는 잘못 이해하고 있었다. 파르와나가 화난 건 그들이 조약돌을 던져서가 아니라 마수마한테만 던졌기 때문이었다. 파르와나는 그들이 조롱하는 시늉을 하고 있으며, 시늉이 클수록 그들의 욕망도 더 크다는 걸 알고 있었다. 소녀는 그들의 눈이 자신이 아니라 마수마를 향하고 있다는 걸 알았다. 그들은 마수마에게서 눈을 뗄 수가 없었던 것이다. 파르와나는 그들의 조야한 농담과 음탕한 웃음 뒤에 마수마에 대한 두려움이 도사리고 있다는 걸 알았다.

하루는 그들 중 하나가 조약돌이 아니라 큰 돌을 던졌고, 그것이 마수마와 파르와나의 발치까지 굴러왔다. 마수마가 그걸 집어 들자, 남자아이들이 킬킬거리며 서로를 팔꿈치로 치고 난리였다. 돌에는 고무줄로 쪽지가 묶여 있었다. 마수마는 안전하게 떨어진 곳에 가서 그것을 풀었다. 자매는 쪽지를 읽었다.

그대의 얼굴을 본 후로

모든 세계가 가짜고 환상인 것 같네.

정원은 어떤 것이 잎이고 꽃인지 당황하고 있네.

혼란스러운 새들은 모이와 덫을 구분할 줄도 모르네.

셰킵 물라가 가르친 루미의 시 중 하나였다.

마수마가 깔깔거리며 말했다.

저 애들이 더 유식해지고 있네.

시 밑에는 이렇게 쓰여 있었다.

너와 결혼하고 싶어.

그 글 바로 밑에는 이렇게 쓰여 있었다.

나한테 네 여자 형제에게 맞는 사촌이 있어. 아주 잘 어울릴 거야. 두 사람은 우리 작은아버지 밭에서 같이 풀을 뜯을 수 있을 거야.

마수마는 쪽지를 반으로 찢으며 말했다.

파르와나, 신경 쓰지 마. 바보들이니까.

파르와나도 동의했다.

맞아, 바보들이지.

그런데 그녀가 얼굴에 미소를 머금는 데는 상당한 노력이 필요했다. 쪽지만 해도 그렇지만, 실제로 사람을 더 약 오르게 한 건 마수마의 반응이었다. 남자아이는 그 쪽지를 누구한테 보낸 것인지 명확히 하지 않았다. 그러나 마수마는 그 시가 자기를 위한 것이고 사촌은 파르와나를 위한 것이라고 자기 멋대로 단정해버렸다. 처음으로 파르와나는 언니의 눈으로 자신의 모습을 보았다. 파르와나는 언니가 자신을 어떻게 보는지 알았다. 언니는 다른 사람들과 똑같이 자신을 보고 있었던 것이다. 마수마가 했던 말을 생각하자 파르와나는 처참했다. 맥이 빠졌다.

마수마가 어깨를 으쓱하고 씩 웃으며 덧붙였다.

게다가 나는 이미 임자가 있어.

나비는 매월 집에 온다. 그는 가족 중에서 성공한 사례다. 어쩌면 마을을 통틀어서도 그럴 것이다. 카불에서 일하기 때문이다. 번쩍이는 독수리 머리가 보닛에 붙어 있는, 크고 번쩍이는 파란 차를 몰고 샤드바그에 오기 때문이다. 모두가 그가 도착하는 걸 보려고 몰려든다. 마을 아이들은 소리를 지르며 차를 따라 달린다.

그가 묻는다.

"잘 있었어?"

그들 세 사람은 오두막 안에서 차를 곁들여 아몬드를 먹는다. 파르와나는 나비가 아주 잘생겼다고 생각한다. 보기 좋고 선명한 광대뼈, 담갈색 눈, 짧은 구레나룻, 이마에서 뒤로 넘긴 숱 많은 검은 머리가 무척 멋지다. 그는 지나치게 커 보이는 올리브색 양복을 항상 입고 있다. 파르와나는 나비가 양복을 자랑스럽게 여기고 있으며, 늘 소매를 잡아당기고 옷깃을 펴고 바지의 주름을 잡는다는 걸 알고 있다. 그러나 그는 탄 양파 냄새를 옷에서 완전히 없애지는 못하고 있다.

마수마가 말한다.

"어제는 호마이라 여왕님이 오셔서 차와 과자를 드셨어. 우리의 훌륭한 실내장식을 칭찬하고 가셨어."

그녀가 오빠를 향해 다정하게 미소를 보낸다. 그러자 그녀의 누런 치아가 드러난다. 나비는 자신의 찻잔을 내려다보며 웃는다. 그는 카불에서 직장을 잡기 전에는 파르와나가 마수마를 보살피는 걸 도와줬다. 아니, 한동안 그러려고 노력했다. 그러나 그는 그럴 수가 없었다. 그에게는 너무 부담스러운 일이었다. 카불은 나비의 탈출구였다. 파르와나는 오빠가 부럽긴 하지만, 마냥 부럽기만 한 건 아니다. 그가 매달 가져오는 돈에 참회 이상의 감정이 들어 있다는 걸 알기 때문이다.

마수마는 나비가 올 때면 늘 그러듯이, 머리를 빗고 눈 가장자리를 검게 칠하고 있다. 파르와나는 언니가 그렇게 하는 게 어떤 면에서는 그를 위해서긴 하지만, 대체로는 그가 카불과의 연결 고리기 때문임을 안다. 마수마의 마음속에서 오빠는 매력과 사치, 차들과 불빛과 화려한 식당과 궁전들이 있는 도시와의 연결 고리다. 아무리 희미해도 연결 고리인 건 맞는다. 파르와나는 오래전 마수마가 자신을 가리켜 시골 마을에 갇힌 도시 소녀라고 말하곤 했다는 걸 떠올린다.

마수마가 장난스럽게 웃는다.

"오빠는 어때? 신붓감은 찾은 거야?"

나비는 그들의 부모가 똑같은 질문을 했을 때 그랬듯이 손을 내두르며 웃는다.

마수마가 묻는다.

"오빠, 언제 다시 카불을 보여줄 거야?"

나비는 1년 전, 동생들을 카불에 데려간 적이 있었다. 그들을 차에 태워 샤드바그에서 카불까지 갔었다. 그는 그들에게 사원, 상점가, 영화관, 식당을 보여줬다. 또 마수마에게 도시를 굽어다 보는 언덕 위의 바그에발라 궁전을 일러줬다. 둥근 지붕의 궁전이었다. 그는 바부르 정원에 갔을 때는 마수마를 무굴 황제의 묘까지 안고 갔다. 그들 세 사람은 샤 자한 사원에서 기도를 하고 청색 타일이 깔린 수영장 가장자리에서 나비가 준비해 온 음식을 먹었다. 어쩌면 그것은 마수마에게 그 사건이 있은 후로 가장 행복한 순간이었다. 파르와나는 그 점에 대해 오빠에게 고맙게 생각했다.

나비가 손가락으로 컵을 두드리며 대꾸한다.

"곧, 인샬라(알라의 뜻이라면)."

"오빠, 무릎 밑의 방석을 좀 조정해줘. 아, 훨씬 좋네. 고마워."

마수마가 한숨을 쉬고 말을 잇는다.

"카불, 참 좋았는데. 그럴 수만 있다면 내일 당장이라도 거기까지 걸어가고 싶어."

나비가 말한다.

"언젠가 그럴 수 있을지 모르지."

"내가 걷게 된다고?"

그가 말을 더듬는다.

"아니, 그게 아니고 내 말은……"

마수마가 웃음을 터뜨리자 그가 씩 웃는다.

나비가 밖에서 파르와나에게 돈을 건넨다. 그러고는 한쪽 어깨를 벽에 기대고 담배에 불을 붙인다. 마수마는 안에서 낮잠을 자고 있다.

그가 손가락을 뜯으며 말한다.

"사부르를 만났다. 끔찍한 일이야. 아이 이름이 뭐라고 했는데 생각이 안 나네."

파르와나가 말한다.

"**파리**."

그가 고개를 끄덕인다.

"캐물은 건 아닌데, 다시 결혼할 생각이라더라."

파르와나가 고개를 돌리고 관심 없는 척한다. 그러나 가슴이 쿵쿵

뛴다. 그녀는 땀이 나는 걸 느낀다.

"내가 물은 게 아니야. 얘기를 꺼낸 건 사부르였어. 날 옆으로 끌고 가더니 그 얘기를 하더라."

자신이 오랫동안 사부르를 마음에 두어왔다는 걸 나비가 알고 있는 게 아닌가 싶다. 마수마와 쌍둥이지만, 그녀의 마음을 늘 이해해줬던 건 나비다. 그러나 그녀는 오빠가 자기에게 이 얘기를 하는 이유를 모르겠다. 그래 봤자 무슨 소용인가? 사부르에게 필요한 이는 걸리적거리는 게 없는 여자다. 그 자신과 아들과 새로 태어난 딸에게 전적으로 헌신해줄 여자다. 파르와나는 이미 끝난 사람이다. 인생을 저당 잡힌 사람이다.

파르와나가 대꾸한다.

"적당한 상대가 틀림없이 있을 거야."

나비가 고개를 끄덕인다.

"다음 달에 다시 올게."

그가 담배를 발로 비벼서 끄고 떠난다.

파르와나가 안으로 들어가자, 놀랍게도 마수마가 깨어 있다.

"나는 언니가 낮잠을 자는 줄 알았어."

마수마는 창문을 향해 눈길을 돌리고 천천히, 그리고 피곤하게 눈을 깜빡인다.

자매는 열세 살 때, 어머니가 시켜서 인근 도시에 있는 북적거리는 시장에 종종 갔었다. 막 내린 빗물의 냄새가 비포장도로에서 올라왔다. 두 사람은 수연통, 실크 숄, 놋그릇, 낡은 시계 등을 파는 가게들을 지나쳐 좁은 길을 걸어갔다. 도살된 닭들이 거꾸로 매달려 양고기와 쇠고기 덩어리 위로 서서히 원을 그리고 있었다.

파르와나는 마수마가 지나갈 때, 남자들의 눈이 그녀에게 쏠리는 걸 보았다. 그들은 아무렇지 않은 척하려고 했지만, 그녀에게서 눈을 떼지 못했다. 그들은 마수마가 자기들 쪽을 쳐다보면, 바보처럼 무슨 혜택이라도 받은 것 같은 표정이 되었다. 자기들이 그녀와 한순간을 같이 보냈다고 상상했다. 그녀를 보면 남자들은 얘기를 하다가도 멈추고 담배를 피우다가도 멈췄다. 그녀는 그들의 무릎을 떨리게 했고 찻잔을 엎게 했다.

어떤 날은 그것이 너무 큰 부담이 되었던지, 마수마는 창피하기라도 한 것처럼 파르와나에게 하루 종일 아무도 쳐다보지 않게 안에 있고 싶다고 말하기도 했다. 그럴 때면 파르와나는 그녀의 쌍둥이 언니가 어렴풋하게나마 자신의 아름다움이 무기라는 것을, 그 총구가 자신의 머리를 향하고 있는 장전된 총이라는 것을 이해한 게 아닌가 싶었다. 그러나 대부분의 경우, 사람들의 관심을 받으면 그녀는 좋아하는 것 같았다. 대부분, 그녀는 남자들을 향해 잠깐이지만 의도적으로 미소를 지음으로써 그들의 생각을 홀리고 말을 더듬게 만드는 자신의 힘을 즐겼다.

그녀가 가진 아름다움은 사람들의 눈을 벌겋게 만들었다.

그러나 마수마의 곁에서 걷는 파르와나는 달랐다. 볼품없는 가슴에 창백한 얼굴, 곱슬머리, 무겁고 구슬픈 표정, 두툼한 팔목, 남자

같은 어깨. 그녀는 마수마와 같이 있는 짜릿함과 마수마를 향한 질투 사이에서 찢긴 안쓰러운 그림자였다. 그녀는 마수마와 같이 있으면서 관심을 받았지만, 그것은 백합한테 물을 줄 때 옆에 있는 잡초가 덩달아 받는 것 같은 관심일 뿐이었다.

파르와나는 평생, 언니와 함께 거울 앞에 서는 걸 피하려고 애썼다. 거울을 보면 자신에게 주어지지 않은 것이 너무나 명확히 보이기 때문이었다. 그러나 밖에 나가면, 모든 사람의 눈이 다 거울이었다. 그것을 피할 길은 없었다.

그녀는 마수마를 밖으로 데리고 나간다. 두 사람은 파르와나가 만든 간이침대에 앉는다. 그녀는 마수마가 편안하게 벽에 등을 기댈 수 있도록 방석을 쌓는다. 귀뚜라미 우는 소리를 제외하고 밤은 고요하고, 또 어둡다. 빛이라곤 창문에서 아직도 가물거리는 등불 몇 개와 4분의 3쯤 찬 달의 희미한 빛뿐이다.

파르와나는 수연통에 물을 채운다. 그녀는 두 개의 성냥골 크기의 아편 조각을 약간의 담배와 함께 수연통에 넣는다. 그리고 철망 위의 석탄에 불을 붙이고 수연통을 언니에게 건넨다. 마수마는 깊이 한 모금을 빨고 방석에 몸을 기대더니, 무릎에 다리를 올려도 되겠느냐고 파르와나에게 묻는다. 파르와나가 손을 뻗어 흐늘흐늘한 다리를 자신의 다리 위에 올린다.

담배를 피우자, 마수마의 얼굴이 느슨해진다. 눈꺼풀이 닫히면서 고개가 불안정하게 옆으로 기울고, 목소리가 느려진다. 그녀의 입가에 미소가 떠돈다. 만족스럽다기보다는 변덕스럽고 나태하고 자기만족적인 미소다. 마수마가 이런 상태가 되면 그들은 서로에게 거의 말을 하지 않는다. 파르와나는 산들바람 소리와 수연통 속에서 물이 보글거리는 소리를 듣는다. 그녀는 별들과 머리 위로 떠도는 연기를 바라본다. 침묵이 상쾌하다. 그녀도 그렇고 마수마도, 불필요한 말로 침묵을 채울 필요를 느끼지 않는다.

그러다가 마수마가 침묵을 깬다.

"부탁 하나 들어줄래?"

파르와나가 그녀를 바라본다.

"나를 카불에 데려다 줘."

마수마가 천천히 연기를 내뿜는다. 눈을 깜빡일 때마다 연기 모양이 구불구불 바뀐다.

"진지하게 하는 소리야?"

"다룰라만 궁전을 보고 싶어. 지난번에 못 봤잖아. 바부르의 묘에도 다시 가면 좋겠고."

파르와나는 앞으로 몸을 기울여 마수마의 표정을 살핀다. 장난으로 그러는 건 아닌지 싶어서다. 그러나 마수마는 눈을 깜빡이지도 않고 평온한 모습이다.

"적어도 이틀은 걸릴 거야. 사흘이 걸릴 수도 있고."

"우리가 나타나면 나비 오빠가 얼마나 놀랄지 상상해봐."

"우리는 오빠가 어디에 사는지도 모르잖아."

마수마가 께느른하게 손을 젓는다.

"오빠가 이미 우리한테 어느 구역에 사는지 말해줬잖아. 이 집 저 집 문을 두드리며 물어보면 되지. 그리 어렵지 않을 거야."

"언니가 이런 상황인데 어떻게 갈 수 있다는 거야?"

마수마는 입에서 수연통 관을 떼고 말한다.

"네가 오늘 일하러 갔을 때, 셰킵 물라께서 오셨어. 그래서 오랫동안 얘기를 나눴지. 나는 물라께 카불에 며칠 가려고 한다고 말씀드렸어. 너와 둘이서 말이야. 그분은 결국 나를 축복해주셨어. 노새도 주신댔어. 그러니까 모든 게 준비된 거야."

파르와나가 말한다.

"미쳤군."

"여하튼 그게 내가 원하는 거야. 내 소원이라고."

파르와나는 벽에 등을 기대고 고개를 젓는다. 그녀의 눈길이 얼룩덜룩한 구름이 보이는 어둠 속을 향한다.

"파르와나, 나는 너무 지루해 죽을 지경이야."

파르와나가 한숨을 쉬며 마수마를 바라본다.

마수마가 수연통 관을 입에 갖다 댄다.

"부탁이야. 내 말 좀 들어줘."

그들이 열일곱 살일 때였다. 어느 이른 아침, 그들은 떡갈나무 위로 높이 올라가서 가지에 앉아 발을 대롱거리고 있었다.

마수마가 높지만 속삭이는 듯한 소리로 말했다.

사부르가 나한테 하자고 할 거야!

파르와나는 무슨 소리인지, 적어도 그 당시에는 이해하지 못하고 되물었다.

뭘?

마수마가 손으로 입을 가리고 웃었다.

아니, 그가 아니지. 물론 아니지. 그의 아버지가 그러실 거야.

파르와나는 이제 무슨 말인지 이해했다. 가슴이 철렁 내려앉았다. 그녀가 멍한 입술로 물었다.

그걸 어떻게 알아?

마수마의 입에서 말이 쏟아져 나오기 시작했다. 그러나 파르와나의 귀에는 아무 소리도 들리지 않았다. 그녀는 자신의 언니가 사부르와 결혼하는 장면을 상상해보고 있었다. 새 옷을 입고 꽃들로 가득한 헤나 바구니를 들고 가는 아이들, 그 뒤를 따르며 샤나이(원뿔 모양의 관악기)와 도홀(긴 원통 모양의 북)을 연주하는 사람들, 마수마의 주먹을 펴서 헤나를 놓아주고 그것을 흰 리본으로 묶는 사부르. 기도와 축복. 선물 교환, 금색 실로 장식된 베일 밑으로 서로를 바라보는 두 사람, 서로에게 달콤한 셔벗과 말리다(가루 형태의 달콤한 먹거리)를 먹여주는 두 사람.

파르와나는 하객들 사이에서 그 모습을 지켜볼 것이었다. 가슴이 찢어져도 미소를 짓고 박수를 치고 기뻐해야 할 것이었다.

바람이 불며 가지가 흔들리고 잎들이 팔랑거렸다. 파르와나는 몸의 균형을 잡아야 했다.

마수마가 얘기를 멈췄다. 그녀가 아랫입술을 지그시 물고 웃고 있었다.

내가 그걸 어떻게 아느냐고 물었으니 말해줄게. 아니, 보여줄게.

그녀는 파르와나에게서 고개를 돌리고 주머니에 손을 넣었다.

그때, 무슨 일이 일어났는지 마수마는 전혀 알지 못했다. 파르와나는 언니가 고개를 돌리고 호주머니를 뒤질 때, 나뭇가지를 양손으로 잡고 엉덩이를 들었다. 나뭇가지가 아래로 늘어지면서 흔들렸다. 마수마가 헐떡거리며 균형을 잃었다. 그녀가 팔을 요란하게 휘둘렀다. 그녀의 몸이 앞으로 기울어졌다. 파르와나는 자신의 손이 움직이는 걸 보았다. 그녀가 꼭 **밀었다**고는 할 수 없지만, 마수마의 등과 파르와나의 손가락 끝이 **닿으며**, 순간적으로 몸이 미세하게 밀쳐졌다. 그러나 그것은 극히 짧은 순간, 아니 순간도 아니었다. 파르와나는 언니를 향해 손을 뻗고 있었다. 그녀는 언니의 셔츠 자락을 향해 손을 뻗었다. 마수마는 공포에 질려 파르와나의 이름을 부르고, 파르와나는 마수마의 이름을 불렀다. 파르와나는 마수마의 셔츠를 움켜잡았다. 한순간, 마수마를 구할 수 있을 것 같았다. 그러나 옷이 찢어지며 그녀의 손아귀에서 미끄러졌다.

마수마가 나무에서 떨어졌다. 떨어지는 데 오랜 시간이 걸리는 것 같았다. 그녀의 몸이 떨어지면서 가지에 부딪치며 요란한 소리를 냈다. 새들이 놀라서 날아가고 나뭇잎들이 떨어졌다. 그녀의 몸이 빙글 돌면서 튀고 작은 가지들을 부러뜨렸다. 그녀의 몸이 그네가 걸려 있던 낮은 쪽의 두툼한 가지에 부딪쳤다. 그녀의 허리 아래쪽에서 소리가 났다. 그녀의 몸이 뒤로 젖혀졌다. 거의 반으로.

몇 분 후, 마수마의 주위로 사람들이 모였다. 나비와 쌍둥이 자매의 아버지가 울면서 딸의 몸을 흔들며 정신을 차리게 하려고 애썼다. 사람들이 그 모습을 내려다보고 있었다. 누군가가 그녀의 손을 잡았다. 그녀의 주먹은 아직도 쥐어져 있었다. 그들이 손가락을 폈을 때, 그녀의 손에는 정확히 열 개의 작은 잎이 쥐어져 있었다.

마수마가 약간 흔들리는 목소리로 말한다.

"지금 해야 해. 아침까지 기다리다간 용기가 없어질 거야."

파르와나가 관목과 버석버석해 보이는 풀들을 모아 피운 희미한 불빛 너머로, 어둠에 삼켜진 황량하고 끝이 없는 모래와 산들이 펼쳐져 있다. 그들은 거의 이틀 동안, 관목이 우거진 지대를 지나 카불을 향해 걸음을 옮기고 있었다. 파르와나는 마수마를 노새에 태워서 묶고 손을 잡고 노새 옆에서 걸었다. 그들은 바위투성이 능선 위로 난 가파르고 구불구불한 길을 따라 무거운 걸음을 옮겼다. 땅에는 황토색과 적갈색의 풀들이 군데군데 나 있었고 길고 가느다란 틈들이 곳곳에 보였다.

파르와나는 지금, 마수마를 바라보면서 불가에 서 있다. 마수마는 불길의 다른 쪽에서 담요를 덮고 있다.

파르와나가 말한다.

"카불은 어떡하고?"

"아, 약게 굴어야 하는 건 너잖아."

파르와나가 대꾸한다.

"어떻게 나한테 그런 일을 하라는 거야?"

"파르와나, 난 지쳤어. 이건 사는 게 아니야. 내가 살아 있는 건 우리 둘 다에게 형벌이야."

파르와나는 목이 멘다.

"그냥 돌아가자. 나는 못하겠어. 언니를 가게 할 수는 없어."

마수마는 이제 울고 있다.

"네가 그러는 게 아니야. 내가 너를 가게 해주는 거야. 내가 널 놓아주는 거라고."

파르와나는 오래전, 어느 날 밤에 있었던 일을 떠올린다. 그때, 그녀는 마수마를 그네에 태우고 밀어주고 있었다. 그녀는 그네가 높이 올라갈 때마다 마수마가 다리를 곧게 펴고 머리를 뒤로 젖히는 모습을 바라보았다. 마수마의 머리칼이 빨랫줄에 걸린 침대보처럼 길게 흔들리고 있었다. 또 그녀는 그들이 옥수수 껍데기로 인형을 만들고 낡은 천 조각으로 결혼 예복을 만들어 입히던 걸 떠올린다.

"나한테 말해줘."

파르와나는 이제 시야를 가리는 눈물을 털어내고 손등으로 콧물을 닦는다.

"그의 아들 압둘라와 어린 딸 파리를 네가 네 자식처럼 사랑할 수 있겠니?"

"마수마."

"그럴 수 있겠어?"

파르와나가 대답한다.

"노력할 수는 있지."

"좋아. 그렇다면 사부르와 결혼해. 그의 아이들을 돌봐줘. 네 아이도 낳고."

"그가 사랑한 건 언니였어. 그는 나를 사랑하지 않아."

"때가 되면 사랑할 거야."

파르와나가 말한다.

"모든 게 내가 한 짓이야. 내 잘못이야. 모든 게."

"그게 무슨 말인지 알지도 못하고 알고 싶지도 않아. 지금 내가 원하는 건 이것뿐이야. 파르와나, 사람들은 이해할 거야. 셰킵 물라께서 설명하실 거야. 그분은 사람들에게 나한테 이렇게 하도록 축복해 줬다고 말씀하실 거야."

파르와나는 완전히 어두워진 하늘을 향해 얼굴을 든다.

"파르와나, 행복해라. 제발 행복해라. 나를 위해서 그래 줘."

파르와나는 그녀에게 모든 걸 말해버릴 것 같은 기분이 든다. 자신이 그녀에게 얼마나 큰 잘못을 했으며, 한 자궁에서 나온 자신에 대해 그녀가 얼마나 모르고 있고, 그간의 세월이 속죄의 나날이었다고 털어놓고 말 것 같다. 그러나 무슨 목적으로 그렇게 해야 하나 싶다. 마수마를 희생시켜 또 한 번 자기 위안을 얻으려고 하는 건 아닌지. 그녀는 입술을 깨문다. 자신은 이미 언니를 충분히 고통스럽게 했다.

마수마가 말한다.

"이제 담배를 피우고 싶어."

파르와나가 안 된다고 하자, 마수마가 이번에는 더 강하게 딱 잘라

응수한다.

"그럴 시간이야."

파르와나는 안장 끝에 걸린 주머니에서 수연통을 꺼낸다. 그녀는 떨리는 손으로 수연통에 전과 같은 것들을 섞어 넣는다.

마수마가 말한다.

"더 넣어. 더 더."

파르와나가 훌쩍훌쩍 운다. 볼이 흠뻑 젖어 있다. 그녀는 조금 더 넣고, 또 넣고, 또 넣는다. 그리고 석탄에 불을 붙이고 수연통을 마수마 옆에 놓아준다.

마수마의 볼과 눈이 오렌지색 불길로 빛난다.

"파르와나, 네가 나를 사랑한다면, 그리고 나의 진실한 동생이라면, 지금 떠나. 입맞춤도 하지 말고 작별 인사도 하지 마. 날 애원하게 만들지 마."

파르와나가 무슨 말인가를 하기 시작한다. 그러나 마수마는 고통스러운 소리를 내며 고개를 돌린다.

파르와나가 천천히 일어선다. 노새에게 가서 안장을 조이고 고삐를 잡아당긴다. 그녀는 마수마 없이 어떻게 살아야 할지를 모른다는 사실을 불현듯 깨닫는다. 살 수 있을지도 알지 못한다. 마수마의 부재가 그녀가 있을 때보다 훨씬 더 무거운 짐처럼 느껴질 나날을 어떻게 견뎌낼 것인가? 마수마가 한때 있었던 커다란 구멍의 가장자리를 어떻게 밟으며 돌아다닐 것인가?

용기를 내.

마수마가 이렇게 말하는 소리가 들리는 것 같다.

파르와나는 고삐를 잡아당겨 노새를 돌려세우고 걷기 시작한다.

그녀는 차가운 밤바람이 얼굴에 몰아칠 때, 어둠을 가르고 걷는다. 그녀는 고개를 푹 숙이고 있다. 나중에 딱 한 번 뒤를 돌아본다. 눈물에 젖은 그녀의 시선 끝으로 노란 모닥불이 멀리 작고 흐릿하게 보인다. 파르와나는 언니가 어둠 속의 모닥불 옆에 혼자 누워 있는 모습을 상상한다. 곧, 불이 꺼질 것이다. 마수마는 추울 것이다. 파르와나는 본능적으로 돌아가고 싶다. 돌아가서 언니에게 담요를 덮어주고 옆에 눕고 싶다.

파르와나는 돌아서서 다시 한 번 걷기 시작한다.

그때, 무슨 소리가 들려온다. 멀리서 들려오는 둔중한 소리. 울부짖는 소리 같다. 파르와나는 가던 길을 멈춘다. 그녀는 고개를 기울이고 다시 들어본다. 그녀의 가슴이 방망이질하기 시작한다. 마수마가 생각을 바꿔 자신을 부르는 건 아닌지 두렵다. 어둠 속 어딘가에서 어슬렁거리는 자칼이나 사막여우일지 모른다는 생각도 든다. 잘 모르겠다. 바람 소리일지도 모르겠다.

파르와나, 날 두고 떠나지 마. 돌아와.

이런 소리가 들리는 것만 같다.

그걸 확실히 아는 유일한 방법은 왔던 길을 되돌아가는 것이다. 파르와나는 그렇게 하기 시작한다. 그녀는 몸을 돌려 마수마가 있는 방향으로 몇 발자국을 뗀다. 그리고 멈춘다. 마수마 말이 맞는다. 지금 돌아가면 해가 떴을 때 용기는 사라지고 말 것이다. 용기를 잃고 결국 곁에 머물게 될 것이다. 영원히 머물게 될 것이다. 이것이 그녀의 유일한 기회다.

파르와나는 눈을 감는다. 바람이 불며 목도리가 그녀의 얼굴을 때린다.

아무도 알아서는 안 된다. 아무도 모를 것이다. 이 일은 비밀이 될 것이다. 산山하고만 공유하게 될 비밀이 될 것이다. 문제는 그녀가 이 비밀을 갖고 살 수 있느냐 하는 것이다. 파르와나는 자신이 그 답을 알고 있다고 생각한다. 그녀는 평생 비밀을 갖고 살아온 사람이다.

멀리서 울부짖는 소리가 다시 한 번 그녀의 귀에 들려온다.

모든 사람이 언니를 사랑했어, 마수마.

아무도 나를 사랑하지 않았어.

왜 그래야 하지, 언니? 내가 뭘 잘못했지?

파르와나는 어둠 속에 오랫동안 서 있다.

마침내 그녀가 마음의 결정을 내린다. 파르와나는 돌아서서 고개를 내려뜨리고 보이지 않는 지평선을 향해 걸음을 옮긴다. 그 후로 그녀는 더 이상 돌아보지 않는다. 돌아보면 마음이 약해질 것이라는 걸 안다. 그러면 결심이 무너질 것이다. 낡은 자전거가 속력을 내며 언덕을 내려갈 것이기 때문이다. 자전거는 돌과 자갈 위에서 통통 튀면서 두 사람의 엉덩이를 아프게 하며 내려갈 것이다. 미끄러질 때마다 먼지구름을 일으키면서 내려갈 것이다. 그녀는 자전거의 짐받이에 앉고 마수마는 안장에 앉는다. 급커브를 전속력으로 달려 자전거를 깊은 경사로 몰아치는 건 마수마다. 그러나 파르와나는 두렵지 않다. 언니가 자전거 손잡이 위로 자신을 날려 보내지 않을 것이라는 걸 안다. 자신을 다치게 하지 않을 것이라는 걸 안다. 흥분 때문에 세상이 빙글빙글 돌면서 흐릿해진다. 바람이 그들의 귀에 불어댄다. 파르와나는 어깨 너머로 언니를 바라본다. 언니가 그녀를 바라본다. 자매는 길 잃은 개들이 서로를 쫓아다니듯 함께 웃는다.

파르와나는 자신의 새로운 삶을 향해 계속 걸어간다. 그녀는 계속 걷는다. 어둠이 어머니의 자궁처럼 그녀를 감싼다. 어둠이 걷힌다. 그녀는 흐릿한 새벽빛 속에서 고개를 들고 동쪽에서 쏟아지는 한 줄기 창백한 빛이 둥근 돌의 옆면을 비추는 걸 본다. 그녀는 다시 태어나는 것 같은 느낌을 받는다.

4

자애로우시고 자비로우신 알라의 이름을 걸고 말하건대, 마르코스 씨, 당신이 이 편지를 읽을 때쯤에는 나는 죽고 없을 겁니다. 왜냐하면 내가 이 편지를 당신에게 주면서 내가 죽을 때까지 개봉하지 말아달라고 부탁했기 때문이지요. 마르코스 씨, 지난 7년 동안 당신을 알고 지낸 것이 내게 얼마나 큰 기쁨이었는지부터 말씀드려야 할 것 같습니다. 나는 이 편지를 쓰면서, 우리가 해마다 정원에 토마토를 연례행사처럼 심던 일, 당신이 아침에 나의 변변찮은 오두막에 찾아와 차를 마시면서 환담하던 일, 우리가 페르시아어와 영어를 서로에게 즉석에서 가르쳐주던 일 등을 기쁜 마음으로 돌아보고 있습니다. 당신의 우정과 친절, 그리고 당신이 이 나라에서 했던 일에 대해 감사드리고 싶습니다. 당신의 친절한 동료들에게도 나의 고마운 마음을 전해주십시오. 특히 동정심이 깊으신 아므라 아데모비치 여사와 그녀의 용감하고 사랑스러운 따님인 로시에게도 제 마음을 전해주시기 바랍니다.

마르코스 씨, 이 편지는 당신만이 아니라 다른 사람을 위한 것이기도 합니다. 나중에 말씀드리겠지만, 나는 당신이 이 편지를 그 사람에게 전해주기를 바랍니다. 당신이 이미 알고 있을지 모르는 몇 가지 부분을 내가 반복하게 되는 걸 이해해주십시오. 내가 그렇게 하는 것은 그녀를 위해서 불가피한 일임을 알아주시기 바랍니다. 마르코스 씨께서 읽어보면 아시겠지만, 이 편지에는 고백 이상의 것이 내포되어 있습니다. 그러나 편지를 쓰지 않을 수 없었던 현실적인 문제들 또한 들어 있습니다. 미안하지만 그 점에 있어서 당신의 도움을 청하게 될 것입니다.

이야기를 어디서부터 시작해야 할지에 대해 오랫동안 고민을 했습니다. 이것은 70대 중반인 사람에게는 쉬운 일이 아닙니다. 내 세대에 속한 많은 아프간인이 그렇듯이, 나도 나의 정확한 나이를 모른답니다. 그러나 내 추측이 맞을 게 분명합니다. 왜냐하면 내가 친구와 주먹다짐했던 일을 아주 선명하게 기억하고 있기 때문입니다. 그 친구는 친구이자 나중에는 매제가 된 사부르입니다. 그날은 나데르 샤가 총에 맞아 죽고, 나데르 샤의 아들인 자히르가 왕위에 올랐다는 소식을 들은 날이었습니다. 그게 1933년이었습니다. 거기서부터 제 얘기를 시작할 수 있겠군요. 혹은 어딘가 다른 지점에서 시작해도 상관없겠습니다. 이야기는 움직이는 기차와 같습니다. 어디서 올라타든 머잖아 목적지에 도달하게 되어 있는 기차와 같습니다. 그러나 나는 이 이야기의 시작과 끝을 똑같이 해야 될 것 같습니다. 그래요, 이 이야기를 닐라 와다티에서 시작하고 또 끝내는 게 합당할 것 같습니다.

나는 그녀가 와다티 씨와 결혼했던 1949년에 그녀를 만났습니다. 당시, 나는 1946년에 나의 고향 샤드바그를 떠나 카불로 와서 벌써 2년 동안 술레이만 와다티 씨를 위해 일하고 있었습니다. 처음 1년은 같은 구역에 있는 다른 집에서 일했습니다. 마르코스 씨, 내가 샤드바그를 떠나온 정황은 자랑스러워할 만한 게 아니랍니다. 이것을 나의 첫 고백이라 여기셔도 되겠습니다. 나는 내 여동생들과 같이 마을에서 사는 것에 질식할 것 같았습니다. 여동생 하나는 병자였습니다. 그렇다고 내가 용서받을 수 있는 것은 아니겠지만, 나는 아무리 미미하고 모호하긴 해도 꿈을 갖고 세상에 나아가려고 하는 팔팔한 젊은이였습니다. 나는 내 젊음이 쇠퇴하고 미래의 전망을 점점 잃어가고 있는 느낌을 받았습니다. 그래서 떠났던 겁니다. 물론 여동생들을 뒷바라지하려는 이유가 있었던 것도 사실입니다. 그러나 탈출하기 위해서였기도 합니다.

나는 와다티 씨를 위해 하루 종일 일하고 있었기 때문에 그의 집에 상주했습니다. 그 무렵의 집은 당신이 2002년도에 카불에 도착했을 때의 한심한 상태와는 전혀 달랐습니다. 아름답고 멋진 집이었습니다. 다이아몬드를 입힌 것처럼 반짝거리는 하얀 저택이었습니다. 앞문은 아스팔트가 깔린 넓은 차도로 이어져 있었고, 천장이 높은 홀에는 키가 큰 꽃병들과 호두나무에 조각된 둥근 거울이 있었습니다. 당신이 해변에 서 있는 유년 시절의 친구를 낡은 수제 카메라로 찍은 사진을 한동안 걸어놨던 바로 그 자리입니다. 반들반들한 거실의 대리석 바닥에는 부분적으로 짙은 적색 투르크멘 양탄자가 깔려 있었습니다. 양탄자는 이제 없어졌습니다. 가죽 소파, 수공예 커피 탁자, 청금석 체스 세트, 키가 큰 마호가니 캐비닛도 없어졌습니다. 호화로운 가구 중 남아 있는 게 거의 없습니다. 집은 예전과 같은 모습이 아닙니다.

타일이 깔린 부엌에 처음으로 들어갔을 때, 나는 놀라서 입을 다물 수가 없었습니다. 내 고향인 샤드바그 마을 사람 전체가 들어와서 음식을 먹을 수 있을 정도로 큰 부엌이었습니다. 내가 마음대로 쓸 수 있는 여섯 개의 버너가 달린 스토브, 냉장고, 토스터, 많은 그릇, 팬, 칼, 기구 등이 있었습니다. 욕실은 네 개였는데, 정교하게 조각된 대리석 타일과 자기磁器 세면기가 있었습니다. 마르코스 씨, 위층에 있던 당신의 욕실에 딸린 세면대의 네모진 구멍 기억하시죠? 그곳이 한때는 청금석으로 채워져 있었답니다.

뒤뜰도 있었습니다. 마르코스 씨, 위층의 당신 사무실에 앉아 정원을 내려다보며 한때 그것이 어땠을지 상상해보세요. 녹색 덩굴식물이 덮인 난간이 있는 반달 모양의 베란다를 지나면 뒤뜰이 나왔습니다. 잔디는 푸르고 풍성했습니다. 재스민과 들장미, 제라늄과 튤립이 가득한 꽃밭들이 군데군데 있었습니다. 둘레에는 두 줄로 과일나무들이 심어져 있었지요. 마르코스 씨, 벚나무 밑에 누워서 눈을 감고 잎사귀를 스치고 지나가는 바람 소리를 들으며, 지구상에 이보다 살기 좋은 곳은 없다고 생각할 수도 있는 곳이었습니다.

나는 뒤뜰에 있는 오두막에 살았습니다. 창문이 하나 있고, 벽에는 흰 페인트가 깨끗하게 칠해진, 젊은 미혼 남자가 살기에 적당한 공간이었습니다. 침대와 책상과 의자가 있었습니다. 그 방은 하루 다섯 차례, 양탄자를 깔고 기도를 올리기에 충분히 컸습니다. 그곳은 그때도 그랬고 지금도 나와 잘 맞는 곳이랍니다.

나는 와다티 씨를 위해 요리를 했습니다. 나는 요리하는 기술을 처음에는 돌아가신 어머니가 요리하는 걸 바라보며 익혔고 다음에는 나이 많은 우즈베크인 요리사한테서 배웠습니다. 카불에 있는 다른 집에서 1년 동안 그 요리사의 조수를 했으니까요. 또한 나는 와다티 씨의 운전기사이기도 했습니다. 즐겁게 그 일을 했습니다. 그는 1940년대 중반에 나온, 지붕이 청색인 쉐보레 차를 갖고 있었습니다. 비닐 시트도 청색이었습니다. 크롬 도금이 된 휠이 달린 차였습니다. 어디를 가나 이목을 집중시키는 멋진 차였습니다. 와다티 씨는 내가 신중하게 차를 몰자 운전을 하게 했습니다. 게다가 그는 차를 모는 걸 즐기지 않는 희귀한 남자였습니다.

마르코스 씨, 내가 훌륭한 하인이었다고 뻐기고 있다고 생각하지는 말아주세요. 나는 와다티 씨가 좋아하거나 싫어하는 것들, 그의 기벽과 불만이 뭔지를 조심스럽게 지켜보며 집안일을 익혔습니다.

그의 습관이 뭔지도 알게 되었습니다. 예를 들어, 그는 매일 아침 식사가 끝나면 산책하는 걸 좋아했습니다. 그러나 혼자 걷는 건 싫어했습니다. 그래서 나는 그를 따라다니게 되었습니다. 내가 같이 있어야 하는 이유를 알지 못했지만, 그의 뜻에 따랐습니다. 그는 산보를 하면서 나한테 거의 아무 말도 하지 않고 자기만의 생각에 하염없이 잠겨 있는 것 같았습니다. 그는 뒷짐을 지고 활기차게 걸었습니다. 지나가는 사람을 보면 고개를 끄덕였습니다. 잘 닦인 구두의 뒤축이 도로에 닿는 소리가 기분 좋게 났습니다. 나는 그가 긴 다리로 휘적휘적 걷는 것을 따라가지 못해 늘 뒤로 처지거나 보조를 맞추려고 노력해야 했습니다. 산보가 끝나면, 그는 하루의 나머지를 대부분 위층에 있는 서재에서 책을 읽거나 혼자서 체스를 두며 보냈습니다. 그는 그림 그리는 걸 좋아했습니다. 그러나 나는 그가 얼마나 잘 그리는지 알지 못했습니다. 적어도 그때는 그랬습니다. 그가 나한테 자신의 작품을 보여주지 않았기 때문입니다. 가끔 와다티 씨가 서재나 창가나 베란다에 있는 모습을 보곤 했는데, 그럴 때면 그는 집중하느라 이마에 주름을 잡고 스케치북에 목탄을 놀리고 있었습니다.

나는 며칠 간격으로 그를 태우고 도시를 돌아다녔습니다. 그는 매주 한 차례 어머니를 보러 갔습니다. 가족 모임에도 갔습니다. 와다티 씨는 대부분의 가족 모임에는 참석하지 않았지만, 가끔 참석하는 경우가 있었습니다. 그래서 나는 이따금 그를 장례식이나 생일 파티나 결혼식에 태우고 갔습니다. 그는 매월 미술용품 가게에 가서 파스텔과 목탄, 지우개와 연필깎이, 스케치북을 샀습니다. 때로는 그냥 뒷좌석에 앉아 드라이브를 즐겼습니다.

어디로 모실까요, 주인님? 내가 이렇게 말하면 그는 어깨를 으쓱했습니다. **알겠습니다, 주인님.** 나는 이렇게 말하고 기어를 넣고 출발했습니다. 나는 몇 시간 동안 목적 없이 이 구역 저 구역을 돌아다녔습니다. 카불 강을 따라가기도 했고, 발라 히사르로 가기도 했고, 때로는 다룰라만 궁전에 가기도 했습니다. 어떤 때는 카불을 벗어나 가르가 호수로 가기도 했습니다. 그럴 때면 차를 둑에 세워놓고 시동을 끄고 있기도 했습니다. 와다티 씨는 아무 말 없이 뒷좌석에서 미동도 하지 않고 앉아 있었습니다. 창문을 내리고 새 떼가 나무에서 나무로 옮겨 다니고 햇살이 호수 물에 닿아 수천 개의 점으로 흩어져 깐닥이는 모습을 보는 데 만족하는 것 같았습니다. 나는 백미러로 그를 흘끔거렸습니다. 그는 내 눈에 세상에서 가장 외로운 사람으로 보였습니다.

와다티 씨는 매달 한 번씩 아주 너그럽게도 차를 내게 빌려줬습니다. 그러면 나는 차를 몰고 여동생인 파르와나와 그녀의 남편 사부르를 만나러 고향 마을인 샤드바그로 갔습니다. 내가 마을에 도착하면, 아이들이 소리를 지르면서 차를 따라 달렸습니다. 그들은 범퍼를 손으로 치고 유리창을 두드리고 난리였습니다. 어떤 아이들은 차 위로 올라가려 하기도 했습니다. 그러면 나는 차가 긁히거나 범퍼에 흠집이 날까 봐 그들을 쫓곤 했습니다.

사부르가 나한테 말했습니다.

나비, 자네는 유명 인사야.

사부르의 자식인 압둘라와 파리가 생모를 잃었기 때문에―파르와나는 그들의 계모였습니다―나는 아이들에게 관심을 가지려고 했습니다. 특히 손위인 사내아이한테 잘해줬습니다. 그 아이는 그걸 필요로 하는 것 같았습니다. 그래서 그 아이 혼자만 드라이브를 시켜주겠다고 했습니다. 그러나 그는 어린 동생하고 같이 타야 한다고 늘 고집을 부렸습니다. 우리가 샤드바그를 한 바퀴 돌 때, 그는 동생을 무릎에 앉히고 꼭 껴안고 있었습니다. 나는 그 아이가 와이퍼를 작동하게 하고 경적을 울리도록 해줬습니다. 그리고 헤드라이트를 미등에서 전조등으로 어떻게 바꾸는지 알려줬습니다.

차를 둘러싼 소동이 잠잠해지면, 나는 여동생과 사부르와 같이 차를 마시며 카불에서의 삶에 대해 얘기해줬습니다. 나는 와다티 씨에 관해서 지나치게 많은 얘기를 하지 않으려고 노력했습니다. 사실, 그가 나한테 잘 대해줬기 때문에 나는 그를 상당히 좋아하고 있었습니다. 그래서 뒤에서 그에 관한 얘기를 하는 건 그를 배반하는 일 같았습니다. 그렇지 않았다면, 나는 그들에게 술레이만 와다티가 속을 알 수 없는 사람이고 물려받은 유산으로 나머지 일생을 보내는 데 만족하고 있는 듯한 남자라고 말했을 겁니다. 직업도 없고 열정도 없고 뒤에 뭔가를 남기고 싶은 욕구도 없이 사는 남자라고 말이지요. 내가 그를 태우고 갔던 목적 없는 드라이브처럼, 목적이나 방향도 없는 삶을 사는 사람. 뒷좌석에 앉아 흘러가는 걸 그저 바라보는 삶을 사는 사람. 그렇게 무관심한 삶을 사는 사람이라고 말했을 것입니다.

그렇게 얘기할 수 있었겠지만, 나는 그렇게 하지 않았습니다. 내가 그렇게 하지 않은 건 잘한 일이었습니다. 완전히 잘못 짚었다는 게 나중에 드러났으니까요.

어느 날이었습니다. 와다티 씨가 세로 줄무늬가 있는 멋진 양복을 입고 밖에 나왔습니다. 내가 전에 본 적이 없는 양복이었습니다. 그는 나에게 부자들이 사는 곳으로 차를 몰게 했고, 담장이 높은 아름다운 저택 밖의 도로에 차를 세우도록 했습니다. 나는 그가 초인종을 누르고 하인이 나오자 안으로 들어가는 모습을 바라보았습니다. 저택은 엄청 컸습니다. 와다티 씨의 집보다 더 컸습니다. 더 아름답기까지 했습니다. 차도 양쪽에는 키가 크고 호리호리한 삼나무와 내가 알지 못하는 꽃들이 빽빽하게 심어져 있었습니다. 뒤뜰은 와다티 씨의 뒤뜰보다 적어도 두 배는 컸습니다. 담은 한 사람이 다른 사람의 어깨 위에 올라가도 안이 들여다보이지 않을 만큼 높았습니다. 나는 그것이 다른 차원의 부富라는 걸 깨달았습니다.

화사한 초여름 날씨였습니다. 하늘은 햇빛으로 눈부셨습니다. 훈훈한 바람이 열린 창문으로 들어왔습니다. 운전사는 차를 모는 직업이지만, 실제로는 대부분의 시간을 기다리며 보냅니다. 시동을 켜놓고 가게 밖에서 기다리기도 하고, 희미한 음악 소리에 귀를 기울이며 결혼식장 밖에서 기다리기도 합니다. 나는 그날, 시간을 죽이기 위해 혼자서 카드놀이를 몇 차례 했습니다. 그리고 카드놀이에 싫증이 나자, 차 밖으로 나와 이 방향, 저 방향으로 오락가락했습니다. 그러다가 와다티 씨가 돌아오기 전에 낮잠이라도 자둘까 싶어 차 안으로 다시 들어갔습니다.

그때였습니다. 앞문이 열리고 머리가 검은 젊은 여자가 나왔습니다. 그녀는 선글라스를 끼고, 소매가 짧고 무릎 위로 올라오는 진한 감귤색 드레스를 입고 있었습니다. 다리는 드러나 있었고, 발도 마찬가지였습니다. 나는 그녀가 내가 차 안에 앉아 있는 걸 보았는지 어떤지 알지 못했습니다. 보았다 해도 아무 내색을 하지 않았으니 알 길이 없었습니다. 그녀는 벽에 한쪽 발의 뒤꿈치를 대고 드레스 가장자리를 살짝 들어 올렸습니다. 그러자 허벅지 일부가 살짝 드러났습니다. 나는 얼굴이 화끈거리는 것 같았습니다.

마르코스 씨, 여기서 다른 고백을 하나 해야 할 것 같습니다. 우아하게 말할 여지가 없는 다소 불쾌한 성격의 고백입니다. 당시, 나는 20대 후반의 젊은 남자였습니다. 여자들과 같이 있고 싶은 욕망이 절정에 이르러 있을 때였지요. 나는 고향 마을에서 같이 자란 남자들과는 달리, 경험이 좀 있었습니다. 우리 마을 청년들은 결혼할 때까지는 성인 여자의 허벅지를 본 적이 없었습니다. 그들과 달리, 나는 카불에서 이따금, 젊은 남자의 필요를 신중하고 편리하게 만족시킬 수 있는 곳들을 찾아가곤 했습니다. 내가 이 말을 하는 것은 내가 잤던 어떤 창녀도 그 저택에서 방금 나온 아름답고 우아한 여자와 견줄 수가 없었다는 점을 강조하기 위해서입니다.

그녀는 벽에 기대어 담배에 불을 붙이고 서두르지 않고 피웠습니다. 그 모습이 고혹적이고 우아했습니다. 그녀는 두 개의 손가락 끝으로 담배를 잡고 우아하게 피웠습니다. 나는 그 광경을 황홀하게 바라보았습니다. 가느다란 손목을 구부리고 있는 그녀의 모습은 내게 언젠가 본 적이 있는 잡지의 삽화를 떠올리게 했습니다. 그 잡지에는 속눈썹이 기다란 여인에 관한 시들이 실려 있었는데, 창백하고 가녀린 손가락으로 와인 잔을 연인에게 건네며 정원에 누워 있는 검은 머리 여자의 삽화가 곁들여져 있었습니다. 그런데 맞은편 거리에 있는 뭔가가 여자의 관심을 끈 것 같았습니다. 나는 그 순간을 이용해 재빨리 머리를 손가락으로 빗었습니다. 더위에 머리가 납작하게 엉기고 있었거든요. 그녀가 고개를 돌리자, 나는 다시 얼어붙었습니다. 그녀가 담배를 몇 모금 더 빨더니 벽에 대고 담뱃불을 끄고, 안으로 천천히 들어갔습니다.

마침내 나는 숨을 쉴 수 있었습니다.

그날 밤, 와다티 씨가 나를 거실로 부르더니 말했습니다.

"나비, 알려줄 게 있어. 나는 곧 결혼할 거야."

내가 고독에 대한 그의 선호도를 과대평가한 것 같았습니다.

약혼에 관한 소식은 빠르게 퍼졌습니다. 소문도 마찬가지였습니다. 나는 와다티 씨의 집에 와서 일했던 다른 하인들을 통해 그런 소문들을 접하게 되었습니다. 그들 중 가장 시끄러운 사람은 정원사인 자히드였습니다. 그는 한 주에 세 번씩 와서 잔디를 손질하고 나무와 관목들을 가지치기하는 일을 했습니다. 문장 하나를 말할 때마다 혀를 차는 혐오스러운 습관이 있는 불쾌한 사람으로, 거름을 한 주먹씩 뿌리듯이 아무렇게나 소문들을 퍼뜨리고 다녔습니다. 그는 나처럼 평생을 요리사, 정원사, 심부름꾼으로 살아가는 이들 중 하나였습니다. 그들은 일주일에 한두 차례씩 일이 끝난 후 밤에 내 오두막으로 와서 차를 마시곤 했습니다. 그 회합이 어떻게 시작되었는지 기억나지 않지만, 한번 시작되자 막을 수가 없었습니다. 무례하게 보이거나 설상가상으로 나 자신을 그들보다 우월하게 생각하는 것으로 비칠까 봐 막을 수가 없었던 것입니다.

어느 날 밤, 차를 마시다가 자히드가 다른 사람들에게 와다티 씨의 가족이 신부의 못된 품행 때문에 결혼을 반대한다는 얘기를 꺼냈습니다. 그는 그녀의 행실이 나쁘고, 아직 스무 살밖에 안 됐지만 와다티 씨의 차처럼 누군가가 이미 "타고 시내를 누비고 다녔다"는 것은 카불에서 잘 알려진 사실이라고 했습니다. 최악은 그녀가 이러한 얘기를 부인하기는커녕 그런 것에 관한 시들을 썼다는 것이라고 했습니다. 그가 이런 얘기를 하자, 방 안은 못마땅해서 웅성거리는 소리로 가득했습니다. 그들 중 하나가 자기 고향 마을 같았으면 지금쯤 그녀의 목을 잘랐을 거라고 목소리를 높였습니다.

그때 나는 일어나서 그들에게 그만하라고 말했습니다. 바느질하는 늙은 여자들처럼 쓸데없는 소리를 하고 있다고 그들을 꾸짖으며, 와다티 씨 같은 사람들이 없다면 우리 같은 이들은 고향으로 돌아가서 소똥이나 치우게 될 것이라는 사실을 그들에게 환기시켰습니다. **나는 충성심과 존경심은 어디다 팔아먹었느냐며** 그들을 나무랐습니다.

잠시 침묵이 흘렀습니다. 그래서 나는 내 말이 그 얼간이들에게 먹했다고 생각했습니다. 그런데 웃음이 터져 나왔습니다. 자히드는 나더러 아첨쟁이라며, 곧 그 집의 안주인이 될 사람이 '아첨쟁이 나비에게 바치는 노래'라는 제목의 시를 써줄지도 모르겠다고 빈정댔습니다. 그 말에 사람들이 요란하게 웃자 나는 화가 나서 오두막을 뛰쳐나갔습니다.

그러나 너무 멀리까지 가지는 않았습니다. 생각해보니까, 그들의 말은 혐오스럽지만 흥미가 동하는 것이기도 했습니다. 품위 있고 신중하게 말을 가려가며 잘난 체를 하긴 했지만, 나는 그들의 말이 들리는 거리에 있었습니다. 나는 섬뜩한 이야기를 하나도 놓치고 싶지 않았습니다.

약혼 기간은 며칠밖에 되지 않았습니다. 그것은 노래와 춤이 곁들여진 흥겹고 거창한 결혼식이 아니라, 물라가 잠시 찾아오고 증인을 세우고 두 사람이 종이에 서명을 하는 것으로 끝났습니다. 그렇게 해서 내가 처음으로 그녀를 본 후로 2주도 안 되어, 그녀가 그 집에 들어왔습니다.

마르코스 씨, 여기서부터 와다티 씨의 부인을 닐라라고 해야 되겠습니다. 당시에는 내가 감히 이렇게 이름을 부르는 게 용납되지 않았다는 건 두말할 필요도 없지요. 설령 그렇게 하라고 했어도 내가 하지 않았을 겁니다. 나는 늘 그녀를 비비 사히브(사모님)라고 불렀습니다. 내 신분상 당연히 그래야 했습니다. 그러나 이 편지의 목적상, 그런 예의는 그만 차리고 내가 그녀에 대해 늘 **생각해왔던** 대로 호칭

하려 합니다.

나는 처음부터 그 결혼이 불행한 것이라는 걸 알았습니다. 나는 두 사람 사이에 다정한 눈길이나 말이 오가는 걸 본 적이 없었습니다. 그들은 한집에 살고 있었지만, 교류가 전혀 없는 것 같았습니다.

나는 아침에는 와다티 씨에게 살짝 구운 빵 한 조각, 호두 반 컵, 설탕을 넣지 않고 카르다몸(생강과科 향신료)을 뿌린 녹차, 삶은 달걀 한 개로 된 아침 식사를 차려줬습니다. 그는 달걀을 깼을 때, 노른자가 약간 흐르는 걸 좋아했습니다. 그래서 처음에는 그렇게 달걀을 삶지 못하자 걱정이 많이 되었습니다. 내가 와다티 씨를 따라 아침 산보를 가는 동안, 닐라는 잠을 잤습니다. 보통 정오나 더 늦게까지 잤습니다. 그녀가 일어날 때쯤, 나는 와다티 씨에게 점심을 차려줄 준비가 거의 돼 있었습니다.

나는 아침 내내 허드렛일을 하면서, 그녀가 거실과 베란다 사이의 출입문을 밀고 나오는 순간을 몹시 기다렸습니다. 나는 머릿속으로 그녀가 어떤 모습으로 나타날지 그려보곤 했습니다. 머리를 뒤로 질끈 묶고 나올지, 아니면 아래로 늘어뜨리고 나올지도 궁금했고, 선글라스를 쓰고 나올지 어떨지도 궁금했고, 청색 실크 옷에 벨트를 차고 나올지, 아니면 크고 둥근 단추가 달린 빨간 옷을 입고 나올지도 궁금했습니다.

그녀가 마침내 모습을 드러내면, 나는 뜰에서 바쁜 척했습니다. 자동차의 보닛을 닦는 척하든지, 아니면 들장미에 물을 주는 척하기도 했습니다. 하지만 그러는 내내, 그녀를 곁눈질했습니다. 선글라스를 위로 올리고 눈을 비비거나, 고무줄을 풀고 고개를 뒤로 젖혀 반들반들한 검고 풍성한 머리칼이 아래로 내려가게 하는 모습도 지켜보았고, 무릎에 턱을 괴고 앉아 뜰을 쳐다보며 담배를 활기 없이 피우는 모습도 지켜보았습니다. 또한 다리를 꼬고 한쪽 다리를 위아래로 까닥이는 모습도 지켜보았습니다. 그런 몸짓은 그녀가 무료하거나 불안한 상태라는 걸 알려주는 것 같았습니다. 아니면 억제할 수 없는 장난기였는지도 모르겠고요.

와다티 씨가 그녀의 옆에 있는 경우가 어쩌다 있었지만, 자주 있는 일은 아니었습니다. 그는 전처럼 위층 서재에서 책을 읽고 스케치를 하며 대부분의 시간을 보냈습니다. 결혼을 했다고 별로 달라진 게 없는 일상이었습니다. 닐라는 대부분, 글을 썼습니다. 거실이나 베란다에서 연필을 손에 들고 무릎에 놓인 종이에 글을 썼습니다. 늘 담배를 손에 들고 있었습니다. 나는 밤에는 그들에게 저녁 식사를 차려줬습니다. 그들은 접시에 시선을 떨군 채 묵묵히 식사만 했습니다. 침묵이 깨지는 건 낮은 목소리로 **고맙다**고 할 때와 스푼과 포크가 그릇에 부딪는 소리가 날 때뿐이었습니다.

일주일에 한두 차례, 나는 닐라를 태우고 차를 운전해야 했습니다. 담배나 펜, 메모지, 화장품을 사기 위해서였습니다. 운전을 해야 한다는 걸 사전에 알게 되면, 나는 늘 머리를 단정히 빗고 이를 닦았습니다. 세수를 하고 레몬 조각을 손가락에 비벼서 거기에 밴 양파 냄새를 없앴습니다. 그리고 양복의 먼지를 털고 구두를 닦았습니다. 내가 입은 올리브색 양복은 사실, 와다티 씨한테서 물려받은 것이었습니다. 나는 그가 그 사실을 닐라에게 얘기하지 않았기를 바랐습니다. 그러나 이미 얘기했을지 모른다고 생각했습니다. 악의에서가 아니라 와다티 씨와 같은 입장에 있는 사람들은 종종 그처럼 사소하고 작은 일이 나 같은 사람한테는 수치스러울 수 있다는 걸 이해하지 못하기 때문입니다. 때때로 나는 돌아가신 아버지가 쓰셨던 양가죽 모자를 썼습니다. 나는 거울 앞에 서서 모자를 이리저리 기울여가며 어떻게 하면 닐라에게 보기 흉하지 않은 모습으로 나타날지 고민했습니다. 정신을 놓고 그러는 통에 아마 말벌이 내 코에 앉았다면 쏘이고 나서야 그것이 거기에 있었다는 걸 알았을지 모릅니다.

언젠가 한번은 차를 몰고 가다가 어떻게 하면 우회해서 목적지에 도달할까 살핀 적이 있었습니다. 가능하다면 1~2분쯤 늦게 가고 싶었습니다. 그 이상으로 늦으면 그녀가 의심할지 몰라 안 될 것 같았습니다. 그렇게 함으로써 그녀와 같이 있는 시간을 연장하고 싶었습니다. 나는 양손으로 핸들을 잡고 도로에 눈길을 고정했습니다. 엄격하게 자기통제를 하며 백미러로 그녀를 쳐다보지 않으려 했습니다. 내가 백미러로 그녀를 쳐다보는 건 그녀가 나한테 말을 걸 때뿐이었습니다. 나는 그녀가 뒷좌석에 있는 것만으로 만족했습니다. 나는 그녀에게서 나는 온갖 냄새를 들이마셨습니다. 값비싼 비누, 로션, 향수, 껌, 담배 등, 그녀에게서는 다양한 냄새가 났습니다. 대부분은 그것만으로도 기분이 좋아지기에 충분했습니다.

우리가 처음으로 대화를 나눈 건 차 안에서였습니다. 그녀가 나한테 이런저런 심부름을 시킬 때 했던 말들이 아니라 **진짜** 대화 말입니다. 나는 그녀를 태우고 약국에 가고 있었는데, 그녀가 물었습니다.

"나비의 고향은 어떤 곳이에요? 지명이 뭐죠?"

"샤드바그입니다, 사모님."

"샤드바그군요. 어떤 곳인지 말해주세요."

"별로 말씀드릴 게 없습니다, 사모님. 여느 마을이나 다를 바 없는 곳입니다."

"그래도 특별한 게 있을 거 아녜요."

나는 겉으로는 침착했지만, 속으로는 그녀의 관심을 끌고 그녀를 재미있게 해줄 뭔가를 생각해내려고 무진 애를 쓰고 있었습니다. 그런데 소용이 없었습니다. 나같이 보잘것없는 촌놈한테 그녀 같은 여자의 마음을 사로잡을 게 뭐가 있었겠습니까?

나는 이렇게 말했습니다.

"포도가 참 맛있습니다."

나는 이 말을 하자마자 내 뺨을 갈기고 싶었습니다. **포도**라니!

그녀가 건조하게 대꾸했습니다.

"아, 그래요."

"당도가 정말 뛰어납니다."

"아하."

나는 속으로 죽고 싶었습니다. 겨드랑이에 땀이 차올랐습니다.

갑자기 바짝 말라버린 입으로 나는 말을 이었습니다.

"우리 마을에서 나는 포도는 특별하답니다. 사람들 말로는 샤드바그에서만 나는 포도랍니다. 부서지기 쉽고 말랑말랑합니다. 다른 마을에서 그걸 키우려고 하면, 아니 이웃 마을에서조차 그걸 키우려고 하면 말라서 죽어버린답니다. 우리 마을 사람들 얘기로는 포도가 슬퍼서 죽는다고 하지만, 물론 그건 사실이 아닙니다. 토양과 물의 문제일 겁니다. 그러나 사람들은 그렇게 말한답니다, 사모님. 슬퍼서 죽는다고요.”

“나비, 정말 아름다운 얘기네요.”

나는 백미러로 그녀를 재빨리 살폈습니다. 그녀는 창문 밖을 바라보고 있었는데 다행스럽게도 입가가 약간 올라가고 미소가 살짝 어려 있었습니다. 나는 용기를 내어 말했습니다.

“사모님, 다른 얘기도 하나 해드릴까요?”

“네, 해줘요.”

라이터 켜지는 소리가 나고 담배 연기가 뒷좌석에서 앞으로 몰려왔습니다.

“어느 마을이나 물라가 있듯이, 샤드바그 마을에도 물라가 있습니다. 우리 마을의 물라는 셰킵이라는 분입니다. 그분은 엄청나게 많은 이야기를 알고 있습니다. 얼마나 많은지 말씀드릴 수가 없을 정도입니다. 그런데 그분이 늘 우리한테 해주는 얘기는 이런 것입니다. 이 세상 어디에서든 이슬람교도의 손바닥을 보면, 놀라운 것이 있다는 겁니다. 모두 손금이 똑같다는 건데, 이게 무슨 의미냐면, 이슬람교도의 왼쪽 손금은 아라비아숫자 81이 되고 오른쪽 손금은 18이 된다는 겁니다. 81에서 18을 빼면 몇이 되죠? 63입니다. 마호메트께서 돌아가신 나이인 63이 되는 겁니다.”

뒷좌석에서 낮은 웃음소리가 들렸습니다.

"그런데 어느 날, 어떤 여행객이 마을에 들렀습니다. 그는 그날 저녁 셰킵 물라와 식사를 같이 했습니다. 여행객은 그 이야기를 듣고 생각해보더니 이렇게 말했습니다. '물라께는 죄송하지만, 제가 언젠가 유대인을 만났는데 그 사람의 손금도 아주 똑같더군요. 이걸 어떻게 설명하시겠습니까?' 그랬더니 물라가 이렇게 대답했습니다. '그렇다면 그 유대인은 속으로는 이슬람교도였을 거요.'"

그녀가 느닷없이 웃음을 터뜨렸습니다. 나는 그날, 하루 종일 그 웃음소리에 홀려 있었습니다. 마치 웃음이 하늘에서 내려온 것 같았습니다. 코란에 나오는 것처럼 강물이 아래로 흐르고 나무에서는 과일이 끝없이 열리고 시원한 그늘이 있는 천국의 정원으로부터 나한테 내려온 것 같았습니다. 알라시여, 이 불경스러움을 용서해주소서.

마르코스 씨, 저를 그처럼 매혹시킨 것이 단순히 그녀가 아름다웠기 때문만은 아니었다는 점을 이해해주시기 바랍니다. 그것만으로도 충분했을지 모르지만 말입니다. 나는 내 인생에서 닐라와 같은 젊은 여자를 만난 적이 없었습니다. 그녀가 하는 모든 것이 내게는 신기했습니다. 말하는 모습, 걷는 모습, 옷을 입는 모습, 웃는 모습 등 모든 것이 신기했습니다. 닐라는 여자가 어떻게 행동해야 하는지에 관한 나의 생각들을 하나하나 깨버렸습니다. 자히드와 같은 사람들이 못마땅하게 생각하는 것은 불을 보듯 훤했습니다. 그건 사부르도 마찬가지였고 우리 마을의 남자들 모두도 마찬가지였고 여자들도 모두 마찬가지였을 것입니다. 그러나 그것이 나한테는 그러잖아도 넘치게 매력적이고 신비로운 그녀를 더 매혹적으로 보이게 했습니다.

그날, 일을 하고 있을 때도 그랬고, 나중에 다른 하인들이 차를 마시러 왔을 때도, 그녀의 웃음소리가 여전히 내 귀에 울리고 있었습니다. 그녀의 달콤한 웃음소리를 생각하면 미소가 절로 나왔습니다. 하인들의 말소리도 들리지 않았습니다. 나는 내가 했던 이야기가 불만스러운 결혼과 관련된 스트레스를 조금이나마 해소시켰다는 데 자부심을 느꼈습니다. 그녀는 놀라운 여자였습니다. 나는 그날 밤, 어쩌면 나 자신이 평범하지만은 않을지도 모른다는 생각을 하며 잠자리에 들었습니다. 이것이 그녀가 나한테 미친 영향력이었습니다.

곧 닐라와 나는 날마다 대화를 하게 되었습니다. 우리는 보통, 그녀가 늦은 아침에 베란다에서 커피를 마실 때 대화를 나눴습니다. 나는 할 일이 있는 척하며 그녀가 있는 쪽으로 갔습니다. 그리고 삽에 몸을 기대거나 녹차 잔을 들여다보며 그녀에게 말을 건넸습니다. 그녀가 나를 선택했다는 게 내게는 특권 같았습니다. 결국 내가 그 집에서 일하는 유일한 하인은 아니었으니까 말입니다. 아무 말이나 쑥쑥 해대는 자히드라는 놈에 대해서는 앞서 얘기한 바가 있습니다. 그리고 일주일에 두 번씩 와서 빨래를 해주는, 아래턱이 늘어진 하자라 여자도 있었습니다. 그러나 그녀가 관심을 주는 건 나였습니다. 그녀의 외로움을 걷어내준 사람은 그녀의 남편을 포함해서 내가 유일하다는 생각이 들었습니다. 얘기를 하는 쪽은 대부분 그녀였습니다. 나는 아무래도 상관없었습니다. 나는 그녀가 얘기를 쏟아내는 대상이 되는 것으로 충분히 행복했습니다. 예를 들어, 그녀는 아버지와 함께 잘랄라바드에 사냥하러 갔던 얘기를 했습니다. 그녀는 사냥을 갔다 온 후로 몇 주 동안, 죽은 사슴들이 눈을 번들거리며 나타나는 악몽을 꿨다고 했습니다. 또 제2차 세계대전이 일어나기 전, 그녀가 어렸을 때, 어머니와 함께 프랑스에 갔던 얘기도 했습니다. 그곳에 가기 위해서 기차와 배를 타야 했다고 했습니다. 그녀는 기차 바퀴가 굴러가는 소리에 갈비뼈가 울리던 느낌에 대해 얘기했습니다. 갈고리에 걸린 커튼과 분리된 객실, 증기기관이 내는 규칙적인 소리에 대해서도 얘기했습니다. 또한 몸이 많이 아팠을 때, 인도에서 아버지와 함께 보낸 6주간에 대해서도 얘기했습니다.

이따금 그녀가 몸을 돌려 접시에 담뱃재를 떨 때, 나는 후다닥 그녀의 모습을 훔쳐보았습니다. 빨간 매니큐어를 칠한 발톱, 면도를 한 종아리의 금색 광채, 둥근 발, 풍만하고 이상적인 젖가슴을 재빨리 훔쳐보았습니다. 그런 여자와 사랑을 나누고 젖가슴을 만지고 젖가슴에 입을 맞추는 남자들이 지구상에 있다는 사실이 놀라울 뿐이었습니다. 그것을 하고 나면 인생에서 더 이상 할 게 뭐가 있을까 싶었습니다. 남자가 세상의 정상에 서 있다가 다음에는 어디로 가나 싶었습니다. 그녀가 나를 향해 몸을 돌릴 때 내 눈을 안전한 곳으로 돌리는 것은 대단한 의지 없이는 안 되는 일이었습니다.

그녀는 나와 더 편해지면서, 와다티 씨에 관한 불평을 하기도 했습니다. 어느 날엔가는 와다티 씨가 냉담하고 종종 오만하다고 말했습니다.

내가 말했습니다.

"저한테는 아주 너그러우세요."

그녀는 한 손을 경멸적으로 내저었습니다.

"나비, 그렇게까지 말해줄 필요는 없어요."

나는 공손하게 눈길을 아래로 깔았습니다. 그녀의 말이 전적으로 틀린 건 아니었습니다. 예를 들어, 와다티 씨에게는 우월감이 느껴지는 태도로 내 말버릇을 바로잡는 습관이 있었습니다. 그것을 오만하다고 해석하는 건 어쩌면 잘못이 아닐 수도 있었습니다. 때때로 내가 방에 들어가 그 앞에 과자 접시를 놓고 차를 더 따라주고 탁자 위의 부스러기들을 치울 때면, 그는 나를 출입문 위에서 기어 다니는 파리 정도로밖에 보지 않았습니다. 그는 눈을 들지도 않고 나를 있으나 마나 한 존재로 만들었습니다. 사실 이것은 쓸데없는 험담일지 모르겠습니다. 나는 전에 일한 적 있는 구역 사람들이 하인들을 막대기나 벨트로 때린다는 걸 알고 있었습니다.

그녀가 힘없이 커피를 저으며 말했습니다.

"그는 재미도 없고 모험심도 없어요. 술레이만은 몸은 젊은데 생각은 노인 같아요."

나는 그런 얘기를 대수롭지 않게 하는 데 조금 놀랐지만, 조심스럽게 말을 골라서 했습니다.

"와다티 씨가 혼자 있는 걸 좋아하시는 건 사실이에요."

"자기 어머니와 살면 딱일 거예요. 나비는 어떻게 생각해요? 모자가 참 잘 어울리지 않나요?"

와다티 씨의 어머니는 도시의 다른 지역에 사는 몸집이 크고 태도가 다소 거만한 부인이었습니다. 그녀는 하인들과 개 두 마리를 데리고 있었는데, 개를 좋아해서 그 녀석들을 하인과 동급이 아니라 몇 단계 더 높은 존재로 여겼습니다. 작고, 털이 없고, 무섭게 생긴 개들이었습니다. 쉽게 잘 놀래고 조바심을 잘 치는 개들은 신경이 거슬리게 높은 소리로 짖었습니다. 나는 그 개들을 경멸했습니다. 내가 집 안에 들어서자마자, 달려들며 기어오르려고 했기 때문이었습니다.

닐라와 와다티 씨를 노인의 집에 데려다 줄 때마다, 나는 뒷좌석에 긴장감이 감돈다는 걸 **분명히** 느꼈습니다. 나는 닐라의 이마에 잡힌 고통스러운 주름을 보고 그들이 싸웠다는 걸 알았습니다. 돌아보니, 내 부모는 싸울 때면 승자가 분명해질 때까지 계속해서 싸웠던 것 같습니다. 그것이 불쾌함을 해소하는 그들만의 방식이었던 셈이지요. 시시비비를 가려 틈을 메우고, 다음 날로 어물쩍 넘어가지 않도록 하기 위해서였던 것 같습니다. 그런데 와다티 부부의 경우에는 그렇지 않았습니다. 싸움은 끝났다기보다는 사라져버렸습니다. 물그릇에 잉크 한 방울을 탄 것처럼 희미한 흔적을 남기고서 말입니다.

노인이 그들의 결혼을 반대하고 닐라가 그 사실을 알고 있다는 걸 추측하는 데는 머리를 굴릴 필요까지도 없었습니다.

닐라와 내가 이런 얘기들을 하고 있을 때, 그녀에게 묻고 싶은 질문 하나가 내 머릿속에 거듭해 떠올랐습니다. 나는 그녀가 와다티 씨와 결혼한 이유가 뭔지 자꾸 궁금했습니다. 물을 용기는 없었습니다. 그렇게 무례한 질문을 하는 건 기질적으로 나한테 맞지 않았습니다. 나는 어떤 사람들의 경우, 특히 여자들의 경우, 그처럼 불행한 결혼이 훨씬 더 큰 불행으로부터의 탈출구일 수 있다고 짐작할 뿐이었습니다.

1950년 가을 어느 날, 닐라가 나를 불렀습니다.

"샤드바그에 나를 데려다 줘요."

그녀는 내가 태어난 곳으로 가서 내 가족들을 만나고 싶다고 했습니다. 그녀는 지난 1년 동안 내가 자신을 위해 식사를 챙겨주고 운전을 해줬는데 정작 나에 대해서 아는 게 거의 없다고 말했습니다. 과장이 아니라, 나는 그녀의 요청을 받고 당황했습니다. 그녀의 위치에 있는 사람이 하인의 가족을 만나러 먼 길을 가겠다고 하는 건 부자연스러운 일이었기 때문입니다. 그런데 같은 의미에서, 나는 닐라가 나한테 그러한 관심을 갖고 있다는 사실에 우쭐하기도 했습니다. 한편으로는 걱정이 되기도 했습니다. 가난한 나의 태생을 그녀에게 보이면서 불편할 게 뻔했으니까 말입니다. 그래요, 창피할 게 뻔했습니다.

우리는 날씨가 흐린 어느 날 아침에 출발했습니다. 닐라는 하이힐을 신고 소매가 없는 분홍색 드레스를 입고 있었지만, 그렇다고 내가 다른 옷을 입으라고 그녀에게 충고할 수는 없는 노릇이었습니다. 가는 길에 그녀는 마을과 내가 알고 지내는 사람들—내 여동생과 사부르와 그들의 아이들에 관한 질문들을 했습니다.

"이름이 어떻게 되죠?"

"아홉 살짜리는 압둘라라고 하는데, 친어머니가 작년에 죽었어요.

그러니까 그 아이는 제 여동생인 파르와나의 의붓아들이죠. 압둘라의 동생인 파리는 두 살이 다 됐어요. 파르와나는 이번 겨울에 사내아이를 낳았는데 2주 만에 죽었어요. 이름이 오마르였죠."

"무슨 일이 있었나요?"

"사모님, 겨울 때문이었어요. 겨울이 오면 매년 한두 명의 아이가 죽거든요. 사람들은 자기 집이 무사하기를 바랄 뿐이죠."

그녀가 중얼거렸습니다.

"세상에."

"더 희망적인 얘기를 보태자면, 제 여동생은 다시 임신 중이랍니다."

마을에 도착하자, 맨발의 아이들이 늘 그랬던 것처럼 차를 향해 달려왔습니다. 그런데 닐라가 뒷좌석에서 나오자 아이들이 조용해지며 뒤로 물러섰습니다. 아마 그녀에게 혼날 것이 두려워서 그랬을 겁니다. 그런데 닐라는 그들에게 친절했습니다. 무릎을 꿇고 미소를 지으며 그들 하나하나한테 말을 걸고 악수를 했으며 더러운 볼을 만졌고 감지 않은 머리를 헝클어뜨렸습니다. 당황스럽게도 사람들이 그녀를 보러 모여들었습니다. 내 친구인 바이툴라도 지붕 위에서 쳐다보고 있었습니다. 까마귀 떼처럼 형제들과 쪼그리고 앉아서 말입니다. 모두가 나스와르(씹는담배)를 씹고 있었습니다. 그리고 그의 아버지 셰킵 물라와 수염을 하얗게 기른 세 남자도 벽이 드리운 그늘 속에 앉아서 자신들의 염주를 활기 없이 만지작거리며 닐라와 그녀의 드러난 팔을 불쾌한 표정으로 바라보고 있었습니다.

나는 닐라를 사부르에게 소개했습니다. 그리고 우리는 구경꾼들이 우리를 따르는 가운데, 그와 파르와나가 살고 있는 작은 흙집으로 갔습니다. 사부르가 그럴 필요 없다고 말했지만, 닐라는 문에서 신발을 벗겠다고 우겼습니다. 우리가 방에 들어가자, 파르와나는 구석에 몸을 공처럼 웅크리고 말없이 있었습니다. 그녀는 거의 들리지 않는 목소리로 닐라에게 인사했습니다.

사부르가 압둘라를 향해 눈썹을 꿈틀거리며 말했습니다.

"애야, 차를 내오너라."

닐라가 파르와나 옆에 앉으며 사양했습니다.

"아니, 괜찮아요. 그러실 필요 없어요."

그러나 압둘라는 이미 옆방으로 사라진 뒤였습니다. 나는 그 방이 부엌을 겸해 그 아이와 파리가 잠을 자는 데라는 걸 알고 있었습니다. 문간에 달린 희끄무레한 비닐 칸막이가 우리가 모여 있는 방과 그 방을 구분해주고 있었습니다. 나는 자동차 열쇠를 만지작거리며 동생한테 미리 언질을 주고 청소할 시간을 주었으면 좋았을 뻔했다고 생각했습니다. 갈라진 흙벽은 검댕으로 새까맸습니다. 닐라가 깔고 앉은 찢어진 매트리스에는 먼지가 덕지덕지 묻고, 하나밖에 없는 창문에는 파리똥이 잔뜩 묻어 있었습니다.

닐라가 양탄자를 손으로 만지며 쾌활하게 말을 건넸습니다.

"아름다운 양탄자로군요."

그것은 코끼리 발자국 무늬의 밝은 적색 양탄자였습니다. 사부르와 파르와나가 소유한 것 중 유일하게 가치 있는 물건이었습니다. 그런데 그 양탄자마저 그해 겨울, 다른 사람한테 팔리고 말았습니다.

사부르가 말했습니다.

"제 아버지 것이었습니다."

"투르크멘 양탄자인가요?"

"네."

"나는 그들이 사용하는 양털을 좋아한답니다. 솜씨가 대단하죠."

사부르가 고개를 끄덕였습니다. 그는 그녀에게 얘기를 할 때, 그녀가 있는 쪽을 쳐다보지 않았습니다.

압둘라가 찻잔이 담긴 쟁반을 들고 들어와서 닐라 앞에 내려놓을 때, 비닐 칸막이가 펄럭였습니다. 아이는 그녀에게 차를 따라주고 그녀 앞에 다리를 포개고 앉았습니다. 닐라가 간단한 질문을 던지며 말을 걸려고 했지만, 압둘라는 박박 깎은 머리를 그저 끄덕이거나 한두 마디로 우물우물 얼버무리고, 경계하는 눈초리로 그녀를 쏘아봤습니다. 나는 속으로 아이의 태도에 대해 부드럽게 나무라야겠다고 생각했습니다. 나는 압둘라에게 다정하게 대하고 싶었습니다. 그 아이가 좋았기 때문입니다. 기질적으로 진지하고 유능한 아이였습니다.

닐라가 파르와나에게 물었습니다.

"얼마나 남았어요?"

내 동생은 고개를 숙이고 겨울에 아이가 태어날 예정이라고 말했습니다.

닐라가 말했습니다.

"당신은 축복받은 거예요. 아이가 태어나기를 기다리고 있고, 또

저렇게 예의 바른 아이를 아들로 뒀으니 말이에요."

그녀는 무표정한 얼굴로 앉아 있는 압둘라를 향해 미소를 지었습니다.

파르와나가 뭐라고 중얼거렸습니다. **고맙다**는 말을 하는 것 같았습니다.

닐라가 말했습니다.

"내 기억이 맞는다면, 여자아이도 있다죠? 이름이 파리던가요?"

압둘라가 쌀쌀맞게 대답했습니다.

"자고 있어요."

"아, 예쁜 아이라고 들었는데."

사부르가 끼어들었습니다.

"가서 동생을 데려오너라."

압둘라가 눈길을 자신의 아버지에게서 닐라에게로 옮기다가 마지못해 일어나서 동생을 데리러 갔습니다.

종말이 가까운 지금도 내게 소원이 하나 있다면, 압둘라와 파리 사이의 유대가 평범한 것이었더라면 얼마나 좋았을까 하는 겁니다. 그러나 사실은 그렇지 않았습니다. 알라 말고는 어째서 그들이 서로를 택했는지 아무도 알지 못합니다. 그것은 수수께끼였습니다. 나는 남매 사이에 그러한 끌림이 있는 경우를 본 적이 없었습니다. 사실, 압둘라는 파리에게 오빠라기보다는 아버지 같았습니다. 파리가 어렸을 때 밤에 울면, 자다가 벌떡 일어나 동생에게 걸음마를 시켜준 사람은 그였습니다. 더러워진 기저귀를 갈고 동생을 안아서 얼러 다시 잠들게 한 것도 그였습니다. 파리에 대한 그의 인내심에는 끝이 없었습니다. 그는 동생을 데리고 동네를 돌아다니며, 파리가 세상에서 가장 탐나는 전리품이라도 되는 것처럼 자랑하고 다녔습니다.

오빠가 아직도 잠에 취해 있는 동생을 데려왔을 때, 닐라가 아이를 한번 안아보자고 했습니다. 압둘라는 자신의 내부에 있는 본능적인 경보가 작동하기라도 한 듯, 그녀를 향해 의심의 눈초리를 거두지 않으며 동생을 넘겨줬습니다.

닐라가 소리쳤습니다.

"아, 정말 귀엽네요."

어색한 동작으로 미루어 그녀가 어린아이들을 대해본 적이 없다는 걸 알 수 있었습니다. 파리는 어리둥절해하며 닐라를 쳐다보고 다시 압둘라를 쳐다보더니 울기 시작했습니다. 오빠가 재빨리 동생을 닐라의 손에서 낚아챘습니다.

닐라가 말했습니다.

"저 눈 좀 봐! 저 볼 좀 봐! 나비, 귀엽지 않아요?"

"그러네요, 사모님."

"파리라는 이름도 완벽하군요. 아이가 정말로 요정처럼 예뻐요."

압둘라는 파리를 안고 어르면서 닐라를 살폈습니다. 그의 얼굴이 어두워지고 있었습니다.

카불로 돌아갈 때, 닐라는 유리에 머리를 대고 뒷좌석에 웅크리고 있었습니다. 오랫동안 그녀는 한 마디도 하지 않다가, 별안간 울음을 터뜨렸습니다.

나는 길가에 차를 세웠습니다.

그녀는 오랫동안 아무 말도 하지 않았습니다. 그녀가 얼굴을 손에 묻고 흐느낄 때, 어깨가 들썩였습니다. 마침내 그녀가 손수건에 코를 풀었습니다.

"고마워요, 나비."

"사모님, 뭐가요?"

"나를 그곳에 데려다 줘서요. 당신의 가족을 만난 건 내게는 영광이었어요."

"영광스러운 건 그들이죠. 저도 그렇고요. 우리가 영광이었죠."

"동생의 아이들이 아름답더군요."

그녀는 선글라스를 벗고 눈을 가볍게 두드렸습니다.

나는 내가 뭘 해야 할지 잠시 생각해보았습니다. 처음에는 그냥 가만있었습니다. 그러나 그녀가 내가 있는 곳에서 울고 있었습니다. 그러자 그 순간의 친밀감이 내 입에서 친절한 말들이 나오게 만들었습니다. 나는 부드럽게 말했습니다.

"사모님께도 곧 자식이 생기겠지요. **인샬라**, 알라께서 그렇게 하도록 해주실 거예요. 기다리세요."

"그러실 것 같지 않아요. 그건 그분도 어쩌지 못해요."

"알라께서는 당연히 할 수 있으세요. 사모님은 아주 젊으세요. 알라의 뜻이라면 그렇게 될 거예요."

그녀가 피곤한 목소리로 대꾸했습니다.

"당신은 이해 못해요."

나는 그녀가 그렇게 기진맥진해하는 모습을 본 적이 없었습니다.

"그게 없어졌어요. 인도에서 그걸 들어냈어요. 나는 속이 비었어요."

나는 그 말에 대꾸할 말을 찾을 수가 없었습니다. 뒷좌석으로 가서 그녀를 품에 안고 입맞춤하며 위로해주고 싶었습니다. 나는 나도 모르게 손을 뒤로 뻗어 그녀의 손을 잡았습니다. 나는 그녀가 손을 뺄 거라고 생각했습니다. 그러나 그녀는 고맙다는 듯 내 손을 꼭 쥐고 있었습니다. 우리는 그렇게 차 안에 앉아 있었습니다. 우리는 서로가 아니라 주변의 평원을 바라보고 있었습니다. 평원의 모든 것이 시들고 누렇게 떴고, 수로는 말라붙어 있었습니다. 이곳저곳에 관목과 바위들이 보였습니다. 이곳저곳에 생명체가 움직이는 모습이 보였습니다. 나는 닐라의 손을 잡고 언덕과 전봇대를 바라보았습니다. 멀리서 화물 트럭이 먼지를 일으키며 무겁게 움직이고 있었습니다. 나는 밤이 될 때까지 그렇게 있으라고 해도 기꺼이 있었을 겁니다.

그녀가 마침내 내 손을 놓으며 말했습니다.

"집에 데려다 줘요. 오늘 밤엔 일찍 자야 되겠어요."

나는 헛기침을 하며 말했습니다.

"네, 사모님."

그리고 약간 떨리는 손으로 기어를 1단에 넣었습니다.

닐라는 침실로 들어가더니 며칠 동안 나오지 않았습니다. 그런데 그게 처음 있는 일은 아니었습니다. 이따금 그녀는 의자를 끌어다 위층 침실 창가에 놓고 앉아서 한쪽 발을 흔들며 담배를 피우고 멍한 표정으로 창밖을 내다보았습니다. 그럴 때는 아무 말도 하지 않았습니다. 잠옷도 계속 입고 있었습니다. 목욕도 하지 않고 이도 닦지 않고 머리도 감지 않았습니다. 그런데 이번에는 먹지도 않았습니다. 그러자 와다티 씨가 평소답지 않게 놀라는 기색이었습니다.

나흘째 되는 날이었습니다. 누군가가 현관문을 두드렸습니다. 문을 열자 키가 큰 노인이 서 있었습니다. 다림질이 잘된 양복을 입고 반짝거리는 구두를 신고 있었는데, 그에게는 위압적이고 다소 가까이하기 어려운 면이 있었습니다. 그는 서 있다기보다는 몸을 들이미는 듯했고, 나 같은 건 안중에도 없는 듯했습니다. 노인은 반들반들한 지팡이를 마치 왕홀王笏이라도 되는 듯 잡고 있었습니다. 아직 한마디도 하지 않은 상황이었지만, 나는 이미 그가 명령하는 데 익숙한 사람이라는 걸 직감하고 있었습니다.

그가 말했습니다.

"딸이 아프다고 해서 왔다."

그는 닐라의 아버지였던 것입니다. 나는 그를 만난 적이 없었습니다.

"네, 나리. 유감스럽게도 사실입니다."

"그렇다면 젊은이는 옆으로 비켜."

그는 나를 밀치고 지나갔습니다.

나는 정원에서 난로에 쓸 장작을 패고 있었습니다. 내가 일하는 곳에서 닐라의 침실 창문이 잘 보였습니다. 그녀의 아버지가 닐라를 향해 허리를 굽히고 그녀의 한쪽 어깨에 손을 얹고 있는 모습이 보였습니다. 닐라의 얼굴에는 사람들이 폭죽을 터뜨리는 소리나 갑작스러운 바람에 문이 쾅 하고 닫히는 소리를 들을 때 짓는 표정이 어려 있었습니다.

그날 밤, 그녀는 식사를 했습니다.

며칠 후, 닐라가 나를 집 안으로 부르더니 파티를 열겠다고 했습니다. 와다티 씨가 독신이었을 때는 집에서 파티를 한 적이 거의 없었습니다. 그런데 닐라가 들어온 후로는 한 달에 두세 번씩 파티를 했습니다. 파티가 열리기 전날, 닐라는 나한테 어떤 애피타이저나 음식을 준비할 것인지 구체적으로 지시했습니다. 나는 차를 몰고 시장에 가서 필요한 것들을 사가지고 왔습니다. 필요한 물품 중 주된 것은 술이었습니다. 와다티 씨가 술을 마시지 않았기 때문에 나는 전에는 술을 조달한 적이 없었습니다. 그가 술을 마시지 않는 건 종교적인 이유에서가 아니라 그것이 미치는 영향을 싫어했기 때문이었습니다. 그러나 닐라는 술을 어디에서 살 수 있는지 잘 알고 있었습니다. 그녀는 농담 삼아 그런 곳을 **약국**이라고 했습니다. 약국에 가서 내 월급의 배가 되는 돈을 주면 불법으로 **약** 한 병을 살 수 있었습니다. 나는 이런 심부름을 하면서 복잡한 생각이 들었습니다. 죄를 짓는 걸 돕고 있다는 생각이 들었습니다. 그러나 늘 그래 왔듯이, 닐라를 기쁘게 하는 게 최우선이었습니다.

마르코스 씨, 샤드바그에서 결혼식이 있거나 할례를 축하하기 위해서 파티를 할 때면, 두 집에서 따로 했다는 걸 일단 알아두셔야 합니다. 하나는 여자들을 위한 것이었고 다른 하나는 남자들을 위한 것이었습니다. 그런데 닐라가 개최한 파티에서는 남자와 여자가 서로 어울렸습니다. 여자들 대부분은 닐라처럼 팔 전체와 다리의 상당 부분이 드러나는 드레스를 입었고, 담배를 피우고 술까지 마셨습니다. 그들이 들고 있는 잔에는 무색이거나 붉은색이거나 적갈색인 술이 반쯤 들어 있었습니다. 그들은 농담을 하며 웃고 다른 사람과 결혼할 남자들의 팔을 거리낌 없이 만졌습니다. 나는 볼라니(채소를 넣어 납작하게 만든 빵)와 롤라 케밥(길쭉하게 굴려 만든 고기 완자)이 담긴 작은 접시들을 연기가 자욱한 방의 한쪽 끝에서 다른 쪽 끝으로, 한 무리의 손님들에게서 다른 무리의 손님들에게로 날랐습니다. 턴테이블에 얹힌 레코드판에서 음악이 흘러나오고 있었습니다. 음악은 아프간 음악이 아니라 닐라가 **재즈**라고 했던 음악이었습니다. 내가 수십 년 후에나 알게 된 음악이었습니다. 마르코스 씨, 당신도 그 음악을 좋아하시지 않습니까? 당시, 내 귀에는 피아노가 아무렇게나 소리를 내고 호른이 이상한 소리를 내는 불협화음 같았습니다. 그러나 닐라는 그 음악을 좋아했습니다. 그녀는 손님들에게 계속 이 음반이나 저 음반을 들어봐야 한다는 말을 하고 있었습니다. 밤새도록 그녀는 잔을 들고서, 내가 갖다 주는 음식보다 술을 훨씬 더 많이 마셨습니다.

와다티 씨는 손님을 맞는 일에 소극적이었습니다. 어울리는 시늉은 했지만 대개 소다수 잔을 들고 멍한 표정을 지으며 구석에 있었습니다. 누군가가 그에게 얘기를 건네면, 그는 입을 다문 채 정중한 미소를 머금었습니다. 늘 그랬던 것처럼, 그는 손님들이 닐라에게 시를 낭송해달라고 할 때쯤이면 자리를 떴습니다.

시 낭송은 파티에서 내가 가장 좋아하는 순간이었습니다. 그녀가 낭송을 시작할 때쯤, 나는 늘 가까이에서 할 일을 찾았습니다. 수건을 손에 들고 꼼짝 않고 서서 귀를 기울이려고 노력했습니다. 닐라의 시들은 내가 접했던 어떤 것과도 닮은 데가 없었습니다. 당신도 잘 알겠지만, 우리 아프간인들은 시를 사랑합니다. 교육 수준이 가장 낮은 사람들까지도 하페즈나 하이얌이나 사디의 시를 암송할 수 있답니다. 마르코스 씨, 당신이 작년에 나한테 아프간인들을 얼마나 사랑하는지 얘기했던 걸 기억하시나요? 내가 당신에게 그 이유를 물었더니 당신은 웃으면서 이렇게 말했죠. **낙서를 하는 사람들조차 루미의 시를 벽에다 스프레이로 쓰니까요.**

그러나 닐라의 시는 전통을 거부했습니다. 정해진 운율을 따르지도 않았고 운도 맞지 않았습니다. 나무나 봄꽃, 직박구리와 같은 일상적인 것들을 다루지도 않았습니다. 닐라의 시는 사랑에 관한 것이었습니다. 여기에서 말하는 사랑이란 루미나 하페즈의 시에 나오는 신비적인 갈망이 아니라 육체적인 사랑을 의미합니다. 그녀는 누워서 서로의 몸을 만지며 속삭이는 연인들에 관한 시를 썼습니다. 그녀는 쾌락에 대해 썼습니다. 나는 여자가 이처럼 대담한 말을 사용하는 걸 본 적이 없었습니다. 나는 복도를 따라 흘러가는 닐라의 목소리를 눈을 감고 들었습니다. 내 귀는 빨개져 있었습니다. 나는 그녀가 나한테 시를 읽어준다고 상상했습니다. **우리**가 시에 나오는 연인들이라고 상상했습니다. 누군가가 차나 달걀 프라이를 갖다 달라며 내 상상을 깰 때까지 그랬습니다. 그리고 나는 닐라가 내 이름을 부르면 달려갔습니다.

그날 밤, 나는 그녀가 읽은 시를 듣고 놀랐습니다. 그것은 시골에 사는 한 남자와 그의 아내가 추위 때문에 잃어버린 아이의 죽음을 슬퍼하는 것에 관한 시였습니다. 손님들은 그 시가 좋은 모양이었습니다. 그들은 머리를 끄덕이고 시가 좋다고 소곤거리더니, 닐라가 시에서 눈을 떼고 올려다보자 우렁차게 박수를 쳤습니다. 그럼에도 나는 약간의 놀라움과 실망을 감출 수 없었습니다. 손님들을 즐겁게 하는 데 내 여동생의 불행을 이용했다는 생각이 들었기 때문이었습니다. 나는 모종의 배신감을 떨칠 수 없었습니다.

파티가 있고 나서 이틀 후였습니다. 닐라가 새 핸드백이 필요하다고 말했습니다. 와다티 씨는 내가 준비한 렌즈콩 수프와 난으로 점심 식사를 하며 식탁에서 신문을 읽고 있었습니다.

닐라가 물었습니다.

"술레이만, 필요한 거 없어요?"

"없어요, **아지즈**. 고마워요."

나는 와다티 씨가 부인을 **아지즈**라고 호칭하는 걸 거의 들은 적이 없었습니다. 그것은 '여보'나 '자기'를 의미하는 말이었습니다. 그런데 그가 그렇게 말했을 때보다 그들이 더 멀어져 보인 적이 없었습니다. 그리고 그 애칭이 와다티 씨의 입에서 나왔을 때만큼 거북스럽게 들린 적이 결코 없었습니다.

상점으로 가는 길에 닐라는 친구를 태우고 가야겠다고 했습니다.

나는 그녀가 원하는 방향으로 차를 몰았습니다. 나는 거리에 차를 세우고 그녀가 보도블록을 걸어 올라가 분홍색 담장의 이층집으로 들어가는 모습을 바라보았습니다. 처음에는 시동을 켜놓고 있었습니다. 그러나 5분이 지나도록 닐라가 돌아오지 않자, 시동을 껐습니다. 그건 잘한 일이었습니다. 두 시간이 지나서야 차를 향해 걸어오는 그녀의 호리호리한 모습이 보였으니까 말입니다. 나는 뒷좌석 문을 열어줬습니다. 그녀가 안으로 들어갈 때, 나는 낯익은 향수 냄새에 다른 냄새가 섞여 있다는 걸 알았습니다. 삼나무 냄새 같기도 하고 생강 냄새도 좀 섞여 있는 것 같았습니다. 그것은 내가 이틀 전 파티에서 맡았던 냄새였습니다.

그녀가 립스틱을 다시 바르며 뒷좌석에서 말했습니다.

"마음에 드는 핸드백이 없었어요."

닐라는 백미러에 비친 나의 당황한 얼굴을 알아차렸습니다. 그녀는 립스틱을 아래로 내리고 눈을 가늘게 뜨고서 나를 지그시 보았습니다.

"가게를 두 군데나 갔지만 괜찮은 핸드백이 없더라고요."

그녀의 눈과 나의 눈이 백미러 속에서 잠시 얽혀 머뭇거렸습니다. 나는 내가 비밀스러운 일에 관련되었다는 걸 깨달았습니다. 그녀는 내가 그녀에게 충성할지의 여부를 시험하고 있었습니다. 그녀는 내게 선택을 요구하고 있었습니다.

내가 힘없이 대꾸했습니다.

"세 군데를 가신 것 같은데요."

그녀가 씩 웃었습니다.

"파르푸아 즈 팡세 크 튀 에 몽 쇨 아미, 나비."

나는 눈을 깜빡거리며 어리둥절해했습니다.

"이건 '이따금 당신이 나의 유일한 친구라는 생각이 들어요'라는 뜻이에요."

그녀가 나를 향해 환하게 웃었지만, 곤두박질친 내 기분은 나아지지 않았습니다.

나는 그날, 평소의 반쯤밖에 안 되는 속도로, 그것도 열의 없이 일을 했습니다. 그날 저녁, 사람들이 차를 마시러 왔을 때, 그들 중 하나가 노래를 불렀지만 노래를 들어도 흥이 나지 않았습니다. 마치 내 아내가 서방질을 한 것 같은 기분이었습니다. 나는 그녀가 나를 붙들고 있던 힘이 마침내 느슨해졌다고 확신했습니다.

그러나 아침에 일어나자 그 힘은 또다시 내가 사는 오두막의 마루에서 천장까지 가득 차고, 벽으로 스며들고, 내가 숨을 쉬는 공기에 스며들었습니다. 증기처럼 말입니다. 마르코스 씨, 소용없었습니다.

내가 정확히 언제 그런 생각을 하게 되었는지 말할 수는 없습니다. 어쩌면 바람이 불던 어느 가을 아침이었는지 모릅니다. 나는 닐라에게 차를 갖다 준 참이었습니다. 고개를 숙이고 그녀에게 로아트(케이크)를 한 조각 잘라주고 있었습니다. 창턱에 놓인 라디오에서 다가오는 1952년 겨울이 지난겨울보다 훨씬 더 혹독할지 모른다는 예보가 흘러나왔습니다. 어쩌면 그보다 더 일찍, 내가 그녀를 담장이 분홍색인 집에 데려다 준 날이었는지도 모릅니다. 혹은 그보다 더 일찍, 그녀가 차 안에서 흐느낄 때 내가 그녀의 손을 잡았던 날이었는지도 모릅니다.

그게 언제였든, 일단 그런 생각이 들자 그것을 머릿속에서 몰아낼 수 없었습니다.

마르코스 씨, 내가 떳떳한 마음으로 그렇게 했으며 나의 제안이 선의와 정직한 의도에서 비롯된 것이었음을 알아주시기 바랍니다. 그것은 짧게 보면 고통스러울지 모르지만 길게 보면 좋은 결과로 이어질 제안이었습니다. 물론 떳떳하지 못하고 이기적인 목적도 있었습니다. 그중에 주된 것은 내가 닐라에게 그녀의 남편과 커다란 분홍색 집의 주인을 포함하여 세상의 어떤 남자도 줄 수 없는 것을 주겠다는 생각이었습니다.

나는 사부르에게 먼저 얘기를 했습니다. 변명하자면, 만약 사부르가 내가 주는 돈을 받겠다고 했다면 기꺼이 주었을 것입니다. 일전에 그가 나한테 일자리를 찾는 데 어려움을 겪고 있다는 말을 했기 때문에, 그에게 돈이 필요하다는 걸 알고 있었습니다. 나는 사부르를 위해 와다티 씨로부터 가불을 받아 그의 가족이 겨울을 나도록 했을 것입니다. 그러나 우리 나라 사람 상당수가 그러하듯이 그는 자존심이 센 사람이었습니다. 썩 좋지는 않아도 요지부동인 자존심이었습니다. 그는 나한테서 결코 돈을 받지 않으려고 했습니다. 동생과 결혼했을 때는, 내가 원래 그녀에게 주던 약간의 돈마저도 더 이상 못 받게 했습니다. 그는 남자였고 스스로가 가족을 부양해야 한다고 여겼습니다. 그런데 그렇게 살다가 그는 마흔도 안 된 나이에 죽었습니다. 어느 날, 바글란 근처의 사탕무 밭에서 일을 하다가 쓰러졌습니다. 나는 그가 물집이 잡히고 피가 나는 손에 사탕무를 든 채 죽었다는 얘기를 들었습니다.

나로서는 아버지가 돼본 적이 없으니, 사부르가 얼마나 고심한 끝에 그런 결심을 했는지 이해하는 척하지는 않겠습니다. 또한 나는 와다티 부부 사이의 논의에 관여한 적도 없었습니다. 언젠가 나는 그 생각을 닐라에게 말한 적이 있었습니다. 그러면서 그녀에게 와다티 씨와 그 얘기를 할 때, 내 생각이라고 하지 말고 그녀 자신의 생각이라고 하라고 부탁했을 뿐입니다. 나는 와다티 씨가 싫다고 할 것이라는 걸 알았습니다. 그에게서 부성적인 본능을 조금도 느껴본 적이 없었기 때문이었습니다. 사실, 나는 아이를 낳을 수 없는 닐라의 상태가 그로 하여금 그녀와 결혼하도록 한 요인이 아닌가 하고 내심 생각하고 있었습니다. 여하튼 나는 두 사람 사이의 긴장된 상황에서 벗어나 있었습니다. 저녁에 누워 잠을 청하는데, 내가 그 얘기를 했을 때 그녀가 나의 두 손을 잡고 고마움과 사랑 비슷한 감정—이건 분명합니다—으로 나를 쳐다보며 울음을 터뜨리던 모습만이 떠올랐습니다. 나는 나보다 훨씬 나은 남자들이 줄 수 없는 선물을 그녀에게 준다는 사실만을 생각했습니다. 내가 얼마나 완전하고 행복하게 나 자신을 그녀에게 줄 수 있는지만을 생각했습니다. 그리고 물론 어리석게도 그녀가 나를 충실한 하인 이상으로 보기 시작할지 모른다는 희망을 갖고 있었습니다.

와다티 씨가 결국 양보를 하자—이것은 내게 놀라운 일이 아니었습니다. 닐라는 의지가 엄청 강한 여자였습니다—나는 사부르에게 연락하고 그와 파리를 차로 카불까지 데려오겠다고 했습니다. 나는 그가 딸을 샤드바그로부터 걸어오게 했던 이유를 결코 완전히 이해하지 못할 것입니다. 그리고 압둘라를 따라오게 한 이유도 마찬가지입니다. 어쩌면 그는 얼마 남지 않은 딸과의 시간에 집착하고 있었는지도 모르겠습니다. 어쩌면 어려운 여정 속에서 참회를 하고 있었는지도 모릅니다. 혹은 자존심 때문이었는지도 모릅니다. 자신의 딸을 사 가는 사람의 차에 타고 싶지 않았는지도 모릅니다. 여하튼 결국 그들은, 그들 세 사람은, 먼지를 뒤집어쓴 채, 약속한 대로 사원 앞에서 기다리고 있었습니다. 나는 그들을 차에 태워 와다티 부부의 집으로 데려가면서, 아이들을 위해 쾌활한 척하려고 최선을 다했습니다. 아이들은 그들의 운명과 곧 벌어질 끔찍한 장면에 대해 아무것도 모르고 있었습니다.

마르코스 씨, 그 장면을 자세히 얘기할 필요는 없을 것 같습니다. 그 장면은 내가 염려했던 그대로 정확하게 **일어났으니까요**. 그러나 오랜 세월이 지난 지금도 그 일을 떠올리면 가슴이 찢어지는 것 같습니다. 어찌 그렇지 않겠습니까? 나는 세상에서 가장 순진하고 순수하게 서로를 사랑하는 힘없는 두 아이를 데려와 서로에게서 갈라 놓았던 것입니다. 나는 아이들의 처절한 몸부림을 결코 잊지 못할 것입니다. 파리는 내가 그 아이를 어깨에 들쳐 메고 후다닥 데리고 갈 때, 공포에 질려 발을 버둥거리며 소리를 질렀습니다.

아볼라! 아볼라!

압둘라는 동생의 이름을 부르며 자기를 가로막고 있는 아버지를 지나쳐 가려고 몸부림을 쳤습니다. 닐라는 눈이 휘둥그레져 두 손으로 입을 막고 있었습니다. 어쩌면 자신의 비명 소리를 막기 위해서였는지도 모릅니다. 그걸 생각하면 지금도 마음이 무겁습니다. 마르코스 씨, 오랜 세월이 지났음에도 여전히 마음이 무겁습니다.

그 무렵 파리는 네 살 가까이 되었는데, 아직 세상 물정 모르는 나이였음에도 어떤 부분은 강제적으로 고치도록 해야 했습니다. 예를 들어, 그 아이는 더 이상 나를 나비 삼촌이 아닌 나비라고 호칭해야 했습니다. 나비 삼촌이라고 부르면, 우리가 아무 관계도 없는 사이라고 아이가 믿을 때까지 부드럽게 반복해서 일러줬습니다. 나를 포함해서 누구나가 그렇게 했습니다. 나는 파리에게 요리사 나비와 운전사 나비가 되었습니다. 닐라는 '마망(엄마)'이 되고 와다티 씨는 '파파(아빠)'가 되었습니다. 닐라는 자신의 모국어인 프랑스어를 파리에게 가르치기 시작했습니다.

와다티 씨는 처음에는 파리를 냉담하게 대했지만 그것은 잠시였을 뿐, 눈물을 글썽거리며 불안해하고 집을 그리워하는 파리가 그의 마음을 풀어지게 만들었습니다. 자기가 그렇게 반응하는 것에 그 스스로도 놀랐을지 모릅니다. 곧 파리는 우리의 아침 산책에 동행하게 되었습니다. 와다티 씨는 아이를 유모차에 태우고 부근을 돌아다녔습니다. 그는 무릎에 앉은 아이가 자동차 앞좌석에서 경적을 울리면 가만히 미소를 지었습니다. 또 목수를 불러 세 개의 서랍과 바퀴가 달린 침대, 단풍나무로 된 장난감 상자, 작고 낮은 옷장 등을 파리에게 만들어주게 했습니다. 그는 파리가 노란색을 특별히 좋아하자 아이의 방 안에 있는 모든 가구를 노란색으로 칠하게 했습니다. 어느 날이었습니다. 와다티 씨가 파리의 옷장 앞에 다리를 포개고 앉아 그림을 그리고 있었습니다. 파리는 그의 옆에 앉아 있었습니다. 그는 놀라운 솜씨로 기린과 꼬리가 긴 원숭이들을 옷장 문 위에 그렸습니다. 나는 그가 스케치하는 모습을 보긴 했지만 그가 그린 작품을 실제로 본 것은 그때가 처음이었습니다. 마르코스 씨, 이쯤 되면 당신도 그가 얼마나 비밀스러운 성격의 소유자였는지 짐작하실 겁니다.

파리가 집에 들어오면서 생긴 효과 하나는 처음으로 그 집안이 제대로 된 가족 같아졌다는 것이었습니다. 이제 파리에 대한 애정으로 서로에게 묶이게 된 닐라와 그녀의 남편은 식사를 늘 같이 했습니다. 부부는 파리를 데리고 가까운 공원에 가서 벤치에 나란히 앉아 아이가 노는 모습을 지켜보았습니다. 내가 밤에 식탁을 치운 후 차를 가져다줄 때면, 종종 둘 중 하나가 파리를 무릎에 앉히고 동화책을 읽어주고 있었습니다. 아이는 시간이 지나면서 샤드바그에 살았던 과거와 그곳 사람들에 대한 기억을 조금씩 더 잊어갔습니다.

파리가 오면서 생긴 다른 결과는 내가 예상하지 못한 것이었는데, 그건 내가 뒷전으로 밀려났다는 것입니다. 마르코스 씨, 내가 젊은이였고 아무리 어리석을망정 나에게도 희망이란 게 있었다는 사실을 기억해주시기 바랍니다. 결국 닐라가 어머니가 될 수 있게 해준 건 나였습니다. 불행의 원인을 찾아 해독제를 찾아낸 것은 나였습니다. 나는 우리가 연인이 될 거라고 생각했던 걸까요? 그렇게까지 어리석지는 않았다고 말하고 싶지만, 마르코스 씨, 전혀 그렇지 않은 것도 아니었을 겁니다. 사실, 우리는, 우리 모두는, 넘을 수 없는 장벽을 넘어 뭔가 특별한 일이 우리에게 일어날 것을 기다리지 않습니까.

나는 정말로 내가 뒤로 밀려나는 상황을 예상치 못하고 있었습니다. 파리는 이제 닐라의 시간을 독차지했습니다. 그녀는 개인 교습, 놀이, 낮잠, 산보, 그리고 이어지는 또 다른 놀이들을 챙기느라 바빴습니다. 우리가 날마다 하던 대화는 없어졌습니다. 모녀가 블록을 쌓거나 지그소 퍼즐을 맞추고 있을 때면, 닐라는 내가 커피를 들고 가서 방 안에 그대로 서 있어도 거의 알아채지 못할 정도였습니다. 어쩌다가 얘기를 하게 될 때는 혼란스러워하며, 늘 짧게 끝내려고 하는 것 같았습니다. 차에 타고 있을 때는 표정이 멀어 보였습니다. 지금 생각해도 창피하지만, 나는 그것 때문에 내 조카가 약간은 원망스럽기까지 했습니다.

와다티 부부와의 약속에 따라, 파리의 가족은 찾아올 수 없었습니다. 그들은 아이와 어떠한 형태로도 접촉하지 못하게 돼 있었습니다. 파리가 들어온 직후의 어느 날이었습니다. 나는 차를 몰고 샤드바그로 향했습니다. 나는 압둘라와 당시 걸음마를 하던 내 동생의 아들 이크발을 위해 작은 선물을 준비해 가져갔습니다.

사부르가 날카롭게 말했습니다.

"이제 선물을 줬으니 가게."

나는 그에게 나를 차갑고 퉁명스럽게 대하는 이유를 모르겠다고 말했습니다.

그가 대꾸했습니다.

"모르는 게 아니겠지. 더 이상 우리를 찾아야 한다는 부담은 갖지 말게."

그의 말이 맞았습니다. 나는 알고 있었습니다. 우리의 관계는 싸늘해져 있었습니다. 내가 가면 어색하고 긴장된 분위기가 흐르고 말다툼까지 하게 되었습니다. 이제는 같이 앉아서 차를 마시고 날씨나 그해의 포도 수확에 대해 얘기하는 게 부자연스럽게 느껴졌습니다. 우리는, 그러니까 사부르와 나는, 정상이 아님에도 정상을 가장하고 있었습니다. 그 이유가 무엇이었든, 결국 그의 가족이 깨지게 만든 사람은 나였습니다. 사부르는 다시는 나를 보고 싶지 않아 했고, 나는 그것을 이해했습니다. 그 후로 나는 그들 중 아무도 다시 만나지 못했습니다.

마르코스 씨, 그 집에 있는 우리 모두의 삶을 영원히 변화시킨 건 1955년 초봄의 어느 날이었습니다. 그날은 비가 왔습니다. 개구리들을 울게 만드는 짜증 나는 비가 아니라 아침 내내 내리다가 그치기를 반복하는 애매한 보슬비였습니다. 그걸 아직까지 기억하는 건 정원사인 자히드가 그 자리에 있었기 때문입니다. 습관적으로 게으른 그는 갈퀴를 잡고 서서 날씨가 좋지 않으니 일을 그만해야겠다고 말하고 있었습니다. 내가 그의 허튼소리를 듣지 않으려고 오두막으로

들어가려고 하는데, 닐라가 집 안에서 내 이름을 크게 부르는 소리
가 들렸습니다.

나는 뜰을 가로질러 집 안으로 뛰어 들어갔습니다. 그녀의 목소리
는 위층 침실에서 들려오고 있었습니다.

닐라는 손바닥으로 입을 가리고 구석 벽에 기대어 있었습니다. 그
녀가 손을 그대로 둔 채 말했습니다.

"저이에게 뭔가 문제가 있는 것 같아요."

와다티 씨는 흰 내의 차림으로 침대에 일어나 앉아 있었는데, 목
구멍에서 이상한 소리가 나고 있었습니다. 창백한 얼굴은 찡그리고
있었고 머리는 헝클어져 있었습니다. 오른손으로 계속 뭔가를 하려
고 하는데 안 되는 모양이었습니다. 경악스럽게도 그의 입가에서 침
이 흘러내리고 있었습니다.

"나비! 어떻게 좀 해봐요!"

당시 여섯 살이었던 파리가 방에 들어와 와다티 씨 옆으로 달려가
서 그의 내의를 잡아당겼습니다.

"파파! 파파!"

그가 눈을 크게 뜨고 입을 벌렸다 오므렸다 하면서 아이를 내려다
보았습니다. 파리가 소리를 질렀습니다.

나는 아이를 재빨리 들어 닐라에게 들이밀었습니다. 그러고는 아
이가 아버지의 이런 모습을 보아서는 안 된다며 다른 방으로 데려가
라고 했습니다. 혼수상태에서 깨어나기라도 한 것처럼 닐라가 눈을
깜빡이면서, 파리를 향해 손을 뻗다가 나와 파리를 번갈아 바라보았

습니다. 그녀는 남편에게 무슨 문제가 있는 거냐고 계속 물었습니다. 그녀는 내게 어떻게 좀 해보라고 계속 말하고 있었습니다.

나는 창문으로 가서 자히드를 불렀습니다. 전에는 아무짝에도 쓸모없던 그 친구가 처음으로 도움이 되었습니다. 그는 내가 와다티 씨에게 파자마 바지를 입히는 걸 거들어줬습니다. 우리는 그를 침대에서 들어 올려 계단을 내려와 차 뒷좌석에 태웠습니다. 닐라가 들어가서 그의 옆에 앉았습니다. 나는 자히드에게 집에서 파리를 돌보라고 했습니다. 그가 반발하자 나는 손바닥으로 그의 따귀를 힘껏 때렸습니다. 나는 그에게 멍청한 놈이라며 시키는 대로 하라고 했습니다.

그리고 나는 차를 후진시켜 차도를 빠져나갔습니다.

우리가 와다티 씨를 집으로 데려오기까지는 2주가 걸렸습니다. 혼란이 뒤따랐습니다. 가족들이 떼거지로 몰려왔습니다. 나는 그의 작은아버지, 사촌, 나이 든 고모를 위해 차를 끓이고 음식을 만드느라 밤낮으로 바빴습니다. 현관문의 초인종은 하루 종일 울렸고 거실의 대리석 바닥은 사람들의 구두 소리로 요란했습니다. 사람들이 집 안으로 쏟아져 들어왔으며 통로는 소곤거리는 소리로 물결쳤습니다. 대부분은 내가 본 적이 없는 사람들이었습니다. 나는 그들이 별다른 관계가 없는 환자보다는 와다티 씨의 어머니에게 경의를 표하러 왔다는 걸 알았습니다. 물론 그의 어머니는 집에 와 있었습니다. 다행히 개들은 데려오지 않았더군요. 그녀는 집에 들이닥치더니 붉어진 눈과 흐르는 콧물을 손수건으로 닦았습니다. 그녀는 와다티 씨의 침대 옆에 앉아 울었습니다. 경악스럽게도 그녀는 마치 아들이 이미 죽기라도 한 것처럼 검은 옷을 입고 있었습니다.

사실, 어떤 면에서 그는 죽었습니다. 적어도 옛날의 그는 죽었습니다. 얼굴 반쪽은 이제 움직이지 않았습니다. 다리는 거의 쓸모가 없었습니다. 왼쪽 팔은 움직일 수 있었지만 오른쪽 팔은 뼈와 흐늘흐늘한 살밖에 없었습니다. 그는 아무도 알아들을 수 없는 거친 소리로 무슨 말인가를 했습니다.

의사는 우리에게 와다티 씨가 발작이 있기 전처럼 감정을 느끼긴 하겠지만 적어도 당분간은 그가 느끼고 이해하는 것을 행동으로 옮길 수는 없을 거라고 말했습니다.

그러나 이것은 전적으로 맞는 말은 아니었습니다. 일주일 정도 지나자, 와다티 씨는 자신의 어머니를 포함한 방문객들에게 자기 생각을 분명히 했습니다. 그는 그렇게 아픈 상황에서도 근본적으로 고독한 사람이었습니다. 그들의 동정과 서글픈 표정, 그리고 자신의 비참한 상태를 보고 고개를 젓는 행위를 필요로 하지 않았습니다. 그들이 방에 들어오면, 그는 왼손을 흔들어 쫓아내는 몸짓을 했습니다. 그들이 말을 걸면 고개를 돌렸습니다. 그들이 옆에 앉으면, 침대보를 움켜쥐고 툴툴거리며 그들이 떠날 때까지 자신의 엉덩이를 주먹으로 쳤습니다. 그는 파리한테는 훨씬 부드럽게 대하긴 했지만, 가까이 오지 못하게 하기는 마찬가지였습니다. 아이가 장난감을 갖고 옆으로 와서 놀면, 그의 눈이 촉촉해지고 입술이 떨렸습니다. 그는 내가 파리를 방에서 데리고 나갈 때까지 나를 애처롭게 쳐다보았습니다.

그는 자신이 말하는 모습이 아이를 당황하게 할까 봐 말을 걸지 않으려고 했습니다.

　사람들이 떠나자 닐라는 안도했습니다. 사람들이 집 안에 가득했을 때, 닐라는 파리를 데리고 아이의 방에 틀어박혀 있었습니다. 닐라의 시어머니는 그게 못마땅한 것 같았습니다. 그녀는 틀림없이 닐라가 아들 옆에 있기를 바랐을 것입니다. 누가 그녀를 비난할 수 있겠습니까? 그녀는 며느리가 적어도 시늉만이라도 아들 옆에 있어주기를 바랐을 것입니다. 물론 닐라는 겉치레나 사람들의 쑥덕거림에 대해서는 전혀 신경을 쓰지 않았습니다. 당연하게도 말들이 많았습니다. 나는 그녀의 시어머니가 몇 번이고 이런 말을 하는 걸 들었습니다.

　"도대체 저게 어떤 마누라지?"

　그녀는 자기 이야기를 들어줄 누구에게나, 닐라가 무정하고 문제 있는 사람이라고 불평했습니다. 남편이 필요로 하는 곳에 있지 않고 다른 곳에 가 있다고 말했습니다. 충직하고 사랑스러운 남편을 버리는 여자가 무슨 마누라냐고 말했습니다.

　물론 어떤 면에서 노인이 한 말은 정확했습니다. 사실, 와다티 씨의 침대 곁을 가장 믿음직하게 지킨 이는 나였습니다. 그에게 약을 먹이고 그 방에 들어오는 사람들을 반긴 것도 나였습니다. 의사가 가장 자주 얘기한 상대도 나였습니다. 그래서 사람들이 와다티 씨의 상태가 어떤지 묻는 당사자는 닐라가 아니라 나였습니다.

　와다티 씨가 방문객들을 물리치자 닐라에게는 한 가지 불편한 일은 없어졌지만 다른 불편한 일이 생겼습니다. 그녀는 문을 닫고 파리의 방에 틀어박혀 있을 때는 못마땅한 시어머니만이 아니라 남편으로부터도 떨어져 있었습니다. 그런데 이제 집이 텅 비자, 그녀는 자신에게 전혀 어울리지 않는 아내로서의 역할을 해야 할 처지에 이르렀습니다.

닐라는 그걸 할 수가 없었습니다.

그리고 하지도 않았습니다.

그녀가 잔인하거나 무정했다고 말하는 게 아닙니다. 마르코스 씨, 나는 오래 살았습니다. 내가 오래 살면서 알게 된 것 하나는 다른 사람의 마음을 판단할 때는 겸손하고 측은히 여기는 태도를 가져야 한다는 것입니다. 어느 날, 와다티 씨의 방에 들어갔더니 닐라가 그의 배에 대고 흐느끼고 있었습니다. 그녀의 손에는 스푼이 들려 있고, 맑은 렌즈콩 수프가 그의 턱에서 목에 둘린 턱받이로 떨어지고 있었습니다.

내가 부드럽게 말했습니다.

"제가 할게요, 사모님."

나는 그녀에게서 스푼을 받아 들고 그의 입가를 깨끗이 닦아주고는 그에게 수프를 먹이려고 했습니다. 그러나 그가 신음 소리를 내며 눈을 꼭 감고 고개를 돌렸습니다.

그로부터 얼마 지나지 않아 나는 여행 가방 두 개를 계단 아래로 가져가 운전사에게 건넸습니다. 운전사는 시동이 걸려 있는 차의 트렁크에 그걸 실었습니다. 나는 자기가 가장 좋아하는 노란색 외투를 입은 파리가 뒷좌석에 타는 걸 도왔습니다.

이 사이가 벌어진 입으로 아이가 미소를 지으며 물었습니다.

"나비, 마망이 말한 것처럼 파파를 데리고 파리로 와줄 거예요?"

나는 파리에게 아버지의 상태가 더 좋아지면 그렇게 하겠다고 답했습니다. 그러고는 아이의 작은 손등에 입을 맞추고 말했습니다.

"파리 아가씨, 행운과 행복을 빌어요."

닐라가 현관 계단을 내려왔습니다. 그녀의 눈은 부어 있고 아이라인은 엉망이 돼 있었습니다. 그녀는 와다티 씨의 방에 들어가서 작별 인사를 하고 나오는 참이었습니다.

나는 그녀에게 그가 어떤지 물었습니다.

"안도하는 것 같았어요."

닐라는 이 말을 하고 이렇게 덧붙였습니다.

"어쩌면 나 좋을 대로 생각하는 건지도 모르겠네요."

그녀는 핸드백의 지퍼를 닫고 어깨에 걸쳐 멨습니다.

"아무한테도 내가 어디로 가는지 말하지 말아요. 그게 최선이니까요."

나는 말하지 않겠다고 약속했습니다.

그녀는 내게 곧 편지를 쓰겠다고 말했습니다. 그리고 내 눈을 오랫동안 응시했습니다. 나는 거기에서 진실한 애정을 보았습니다. 그녀는 손바닥으로 내 얼굴을 만졌습니다.

"나비, 나는 당신이 저이와 같이 있어서 좋아요."

그녀는 내 볼에 자기 볼을 대고 껴안았습니다. 내 코는 그녀의 머리 냄새와 향수 냄새로 가득해졌습니다.

"나비, 당신이었어요."

그녀가 내 귀에 대고 속삭였습니다.

"늘 당신이었다고요. 몰랐나요?"

나는 무슨 말인지 이해하지 못했습니다. 내가 묻기도 전에 그녀가 내게서 몸을 떼어냈습니다. 그녀는 고개를 숙이고 하이힐을 딸가닥거리며 급하게 차도를 내려갔습니다. 그리고 택시 뒷좌석에 들어가 파리 옆에 앉았습니다. 그러고는 내가 있는 곳을 한 번 바라보고 손바닥을 유리에 댔습니다. 차가 차도에서 멀어졌습니다. 유리창에 댄 그녀의 하얀 손바닥이 내가 본 닐라의 마지막 모습이었습니다.

나는 그녀가 가는 모습을 바라보고 차가 거리의 끝에서 방향을 바꾸기를 기다렸다가 문을 닫았습니다. 그리고 문에 기대어 어린애처럼 울었습니다.

와다티 씨의 바람과 다르게, 몇몇 방문객은 여전히 찾아왔습니다. 적어도 한동안은 그랬습니다. 그러다가 결국 그의 어머니만 남게 되었습니다. 노인은 일주일에 한 번 정도 들렀는데, 그녀가 나를 향해 손가락을 튕기면 나는 그녀가 앉을 의자를 갖다 줬습니다. 그녀는 아들의 침대 옆에 앉자마자, 떠나고 없는 그의 아내를 헐뜯는 독백을 시작했습니다. 그녀를 창녀고 거짓말쟁이고 주정뱅이라고 했습니다. 자기를 가장 필요로 할 때 남편을 버리고 어딘가로 가버린 겁쟁이라고도 했습니다. 와다티 씨는 그런 말을 묵묵히 들으며 아무 표정 없이 그

녀의 어깨 너머에 있는 창문을 바라보았습니다. 노인은 한바탕 쏟아
내고 나면, 사람들의 근황에 대해 끝없이 얘기했습니다. 대개는 진부
한 얘기여서 들어주는 게 고통스러울 정도였습니다. 자기 것과 완전
히 똑같은 커피 탁자를 산다고 동생과 싸운 사촌 얘기도 했고, 누군
가의 차가 지난 금요일 파그만에서 집으로 가다가 펑크가 났다는 얘
기도 했습니다. 누가 새로 이발을 했는지도 얘기했습니다. 때때로 와
다티 씨가 뭐라고 툴툴거리면 그의 어머니는 나를 쳐다봤습니다.

"내 아들이 무슨 말을 했느냐?"

그녀는 늘 이렇게 날카로운 어조로 내게 말했습니다.

나는 대부분, 하루 종일 그의 옆에 있었기 때문에 서서히 와다티
씨가 무슨 말을 하는지 알게 되었습니다. 가깝게 몸을 기울이고, 다
른 이들에게는 아무 의미도 없을 신음이나 중얼거림을 듣고는 그것
을 물이나 환자용 변기를 달라는 요청으로, 때로는 몸을 뒤집어달
라는 요청으로 알아들을 수 있게 되었습니다. 나는 사실상의 통역자
가 되었습니다.

"아드님이 주무시고 싶답니다."

그러면 노인은 한숨을 쉬고 알았다며 어차피 가야 된다고 말했습
니다. 그녀는 몸을 굽혀 그의 이마에 입을 맞추고 곧 다시 오겠다고
약속했습니다. 나는 그녀의 운전사가 기다리고 있는 현관문까지 그
녀를 배웅했습니다. 그리고 와다티 씨의 방으로 돌아와서 그의 침대
옆에 있는 의자에 앉아 침묵을 음미했습니다. 이따금 그는 나와 눈
길이 마주치면 고개를 저으며 일그러진 미소를 지었습니다.

내가 해야 하는 일이 이제는 별로 없었습니다. 나는 차를 타고 일주일에 한두 번 식료품을 사러 갔고, 두 사람이 먹을 음식만 요리하면 되었습니다. 나는 내가 할 수 있음에도 다른 하인들에게 돈을 주는 것은 낭비라고 생각했습니다. 이 생각을 와다티 씨에게 말했더니 그가 손을 흔들었습니다. 나는 몸을 기울이고 들었습니다.

"그러면 지칠 거야."

"아니에요, 주인님. 기쁘게 할 거예요."

그가 나에게 확실하냐고 묻기에, 그렇다고 대답했습니다.

그의 눈에 물기가 돌았습니다. 그는 손가락으로 내 손을 힘없이 잡았습니다. 와다티 씨는 내가 알았던 이들 중 절제심이 가장 강한 사람이었습니다. 그러나 발작이 있은 후로는 아주 사소한 것들이 그를 동요하게 하고 조마조마하게 하고 눈물을 글썽이게 했습니다.

"나비, 내 말 들어."

"네, 주인님."

"급료는 원하는 만큼 가져가."

나는 그에게 그런 얘기는 할 필요가 없다고 말했습니다.

"너는 내가 돈을 어디에 두는지 알잖아."

"쉬세요, 주인님."

"아무리 많이 가져가도 상관없어."

나는 점심으로 쇼르와를 만들려고 한다고 말을 돌렸습니다.

"쇼르와 어때요? 그러고 보니 저도 좀 먹고 싶네요."

나는 다른 하인들과의 저녁 회합을 더 이상 갖지 않기로 했습니다. 그들이 나에 대해 어떻게 생각하든 더 이상 신경 쓰지 않았습니다. 나는 그들이 와다티 씨의 집에 와서 그를 홍보하는 걸 원치 않았습니다. 자히드를 해고하면서는 쾌감마저 느꼈습니다. 나는 빨래를 하러 오는 하자라 여자도 해고했습니다. 그 후로는 내가 빨래를 해서 빨랫줄에 널었습니다. 나무를 돌보고 관목을 손질하고 잔디를 깎고 꽃과 채소를 심었습니다. 나는 혼자서 양탄자를 청소하고 마루에 광을 냈습니다. 커튼의 먼지를 털어내고 유리창을 닦았습니다. 물이 새는 수도꼭지를 바꾸고, 녹슨 파이프를 교체하며 집을 관리했습니다.

어느 날, 나는 와다티 씨의 방에서 몰딩에 낀 거미줄을 털어내고 있었습니다. 그는 자고 있었습니다. 지독하게 덥고 건조한 여름날이었습니다. 나는 이불과 담요를 치우고 와다티 씨가 입고 있던 파자마 바짓단을 말아서 위로 올려줬습니다. 창문도 열어놓았습니다. 머리 위에서는 선풍기가 요란한 소리를 내며 돌아갔습니다. 그러나 소용없었습니다. 더위는 사방에서 들어오고 있었습니다.

한동안 청소하려고 마음먹고 있던 제법 큰 벽장이 있었는데, 나는 그날 드디어 그곳을 청소하기로 했습니다. 나는 미닫이문을 열고, 와다티 씨가 다시 입을 가능성이 별로 없다는 걸 알면서도 거기 있는 양복들의 먼지를 털기 시작했습니다. 거기에 쌓인 책들도 먼지가 수북했습니다. 나는 그것도 닦아냈습니다. 나는 천으로 그의 구두를 닦고 말끔하게 한 줄로 정렬했습니다. 그런데 여러 벌의 기다란 겨울 외투 자락들에 가려 눈에 잘 띄지 않았던 커다란 판지 상자 하나가 보였습니다. 나는 그걸 끌어당겨 열었습니다. 거기에는 와다티 씨가 전에 그린 스케치북들이 가득 쌓여 있었습니다. 그것들 하나하나가 그의 옛 삶의 서글픈 잔재였습니다.

나는 맨 위에 있는 스케치북을 집어 아무 곳이나 펼쳤습니다. 그리고 무릎이 휘청거렸습니다. 나는 거기에 있는 걸 다 보았습니다. 나는 그걸 내려놓고 다른 스케치북을 보고 또 다른 스케치북을 보았습니다. 나는 종이를 하나하나 넘기면서 나지막한 한숨을 쉬었습니다. 모두가 한 대상을 목탄으로 그린 것들이었습니다. 차의 앞 범퍼를 닦고 있는 나의 모습을 위층 침실에서 내려다보며 그린 것도 있었고, 내가 베란다에서 삽에 몸을 기대고 있는 모습을 그린 것도 있었습니다. 내가 신발 끈을 묶거나 장작을 패거나 관목에 물을 주는 모습을 그린 것도 있었고, 주전자에서 차를 따르거나 기도를 하거나 낮잠을 자는 모습을 그린 것도 있었습니다. 가르가 호수의 둑에 세워놓은 차 안에 있는 내 모습을 그린 것도 있었습니다. 그림 속에서 나는 창문을 내리고 팔을 밖으로 내놓은 채 운전석에 앉아 있고, 뒷좌석에 앉아 있는 사람의 모습은 희미하고, 새들은 머리 위로 날아다니고 있었습니다.

나비, 당신이었어요.

늘 당신이었다고요.

몰랐나요?

나는 와다티 씨를 물끄러미 보았습니다. 그는 옆으로 누워 곤히 자고 있었습니다. 나는 조심스럽게 스케치북들을 상자에 넣고 겨울 외투 밑의 구석으로 다시 밀어 넣었습니다. 그리고 그가 깨지 않도록 조용히 문을 닫고 방에서 나왔습니다. 나는 침침한 복도를 지나 계단을 내려왔습니다. 무작정 걸었습니다. 나는 더위 속으로 나가서 차도를 지나 앞문을 열고 거리를 지나 모퉁이를 돌았습니다. 그리고 뒤도 돌아보지 않고 계속 걸었습니다.

내가 어떻게 그대로 머물 수 있을까 싶었습니다. 마르코스 씨, 나는 내가 알게 된 사실에 혐오감을 느끼지도, 우쭐해지지도 않았습니다. 그러나 마음이 편치 않았습니다. 나는 내가 그걸 알면서도 어떻게 머물 수 있을지 상상하려고 애썼습니다. 상자 안에서 내가 발견한 것은 모든 것에 먹구름을 드리우고 있었습니다. 이런 것은 피할 수도, 옆으로 제쳐놓을 수도 없었습니다. 그러나 와다티 씨가 그렇게 무력한 상태로 있는데 내가 어떻게 떠날 수 있을까 싶었습니다. 그럴 수는 없었습니다. 대신 일을 해줄 적합한 사람을 구하지 않고서는 그럴 수 없었습니다. 나는 와다티 씨에게 그 정도는 빚지고 있었습니다. 그는 나한테 늘 잘해줬으니까요. 그럼에도 나는 그의 등 뒤에서 그의 아내의 환심을 살 요량만 하고 있었던 겁니다.

집으로 돌아온 나는 부엌으로 가서 유리 식탁에 앉아 눈을 감았습니다. 마르코스 씨, 내가 거기서 얼마나 오랫동안 미동도 하지 않고 앉아 있었는지는 잘 모르겠습니다. 위층에서 움직이는 소리가 나고서야 나는 눈을 뜨고 시간이 많이 흘렀다는 걸 알았습니다. 나는 일어나서 차를 끓이려고 물을 올려놓았습니다.

어느 날, 나는 그의 방에 가서 놀래줄 게 있다고 말했습니다. 텔레비전이 카불에 들어오기 훨씬 전인 1950년대 후반이었습니다. 그즈음, 그와 나는 카드놀이를 하거나 체스를 두며 시간을 보냈습니다. 그는 내게 체스 두는 법을 가르쳤는데, 이제 나는 약간 요령을 터득해가고 있었습니다. 또한 우리는 책을 읽으면서 상당한 시간을 보냈습니다. 그는 인내심이 많은 선생이었습니다. 눈을 감고 내가 읽는 걸 듣고 있다가 내가 틀리면 고개를 살짝 젓곤 했습니다.

다시 해봐.

그때쯤, 그의 말투는 대단히 좋아져 있었습니다.

나비, 그 부분 다시 읽어봐.

그가 1947년에 나를 고용할 때, 나는 읽고 쓸 수 있는 정도는 되었습니다. 세킵 물라 덕택이었습니다. 그러나 내가 진짜로 잘 읽게 된 건 술레이만의 가르침 덕분이었습니다. 당연히 그 결과로 글도 나아졌습니다. 물론 그는 나를 도우려고 그렇게 했지만, 자신을 위한 것이기도 했습니다. 그는 자기가 좋아하는 책을 내가 읽어줄 수 있도록 나를 가르쳤던 것입니다. 그는 당연히 혼자서도 읽을 수 있었지만, 조금만 읽어도 쉽게 피곤해했습니다.

내가 집안일을 하느라 그와 같이 있을 수 없으면, 그는 혼자서 할 게 별로 없었습니다. 그는 축음기를 틀어놓고 듣기도 했고, 창문으로 나무에 앉아 있는 새들과 하늘과 구름을 바라보고, 거리에서 놀고 있는 아이들과 **버찌 사세요! 신선한 버찌요!**라고 외치는 과일 장수들을 바라보기도 했습니다.

그는 내가 놀래줄 게 있다고 하자 뭐냐고 물었습니다. 나는 그의 목 뒤로 팔을 넣으며 우선 아래층으로 내려가자고 말했습니다. 그 당시, 나는 젊고 힘이 좋아 그를 들고 내려가는 데 전혀 어려움이 없었습니다. 나는 그를 쉽게 들어 거실로 데려가서는 소파에 부드럽게 앉혔습니다.

그가 말했습니다.

"뭔데?"

나는 현관에서 휠체어를 가져왔습니다. 내가 1년이 넘도록 사자고 했지만, 술레이만이 완강히 거부해왔던 것입니다. 그래서 내가 먼저 결단을 내려 하나 구입했습니다. 그는 바로 고개를 저었습니다.

내가 말했습니다.

"이웃들 때문인가요? 사람들이 무슨 말을 할지가 걱정스러운가요?"

그는 나에게 위층으로 다시 데려다 달라고 했습니다.

내가 말했습니다.

"나는 이웃들이 무슨 생각을 하고 무슨 말을 하든 조금도 신경 안 써요. 그러니 오늘은 산보를 해요. 날씨도 좋으니, 우리 두 사람이 산보를 하는 거예요. 그뿐이에요. 만약 우리가 이 집 밖으로 나가지 않으면, 나는 미쳐버릴 거예요. 내가 미치면 당신이 어떻게 될 것 같아요? 징징 우는 건 그만둬요. 술레이만, 당신은 노파 같아요."

그는 내가 휠체어에 태우고 담요를 덮어 현관문으로 밀고 나갈 때까지도 안 된다고 소리를 지르며 울다 웃다 했습니다.

여기에서 짚고 넘어가야 할 것은 내가 처음에는 나를 대신할 사람을 물색했다는 사실입니다. 나는 술레이만에게 내가 그렇게 하고 있다는 얘기는 하지 않았습니다. 적절한 사람을 찾아내고 나서 얘기를 하는 게 최선이라고 생각했기 때문이었습니다. 여러 사람이 찾아왔습니다. 나는 술레이만의 의심을 사지 않으려고 그들을 집 밖에서 만났습니다. 그러나 사람을 구하는 일은 생각했던 것보다 훨씬 더 복잡했습니다. 어떤 이들은 자히드와 같은 부류였습니다. 나는 그런 치들을 오랫동안 상대해봐서 그걸 쉽게 알 수 있었습니다. 물론 바로 퇴짜를 놓았습니다. 그런데 어떤 이들은 요리에 필요한 기술을 갖고 있지 못했습니다. 내가 전에 얘기한 것처럼, 술레이만은 입맛이 다소 까다로운 사람이었습니다. 어떤 이들은 운전을 할 줄 몰랐습니다. 상당수는 읽을 줄을 몰랐습니다. 그 점은 내가 늦은 오후에 술레이만에게 항상 책을 읽어주고 있다는 사실을 감안하면 심각한 결격 사유였습니다. 어떤 이들은 인내심이 없었습니다. 그것은 화를 잘 내고 때로 예민하기까지 한 술레이만을 돌보는 일에 있어서는 중대한 하자였습니다. 어떤 이들은 힘든 일을 하는 데 필요한 기질을 갖고 있지 못했습니다.

그렇게 3년이 지났습니다. 나는 아직도 그 집에 머무르면서 아직도 술레이만을 믿고 맡길 수 있는 사람만 확실해지면 바로 떠나겠다고 생각하고 있었습니다. 나는 3년 동안, 아직도 수건에 물을 묻혀 이틀에 한 번씩 그의 몸을 닦아주고, 면도를 해주고 손톱과 머리를 깎아주고 있었습니다. 그에게 음식을 먹이고 그를 변기에 앉히는 것도 나였습니다. 갓난아이한테 그러듯이 그를 깨끗이 씻기는 것도 나였고, 그가 찬 기저귀가 더러워지면 빠는 것도 나였습니다. 그동안, 우리는 말을 하지 않아도 상대가 뭘 필요로 하는지 알게 되었습니다. 날마다 돌아가는 일상에 익숙해진 탓이었습니다. 그것은 전에는 생각할 수 없었던 스스럼없는 관계였습니다.

술레이만이 휠체어를 타는 데 동의하자, 옛날에 했던 아침 산책을 다시 할 수 있게 되었습니다. 나는 그를 휠체어에 태우고 집 밖으로 나가서 거리를 돌아다니다가 이웃들을 만나면 인사를 했습니다. 그들 중 하나가 바시리 씨였습니다. 바시리 씨는 카불 대학교를 최근에 졸업하고 외무부에서 근무하고 있었습니다. 그와 그의 남동생, 그리고 그들의 부인들은 길 건너에서 아래쪽으로 세 번째에 있는 큰 이층집에 이사 온 사람들이었습니다. 때때로 우리는 그가 아침에 출근하려고 차를 예열시키고 있을 때 그와 마주쳤습니다. 나는 늘 걸음을 멈추고 인사말을 나눴습니다. 나는 종종 술레이만을 휠체어에 태우고 샤르에나우 공원까지 가서 느릅나무 그늘 밑에 앉아 지나가는 차들을 바라보곤 했습니다. 우리는 경적을 자꾸 울려대는 택시 기사들, 시끄럽게 우는 당나귀, 버스가 다니는 길을 아슬아슬하게 걸어가는 행인들을 바라보았습니다. 술레이만과 나는 공원이나 주변에서 낯익은 광경이 되었습니다. 집에 오는 길에 우리는 종종 걸음을 잠시 멈추고 잡지 행상과 푸줏간 주인들, 그리고 교통정리를 하는 젊은 경찰관들과 기분 좋게 얘기를 나누기도 했습니다. 우리는 범퍼에 기대고 승객을 기다리는 운전사들과도 얘기를 나눴습니다.

때때로 나는 그를 쉐보레 뒷좌석에 태우고 휠체어를 트렁크에 넣고 파그만으로 향했습니다. 그곳에 가면 늘 아름다운 녹색 들판과 나무 그늘 밑으로 거품을 내며 흐르는 작은 시내를 볼 수 있었습니다. 그는 점심을 먹고 나면 스케치를 하려고 했지만 그것은 대단히 힘든 일이었습니다. 오른손잡이인 그가 오른손에 풍을 맞았기 때문이었습니다. 그래도 그는 왼손을 이용하여 나무들과 언덕, 들꽃들을 내가 멀쩡한 손으로 그릴 수 있는 것보다 훨씬 더 예술적으로 그려냈습니다. 그러다가 술레이만은 몸이 피곤해지면 연필을 손에서 떨구고 잠이 들었습니다. 나는 그의 다리에 담요를 덮어주고 휠체어 옆의 잔디 위에 누웠습니다. 그러고는 나무들을 스치고 지나가는 바람 소리에 귀 기울이며 하늘과 머리 위로 미끄러지는 구름들을 멀거니 바라보았습니다.

그러다 보면 나의 생각은 이제는 너무 멀리 떨어진 곳에 있는 닐라에게로 흘러갔습니다. 나는 그녀의 머리칼이 부드럽게 반짝이던 모습, 그녀가 발을 딛던 모습, 하이힐 굽으로 담배를 비벼서 끄던 모습을 떠올렸습니다. 등의 곡선과 불룩 올라온 가슴도 떠올렸습니다. 나는 다시 한 번 그녀의 곁으로 가서 그녀에게서 풍기는 냄새를 만끽하고 그녀가 내 손을 만질 때 가슴이 쿵쾅거리던 걸 느껴보고 싶었습니다. 그녀는 내게 편지를 쓰겠다고 약속했었습니다. 그런데 몇 년이 지났습니다. 그녀는 나를 잊은 것 같았습니다. 그러나 내가 집에 편지가 올 때마다 기대감을 느끼지 않았다고 하면 거짓말일 것입니다.

어느 날 파그만에 갔을 때였습니다. 나는 잔디 위에 앉아 체스 판을 들여다보고 있었습니다. 그때는 몇 년이 더 흐른 뒤인 1968년이었습니다. 술레이만의 어머니가 죽고 난 이듬해였고 바시리 씨와 그의 동생이 아들들을 낳고 이름을 각각 이드리스와 티무르로 지은 해이기도 했습니다. 나는 어머니들이 그 아이들을 유모차에 태우고 근처를 한가롭게 돌아다니는 모습을 종종 보았습니다. 그날, 술레이만과 나는 체스 게임을 막 시작한 참이었습니다. 그가 꾸벅꾸벅 졸기 전의 일이었습니다. 내가 그의 공격적인 첫수에 어떻게 대응할지 고심하고 있을 때, 그가 불쑥 말했습니다.

"나비, 지금 몇 살이야?"

내가 대답했습니다.

"마흔은 넘었어요. 그쯤 되었을 거예요."

그가 말했습니다.

"결혼을 해야 될 것 같아. 젊음을 잃기 전에 말이야. 벌써 머리가 희끗희끗해졌어."

우리는 서로를 향해 미소를 지었습니다. 나는 그에게 나의 여동생 마수마도 나한테 똑같은 소리를 했었다고 말했습니다.

그는 나에게 21년 전인 1947년에 나를 고용했던 날을 기억하고 있느냐고 물었습니다.

당연히 나는 기억하고 있었습니다. 그 무렵, 나는 와다티 씨의 집에서 몇 블록 떨어진 집에서 주방 보조로 상당히 불행하게 일하고 있던 상황이었습니다. 나는 요리사가 결혼을 해서 떠나는 바람에 그가 요리사를 필요로 한다는 얘기를 듣자마자 어느 날 오후 그 집으로 가서 현관 벨을 눌렀습니다.

술레이만이 말했습니다.

"나비는 정말로 형편없는 요리사였어. 지금은 엄청 잘하는데 말이야. 그런데 처음으로 요리했을 때는 정말 심했지. 그리고 내 차를 처음 운전했을 때, 나는 졸도할 뻔했어."

그는 여기에서 잠시 말을 멈추고, 스스로도 뜻밖의 농담을 했다고 여겼던지 멋쩍어하며 껄껄 웃었습니다.

마르코스 씨, 나는 그 말을 듣고 너무 놀랐습니다. 충격이었습니다. 그간 술레이만은 나한테 요리나 운전에 대해 한 번도 불평한 적이 없었습니다. 그래서 내가 물었습니다.

"그렇다면 왜 나를 채용했던 거죠?"

그가 나를 바라보며 말했습니다.

"나비가 걸어 들어왔을 때, 속으로 저렇게 아름다운 사람이 있을까 하고 생각했거든."

나는 체스 판으로 눈을 내려뜨렸습니다.

"나비를 만났을 때 나는 나비와 내가 같지 않고 내가 원하는 건 불가능한 일이라는 걸 알았지. 그래도 우리는 같이 아침 산보를 했고 차를 타고 다녔어. 그것으로 충분했다고 말할 수는 없지만, 나비가 없는 것보다는 나았어. 그래서 나는 나비가 옆에 있는 걸로 만족하기로 했어."

그는 여기에서 잠시 머뭇거리더니 다시 말을 이었습니다.

"나비도 내가 얘기하는 것을 조금은 이해할 거라고 생각해. 그럴 거야."

나는 눈을 들어 그를 쳐다볼 수 없었습니다.

"이번 한 번만 얘기하는 건데, 나는 나비를 정말로 오랫동안 사랑했어. 나비, 제발 화내지 말아줘."

나는 고개를 저었습니다. 몇 분 동안, 우리는 말이 없었습니다. 그가 말한 것이, 억눌러온 삶의 고통과 결코 이루지 못할 행복의 고통이 우리 사이에서 숨을 쉬고 있었습니다.

그가 말했습니다.

"내가 지금 이 얘기를 하는 건 내가 떠나라고 하는 이유를 나비가 알았으면 해서야. 나가서 결혼해 살아. 나비, 다른 사람들처럼 가정을 이뤄 살아. 아직도 시간은 있어."

내가 마침내 그 긴장 상태를 가볍게 할 셈으로 말했습니다.

"조만간 그럴지도 모르죠. 그러면 당신은 아쉬울 거예요. 당신의 기저귀를 빨아대야 하는 이 불쌍한 자식도 그럴 테니까요."

"자네는 늘 농담을 해."

나는 딱정벌레 한 마리가 희끄무레한 초록색 풀잎 위를 가볍게 기어가는 모습을 바라보았습니다.

"나를 위해서 있지는 마. 나비, 이게 내가 말하고 싶은 거야. 나를 위해서 있지는 마."

"자신만만하시네요."

그가 피곤한 듯 말했습니다.

"또 농담으로 받네."

그가 잘못 생각하고 있었지만 나는 아무 말도 하지 않았습니다. 내 말은 농담이 아니었습니다. 내가 머무는 것은 더 이상 그를 위해서가 아니었습니다. 처음에는 그랬습니다. 내가 처음에 머물러 있었던 것은 술레이만이 나를 필요로 했고 그가 전적으로 나한테 의존하고 있었기 때문이었습니다. 나는 나를 필요로 하는 사람에게서 달아난 적이 있었습니다. 그리고 아직도 느껴지는 그 자책감을 나는 무덤까지 갖고 갈 것입니다. 다시는 그럴 수 없었습니다. 그러나 서서히, 나도 모르게, 내가 머무는 이유가 변했습니다. 마르코스 씨, 나에게 언제, 그리고 어떻게, 그 변화가 생겼는지 얘기할 수는 없습니다. 여하튼 내가 스스로를 위해 머물고 있었다는 말밖에 할 수가 없습니다. 술레이만은 나한테 결혼하라고 말했습니다. 그러나 솔직히 인생을 돌아보면서 내가 어쩌면 사람들이 결혼에서 찾는 것을 이미 가지고 있지 않을까 하는 걸 깨닫고 있었습니다. 나한테는 편안함과 벗, 그리고 나를 언제나 환영하고 사랑하고 필요로 하는 집이 있었습니다. 내가 앞서 설명했던 것처럼, 남자로서 느끼는 육체적인 충동은 아직도 적당히 해결할 수 있었습니다. 나이가 들어가면서 빈도가 덜해지고 덜 절박하긴 했지만, 여전히 그런 충동은 있었습니다. 나는 아이들을 늘 좋아했지만 부성적인 감정을 결코 느낀 적이 없었습니다.

술레이만이 말했습니다.

"고집을 부리며 결혼을 하지 않겠다면, 한 가지 부탁하고 싶은 게 있어. 그러나 내가 부탁하기 전에 그걸 들어주겠다고 해야 돼."

나는 그에게 그런 요구를 해서는 안 된다고 했습니다.

"그러나 나는 부탁할 거야."

나는 눈을 들어 그를 바라보았습니다.

그가 말했습니다.

"안 된다고 해도 돼."

그는 나를 잘 알고 있었습니다. 그가 삐딱한 미소를 지어 보였습니다. 나는 약속하겠다고 했고, 그는 부탁을 했습니다.

마르코스 씨, 이후의 세월에 대해 내가 당신에게 무슨 말을 할까요? 당신은 이 괴로운 나라의 근세사를 잘 아시겠지요. 그러니 내가 그 어둠의 세월에 대해 당신에게 다시 말할 필요는 없을 겁니다. 그런 걸 글로 쓴다는 생각만 해도 넌더리가 납니다. 게다가 이 나라가 겪은 고통에 대해서는 이미 충분히 기록되어 있습니다. 나보다 훨씬 더 학식이 많고 설득력 있는 사람들에 의해서 말입니다.

나는 그걸 **전쟁**이라는 한마디로 요약할 수 있습니다. 전쟁들이라고 해야 맞을지 모르겠습니다. 하나도 아니고 둘도 아닌 크고 작고, 옳고 그른 많은 전쟁들이 있었으니까요. 영웅과 악당이 자꾸 바뀌는 전쟁들 말입니다. 새로운 영웅이 등장할 때마다 옛날의 악당을 점점 더 그리워하게 되는 상황의 전쟁들 말입니다. 얼굴들이 바뀐 것처럼 이름들도 바뀌었습니다. 나는 그들 모두를 향해 똑같이 욕을 합니다. 모두가 사소한 불화들, 저격수들, 지뢰, 폭격, 로켓탄, 약탈과 강간과 살인과 관련되어 있으니까요. 이 정도면 됐습니다! 그걸 길게 설명하자면 너무 거창하고 불쾌하니까요. 나는 그런 시절을 이미 살았던 사람입니다. 그러니 그것에 대해서는 가능하면 짧게 얘기하고 싶습니다. 그 시절에 유일하게 좋았던 건 지금쯤 젊은 여인으로 성장했을 게 틀림없는 파리와 관련된 것이었습니다. 그 아이가 이 모든 살인으로부터 멀리 떨어진 안전한 곳에 있다는 사실이 내 마음을 가볍게 해줬습니다.

마르코스 씨, 당신도 알다시피 1980년대의 카불은 사실 그다지 끔찍하지 않았습니다. 대부분의 싸움이 시골에서 일어나고 있었기 때문입니다. 그래도 탈출 행렬이 이어졌습니다. 우리 구역에 사는 많은 가족들이 짐을 꾸려 서구 어딘가에 정착할 희망을 갖고 파키스탄이나 이란으로 떠났습니다. 나는 바시리 씨가 작별 인사를 하러 왔던 날을 생생하게 기억합니다. 나는 그와 악수를 나누고 행운을 빌었습니다. 그의 아들인 이드리스에게도 작별 인사를 했습니다. 열네 살이 된 아이는 키가 크고 호리호리하고 머리가 길고, 분홍색 솜털이 입술 위쪽에 나고 있었습니다. 나는 이드리스에게 그가 사촌인 티무르와 연을 날리고 거리에서 축구 하던 모습이 많이 그리울 것 같다고 말했습니다. 마르코스 씨도 몇 년 후에 우리가, 그러니까 당신과 내가, 어른이 된 그들을 만났던 걸 기억하실 겁니다. 당신이 2003년 봄에 그 집에서 파티를 열었을 때, 우리는 그들을 만났습니다.

1990년대에 들어서자, 드디어 싸움이 도시에서 벌어졌습니다. 마르코스 씨, 카불은 칼라시니코프 소총을 든 채 어머니의 몸에서 태어난 것 같은 남자들의 먹이가 되었습니다. 그들 모두가 파괴자였으며 총을 멘 도둑들이었습니다. 그들은 스스로에게 거창한 직급을 부여하고 있었습니다. 로켓탄이 날아다니기 시작하자, 술레이만은 집 안에 머물면서 밖으로 나가지 않으려 했습니다. 자신의 집 밖에서 일어나고 있는 일들에 대해서 알고 싶어 하지도 않았습니다. 그는 텔레비전의 코드를 뽑아버리고 라디오도 치워버렸습니다. 신문도 필요 없었습니다. 나더러 싸움에 관한 어떤 얘기도 하지 말라고 했습니다. 그는 마치 전쟁을 무시함으로써 그것이 자기가 있는 곳을 내버려두기를 바라는 듯이, 누가 누구와 싸우는지, 누가 이기고 누가 지는지 알려고 하지 않았습니다.

물론 그의 바람은 이루어지지 않았습니다. 예전에 그렇게 조용하고 순박하고 빛나던 거리는 전쟁터로 변해버렸습니다. 총알이 모든 집으로 날아왔습니다. 로켓탄들이 공중으로 날아다녔습니다. 유탄들이 거리에 떨어져 아스팔트에 구멍을 냈습니다. 밤에는 붉고 흰 색의 예광탄들이 새벽까지 사방으로 날아다녔습니다. 어떤 날은 잠깐 잠잠해질 때도 있었습니다. 몇 시간 동안 정적이 감돌았습니다. 그러다가 갑자기 불길이 치솟으며 사방에서 전투가 벌어지고 사람들이 거리에서 비명을 질렀습니다.

마르코스 씨, 당신이 2002년에 보았던 그 집이 입고 있던 피해는 대부분, 그 기간에 입은 것이었습니다. 물론 일부는 세월이 흐르면서 방치된 탓이었습니다. 나는 그즈음 노인이 되어 더 이상 전처럼 집을 돌볼 수가 없었습니다. 나무들은 그때쯤 죽어 있었습니다. 열매가 열리지 않은 지 몇 년째였습니다. 잔디는 누르스름해지고 꽃들은 죽었습니다. 전쟁은 한때 아름다웠던 그 집에 대해 무자비했습니다. 창문은 인근에 떨어진 유탄에 박살 났습니다. 로켓탄들이 닐라와 내가 수없이 대화를 나누던 베란다의 반쪽만이 아니라 정원의 동쪽에 있는 벽을 가루로 만들어버렸습니다. 지붕은 수류탄이 떨어져 엉망이었습니다. 벽에는 총알 자국이 선연했습니다.

그리고 약탈이 있었습니다. 군인들이 멋대로 들어와 닥치는 대로 가져갔습니다. 가구, 그림, 투르크멘 양탄자, 조각상, 은촛대, 크리스털 꽃병 등 대부분을 가져갔습니다. 그들은 욕실 세면대에 있는 청금석 타일도 떼어 갔습니다. 하루는 아침에 일어났는데 현관홀에서 남자들이 시끄러운 소리를 내고 있었습니다. 가서 보니, 우즈베크 군인 몇이 구부러진 칼로 계단통의 양탄자를 뜯어내고 있었습니다. 나는 서서 지켜볼 뿐이었습니다. 내가 뭘 할 수 있었겠습니까? 그들에게는 노인의 머리에 총알을 박는 것쯤은 아무 일도 아니었을 겁니다.

술레이만과 나도 집처럼 쇠락하고 있었습니다. 눈은 침침해지고 무릎은 아프기 시작했습니다. 마르코스 씨, 이렇게 상스러운 것까지 얘기하는 걸 용서해주세요. 그러나 소변을 누는 것 같은 단순한 행위도 대단한 인내심을 요하는 것이었습니다. 당연히 나보다는 술레이만이 더 심하게 나이로부터 타격을 받았습니다. 그는 몸이 쭈그러들고 마르고 놀랄 정도로 약해졌습니다. 아마드 샤 마수드 일파와 굴부딘 헤크마티아르 일파 사이에 치열한 전투가 벌어져 거리에 며칠 동안 시체들이 널려 있을 때, 그는 두 번이나 죽을 뻔했습니다. 그는 당시 폐렴에 걸려 있었습니다. 의사 말로는 자기 침을 빨아 먹어 그랬다고 했습니다. 의사도 부족하고 약도 부족했지만, 나는 술레이만을 간호해 죽음의 벼랑에서 구해냈습니다.

우리가, 그러니까 술레이만과 내가, 그 당시 자주 싸웠던 건 어쩌면 날마다 갇혀 서로와 너무 가깝게 있었기 때문일지 모릅니다. 우리는 결혼한 사람들이 그러하듯이 사소한 문제로 열을 올리며 완강하게 싸웠습니다.

이번 주엔 이미 콩 요리를 했잖아.

안 했어요.

했다니까 그러네. 월요일에 했잖아!

그 전날에는 체스를 몇 차례 뒀는지를 놓고 다퉜습니다. 그는 내가 햇볕에 미지근해질 줄 알면서 그가 마실 물을 창턱에 두는 이유에 대해서도 시비를 걸었습니다.

술레이만, 왜 변기를 갖다 달라고 하지 않았죠?

했어, 백번도 넘게 불렀잖아!

내가 귀머거리예요, 아니면 게으름뱅이예요?

굳이 고를 필요도 없어, 양쪽 다니까!

하루 종일 침대에 누워 있는 사람이 뻔뻔하게도 나한테 게으르다고 하는군요.

우리는 이런 식으로 말다툼을 했습니다.

그는 내가 그에게 음식을 주려고 하면, 고개를 이쪽저쪽으로 돌리기도 했습니다. 그러면 나는 화가 나서 문을 쾅 닫고 밖으로 나갔습니다. 솔직히 나는 때때로 일부러 그를 걱정하게 만들기도 했습니다.
그는 내가 집을 나서면 **어디 가느냐**고 울었습니다. 그러나 나는 대답
하지 않고 집에서 영영 나가버릴 것처럼 행동했습니다. 물론 거리 아
래쪽으로 가서 담배를 피울 뿐이었습니다. 담배는 늦어서야 생긴 새
로운 습관이었습니다. 그러나 내가 그렇게 한 것은 화가 났을 때뿐이
었습니다. 이따금 나는 몇 시간 동안 밖에 있었습니다. 그가 정말로
나를 화나게 하면, 나는 어두워질 때까지 밖에 있었습니다. 그러나
나는 늘 돌아갔습니다. 그리고 아무 말도 하지 않고 그의 방에 들어
가 그의 몸을 뒤집고 그의 베개를 푹신푹신하게 만들어줬습니다. 우
리는 서로의 눈을 피하며 입을 꼭 다물고 상대가 화해하자고 하기를
기다렸습니다.

　결국 싸움은 탈레반이 도착하면서 끝났습니다. 탈레반은 수염을
기르고 눈자위가 거무스름한 날카로운 얼굴의 젊은 남자들이었습
니다. 그들의 잔인함과 난폭 행위에 대해서도 기록이 잘되어 있으니,
내가 마르코스 씨를 위해 일일이 열거할 필요는 없을 것 같습니다.
그들이 카불에 있었던 세월은 내게는 아이러니하게도 개인적으로
집행유예의 기간이었습니다. 탈레반은 자신들의 경멸과 광기를 젊은
사람들에게로 돌렸습니다. 특히 가난한 여성들한테로 돌렸습니다.
나는 늙은이였습니다. 내가 그들의 정권에 양보한 일은 수염을 기르
는 것이었습니다. 솔직히 수염을 기르자 날마다 꼼꼼하게 면도를 할
필요가 없어졌습니다.

　술레이만이 침대에서 말했습니다.

"나비도 별수 없군. 나비도 예전 모습이 아니야. 예언자 같아."

거리에서 탈레반과 마주치면, 그들은 내가 풀을 뜯는 소라도 되는 것처럼 나를 지나쳤습니다. 나는 의도적으로 그들의 불필요한 관심을 피하기 위해 말 없는 소 같은 표정을 지어 그들이 쓸데없는 데 힘을 쏟지 않게 도왔습니다. 나는 그들이 닐라에게 어떻게 했을지 상상하면 지금도 덜덜 떨립니다. 때때로 팔과 기다랗고 날씬한 다리를 드러내고 샴페인 잔을 손에 들고 파티에서 웃고 있는 그녀의 모습을 떠올리면, 마치 내가 상상 속에서 그녀를 꾸며낸 것 같은 느낌이 들었습니다. 그녀는 전혀 실재하지 않는 존재처럼 느껴졌습니다. 아무것도 실재가 아닌 것 같았습니다. 닐라만이 아니라 나도 그렇고 파리도 그렇고 젊고 건강했을 때의 술레이만도 그렇고, 우리 모두가 같이 살았던 시간과 집까지도 존재하지 않았던 것 같았습니다.

2001년 여름, 어느 날 아침이었습니다. 나는 차와 막 구운 빵을 쟁반에 담아 술레이만의 방으로 갔습니다. 그리고 즉각적으로 무슨 일이 있다는 걸 알았습니다. 그의 숨소리가 거칠었습니다. 얼굴이 처진 정도가 훨씬 더 뚜렷해져 있었습니다. 그가 쉰 목소리로 무슨 말인가를 하려고 했습니다. 무슨 말인지 거의 들리지 않았습니다. 나는 쟁반을 내려놓고 그의 옆으로 달려갔습니다.

"의사를 데려올게요. 기다려요. 늘 그랬던 것처럼 금방 괜찮아질 거예요."

내가 돌아서려고 하는데, 그가 격렬하게 고개를 흔들고 있었습니다. 그가 왼쪽 손가락으로 나를 부르는 몸짓을 했습니다.

나는 몸을 기울여 그의 입 가까이에 귀를 갖다 댔습니다.

그는 무슨 말인가를 하려고 했지만 나는 아무것도 알아들을 수 없었습니다.

내가 말했습니다.

"미안해요. 가서 의사를 불러올게요. 오래 안 걸려요."

그가 이번에는 천천히 고개를 저었습니다. 백내장에 걸린 눈에서 눈물이 흘러나왔습니다. 그의 입이 열렸다가 닫혔습니다. 그가 머리로 침대 옆 책상을 가리켰습니다. 나는 그에게 필요한 게 있느냐고 물었습니다. 그가 눈을 감고 고개를 끄덕였습니다.

나는 위쪽 서랍을 열었습니다. 알약, 돋보기, 오래된 화장수 병, 메모장, 몇 년 동안 사용하지 않은 목탄 외에는 아무것도 없었습니다. 내가 뭘 찾아야 할지 그에게 물으려고 하는데, 메모장 밑에 뭔가가 있었습니다. 봉투에는 내 이름이 쓰여 있었습니다. 술레이만의 어색한 필체였습니다. 안에는 종이 한 장이 들어 있었습니다. 한 문단이 쓰여 있었습니다. 나는 그걸 읽었습니다.

나는 푹 들어간 관자놀이, 쭈글쭈글한 볼, 퀭한 눈의 그를 내려다보았습니다.

그가 다시 몸짓을 했습니다. 내가 몸을 기울였습니다. 그의 차갑고 거칠고 고르지 못한 숨결이 내 볼에 느껴졌습니다. 그가 마른입 속의 혀를 굴려 뭔가를 말하려고 애쓰고 있었습니다. 마지막으로 의지력을 발휘해서였는지 모르지만, 그가 마침내 내 귀에 대고 속삭였습니다.

바람이 내 입에서 빠져나왔습니다. 나는 내 목에 걸린 덩어리를 피해 가까스로 말을 뱉어냈습니다.

"안 돼요. 제발."

약속했잖아.

"아직은 안 돼요. 내가 당신을 살려낼 거예요. 두고 보세요. 늘 그랬던 것처럼 이번에도 그럴 테니까요."

약속했잖아.

마르코스 씨, 내가 얼마나 오래 그의 옆에 있었는지, 내가 얼마나 오래 그를 설득하려고 했는지 모르겠습니다. 기억하는 건 내가 마침내 몸을 일으키고 침대 옆을 돌아 그의 옆에 누웠다는 것입니다. 나는 그가 나를 향하도록 그의 몸을 돌렸습니다. 그의 몸은 꿈처럼 가벼웠습니다. 나는 그의 메마르고 갈라진 입술에 입맞춤을 했습니다. 나는 그의 얼굴과 나의 가슴 사이에 베개를 놓고 그의 머리 뒤로 손을 뻗었습니다. 나는 그를 오랫동안 꼭 안고 있었습니다.

내가 그 후로 기억하는 건 그의 동공이 풀려버렸다는 사실뿐입니다.

나는 창가로 가서 앉았습니다. 내 발 옆의 쟁반에는 술레이만의 찻잔이 아직도 놓여 있었습니다. 그때가 화창한 아침이었던 것도 기억납니다. 가게들이 이미 문을 열지 않았다면 곧 열게 될 시각이었습니다. 자그만 사내아이들이 학교로 가고 있었습니다. 벌써 먼지가 일고 있었습니다. 개 한 마리가 거리를 느릿느릿 뛰어갔습니다. 각다귀들이 개의 머리 주변에서 검은 구름을 이루고 있었습니다. 나는 젊은 남자 둘이 오토바이를 타고 지나가는 모습을 바라보았습니다. 뒤에 탄 사람의 한쪽 어깨에는 컴퓨터 모니터가, 다른 쪽 어깨에는 수박이 메여 있었습니다.

나는 따뜻해진 유리에 이마를 댔습니다.

술레이만의 서랍에 들어 있던 종이는 그가 나에게 모든 것을 남긴 다는 유언장이었습니다. 집과 돈과 개인적인 소지품, 그리고 못 쓰게 된 지 오래지만 차까지 나한테 남긴다는 유언장이었습니다. 차는 펑 크가 난 채 뒤뜰에 놓여 있었습니다. 온통 녹슬어 버려져 있었습니 다.

한동안, 뭘 해야 할지 정말 어찌할 바를 몰랐습니다. 나는 반세기 가 넘게 술레이만을 보살폈습니다. 나의 하루하루는 그와의 교류와 그가 뭘 필요로 하느냐에 따라 정해졌습니다. 그런데 이제 모든 걸 자유롭게 내 마음대로 할 수 있게 되자, 그 자유가 환영처럼 느껴졌 습니다. 내가 원했던 것이 대부분, 나한테서 사라져버렸기 때문입니 다. 사람들은 인생에서 목적을 찾고 그걸 위해 살라고 말합니다. 그 러나 때때로 삶에 목적이 있다는 걸 알게 되는 것은 삶을 살고 나서 야 가능합니다. 그리고 그 목적이라는 것도 전혀 생각해보지 않았던 것인 경우가 많습니다. 이제 나는 그걸 다 이뤘으니, 목적도 없어지 고 어찌해야 할지 몰랐습니다.

나는 더 이상 그 집에서 잠을 잘 수 없었습니다. 그 안에 있을 수 도 없었습니다. 술레이만이 가버리자, 집이 너무 큰 것 같았습니다.

집 안의 모든 구석과 틈이 과거의 기억을 떠올리게 만들었습니다. 그래서 나는 뜰의 끝자락에 있는 옛 오두막으로 돌아갔습니다. 나는 일꾼을 고용하여 오두막에 전기를 설치했습니다. 전기는 독서를 하는 데 필요하기도 했고 여름철에 선풍기를 돌리는 데 필요하기도 했습니다. 내게는 많은 공간이 필요 없었습니다. 내가 가진 것이라고 해봐야 침대, 옷, 술레이만의 그림이 든 상자뿐이었습니다. 마르코스 씨, 이 말이 당신한테는 이상하게 들릴지 모르겠습니다. 법적으로 집을 비롯한 모든 것이 이제 내 소유였지만, 어떤 것도 내 것이라는 느낌이 들지 않았습니다. 이후로도 마찬가지일 것이라는 걸 나는 알았습니다.

나는 술레이만의 서재에서 가져온 책들을 상당히 많이 읽었습니다. 책을 읽고 나면 다시 가져다 놓았습니다. 나는 토마토도 심고 박하도 심었습니다. 주변을 산책하기도 했습니다. 그러나 두 블록도 가기 전에 무릎이 아파 돌아와야 했습니다. 때때로 나는 정원에 의자를 가져다 놓고 그냥 앉아 있었습니다. 나는 술레이만과 달랐습니다. 고독은 나한테는 맞지 않았습니다.

2002년도의 어느 날, 당신이 초인종을 눌렀습니다.

그때쯤, 탈레반은 북부동맹에 쫓겨나고 미국인들이 아프가니스탄에 와 있는 상황이었습니다. 수천 명의 구호반원들이 세계 각국에서 카불로 몰려와 병원과 학교를 세우고, 도로와 수로 시설을 복구하고 음식과 숙소와 일자리를 제공했습니다.

당신을 수행했던 통역사는 밝은 자주색 재킷을 입고 선글라스를 긴 젊은 아프간인이었습니다. 그는 집의 주인이 누구인지 물었습니다. 내가 통역사에게 내가 주인이라고 하자, 당신들 두 사람은 빠르게 눈길을 교환했습니다. 그가 능글맞게 웃으며 말했습니다.

"아뇨, 아저씨, 주인 말이에요."

나는 당신들 두 사람에게 차를 대접하겠다고 했습니다.

우리는 파괴되지 않은 베란다 한쪽에서 녹차를 마셨습니다. 대화는 페르시아어로 진행되었습니다. 마르코스 씨, 당신도 알다시피 나는 너그러운 당신 덕분에 지난 7년에 걸쳐 약간의 영어를 배웠습니다. 당신은 통역을 통해 당신이 그리스의 티노스 섬에서 왔다고 말했습니다. 당신은 얼굴을 다친 아이들에게 수술을 해주기 위해 카불에 온 의료진 소속의 외과 의사였습니다. 당신은 당신과 동료들이 머물 곳이 필요하다고 말했습니다. 요즘 말로 하면 **게스트하우스**가 필요하다는 것이었습니다.

당신은 내게 집세가 얼마냐고 물었습니다.

나는 대답했습니다.

"공짜요."

나는 지금도 자주색 재킷을 입은 청년이 통역을 해줬을 때 당신이 눈을 깜빡거리던 모습을 생생하게 기억합니다. 당신은 내가 혹시 잘못 이해했는지 모른다고 생각하고 똑같은 질문을 다시 던졌습니다.

통역사가 앉은 의자에서 몸을 내 쪽으로 기울였습니다. 그는 비밀스러운 어조로 나에게 미쳤느냐고 말했습니다. 그리고 당신의 의료진이 얼마를 집세로 내려고 하는지, 현재 카불의 집세가 얼마나 올랐는지 알고 있느냐며 나를 다그쳤습니다. 그는 내가 돈방석에 앉을 거라고 말했습니다.

나는 그에게 연장자에게 말할 때는 선글라스를 벗으라고 대꾸했습니다. 그리고 충고할 생각은 하지 말고 본연의 임무인 통역에나 충실하라고 일러주었습니다. 그러고는 당신을 쳐다보며 여러 가지 이유 중 개인적이 아닌 이유를 댔습니다.

"당신들은 나라와 친구와 가족을 두고, 내 조국과 내 동포들을 도우려고 이 버림받은 도시에 왔습니다. 어떻게 내가 당신들한테서 이익을 취할 수 있겠습니까?"

이후로 다시 보지 못한 젊은 통역사는 낙담한 듯 두 손을 들어 올리며 껄껄 웃었습니다. 이 나라는 변했습니다. 마르코스 씨, 이 나라가 늘 이랬던 것은 아닙니다.

이따금 밤에 깜깜한 오두막에 누워 불이 환히 밝혀진 본채를 바라봅니다. 당신과 당신의 친구들—그중에서도 특히 내가 그 넉넉한 마음씨를 늘 존경해 마지않는 용감한 아므라 아데모비치가 그렇습니다—이 베란다나 뜰에서 음식을 먹거나 담배를 피우거나 와인을 마시는 모습을 바라봅니다. 음악도 들려옵니다. 이따금 재즈가 들려오기도 합니다. 재즈는 내게 닐라를 생각하게 만듭니다.

그녀는 죽었습니다. 거기까지는 알고 있습니다. 아므라 씨한테서 그 소식을 들어 알고 있습니다. 나는 그녀에게 와다티 집안에 관한 애기와 닐라가 시인이었다는 애기를 해준 적이 있었습니다. 그런데 그녀는 지난해, 인터넷을 하다가 프랑스어로 출간된 책 한 권을 찾아냈습니다. 프랑스인들이 지난 40년에 걸쳐 최고라고 생각되는 작품을 모아 온라인으로 출간한 것이라고 했습니다. 거기에 닐라의 시가 하나 있었습니다. 거기에는 그녀가 1974년에 죽었다고 되어 있었습니다. 나는 이미 죽은 여인에게서 편지가 오기를 기다리며 보낸 허망한 세월을 생각했습니다. 나는 그녀가 자살했다는 걸 알고 그다지 놀라지 않았습니다. 나는 이제 압니다. 어떤 사람들은 다른 사람들이 사랑을 하는 것처럼 불행을 느낀다는 걸 말입니다. 은밀하고 강렬하게, 아무것에도 의존하지 않고서.

마르코스 씨, 이제 편지를 마무리할 때입니다.

나의 시간이 이제 가까워지고 있습니다. 나는 나날이 약해지고 있습니다. 이 상태가 그리 오래갈 것 같지는 않습니다. 마르코스 씨, 당신의 우정에 대해서도 감사를 드려야겠습니다. 날마다 나를 찾아와서 차를 같이 마시며 티노스에 있는 당신의 어머니와 당신의 소꿉친구인 탈리아에 대해서도 얘기해주고, 우리 국민에 대한 당신의 애정과 당신이 이곳 아이들을 위해 하는 소중한 일에 대해서 얘기해주셔서 고맙습니다.

또한 집 주변을 보수해준 것에 대해서도 감사드립니다. 나는 내 인생의 많은 부분을 이 집에서 보냈습니다. 그래서 이 집은 이제 나의 집입니다. 나는 이 집 지붕 밑에서 곧 숨을 거두게 될 것입니다. 나는 이 집이 쇠락하는 걸 실망과 절망의 감정으로 지켜보았습니다. 그러나 이 집에 페인트가 다시 칠해지고 정원 벽이 복구되고 창문을 교체하고 내가 수없이 많은 시간을 보냈던 베란다가 다시 만들어지는 걸 보니 정말이지 몹시도 기뻤습니다. 친구여, 나무를 심어준 것도 고맙고 정원에 다시 한 번 꽃이 피게 해준 것도 고맙습니다. 당신이 이 도시 사람들에게 하는 일에 내가 어떤 식으로든 도움이 되었다면, 그것은 당신이 친절하게도 이 집을 위해 해준 일만으로 상쇄되고 남을 것입니다.

그러나 내가 지나치게 욕심을 내는 게 아닌지 모르겠지만, 당신에게 두 가지를 부탁하고자 합니다. 하나는 나를 위한 것이고 다른 하나는 다른 사람을 위한 것입니다. 첫 번째 부탁은 나를 이곳 카불의 아슈칸아레판 공동묘지에 묻어달라는 것입니다. 당신은 그곳이 어딘지 잘 아실 겁니다. 입구에서 북쪽 끝까지 걸어가 잠시 둘러보면 술레이만 와다티의 묘지가 있습니다. 나를 그 옆에 묻어주세요. 나에 대해 부탁하는 건 이것뿐입니다.

두 번째 부탁은 내가 죽고 나면 내 조카인 파리를 찾아달라는 것입니다. 아직 살아 있다면 찾는 일은 그리 어렵지 않을지 모릅니다. 놀라운 도구인 인터넷이 있는 세상이니까요. 이 편지가 동봉된 봉투 안에 내 유언이 들어 있습니다. 이 집과 돈, 그리고 내가 소유한 모든 것을 파리에게 남긴다는 유언입니다. 그 아이에게 이 편지와 유언장을 전해주세요. 그리고 부탁건대, 내가 시작했던 것의 수많은 결과들이 어떤 것이었는지 알 수 없다고 그녀에게 말해주세요. 내가 희망 속에서만 위안을 찾았다고 말해주세요. 그녀가 어디에 있든, 이 세상이 허락하는 만큼의 평화와 은총과 사랑과 행복을 찾기를 바란다고 말해주세요.

마르코스 씨, 고맙습니다. 신께서 당신을 보호해주시기를 바랍니
다.

늘 당신의 친구였던 나비 올림

5

2003년 봄

아므라 아데모비치 간호사는 이드리스와 티무르를 옆으로 불러
경고했었다.

"만약 당신들이 조금이라도 반응하면 아이가 당황할 거예요. 그렇
게 되면 나는 당신들을 내쫓을 거고."

그들은 지금, 와지르 악바르 칸 병원 남자 병동의 기다랗고 침침한
복도의 끝에 서 있다. 아므라는 소녀에게 남은 유일한 친척—혹은
찾아온 유일한 사람—은 삼촌인데, 만약 소녀를 여자 병동에 두면
그가 소녀를 방문하는 게 허용되지 않을 것이라고 말했다. 그래서
직원들이 소녀를 남자 병동에 두기로 했는데, 친척이 아닌 남자들이
있는 병실에 머무르게 하는 것은 상스러운 짓이어서 남자의 영역도

아니고 여자의 영역도 아닌 복도의 끝에 소녀를 두기로 했다고 한다.

티무르가 말한다.

"나는 탈레반이 도시에서 떠났다고 생각했어요."

"미쳤어요?"

아므라가 이렇게 대꾸하고 당황한 듯 깔깔 웃는다. 이드리스는 카불로 돌아온 첫 주에, 이처럼 가볍게 격노한 듯한 어조가 아프가니스탄 문화의 불편함과 독특함을 상대해야 하는 외국인 구호반원들 사이에서 흔하다는 걸 알았다. 그는 그들이 이렇게 웃으면서 조롱하거나 생색을 내는 데 조금은 화가 난다. 그러나 이곳 사람들은 그걸 알아차리지 못하는 것 같다. 아니면, 그걸 알아도 모욕으로 받아들이지 않는 것 같다. 그래서 그는 자기도 그러지 말아야 하나 생각한다.

티무르가 말한다.

"하지만 그들은 **당신**을 이곳으로 들여보내주잖아요. 당신은 마음대로 들락거리고요."

아므라의 눈썹이 둥글게 구부러진다.

"중요하지 않으니까요. 나는 아프간인이 아니에요. 그래서 진짜 여자가 아닌 거죠. 그걸 모른다는 말인가요?"

그 말에 아랑곳하지 않고 티무르가 씩 웃는다.

"아므라, 그건 폴란드식인가요?"

"보스니아식이에요. 아무튼 아무 반응도 하지 않아야 해요. 여기는 동물원이 아니라 병원이에요. 약속하세요."

티무르가 말한다.

"약속할게요."

이드리스는 조금은 무모하고 불필요하게 그녀를 골리는 것이 그녀를 화나게 하지나 않을까 걱정스러워 간호사를 쳐다본다. 그러나 티무르가 잘 빠져나간 듯하다. 이드리스는 이런 능력을 가진 사촌 동생이 밉기도 하고 부럽기도 하다. 그는 티무르를 상상력과 뉘앙스가 부족해 늘 거칠다고 생각해왔다. 그는 티무르가 아내와 세금을 부정하게 속이고 있다는 걸 안다. 티무르는 미국에서 부동산 대부 회사를 소유하고 있다. 이드리스는 그가 모종의 대부 사기에 깊숙이 관여하고 있다고 거의 확신한다. 그러나 티무르는 사교성이 좋다. 그의 결점들은 유머 감각과 계산된 친절함, 가장된 순진함에 묻혀버린다. 이런 특성으로 인해 그는 만나는 사람들한테 사랑받는다. 잘생긴 것도 해가 되지는 않는다. 근육질 몸매, 녹색 눈동자, 웃으면 드러나는 보조개도 해가 되지 않는다. 이드리스는 티무르가 어린아이가 받는 혜택을 즐기는 성인 남자 같다고 생각한다.

아므라가 말한다.

"좋아요, 좋아."

그녀는 커튼 대용으로 천장에 달아놓은 시트를 잡아당기며 그들을 안으로 들어오게 한다.

그 소녀―아므라는 아이의 이름인 '로샤나'를 줄여 로시라고 불렀다―는 아홉 살이나 열 살 정도로 보이는데, 철제 침대에 앉아 벽에 등을 대고, 무릎을 끌어안아 가슴에 대고 있다. 이드리스는 바로 눈길을 아래로 향한다. 그는 놀라서 숨이 헐떡거리는 걸 애써 참는다. 그런데 그렇게 감정을 억제하는 것은 티무르의 능력을 벗어나는 일이다. 그는 혀를 차고 고통에 겨운 소리를 크게 낸다.

"아! 아! 아!"

이드리스가 티무르를 쳐다본다. 아니나 다를까, 티무르의 눈에 눈물이 글썽거린다.

소녀가 움직이면서 투덜거린다.

아므라가 날카롭게 말한다.

"됐어, 끝났어. 이제, 우리 갈 거야."

간호사는 밖으로 나가 무너져가는 앞 계단에 서서 옅은 청색 가운의 앞주머니에서 말보로 담배를 꺼낸다. 맺힌 속도만큼 눈물이 빠르게 사라진 티무르는 담배를 하나 받아 그녀의 것과 자기 것에 불을 붙인다. 이드리스는 속이 느글거리고 어지럽다. 입이 바짝 마른다. 그는 자신이 토하고 창피를 떨지나 않을까 걱정이다. 그렇게 함으로써 그를 비롯한 사람들―잘사는 망명자들―이 고향에 돌아와서 기껏 하는 일이 괴물들이 남긴 살육의 실상을 보고 멍청한 짓을 하는 거라는 아므라의 생각이 맞는다는 걸 증명하게 되지 않을까 걱정이다.

이드리스는 아므라가 그들을, 적어도 티무르를, 혼낼 것이라고 생각했다. 그러나 그녀의 태도는 혼낸다기보다는 이성을 향한 관심을 보이는 것에 더 가깝다. 이것이 티무르가 여자들에게 행사하는 영향력이다.

그녀가 교태를 부리듯 말한다.

"자, 티무르, 무슨 말을 할래요?"

미국에서 티무르는 '팀'으로 통한다. 그는 9·11 이후 이름을 바꿨고 그 뒤로 사업이 거의 배로 잘된다고 말한다. 그는 이드리스에게 두 글자를 뺀 것이 대학 졸업장 이상으로 그의 경력에 좋은 영향을 벌써 미쳤다고 했다. 그가 대학에 다니지는 않았지만, 다녔다는 전제에서 하는 말이다. 바시리 집안에서 대학에 간 건 이드리스뿐이다. 그런데 그들이 카불에 도착한 이래, 이드리스는 사촌 동생이 자신의 이름을 티무르라고만 소개하는 걸 들었다. 그것은 해가 없는 이중성이다. 필요하기까지 한 이중성이다. 그러나 속이 느글거린다.

티무르가 말한다.

"안에서 있었던 일은 미안합니다."

"내가 당신을 꾸짖어야 될지 모르겠네요."

"너그러운 양반, 그러지 말고 조금 부드러워지시죠."

아므라는 이드리스를 향해 눈을 돌린다.

"저 사람은 카우보이군요. 당신은 조용하고 예민한 사람이고요. 이런 걸 뭐라고 하더라, 그래, **내성적인** 사람이군요."

티무르가 끼어든다.

"우리 형은 의사랍니다."

"그래요? 그렇다면 당신에게는 충격이겠군요. 이 병원 말이에요."

이드리스가 말한다.

"무슨 일이 있었던 거죠? 로시에게 말이에요. 누가 그런 짓을 그 아이에게 했죠?"

아므라의 얼굴이 어두워진다. 그녀의 높은 어조에서 모성적인 결기가 느껴진다.

"나는 아이를 위해 싸우고 있어요. 정부와도 싸우고 병원 당국과도 싸우고 신경외과 의사 개새끼와도 싸우고 있어요. 매번 아이를 위해 싸우고 있어요. 나는 멈추지 않을 거예요. 아이한테는 아무도 없어요."

이드리스가 말한다.

"삼촌이 있다고 하지 않았나요?"

그녀가 담뱃재를 떨며 대답한다.

"그놈도 개새끼예요. 그런데 당신네 젊은이들이 여기에 온 이유가 뭐죠?"

티무르가 설명한다. 그가 말하는 것이 대충은 맞는다. 그들이 사촌 간이고 소련군이 들어온 후에 그들의 가족이 도망을 갔고, 파키스탄에 1년 동안 머물다가 1980년대 초에 캘리포니아에 정착했다는 얘기는. 그리고 두 사람이 거의 20년 만에 처음으로 돌아왔다는 말도 맞는다. 그러나 티무르는 그들이 뿌리를 "되찾고" 나라에 대해 "배우고" 수년 동안의 전쟁과 파괴의 여파가 어떤 것인지 "목격하기 위해" 왔다는 말을 덧붙인다. 그는 그들이 미국에 돌아가서 실상을 알리고 기금을 모아 "갚고" 싶다고 말한다.

"우리는 갚고 싶어요."

그가 진부한 표현을 너무도 진지하게 하는 통에 이드리스는 당황한다.

물론 티무르는 그들이 카불에 온 진짜 이유를 말하지는 않는다. 그와 이드리스가 14년간 살았던 집을 되찾으러 왔다는 얘기는 하지 않는다. 그들의 아버지들이 소유한 재산을 되찾으러 왔다는 얘기는 하지 않는다. 수천 명의 외국인 구호반원들이 카불에 들이닥쳐 살 집이 필요하자 부동산의 가치가 치솟고 있다. 그들은 아침 일찍 그 집에 갔었다. 초라하고 지쳐 보이는 북부동맹 군인들이 살고 있었다. 티무르와 이드리스는 그곳을 떠나다가, 길 건너로 세 집 위쪽에 사는 중년 남자를 만났다. 그는 마르코스 바르바리스라는 이름의 그리스인 성형외과 의사였다. 그는 그들을 점심에 초대하고, 자신이 일하는 엔지오 사무실이 있다는 와지르 악바르 칸 병원을 구경시켜주겠다고 했다. 또한 그들을 그날 밤에 있을 파티에 초대했다. 그들은 병원에 도착해서야 그 소녀에 대해 알게 되었는데, 현관 계단에서 잡역부 둘이 소녀에 대해 떠드는 걸 우연히 들은 것이었다. 그 후, 티무르가 이드리스를 팔꿈치로 치며 말했다.

형, 우리가 이걸 좀 알아봐야겠어.

아므라는 티무르의 이야기에 싫증이 난 것처럼 보인다. 그녀는 담배꽁초를 던져버리고 곱슬곱슬한 금발 머리를 묶은 고무줄을 조인다.

"그럼 오늘 밤 파티에서 볼까요?"

그들을 카불로 보낸 이는 이드리스의 작은아버지인 티무르의 아버지였다. 바시리 가족의 집은 지난 20년에 걸친 전쟁에서 여러 번 주인이 바뀌었다. 소유권을 주장하는 데는 시간과 돈이 필요할 것이다. 법원은 재산권에 관련된 수천 건의 소송들로 이미 난리법석이다. 티무르의 아버지는 그들에게 느리고 답답하기로 유명한 아프간 제도를 잘 빠져나가야 할 것이라고 충고했다. 그 말은 '적재적소에 기름을 치라'는 말이었다.

티무르가 그걸 굳이 말로 해야 하는 것처럼 말했다.

"그건 제 영역이죠."

이드리스의 아버지는 오랫동안 암과 싸우다가 9년 전에 죽었다. 그는 집에서 아내와 두 딸, 그리고 이드리스가 지켜보는 가운데 죽었다. 그가 죽은 날, 사람들이 집으로 몰려들었다. 작은아버지, 작은어머니, 사촌, 친구와 친지들이 몰려들었다. 그들은 소파와 식탁 의자로 해결이 안 되자 마루와 계단에까지 앉았다. 여자들은 식당과 부엌에 모였다. 그들은 차를 끓여 보온병에 담아 여러 차례 내놓았다. 유일한 아들이었던 이드리스는 모든 서류에 서명을 해야 했다. 그의 아버지가 사망했다는 걸 확인하러 온 검시관을 위한 서류들, 아버지의 시신을 가져가기 위해 들것을 들고 장례식장에서 온 예의 바른 청년들을 위한 서류들에 일일이 서명해야 했다.

티무르는 결코 이드리스의 옆을 떠나지 않았다. 그는 이드리스가 전화 받는 일을 도왔고, 문상 온 많은 사람들을 맞았다. 또한 자신이 **아베 아저씨**라고 놀리는 압둘라가 운영하는 아프간 식당인 아베스 케밥 하우스에 쌀밥과 양고기를 주문했다. 티무르는 비가 내리기 시작하자 나이 든 분들을 위해 주차를 대신 해드렸다. 그는 아프간 텔레비전 방송국에 근무하는 친구를 부르기까지 했다. 이드리스와 달리, 티무르는 아프간 사회에서 교제 범위가 넓었다. 그는 언젠가 이드리스에게 자기 휴대전화에 300개가 넘는 이름이 저장돼 있다고 얘기한 적이 있었다. 그는 그날 밤, 아프간 텔레비전에 부고가 나가도록 했다.

그날 오후 일찍, 티무르는 이드리스를 차에 태워 헤이워드에 있는 장례식장에 갔다. 그때쯤 비가 많이 쏟아졌고, 680번 도로의 북쪽 방향에서 차가 정체되고 있었다.

티무르가 미션 출구로 빠져나오면서 울먹이는 소리로 말했다.

"큰아버지는 멋진 분이셨어. 전통적인 분이셨지."

그는 운전대를 잡지 않은 손으로 흐르는 눈물을 계속 닦았다.

이드리스가 엄숙하게 고개를 끄덕였다. 그는 장례식처럼 다른 사람들이 있는 곳에서 울 수가 없었다. 그는 이것을 색맹처럼 작은 핸디캡이라고 생각했다. 그래도 티무르가 마치 **자신**의 아버지가 돌아가신 양 이리저리 뛰어다니고 과장되게 흐느끼면서 집에서 자신을 불리한 위치에 놓이게 하자, 그렇게 반응하는 게 불합리한 줄은 알지만, 막연하게나마 화가 났다.

그들은 어둡고 무거운 색조의 가구가 배치된 침침하고 조용한 방으로 들어갔다. 검정 재킷을 입고 가르마를 정중앙에서 탄 남자가 그들을 맞았다. 그에게서 비싼 커피 냄새가 났다. 남자는 사무적인 어조로 이드리스에게 위로의 말을 건네고 안치서와 위임장에 서명을 하게 했다. 그는 사망 확인서가 몇 통이나 필요하냐고 물었다. 모든 서류의 서명이 끝나자, 그는 이드리스 앞에 '요금 목록'이라는 제목이 붙은 팸플릿을 약삭빠르게 내놓았다.

장례식장 관리인은 헛기침을 하고 말했다.

"물론 이 가격은 당신의 아버지가 미션에 있는 아프간 사원의 교인이었다면 적용되지 않습니다. 우리는 사원과 협력 관계에 있으니까요. 그들이 묘지와 다른 서비스에 대한 비용을 지불합니다. 그쪽에서 경비를 감당하는 거죠."

이드리스가 팸플릿을 훑어보며 대꾸했다.

"제 아버지가 교인이셨는지 여부는 잘 모르겠습니다."

그의 아버지는 종교적인 사람이었다. 그러나 개인적으로만 그랬다. 그는 금요예배에 참석한 적이 거의 없었다.

"잠시 시간을 드릴까요? 사원에 전화해보셔도 됩니다."

티무르가 끼어들었다.

"아니, 그럴 필요 없어요. 교인이 아니셨어요."

"확실합니까?"

"네. 내 기억으로는 그래요."

장례식장 관리인이 말했다.

"알겠습니다."

그들은 밖으로 나가 에스유브이 옆에서 담배를 나눠 피웠다. 비가 그쳐 있었다.

이드리스가 말했다.

“날강도군.”

티무르가 거무스름한 빗물에 침을 뱉었다.

“죽음을 다루긴 해도 사업으로서는 확실한 거지. 늘 이런 게 필요하잖아. 젠장, 자동차 판매업보다 더 잘나가는 사업이야.”

그 당시, 티무르는 중고차 가게를 공동으로 운영하고 있었다. 가게는 티무르가 친구와 함께 투입되기 전에는 아주 형편없는 상태였는데, 그는 그것을 2년도 안 되어 수지가 맞는 사업으로 돌려놓았다. 이드리스의 아버지는 조카를 두고 **자수성가한 녀석**이라고 말하기를 좋아했다. 그사이 이드리스는 캘리포니아 대학교 데이비스 캠퍼스의 내과 인턴 과정 2년차로 형편없는 급료를 받고 일하고 있었다. 1년 전에 그와 결혼한 나힐은 법률 회사에서 사무원으로 일하며 법과대학원 입학시험 준비를 하고 있었다.

이드리스가 말했다.

“이건 빌리는 거야. 티무르, 알겠지. 내가 갚을 거라고.”

“걱정하지 마. 형 마음대로 해.”

티무르가 이드리스를 위해 일을 해결해준 게 그때가 처음도 아니고 마지막도 아니었다. 이드리스가 결혼했을 때, 티무르는 결혼 선물로 그에게 포드 익스플로러를 신형으로 사줬다. 이드리스와 나힐이 데이비스에 작은 콘도를 샀을 때는 보증도 서줬다. 지금까지는 가족 중에서 티무르가 아이들이 가장 좋아하는 아저씨였다. **전화 한 통**으로 뭘 해결해야 한다면, 이드리스는 거의 틀림없이 티무르에게 전화를 걸 것이었다.

그러나 문제가 있었다.

예를 들어, 가족 모두가 티무르가 자신의 보증을 서줬다는 걸 알고 있었다. 티무르가 그들에게 얘기한 것이었다. 그리고 티무르는 결혼식장에서 노래를 잠시 멈추게 하고 자신이 주는 것임을 알리며 익스플로러의 열쇠를 쟁반에 거창하게 담아 이드리스와 나힐에게 줬다. 카메라 플래시가 사방에서 터졌다. 이드리스는 바로 그런 것이 못마땅했다. 팡파르를 울리고 과시하고 허세를 부리고 부끄러운 줄도 모르고 쇼를 하는 게 못마땅했다. 그는 자신에게는 형제나 다름없는 사촌을 이런 식으로 생각하는 게 싫었다. 그러나 티무르는 스스로 보도 자료를 만들어 배포하는 사람 같았다. 그의 너그러움이 정교하게 계산된 것이 아닌가 싶었다.

이드리스와 나힐은 어느 날 밤, 침대보를 바꿔 깔다가 티무르에 관한 말다툼을 했다.

그녀가 말했다.

누구든지 자기를 좋아해주기를 바라잖아요, 안 그래요?

그건 그렇다고 쳐. 그러나 난 그런 특혜에 대한 값을 지불하고 싶지는 않아.

그녀는 남편이 그들을 위해 모든 것을 다 해준 티무르에게 공정치 못할뿐더러 고마움까지 모른다고 말했다.

나힐, 당신은 요점을 놓치고 있어. 내 말은, 선행을 광고판에 붙여놓는 건 어리석은 짓이라는 얘기야. 조용히 품위 있게 하는 편이 낫잖아. 공개적으로 수표에 서명하는 일 이상의 것이 친절에는 있어야 한다는

말이지.

나힐이 침대보를 잡아채며 말했다.

여보, 그래도 큰 도움이 되잖아요.

티무르가 집을 쳐다보며 말한다.

"그래, 이 집 생각나. 주인 이름이 뭐라고 했지?"

이드리스가 대꾸한다.

"와다티 뭐라고 했는데, 이름은 생각이 안 나."

이드리스는 어렸을 때, 이 문 앞의 도로에서 수없이 놀았던 일을 떠올린다. 그런데 몇십 년이 지난 지금에서야 그들은 처음으로 문을 통과하고 있다.

티무르가 중얼거린다.

"너무 변했네."

이드리스가 살고 있는 새너제이 사람들이라면 화를 냄 직한 평범한 2층짜리 집이다. 그러나 카불의 기준에서 보면, 높은 벽에 철문과 넓은 차도까지 갖춘 사치스러운 저택이다. 무장한 경비원을 따라 티무르와 함께 들어가면서, 이드리스는 그가 카불에서 보았던 많은 것들처럼 폐허 밑으로 과거의 화려함이 배어 있는 걸 본다. 집은 폐허가 되어 있다. 그은 담에 난 총알구멍과 벌어진 틈, 회반죽이 벗겨진 벽돌들, 차도 주변의 죽은 관목들, 잎사귀가 없는 정원 나무들, 누리끼리한 잔디. 뒤뜰을 내려다보는 베란다는 반이 넘게 없어진 상태다. 그러나 카불에 있는 많은 것들처럼, 서서히 머뭇머뭇 다시 살아나는 기미가 보인다. 누군가가 그 집에 페인트를 다시 칠하기 시작했고 정원에 장미를 심었다. 약간 서툴긴 하지만, 정원의 동쪽 담장도 고쳐 놓았다. 도로 쪽 측면에 사다리가 기대어져 있는 걸 보면, 지붕도 수리 중인 것 같다. 반쪽이 없는 베란다 수리도 이미 시작된 게 분명하다.

그들은 현관에서 마르코스의 환대를 받는다. 숱이 적은 희끗희끗한 머리에 엷은 푸른색 눈을 가진 사람이다. 그는 회색 아프간 옷을 입고 바둑판무늬의 카피예(터번)를 우아하게 목에 두르고 있다. 마르코스는 연기가 자욱한 시끄러운 방으로 그들을 데리고 간다.

"차와 와인과 맥주가 있습니다. 아니면 더 독한 것을 드릴까요?"

티무르가 말한다.

"어디 있는지 알려주시면 제가 따라서 마시겠습니다."

"아, 대답 한번 마음에 드는군요. 저쪽 스테레오 옆에 있어요. 얼음은 안전하답니다. 생수로 만들었으니까요."

"감사합니다."

티무르는 이런 모임에 가면 자연스럽게 행동한다. 이드리스는 그의 편안한 태도와 자연스러운 재치, 침착한 매력에 감탄하지 않을 수 없다. 그는 티무르를 따라간다. 티무르는 두 개의 잔에 레드 와인을 따른다.

20명쯤 되는 손님들이 방석에 앉아 있다. 바닥에는 붉은색 아프간 양탄자가 깔려 있고, 이드리스에게 '외국 스타일'이라고 생각되는 실내장식은 절제되고 세련되어 있다. 니나 시몬의 노래가 시디플레이어에서 부드럽게 흘러나오고 있다. 모든 사람이 술을 마시고, 대다수가 담배를 피우면서, 막 시작된 이라크 전쟁이 아프가니스탄에 어떤 영향을 미칠지에 대해서 얘기하고 있다. 구석에 놓인 텔레비전의 채널은 시엔엔 국제 뉴스에 맞춰져 있지만 소리는 나오지 않는다. **충격과 두려움**에 빠진 바그다드가 녹색 불빛을 받아 번쩍이는 모습이 계속 나오고 있다.

티무르와 이드리스는 얼음을 넣은 보드카 잔을 들고, 마르코스와 유엔세계식량계획에서 일하는 심각한 표정의 두 독일 젊은이들에 합류한다. 이드리스는 카불에서 만난 다른 많은 구호반원들처럼, 그들이 약간 위압적이고 세상일에 박식하고 어지간해서는 감동하지 않는 사람들이라고 생각한다.

이드리스가 마르코스에게 말한다.

"좋은 집이네요."

"그렇다면 집주인에게 그렇게 말해주세요."

마르코스가 방을 가로질러 호리호리한 노인을 데리고 돌아온다. 그 사람은 숱이 많은 희끗희끗한 머리를 이마에서 뒤로 넘기고 있다. 그는 수염을 짧게 깎고 있으며 이가 거의 없고 볼이 홀쭉하니 들어가 있다. 그는 너무 크고 해진 올리브색 양복을 입고 있다. 1950년대에 유행했음 직한 양복이다. 마르코스는 자신이 그를 좋아한다는 걸 공개적으로 드러내며 노인을 향해 미소를 짓는다.

티무르가 소리친다.

"나비 아저씨 아닌가요?"

이드리스도 퍼뜩 기억이 난다.

노인이 수줍게 미소를 짓는다.

"우리가 만난 적이 있나?"

티무르가 페르시아어로 대답한다.

"저 티무르 바시리예요. 도로 아래쪽에 살았잖아요."

노인이 말한다.

"원 세상에! 티무르라고? 그렇다면 너는 이드리스겠구나."

이드리스가 고개를 끄덕이며 미소를 짓는다.

나비가 두 사람을 포옹한다. 그는 웃는 얼굴로 그들의 볼에 입을 맞추고 믿을 수 없다는 듯 그들을 바라본다. 이드리스는 나비가 그의 주인인 와다티 씨를 휠체어에 태우고 돌아다니던 모습을 떠올린다. 때때로 그는 휠체어를 인도에 세우고 자신과 티무르가 이웃 아이들과 축구 하는 모습을 지켜보곤 했다.

마르코스가 나비의 어깨에 팔을 두르며 끼어든다.

"나비는 1947년부터 이 집에 살았답니다."

티무르가 말한다.

"이제 이게 **아저씨 집**인가요?"

나비는 놀란 표정의 티무르를 향해 미소를 짓는다.

"나는 와다티 씨를 1947년부터 돌아가신 2000년까지 모셨지. 그래, 친절하게도 이 집을 나한테 물려주셨단다."

티무르가 믿을 수 없다는 듯 말한다.

"이 집을 아저씨에게 **줬다**고요?"

나비가 고개를 끄덕인다.

"그래."

"아저씨가 대단한 요리사였나 보네요."

"너는 옛날에는 말썽꾸러기였지."

티무르가 껄껄 웃는다.

"나비 아저씨, 저는 정도正道는 가본 적이 없어요. 정도는 여기 있는 우리 사촌 형 몫이랍니다."

마르코스가 와인 잔을 돌리며 이드리스에게 말을 건넨다.

"전 주인의 부인인 닐라 와다티는 시인이었습니다. 약간의 명성이 있는 분이었는데, 들어본 적 있나요?"

이드리스가 고개를 젓는다.

"제가 태어났을 때는 그분이 이미 이 나라를 떠나신 뒤였다는 것밖에 모릅니다."

독일인인 토마스가 말한다.

"그녀는 딸과 함께 파리에서 살았어요. 1974년에 죽었고요. 자살했을 거예요. 술 때문에 문제가 있었던 모양이에요. 적어도 보도에 따르면 그래요. 1~2년 전에 누가 저한테 그녀의 초기 시집을 독일어 번역본으로 줬는데 상당히 좋았어요. 제 기억으로는 시가 놀랍도록 성적이었던 것 같아요."

이드리스는 다시 한 번 자신이 부족하다는 걸 실감하며 고개를 끄덕인다. 이번에는 외국인이 아프간 예술가에 대해 그에게 가르쳐줬기 때문이다. 60센티미터쯤 떨어진 곳에서 티무르가 집세에 관해 나비와 진지하게 얘기를 나누는 소리가 들린다. 물론 페르시아어로 얘기하고 있다.

그가 노인에게 말하고 있다.

"나비 아저씨, 이런 곳이면 돈을 얼마나 받을 수 있는지나 아세요?"

나비가 고개를 끄덕이고 웃으면서 대꾸한다.

"알다마다. 나도 이 도시의 집세가 어느 정도인지는 알고 있지."

"아저씨는 이 사람들을 벗겨 먹을 수 있어요!"

"그래서……"

"그런데 그들을 공짜로 묵게 하시잖아요."

"티무르, 그들은 우리 나라를 도와주려고 왔어. 집을 두고 이곳으로 온 거란다. 네 말대로 내가 그들을 '벗겨 먹는' 건 옳은 일 같지 않구나."

티무르가 속으로 깊은 생각을 하면서 남은 술을 다 마셔버린다.

"아저씨가 돈을 싫어하든지, 아니면 저보다 훨씬 좋은 사람이든지, 둘 중 하나군요."

아므라가 안으로 들어온다. 바랜 청바지에 사파이어색 아프간 튜닉을 입고 있다.

그녀가 소리친다.

"나비 아저씨!"

나비는 그녀가 볼에 입을 맞추고 팔짱을 끼자 약간 놀라는 것처럼 보인다. 그녀가 사람들에게 말한다.

"나는 이분이 좋아요. 이분이 당황하는 게 좋아요."

그녀는 이번에는 페르시아어로 나비에게 그 얘기를 한다. 그는 얼굴을 약간 붉히고 고개를 앞뒤로 흔들며 웃는다.

티무르가 말한다.

"나도 당황하게 만들면 어때요?"

아므라가 그의 가슴을 살짝 친다.

"당신은 좀 힘들죠."

그녀와 마르코스가 아프간식으로 볼에 세 번 입을 맞춘다. 그녀는 독일인들에게도 똑같이 한다.

마르코스가 그녀의 허리에 팔을 두른다.

"아므라 아데모비치입니다. 카불에서 가장 열심히 일하는 여성이죠. 이 여성의 심기를 거스르지 마세요. 술도 엄청나게 잘 마신답니다."

티무르가 바에 있는 잔을 집으며 말한다.

"제가 한번 시험해보죠."

나비는 실례한다며 자리를 뜬다.

이후 한 시간 정도, 이드리스는 다른 사람들과 어울리거나 그러려고 노력한다. 술이 들어갈수록 사람들이 얘기하는 소리가 커진다. 이드리스의 귀에 독일어, 프랑스어, 그리스어가 들린다. 그는 보드카 한 잔을 더 마시고 미지근한 캔 맥주를 하나 더 마신다. 한 무리의 사람들 사이에서 그는 용기를 내어 캘리포니아에서 페르시아어로 들었던 오마르 물라에 관한 농담을 한다. 그러나 그 농담은 영어로는 잘

통하지 않는다. 너무 밋밋하다. 그는 카불에서 곧 개업할 아일랜드 술집에 관한 얘기를 듣는다. 그것이 오래가지 않을 것이라는 데 사람들의 의견이 일치한다.

이드리스는 미지근한 캔 맥주를 들고 방 안을 돌아다닌다. 그는 이런 모임에서 편한 적이 없었다. 그는 실내장식을 열심히 쳐다보려고 한다. 사진들이 붙어 있다. 바미얀 석불, 부즈카시(말을 타고 죽은 염소를 빼앗는 아프가니스탄의 국기國技), 티노스라는 이름의 그리스 섬에 있는 항구의 사진이다. 그는 티노스에 대해서는 들어본 적이 없다. 현관홀에 약간 흐릿한 흑백사진이 액자에 넣어져 붙어 있다. 수제 카메라로 찍은 듯한데, 렌즈를 등지고 있는 기다란 검은 머리의 소녀를 찍은 사진이다. 그녀는 해변의 바위 위에 앉아 바다를 쳐다보고 있다. 사진의 왼쪽 하단이 불에 탄 것처럼 보인다.

저녁은 로즈메리와 작은 마늘이 들어간 양 다리 고기다. 염소 치즈 샐러드와 페스토 소스를 뿌린 파스타도 있다. 이드리스는 샐러드를 덜어 구석에 가서 별로 먹지는 않고 그냥 갖고 앉아 있다. 그는 티무르가 젊고 매력적인 두 네덜란드 여자들과 같이 앉아 있는 걸 본다. 이드리스는 그가 재미있는 얘기를 하고 있을 거라고 생각한다. 웃음소리가 들린다. 여자들 중 하나가 티무르의 무릎을 건드린다.

이드리스는 와인 잔을 들고 베란다로 나가 나무 벤치에 앉는다. 이제 날이 어두워졌다. 베란다를 밝히는 건 천장에서 대롱거리는 두 개의 전구뿐이다. 이곳에 앉아 있으니, 정원 저쪽으로 오두막 같은 게 보인다. 정원 오른쪽으로는 차의 실루엣이 보인다. 크고 길고 오래된 차다. 곡선의 형태로 보아 미국 차일 것 같다. 자세히 보이지는 않지만 그 차는 1940년대나 1950년대 모델인 것 같다. 하기야 그가 차에 대해 잘 알았던 적은 없다. 티무르라면 알 것 같다. 그는 모델, 연식, 엔진 크기, 모든 옵션에 대해 줄줄이 열거할 것이다. 차는 바퀴 네 개가 다 펑크 난 것처럼 보인다. 이웃에서 개 한 마리가 컹컹 짖는다. 안에서는 누군가가 레너드 코언의 시디를 올려놓았다.

아므라가 술잔 속의 얼음을 딸가닥거리며 그의 옆에 앉는다.

"당신은 조용하고 예민한 성격이군요."

그녀는 맨발이다.

"당신의 카우보이 사촌은 파티를 좋아하고요."

"놀라운 일은 아니죠."

"당신 사촌은 아주 잘생겼어요. 결혼했나요?"

"아이가 셋이나 있답니다."

"안됐네요. 그렇다면 행동을 조심해야 되겠어요."

"그 말을 들으면 틀림없이 실망할 거예요."

"나한테도 규칙이 있어요. 그런데 당신은 그를 별로 좋아하지 않는 것 같군요."

이드리스는 그녀에게 아주 진심으로 티무르는 자신에게 형제나 마찬가지라고 말한다.

"그러나 그는 당신을 당황스럽게 만들잖아요."

그건 사실이다. 티무르는 자신을 당황스럽게 만들었다. 그는 전형적인 불쾌한 아프간계 미국인처럼 행동했다. 자기가 이곳에 사는 것처럼 전쟁으로 찢긴 도시를 휘저으며, 사람들의 등을 툭툭 치면서 **형제자매, 아저씨**라고 부른다. 그의 표현대로 **바크시시 번들**(자선 주머니)이라고 칭하는 것에서 거지들에게 돈을 꺼내주는 쇼를 한다. 또한 나이 든 여자들한테 **어머니**라고 부르고 농담을 던지며 그들이 캠코더에 대고 이야기를 하게 유도한다. 그리고 내내 여기에서 살았던 것처럼 슬픈 표정을 지으며 그들 중 하나인 척한다. 그는 이 사람들이 폭격을 당하고 죽임 당하고 강간당할 때 자신은 새너제이의 헬스클럽에서 흉근과 복근을 키우려고 한 적이 전혀 없었던 것처럼 행동한다. 위선적이고 혐오스럽다. 아무도 그런 행동의 실체를 꿰뚫어 보지 못하는 것 같다. 이드리스는 그것이 놀랍다.

"티무르가 당신에게 말한 건 사실이 아니에요. 우리는 우리 아버지들의 소유였던 집을 되찾으려고 왔어요. 다른 이유는 없고 그게 전부예요."

아므라가 깔깔 웃는다.

"당연히 알죠. 당신은 내가 속았을 거라고 생각해요? 나는 이 나라에서 군벌과 탈레반들을 상대했던 사람이에요. 모든 것을 본 사람이기도 해요. 어떤 것도 나한테는 충격을 줄 수 없어요. 아무것도, 아무도 나를 속일 수 없어요."

"그렇군요."

"당신은 솔직해요. 적어도 솔직해요."

"나는 우리가 모든 걸 겪은 이 사람들을 존중해야 한다고 생각할 따름이에요. 여기서 내가 말하는 '우리'란 티무르와 나 같은 사람을 두고 하는 말이죠. 이곳이 폭격을 맞아 생지옥이었을 때 이곳에 있지 않았던 운 좋은 사람들 말이죠. 우리는 이 사람들과 같지 않아요. 우리는 그렇게 가장할 필요가 없어요. 우리는 이 사람들이 해야 하는 이야기를 할 **자격**이 없어요……. 이런, 내가 램블링을 하고 있군요."

"램블링이라고요?"

"두서가 없다는 말이에요."

그녀가 말한다.

"아뇨, 나는 이해해요. 당신이 그들의 이야기를 하면, 그건 그들이 당신에게 주는 선물인 거예요."

"선물, 맞아요."

그들은 와인을 조금 더 마신다. 그들은 한동안 얘기를 계속한다. 이드리스는 카불에 도착한 후, 처음으로 순수한 대화를 나눈다. 이곳 사람들과 관리들과 구호 기관 사람들이 으레 보이는 비난의 흔적이나 조롱기가 없는 순수한 대화다. 그는 그녀에게 어떤 일을 하는지 묻는다. 아므라는 유엔과 함께 코소보, 인종 학살 이후의 르완다, 콜롬비아, 부룬디에서 봉사했다고 말한다. 그녀는 캄보디아의 미성년 윤락녀들을 돌보는 일도 했다고 한다. 카불에서는 지금까지 1년 있었다며 세 번째 임무를 수행하고 있다고 한다. 이번에는 작은 규모의 엔지오 소속으로 병원에서 근무하고 있으며 월요일에는 이동병원을 운영한다고 한다. 두 번 결혼에 두 번 이혼했고 아이는 없다고 한다. 이드리스는 아므라의 나이를 가늠하기가 어렵다. 그러나 그녀는 보기보다 젊을 것 같다. 치아가 누리끼리하고, 피곤해서인지 눈 밑이 처져 있다. 그 뒤로 퇴색해가는 아름다움이 가물거리고 거친 성적 매력이 엿보인다. 이드리스는 그것마저도 4~5년이면 사라질 것이라고 생각한다.

그녀가 말한다.

"로시한테 어떤 일이 있었는지 알고 싶어요?"

그가 말한다.

"얘기 안 해도 돼요."

"내가 취한 것 같아요?"

"취했나요?"

"약간요. 그러나 당신은 솔직한 사람이군요."

그녀가 그의 어깨를 부드럽게, 그리고 약간 장난스럽게 두드린다.

"당신은 제대로 된 이유를 알고 싶어서 묻는군요. 서구에서 온 다른 아프간인들은 호기심에서 그러거든요."

"호기심이라."

"그래요."

"포르노에 대한 호기심처럼 말이죠."

"그러나 당신은 좋은 사람일 것 같아요."

"당신이 얘기해준다면, 선물로 받아들일게요."

그래서 그녀는 그에게 얘기해준다.

로시는 카불과 바그람의 3분의 1 지점에 있는 마을에서 부모, 두 자매, 어린 남동생과 함께 살았다. 지난달 어느 금요일이었다. 로시의 큰아버지가 집에 왔다. 거의 1년 가까이, 로시의 아버지와 큰아버지는 로시가 가족과 함께 살고 있는 집 문제로 싸웠다. 그들의 아버지는 자기가 더 좋아하는 작은아들한테 그 집을 물려줬지만, 큰아들은 자기가 큰아들이니까 그 집이 당연히 자기 것이 돼야 한다고 생각했다. 그러나 그가 왔던 날은 모든 게 괜찮았다. 그가 이제 그만 싸우고 싶다고 하자, 로시의 어머니는 닭을 두 마리 잡고 건포도를 넣은 밥을 큰 솥에 지었으며 시장에 가서 석류를 사가지고 왔다. 큰아버지가 왔을 때, 큰아버지와 로시의 아버지는 입맞춤을 하고 서로를 껴안았다. 로시의 아버지는 형의 발이 양탄자에서 들릴 정도로 그를 세게 껴안았다. 로시의 어머니는 안도감에 울먹이기까지 했다. 가족은 둘러앉아 식사를 했다. 모든 사람이 두세 번에 걸쳐 먹었다. 석류도 실컷 먹었다. 그 후로 녹차를 마시고 작은 토피 사탕까지 먹었다. 그러고 나서 큰아버지가 화장실에 가야겠다며 밖으로 나갔다.

그가 돌아왔을 때, 손에는 도끼가 들려 있었다.

아므라가 말한다.

"나무를 뻐개는 데 쓰는 도끼였대요."

첫 번째로 도끼를 맞은 사람은 로시의 아버지였다.

"로시는 나한테 자기 아버지는 무슨 일인지도 모르고 아무것도 보지 못했다고 했어요."

그는 뒤에서 맞고, 목이 거의 부러졌다. 로시의 어머니는 그 옆에 있었다. 로시는 어머니가 맞서 싸우려고 하는 걸 보았다. 그러나 얼굴과 가슴을 여러 번 맞더니 조용해졌다. 아이들이 소리를 지르고 도망가고 있었다. 큰아버지는 그들의 뒤를 쫓았다. 로시는 언니가 복도로 도망가는 걸 보았다. 그러나 큰아버지가 그녀의 머리를 잡아 바닥에 내동댕이쳤다. 다른 언니는 복도 쪽으로 가는 데 성공했다. 큰아버지가 뒤를 쫓았다. 로시는 그가 침실 문을 발로 차는 소리와 언니가 비명을 지르는 소리를 들었다. 그리고 침묵이 뒤를 이었다.

"그래서 로시는 남동생과 함께 도망치기로 결심했대요. 그들이 집 밖으로 달아나 간신히 앞문에 가니 잠겨 있었대요. 물론 큰아버지가 잠가놓은 거죠."

아이들은 공포와 절망감에 뜰을 향해 달렸다. 그들은 뜰에는 문도 없고 길도 없고 너무 높아서 오를 수 없는 담장만이 있다는 사실을 잊고 있었다. 큰아버지가 집에서 뛰쳐나와 그들을 향해 달려왔을 때, 로시는 다섯 살인 남동생이 불과 한 시간 전에 어머니가 빵을 구웠던 탄두르 속으로 몸을 던지는 모습을 보았다. 그리고 자신은 불길 속에서 동생이 지르는 비명 소리가 들릴 때, 뭔가에 걸려 넘어졌다. 로시가 고개를 돌리자 푸른 하늘이 보이고 도끼가 번쩍였다. 그러고는 끝이었다.

아므라가 이야기를 멈춘다. 레너드 코언의 공연 실황 〈후 바이 파이어〉가 흘러나오고 있다.

이드리스는 지금 이 순간 아무 말도 할 수 없지만, 설령 할 수 있다 해도, 무슨 말을 해야 할지 모를 것 같다. 만약 이것이 탈레반이나 알카에다나 권력에 미친 무자히딘 사령관이 한 짓이라면, 뭐라고 했을지 모른다. 무력하나마 화를 냈을지 모른다. 그러나 이것은 헤크

마티아르나 물라 오마르나 빈라덴, 혹은 부시와 그의 대테러 전쟁에 책임을 돌릴 수 없다. 대학살 이면에 있는 평범하고 너무나도 세속적인 이유가 그것을 더 끔찍하고 훨씬 더 우울한 것으로 만든다. **센스리스**(의미 없는)라는 말이 떠오른다. 그러나 이드리스는 생각을 바꾼다. 사람들은 언제나 그런 식으로 말한다. **의미 없는 폭력, 의미 없는 살인.** 의미 있는 살인이라면 저지를 수 있다는 것처럼.

그는 병원에 있는 로시를 생각한다. 몸을 오그려 벽에 기대고 발가락을 꼬고 얼굴에 아기 같은 표정이 어린 로시를 생각한다. 소녀의 정수리에 난 틈, 그 사이로 보이는 주먹 크기의 뇌 조직, 시크교도가 두르는 터번의 매듭처럼 머리 위에 난 틈.

그가 마침내 묻는다.

"그 아이가 직접 당신에게 이 얘기를 해줬습니까?"

아므라가 무겁게 고개를 끄덕인다.

"세세한 부분까지 아주 분명히 기억하고 있어요. 당신에게도 자세하게 얘기해줄 수 있을 거예요. 그 아이가 악몽을 자꾸 꿔요. 그걸 잊어버릴 수 있으면 좋을 텐데."

"남동생은 어떻게 됐나요?"

"화상을 심하게 입었죠."

"큰아버지라는 사람은요?"

아므라가 어깨를 으쓱한다.

"사람들은 조심하라고 하죠. 조심하면서 프로답게 하라고 말이죠. 집착하는 건 좋은 생각이 아니라면서요. 그러나 로시와 나는……"

음악이 갑자기 그친다. 또 전기가 나간 모양이다. 잠시 달빛을 제외하면 모든 게 암흑이다. 이드리스는 사람들의 불평 소리를 듣는다. 할로겐 등이 바로 켜진다.

아므라가 고개를 들지 않고 말한다.

"나는 그 아이를 위해 싸워요. 나는 멈추지 않아요."

다음 날, 티무르는 독일인들과 함께 도예로 유명한 이스탈리프 시에 간다.

"형도 같이 가."

이드리스가 말한다.

"나는 여기서 책이나 읽을 거야."

"책은 새너제이로 돌아가면 얼마든지 읽을 수 있잖아."

"좀 쉬어야겠어. 어제저녁에 술을 너무 많이 마신 것 같아."

독일인들이 티무르를 태우고 떠나자, 이드리스는 한동안 침대에 누워 벽에 붙은 1960년대의 바랜 광고 포스터를 바라본다. 반드에아미르 호수를 따라 하이킹을 하는 네 명의 금발 여행객이 미소를 짓고 있다. 호수는 전쟁이 나서 모든 게 엉망이 되기 전, 그가 카불에서 유년 시절을 보냈을 때의 잔재다. 그는 오후 일찍, 산책을 나간다. 그는 작은 식당에 들어가 케밥으로 점심을 먹는다. 얼굴에 때가 덕지덕지 묻은 아이들이 창문으로 그가 먹는 모습을 쳐다본다. 그런 상황에서 식사를 맛있게 하기란 어렵다. 너무 어렵다. 이드리스는 티무르가 이런 부분에서는 낫다고 인정한다. 티무르는 그걸 즐긴다. 티무르는 교련 담당 하사관처럼, 호각을 불고 거지 아이들을 일렬로 세우고 **자선 주머니**에서 지폐를 꺼내 나눠준다. 지폐를 하나씩 나눠줄 때, 그는 뒤꿈치를 차면서 경례를 한다. 아이들은 그걸 무척 좋아한다. 그들도 인사를 한다. 그들은 그를 카카(아저씨)라고 부른다. 때때로 그의 다리에 올라타기도 한다.

점심을 먹은 후, 이드리스는 택시를 타고 병원으로 가자고 한다.

"가기 전에 시장부터 들릅시다."

이드리스는 상자를 들고 복도를 걸어간다. 그는 낙서로 얼룩진 벽, 문 대신 비닐 커튼이 드리워진 문들, 한쪽 눈에 안대를 대고 맨발로 불편하게 걷는 노인, 전구가 없는 더운 실내에 누워 있는 환자들을 지난다. 시큼한 몸 냄새가 모든 곳에 배어 있다. 복도 끝에서 그는 비닐 커튼을 들추기 전에 잠시 멈춘다. 그는 침대 가장자리에 앉아 있는 소녀를 보자 가슴이 두근거린다. 아므라가 무릎을 꿇고 소녀의 작은 이를 닦아주고 있다.

침대의 다른 쪽에 어떤 남자가 앉아 있다. 얼굴이 수척하고 햇볕에 그을어 있다. 수염은 엉켜 있고 머리칼은 짧고 검다. 이드리스가 들어가자, 남자가 후다닥 일어나서 가슴에 손을 대고 고개를 숙인다. 이드리스는 이곳 사람들이 그가 서양에서 온 아프간인이라는 것을 얼마나 쉽게 알고, 약간의 돈과 권력이 이 도시에서 그에게 얼마나 부당한 특권을 갖게 해주는지 확인하고는 다시 한 번 놀란다. 남자는 이드리스에게 자신이 로시의 외삼촌이라고 말한다.

아므라가 물잔 속에 칫솔을 담그며 말을 건넨다.

"다시 왔군요."

"괜찮겠죠?"

"괜찮아요."

이드리스가 헛기침을 한다.

"살람(안녕), 로시."

소녀가 허락을 구하듯 아므라를 쳐다보고, 머뭇거리며 높은 소리로 인사한다.

"살람."

"너를 위해 선물을 가져왔다."

이드리스는 상자를 내려놓고 개봉한다. 그가 작은 텔레비전과 비디오를 꺼내자 로시의 눈이 생기를 띤다. 그는 소녀에게 자신이 구입한 네 편의 영화를 소개한다. 가게에 있는 비디오테이프는 대부분 인도 영화이거나 액션 영화였다. 리렌제, 장클로드 반 담이 나오는 무술 영화도 있고 스티븐 시걸의 영화는 다 있었다. 그러나 집에서 아이들과 같이 본 적이 있는 〈이티〉〈꼬마 돼지 베이브〉〈토이 스토리〉〈아이언 자이언트〉 같은 영화는 찾을 수 없었다.

아므라가 로시에게 페르시아어로 어떤 걸 보고 싶으냐고 묻는다. 로시는 〈아이언 자이언트〉를 고른다.

이드리스가 말한다.

"그 영화, 마음에 들 거다."

그는 로시의 눈을 똑바로 쳐다보는 게 어렵다. 반들거리는 뇌 조직,

이리저리 얽힌 혈관과 모세혈관, 엉망이 된 소녀의 머리에 자꾸 눈이 가는 탓이다.

이 복도의 끝에는 전기 콘센트가 없다. 아므라가 긴 전선을 찾는 데 약간의 시간이 걸린다. 이드리스가 플러그를 꽂고 영화를 틀자, 로시의 입가에 미소가 번진다. 이드리스는 소녀의 미소를 보며, 자신이 서른세 살의 나이에도 세계에 대해서, 그것의 야만성과 잔인함과 끝없는 잔혹성에 대해서, 얼마나 아는 게 없는지 깨닫는다.

아므라가 다른 환자들을 보러 가자, 이드리스는 로시의 침대 옆에 앉아 영화를 같이 본다. 외삼촌이란 사람은 병실에 조용히 있다. 영화가 반쯤 지났을 때, 전기가 나간다. 로시가 울기 시작한다. 외삼촌이 의자에서 몸을 기울여 거칠게 소녀의 손을 잡는다. 그는 이드리스가 모르는 파슈토어로 빠르고 쌀쌀맞게 말한다. 로시가 몸을 움찔하면서 손을 빼려고 한다. 이드리스는 외삼촌의 강하고 우악스러운 손아귀에 잡힌 소녀의 작은 손을 바라본다.

이드리스가 외투를 입는다.

"로시, 나는 내일 다시 올게. 네가 원한다면 다른 영화를 같이 볼 수 있을 텐데, 그러고 싶니?"

로시가 이불 속으로 몸을 웅크린다. 이드리스는 외삼촌을 바라보면서 티무르라면 이 남자에게 어떻게 할지 그려본다. 티무르는 자신과 달리, 감정적으로 접근할 것이다. 그는 이렇게 말할 것이다. **저 사람하고 단둘이 10분만 얘기할 수 있게 해줘.**

외삼촌이 그를 따라 밖으로 나온다. 그 남자는 놀랍게도 계단에서 이렇게 말한다.

"나리, 제가 진짜 피해자예요."

그는 이드리스의 얼굴 표정을 보았는지 이렇게 자신의 말을 고친다.

"물론 저 아이가 피해자죠. 그러니까 제 말은 저도 피해자라는 거죠. 당신은 아프간 사람이군요. 하지만 외국인들은 이런 걸 이해 못하죠."

이드리스가 말한다.

"저는 가야 돼요."

"저는 마즈두르(단순노동자)예요. 나리, 운 좋은 날이면 1달러나 2달러를 벌죠. 자식도 벌써 다섯이나 있어요. 그중 하나는 앞을 못 보죠. 이제는 이 아이까지."

그가 한숨을 쉰다.

"때때로 천벌을 받을 생각이지만 알라께서 차라리 로시를…… 무슨 말인가 아시리라 믿어요. 그게 더 좋았을지 몰라요. 나리, 어떤 남자가 이제 저 아이와 결혼하려 하겠어요? 저 아이는 남편을 찾지 못할 거예요. 그렇다면 누가 저 아이를 돌보겠어요? 제가 그래야 되겠죠. 제가 평생 그래야 될 거예요."

이드리스는 자신이 구석에 몰렸다는 걸 안다. 그는 지갑을 향해 손을 뻗는다.

"나리, 가능하신 대로 주십시오. 물론 저를 위해서가 아니라 로시를 위해서 말입죠."

이드리스가 그에게 지폐 두 장을 건넨다. 외삼촌이 눈을 깜빡이더니 돈에서 시선을 떼고 이드리스를 올려다본다.

"이——"

그는 이렇게 내뱉다가, 자신의 말이 이드리스에게 지폐를 잘못 꺼냈다는 걸 알려주는 게 아닐까 싶은지 입을 다물어버린다.

이드리스가 계단을 내려가며 말한다.

"아이에게 괜찮은 신발 하나 사주세요."

외삼촌이 그의 뒤에서 소리친다.

"알라께서 나리에게 축복을 내려주시기를! 나리는 좋은 분이군요. 친절하고 좋은 분이군요."

이드리스는 다음 날도, 그다음 날도 찾아간다. 곧 그것은 일과가 된다. 그는 매일 로시의 옆에 있다. 그는 잡역부들의 이름과 1층에서 일하는 남자 간호사들, 관리인, 병원 문을 지키는 영양실조에 걸리고 피곤해 보이는 수위들을 알게 된다. 그는 가능한 한 자신이 찾아가는 걸 비밀로 한다. 국제전화를 할 때도 나힐에게 로시에 관해 얘기하지 않는다. 그는 티무르에게도 자신이 어디 가는지 말하지 않고, 파그만에 갈 때나 내무부 관리하고 만날 때 동행하지 않는 이유도 말하지 않는다.

그러나 티무르가 결국 알게 된다.

"잘하는 거야. 더할 나위 없이 잘하는 일이야."

그는 잠시 말을 멈췄다가 덧붙인다.

"그러나 신중해야 해."

"찾아가는 걸 그만두란 말이구나."

"우리는 일주일 후에 떠나. 형도 그 아이가 형한테 지나치게 집착하는 걸 원하진 않잖아."

이드리스가 고개를 끄덕인다. 그는 티무르가 로시와의 관계를 질투하거나, 그가 영웅 노릇을 할 화려한 기회를 빼앗았다고 화를 내고 있는 건 아닌지 궁금하다. 불붙은 건물에서 갓난애를 안고 유유히 나오는 티무르. 군중들의 함성. 이드리스는 그런 식으로 티무르가 로시를 다루도록 놔두지 않겠다고 다짐한다.

그래도 티무르의 말이 맞는다. 그들은 일주일 후에 집으로 간다. 로시는 그를 이드리스 카카라고 부르기 시작했다. 그가 늦게 가면, 소녀는 동요하고 있다가 그의 허리에 팔을 두르고 안도의 표정을 짓는다. 로시는 이드리스에게 그가 오는 걸 가장 기다린다고 말했다. 때때로 소녀는 비디오를 같이 볼 때 그의 손을 꼭 잡는다. 그는 소녀와 떨어져 있을 때면, 소녀의 팔에 난 희미한 노란 털, 좁은 담갈색 눈, 예쁜 발, 동글동글한 볼, 그가 프랑스 학교 근처에 있는 서점에서 사 온 동화책을 읽어줄 때 턱을 손으로 괴고 있는 모습을 자주 떠올린다. 그는 지나가는 생각이지만 소녀를 미국으로 데려가는 건 어떨까, 소녀가 어떻게 그의 자식들인 자비와 레마르와 어울릴까, 몇 차례에 걸쳐 상상해보기도 한다. 지난해, 그와 나힐은 세 번째 아이를 가질 가능성에 대해 얘기했다.

그가 떠나기 전날, 아므라가 말한다.

"이제 어떡할 거예요?"

그날 일찍, 로시는 이드리스에게 그림 한 장을 보여줬다. 병원 차트에 연필로, 두 사람이 텔레비전 보는 것을 그린 그림이었다. 그는 긴 머리의 사람을 가리키며 물었다.

이게 너니?

이드리스 카카예요.

네 머리가 전에는 길었니?

언니가 매일 밤 빗어줬어요. 아프지 않게 잘 빗어줬어요.

좋은 언니였구나.

다시 자라면 아저씨가 빗어주면 돼요.

그게 좋겠다.

카카, 가지 마세요. 가지 마세요.

그가 아므라에게 말한다.

"예쁜 아이예요."

그렇다. 거기다가 예절도 바르고 겸손하기까지 하다. 새너제이에 있는 자신의 아이들 자비와 레마르를 생각하자 약간의 죄의식이 느껴진다. 자비와 레마르는 오랫동안 그들의 아프간식 이름이 싫다고 말했다. 그들은 빠르게 작은 독재자이자 오만불손한 미국 아이들이 되어가고 있다. 그와 나힐은 아이를 그런 식으로 절대 키우지 않겠다고 했는데, 현실은 그렇게 되어가고 있다.

아므라가 대꾸한다.

"그 아이는 생존자예요."

“그래요.”

아므라가 벽에 몸을 기댄다. 두 명의 잡역부가 바퀴 달린 들것을 밀고 그들을 지나친다. 그 위에 소년이 누워 있다. 머리는 피에 젖은 붕대로 감겨 있고 허벅지 상처는 그대로 드러나 있다.

아므라가 말한다.

“미국이나 유럽에서 온 다른 아프간인들은 그 아이의 사진을 찍죠. 비디오로 찍기도 하죠. 그들은 약속을 하고 집으로 가서 가족들에게 그걸 보여주죠. 그 아이가 동물원 안의 동물이라도 되듯이 말이죠. 내가 그들에게 그걸 허락하는 건 그들이 도와줄지 모른다는 생각 때문이에요. 그러나 그들은 잊어버려요. 그들에게서는 소식이 없어요. 그래서 내가 다시 묻는 거예요. 이제 어떡할 거예요?”

그가 말한다.

“그 아이에게 필요한 수술 말인가요? 할 수 있도록 해주고 싶어요.”

그녀가 그를 머뭇거리며 바라본다.

“내가 일하는 병원에 신경외과 의사가 있어요. 우리 과장에게 한번 얘기해볼게요. 아이를 캘리포니아로 데려가 수술을 받게 하려고요.”

“그래요. 그런데 문제는 돈이에요.”

“기금을 받도록 해야죠. 최악의 상황이 되면, 내가 낼 거예요.”

“지갑에서.”

그가 웃는다.

“이럴 때는 ‘호주머니에서’란 표현을 쓰죠. 여하튼 맞아요.”

"그러려면 외삼촌의 허락을 받아야 해요."

"그가 다시 나타날 것 같진 않군요."

외삼촌이라는 작자는 이드리스가 200달러를 준 후로 나타나지도 않고 소식도 없다.

아므라는 이드리스를 향해 미소를 짓는다. 그는 이런 걸 한 적이 없다. 이런 일에 다짜고짜 끼어드는 게 유쾌하기도 하고 흥분되기도 한다. 그는 힘이 솟는 걸 느낀다. 숨을 쉬기 힘들 정도다. 놀랍게도 눈물이 솟구친다.

그녀가 말한다.

"흐발라(고마워요)."

그녀가 발돋움을 해 그의 볼에 입을 맞춘다.

티무르가 말한다.

"파티에서 만났던 네덜란드 여자 있잖아, 그 여자와 했지."

이드리스가 창문에서 머리를 뗀다. 그는 아래로 펼쳐진 오밀조밀한 힌두쿠시 산맥의 부드러운 갈색 봉우리들을 보며 감탄하고 있다. 그가 고개를 돌려 통로 쪽에 앉은 티무르를 바라본다.

"까무잡잡한 여자 말이야. 비타민 브이(비아그라)를 반절 먹고 그 여자를 아침 기도 시간이 될 때까지 계속 올라탔지."

이드리스가 말한다.

"나 원 참, 너는 언제 철이 들 거니?"

이드리스는 티무르가 또다시, 그의 부정과 간통, 기괴한 철부지 행동을 자신에게 알려주며 마음에 짐을 지우는 것에 질색한다.

티무르가 능글맞게 웃는다.

"이거 하나만 기억해. 카불에서 있었던 일에 대해서는……"

"더 이상 말하지 마."

티무르가 웃는다.

비행기 뒤편 어딘가에서 조촐한 파티가 열리고 있다. 누군가가 파슈토어로 노래를 부르고 누군가가 스티로폼 접시를 탐부라(목이 길고 프렛이 없는 류트)처럼 손가락으로 팅기고 있다.

티무르가 낮은 소리로 말한다.

"나는 우리가 나비 아저씨를 만났다는 게 아직도 믿기질 않아. 어찌 그럴 수가."

이드리스는 앞주머니에 넣고 있던 수면제를 꺼내 물 없이 삼킨다.

티무르가 팔짱을 끼고 눈을 감는다.

"나는 다음 달에 다시 한 번 갈 거야. 어쩌면 그 후로 두 번 정도 더 갈지도 몰라. 그렇게 되면 모든 게 잘될 거야."

"파루크라는 사람을 믿니?"

"안 믿지. 그래서 내가 다시 가려고 하는 거야."

파루크는 티무르가 고용한 변호사다. 그는 망명 생활을 하는 아프간인들이 카불에 있는 재산을 되찾도록 돕는 걸 전문으로 한다. 티무르는 파루크가 제출할 서류, 이 사건을 맡아주었으면 싶은 판사, 파루크의 아내의 육촌 등에 관해 이야기를 계속한다. 이드리스는 창에 관자놀이를 다시 한 번 대고 수면제의 약효가 나타나기를 기다린다.

티무르가 조용히 말한다.

"형?"

"응."

"정말 슬픈 광경이더라."

제대로 보긴 봤구나 싶다.

"그래."

"1제곱킬로미터에 비극은 1,000개쯤 되는 것 같더군."

곧 이드리스는 머리가 윙윙거리고 시야가 흐릿해진다. 그는 잠에 빠져들면서 로시와 작별했던 순간을 생각한다. 로시의 손가락을 잡고 다시 만날 거라고 말하던 자신의 모습, 그의 배에 몸을 기대고 부드럽게, 거의 소리 없이, 흐느끼던 로시.

이드리스는 샌프란시스코 국제공항에서 집으로 가면서 난장판이었던 카불의 교통을 그리운 마음으로 돌아본다. 렉서스를 몰고 101번 도로의 남쪽 길을 운전하고 있으니 사뭇 낯선 느낌이다. 질서 정연하고 미끈한 도로, 편하게 되어 있는 표지판, 예의 바르게 신호하고 양보를 하는 사람들. 모든 게 낯설다. 그는 티무르와 같이 카불에서 그들의 목숨을 맡겼던 무모한 풋내기 운전사들을 떠올리며 미소를 짓는다.

옆자리에 앉은 나힐이 정신없이 묻는다. 카불은 안전했어요? 음식은 어땠어요? 아팠어요? 사진도 찍고 비디오도 찍었어요? 그는 최선을 다해 답변한다. 그는 그녀에게 폭탄에 맞아 파괴된 학교들, 지붕

없는 건물에 살고 있는 사람들, 거지들, 진창, 불안정한 전기 수급에 대해 설명하지만, 마치 자신이 무슨 음악에 대해 묘사하는 것처럼 그걸 생생하게 묘사할 수가 없다. 카불의 생생한 현실을 상세히 묘사할 수가 없다. 예를 들어, 깨진 벽돌 조각 사이에 있는 보디빌딩 체육관, 창문에 붙어 있는 슈워제네거 사진 등을 묘사할 재간이 없다. 그렇게 세부적인 것들이 이제 흐릿해진다. 그의 묘사는 에이피 통신이 전하는 평범한 이야기들처럼 포괄적이고 무미건조하다.

뒷좌석에 앉은 아이들이 그의 비위를 맞추며 잠시 아버지의 말을 듣고 있다. 아니, 적어도 듣는 척한다. 이드리스는 그들이 지루해하는 걸 느낄 수 있다. 올해 열 살이 된 자비가 나힐에게 영화를 틀어달라고 한다. 두 살이 더 많은 레마르는 조금 더 들으려고 노력하지만, 그가 갖고 있는 닌텐도 디에스에서 레이싱 카의 요란한 소리가 난다.

나힐이 아이들을 꾸짖는다.

"너희들 왜 그러니? 아버지가 카불에서 오셨잖아. 궁금하지도 않니? 여쭤볼 것도 없니?"

이드리스가 말한다.

"괜찮아. 내버려둬."

말은 그렇게 하지만, 그는 그들이 관심을 보이지 않는 데 화가 난다. 그는 자신들에게 혜택 받은 삶을 살게 해준 임의적인 유전자 로토에 대한 아이들의 경박한 무지에도 화가 난다. 불현듯 그는 자신과 가족 사이에서 균열을 느낀다. 나힐과도 마찬가지다. 그녀의 질문도 대부분, 식당과 실내 배관의 부족에 관한 것들이다. 그는 카불 사람들이 그가 처음 그곳에 도착했을 때 바라봤을 것처럼 가족들을 힐난하듯 바라본다.

그가 말한다.

"배고파 죽겠어."

나힐이 말한다.

"뭘 먹고 싶어요? 스시? 이탈리아 음식? 오크리지 옆에 새 식당이 생겼어요."

그가 대답한다.

"아프간 음식으로 하자고."

그들은 새너제이의 동편, 베리에사 벼룩시장 근처에 있는 아베스 케밥 하우스에 간다. 식당 주인인 압둘라는 머리가 희끗희끗한 60대 초반의 남자로, 카이저수염을 기르고 손은 다부져 보인다. 그는 이드리스의 환자다. 그의 부인도 마찬가지다. 이드리스와 가족이 식당 안으로 들어서자, 압둘라가 계산대 뒤에서 손을 흔든다. 아베스 케밥 하우스는 가족이 운영하는 작은 규모의 식당인데, 여덟 개에 지나지 않는 탁자는 보통, 끈적끈적한 비닐 식탁보로 덮여 있다. 벽에는 메뉴판과 아프가니스탄 포스터가 붙어 있고 구석에는 낡은 소다수 자판기가 있다. 압둘라가 손님들을 맞고 계산대를 보고 청소를 한다. 그의 아내인 술타나는 안에서 일한다. 맛있는 요리를 해내는 건 그녀의 몫이다. 그녀가 부엌에서 몸을 굽히고 뭔가를 하고 있는 모습이 보인다. 그녀는 망사 모자를 쓰고 수증기 때문인지 눈을 가늘게 뜨고 있다. 이드리스는 압둘라 부부가 공산주의자들이 정권을 탈취

한 후인 1970년대 후반에 파키스탄에서 결혼했다는 걸 그들에게 들어서 알고 있다. 그들은 1982년에 미국으로 망명했고, 그해에 딸인 파리가 태어났다고 한다.

오늘은 파리가 주문을 받는다. 그녀는 친절하고 예의 바르다. 어머니를 닮아 피부도 곱고, 눈도 안정감 있게 반짝인다. 또한 어머니를 닮아 몸이 이상하게 균형이 안 맞는다. 상체는 호리호리하고 자그마한데 하체는 그렇지 못하다. 엉덩이는 크고 허벅지는 튼실하고 발목도 두툼하다. 그녀는 지금 헐거운 치마를 입고 있다.

이드리스와 나힐은 현미밥과 볼라니가 포함된 양고기 요리를 주문한다. 아이들은 메뉴에 있는 것 중 햄버거에 가장 가까운 차플리 케밥을 주문한다. 그들이 음식을 기다릴 때, 자비가 이드리스에게 자신이 속한 축구팀이 결승에 올라갔다고 말한다. 그는 우측 윙을 맡고 있는데, 결승은 일요일이라고 한다. 레마르는 토요일에 기타 연주회가 있다고 말한다.

이드리스는 시차 적응 때문에 몸이 힘든 걸 느끼며 힘없이 묻는다.

"뭘 연주하니?"

"〈페인트 잇 블랙〉요."

"아주 멋지구나."

나힐이 조심스럽게 질책하는 어조로 끼어든다.

"네가 충분히 연습을 했는지 모르겠구나."

레마르가 손으로 말고 있던 종이 냅킨을 떨어뜨린다.

"엄마! 정말이에요! 제가 날마다 뭘 하는지 아세요? 할 게 너무너무 많단 말이에요!"

식사를 할 때, 압둘라가 와서 허리에 두른 앞치마에 손을 닦으며 인사를 건넨다. 그는 음식은 입에 맞는지, 더 가져다줄 건 없는지 묻는다.

이드리스는 그에게 티무르와 함께 카불에 막 다녀왔다고 말한다.

압둘라가 묻는다.

"티무르가 거기서 뭘 하려고 하는 거죠?"

"늘 그렇듯이 쓸데없는 일이죠."

압둘라가 씩 웃는다. 이드리스는 그가 티무르를 얼마나 좋아하는지 안다.

"식당은 잘되나요?"

압둘라가 한숨을 쉰다.

"바시리 선생님, 내가 누군가를 저주하고 싶으면 '알라시여, 저 사람에게 식당을 주시옵소서'라고 할 거예요."

그들은 압둘라와 같이 웃는다.

나중에 그들이 식당을 나와 에스유브이에 오를 때, 레마르가 말한다.

"아버지, 저분은 누구한테나 공짜로 음식을 주나요?"

이드리스가 대답한다.

"당연히 안 그렇지."

"그렇다면 왜 아버지의 돈을 안 받은 거죠?"

"우리가 아프간 사람이고 내가 그의 주치의기 때문이란다."

그의 말은 부분적으로만 맞을 뿐이다. 더 큰 이유는 자신이 티무르의 사촌이기 때문일 것 같다. 수년 전, 압둘라가 식당을 개업하도록 돈을 빌려준 건 티무르였다.

이드리스는 집에 도착하여, 거실과 현관의 양탄자가 뜯기고 계단의 못과 나무 판이 드러나 있는 걸 보고 순간적으로 놀란다. 그리고 자신들이 양탄자 대신 마루를 깔고 리모델링을 하고 있었다는 사실을 떠올린다. 마루에는 널찍한 벚나무 원목을 깔게 돼 있다. 그 원목 색깔을 두고 장판 도급업자는 동銅주전자 색깔이라고 했다. 부엌의 싱크대 문들은 사포로 문질러져 있고 전자레인지 자리는 텅 비어 있다. 나힐은 마루를 까는 인부들과 제이슨을 아침에 만날 수 있도록, 월요일에는 한나절만 일한다고 말한다.

"제이슨?"

이드리스는 이렇게 말하고 그 사람이 홈시어터 업자인 제이슨 스피어라는 걸 떠올린다.

"치수를 재러 오기로 했어요. 서브우퍼와 프로젝터는 이미 할인가로 구해줬고요. 목요일에 세 사람을 보내 일을 시작하겠대요."

이드리스가 고개를 끄덕인다. 홈시어터는 자신의 생각이었다. 그것은 그가 늘 원했던 것이다. 그러나 지금은 그것이 그를 당황하게 한다. 그는 모든 것으로부터 동떨어진 느낌을 받는다. 제이슨 스피어, 새 싱크대와 동주전자색 마루, 아이들의 160달러짜리 운동화, 그의 방에 있는 셔닐 침대보, 그와 나힐이 이런 것들을 추진했던 열정 등,

모든 것으로부터 동떨어진 느낌을 받는다. 그가 품었던 야망의 결실들이 이제는 하찮게 다가온다. 그것들은 그에게 자신의 삶과 그가 카불에서 보았던 것 사이의 잔인한 불균형을 일깨워줄 뿐이다.

"여보, 왜 그래요?"

"시차 때문이야. 낮잠을 좀 자야겠어."

토요일에 그는 기타 연주회에 참석한다. 일요일에는 자비가 축구 경기를 하는 걸 내내 지켜보다가, 후반전에 살짝 주차장으로 가서 반 시간 정도 눈을 붙인다. 다행스럽게도 자비는 그걸 눈치채지 못한다. 일요일 저녁에는 이웃 몇몇이 저녁을 먹으러 온다. 그들은 이드리스가 찍어 온 사진들을 돌려서 보고, 그의 만류에도 불구하고 나힐이 우기는 통에 카불에 관한 비디오를 예의 바르게 앉아 시청한다. 저녁을 먹으면서 그들은 이드리스에게 여행은 어땠으며 아프가니스탄의 상황에 대해서는 어떻게 생각하는지 묻는다. 그는 모히토를 조금씩 마시면서 짧게 대답한다.

나힐이 다니는 체육관에서 필라테스를 가르치는 신시아가 말한다.

"저는 그곳이 어떤지 상상도 할 수 없어요."

이드리스가 적절한 말을 찾으려고 애쓴다.

"카불은…… 1제곱킬로미터에 비극은 1,000개쯤 되는 것 같더군요."

"상당한 문화적 충격이었겠어요."

"맞아요."

이드리스는 진짜 문화적 충격을 받은 건 돌아왔을 때였다는 말은 하지 않는다.

결국 대화는 최근에 일어난 우편물 절도 사건으로 넘어간다.

그날 밤, 이드리스가 침대에 누워 말한다.

"이 모든 걸 해야만 할까?"

나힐이 대꾸한다.

"'이 모든 것'이라뇨?"

세면대에서 이를 닦고 있는 그녀의 모습이 거울로 보인다.

"이 모든 것 말이야."

"아뇨, 그럴 **필요**는 없어요."

그녀가 세면대에 침을 뱉고 입을 헹군다.

"모든 게 너무 지나치다고 생각하지 않아?"

"이드리스, 우리는 열심히 일했어요. 의과대학원 입학시험, 법과대학원 입학시험, 의과대학, 법과대학, 레지던트 시절을 생각해봐요. 아무도 우리에게 뭘 **준** 적이 없어요. 미안하게 생각해야 할 게 아무것도 없다고요."

"홈시어터에 들어가는 돈이면 아프가니스탄에 학교를 하나 세울 수 있어."

나힐은 침실로 들어와 침대에 앉아서 콘택트렌즈를 뺀다. 그녀의 옆모습이 무척 아름답다. 이마가 거의 꺼지지도 않고 코가 시작되는 모습과 단단해 보이는 광대뼈와 갸름한 목이 정말 보기 좋다.

그녀가 안약이 들어간 눈을 깜빡이며 그를 향해서 말한다.

"그렇다면 둘 다 해요. 그러지 못할 이유도 없잖아요."

몇 년 전, 이드리스는 나힐이 미겔이라는 이름의 콜롬비아 아이를 돕고 있다는 걸 알게 되었다. 그녀는 그에게 그 일에 관해 아무 말도 한 적이 없었다. 그녀가 우편물이나 그들의 재정을 책임지고 있었기 때문에 그는 몇 년 동안 그것을 알지 못했다. 그러던 어느 날, 그는 그녀가 미겔에게서 온 편지를 읽는 걸 보고 그 사실을 알게 되었다. 편지는 스페인어로 쓰인 것을 수녀가 번역해 보내준 것이었다. 사진도 들어 있었다. 축구공을 들고 초가집 밖에 서 있는 키고 크고 깡마른 소년. 그의 뒤에는 심하게 여윈 암소들과 녹색 언덕 말고는 아무것도 없었다. 나힐은 법과대학원에 다닐 때부터 미겔을 돕기 시작했다고 했다. 지금까지 11년 동안, 나힐은 조용히 수표를 보냈고 미겔은 사진과 더불어 수녀가 번역해준 감사 편지를 보냈다.

그녀가 반지를 뺀다.

"무슨 일이죠? 거기 가서 생존자가 느끼는 죄의식이라도 느꼈다는 말인가요?"

"나는 지금, 사물을 조금 다르게 볼 뿐이야."

"좋아요. 그렇다면 그걸 활용해요. 쓸데없는 생각은 그만두고요."

이드리스는 그날 밤, 시차 때문에 잠을 못 이룬다. 그는 잠시 책을 읽고, 아래층에 내려가서 〈웨스트 윙〉 몇 편이 재방송되는 걸 보다가, 나힐이 사무실로 만든 객실에 있는 컴퓨터 앞에 앉는다. 아므라에게서 이메일이 와 있다. 그녀는 그가 안전하게 집으로 돌아가고 그의 가족도 잘 있기를 바란다고 쓰고 있다. 그녀는 카불에는 비가 "무자비하게" 와서 거리에 나가면 발목까지 진창에 빠진다고 쓰고 있다.

비가 오자 홍수가 나고, 200여 가구의 주민들이 헬리콥터에 실려 카불 북쪽에 있는 쇼말리로 대피했다고 한다. 카불이 부시의 이라크 전쟁을 지원하고 있기 때문에 알카에다로부터 보복이 예상되어 보안이 강화되고 있다고 한다. 이메일은 이렇게 끝난다. **당신의 과장하고 얘기는 해봤나요?**

아므라의 이메일 밑에 로시가 보낸 간략한 편지가 있다. 아므라가 받아 적은 것이다.

살람, 이드리스 카카!

인샬라, 미국에 안전하게 도착하셨기를 바라요. 아저씨를 다시 만나게 되어 가족들이 모두 아주 행복했겠어요. 저는 날마다 아저씨를 생각해요. 날마다 아저씨가 저를 위해 사준 영화들을 보고 있어요. 다 좋아요. 아저씨가 여기에서 저와 같이 영화를 보지 못하는 게 슬퍼요. 저는 괜찮아요. 아므라가 저를 잘 돌봐주고 있어요. 가족들에게 저의 살람을 전해주세요. 인샬라, 곧 캘리포니아에서 만나요.

안녕히 계세요.

로샤나 올림

그는 아므라에게 답장으로 고마움을 전한다. 그리고 홍수가 나서 안타까우며, 비가 수그러들기를 바란다고 말한다. 또한 이번 주에 과장과 로시에 관한 문제를 상의해보겠다고 말한다. 그 밑에 그는 이렇게 쓴다.

살람, 로시!

너의 친절한 말, 참 고마웠다. 너의 글을 읽으며 무척 행복했다. 나도 너를 많이 생각한단다. 나는 우리 가족들에게 네 얘기를 다 해줬단다. 가족들도 너를 만나고 싶어 해. 특히 자비와 레마르가 그렇단다. 그 아이들은 너에 관해 많은 질문을 한단다. 우리 모두는 네가 도착하기를 기다리고 있다.

사랑을 보내며.

이드리스 카카

그는 로그아웃을 하고 잠자리에 든다.

이드리스가 월요일에 사무실에 가자 많은 전화 메시지가 그를 기다리고 있다. 바구니에는 처방전 요청이 수북이 쌓여 그의 허락을 기다리고 있다. 160개가 넘는 이메일이 와 있고, 음성 사서함은 꽉 차 있다. 그는 컴퓨터로 일정을 확인하고 진료 예약이 한 주 내내 밀려 있는 걸 보고 실망한다. 의사들의 표현대로 하면, 예약을 매 시간 대에 **쑤셔 넣은** 상태다. 설상가상으로 그날 오후, 끔찍한 라스무센 부인과의 예약이 잡혀 있다. 그녀는 수년 동안 아무리 치료해도 효과가 없는 모호한 증상을 보이는 대단히 불쾌하고 도발적인 환자다. 그녀의 적대적인 태도를 대할 일을 생각하자, 진땀이 난다. 그리고 마지막으로, 음성 메시지 중 하나는 조앤 섀퍼 과장한테서 온 것인데, 자신이 카불에 가기 직전에 폐렴이라고 진단했던 환자가 울혈성 심부

239

전으로 드러났다고 전하고 있다. 이 오진이 다음 주에 있을 동료 평가의 사례로 사용될 것이라고 한다. 그것은 매월 행해지는 화상회의인데, 모든 부서에서 그걸 지켜본다. 거기에서는 의사들이 저지른 실수를 다른 사람들이 유념해야 할 사항으로 제시하고 활용한다. 물론 의사의 이름은 익명으로 처리된다. 그러나 이드리스는 익명이 그리 오래가지 않는다는 걸 알고 있다. 회의에 참석한 사람 중 적어도 반은 그게 누구인지를 알 것이다.

그는 두통이 시작되는 걸 느낀다.

그날 오전은 지독하게도 일정이 뒤로 밀린다. 예약도 되어 있지 않은 천식 환자가 들어와서 응급처치를 하고 호흡 기능과 산소 포화도를 면밀히 검사해야 한다. 이드리스가 3년 전에 보았던 중년의 간부가 심근경색 징후를 보이며 들어온다. 이드리스는 점심시간의 반이 지날 때까지 점심을 먹지 못한다. 그는 의사들이 식사하는 회의실에 가서 칠면조 샌드위치를 급하게 먹으며 열심히 메모를 한다. 그는 동료들로부터 똑같은 질문을 받는다. 카불은 안전했습니까? 아프간인들은 미군의 주둔에 대해 어떻게 생각합니까? 그는 간략하게 답변을 한다. 그의 생각은 다른 것들로 바쁘다. 라스무센 부인, 답변을 해줘야 하는 음성 메시지, 허락해줘야 하는 처방전, 그날 오후 일정에 더 끼워 넣은 세 명의 환자, 다가올 동료 평가, 집에서 톱질을 하고 구멍을 뚫고 못질을 할 인부들. 아프가니스탄에 관해 얘기하노라니 문득, 최근에 본 것이지만 인상이 벌써 희미해지기 시작한 감동적인 영화에 대해 얘기하는 것 같다.

그 주가 이드리스의 직장 생활에서 가장 힘든 주 중 하나가 된다. 그러고 싶은 마음은 굴뚝같지만, 그는 조앤 섀퍼에게 로시에 관해 애기할 시간을 찾지 못한다. 한 주 내내 기분이 안 좋다. 집에 가면 아이들한테도 퉁명스럽게 대한다. 그의 집을 끝없이 드나들며 온갖 소음을 내는 인부들이 짜증스럽다. 수면 시간도 아직 정상으로 돌아오지 않았다. 아므라에게서 두 개의 이메일이 더 온다. 그녀는 카불의 상황이 어떤지 새로 알려준다. 여성 전용 병원인 라비아 발키가 다시 문을 열었다고 한다. 카르자이 내각이 강경파들의 의견을 거부하고 케이블방송이 나가는 걸 허가했다고 한다. 두 번째 이메일의 끝에서 그녀는 그가 떠난 후로 로시가 움츠러들었다며, 과장하고 상의를 해보았는지 묻는다. 그는 자판에서 떨어졌다가 나중에 다시 돌아온다. 그는 자신이 아므라의 말에 짜증이 났다는 게 창피하다. 순간적으로 그녀에게 대문자로 **때가 되면 그럴 거예요**라고 써 보내고 싶은 유혹을 느꼈던 것도 창피하다.

"괜찮았기를 바라요."

조앤 섀퍼는 두 손을 맞잡아 무릎에 놓고 책상에 앉아 있다. 그녀는 통통한 얼굴에 희끗희끗하고 거친 머리를 한 팔팔한 여자다. 그녀는 코에 걸친 좁은 돋보기 너머로 그를 바라본다.

"그건 당신을 비난하려고 한 게 아니었어요."

이드리스가 말한다.

"물론 그렇겠죠. 이해합니다."

“기분 나쁘게 생각하지 말아요. 그런 일은 우리 중 누구한테나 일어날 수 있으니까요. 엑스레이로 울혈성 심부전과 폐렴을 구분하는 건 때로 어려운 일이지요.”

“고마워요.”

그는 일어나서 나가려다가 문에서 멈춘다.

“과장님과 상의하고 싶은 게 있습니다.”

“좋아요. 앉으세요.”

그는 다시 앉는다. 이드리스는 그녀에게 로시에 대해 얘기한다. 어떤 상처를 입었는지, 그리고 와지르 악바르 칸 병원에서 그걸 치료할 수 있는 길이 없는 상황이라는 걸 얘기한다. 그는 자신이 아므라와 로시에게 했던 약속에 대해서도 솔직하게 털어놓는다. 그걸 큰 소리로 얘기하면서, 그는 카불의 병원 복도에서 아므라가 볼에 입을 맞출 때 느꼈던 것과 다르게, 약속이 자신을 짓누르는 걸 느낀다. 그는 자신의 감정이 어떤 물건을 사고 나서 후회하는 것과 엇비슷함을 알고 마음이 괴로워진다.

조앤이 고개를 내저으며 말한다.

“원 세상에, 이드리스! 잘했어요. 정말로 끔찍하군요. 가엾은 아이네요. 상상이 안 가요.”

그가 대꾸한다.

“맞아요.”

그는 소녀의 수술에 필요한 비용을 병원에서 감당해줄 수 있는지 묻는다.

"아니, **수술들**이라고 해야겠군요. 제 생각에 수술을 한 번 이상 해야 할 것 같으니까요."

조앤이 한숨을 쉰다.

"나도 그러고 싶은데, 솔직히 말해 이사회에서 승인해줄 것 같지는 않네요. 그럴 가능성이 없을 것 같아요. 당신도 알다시피 지난 5년간 우리 병원 재정이 적자였잖아요. 법률적인 문제들도 있을 거고 복잡한 문제들도 있을 것 같아요."

그녀는 그가 무슨 말을 하기를, 자신의 말에 이의를 제기하기를, 기다린다. 그러나 그는 그렇게 하지 않는다.

"알겠습니다."

"이런 일을 해주는 인도주의 단체를 찾을 수 있을 거예요. 약간의 노력이 필요하겠지만……"

"찾아보겠습니다. 고맙습니다."

그는 다시 일어선다. 그녀가 그렇게 반응하는 걸 보고 자신의 마음이 더 가벼워지고 안도감이 든다는 사실이 놀랍다.

홈시어터를 만드는 데 또 한 달이 걸리지만, 만들고 보니 경이롭기 짝이 없다. 천장에 부착된 프로젝터에서 나오는 영상은 선명하고 102인치 화면 위의 움직임은 우아하고 부드럽다. 7.1채널의 서라운드 음향, 그래픽 이퀄라이저, 네 구석에 장치한 흡음재는 놀라운 음향효과를 낸다. 그들은 〈캐리비안의 해적〉을 시청한다. 아이들은 아버지의 양쪽에 앉아 그의 무릎에 놓인 팝콘을 집어 먹으며 즐겁게 영화를 본다. 그들은 지루한 마지막 전투 장면이 나오기 전에 잠이 든다.

이드리스가 나힐에게 말한다.

"애들을 침대에 눕히고 올게."

그는 한 아이를 들고 다시 또 한 아이를 든다. 아이들이 크고 있다. 그들의 깡마른 몸이 놀라운 속도로 길어지고 있다. 아이들을 차례로 침대에 눕히면서 그는 마음이 아파온다. 1~2년이 지나면 그들은 아버지를 대체할 대상을 찾을 것이다. 아이들은 다른 것들에, 다른 사람들에 빠지게 될 것이다. 그리고 자신과 나힐을 당황스럽게 여길 것이다. 이드리스는 그들이 어리고 무기력해 전적으로 자신에게 의존했던 때가 그립다. 그는 자비가 어렸을 때 맨홀을 보고 기겁해 그것을 피해서 멀리 우회하던 모습을 떠올린다. 그리고 레마르가 옛날 영화를 보다가 이드리스에게 세상이 흑백이었을 때 그가 살아 있었는지 물었던 걸 떠올린다. 그걸 떠올리자 미소가 절로 나온다. 그는 두 아들의 볼에 입맞춤을 한다.

이드리스는 어둠 속에 앉아 레마르가 자는 모습을 바라본다. 그는 이제야 자기가 아들들을 성급하게, 그리고 공정치 못하게 평가했음을 깨닫는다. 그는 스스로에 대해서도 모질었다. 자신은 범죄자가 아니다. 자신이 소유한 모든 것은 스스로가 벌어들인 거다. 1990년대, 그가 아는 친구 절반이 클럽에 가고 여자들의 꽁무니를 쫓아다닐 때, 그는 여가도 없고 편안함도 없이 잠도 못 자면서 새벽 2시에 지친 몸을 끌고 병원 복도를 거닐었으며 공부에 매진하느라 바빴다. 그는 20대를 의학에 바쳤다. 그 대가로 자격을 얻은 것이다. 왜 자신이 기분이 나빠야 하는가? 이게 그의 가족이고, 이게 그의 삶이다.

지난달, 로시는 연극에 나오는 등장인물처럼 그에게 추상적인 존재가 되었다. 그들 사이의 유대가 약해졌다. 그가 병원에서 그렇게도 절박하고 격심하게 느꼈던 예기치 않은 친밀감이 무디어졌다. 그경험이 힘을 잃었다. 그는 자신을 사로잡았던 결심이 사실은 환상이고 신기루였음을 깨닫는다. 그는 자신이 약에 취했던 것 같은 느낌을 받는다. 그와 소녀 사이의 거리가 이제는 아주 멀게 느껴진다. 그것은 극복할 수 없는 것처럼 느껴진다. 소녀에게 했던 약속은 잘못된 것이었고 무모한 실수였으며, 자신의 힘과 의지와 됨됨이를 완전히 잘못 판단한 데서 기인한 것이었던 듯하다. 잊는 게 상책이다. 그는 그 일을 할 능력이 없다. 상황은 이렇게 단순하다. 지난 2주 동안, 그는 아므라에게서 세 통의 이메일을 받았다. 첫 번째 것은 읽고 답장을 하지 않았다. 그리고 그다음 두 개는 읽지도 않고 지웠다.

사람들이 서점에서 줄을 서고 있다. 열둘이나 열세 사람쯤 서 있는 것 같다. 임시로 설치된 연단에서부터 잡지꽂이까지 길게 줄이 이어져 있다. 키가 크고 얼굴이 넓적한 여자가 줄을 지어 서 있는 사람들에게 작은 노란 포스트잇을 주고 자기 이름과 책에 써줬으면 하는 말을 쓰라고 한다. 줄의 맨 앞에 있는 여자 판매원이 사람들이 속표지를 펼치는 걸 돕는다.

이드리스는 손에 책을 들고 앞줄 가까이에 가 있다. 그의 앞에는 금발 머리를 짧게 자른 50대로 보이는 여자가 서 있다. 그녀가 돌아서서 그를 보고 말을 건넨다.

"책을 읽으셨나요?"

그가 대답한다.

"아뇨."

"우리는 다음 달에 북클럽에서 이 책을 읽으려고 해요. 책을 선정하는 게 내 차례라서요."

"아 그렇군요."

그녀가 인상을 찌푸리며 자신의 가슴에 손바닥을 댄다.

"사람들이 이 책을 읽으면 좋겠어요. 대단히 감동적인 이야기거든요. 정말로 감격스러운 이야기예요. 영화로 만들어질 것 같아요."

그가 그녀에게 한 말은 사실이다. 그는 그 책을 읽지도 않았고 이후로도 읽을 것 같지 않다. 책 속에 있는 자신과 다시 대면하는 일을 견딜 수 있을 것 같지가 않다. 그러나 다른 사람들은 읽을 것이다. 그리고 그들이 읽으면, 그를 알게 될 것이다. 사람들은 알게 될 것이다. 나힐, 그의 아들들, 그의 동료들은 알게 될 것이다. 그 생각을 하자, 머리가 아찔하다.

이드리스는 책을 펼치고 감사의 말과 실제로 글을 쓴 공동 저자의 이력을 살핀다. 그는 표지에 있는 사진을 다시 쳐다본다. 다친 흔적이 없다. 상처가 남아 있다면, 길게 웨이브 진 검은 머리칼에 가려져 있을 것이다. 로시는 작은 금색 구슬들이 달린 블라우스를 입고 알라 목걸이와 청금석 귀걸이를 하고 있다. 그녀는 나무에 기대어 카메라를 똑바로 바라보며 미소를 짓고 있다. 그는 그녀가 그려줬던 그림을 떠올린다. **카카, 가지 마세요. 가지 마세요.** 그는 이 젊은 여자에게서 6년 전, 커튼 뒤에서 벌벌 떨던 소녀의 흔적을 찾지 못한다.

이드리스가 헌사를 본다.

내 삶의 두 천사인 아므라 어머니와 티무르 카카에게 바칩니다. 두 분은 나의 구원자입니다. 나는 두 분에게 모든 것을 빚지고 있습니다.

줄이 움직인다. 짧은 금발 머리의 여자가 책에 서명을 받고 옆으로 비켜난다. 이드리스는 두근거리는 가슴으로 앞으로 한 발을 내딛는다. 로시가 올려다본다. 그녀는 긴 소매의 주황색 블라우스 위로 아프간 숄을 두르고 작은 타원형 은귀걸이를 하고 있다. 그녀의 눈은 그가 기억하는 것보다 더 검다. 그녀의 몸에서 여성의 부드러운 굴곡이 드러난다. 그녀는 눈을 깜빡이지 않고 그를 쳐다본다. 그를 알아본다는 표시는 전혀 하지 않고 예의 바른 미소를 짓고 있지만, 그녀의 표정에는 재미있으면서도 멀고, 장난스럽고, 은밀하고, 당당한 뭔가가 있다. 그것이 그를 밀어붙인다. 그가 생각했고 여기까지 오면서 머릿속에 되뇌고 적어놓기까지 했던 모든 말들이 갑자기 말라붙어 버린다. 그는 아무 말도 할 수가 없다. 그는 다소 바보 같은 표정으로 거기에 서 있을 따름이다.

점원이 헛기침을 한다.

"저한테 책을 주시면 로시가 당신을 위해 사인을 하도록 속표지를 펼쳐드리죠."

책. 이드리스가 아래를 내려다본다. 그의 손이 책을 꼭 움켜쥐고 있다. 물론 그가 여기에 온 것은 서명을 받기 위해서가 아니었다. 그건 뻔뻔스러운 일일 것이다. 기괴하게 뻔뻔스러운 일일 것이다. 그래도 그는 책을 건넨다. 점원이 능숙하게 속표지를 펼치고 로시가 제목 밑에 뭐라고 쓴다. 이제 무슨 말인가를 할 수 있는 몇 초만이 남아 있다. 그 말이 변호할 여지가 없는 걸 완화시켜줄 것 같아서가 아니다. 그녀에게 빚지고 있다는 생각 때문이다. 그러나 점원이 그에게 책을 넘겨줄 때, 그의 입에서는 말이 나오지 않는다. 그는 티무르가 갖고 있는 용기가 자신에게 조금이라도 있었으면 싶다. 그는 다시 로시를 바라본다. 그녀는 벌써 그를 지나 다음 사람을 바라보고 있다.

이드리스가 말하기 시작한다.

"나는——"

점원이 끼어든다.

"옆으로 비켜주셔야겠어요."

그는 고개를 숙이고 줄을 떠난다.

그는 자신의 차가 세워진 서점 뒤의 주차장까지 걸어간다. 그 거리가 그의 인생에서 가장 먼 거리처럼 느껴진다. 그는 차 문을 열고 들어가기 전에 잠시 멈칫한다. 그는 아직도 떨리고 있는 손으로 책을 다시 펼친다. 거기에 있는 건 서명이 아니다. 그녀는 영어로 두 문장을 써놓았다.

그는 책을 닫고 눈도 닫는다. 그는 자신이 안도해야 한다고 생각한다. 그러나 그의 일부는 뭔가 다른 것을 바란다. 그녀가 그를 향해 얼굴을 찡그리며 혐오감과 증오로 가득한 무슨 말인가를 했더라면 싶다. 적의를 드러냈더라면 싶다. 그랬다면 더 좋았을지 모른다. 그

것 대신, 분명하고 교묘한 거부. **염려하지 않으셔도 돼요. 당신은 여기
에 안 들어 있으니까요.** 친절. 어쩌면 더 정확히 말해 자선 행위. 그는
안도해야 한다. 그러나 그것이 상처가 된다. 그는 머리에 도끼를 맞은
것 같은 충격을 느낀다.

근처의 느릅나무 밑에 벤치가 있다. 그는 그곳으로 걸어가서 거기
에 책을 놓는다. 그리고 차가 있는 곳으로 돌아가서 운전대에 앉는
다. 그는 한동안 앉아 있다가 시동을 걸고 그곳을 떠난다.

6

1974년 2월

편집자의 말

《파랄락스》84호(1974년 겨울 호), 5쪽

독자들에게

5년 전 무명의 시인들을 인터뷰해 우리 계간지에 싣기 시작했을 때, 우리는 그것이 이렇게 인기를 얻으리라고는 예상하지 못했습니다. 많은 독자가 인터뷰를 더 실어달라고 했습니다. 실제로 여러분이 보내준 열광적인 편지들이 그것을 《파랄락스》의 연례행사가 되도록 길을 닦아줬습니다. 인터뷰 기사는 이제, 저희 편집국 기자들이 개인적으로 좋아하는 것이 되었습니다. 특집 기사는 중요한 시인들을 발굴하고 재발견하고 그들의 작품을 뒤늦게나마 인정받게 하는 일로 이어졌습니다.

그러나 슬프게도 이번 호에는 그늘이 있습니다. 이번 호에 소개된 작가는 닐라 와다티라는 아프가니스탄 시인인데, 인터뷰는 지난겨울, 파리 근교의 쿠르브부아에서 에티엔 부스툴레르가 진행했습니다. 여러분도 동의하겠지만, 와다티 여사와의 인터뷰는 우리가 지금까지 게재한 가장 의미 있고 놀라울 정도로 솔직한 인터뷰 중 하나였습니다. 애석하게도 우리는 이 인터뷰가 이루어지고 나서 얼마 지나지 않아 그녀가 예기치 않은 죽음을 맞았다는 걸 알게 되었습니다. 시인들은 그녀를 그리워할 것입니다. 유족으로 딸이 있습니다.

타이밍이 기막히다. 엘리베이터 문이 열리는 순간 정확하게, 정말로 정확하게 전화벨이 울리기 시작한다. 벨 소리가 파리의 귀에 들린다. 쥘리앵의 아파트에서 울리는 벨 소리다. 그의 아파트는 좁고 다소 침침한 복도의 초입에, 따라서 엘리베이터와 가장 가까운 곳에 있다. 직관적으로 그녀는 누가 전화를 하는지 안다. 쥘리앵의 얼굴을 보니, 그도 아는 것 같다.

벌써 엘리베이터에 탄 쥘리앵이 말한다.

"그냥 둬."

그의 뒤에는 붉은 혈색의 쌀쌀맞은 위층 여자가 있다. 그녀가 파리를 조급하게 노려본다. 쥘리앵은 그녀를 라 셰브르(염소)라고 부른다. 턱에 난 털이 염소수염 같다고 해서 붙인 별명이다.

그가 재촉한다.

“파리, 그냥 가. 벌써 늦었잖아.”

그는 16구區에 있는 새로운 레스토랑에 7시로 예약을 잡아놓고 있었다. 그 레스토랑은 닭고기 바비큐, 솔 카르디날, 그리고 셰리 식초로 재운 송아지 간 요리가 일품이라고 떠들썩하게 소문이 나 있다. 그들은 쥘리앵의 옛 대학 친구인 크리스티앙과 오렐리를 만나기로 되어 있다. 그가 가르치고 있는 대학에서 만난 친구들이 아니라, 학창 시절에 만난 친구들이라고 한다. 그들은 6시 30분에 만나 칵테일을 마시기로 했는데 벌써 6시 15분이다. 그들은 전철역까지 걸어가서 뮈에트까지는 전철을 타고 가고 다시 레스토랑까지 여섯 블록을 걸어가야 한다.

전화벨이 계속 울린다.

염소 같은 여자가 기침을 한다.

쥘리앵이 이번에는 더 강하게 말한다.

“파리?”

파리가 말한다.

“어머니 같아요.”

“나도 알아.”

어이없게도 파리는 극적인 것을 향한 끝없는 후각을 지닌 어머니가 이 순간을 택해, 쥘리앵과 같이 엘리베이터에 타거나 자신의 전화를 받는 것 중 하나를 선택하도록 그녀를 곤경에 빠뜨리고 있다고 생각한다.

그녀가 말한다.

"중요한 전화일 수 있어요."

쥘리앵이 한숨을 쉰다.

엘리베이터 문이 등 뒤로 닫히자, 그는 현관 벽에 몸을 기댄다. 그는 레인코트 호주머니 속으로 손을 깊이 넣는다. 잠시, 그의 모습이 멜빌의 범죄 영화에 나오는 등장인물처럼 보인다.

파리가 말한다.

"잠깐이면 돼요."

쥘리앵이 의심스러운 눈길을 던진다.

쥘리앵의 아파트는 작다. 여섯 계단을 올라가 현관을 가로지르고 부엌을 지나면, 가까스로 자리를 차지하고 있는 탁자 위에 전화기가 있다. 그러나 아파트의 전망은 좋다. 지금은 비가 내리고 있지만, 맑은 날이면 동쪽으로 난 창문으로 19구와 20구 대부분이 내려다보인다.

그녀가 말한다.

"위, 알로(네, 여보세요)?"

남자의 목소리가 들린다.

"봉수아(안녕하세요). 파리 와다티 씨입니까?"

"누구세요?"

"당신이 닐라 와다티 씨의 따님입니까?"

"네."

"저는 들로네 의사입니다. 당신 어머니 문제로 전화를 했습니다."

파리는 눈을 감는다. 두려움에 앞서 죄의식이 잠깐 느껴진다. 그녀는 이런 전화를 전에도 수없이 받았다. 헤아릴 수 없을 정도로 많이. 그녀가 10대였을 때부터 그랬다. 아니 그 이전부터 그랬다. 한번은 5학년 때 지리 시험을 보고 있는데, 선생님이 시험을 중단시키고 그녀를 복도로 데리고 나가 나직한 목소리로 무슨 일이 있었는지 얘기해줬다. 이런 전화는 파리에게 익숙하다. 그러나 그녀의 입장에서는 그것이 반복된다고 무관심해질 수는 없다. 매번 그녀는 **이번에는, 이번에는 진짜로**라고 마음먹지만, 전화를 끊고는 언제나 어머니한테 달려간다. 쥘리앵은 파리에게 그녀가 관심을 안 보이면 그런 요구도 없어질지 모른다고 말한다.

들로네 의사가 말한다.

"사고가 있었습니다."

파리는 창가에 서서 의사의 설명을 듣는다. 그녀는 전화선을 손가락 주변에 꼬았다 풀었다 하면서 의사가 어머니의 이마 상처, 봉합, 파상풍 예방주사, 과산화수소수, 외용 항생제, 붕대 등에 대해 설명하는 걸 듣는다. 문득 파리는 자신이 열 살이었을 때를 생각한다. 어느 날 학교에서 돌아오니 부엌 식탁에 25프랑과 쪽지가 있었다. **마르크와 함께 알자스에 간다. 너도 그 사람 알잖니. 이틀 후에 오마. 늦게까지 안 자지 말고 착하게 행동하렴. 사랑한다. 엄마가.** 파리는 부엌에서 눈물이 글썽한 채 머리를 흔들며 그래 이틀이면 그리 나쁘지도 않고, 그리 길지도 않은 시간이라고 혼잣말을 했었다.

의사가 그녀에게 뭔가를 묻는다.

"뭐라고요?"

"와서 어머님을 모셔 갈 것인지 물었습니다. 상처는 심각하지 않습니다만, 어머님 혼자서 집에 가시는 건 그다지 좋지 않을 듯합니다. 아니면 택시를 불러드릴 수도 있습니다."

"아뇨, 그럴 필요 없어요. 30분 내로 가겠습니다."

그녀는 침대에 앉는다. 쥘리앵은 짜증을 낼 것이다. 크리스티앙과 오렐리 앞에서 아마 당황스러워할 것이다. 그들이 어떻게 생각하는지가 그에게는 대단히 중요한 것 같다. 파리는 현관으로 나가 쥘리앵을 보고 싶지도 않다. 쿠르브부아로 가서 어머니를 보고 싶지도 않다. 그냥 누워서 바람이 유리창에 비를 뿌리는 소리를 들으며 자고 싶다.

그녀는 담배에 불을 붙인다. 쥘리앵이 방으로 들어와 말한다.

"안 갈 거야?"

그녀는 아무 대답도 하지 않는다.

에티엔 부스툴레르의 닐라 와다티 인터뷰 「아프간의 명금鳴禽」 초록
《파랄락스》84호(1974년 겨울 호), 33쪽

에티엔 부스툴레르(EB) : 저는 당신을 반은 아프간인이고 반은 프랑스인이라고 알고 있는데, 어떻습니까?

닐라 와다티(NW) : 맞아요, 제 어머니는 프랑스인이었어요. 파리 사람이

었죠.

EB : 당신 어머니가 당신 아버지를 카불에서 만나셨고, 당신은 그곳에서 태어났죠?

NW : 네. 두 분은 그곳에서 1927년에 만나셨어요. 궁전에서 열린 공식 만찬에서 말이지요. 어머니는 내 외할아버지인 아버지를 따라가셨던 모양이에요. 외할아버지는 아마눌라 왕의 개혁 정책에 도움을 주기 위해 카불로 가셨던 상황이었고요. 당신은 아마눌라 왕에 대해서는 알고 있나요?

우리는 파리 북서쪽 쿠르브부아에 위치한 소형 아파트의 30층에 사는 닐라 와다티의 거실에 앉아 있다. 방은 작고 침침하고 실내장식이 별로 없다. 사프란색의 천을 씌운 소파와 커피 탁자, 그리고 두 개의 높은 책꽂이가 전부다. 그녀는 창을 등지고 앉아 있다. 그녀가 계속 피워대는 담배 연기가 나가도록 창문은 열어놓고 있다.

닐라 와다티는 자신의 나이가 마흔넷이라고 한다. 그런데 놀랍게 매력적인 여자다. 어쩌면 아름다움의 절정기는 지났을지 모르지만 아직 그렇게 많이 지난 것 같지는 않다. 위엄 있어 보이는 높은 광대뼈, 고운 살결, 날씬한 허리. 지적이고 요염한 눈, 상대를 평가하고 시험하고 빠져들게 하는 동시에 장난을 치는 듯한 날카로운 눈빛. 내 생각에 그녀의 눈은 무서운 유혹의 도구다. 그녀는 립스틱을 칠한 것을 제외하고는 전혀 화장을 하지 않고 있다. 립스틱이 입술을 살짝 벗어나 번져 있다. 그녀는 이마 위에 스카프를 두르고 청바지에다 바랜 자주색 블라우스를 입고

있다. 양말이나 신발은 신고 있지 않다. 아직 아침 11시밖에 안 됐음에
도 그녀는 냉장도 시키지 않은 샤르도네를 잔에 따른다. 그녀는 나한테
도 권했지만 사양했다.

NW : 그는 그들에게는 최고의 왕이었죠.

그녀가 그런 대명사를 쓴다는 게 흥미롭다.

EB : '그들'이라고요? 당신은 스스로를 아프간인이라고 생각하지 않나
　　요?
NW : 내가 골치 아픈 반쪽과 이혼을 했다고 해두죠.
EB : 그 이유가 궁금하군요.
NW : 아마눌라 왕이 성공했더라면, 내가 당신의 질문에 다르게 답했을
　　지 모르니까요.

나는 그녀에게 부연해달라고 요청한다.

NW : 왕은 어느 날 아침 일어나서 나라를 바꾸겠다고 선언했어요. 필요
　　하다면 발로 차고 소리를 질러서라도 새롭고 더 개화된 나라로 바
　　꾸겠다는 거였죠. 예를 들어, 그는 베일을 그만 쓰라고 했어요. 부
　　스툴레르 씨, 부르카(머리에서 발목까지 덮어쓰는 이슬람 여성의 전통
　　복식)를 쓰지 않으면 체포당하는 아프간 여성을 상상해보세요! 그

의 부인인 소라야 왕비가 대중 앞에 얼굴을 드러내고 나타났을 때는 요란했었죠. **울랄라**, 물라들은 힌덴부르크를 1,000대는 날려버릴 정도로 숨을 헐떡거렸죠. 게다가 그는 일부다처제를 없애겠다고 했어요. 왕이 첩을 떼로 거느리고 별 의미 없이 낳은 대부분의 아이들에게 눈길 한 번 주지 않던 나라에서 그런 선언이 나왔단 말이에요. 그는 이제부터는 어떤 남자도 강제로 여자를 결혼하게 해선 안된다고 선언했어요. 신부 지참금도 없애고 어린아이의 결혼도 더 이상 없다고 했어요. 게다가 모두가 학교에 다니게 될 거라고 했죠.

EB : 그렇다면 그는 몽상가였군요.

NW : 혹은 바보였겠죠. 나는 늘 양자 사이의 거리가 위험할 정도로 가깝다고 생각해요.

EB : 그에게 무슨 일이 있었나요?

NW : 부스톨레르 씨, 여기에 대한 답은 예상할 수 있는 만큼 짜증 나는 거죠. 물론 지하드[聖戰] 때문이었죠. 물라들과 족장들이 그에게 지하드를 선포했어요. 수천 명이 하늘을 향해 주먹을 흔드는 모습을 상상해보세요. 왕은 대지를 요동치게 만들었지만, 수많은 광신자들이 그를 에워쌌어요. 부스톨레르 씨, 대양의 바닥이 흔들리면 무슨 일이 벌어지는지 아시죠. 반역의 파도가 가엾은 왕을 덮쳐 무력하게 허우적거리는 그를 끌고 가 인도의 해변, 다음에는 이탈리아, 마지막에는 스위스에 뱉어놓았죠. 그는 그곳에서 쓰레기 더미에서 기어 나와 귀양살이를 하다가 환멸을 느끼고 죽었어요.

EB : 그 후로 나라는 어떻게 되었죠? 제 추측으로는 그 나라가 당신한테는 맞지 않았을 것 같네요.

NW : 그건 피차 마찬가지였죠.

EB : 그래서 1955년에 프랑스로 오신 거로군요.

NW : 내가 프랑스로 온 건 내 딸을 어떤 형태의 삶으로부터 구해주고 싶었기 때문이에요.

EB : 어떤 형태의 삶을 말하는 거죠?

NW : 나는 내 딸이 자신의 의지나 본성과는 반대로, 도리에 어긋난 것을 보이거나 말하거나 행하는 두려움 때문에 평생을 노예 상태로 사는 근면하고 슬픈 여자가 되는 걸 원치 않았어요. 서구에서는, 예를 들어 이곳 프랑스에서는, 그렇게 힘겹게 사는 여자들을 영웅시하죠. 멀리서 좋아하는 거죠. 단 하루도 도보로 걸어 다니지 못하는 사람들이 멀리서 그들을 좋아하는 거죠. 여자들은 욕망을 억압당하고 꿈을 포기당하면서도 미소를 짓고, 부스틀레르 씨, 이것이 최악이죠, 아무런 걱정도 없는 척하죠. 부러운 삶을 살고 있는 것처럼 말이죠. 그러나 자세히 보면 그들의 무기력한 모습과 절망감이 보여요. 겉으로 쾌활한 척하지만 사실은 그렇지 않다는 게 죄다 보이는 거죠. 나는 내 딸이 그런 삶을 살기를 바라지 않았어요.

EB : 딸은 이런 걸 모두 이해하나요?

그녀는 또 다른 담배에 불을 붙인다.

NW : 부스툴레르 씨, 자식은 뜻대로 되는 존재가 아니랍니다.

응급실에 들어서자, 까다로운 성격의 간호사가 파리에게 회람판과 차트가 잔뜩 놓여 있는 바퀴 달린 선반 옆의 접수대에서 기다리라고 말한다. 결국 이와 비슷한 직장에서 일하기 위해 경험을 쌓으며 자신의 젊음을 자발적으로 바치는 사람들이 있는 걸 보고, 파리는 놀란다. 그녀는 그걸 이해할 수 없다. 그녀는 병원이 싫다. 그녀는 최악의 상태에 있는 사람들, 역겨운 냄새, 삐걱거리면서 굴러가는 바퀴 달린 들것, 생기 없는 그림들이 걸린 복도, 위에서 흘러나오는 끝없는 호출 소리 등 모든 게 싫다.

의사는 파리가 생각했던 것보다 젊은 사람이다. 가느다란 코에 작은 입술, 구불거리는 금발의 남자다. 그는 그녀를 데리고 이중문을 지나 응급실 밖으로 나간다.

의사가 은밀한 어조로 말한다.

"도착하셨을 때, 어머님은 상당히 취하신 상태였습니다……. 놀라지 않으시는 것 같군요."

"네, 맞아요."

"간호사들도 마찬가지더군요. 그들의 말에 따르면 어머님은 이곳에 자주 오시는 모양입니다. 물론 저는 여기에 막 와서 뵐 기회가 없었습니다."

"상태가 얼마나 안 좋으셨나요?"

“어머님은 상당히 고집스러우셨어요. 다소 과장기도 있으셨고요.”

그들이 잠시 씩 웃는다.

“괜찮으실까요?”

의사가 말한다.

“곧 괜찮아지실 겁니다. 그러나 술을 줄이셔야 합니다. 이번에는 운이 좋았지만, 다음번에는 어떻게 되실지……”

파리가 고개를 끄덕인다.

“어디 계시죠?”

그는 그녀를 데리고 응급실로 다시 들어가서 구석으로 간다.

“3번 침대입니다. 퇴원서를 곧 갖다 드릴게요.”

파리는 그에게 고맙다고 하고 어머니의 침대로 간다.

“살뤼, 마망(어머니, 저 왔어요).”

어머니가 피곤한 미소를 짓는다. 머리는 헝클어져 있고 양말은 짝이 맞지 않는다. 이마에는 붕대가 감겨 있다. 무색의 액체가 정맥주사를 통해 그녀의 왼팔로 들어가고 있다. 그녀는 환자복을 제대로 입지도 않고 끈도 제대로 묶지 않고 있다. 환자복 앞자락이 약간 열려 있어서, 두툼하고 검게 수직으로 난 제왕절개 수술 자국이 얼핏 보인다. 파리가 오래전, 보통은 수술 자국이 수평인데 수직으로 나 있는 이유가 뭔지 물었더니, 그녀의 어머니는 의사들이 뭐라고 했는데 잘 기억이 안 난다며 이렇게 말했다. **중요한 건 그들이 너를 나오게 했다는 사실이야.**

어머니가 나직하게 말한다.

"내가 너의 저녁 시간을 망쳤구나."

"사고는 생기게 마련이잖아요. 집으로 모셔 가려고 왔어요."

"지금 같아선 일주일 내내 잘 수 있을 것 같다."

그녀는 느릿느릿하게 말을 계속하고 있지만 눈이 감기는 모양이다.

"나는 그저 앉아서 텔레비전을 보고 있었을 뿐이야. 배가 고파서 빵에 마멀레이드를 발라 먹으려고 부엌에 갔다가 미끄러진 것뿐이지. 뭐에 걸려 어떻게 넘어졌는지는 모르겠지만, 머리가 오븐 문의 손잡이에 부딪쳤어. 1분이나 2분쯤 정신을 잃었을지도 몰라. 파리, 앉아라. 네가 내 위에서 어른거리고 있잖니."

파리가 앉는다.

"의사는 술에 취한 상태였다고 하더군요."

어머니가 한쪽 눈을 반쯤 뜬다. 그녀는 여기에 올수록 의사들이 싫어지는 모양이다.

"르 프티 살로(그 애송이가)? 그렇게 말했다고? 그 사람이 뭘 아는데? 그 사람은 아직도 입에서 젖내가 나."

"늘 농담만 하세요. 제가 이 문제를 거론할 때마다 매번요."

"나 피곤하다, 파리. 혼내는 건 다음에 해도 되잖니. 태형笞刑 기둥은 아무 데도 안 간다."

그녀는 곧 잠이 든다. 그리고 보기 흉하게 코를 곤다. 술을 마신 다음에 늘 그렇듯이.

파리는 침대맡에 있는 의자에 앉아 의사가 오기를 기다린다. 그녀는 쥘리앵이 조명이 어두운 탁자에서 길쭉한 술잔으로 보르도를 마시면서 크리스티앙과 오렐리에게 무슨 문제가 있었는지 설명하려고 애쓰는 모습을 상상해본다. 그는 병원까지 그녀와 같이 오겠다고 했지만, 마지못해 그랬을 뿐이었다. 형식적으로 그랬을 뿐이었다. 여하튼, 이곳에 오는 건 좋은 일이 아니었을 것이다. 들로네 의사가 어머니의 다소 과장스러운 모습을 봤다고 생각했다면……. 그래도, 그가 그녀와 같이 올 수 없었다고 하더라도, 파리는 그가 자기 없이 저녁을 먹으러 가지 않기를 바랐다. 그녀는 그가 갔다는 사실에 아직도 기분이 조금 얼떨떨하다. 그는 크리스티앙과 오렐리에게 상황을 설명할 수도 있었을 것이다. 다른 날로 약속을 잡아 예약을 변경할 수도 있었을 것이다. 그러나 쥘리앵은 가버렸다. 단순히 분별력이 없어서 그런 게 아니었다. 아니, 그러한 행동에는 사악하고 의도적이고 맹렬한 뭔가가 있었다. 파리는 그가 그런 능력을 갖고 있다는 걸 한동안 알고 있었다. 그녀는 최근 그가 그것에 대한 취향까지 갖고 있는 건 아닌지 궁금했다.

어머니가 쥘리앵을 만난 곳은 이 응급실과 다르지 않은 응급실에서였다. 그게 10년 전인 1963년이었다. 파리는 당시 열네 살이었다. 그는 편두통이 심한 동료를 데리고 병원에 와 있었고, 어머니는 당시 학교에서 체육 시간에 발목을 심하게 삔 파리를 데리고 병원에 와 있었다. 파리는 쥘리앵이 의자를 밀고 들어와 어머니와 얘기를 했을 때, 바퀴 달린 침대에 누워 있었다. 파리는 그들 사이에 무슨 이야기가 오갔는지 기억하지 못한다. 그러나 쥘리앵이 했던 말은 기억한다.

"이 도시 이름처럼 파리Paris란 말인가요?"

어머니는 익숙한 답변을 했다.

"아뇨, 에스가 없는 파리Pari예요. 페르시아어로 '요정'이란 뜻이랍니다."

그들은 그 주에 저녁을 같이 먹었다. 비 내리는 밤이었다. 그들은 생제르맹 대로에 있는 작은 술집에서 만났다. 그를 만나기 전, 어머니는 아파트에서 뭘 입을지 오랫동안 망설였다. 그녀는 결국 허리가 잘록해 보이는 파스텔풍의 청색 드레스를 입고 긴 장갑을 끼고 끝이 튀어나온 뾰족구두를 신었다. 그러고도 엘리베이터 안에서 파리에게 물었다.

"너무 둔하게 보이는 건 아니지? 네 생각은 어때?"

식사를 하기 전, 그들 세 사람은 담배를 피웠다. 어머니와 쥘리앵은 뿌연 특대형 잔으로 맥주를 마셨다. 그들이 하나를 다 마시자, 쥘리앵이 두 번째 잔을 주문했다. 그리고 세 번째 잔도 주문했다. 흰 셔츠에 넥타이를 매고 바둑판무늬의 이브닝 블레이저코트를 입은 쥘리앵은 기품 있고 예의 발랐다. 그의 관자놀이에 희끗희끗한 머리가 약간 보였다. 파리는 응급실에서는 불빛이 침침해 그걸 보지 못했었다. 그녀는 그의 나이가 어머니와 비슷할 거라고 추측했다. 그는 시사 문제에 밝았고, 영국이 공동시장에 들어오는 것에 드골이 거부권을 행사했다는 얘기를 했다. 놀랍게도 그는 그것을 흥미로운 화제로 만드는 재주를 갖고 있었다. 어머니가 물어본 다음에야 그는 자신이 소르본 대학에서 경제학을 가르치기 시작했다는 얘기를 했다.

"교수님이라고요? 대단하시네요."

"아, 그렇지 않습니다. 당신이 직접 와서 보셔야 해요. 그러면 그런 생각이 순식간에 달아날 테니까요."

"그래요, 가볼 수도 있을 것 같아요."

파리는 어머니가 벌써 조금 취해 있다는 걸 알았다.

"어느 날 살짝 들어가 당신이 행동하는 걸 지켜보게 될지도 모르겠네요."

"'행동'이라고요? 내가 경제 이론을 강의한다고 말씀드린 걸 기억하세요. 와서 보시면 학생들이 저를 바보라고 생각한다는 걸 아시게 될 거예요."

"그럴 리가 있나요."

파리도 마찬가지였다. 쥘리앵이 가르치는 학생들 중 상당수가 그와 잠자리를 같이하고 싶어 할 것 같았다. 저녁을 먹으면서 그녀는 그를 처다보는 걸 들키지 않으려고 조심했다. 그는 필름 누아르에서 뛰쳐나온 듯한 얼굴을 하고 있었다. 그것은 흑백으로 찍어야 제격인 얼굴이었다. 베니션 블라인드의 그림자가 그 위에 드리워지고 담배 연기가 옆에서 나선형으로 움직이는 흑백영화에 나와야 제격인 얼굴. 괄호 모양의 머리칼이 대단히 우아하게, 어쩌면 지나칠 정도로 우아하게, 이마 위까지 내려와 있었다. 파리는 그 머리가 전혀 의도하지 않았음에도 그렇게 치렁거린다면, 그가 따로 손질을 하지 않을 것이라고 생각했다.

쥘리앵은 어머니에게 그녀가 소유하고 운영하는 작은 서점에 관해서 물었다. 센 강을 넘어 퐁다르콜 다리의 다른 쪽에 있는 서점이었다.

"재즈에 관한 책들도 있나요?"

어머니가 말했다.

"바 위(그럼요)."

밖에서는 빗줄기가 거세지고 있었다. 술집 안이 더 떠들썩해졌다. 웨이터가 그들에게 치즈 퍼프와 햄구이 꼬치를 갖다 주자, 어머니와 쥘리앵 사이에 버드 파월, 소니 스팃, 디지 길레스피, 그리고 쥘리앵이 가장 좋아하는 찰리 파커에 관한 얘기가 길게 이어졌다. 어머니는 쥘리앵에게 쳇 베이커와 마일스 데이비스의 웨스트코스트 스타일을 더 좋아한다고 말했다. 어머니는 그에게 〈카인드 오브 블루〉를 들어봤느냐고 물었다. 파리는 어머니가 재즈를 **그렇게** 많이 좋아하고, 그렇게 다양한 음악가들에 대해 자세히 알고 있다는 걸 알고 놀랐다. 그녀는 어머니를 우러러보면서 동시에 어머니에 대해 충분히 알지 못한다는 불안감에 휩싸였다. 이런 감정이 처음은 아니었다. 그런데 놀랍지 않은 것은 전혀 힘을 들이지 않고 완전하게 쥘리앵을 유혹하는 어머니만의 방식이었다. 그것은 어머니의 본령이었다. 남자들의 관심을 끄는 건 전혀 문제가 아니었다. 그녀는 남자들을 휩쓸어버렸다.

파리는 어머니가 장난스럽게 나직이 말하고 쥘리앵의 농담에 깔깔 웃고 머리를 숙이고 무심코 자신의 머리칼을 꼬는 모습을 바라보았다. 그녀는 다시 한 번 어머니가 얼마나 젊고 아름다운지 실감하며 놀랐다. 어머니는 자신보다 스무 살밖에 많지 않았다. 어머니의 기다란 검은 머리, 풍만한 가슴, 놀라운 눈매, 고전적인 위엄이 깃든 얼굴. 파리는 자신이 어머니와 닮은 게 별로 없다는 사실이 더 놀라웠다. 엄숙해 보이는 창백한 눈, 기다란 코, 웃을 때면 드러나는 사이가 벌어진 치아, 작은 가슴. 모든 게 그렇게 대조적일 수가 없었다. 파리에게 아름다움이 있다면, 그것은 더 수수하고 평범한 성격의 아름다움이었다. 그녀는 어머니 옆에 있으면 늘, 자신의 모습이 너무 평범하다는 느낌을 받았다. 때때로 그 점을 환기시키는 사람은 어머니 본인이었다. 물론 그것이 언제나 트로이 목마 같은 찬사의 형태로 숨겨져 있긴 했지만.

가령 어머니는 이렇게 말했다. **파리, 너는 운이 좋은 거야. 넌 남자들이 너를 심각하게 받아들이도록 애쓸 필요도 없잖니. 그들은 너한테 관심을 갖게 될 거야. 너무 아름다우면 일을 망치게 되지.** 그녀는 이 부분에서 웃고는 말을 이었다. **아, 내가 경험에서 이런 말을 하는 건 아니다. 당연히 아니지. 그저 관찰일 따름이야.**

너는 자신이 아름답지 않다고 생각하지.

내 생각에 넌 그렇게 되기를 원치 않는 것 같아. 너는 예뻐. 그거면 충분한 거야. 즈 타쉬르, 마 셰리(애, 정말이다). 그게 더 나을 때도 있어.

파리는 아버지를 많이 닮지도 않은 것 같았다. 그는 심각한 얼굴에 높은 이마, 좁은 턱, 가느다란 입술에 키가 큰 남자였다. 파리는 몇 장의 사진을 갖고 있었다. 카불에 있는 집에서 찍은 사진들이었다. 그가 1955년에 병에 걸렸을 때, 어머니와 그녀는 파리로 왔다. 그리고 그는 얼마 안 있어 죽었다. 때때로 파리는 그의 오래된 사진을 들여

다보았다. 특히 두 사람이 같이 찍은 흑백사진을 들여다보았다. 그녀
와 아버지가 낡은 미국 차 앞에 서 있는 사진이었다. 그는 범퍼에 기
대고 자신을 안고 있었다. 두 사람 다 미소를 짓고 있었다. 그녀는 그
가 기린과 꼬리가 긴 원숭이를 옷장 문에 그려줄 때, 그와 같이 앉아
있던 기억을 떠올렸다. 아버지는 붓을 쥔 그녀의 손을 잡고 자신이
원숭이의 색을 직접 칠하도록 찬찬히 이끌었다.

파리는 그런 사진에 있는 아버지의 얼굴을 보며 옛날에 느꼈던 어
떤 감정을 떠올렸다. 그녀가 기억하기로, 그것은 자기한테 오래도록
있었던 감정이었다. 그녀의 삶에 중요한 누군가가, 뭔가가 부재한다
는 감정이었다. 때때로 그것은 모호했다. 그늘진 샛길과 멀고 먼 거
리를 가로질러 보내진 메시지처럼, 혹은 라디오 주파수에 잡히는 멀
고 떨리는 약한 신호처럼 모호했다. 어떤 때는 그 부재가 너무 명료
하고 너무 가깝게 느껴져서 그녀를 비틀거리게 했다. 예를 들어, 2년
전 프로방스에 가서 어떤 농가의 옆에 있는 거대한 떡갈나무를 보았
을 때 그랬다. 또 한번은 튀일리 정원에서 젊은 어머니가 아들을 작
은 빨간색 라디오 플라이어 왜건에 태워 끌고 가는 걸 보았을 때 그
랬다. 파리는 이해할 수 없었다. 언젠가 그녀는 중년의 터키 남자에
관한 얘기를 읽은 적이 있었다. 그 남자는 이 세상에 있다는 걸 알지
못했던 쌍둥이 형제가 아마존 밀림에서 카누를 타다가 심장마비로
죽었다는 걸 알고 심각한 우울증에 걸렸다고 했다. 그것은 그녀가
속으로 느끼는 것과 아주 흡사한 상황이었다.

그녀는 언젠가 그것에 관해 어머니에게 얘기한 적이 있었다.

어머니의 대답은 이랬다. **그건 이상할 게 없다, 파리. 너는 아버지가 그리운 거야. 아버지가 네 삶에서 사라졌으니까 말이다. 네가 그런 감정을 느끼는 건 자연스러운 거다. 그래서 그러는 거야. 이리 오너라. 엄마한테 입맞춤을 해주렴.**

어머니의 답변은 완벽하게 맞는 말이었지만, 불만족스럽기도 했다. 파리는 아버지가 아직 살아서 그녀와 같이 있으면 더 완전해질 것이라고 믿었다. 그러나 그녀는 어렸을 때, 카불에 있는 큰 집에서 부모와 함께 살 때도 이런 느낌을 받았던 걸 떠올렸다.

그들이 식사를 마친 직후, 어머니가 화장실에 갔다. 파리는 몇 분간 쥘리앵과 단둘이 있게 되었다. 그들은 파리가 지난주에 본 영화 얘기를 했다. 잔 모로가 노름꾼으로 나오는 영화였다. 그들은 학교생활과 음악 얘기도 했다. 그녀가 얘기할 때, 그는 탁자에 팔꿈치를 괴고 그녀를 향해 약간 몸을 기울이고 관심 있게 들었다. 그는 미소를 짓기도 하고 찡그리기도 했다. 그는 그녀에게서 눈을 떼지 않았다. 파리는 속으로 그가 쇼를 하고 있다고 생각했다. 그러는 척할 뿐이라고 생각했다. 여자들에게 자랑삼아 내보이는 세련된 행위, 그녀를 갖고 잠시 장난을 치면서 즐기려고 즉석에서 선택한 행위일 뿐이라고 생각했다. 그러나 그녀는 그의 눈길을 받으면서 맥박이 빨라지고 배가 죄어오는 걸 느끼지 않을 수 없었다. 그녀는 자신이 평소에 말하던 자연스러운 어조와 다르게, 부자연스럽게 세련되고 우스꽝스러운 어조로 말을 하고 있다는 걸 느꼈다. 그리고 자신이 그렇게 하고 있다는 걸 알면서도 멈출 수가 없었다.

그는 그녀에게 잠깐 결혼한 적이 있었다고 말했다.

"정말이세요?"

"몇 년 전에 그랬지. 서른 살에 리옹에 살 때."

그는 자기보다 나이가 많은 여자와 결혼했다고 했다. 그녀가 자신에게 너무 심하게 집착해서 결혼 생활이 오래가지 못했다고 했다. 쥘리앵은 어머니와 있을 때는 이 사실을 얘기하지 않았다.

그가 말했다.

실제로 육체적인 측면에서 그랬지. 세테 콩플레트망 섹쉬엘(전적으로 성적인 측면에서 말이야). 그녀는 나를 소유하고 싶어 했어.

쥘리앵은 이 말을 하면서 그녀를 바라보았다. 그는 위험한 미소를 희미하게 지으며 그녀의 반응을 조심스럽게 살피고 있었다. 파리는 담배에 불을 붙이고 브리지트 바르도처럼 아무렇지도 않은 척했다. 마치 남자들이 그녀에게 늘 그런 얘기를 하기라도 하듯이 말이다. 그러나 속으로 그녀는 떨고 있었다. 그녀는 작은 배반 행위가 이 탁자 위에서 저질러졌다는 걸 알았다. 전적으로 해가 없는 것이긴 해도 의심할 나위 없이 소름 돋는 작은 배반 행위가 저질러졌다는 걸 알았다. 어머니가 머리를 다시 빗고 립스틱을 다시 바르고 돌아왔을 때, 그들의 은밀한 순간은 깨졌다. 파리는 순간, 어머니가 끼어든 게 원망스러웠다. 그러나 곧 그렇게 느낀 데 대해 양심의 가책을 느꼈다.

그녀는 일주일쯤 지난 후 그를 다시 보았다. 아침이었다. 그녀는 커피 잔을 들고 어머니의 방으로 가고 있었다. 그는 어머니의 침대에 앉아 손목시계의 태엽을 감고 있었다. 그녀는 그가 거기에서 잤다는 걸 모르고 있었는데, 문틈으로 그가 있는 것을 보았다. 그녀는 커피 잔을 들고 못 박힌 듯 서 있었다. 마른 흙을 삼킨 것 같은 느낌이 들었다. 그녀는 그의 미끈한 등, 살짝 나온 배, 구겨진 이불에 부분적으로 가려진 다리 사이의 거무스름한 털을 바라보았다. 그는 시계를 차고 탁자에 있는 담배를 집어 불을 붙였다. 그리고 그녀가 거기에 있었다는 걸 알고 있었던 것처럼, 아무렇지도 않게 그녀를 향해 눈길을 돌렸다. 그는 입을 다문 채 그녀를 향해 미소를 지어 보였다. 그때 어머니가 샤워를 하다가 무슨 말을 했다. 파리는 몸을 돌렸다. 커피에 데지 않은 것만 해도 기적이었다.

어머니와 쥘리앵은 6개월 정도 연인으로 지냈다. 그들은 영화관에 자주 갔다. 박물관에도 가고 낯선 이름의 무명 화가들의 작품을 전시하는 작은 화랑에도 갔다. 그들은 어느 주말에는 차를 몰고 보르도 근처의 아르카숑에 있는 해변에 갔다가 레드 와인 한 상자를 사가지고 햇볕에 탄 얼굴로 돌아왔다. 쥘리앵은 대학에서 열리는 교수들의 행사에 어머니를 데리고 갔고, 어머니는 서점에서 열리는 저자 낭독회에 그를 초대했다. 파리는 처음에는 따라다녔다. 쥘리앵이 그렇게 하자고 해서 그랬고, 어머니도 그걸 좋아하는 것 같았다. 그러나 곧 그녀는 핑계를 대고 집에 있기 시작했다. 가고 싶지도 않았고 갈 수도 없었다. 참을 수 없었다. 그녀는 너무 피곤하다고 말했다. 혹은 기분이 별로 좋지 않다고 말했다. 혹은 친구인 콜레트의 집에 공부하러 간다고 말했다. 2학년 때부터 친구였던 콜레트는 생기 없는 긴 머리카락에 까마귀 부리 같은 코, 마르고 불안정해 보이는 모습을 하고 있었다. 그녀는 사람들을 놀라게 하고 충격적인 말을 하는 걸 좋아했다.

콜레트가 말했다.

"네가 같이 안 가서 그 사람이 실망했겠다."

"그렇다고 하더라도 내색은 안 해."

"내색을 못하겠지. 네 어머니가 어떻게 생각하겠니?"

파리는 알면서도 물었다.

"뭐가?"

그녀는 알고 있었다. 그리고 그 말을 듣고 싶었다.

콜레트의 목소리가 음흉해지고 흥분되어 있었다.

"뭐가라니? 그는 너한테 접근하려고 네 엄마와 같이 있는 거야. 그가 원하는 건 너라고."

파리가 당황하며 대꾸했다.

"역겹다, 얘."

"아니면 둘 다 원하는지도 모르지. 침대에 함께 두고 싶은 건지도 몰라. 그렇다면 나에 대해서도 좋게 얘기해주렴."

"콜레트, 너는 혐오스러워."

파리는 어머니와 쥘리앵이 나가 있을 때면, 때때로 복도에서 옷을 벗고 거울에 몸을 비춰보았다. 그녀는 자기 몸이 마음에 안 들었다. 키가 너무 크고 몸매도 형편없고 너무…… 실용적이기만 했다. 그녀는 어머니의 매혹적인 곡선을 전혀 물려받지 못했다. 이따금 그녀는 옷을 벗은 채 어머니의 방으로 가서 어머니와 쥘리앵이 사랑을 나눈 침대에 누웠다. 파리는 벌거벗은 채 눈을 감고 거기에 누워 있었다.

가슴이 뛰고 무모해졌다. 무엇인가가 콧노래처럼 가슴과 배와 아래 쪽으로 퍼지고 있었다.

물론 그것은 끝났다. 그들의 관계, 어머니와 쥘리앵의 관계는 끝났다. 파리는 안도했지만 놀라지는 않았다. 남자들은 늘 결국에 가서 어머니를 만족시키지 못했다. 그들은 언제나 그녀가 그들에 대해 갖고 있는 이상에 전혀 부합하지 못했다. 열의와 열정으로 시작된 것이 언제나, 쌀쌀맞은 비난과 증오에 찬 말들, 분노와 울음, 주방 기구를 던지고 쓰러지는 걸로 끝났다. 극적인 장면이 늘 연출되었다. 어머니는 지나치지 않게 관계를 시작하거나 끝내지를 못했다.

그러고 나면 어머니는 갑자기 혼자 있으려 했다. 그녀는 파자마 위에 낡은 겨울 외투를 걸치고 침대에 계속 있었다. 그녀는 웃지도 않았다. 지치고 슬픈 모습이었다. 파리는 그녀를 내버려둬야 한다는 걸 알았다. 위로하려고 해도 그녀가 받아들이지 않았다. 음울한 기분은 몇 주 동안 계속되었다. 쥘리앵과 관련해서는 그 기간이 훨씬 더 오래갔다.

어머니가 말하고 있다.

"아, 메르드(젠장)!"

그녀는 아직도 환자복을 입고 침대에 앉아 있다. 들로네 의사가 파리에게 퇴원 서류를 갖다 줬다. 간호사가 어머니의 팔에서 정맥주사를 빼고 있다.

"왜 그러세요?"

"막 생각이 났다. 이틀 후에 인터뷰가 있어."

"인터뷰라고요?"

"문예지 특집이란다."

"굉장하네요, 어머니."

그녀가 꿰맨 이마를 가리키며 말한다.

"사진도 나오는데."

파리가 대꾸한다.

"그 부분이 안 나오게 할 좋은 방법이 있을 거예요."

어머니가 한숨을 쉬고 고개를 돌린다. 간호사가 바늘을 뺄 때, 어머니가 몸을 움찔하면서 그녀에게 불친절하고 실력이 엉망이라고 소리를 지른다.

에티엔 부스툴레르의 닐라 와다티 인터뷰 「아프간의 명금」 초록

《파랄락스》 84호(1974년 겨울 호), 36쪽

나는 다시 아파트 안을 둘러보고 책꽂이 위에 있는 사진에 흥미가 동한다. 수풀 속에 쭈그리고 앉아 딸기 비슷한 것을 열심히 따고 있는 작은 소녀의 사진이다. 소녀는 목까지 단추를 채운 밝은 노란색 코트를 입고 있는데, 어두운 회색의 흐린 하늘과 대조적이다. 덧문이 닫히고 지붕널은 찌그러진 시골 돌집이 뒤로 보인다. 나는 그 사진에 대해 묻는다.

NW : 내 딸인 파리랍니다. 이 도시 이름처럼 발음하지만 에스 자는 없

어요. '요정'이라는 뜻이죠. 저 사진은 우리 둘이 노르망디에 갔을 때 찍은 사진이에요. 내 생각에는 1957년이었던 것 같네요. 그 아이가 여덟 살이었을 거예요.

EB : 따님은 파리에 사나요?

NW : 소르본 대학에서 수학을 공부하고 있어요.

EB : 자랑스러우시겠군요.

그녀가 미소를 지으며 어깨를 으쓱한다.

EB : 당신은 예술에 헌신했는데, 따님이 그런 전공을 택했다는 게 다소 놀랍군요.

NW : 나는 그 아이의 그런 능력이 어디서 왔는지 모르겠어요. 이해할 수 없는 공식과 이론들이 그 아이한테는 이해할 수 없는 것이 아닌 모양이죠. 나는 덧셈도 제대로 못한답니다.

EB : 어쩌면 따님 나름의 반항일지도 모르겠어요. 당신도 반항에 대해서는 조금 아실 것 같은데요.

NW : 알다마다요. 그러나 나는 그걸 제대로 했어요. 술을 마시고 담배를 피우고 연인들을 만나면서 말이죠. 그런데 누가 수학을 갖고 반항을 해요?

그녀가 웃는다.

NW : 그리고 그게 반항이라면 이유가 없는 것일 테죠. 나는 그 아이에게
온갖 자유를 다 줬어요. 내 딸한테는 아무것도 부족한 게 없어요.
내 딸은 누군가와 살고 있죠. 나이가 상당히 많은 남자하고요. 그
남자는 지나치게 매력적이고 유식하고 재미있는 사람이죠. 물론 심
각한 나르시시스트기도 하고요. 에고가 폴란드 크기만 하죠.

EB : 당신은 허락을 안 하시는군요.

NW : 내가 허락을 하고 말고는 상관이 없어요. 부스톨레르 씨, 여기는
아프가니스탄이 아니라 프랑스예요. 젊은 사람들은 부모의 허락에
따라 살거나 죽지 않아요.

EB : 그렇다면 따님은 아프가니스탄과 아무런 관계도 없나요?

NW : 우리가 떠나온 건 내 딸이 여섯 살일 때였어요. 그 아이한테는 단
편적인 기억밖에 없어요.

EB : 물론 당신은 그렇지 않겠죠.

나는 그녀에게 초반부 삶에 대해 얘기해달라고 한다.

그녀는 실례한다며 잠시 방에서 나간다. 그녀가 돌아와서 나한테 낡
고 쭈그러진 흑백사진 한 장을 건넨다. 체격이 크고 안경을 쓴 엄한 표정
의 남자 사진이다. 머리칼은 빛나고 완벽하게 가르마를 타 넘기고 있다.
그는 책상에 앉아 책을 읽고 있는데, 소맷단이 접힌 양복에 더블 조끼와
옷깃이 높은 흰 셔츠를 입고 나비넥타이를 매고 있다.

NW : 제 아버지예요. 제가 태어난 1929년에 찍은 사진이죠.

EB : 상당히 유명한 분 같네요.

NW : 카불의 파슈툰 귀족 가문 출신이었죠. 고등교육을 받은, 나무랄 데 없는 몸가짐에 사교성까지 갖춘 분이었죠. 이야기도 잘했고요. 적어도 공적인 자리에서는 그랬어요.

EB : 공적인 자리라고요?

NW : 부스툴레르 씨, 짐작해보세요.

나는 사진을 들고 다시 쳐다본다.

EB : 냉담하고 진중하고 속을 헤아리기 힘들고 타협을 모르게 생기셨어요.

NW : 나랑 같이 한잔하셔야 할 것 같아요. 나는 혼자 마시는 걸 싫어해요. 아니, 몹시 혐오해요.

그녀는 잔에 샤르도네를 부어 나한테 건넨다. 나는 예의상 한 모금 마신다.

NW : 내 아버지는 날씨에 상관없이 손이 차가웠죠. 날씨에 관계없이 늘 양복을 입으셨고요. 잘 손질되고 주름이 날카롭게 선 양복을 말이죠. 중절모도 쓰셨어요. 두 가지 색조의 윙 팁 구두도 신으셨어요. 엄숙하지만 잘생긴 분이셨어요. 거기다가 매주, 잔디에서 볼링과 폴로를 했고, 사람들이 부러워하는 프랑스 아내가 있어 완벽했

어요. 이건 내가 나중에야 알게 된 것이지만, 인위적이고 약간 우
스꽝스러운 사이비 유럽적인 점에서 그랬다는 말이에요. 여하튼,
젊고 진보적인 왕은 그 모든 것을 마음에 들어 했어요.

그녀는 손톱을 뜯고 잠시 아무 말도 하지 않는다. 나는 녹음기 안의
테이프를 뒤집는다.

NW : 아버지는 자기 방에서 주무셨고, 어머니와 나는 우리 방에서 잤
     어요. 대개 그는 장관들과 왕의 보좌관들과 점심을 먹었어요. 그렇
     지 않으면 승마를 하거나 폴로를 하거나 사냥을 하러 갔어요. 그는
     사냥을 좋아했어요.

EB : 그래서 아버지를 별로 못 보셨겠군요. 안 계신 거나 마찬가지였겠
     네요.

NW : 꼭 그렇지는 않아요. 아버지는 이틀에 한 번씩 나와 몇 분간 같이
     있었어요. 그가 내 방에 들어와 침대에 앉으면, 그걸 신호 삼아 나
     는 아버지의 무릎에 앉았어요. 그는 잠시 나를 무릎에 놓고 뛰게
     했어요. 우리 중 아무도 많은 얘기를 하지 않았어요. 그러고 나면
     그가 마침내 말했어요. "닐라, 이제 뭘 할까?" 때때로 그는 내가 그
     의 앞주머니에서 손수건을 꺼내 접도록 놔뒀어요. 물론 나는 그걸
     둘둘 말아 그의 호주머니에 다시 넣었죠. 그가 놀란 시늉을 하는
     게 굉장히 웃겼어요. 우리는 그가 지칠 때까지 그렇게 했어요. 물
     론 아버지는 금세 지쳤어요. 그리고 찬 손으로 내 머리를 쓰다듬으

며 말했어요. "아빠는 이제 가야 해, 아이구 내 아기 사슴. 다른 데
가서 놀려무나."

그녀는 사진을 다른 방으로 가져다 놓고 돌아온다. 그리고 서랍에서
새 담배를 꺼내 불을 붙인다.

NW : 아버지는 나를 그렇게 부르셨어요. 나는 그게 좋았어요. 나는 엄
청나게 컸던 정원에서 깡충거리며 소리쳤어요. "나는 아빠의 아기
사슴이야! 나는 아빠의 아기 사슴이야!" 훨씬 나중에 가서야 그게
얼마나 사악한 별칭인지 알게 됐어요.
EB : 네?

그녀가 미소를 짓는다.

NW : 부스툴레르 씨, 내 아버지는 사슴 사냥을 하셨어요.

몇 블록을 걸어 어머니의 아파트까지 갈 수 있었겠지만, 빗줄기가
상당히 굵어졌다. 어머니는 택시의 뒷좌석에서 몸을 웅크리고 파리
의 레인코트를 덮고 있다. 그녀는 아무 말 없이 창밖을 바라본다. 이
순간, 파리의 눈에 그녀가 늙어 보인다. 마흔네 살 이상으로 훨씬 늙
어 보인다. 늙고 가냘프고 말라 보인다.

파리는 한동안 어머니의 아파트에 들르지 않았다. 열쇠를 열고 들어가자, 엉망이 된 부엌 싱크대가 눈에 들어온다. 지저분한 와인 잔, 개봉된 감자튀김 봉지, 요리하지 않은 파스타 면, 알아볼 수 없도록 굳어버린 음식이 담긴 접시 등이 보인다. 빈 와인 병들로 가득한 종이 봉지가 바닥으로 떨어질 정도로 위태롭게 식탁 위에 놓여 있다. 마루 위에는 신문들이 널려 있다. 그날 흘린 피로 얼룩진 신문이 보인다. 그 위에 분홍색 실크 양말 한 짝이 놓여 있다. 파리는 어머니가 사는 공간이 이런 상태인 것을 보고 놀란다. 죄의식마저 든다. 어머니가 일부러 이런 느낌을 받도록 해놓은 건 아닌지 싶다. 그러나 그녀는 이런 생각을 하는 자신이 싫다. 이건 쥘리앵이 생각하는 방식이다. **어머니는 네 기분이 안 좋아지기를 바라는 거야.** 그는 이 말을 지난해에도 여러 차례 했었다. **어머니는 네 기분이 안 좋아지기를 바라는 거야.** 그가 처음 이 말을 했을 때, 파리는 안도감이 들고 또 이해도 했다. 그녀는 자신이 할 수도 없고 하지도 않을 말을 해주는 그가 고마웠다. 그녀는 자기편이 생겼다고 생각했다. 그러나 요즘은 미심쩍다. 그의 말에 비열함이 살짝 엿보인다. 친절함이라고는 전혀 없다.

침실 바닥에는 옷과 레코드와 책과 신문지가 흩어져 있다. 창턱에는 물이 반쯤 찬 유리잔이 놓여 있다. 위에 떠 있는 담배꽁초 때문에 물의 색깔이 노랗다. 그녀는 책과 잡지를 침대에서 치우고 어머니가 담요 속으로 들어가게 돕는다.

어머니는 붕대가 감긴 이마에 손등을 대고 그녀를 쳐다본다. 그 모습이 무성영화 속에서 기절하려고 하는 여배우 같다.

"어머니, 괜찮으시겠어요?"

"그럴 것 같지 않구나."

그녀의 목소리는 관심을 가져달라는 투가 아니다. 단조롭고 지루한 목소리다. 피곤하고 진실하고 단정적으로 들린다.

"어머니가 저를 놀라게 하세요."

"지금 가니?"

"있을까요?"

"그래."

"그러면 있을게요."

"불 꺼라."

"어머니?"

"응."

"약은 드시고 있어요? 안 드시는 거 아니에요? 안 드시는 것 같아 걱정이네요."

"또 시작이구나. 불이나 꺼."

파리는 시키는 대로 한다. 그녀는 침대 가장자리에 앉아 어머니가 잠드는 모습을 바라본다. 그리고 부엌으로 가서 힘겨운 설거지를 시작한다. 그녀는 장갑을 찾아서 끼고 접시를 씻는다. 시큼한 우유 냄새가 나는 잔, 오래된 시리얼로 덕지덕지 굳은 그릇, 녹색 곰팡이가 이곳저곳에 낀 음식이 담긴 접시들을 씻는다. 그녀는 그들이 처음으로 잠자리를 같이하고 아침에 쥘리앵의 아파트에서 설거지를 했던 때를 떠올린다. 쥘리앵은 오믈렛을 만들었다. 그녀는 설거지를 하는 단순한 행위가 무척 좋았다. 그사이, 쥘리앵은 턴테이블에 제인 버킨의 음반을 올려놓고 있었다.

그녀는 1년 전인 1973년, 거의 10년 만에 그를 다시 만났다. 그녀는 캐나다 대사관 앞에서 열리는 거리 시위에 끼어 있다가 그를 만났다. 물개 포획에 반대하는 학생들의 시위였다. 파리는 그곳에 가고 싶지 않았을 뿐만 아니라, 유리함수에 관한 논문을 끝마쳐야 하는 상황이었다. 그런데 콜레트가 우기는 통에 가야 했다. 당시, 그들은 같이 살고 있었다. 같이 사는 게 점점 더 불만스러워지는 상황이었다. 콜레트는 이제 마리화나를 피웠다. 그녀는 머리띠를 두르고 새와 데이지 무늬가 수놓인 헐렁헐렁한 빨간색 튜닉을 입고 있었다. 그녀는 머리가 길고 텁수룩한 남자들을 집으로 데려왔다. 그들은 파리가 해놓은 음식을 먹고 잘 치지도 못하는 기타를 쳤다. 콜레트는 늘 거리에 나가 동물 학대, 인종차별, 노예제도, 태평양에서의 프랑스 핵 실험에 반대하는 구호를 외쳤다. 그들이 사는 아파트는 늘 북적거렸다. 파리가 알지 못하는 사람들이 계속 들락거렸다. 둘만 남게 되면, 파리는 두 사람 사이에 새로운 긴장 상태가 생겼다는 걸 느꼈다. 콜레트의 입장에서는 파리가 오만하고 못마땅했다.

콜레트가 흥분해서 말했다.

"그들은 거짓말을 하고 있어. 그들은 자기들의 방식이 인간적이라고 하지. 인간적이라고! 너는 그들이 뭘로 머리를 때렸는지 보았니? 하카피크(나무 막대기 끝에 뾰족한 쇠붙이를 달아 도끼처럼 내리치는 연장) 보았니? 거기 맞아도 물개는 대개 죽지 않아. 그 개자식들은 물개의 몸에 갈고리를 박고 배가 있는 곳까지 끌고 가. 그리고 산 채로 껍질을 벗겨! 산 채로 말이야."

콜레트가 마지막 말을 힘주어 하는 걸 들으며 파리는 사과하고 싶어졌다. 그녀는 자신이 뭐에 대해 사과할지는 알 수 없지만, 요즘은 콜레트가 옆에서 비난을 쏟아내고 난폭하게 행동하는 통에 숨을 못 쉴 것 같았다.

사람들은 30명 정도밖에 되지 않았다. 브리지트 바르도가 나타날 것이라는 말이 있었지만, 나중에 보니 소문일 따름이었다. 그러자 콜레트는 실망했다. 흥분한 그녀는 안경을 쓴, 에리크라는 이름의 젊은 남자와 말다툼을 했다. 호리호리하고 창백한 그 남자가 시위를 조직하고 있는 책임자 같았다. 파리는 그가 안쓰러웠다. 콜레트가 아직도 씩씩거리면서 앞장을 섰다. 파리는 뒤에서 소심하게 구호를 외치고 있는 가슴이 납작한 여자 옆으로 갔다. 파리는 도로에 시선을 주면서 가급적 눈에 띄지 않으려고 최선을 다했다.

거리의 모퉁이에서 어떤 남자가 그녀의 어깨를 두드렸다.

"누가 구해주기를 바라는 사람처럼 보이네."

그는 청바지를 입고 스웨터 위에 트위드재킷을 걸치고 모직 스카프를 두르고 있었다. 머리는 더 길고 나이가 약간 들어 보였지만, 그 연배의 여자들이 공정하지 못하다고 화를 낼 만큼 근사하게 나이 들어 보였다. 아직도 훤칠하고 건강해 보였다. 두어 개의 눈꼬리 주름이 생겨 있었고 관자놀이 부근의 머리가 더 희끗희끗해 보였다. 얼굴은 약간 지친 듯했다.

그녀가 말했다.

"맞아요."

그들은 볼에 입을 맞췄다. 그가 커피를 한잔하겠느냐고 물었을 때, 그녀는 좋다고 했다.

"친구가 살인을 할 정도로 화가 난 것 같은데."

파리는 뒤를 돌아보았다. 콜레트가 에리크와 함께 서서 아직도 주먹을 흔들며 소리치고 있었다. 그러면서 그들은 어이없게도 서로를 노려보고 있었다. 파리는 웃음을 참았다. 그러지 않았다가는 회복할 수 없는 결과를 초래할 것이었다. 그녀는 미안한 듯 어깨를 으쓱하면서 빠져나왔다.

그들은 작은 카페에 들어가 창문 옆에 있는 탁자에 앉았다. 그는 커피와 커스터드 밀푀유를 주문했다. 파리는 그가 부드럽지만 권위 있게 웨이터에게 얘기하는 모습을 지켜보았다. 그녀는 그 어조를 잘 기억하고 있었다. 어려서 그가 어머니를 데리러 왔을 때 느꼈던 것처럼 마음이 설렜다. 그녀는 갑자기 자신을 의식했다. 입으로 깨문 손톱, 화장을 하지 않은 얼굴, 힘없이 처진 곱슬머리를 의식하며, 샤워하고 머리를 말리고 나왔더라면 싶었다. 시간에 늦자, 콜레트가 동물원의 동물처럼 왔다 갔다 해서 그럴 수가 없었던 것이다.

쥘리앵이 그녀에게 담뱃불을 붙여주며 말을 건넸다.

"나는 네가 시위를 할 부류라고는 짐작 못했다."

"그런 부류는 아니에요. 확신보다는 죄의식 때문이죠."

"죄의식이라고? 물개 포획에 대한?"

"콜레트에 대한."

"아, 그렇지. 나 또한 그 친구가 좀 무섭다."

"우리 모두가 그렇군요."

그들이 웃었다. 그는 탁자 너머로 손을 뻗어 그녀의 스카프를 만지다가 손을 내렸다.

"네가 완전히 성인이 됐다고 얘기하면 너무 케케묵은 말이 되겠기에 그런 소리는 안 할게. 파리, 너 참 매혹적으로 보인다."

그녀는 레인코트의 옷깃을 두 손가락으로 집으며 반문했다.

"이렇게 클루조 형사 차림인데도요?"

콜레트는 파리더러 자신에게 끌리는 남자들 주변에서 자신의 신경과민을 감추려고 자기 비하를 하는 습관은 어리석은 거라고 충고했었다. 특히 남자들이 그녀에게 찬사를 보낼 때는 그러면 안 된다고 했다. 그런 일이 처음은 아니고 마지막은 더더욱 아닌 파리로서는 어머니의 자신만만한 성격이 부러웠다.

그녀가 말을 이었다.

"그다음에는 내가 내 이름처럼 됐다고 하겠네요."

"오, 농(아, 아니야). 그건 너무 빤하잖아. 여자를 칭찬하는 데도 기술이 필요하지."

"아니에요. 당신은 틀림없이 그럴 거예요."

웨이터가 과자와 커피를 가져왔다. 파리는 웨이터가 컵과 접시를 탁자에 놓는 모습에 정신을 집중하려고 했다. 그녀의 손바닥은 땀으로 젖어 있었다. 그녀는 지금까지 남자 친구를 네 명쯤 만났다. 적당한 숫자였다. 현재의 어머니와 비교하면 그랬다. 콜레트하고 비교해도 그랬다. 파리는 지나치게 조심스러웠고 지나치게 지각이 있었으며, 지나치게 타협적이고 지나치게 순응을 잘했다. 전반적으로 그녀는 어머니나 콜레트보다 더 안정적이고 덜 소모적이었다. 그러나 이런 것들이 남자들을 몰려들게 하는 특성은 아니었다. 그리고 그녀는 그들 중 누구도 사랑하지 않았다. 그러나 한 사람에게는 사랑한다고 거짓말을 한 적이 있었다. 파리는 그들을 사귀면서도 쥘리앵을 생각했다. 자체로 빛이 나는 것 같은 아름다운 그의 얼굴을 생각했다.

그들이 음식을 먹을 때, 쥘리앵은 자신의 일에 대해 얘기했다. 그는 얼마 전 교수직을 그만뒀다고 말했다. 몇 년 동안 국제통화기금에서 부채 지속 가능성에 관한 업무를 수행했는데, 그 일의 가장 좋은 점은 여행을 할 수 있는 거라고 했다.

"어디에 가봤는데요?"

"요르단도 가보고 이라크도 가봤지. 그리고 2년에 걸쳐 지하경제에 관한 책을 썼지."

"출판했어요?"

그가 미소를 지었다.

"그러긴 했지만 성공하지는 못했지. 지금은 파리에 있는 자문 회사에서 일하고 있어."

파리가 말했다.

"나도 여행하고 싶어요. 콜레트는 계속 우리가 아프가니스탄에 가야 한다고 말하고 있어요."

"나는 **그 친구**가 왜 가고 싶어 하는지 알 것 같아."

"나도 그걸 생각해보고 있어요. 그곳에 돌아가는 일 말이에요. 나는 해시시 같은 건 상관 안 해요. 그러나 그 나라에서 돌아다니며 내가 어디에서 태어났는지 보고 싶어요. 우리 부모님과 내가 살았던 옛날 집을 찾을 수 있을지도 모르는 일이죠."

"나는 너한테 이런 강박관념이 있는지 몰랐어."

"내 말은 궁금하다는 말이에요. 기억나는 게 너무 없어서요."

"언젠가 네가 가족의 요리사에 관한 얘기를 했었지."

파리는 자신이 그렇게 오래전에 얘기했던 것을 그가 기억하고 있다는 사실에 기분이 좋아졌다. 그렇다면 그는 그사이에 자신을 생각했던 게 틀림없었다. 그녀가 그의 마음속에 있었던 게 틀림없었다.

"그래요. 그의 이름은 나비였어요. 그는 운전기사 역할도 했죠. 우리 아버지의 차를 운전했어요. 지붕이 푸른색인 굉장히 큰 미국 차였어요. 보닛에 독수리 머리가 있었던 게 생각나요."

나중에 그는 그녀에게 뭘 공부하는지 물었고, 그녀는 복소함수를 전공하고 있다고 말했다. 쥘리앵은 어머니와 전혀 다른 방식으로 그녀의 말에 귀를 기울였다. 어머니는 그런 주제에 싫증을 내는 것 같았고 파리가 그런 걸 좋아한다는 사실을 이상하게 여기는 듯했다. 어머니는 관심을 가져주는 시늉도 하지 않았다. 그녀는 가볍게 농담을 했다. 그 농담은 표면적으로는 자신의 무지함에 화살을 돌리려는 것이었다. 그녀는 웃으면서 이렇게 말했다. **울랄라! 내 머리! 내 머리! 토템처럼 빙글빙글 돈다! 파리, 내가 제안 하나 할게. 내가 차를 따라줄**

테니 너, 지구로 돌아와라, 다코르(알겠지)? 그녀는 이렇게 말하고 깔깔거리며 웃었다. 파리는 그녀의 말에 맞장구를 치긴 했지만, 농담에 날이 서 있는 걸 느꼈다. 그것은 간접적인 비난 같았다. 자신이 하는 공부가 알 수 없는 것이고 그것을 추구하는 게 시시한 일이라는 암시였다. **시시하다.** 파리는 어머니에게 결코 그렇게 말은 하지 않았지만, 시인인 어머니에게서 나온 그 말이 아이러니하다고 생각했다.

쥘리앵은 그녀에게 수학에서 뭘 찾느냐고 물었다. 그녀는 그것이 위안이 된다고 말했다.

"나라면 더 적절한 형용사로 '위압적이다'라는 말을 쓸 것 같은데."

"그것도 맞아요."

파리는 임의적이지 않고 모호함이 없는 수학적 진실의 영원함에서 위안을 찾을 수 있다고 말했다. 찾기 힘들 거라는 걸 알지만 결국 답을 찾을 수 있다는 위안이라고 했다. 분필을 갖고 풀다 보면 답은 기다리고 있다고 했다.

그가 말했다.

"달리 말해, 삶과 같지 않다는 말이군. 삶이란 답이 없거나 혼란스러운 답들만이 있는 질문이란 말이네."

"내가 그렇게 빤해 보여요? 내 말이 바보처럼 들리나요?"

그녀가 웃으면서 냅킨으로 얼굴을 가렸다.

"전혀 그렇지 않아."

그가 이렇게 말하면서 냅킨을 떼어냈다.

"전혀 그렇지 않아."

"내가 당신 학생 같은가요? 나를 보니 학생들이 생각나는 모양이
네요."

그는 몇 개의 질문을 더 했다. 파리는 그것을 통해 그가 정수론
에 대해 알고 있으며 적어도 간략하게나마 카를 가우스와 베른하르
토 리만에 대해서 알고 있다는 걸 알았다. 그들은 하늘이 어두워질
때까지 얘기했다. 그들은 커피를 마시고 맥주를 마시고 다시 와인을
마셨다. 그리고 더 이상 미룰 수 없을 때가 되자, 쥘리앵이 약간 몸을
기울이고 공손하고 예의 바른 어조로 물었다.

"닐라는 어때?"

파리가 볼을 부풀리더니 공기를 천천히 뿜어냈다.

쥘리앵이 알겠다는 듯 고개를 끄덕였다.

파리가 말했다.

"어머니는 서점을 잃게 될지도 몰라요."

"안됐군."

"지난 몇 년 동안 판매가 하향세거든요. 서점 문을 닫아야 할지도
몰라요. 어머니는 인정하지 않으시겠지만, 그렇게 되면 큰 타격일 거
예요. 큰 충격을 받으시겠죠."

"글은 쓰시나?"

"안 쓰고 있어요."

곧 그는 대화의 주제를 바꿨다. 파리는 안도했다. 어머니와 그녀의
음주벽, 약을 먹게 해야 하는 부담감에 대해서 얘기하고 싶지 않았
다. 파리는 어머니가 옆방에서 옷을 입을 때, 그들이, 그러니까 그녀

와 쥘리앵이, 단둘이 있게 되었을 때 어색했었던 눈길들을 다 기억하고 있었다. 쥘리앵은 파리를 쳐다보고, 그녀는 뭔가 말할 것을 생각하려고 했었다. 어머니는 틀림없이 그걸 느꼈을 것이었다. 그것이 어머니가 쥘리앵과의 관계를 끝낸 이유였을지도 몰랐다. 만약 그렇다면 어머니는 어머니로서의 보호 본능보다는 질투심에 찬 연인으로서 그렇게 했을 것 같았다.

몇 주 후, 쥘리앵이 파리에게 동거하자고 제안했다. 그는 7구의 좌안에 위치한 작은 아파트에 살고 있었다. 파리는 좋다고 말했다. 콜레트의 가시 돋친 적개심이 이제는 참을 수 없는 지경에 이르러 있었다.

파리는 쥘리앵의 아파트에서 보낸 첫 번째 일요일을 기억한다. 그들은 몸을 맞대고 소파에 누워 있었다. 파리는 기분 좋게 반쯤 깨어 있었고, 쥘리앵은 커피 탁자에 긴 다리를 올리고 차를 마시고 있었다. 그는 신문의 마지막 면에 실린 사설을 읽고 있었다. 턴테이블에서는 자크 브렐의 음악이 흘러나오고, 이따금 파리는 그의 가슴에 대고 있던 머리를 움직였다. 쥘리앵이 몸을 숙여 그녀의 눈썹이나 귀나 코에 살짝 입을 맞췄다.

"어머니한테 얘기를 해야 해요."

그녀는 그의 몸이 굳는 걸 느낄 수 있었다. 그는 신문을 접고 돋보기를 벗어 소파 팔걸이에 놓았다.

"어머니는 알 필요가 있어요."

그가 말했다.

“그렇겠지.”

“‘그렇겠다’고요?”

“아니, 당연하다고. 네 말이 맞아. 전화해. 그러나 조심해야 해. 허락이나 축복을 해달라고 하지는 마. 어느 쪽도 얻지 못할 테니까. 그냥 얘기만 해. 타협의 여지가 없는 것이라는 점을 분명히 하고.”

“당신은 그렇게 말하는 게 쉽겠죠.”

“그럴지도 모르지. 그래도 닐라가 복수심이 많은 여자라는 걸 염두에 둬. 이런 얘기를 해서 미안하지만, 그래서 우리 관계가 끝났던 거야. 그녀는 놀라울 정도로 복수심이 많아. 그래서 내가 아는 거야. 너한테는 쉽지 않을 거야.”

파리는 한숨을 쉬고 눈을 감았다. 생각만 해도 배가 뒤틀렸다.

쥘리앵이 손바닥으로 그녀의 등을 쓰다듬었다.

“너무 신경 쓰지 마.”

파리는 다음 날 그녀에게 전화를 했다. 어머니는 이미 알고 있었다.

“누구한테 들으셨어요?”

“콜레트.”

파리는 당연하다고 생각했다.

“어머니한테 얘기할 참이었어요.”

“알고 있다. 그러고 있잖니. 이런 것은 숨길 수 없는 거다.”

“화나셨어요?”

“그게 중요하니?”

파리는 창문 옆에 서 있었다. 그녀는 무심코 손가락으로, 쥘리앵의 낡고 찌그러진 재떨이의 푸른색 가장자리를 더듬었다. 그녀는 눈을 감았다.

"아뇨, 어머니. 중요하지 않아요."

"**그게** 나한테 상처가 안 된다고 말할 수 있으면 좋겠구나."

"그러려고 했던 건 아니에요."

"그건 따져봐야 되겠지."

"제가 왜 어머니한테 상처를 주려고 하겠어요?"

어머니가 웃었다. 공허하고 불쾌한 웃음소리였다.

"때로 나는 너한테서 나를 못 본다. 당연히 못 보지. 결국 예상치 못했던 건 아니니까. 나는 파리, 네가 어떤 사람인지 모르겠다. 나는 네가 누구이며 뭘 할 수 있는지 모르겠다. 너는 나한테는 낯선 사람이다."

파리가 말했다.

"무슨 말씀인지 모르겠어요."

그러나 전화는 이미 끊겨 있었다.

에티엔 부스툴레르의 닐라 와다티 인터뷰 「아프간의 명금」 초록

《파랄락스》 84호(1974년 겨울 호), 38쪽

EB : 당신은 여기서 프랑스어를 배웠나요?

NW : 내가 어렸을 때, 어머니가 카불에서 가르쳐주셨어요. 나한테는 프

랑스어로만 말씀하셨어요. 매일 수업을 했죠. 어머니가 카불을 떠나셨을 때, 나는 아주 힘들었어요.

EB : 프랑스로 떠나셨나요?

NW : 네. 우리 부모님은 내가 열 살 때인 1939년에 이혼하셨어요. 어머니를 따라가는 건 전혀 불가능했어요. 그래서 나는 남았죠. 어머니는 이모인 아녜스와 살기 위해 파리로 가셨어요. 아버지는 어머니를 잃은 걸 달래주려고 나한테 가정교사를 붙이고 승마와 미술 교육을 받게 하셨어요. 그러나 그 무엇도 어머니를 대신할 수는 없는 법이죠.

EB : 어머니는 어떻게 되셨나요?

NW : 돌아가셨죠. 나치가 파리에 들어왔을 때요. 그들이 어머니를 죽인 건 아니었어요. 그들이 죽인 건 아녜스 이모였어요. 어머니는 폐렴으로 돌아가셨어요. 아버지는 연합군이 파리를 해방시킬 때까지 나한테 아무 말씀도 안 하셨어요. 그러나 그때쯤 나는 이미 알고 있었어요. 그냥 알았어요.

EB : 힘드셨겠네요.

NW : 견디기 힘들었어요. 나는 어머니를 사랑했어요. 전쟁이 끝나면 프랑스로 가서 같이 살 생각이었어요.

EB : 아버지와의 관계가 좋지 않았다는 말처럼 들리는군요.

NW : 안 좋았죠. 싸웠고요. 많이요. 그건 아버지에게 새로운 경험이었을 거예요. 아버지는 누가 자기한테 말대꾸를 하는 데 익숙하지 않았어요. 특히 여자한테서 말이죠. 우리는 내가 입는 옷, 내가 가는 곳, 내가 말하는 것, 말을 하는 방식, 내가 말하는 대상에 관한 문제로 다퉜죠. 나는 대담하고 진취적이 되었죠. 아버지는 훨씬 더 금욕적이고 감정적으로 준엄해졌고요. 우리는 당연히 서로의 적이 되었죠.

그녀가 깔깔 웃고 머리를 묶은 스카프의 매듭을 조인다.

NW : 그러다가 나는 사랑에 몰두하게 됐어요. 자주, 필사적으로, 그래서는 안 되는 남자들과 사랑에 빠졌어요. 아버지는 경악했죠. 가정부의 아들과도 그랬고, 아버지를 위해 사업을 해주던 하위직 공무원과도 그랬어요. 무모하고 제멋대로인 열정이었죠. 모두가 처음부터 불운한 것이었고요. 나는 은밀히 약속을 정하고 집을 빠져나갔어요. 물론 누군가가 아버지에게 나를 어느 도로에서 봤다고 고자질을 했고요. 그들은 그에게 내가 신 나게 놀더라고 말했어요. 그들은 늘 그런 식으로 말했어요. 내가 "신 나게 놀고" 있었다고요. 그렇지 않으면 그들은 내가 "활보하고" 있더라고 말했어요. 아버지는 사람을 보내 나를 데려오게 했어요. 그리고 나를 가둬놓았어요. 며칠 동안 말이죠. 그는 문 앞에서 이렇게 꾸짖었어요. **너는 나를 욕보이고 있다. 왜 나를 그렇게 욕보이는 거냐? 내가 너를 어떻게 해야 되겠니?** 때때로 그는 자신의 벨트나 주먹을 휘둘렀어요. 그는 나를 때리려고 쫓아왔어요. 아버지는 자기가 그렇게 무섭게 하면 내가 복종할 거라고 생각했던 것 같아요. 나는 그 당시, 많은 시를 썼어요.

젊은이의 정열이 묻어나는 수치스러운 장시들을 썼어요. 멜로드라마적이고 과장된 시였던 것 같아요. 새장에 갇힌 새와 쇠고랑을 찬 연인과 같은 것들에 대해 썼으니까요. 그렇다고 내가 그런 시들을 자랑스러워하고 있는 건 아니에요.

그녀는 겸손한 척하는 것과 거리가 먼 사람이었다. 따라서 자신의 초기 작품에 대한 그녀의 평가는 솔직한 것이라고 추측할 수 있다. 만약 그렇다면 그것은 대단히 매서운 평가다. 사실, 이 시기에 쓰인 그녀의 시들은 놀랍다. 번역으로 읽어도 그렇다. 그것을 쓸 당시, 그녀가 어린 나이였다는 사실을 감안하면 특히 그렇다. 그것은 감동적이고, 심상과 감정, 통찰력, 효과적인 세련미로 가득한 시들이다. 그 시들은 고독과 억제할 수 없는 슬픔을 아름답게 표현하고 있으며, 그녀의 실망감, 정상과 바닥을 오가는 사랑과 결부된 모든 광채와 약속과 함정을 기록하고 있다. 그리고 그녀의 시에는 엄청난 폐소공포증과 시야가 좁아지는 것에 대한 의식이 종종 묻어 있다. 그녀의 시에는 주변 상황이 주는 압박감에 대한 몸부림이 언제나 묻어 있다. 이는 익명으로 처리된 사악한 남자의 형태로 종종 묘사된다. 희미하게나마 아버지에 대한 암시도 드러난다. 나는 나의 이런 생각들을 그녀에게 다 얘기한다.

EB : 당신은 고전적인 페르시아 시에서 대단히 중요했던 리듬과 운과 운율을 이런 시에서 깨고 있습니다. 당신은 자유롭게 흐르는 심상들을 활용하고 있고 무작위적이고 세속적인 것들을 많이 도입하고 있습니다. 나는 이 점이 대단히 획기적이라고 생각합니다. 만약 당신이 예를 들어 이란처럼 더 부유한 나라에서 태어났다면 지금은 문학의 선구자로 알려졌을 게 거의 확실한 것 같습니다. 이 말에 동의하시나요?

그녀가 쓴웃음을 짓는다.

NW : 당신의 상상이죠.

EB : 그래도 나는 당신이 앞에서 말한 것에 상당히 충격을 받았습니다. 자신의 시가 자랑스럽지 않다고 했던 발언 말입니다. 당신의 시 중 마음에 드는 게 있습니까?

NW : 곤란한 질문이군요. 내가 창작 과정으로부터 그것을 분리할 수만 있다면 그렇다고 말하겠어요.

EB : 수단으로부터 목적을 분리한다는 말이군요.

NW : 나는 창작을 어쩔 수 없이 하는 도둑질 같은 짓이라고 생각해요. 부스튈레르 씨, 아름다운 글의 이면을 파보세요. 창작이란 다른 사람들의 삶을 파괴해서 그들을 끌어들이는 거예요. 그들의 욕망과 꿈을 훔치고 그들의 약점과 고통을 자기 것으로 만드는 거예요. 자기 것이 아닌 것을 가져가는 거예요. 알면서도 그렇게 하는 거예요.

EB : 그리고 당신은 그걸 아주 잘했고요.

NW : 내가 그렇게 한 것은 예술에 관한 높고 거창한 생각 때문이 아니라 선택의 여지가 없었기 때문이었어요. 그 충동이 너무 강했어요.

내가 그것에 굴복하지 않았다면, 나는 돌아버렸을 거예요. 당신은 나한테 자랑스러우냐고 물었죠. 도덕적으로 문제가 있는 수단을 통해 얻은 것을 자랑스럽게 생각하기란 어려운 일이죠. 그것을 칭찬하고 안 하고는 다른 사람들이 할 일이고요.

그녀는 와인 잔을 들어 다 마시고 병에 남아 있는 와인을 다시 따른다.

NW : 그러나 내가 당신에게 얘기할 수 있는 건 카불에서는 아무도 나를 칭찬하지 않았다는 거예요. 카불에서는 그걸 나쁜 취향이나 방탕이나 부도덕한 성격으로 치부했을 뿐, 아무도 나를 어떤 것의 선구자라고 생각하지 않았어요. 특히 아버지가 그러셨죠. 그는 내 글이 **창녀**의 헛소리라고 말했어요. 아버지는 그 단어를 직접적으로 사용했어요. 그는 내가 가문에 돌이킬 수 없는 먹칠을 했다고 했어요. 그는 내가 자기를 배신했다고 했어요. 그는 나에게 점잖게 행동하는 것이 왜 그렇게 어려우냐고 계속 물었어요.

EB : 당신은 어떻게 반응하셨나요?

NW : 나는 그에게 점잖고 어쩌고 하는 것에 관심이 없다고 말했어요. 개줄에 목이 묶이고 싶은 마음이 조금도 없다고 했어요.

EB : 그랬다면 더 기분 나빠 하셨겠네요.

NW : 당연하죠.

나는 망설이다가 다음 말을 한다.

EB : 하지만 나는 그의 분노를 이해합니다.

그녀가 눈썹을 추켜세운다.

EB : 그는 가장이었지 않습니까. 당신은 그가 알고 있고 소중하게 생각
하는 모든 것에 직접적으로 도전했어요. 당신은 삶과 글을 통해, 여
자들을 위한 새로운 영역이 필요하며 여자들이 자기 위치에서 할
말을 하고 정당한 자아실현을 해야 한다고 주장했어요. 당신은 그
와 같은 남자들이 오랫동안 유지하던 독점권을 거부하고 있었어요.
당신은 해서는 안 되는 말을 했어요. 당신은 혼자서 작은 혁명을 하
고 있었던 거예요.
NW : 나는 내가 섹스에 대해서만 쓰고 있다고 생각했어요.
EB : 하지만 그건 그 일부이지 않던가요?

나는 메모를 뒤적이며 「가시」「그럼에도 기다림을 위하여」「베개」 등과
같이 명백하게 성적인 시들을 언급한다. 나는 그녀에게 내가 그런 시들
을 좋아하는 건 아니라고 고백한다. 나는 그런 시들이 뉘앙스와 다의성
을 결여하고 있으며, 충격을 주고 속을 뒤집기 위한 목적에서 쓰인 것 같
다고 말한다. 또한 그 시들이 자극적이고, 아프간의 남녀 역할에 대한 분
노에 찬 고발로 다가온다고 말한다.

NW : 사실, 나는 화가 나 있었어요. 나는 내가 섹스로부터 보호를 받아

야 하고, 내 몸으로부터 보호를 받아야 한다는 태도가 싫었어요. 내가 여자이기 때문에 그래야 한다는 게 싫었어요. 여자들이 정서 적으로, 감정적으로, 지적으로 미성숙하다는 생각도 싫었고, 여자 들이 자기통제력도 없고 육체적인 유혹에 약하다는 생각도 싫었어 요. 아무 남자하고나 자지 못하도록 해야 하는 성적인 존재로 여자 들에 대해 생각하는 것도 싫었어요.

EB : 그런데 이런 얘기를 해서 죄송하지만, 당신은 바로 그렇게 행동하 지 않았던가요?

NW : 그런 생각에 대한 항의 표시로 그랬던 거죠.

웃을 때면, 그녀는 장난기로 가득하기도 하고 지적이기도 하다. 그녀 는 점심을 같이 먹겠느냐고 제안하면서, 딸이 최근에 냉장고를 가득 채 워놓았다며 뭔가를 만들겠다고 한다. 그녀는 맛있는 훈제 햄 샌드위치 를 만들어 가져온다. 그런데 하나밖에 안 가져온다. 그녀는 자신을 위해 서는 와인 병을 새로 따고 또 다른 담배에 불을 붙인다. 그녀가 자리에 앉는다.

NW : 부스툴레르 씨, 이 인터뷰를 하는 동안에는 우리가 좋은 관계에 있으면 어때요?

나는 그렇게 하겠다고 말한다.

NW : 그렇다면 두 가지 부탁을 들어주세요. 샌드위치를 먹고 내 술잔을
쳐다보는 건 그만둬주세요.

그 말을 듣고 나는 술에 대해 물으려고 했던 생각을 참는다.

EB : 그다음에는 무슨 일이 있었나요?

NW : 나는 1948년에 병에 걸렸어요. 열아홉 살이 다 되었을 때였죠. 심
각한 병이었어요. 그 정도로만 얘기할게요. 아버지는 치료를 위해
나를 델리로 데려갔어요. 그는 의사들이 나를 치료한 6주 동안, 나
와 같이 있었어요. 나는 죽을 수도 있었어요. 어쩌면 죽었어야 했
는지도 몰라요. 죽음이 젊은 시인의 경력에는 상당히 도움이 되잖
아요. 우리가 돌아왔을 즈음, 나는 약하고 움츠러들어 있었어요.
글은 쓸 수가 없었어요. 나는 음식이나 대화나 연회에 거의 관심이
없었어요. 나는 손님들이 오는 게 싫었어요. 커튼을 치고 하루 종
일 자고만 싶었어요. 대부분 그렇게 했고요. 그러다가 결국 자리에
서 일어나 서서히 일상적인 일을 시작했어요. 여기에서 일상적인
일이란 사람이 제대로 기능하기 위해 필요한 아주 기본적인 것들
을 말하는 거예요. 그러나 나는 내가 작아진 것 같았어요. 뭔가 중
요한 것을 인도에 두고 온 것 같았어요.

EB : 아버지가 걱정하셨나요?

NW : 정반대였죠. 그는 힘이 났어요. 그는 내가 죽음의 문제와 맞닥뜨리
고 나서 미숙함과 변덕에서 벗어났다고 생각했어요. 그는 나의 상

실감을 이해하지 못했어요. 부스툴레르 씨, 언젠가 나는 눈사태가 나서 눈 밑에 깔리면 어느 쪽이 위인지 아래인지 알 수 없다는 얘기를 어딘가에서 읽은 적이 있어요. 밖으로 나오려고 눈을 파지만 잘못된 쪽으로 파서 결국 죽게 된다는 거죠. 나는 그런 느낌을 받았어요. 나는 나침반을 잃고 방향을 잃어버리고 혼란에 빠져 있었어요. 말로 표현할 수 없을 정도로 우울했어요. 그런 때는 사람이 약해지는 법이죠. 어쩌면 바로 그것이 내가 이듬해인 1949년, 술레이만 와다티가 아버지에게 나와 결혼하고 싶다고 말했을 때, 그렇게 하겠다고 한 이유였을 거예요.

EB : 당신은 그때 스무 살이었고요.

NW : 그는 그렇지 않았고요.

나는 그녀가 주는 또 다른 샌드위치를 거부한다. 그러나 커피는 마신다. 그녀는 물을 끓이려고 올려놓으면서, 나한테 결혼했느냐고 묻는다. 나는 결혼하지 않았으며 앞으로도 할 것 같지 않다고 답한다. 그녀는 어깨 너머로 나를 잠시 바라보더니 씩 웃는다.

NW : 아, 나는 딱 보면 알지요.

EB : 놀랍군요!

NW : 어쩌면 뇌진탕 때문인지도 몰라요.

그녀가 머리를 가린 대형 스카프를 가리킨다.

NW : 이건 모양을 내려고 한 게 아니에요. 이틀 전에 넘어져서 이마가 찢어졌어요. 그래도 내가 알았어야 해요. 당신에 관해서 말이에요. 내 경험으로는 당신처럼 여자를 잘 이해하는 남자는 여자들과 관계를 잘 맺고 싶어 하지 않는 것 같더군요.

그녀는 내게 커피를 주고 담배에 불을 붙이면서 자리에 앉는다.

NW : 부스툴레르 씨, 나는 결혼에 관한 나만의 이론을 갖고 있어요. 거의 언제나, 2주 안에 결혼 생활이 잘될지 어떨지 알게 돼요. 얼마나 많은 사람이 처음 2주 안에 사실상 답이 다 나왔음에도, 몇 년 동안, 아니 수십 년 동안, 자기 착각과 잘못된 희망 속에 갇혀 사는지 생각하면 놀라워요. 나로 말하면 그렇게 긴 세월이 필요하지도 않았어요. 내 남편은 괜찮은 사람이었어요. 그러나 그는 너무 심각하고 냉담하고 무관심했어요. 게다가 그는 운전사를 사랑하고 있었어요.
EB : 아, 그건 대단한 충격이었겠군요.
NW : 글쎄요, 일이 재미있게 돌아간 거죠.

그녀가 약간 서글픈 미소를 짓는다.

NW : 대개는 그가 안쓰러웠어요. 그렇게 태어나다니, 그보다 더 나쁜 때나 장소를 택할 수는 없었겠죠. 그는 우리 딸이 여섯 살 때, 뇌줄

중으로 죽었어요. 그때, 나는 카불에 머물 수 있었죠. 집도 있고 남편의 재산도 있었으니까요. 정원사도 하나 있었고 앞서 얘기한 운전사도 있었어요. 편안하게 살았을 거예요. 그러나 나는 짐을 싸서 파리와 함께 프랑스로 와버렸어요.

EB : 앞서 얘기한 것처럼, 딸을 위해서 그러셨겠군요.

NW : 부스툴레르 씨, 내가 했던 모든 것은 딸을 위해서였어요. 딸이 내가 자기를 위해 했던 모든 것을 이해하거나 고마워한다는 말은 아니에요. 내 딸은 놀랄 만큼 생각이 없어요. 내 딸이 자기가 어떤 삶을 살아야 했을지 안다면, 그리고 내가 아니었다면……

EB : 딸이 실망스러우신가요?

NW : 부스툴레르 씨, 나는 내 딸이 나한테 벌이라고 믿게 됐어요.

1975년의 어느 날, 파리가 그녀의 새 아파트로 들어가니 침대에 작은 소포가 놓여 있다. 그녀가 어머니를 응급실에서 데려오고 나서 1년 후고 그녀가 쥘리앵을 떠나고 나서 9개월 후다. 파리는 현재, 간호학을 전공하는 자히아라는 이름의 젊은 여학생과 같이 살고 있다. 자히아는 갈색 곱슬머리에 녹색 눈을 한 알제리인으로, 쾌활하고 지치지 않는 성격의 유능한 여자다. 그들은 지금까지 잘 어울려 살고 있다. 그런데 자히아가 남자 친구인 사미와 약혼을 해 이번 학기가 끝나면 그와 함께 살려고 한다.

꾸러미 옆에 접힌 쪽지가 있다. 거기에 이렇게 쓰여 있다.

너한테 온 거야. 사미의 집에서 자고 올게. 내일 보자. 즈 탕브라스(안녕). 자히아.

파리는 소포를 푼다. 안에는 잡지 한 권이 들어 있고 거기에 쪽지가 붙어 있다. 낯익은 필체다. 거의 여성적일 만큼 우아한 필체.

이건 닐라한테 갔다가 콜레트의 옛날 아파트에 사는 부부한테 갔다가 다시 나한테 온 거야. 네 주소를 바꿔놓아야 할 것 같아. 마음 단단히 먹고 읽어야 할 거야. 우리 중 누구에 관해서든 좋은 말은 없으니까. 쥘리앵.

파리는 잡지를 침대에 내려놓고 시금치 샐러드와 쿠스쿠스를 만든다. 그러고는 파자마로 갈아입고 세를 낸 작은 흑백텔레비전 옆에서 음식을 먹는다. 무심코 그녀는 비행기를 타고 괌에 도착하는 베트남인들의 모습을 바라본다. 그걸 보면서, 그녀는 미국의 베트남 전쟁을 반대하는 시위를 거리에서 벌이던 콜레트를 생각한다. 콜레트는 어머니의 추도식에 달리아와 데이지 화환을 가져오고 파리를 안고 입맞춤을 했다. 그녀는 연단에 나가 어머니가 쓴 시를 아름답게 낭송했다.

쥘리앵은 추도식에 참석하지 않았다. 그는 전화를 해서 힘없는 목소리로 자기는 그런 추도식이 너무 우울해서 싫다고 했다.

그 말에 파리는 이렇게 응수했었다.

누군들 싫지 않겠어요?

내 생각에 나는 안 가는 게 상책일 것 같아.

마음대로 하세요.

파리는 수화기에 대고 그렇게 말하면서, 오지 않는다고 용서받을
수 있는 건 아닐 거라고 생각했다. 그건 자신도 마찬가지였다. 참석
한다고 해서 죄가 면제되는 건 아닐 것이었다. 우리는 얼마나 무모하
고 경솔했던가. 파리는 전화를 끊으면서, 자신이 쥘리앵하고 놀아난
것이 어머니를 최종적으로 궁지에 몰아넣은 일임을 깨달았다. 그 죄
의식과 끔찍한 후회가 평생 동안 그녀를 수시로 괴롭힐 것이고 그것
때문에 뼈에 사무치게 고통스러울 것이라는 걸 알았다. 그녀는 지금
도 그렇고 앞으로도 이 문제로 힘겨운 싸움을 하게 될 것이었다. 그
녀의 마음은 끊임없이 그 문제로 괴로울 것이었다.

파리는 저녁 식사를 하고 난 후 목욕을 하고 다가올 시험에 대비
해 공책을 들여다본다. 그녀는 텔레비전을 좀 보다가 설거지를 하고
부엌 바닥을 쓴다. 그러나 소용이 없다. 다른 것에 마음을 쓸 수가
없다. 침대 위에 놓인 잡지가 윙윙거리는 저주파처럼 자신을 부르고
있다.

얼마 후, 그녀는 파자마 위에 레인코트를 걸치고 아파트에서 남쪽
으로 몇 블록 떨어진 샤펠 대로를 따라 걸어간다. 공기는 쌀쌀하다.
빗방울이 포장도로와 가게 진열장을 때린다. 그러나 아파트는 지금
으로선 그녀의 불안을 감당하지 못한다. 그녀에게는 차가움과 축축
한 공기와 열린 공간이 필요하다.

파리는 어렸을 때를 회상한다. 그녀는 질문을 참 많이 했었다. **어머
니, 카불에는 사촌들이 있나요? 숙모와 숙부들이 있나요? 할머니와 할
아버지도 있나요? 어째서 그분들은 한 번도 안 오시나요? 그분들에게**

편지를 쓸 수 있나요? 우리가 그분들을 찾아갈 수 있나요?

대부분의 질문은 아버지와 관련된 것들이었다. **아버지가 좋아하는 색은 무엇이었죠? 수영은 잘하셨나요? 농담을 많이 하셨나요?** 그녀는 언젠가 방에서 아버지가 자신을 따라다녔던 걸 기억한다. 그녀는 그에게서 나던 라벤더 비누 냄새와 반들반들하고 훤칠한 이마와 기다란 손가락들을 기억한다. 타원형의 청색 커프스단추, 양복바지의 주름도 기억한다. 그녀는 그들이 양탄자를 발로 찼을 때 올라오던 먼지도 기억한다.

파리가 그녀의 어머니에게서 원했던 것은 언제나, 연결이 되지 않는 기억의 편린들을 한데 모아 응집력 있는 일종의 이야기로 만들어 줄 접착제였다. 그러나 어머니는 많은 말을 하지 않았다. 그녀는 스스로의 삶에 관해서도, 그들이 카불에서 살던 시절에 관해서도 말을 아꼈다. 그녀는 파리를 과거로부터 떨어쳐놓으려고 했고, 결국 파리는 더 이상 묻지 않게 되었다.

그런데 어머니는 에티엔 부스툴레르라는 잡지기자에게, 딸에게 했던 것 이상으로 자신과 자신의 삶에 관해서 얘기했다.

혹은 정말 그랬을까.

파리는 아파트에서 그 기사를 세 번에 걸쳐 읽고 나왔다. 그녀는 어떻게 생각해야 할지, 뭘 믿어야 할지 모르겠다. 너무 많은 부분이 사실이 아닌 것처럼 들린다. 일부는 패러디처럼 읽힌다. 망가진 아름다움과 불운한 로맨스와 광범위한 무기력에 관한 섬뜩한 멜로드라마가 너무 숨 막히고 괄괄한 형태로 토로된 것 같다.

파리는 피갈을 향해 서쪽으로 걷는다. 그녀는 양손을 레인코트 주머니에 넣고 활기차게 걷는다. 하늘이 빠르게 어두워지고 있다. 그녀의 얼굴로 쏟아지는 빗줄기가 점점 더 거세지고 있다. 비가 더 줄기차게 내리면서 창문에 물결이 일고 자동차 헤드라이트가 흐릿하게 보인다. 파리는 어머니의 아버지이자 자신의 외할아버지가 되는 사람을 만난 기억이 없다. 책상에 앉아 책을 읽는 사진을 한 장 본 게 전부다. 그러나 외할아버지가 어머니가 묘사한 대로 수염을 비비 꼬던 악당이었을 것 같지는 않다. 파리는 자신이 이 이야기의 이면을 꿰뚫어 보았다고 생각한다. 그녀가 추측하기에, 외할아버지가 인생을 망치게 될 불행하고 자기 파괴적인 딸에 대해 걱정한 건 옳은 일이다. 외할아버지는 모욕을 당하고 존엄성을 거듭 공격당해도 여전히 딸 곁에 있었고, 그 딸이 병에 걸리자 인도로 데리고 가서 6주 동안 같이 있어준 사람이다. 그런데 어머니한테 무슨 문제가 있었을까? 그들은 인도에서 어머니한테 뭘 한 걸까? 파리는 어머니의 배에 수직으로 난 상처 자국을 떠올린다. 파리는 전에 어머니에게 그것에 대해 물은 적이 있었다. 그런데 자히아에 따르면, 제왕절개 수술은 배를 수평으로 가른다고 했다.

어머니가 파리의 아버지이자 자신의 남편에 대해 기자에게 했던 말은 중상모략이었을까? 그가 운전사인 나비를 사랑했다는 것은 사실일까? 그런데 사람을 혼란스럽게 만들고 모욕을 주고 고통을 줄 작정이 아니라면, 오랜 세월이 흐른 후에 그런 것을 밝힌 이유는 뭘까? 그게 고통을 주기 위한 것이라면, 누구를 향한 것일까?

파리는 어머니가 자신에 대해서 좋지 않게 얘기한 데에는 놀라지 않는다. 쥘리앵과의 일을 감안하면 당연하지 싶다. 또한 그녀는 어머니가 어머니로서의 역할에 대해 대단히 선별적으로 얘기한 것에 대해서도 놀라지 않는다.

거짓말은?

그러나……

어머니는 재능 있는 작가였다. 파리는 어머니가 프랑스어로 쓴 것들을 다 읽었고, 페르시아어로 된 시를 번역한 것들도 다 읽었다. 그녀의 글이 가진 힘과 아름다움은 부정할 수 없었다. 그러나 어머니가 인터뷰에서 자신의 삶에 대해 얘기했던 게 거짓이라면, 그녀의 작품에 나오는 이미지들은 어디서 왔던 것일까? 정직하고 사랑스럽고 사납고 서글픈 말들의 원천은 무엇이었을까? 그녀는 재능 있는 사기꾼에 지나지 않았던 걸까? 지팡이 대신 펜을 갖고 자기도 알지 못했던 감정을 불러옴으로써 독자들을 움직일 수 있었던 마술사였던 걸까? 그게 가능하기라도 했을까?

파리는 알지 못한다. 어쩌면 어머니의 진짜 의도는 파리의 발밑에 있는 땅을 요동치게 만드는 것이었는지 모른다. 의도적으로 그녀를 불안정하게 만들어 충격을 주려고 한 것이었는지 모른다. 그녀를 스스로에게 낯선 존재로 만들려고 한 것이었는지 모른다. 파리가 자신의 삶에 대해 알고 있는 모든 것에 의문을 품게 하려는 것이었는지 모른다. 그래서 그녀가 깜깜한 밤에 어둠과 미지의 것에 둘러싸인 사막을 떠도는 망연자실한 느낌을 갖게 하려고 한 것이었는지 모른다.

멀리서 깜빡거리며 계속 뒤로 물러나는 희미한 불빛처럼 진실을 알수 없게 하기 위한 것이었는지 모른다.

어쩌면 이것이 어머니의 복수인지도 모른다. 쥘리앵을 향한 것만이 아닌, 늘 실망만 안겨준 파리를 향한 복수인지도 모른다. 어쩌면 파리가 그만뒀어야 하는 음주와 남자들, 그리고 행복을 향해 필사적으로 돌진하며 허비한 세월들에 대한 복수인지도 모른다. 파리가 누볐던 막다른 골목들에 대한 복수인지도 모른다. 그런 실망감이 하나하나 더해질 때마다 어머니는 더 망가지고 더 틀어지고 행복은 더 잡을 수 없는 것이 됐는지도 모른다. 파리는 생각한다. **어머니, 당신의 자궁에서 잉태되고 자라면서 나는 뭐가 되어야 했나요? 희망의 씨앗이었나요? 당신이 어둠의 늪을 건너기 위해 구입한 표였나요? 당신의 가슴에 난 구멍에 댈 헝겊 조각이었나요? 그렇다면 내가 충분하지 못했죠. 충분 근처에도 못 미쳤죠. 나는 당신의 고통에 대한 진통제도 못 되었고 또 다른 막다른 골목이자 짐이었을 뿐이죠. 당신은 그걸 일찍부터 알아차렸던 게 분명해요. 당신은 그걸 깨달았던 게 분명해요. 그러나 당신이 뭘 할 수 있었겠어요? 전당포에 가서 나를 팔아버릴 수는 없었을 테니까요.**

어쩌면 이 인터뷰는 어머니의 마지막 농담이었는지 모른다.

파리는 자히아가 실습 중인 병원에서 서쪽으로 세 블록 떨어진 레스토랑의 차일 밑으로 들어가 비를 피한다. 그녀는 담배에 불을 붙인다. 그리고 콜레트를 불러야겠다고 생각한다. 그들은 추도식 이후로 한두 번밖에 얘기를 하지 않았다. 어렸을 때, 그들은 껌을 입에 가득 넣고 턱이 아플 때까지 씹곤 했다. 그들은 어머니의 화장대 앞

에 앉아서 서로의 머리를 빗어주고 핀을 꽂아주곤 했었다. 길 건너
편으로 노파가 보인다. 비닐 모자를 쓰고 인도를 힘겹게 걸어가고 있
다. 그 뒤를 작은 테리어 애완견이 따르고 있다. 파리의 기억 속에 둥
지를 틀고 있던 안개에서 뭔가 자그만 것이 빠져나오더니 서서히 개
의 형상을 갖춘다. 이런 일이 처음은 아니다. 그런데 그 개는 노파가
데리고 가는 개처럼 작은 애완견이 아니라, 크고 사납고 털이 많고
지저분하고 꼬리와 귀가 잘린 큼지막한 개다. 파리는 이것이 기억인
지, 아니면 헛것을 보는 건지 알 수 없다. 언젠가 어머니에게 카불에
서 개를 키운 적이 있었는지 물었더니, 어머니의 대답은 이랬다. **너는
내가 개를 싫어하는 걸 알잖니. 개는 자존심이 없어. 네가 발길질을 해
도 여전히 너를 좋아하잖아. 그게 싫어.**

어머니는 이런 말도 했었다. **나는 너한테서 나를 못 본다. 나는 네가
누구인지 모르겠다.**

파리는 담배꽁초를 버리고, 콜레트에게 전화하기로 결심한다. 어딘
가에서 만나 차를 마시고 어떻게 사는지, 누굴 만나는지 들을 생각
이다. 그러고 나서는 늘 그렇듯이 아이쇼핑을 할 것이다.

그리고 자신의 오랜 친구가 여전히 아프가니스탄에 가고 싶어 하
는지 확인해볼 생각이다.

파리는 콜레트를 만난다. 그들은 실내장식이 모로코식으로 된 유
명한 술집에서 만난다. 그 술집에는 보라색 커튼이 드리워져 있고 오
렌지색 방석이 곳곳에 있다. 그리고 작은 무대 위에서는 곱슬머리의

남자가 우드를 연주한다. 콜레트는 혼자 온 게 아니라 에리크 라콩브라는 이름의 젊은 남자와 같이 나타난다. 그는 18구에 있는 고등학교에서 7학년과 8학년 학생들에게 연극을 가르친다면서, 파리에게 그들이 몇 년 전에 물개 포획 반대 시위에서 만난 적이 있다고 말한다. 파리는 처음에는 생각이 나지 않다가, 콜레트가 사람들이 적게 나왔다고 몹시 화를 내며 가슴을 내리쳤던 바로 그 당사자라는 걸 기억해낸다. 그들은 바닥에 있는 푹신푹신한 망고색 방석에 앉아 술을 주문한다. 파리는 처음에는 콜레트와 에리크가 연인 사이라고 생각한다. 그러나 콜레트가 에리크를 자꾸 칭찬하는 걸 들으면서, 파리는 곧 자신을 위해 그를 데려왔다는 걸 알게 된다. 보통 이런 상황에서 그녀가 느끼는 불편함을 에리크도 똑같이 느끼는 모양이다. 그러자 그녀가 느끼는 불편함이 한결 덜해진다. 파리는 에리크가 얼굴을 붉히며 미안하고 당황스러운 표정으로 고개를 젓는 모습이 재미있고 귀엽기까지 하다. 파리는 빵에 검은 올리브 타프나드를 바르며 그를 흘낏 쳐다본다. 잘생겼다고는 할 수 없는 얼굴이다. 길고 윤기가 없는 머리칼을 목 뒤에서 고무줄로 질끈 묶고 있다. 손은 작고 피부는 창백하다. 코는 너무 좁고 이마는 너무 튀어나오고 턱은 거의 없는 거나 마찬가지다. 그러나 웃을 때면 눈이 빛나고 한 문장이 끝날 때마다 행복한 물음표처럼 미소 짓는 버릇이 있다. 그리고 그의 얼굴은 쥘리앵처럼 사람을 매혹시키진 않아도, 훨씬 더 친절해 보인다. 파리가 머지않아 알게 될 것처럼, 그는 관심을 가지고 사람을 대하고 인내심이 많으며 점잖다.

그들은 지미 카터가 대통령 선서를 하고 몇 개월이 지난 1977년 봄, 어느 쌀쌀한 날에 결혼한다. 에리크는 부모의 반대에도 불구하고 두 사람과 증인으로 콜레트만이 참석하는 약식 결혼을 하겠다고 주장한다. 그는 일반적인 결혼은 두 사람이 감당할 수 없는 사치라고 말한다. 부유한 은행가인 그의 아버지는 비용을 자기가 대겠다고 한다. 결국 에리크는 그들에게는 하나밖에 없는 자식이다. 그의 아버지는 그것을 선물로 받아들이든지, 아니면 빌려주는 것으로 생각하라고 한다. 그러나 에리크는 거절한다. 그가 그렇게 말은 하지 않지만, 파리는 그것이 결혼식장에서 자신이 느낄 어색함을 덜어주기 위해서임을 안다. 피붙이 하나 없고, 그녀의 손을 끌어 신랑에게 넘겨줄 이도 없고, 그녀를 위해 행복한 눈물을 흘려줄 아무도 없이, 그녀만 달랑 있으면서 느낄 어색함을 덜어주기 위한 것이라는 걸 안다.

그녀가 그에게 아프가니스탄에 갈 계획에 대해 얘기하자, 에리크는 쥘리앵과 전혀 다르게 그걸 이해해준다. 그녀 자신도 솔직히 인정하지 못했던 것인데, 그가 이해해준 것이다.

그가 말한다.

"당신은 자신이 입양되었다고 생각하는 거로군요."

"나와 같이 갈래요?"

그들은 에리크가 근무하는 학교의 방학이 시작되고 파리가 박사 과정으로부터 잠시 짬을 낼 수 있는 여름에 가기로 결정한다. 에리크는 자기가 가르치는 학생의 어머니를 통해 페르시아어 선생을 구해서 파리와 함께 공부한다. 파리는 종종 그가 소파에 누워 가슴에 카세트를 올려놓고 헤드폰을 끼고 있는 모습을 본다. 그는 눈을 감고 강한 억양으로 **고마워요, 안녕, 기분이 어떠세요?**를 페르시아어로 나직이 발음한다.

여름이 되기 몇 주 전, 에리크가 비행기 표와 숙소를 알아보고 있을 때, 파리는 자신이 임신했다는 걸 알게 된다.

에리크가 말한다.

"그래도 갈 수 있어요. 그래도 가야 해요."

반대하는 건 파리다.

"그건 무책임한 짓이에요."

그들은 난방도 잘 안되고 배관에서는 물이 새고 냉방도 안 되고 주워 온 가구들만 있는 스튜디오에서 살고 있다.

그녀가 말한다.

"여기는 아이를 키울 만한 곳이 아니에요."

에리크는 부업으로 피아노를 가르친다. 그는 연극에 눈을 돌리기 전에는 피아노를 전공할까 잠시 생각한 적도 있었다. 피부가 옅고 눈이 담갈색인 귀여운 이자벨이 태어날 때쯤, 그들은 뤽상부르 공원에서 멀지 않은, 방이 두 개인 작은 아파트로 이사 가 있다. 이번에는 빚이라는 걸 전제로 에리크 아버지의 도움을 받았다.

파리는 석 달간의 휴가를 내서 이자벨과 시간을 보낸다. 그녀는 이자벨 옆에 있으면 무중력상태가 된다. 이자벨이 자신을 쳐다보면 주변이 반짝이는 걸 느낀다. 에리크는 저녁에 학교에서 집에 오면, 코트를 벗고 서류 가방은 문가에 놓고 소파에 털썩 누워 팔을 벌리고 손가락을 꿈틀거린다.

"파리, 나한테 아이 좀 줘요. 이리 줘요."

그는 이자벨을 가슴 위에 올려놓고 뛰게 만든다. 그 모습을 보면서 파리는 그에게 그날 있었던 일을 얘기해준다. 이자벨이 우유는 얼마나 먹었으며, 낮잠은 얼마나 잤으며, 같이 텔레비전을 봤으며, 재미있는 놀이를 둘이서 했으며, 아이가 무슨 소리를 냈는지를 얘기해준다. 에리크는 아무리 들어도 질리지 않는다.

그들은 아프가니스탄에 가는 걸 연기했다. 솔직히, 파리는 해답과 뿌리를 찾고자 하는 날카로운 충동을 더 이상 느끼지 못한다. 에리크의 한결같은 따뜻함 때문이다. 파리의 발밑에 있는 땅을 단단하게 만들어준 이자벨 때문이다. 물론 아직도 틈새가 있고 사각지대가 있고 구멍도 있을지 모른다. 풀지 못한 질문들도 있고 어머니가 대답해주지 않은 것들도 있다. 그것들은 아직도 거기에 있다. 단지, 파리는 예전에 그랬던 것처럼 답변에 목말라하지 않는다.

그리고 그녀가 늘 갖고 있던 느낌, 즉 자신의 삶에 중요한 무엇인가나 누군가가 빠져 있다는 느낌이 무뎌졌다. 그것이 아직도 이따금 찾아오고, 느닷없이 그녀를 덮치기도 하지만, 예전처럼 빈도가 잦지 않다. 파리는 이렇게 만족한 적이 없었고, 이렇게 행복하게 정박해 있는 느낌을 받은 적이 없었다.

이자벨이 세 살 때인 1981년, 파리는 알랭을 임신한 상태로 뮌헨에서 열리는 학회에 참석하러 가야 했다. 그녀는 정수론을 벗어나, 특히 위상수학과 이론물리학에서 모듈러 형식을 활용하는 것에 관한 공동 논문을 발표한다. 발표에 대한 반응이 좋다. 나중에 파리는 몇몇 학자들과 어울려 시끄러운 술집에 가서 프레즐과 흰 소시지를 곁들여 맥주를 마신다. 그녀는 적당히 취해 자정 전에 호텔 방으로 돌아간다. 그리고 옷을 벗지도 않고 세수도 하지 않고 잠이 든다. 새벽 2시 30분에 전화벨이 울린다. 파리에서 걸려 온 에리크의 전화다.

"이자벨 때문에 전화했어요."

열이 있다고 한다. 잇몸이 갑자기 붓고 빨개졌단다. 살짝만 손대도 피가 많이 나온다는 것이다.

"이가 거의 보이지 않을 정도예요. 어떻게 해야 할지 모르겠어요. 어딘가에서 읽은 적이 있는데 이런 증상은……"

그에게 그만하라고 소리치고 싶다. 입 닥치라고 하고 싶다. 그 말을 듣는 걸 견딜 수가 없다. 그러나 너무 늦었다. 그녀는 소아 백혈병이라는 말을 듣고 만다. 아니 림프종이라고 했는지도 모른다. 여하튼 그게 무슨 차이인가? 파리는 침대 가장자리에 앉는다. 그녀는 돌처럼 앉아 있다. 머리가 쑤시고 온몸이 땀으로 축축해진다. 그녀는 700킬로미터나 떨어져 있어서 아무것도 할 수 없는 한밤중에 이렇게 끔찍한 얘기를 자신에게 한 에리크한테 화가 난다. 그녀는 자신의 어리석음에도 화가 난다. 걱정과 고뇌의 삶에 자발적으로 들어선 자신한테 화가 난다. 그건 미친 짓이었다. 정말로 미친 짓이었다. 자신이 통제하지도 못하는 세계가 자신에게 몹시도 소중한 것을 빼앗아 가지 않으리라는 어리석고 근거 없는 믿음을 가졌던 것은 미친 짓이었다. 세상이 자신을 파괴하지 않으리라고 믿은 건 미친 짓이었다. **나한**

텐 이런 걸 견뎌낼 용기가 없어. 그녀는 실제로 나직하게 중얼거린다. **나한텐 이런 걸 견뎌낼 용기가 없어.** 그 순간, 그녀는 부모가 되겠다고 한 것보다 더 무모하고 더 미친 짓을 생각할 수 없다.

그리고 그녀의 일부는 자신을 이처럼 고통스럽게 만드는 이자벨한테 화가 나 있다. 그러면서 그녀는 생각한다. **하느님, 저를 도와주세요. 이런 생각을 하는 저를 용서해주세요.**

"에리크, 에리크! 에쿠트 무아(내 말 좀 들어요). 내가 전화할게요. 일단 끊어요."

그녀는 핸드백에 든 것을 침대 위에 쏟고, 전화번호가 적힌 작은 적갈색 수첩을 집어 든다. 그녀는 리옹에 전화를 건다. 콜레트는 작은 여행사를 차려 남편인 디디에와 같이 리옹에 살고 있는데, 그는 의사가 되려고 공부하고 있다. 디디에가 전화를 받는다.

"파리, 내가 정신과 공부를 하고 있다는 건 알죠?"

"알죠, 알아요. 난 그저……"

그는 몇 가지 질문을 한다. 이자벨의 몸무게가 줄었는지, 밤에 식은땀이 나는지, 특이한 상처가 있는지, 피곤해하고 만성적인 열이 있는지 묻는다.

그걸 듣더니, 디디에는 아침에 아이를 의사한테 데려가는 게 좋겠다며, 자신이 의과대학에서 수련했을 때의 기억이 맞는다면 급성 치은구내염 같다고 말한다.

파리는 팔목이 아플 정도로 수화기를 꽉 잡고, 차분히 묻는다.

"디디에, 그게 뭔지 말해줘요."

"아, 미안해요. 내 말은 입병의 초기 증상 같다는 뜻이었어요."

"입병."

그는 그녀가 자신의 인생에서 들은 말 중 가장 행복한 말을 덧붙인다.

"내 생각에 아이는 괜찮을 거예요."

파리는 디디에를 두 번밖에 만난 적이 없다. 한 번은 그가 콜레트와 결혼하기 전이었고 다른 한 번은 그 후였다. 그러나 바로 그 순간, 그녀는 그를 진짜로 사랑한다. 그녀는 전화기에 대고 울면서 그렇게 말한다. 그녀는 그에게 사랑한다고 여러 번 말한다. 그가 웃으면서 잘 자라고 대꾸한다. 파리는 에리크에게 전화를 걸어 아침에 이자벨을 페랭 의사한테 데려가라고 말한다. 얼마 후, 파리는 귀가 얼얼해진 상태로 침대에 누워 흐릿한 녹색 나무 덧창 사이로 들어오는 가로등 불빛을 바라본다. 그녀는 여덟 살 때 폐렴에 걸려 입원했던 상황을 떠올린다. 어머니는 집에 가지 않고 침대 옆에 있는 의자에 앉아 자겠다고 했다. 그녀는 예기치 않게 늦게나마 자신의 어머니와 비슷한 걸 느낀다. 물론 결혼식 때도 그랬다. 이자벨이 태어났을 때도 그랬다. 다른 경우에도 그런 적이 많았다. 그러나 뮌헨에 있는 호텔 방에서 이 끔찍하고 경이로운 밤에 느꼈던 것보다 그것을 더 강하게 느낀 적은 결코 없었다.

이튿날, 그녀는 파리로 돌아가 에리크에게 알랭이 태어난 후에는 더 이상 아이를 갖지 말아야겠다고 말한다. 가슴이 아플 가능성만 더 늘어날 뿐이라면서.

1985년 이자벨이 일곱 살, 알랭이 네 살, 티에리가 두 살일 때, 파리는 파리에 있는 유명 대학의 교수가 된다. 그러자 예상했던 대로 대학가에서 온갖 말들이 난무한다. 서른여섯의 나이에 그 과의 최연소 교수이자 두 명밖에 없는 여자 교수 중 하나가 되었으니 당연하다면 당연한 일이다. 그녀는 그걸 잘 견뎌낸다. 어머니라면 견뎌낼 수 없었을 것이라고 생각하면서. 파리는 빌붙지도 않고 아첨하지도 않는다. 그녀는 싸우거나 불만을 제기하는 걸 억제한다. 그녀는 자신을 믿지 않는 사람은 늘 있게 마련이라고 생각한다. 그러나 베를린 장벽이 무너질 무렵, 그녀에게서도 장벽이 무너져, 지각 있는 처신과 상냥한 태도로 동료들 대부분의 마음을 서서히 사로잡게 된다. 그녀는 학과 내에서뿐만 아니라 다른 과에서도 친구를 사귀고 대학 행사, 자선 파티, 이따금 열리는 칵테일파티나 만찬에 기꺼이 참석한다. 에리크는 그런 행사가 있으면 그녀와 동행하는데, 우습게도 매번 똑같은 모직 타이를 매고 팔꿈치를 댄 코르덴 블레이저코트를 입겠다고 우긴다. 그는 혼잡한 실내를 돌아다니며 오르되브르[前菜]를 맛보고 와인을 마시고 즐겁고 어리둥절한 표정을 짓는다. 이따금 파리는 그가 수학자들과 섞여 얘기하다가 삼차원 다양체와 디오판토스 근삿값에 대한 자신의 의견을 말해야 하는 돌발적인 상황에서 그를 살짝 데리고 나와 구해주기도 한다.

파티에 참석한 이들 중 꼭 누구 한 사람은 파리에게 아프가니스탄의 상황에 대해 어떻게 생각하는지 질문을 던진다. 어느 날 저녁, 샤텔라르라는 이름의 객원교수가 약간 취해서 파리에게 소련이 떠나면 아프가니스탄이 어떻게 될 거라고 보느냐고 묻는다.

"교수님, 당신네 사람들에게 평화가 올까요?"

그녀가 대답한다.

"모르죠. 사실 저는 이름만 아프간인입니다."

그가 말한다.

"농 메 캉멤(아니 그래도), 생각하시는 게 있을 것 아닙니까?"

그녀는 미소를 지으며, 이런 질문을 받으면 항상 슬그머니 기어오르는, 스스로가 무능하다는 느낌을 떨치려고 애쓴다.

"《르 몽드》에서 읽은 것뿐이죠. 당신처럼 말이에요."

"그러나 교수님은 거기서 자라지 않으셨나요?"

"저는 아주 어렸을 때 그곳을 떠났답니다. 그런데 혹시 우리 남편 못 보셨나요? 엘보 패치를 댄 옷을 입은 사람인데요."

그녀의 말은 사실이다. 파리는 그곳 상황이 어떤지에 대해서는 뉴스를 통해 알고 있다. 신문에서 전쟁에 관한 기사를 읽고 서구가 무자히딘('지하드 전사'라는 의미로, 아프가니스탄의 반군 게릴라)에 무기를 대주고 있다는 것 정도는 안다. 그러나 아프가니스탄은 그녀의 관심에서 멀어져 있다. 집에 가면 할 일이 잔뜩 쌓여 있다. 그녀는 이제, 파리 중심에서 20킬로미터쯤 떨어진 기양쿠르의 아름다운 집에서 살고 있다. 방이 네 개나 된다. 그들은 오솔길도 있고 연못도 있는 공원 근처의 낮은 언덕에 산다. 에리크는 이제 가르치는 것 외에도 연극 대본을 쓴다. 그가 쓴 가벼운 정치 희극이 파리 시청사 근처의 소극장에서 가을에 공연될 예정이다. 그는 벌써 다른 대본을 써달라는 부탁을 받고 있다.

이자벨은 조용하지만 밝고 사려 깊은 청소년기에 접어들었다. 소녀는 일기를 쓰고 매주 한 권의 소설을 읽는다. 또 시네이드 오코너를 좋아한다. 손가락이 길고 아름다운 그녀는 첼로 교습을 받고 있는데, 몇 주 후에 있을 연주회에서 차이콥스키의 〈비창〉을 연주할 것이다. 그녀는 처음에는 첼로를 연주하는 데 거부감을 느꼈다. 그래서 파리는 연대의 표시로 몇 차례의 교습을 같이 받았다. 그런데 그것은 불필요하기도 하고 실현 불가능한 것이기도 했다. 불필요했던 건 이자벨 스스로가 금세 그 악기를 마음에 들어 했기 때문이고, 실현 불가능했던 건 첼로를 연주하자 파리의 손이 아팠기 때문이었다. 지난 1년 동안, 아침에 일어나면 파리의 손과 손목이 굳어 있었다. 근육이 풀리는 데 30분이 걸렸고 때로는 한 시간이 걸렸다. 에리크는 의사한테 가보라고 그녀를 다그치기를 단념하고 이제는 이렇게 말하고 있다.

"파리, 당신은 이제 마흔세 살일 뿐인데, 이건 정상이 아니에요."

파리는 진료 예약을 했다.

그들의 둘째인 알랭은 개구쟁이다. 아이는 무술에 푹 빠져 있다. 조산으로 나와서인지, 열 살 된 아이치고는 아직도 작다. 그러나 작은 몸집을 욕심과 적극적인 성격으로 만회한다. 아니, 그 이상이다. 알랭의 상대들은 그의 작은 몸집과 가느다란 다리에 늘 속는다. 그들은 그를 과소평가한다. 파리와 에리크는 밤에 종종 침대에 누워 그의 엄청난 의지와 지독한 힘에 놀란다. 파리는 이자벨도 그렇고 알랭에 대해서도 걱정하지 않는다.

그녀가 염려하는 건 티에리다. 어쩌면 티에리는 확실한 건 아니지만, 자신이 예기치 않게 세상에 나왔다는 걸 느끼고 있는지 모른다. 파리가 뭔가를 하라고 할 때마다, 티에리는 침묵과 찌푸린 표정으로 맞서고 법석을 떨며 고집을 피운다. 파리가 보기에 그 아이는 아무 이유도 없이 반항을 한다. 반항 자체를 위한 반항처럼 보인다. 그녀는 이따금 아이의 머리 위에 구름이 끼는 걸 보는데, 그것은 모이고 부풀다가 마침내 터져버린다. 그러면 티에리는 볼을 떨고 발을 구르며 화를 낸다. 그런 모습을 보면 파리는 놀란다. 에리크는 눈을 깜빡거리며 가련한 미소를 짓는다. 파리는 본능적으로 티에리가 자신에게는 관절이 아픈 것처럼 평생에 걸친 걱정거리가 될 것이라는 걸 안다.

그녀는 종종 어머니가 살아 있으면 어떤 할머니가 됐을지 궁금하다. 특히 티에리한테 어떤 할머니 노릇을 했을지 궁금하다. 직관적으로 그녀는 어머니가 그 아이를 다루는 데 도움이 됐을 것이라고 생각한다. 어머니는 그 아이에게서 자신의 일부를 봤을지 모른다. 물론 생물학적인 의미에서 그런 건 아닐 것이다. 파리는 한동안 그 점에 대해서는 확신을 했다. 아이들은 그녀의 어머니에 대해 알고 있다. 특히 이자벨은 호기심이 많아서, 외할머니가 쓴 시들을 많이 읽었다.

그녀가 말한다.

"할머니를 만났더라면 좋았을 거예요."

"할머니는 매혹적일 것 같아요."

"할머니와 저는 좋은 친구가 됐을 거예요. 엄마 생각엔 어때요? 우리는 똑같은 책을 읽었을 거예요. 저는 할머니를 위해 첼로를 연주해드렸을 거예요."

파리가 말한다.

"좋아하셨을 거다. 그 정도는 나도 알지."

파리는 아이들에게 자살에 관해서는 얘기해주지 않았다. 어쩌면 언젠가 알게 될지 모른다. 그러나 자신에게 들어서 그 사실을 알게 되지는 않을 것이다. 그녀는 부모가 자식한테 **너는 충분하지 않아**라고 말하며 자식을 버리는 것이 가능하다는 생각을 그들의 마음에 심어주지는 않을 것이다. 아이들과 에리크가 그녀에게는 늘 충분한 존재였다. 늘 그러할 것이다.

1994년 여름, 파리와 에리크는 아이들을 데리고 마요르카에 간다. 콜레트가 그들을 위해 휴가 일정을 짰다. 그녀가 운영하는 여행사는 이제 잘나가고 있다. 콜레트와 디디에가 마요르카에서 그들을 만나, 해변에 집을 세내어 2주 동안 같이 지낸다. 콜레트와 디디에한테는 아이가 없다. 생물학적으로 문제가 있어서가 아니라 그들 부부가 원하지 않아서다. 파리에게는 좋은 때다. 류머티즘도 잘 통제되고 있다. 그녀는 매주 메토트렉사트를 맞으며, 투약을 잘 참아내고 있다. 다행히 최근에는 스테로이드를 맞지 않아 불면증에 시달릴 필요가 없다.

파리가 콜레트에게 말한다.

"체중이 불은 건 말할 것도 없고, 스페인에서 수영복을 입어야 한다는 걸 알면서?"

그녀가 웃으면서 말을 잇는다.

"아, 허영이지."

그들은 섬을 둘러보며 소일한다. 세라 데 트라문타나 산맥 옆에 있는 북서쪽 해안으로 차를 몰고 가서 올리브 숲 옆에서 산보하고 소나무 숲으로 들어간다. 그들은 백색 조개, 루비나라고 불리는 맛있는 농어 요리, 툼베트라 불리는 가지와 서양호박 스튜를 먹는다. 티에리는 아무것도 먹지 않으려 한다. 레스토랑에 갈 때마다, 파리는 고기도 안 들어가고 치즈도 안 들어가고 토마토소스만 들어간 스파게티를 만들어달라고 부탁해야 한다. 최근에 오페라에 맛을 들인 이자벨의 요청으로, 그들은 어느 날 저녁, 자코모 푸치니의 〈토스카〉를 보러 간다. 콜레트와 파리에게 그것은 고된 시련이다. 그들은 은색 싸구려 보드카 병을 꺼내 살짝 마신다. 2막 중반에 이르자, 그들은 오페라에 빠진다. 그리고 스카르피아 역할을 맡은 배우의 연기에 학생들처럼 깔깔거리고 웃는다.

어느 날, 파리, 콜레트, 이자벨, 티에리는 점심을 싸서 해변에 간다. 디디에, 알랭, 에리크는 아침에 소예르 만을 따라 하이킹을 떠났다. 그들은 해변으로 가다가 이자벨의 마음에 드는 수영복을 사러 가게에 들른다. 그들이 가게에 들어갈 때, 파리는 두꺼운 판유리에 비친 자신의 모습을 얼핏 보게 된다. 그녀는 보통, 특히 최근에는 거울 앞에 서기 전에 나이가 든 자신의 모습에 대한 마음의 준비를 자동적으로 한다. 그럼으로써 어느 정도 충격이 완화되기 때문이다. 그러나 그녀는 점포 진열장에 비친 자신의 모습을 문득 보고 깜짝 놀란다. 그녀는 자기 착각에 왜곡되지 않은 적나라한 현실을 마주한다. 무릎의 늘어진 주름을 완전히 감춰주지 못하는 치마에 우중충하고 느슨한 블라우스를 입은 중년 여자. 햇빛이 그녀의 머리에 난 새치를 돋보이게 한다. 아이라인을 그리고 입술을 돋보이게 하는 립스틱을 바르긴 했지만, 그녀의 얼굴은 이제, 지나가는 사람이 도로명이나 우편함의 번지를 쳐다볼 때 그러하듯 그냥 쳐다보다가 눈길을 돌리는 얼굴이 되어 있다. 맥박이 한 번 뛰는 것도 안 되는 짧은 순간이지만, 그녀에게는 진열장에 비친 사람의 얼굴이 누군지를 깨달을 정도로는 긴 시간이었다. 그녀는 이자벨을 따라 가게 안으로 들어가면서 이것이 늙어가는 것인 모양이라고 생각한다. 전혀 예상하지 않을 때, 자신을 따라잡는 무작위의 불친절한 순간들.

나중에 그들이 해변에서 숙소로 돌아오자, 남자들은 이미 돌아와 있다.

알랭이 말한다.

"아버지가 나이 들어가시는 것 같아요."

싱크대에서 상그리아를 만들고 있던 에리크가 눈을 굴리며 기분 좋게 어깨를 으쓱한다.

"아버지, 제가 아버지를 부축해드려야 할 것 같았어요."

"1년만 기다려라. 내년에 다시 와 시합을 하자."

그들은 마요르카로 다시 가지는 못한다. 그들이 돌아오고 나서 일주일 후, 에리크한테 심장마비가 온다. 그가 조명 담당자와 얘기하는 도중에 발생한 일이다. 그는 이겨내지만, 이후 3년 동안 심장마비가 두 번 더 온다. 그리고 마지막의 심장마비는 치명적이어서, 파리는 마흔여덟의 나이에 어머니가 그랬던 것처럼 혼자가 된다.

2010년 이른 봄의 어느 날, 파리는 장거리전화를 받는다. 예상하지 못했던 전화는 아니다. 사실, 파리는 아침 내내 그 전화를 기다리고 있었다. 파리는 그 전화를 받을 때, 아파트에 혼자 있어야 한다. 그건 이자벨한테 평소보다 일찍 가라고 해야 한다는 의미다. 이자벨과 그녀의 남편인 알베르는 파리가 사는 방 한 칸짜리 아파트에서 몇 블록밖에 떨어지지 않은 생드니 북쪽에 산다. 이자벨은 아이들을 학교에 데려다 주고 이틀에 한 번씩 아침에 파리의 아파트에 들른다. 그녀는 파리에게 바게트와 신선한 과일을 사다 준다. 파리는 나중에 그렇게 될지는 몰라도, 아직 휠체어 신세를 질 상황은 아니다. 그녀는 지병으로 지난해에 일찍 퇴직을 해야 했지만, 아직은 혼자서 장을 보러 갈 수도 있고 산보를 할 수도 있다. 가장 큰 문제는 손이다. 추하고 비틀린 손이다. 심한 날은 유리 조각으로 휘젓는 것처럼 관절 주변이 아프다. 파리는 나갈 때마다 장갑을 낀다. 손을 따뜻하게 하기 위해서기도 하지만, 대부분은 울퉁불퉁한 관절과 흉한 손가락이 창피하기 때문이다. 그녀의 왼쪽 새끼손가락은 굽어져서 펴지지도 않는다. 의사에 따르면 백조 목 변형이라고 한다.

파리는 콜레트에게 말한다. **다 허영이지 뭐.**

이자벨이 오늘 아침에는 무화과, 몇 장의 비누, 치약, 타파웨어에 가득 담은 밤죽을 가져왔다. 알베르는 자신이 부주방장으로 일하는 식당의 주인들에게 밤죽을 메뉴에 추가하자고 제안할 예정이다. 이자벨은 봉지에 든 것을 꺼내면서, 자신이 새로 맡은 일에 대해 얘기한다. 그녀는 지금, 텔레비전 쇼와 광고를 위해 악보를 쓰고 있고, 조만간 영화음악의 악보도 쓰고 싶다고 한다. 또한 마드리드에서 지금 찍고 있는 미니 시리즈의 음악을 작곡하기 시작할 거라고 한다.

파리가 묻는다.

"네가 마드리드에 가는 거니?"

"농(아뇨), 예산이 너무 적어서 제 여행 경비는 대주지 않을 거예요."

"유감이구나. 알랭과 같이 있을 수 있을 텐데."

"어머니, 상상할 수 있으세요? 알랭이 가엾어요. 다리를 뻗기조차 힘든 방에 산대요."

알랭은 보험 설계사다. 아내인 아나와 네 아이들과 함께 마드리드의 작은 아파트에 산다. 그는 파리에게 아이들의 사진과 짤막한 동영상을 이메일을 통해 정기적으로 보낸다.

파리는 이자벨에게 티에리로부터 연락 온 게 있느냐고 묻는다. 이자벨은 없다고 대답한다. 티에리는 아프리카의 차드 동부에 있다. 그는 다르푸르 난민 수용소에서 일한다. 파리가 그걸 아는 것은 티에리가 이자벨과 이따금 연락을 하기 때문이다. 누나가 그의 유일한 연락처다. 파리는 이자벨을 통해 아들이 어떻게 사는지 대충 안다. 예를 들어, 그가 베트남에서 얼마간의 시간을 보냈다든가, 혹은 스무 살 때 잠깐, 베트남 여자와 결혼했었다는 걸 안다.

이자벨은 물을 끓이려고 주전자를 올려놓고 싱크대 찬장에서 컵 두 개를 꺼낸다.

"이자벨, 오늘 아침은 안 돼. 네가 가줘야 되겠다."

이자벨은 상처 받은 표정을 한다. 파리는 말을 좀 더 부드럽게 하지 못한 자신을 탓한다. 이자벨은 천성이 예민하다.

"전화를 기다리고 있거든. 혼자 있어야 돼서 그래."

"전화요? 누구 전화요?"

파리가 말한다.

"나중에 말해줄게."

이자벨이 팔짱을 끼고 웃는다.

"애인 생겼어요, 어머니?"

"애인이라고? 너, 장님이니? 최근에 내 모습이 어떤지 보기나 했니?"

"어머니가 뭐 어때서요."

"가거라. 나중에 틀림없이 얘기해줄게."

"다코르, 다코르(알았어요, 알았어)."

이자벨은 어깨에 핸드백을 걸치고 코트와 열쇠를 집어 든다.

"제 호기심이 발동했다는 것만 알아두세요."

오전 9시 30분에 전화를 거는 사람은 마르코스 바르바리스라는 이름의 남자다. 그는 페이스북 계정을 통해 파리에게 영어로 메시지를 남겼다.

당신이 닐라 와다티라는 시인의 딸입니까? 만약 그렇다면 중요한 일로 당신과 얘기를 하고 싶습니다.

파리는 웹사이트에서 그의 이름을 찾아보고 그가 카불의 비영리 단체에서 일하는 성형외과 의사라는 걸 알았다.

그가 전화를 걸어 페르시아어로 그녀에게 인사한다. 그는 파리가 그의 말을 멈추게 할 때까지 페르시아어로 계속 말한다.

"바르바리스 씨, 미안합니다만 영어로 얘기할 수 있을까요?"

"물론입니다. 미안합니다. 제 생각에…… 그러나 당신이 아주 어렸을 때, 떠났으니 이해합니다."

"네, 맞아요."

"저도 이곳에 와서 페르시아어를 배웠답니다. 그래서 아주 기본적인 말만 할 수 있는 정도죠. 저는 탈레반이 떠난 직후인 2002년부터 이곳에서 살았어요. 그때는 참 낙관적이었지요. 그래요, 모두가 나라의 재건과 민주주의를 위해 준비하고 있었으니까요. 지금은 다른 얘기가 됐어요. 지금 우리는 대통령 선거를 치르려고 하고 있지만, 그건 다른 이야기입니다. 안됐지만 그게 현실입니다."

파리는 아프가니스탄에 관한 마르코스 바르바리스의 장황한 얘기를 가만히 듣는다. 그에 따르면 다가오는 선거에서 카르자이가 승리할 것이라고 한다. 그의 얘기는 탈레반의 북부 지역 진출, 가속화하는 이슬람교도의 언론 침해, 카불의 인구과잉 등으로 이어진다. 그는 마지막으로 주거 비용에 관해 얘기하면서 이렇게 덧붙인다.

"저는 이 집에서 지금까지 오래 살았습니다. 제가 알기로 당신도 이 집에 살았었죠."

"네?"

"이 집은 당신 부모님의 집이었습니다. 저는 그렇게 믿고 있습니다."

"누가 이런 얘기를 당신에게 했는지 물어봐도 될까요?"

"집주인이죠. 나비라는 분입니다. 나비**였다**고 해야겠군요. 슬프게도 최근에 돌아가셨답니다. 그를 기억하십니까?"

그 이름은 파리에게 잘생긴 젊은 얼굴, 짧은 구레나룻, 뒤로 빗어 넘긴 검은 머리에 대한 기억을 불러일으킨다.

"네. 이름 정도만요. 우리 집의 요리사였습니다. 운전기사도 하셨고요."

"맞아요, 양쪽 다였지요. 그는 1947년부터 이 집에서 살았습니다. 62년을 여기서 산 셈이죠. 조금은 믿기 힘드시죠? 여하튼 앞서 얘기한 것처럼, 그는 죽었습니다. 지난달에 죽었습니다. 저는 그를 아주 좋아했습니다. 모두가 좋아했습니다."

"그렇군요."

마르코스 바르바리스가 말한다.

"나비가 저한테 메모를 남겼습니다. 자기가 죽은 다음에 읽으라고 하면서요. 그가 죽었을 때, 나는 아프간 동료한테 그걸 영어로 번역해달라고 했습니다. 제가 메모라고 했지만, 사실 이건 메모라기보다, 더 정확히 말해서 편지입니다. 그것도 아주 놀라운 편지지요. 나비는 이 편지에서 중요한 얘기를 합니다. 그래서 저는 당신을 찾으려고 했습니다. 일부 내용이 당신과 관련된 것이기 때문이기도 하고, 그가 편지에서 나한테 당신을 찾아 이 편지를 전해달라고 요청했기 때문이기도 합니다. 그런데 여러 차례 당신을 찾으려고 했지만 당신이 어디 있는지 찾을 길이 없었는데, 역시 인터넷이란 건 대단하군요."

그가 짧게 웃는다.

파리의 마음 한쪽에서 전화를 끊고 싶은 충동이 인다. 그녀는 순간적으로 이 노인이, 자신의 먼 과거 속의 노인이, 종이에 써서 지구의 다른 편에 있는 그녀에게 전해달라고 한 내용이 전혀 의심할 여지 없이 진실하다는 걸 직감한다. 파리는 어머니가 자신의 유년 시절에 관해 거짓말을 했다는 걸 오랫동안 알고 있었다. 그러나 삶을 떠받치던 땅이 거짓말로 무너졌다 해도, 파리가 그동안 그 땅에 심은 것은 거대한 떡갈나무처럼 진실하고 탄탄하고 허물 수 없는 것이 되었다. 에리크, 그녀의 아이들, 그녀의 손주들, 그녀의 경력, 콜레트 등 모든 것이 말이다. 그러니 무슨 소용일까? 수없는 세월이 흐른 후에 무슨 소용일까? 전화를 끊는 게 최선일지도 모른다는 생각이 든다.

그러나 파리는 그렇게 하지 않는다. 맥박이 빨라지고 손바닥에 땀이 고인다.

"그가 그 메모에서, 아니 그 편지에서 무슨 말을 했는데요?"

"한 가지만 먼저 말씀드리면 그는 자기가 당신의 외삼촌이라고 했습니다."

"외삼촌이라고요?"

"정확히 얘기하면, **의붓외삼촌**입니다. 이것 말고도 더 있습니다. 많은 얘기들을 했으니까요."

"바르바리스 씨, 지금 그걸 갖고 계신가요? 메모든 편지든 번역이든, 지금 갖고 계세요?"

"네."

"그걸 저한테 읽어주실 수 있나요?"

"지금 말입니까?"

"시간 여유가 있다면요. 제 쪽에서 전화를 다시 걸어 요금을 부담하겠습니다."

"그럴 필요는 없습니다. 그러나 정말 듣길 바라세요?"

그녀가 수화기에 대고 말한다.

"위(네). 바르바리스 씨, 그래 주세요."

그가 편지를 그녀에게 읽어준다. 그는 그녀에게 전체를 다 읽어준다. 시간이 잠시 걸린다. 그가 읽기를 마치자, 그녀는 그에게 고맙다며 곧 연락하겠다고 말한다.

그녀는 전화를 끊은 후, 커피를 마시려고 커피 메이커를 작동시키고 창가로 간다. 조약돌이 깔린 좁은 길, 블록 위쪽의 약국, 모퉁이에 있는 샌드위치 가게, 바스크인 가족이 운영하는 레스토랑 등, 낯익은 풍경이 창밖에 펼쳐져 있다.

파리의 손이 떨린다. 놀라운 일이 그녀에게 일어나고 있다. 정말로 놀랄 만한 일이다. 도끼로 땅을 찍자 갑자기 검은 석유가 위로 솟는 것처럼, 그녀의 마음속에서 어떤 그림이 올라오고 있다. 기억의 둑을 건드리자, 깊은 곳에서 뭔가가 올라오고 있다. 그녀는 레스토랑이 있는 방향을 바라본다. 그러나 그녀의 눈에 보이는 건 허리에 검은 앞치마를 두르고 테이블보를 털고 있는 차양 밑의 깡마른 웨이터가 아니라 붉은색의 작은 수레다. 구름이 많이 낀 하늘 밑에서 바퀴가 삐걱거리는 소리를 내면서, 능선을 넘고 마른 계곡을 스쳐 가고, 오르락내리락하는 황토색 언덕들을 지나는 작고 붉은 수레다. 그녀는 숲을 이루고 서 있는 과일나무들, 이파리에 와 닿는 산들바람, 지붕이 평평한 작은 집들 위로 뻗은 포도 덩굴들을 본다. 그녀는 빨랫줄과 개울 옆에 쭈그려 앉은 여자들, 마을 아이들이 못살게 굴어 움츠리고 있는 커다란 개, 도랑을 파고 있는 매부리코의 남자, 땀에 젖어 등에 달라붙은 그의 셔츠, 베일을 쓰고 불 위에 몸을 굽히고 있는 여자를 본다.

그러나 뭔가 다른 것도 어른거린다. 그 모든 것의 언저리에, 그녀의 환영 가장자리에, 뭔가 다른 것이 어른거린다. 이것이 그녀를 가장 세게 끌어당긴다. 종잡기 어려운 그림자다. 어떤 형상이다. 부드러우면서 딱딱한 것. 그녀의 손에 와 닿는 부드러운 손. 그녀가 한때 볼을 댔던 딱딱한 무릎. 그녀는 그의 얼굴을 찾으려 하지만, 그녀가 그 얼굴을 향해 고개를 돌릴 때마다 매번 빠져나간다. 파리는 구멍이 그녀의 안에서 벌어지는 느낌을 받는다. 그녀의 삶에는 평생, 큰 부재가 있었다. 여하튼 그녀는 늘 그것을 알고 있었다.

그녀의 입에서 자기도 모르게 말이 나온다.

"오빠."

그녀는 자신이 울고 있는지도 알지 못한다.

갑자기 페르시아 노래 한 소절이 그녀의 입에서 흘러나온다.

나는 어느 날 밤, 바람에 날아간

슬픈 요정을 알고 있네.

그녀는 또 다른 소절이 그 앞에 있다고 확신하지만, 그것도 그녀에게서 달아나버렸다.

파리는 앉는다. 그래야 한다. 그 순간 서 있을 수 있을 것 같지 않다. 그녀는 커피가 다 끓기를 기다리며 생각한다. 커피가 끓으면 한 잔 마시고 어쩌면 담배도 한 개비 피우고, 거실로 가서 리옹에 사는 콜레트에게 전화를 해, 카불로 가는 수속을 밟아줄 수 있느냐고 부탁할 것이다.

그러나 잠시, 파리는 앉는다. 커피 메이커에서 보글거리는 소리가 난다. 그녀는 눈을 감는다. 그러자 부드러운 언덕들과 높고 푸른 하늘, 풍차 너머로 지는 해, 멀리 지평선 위로 흐릿한 산의 윤곽들이 떠오른다.

7

2009년 여름

"네 아버지는 위대한 분이란다."

아델이 고개를 들었다. 자신을 향해 몸을 기울이고 이 말을 귀에 속삭인 사람은 말라라이 선생이었다. 구슬이 달린 보라색 숄을 어깨에 두른 뚱뚱한 중년의 여선생이 이제는 눈을 꼭 감고 소년을 향해 미소를 지어 보였다.

"너는 운이 좋은 아이다."

소년이 속삭여 대답한다.

"알아요."

좋아. 그녀가 입 모양으로만 말한다.

아델의 아버지가 격려사에 이어 짧은 기도를 올릴 때, 그들은 새로 문을 연 여학교의 앞 계단에 서 있었다. 학교는 지붕이 평평하고 창문이 널찍한 옅은 녹색의 사각형 건물이었다. 햇볕이 따갑게 내리쬐는 한낮이었다. 그들의 앞에는 눈을 깜빡이는 아이들, 부모들, 원로들, 그리고 작은 마을인 '샤드바그에나우(새 샤드바그)'에서 온 100여 명의 시골 사람이 모여 있었다.

아델의 아버지가 두툼한 집게손가락을 하늘을 향해 들어 올리며 말했다.

"아프가니스탄은 우리 모두에게 어머니입니다."

그가 낀 마노 반지가 햇빛을 받아 반짝였다.

"그러나 우리의 어머니는 지금 아픈 상태입니다. 오랫동안 아프셨습니다. 이제 어머니가 건강을 회복하도록 아들들의 도움이 필요한 때입니다. 그렇습니다. 그러나 어머니는 딸들의 도움도, 아들들의 도움만큼 필요로 합니다!"

이 말에 박수와 환호성이 터져 나왔다. 아델은 사람들의 얼굴을 훑어보았다. 그들은 열심히 자신의 아버지를 쳐다보고 있었다. 두툼한 검은 눈썹에 턱수염을 기른 아버지가 그들 위에 서 있었다. 그는 크고 강하고 넓어 보였다. 어깨는 뒤로 보이는 학교 입구에 찰 만큼 떡 벌어져 있었다.

아델의 아버지가 말을 이었다. 그리고 아델의 시선은 카비르한테서 멎었다. 그는 아버지의 경호원 중 한 사람으로, 칼라시니코프 소총을 손에 들고 아버지의 반대쪽에 무표정하게 서 있었다. 아델은 카비르의 검은 선글라스에 사람들의 모습이 비치는 걸 바라보았다. 카비르는 키가 작고 마르고 연약하게 생긴 사람이었다. 그는 반짝이는 자주색, 청록색, 오렌지색 옷을 입고 있었다. 아버지는 그가 매처럼 사나운 사람이며, 겉모습으로 그를 과소평가하는 것은 큰 실수라고 했다.

아버지가 길고 두툼한 팔을 뻗어 사람들을 환영하는 몸짓을 하며 말했다.

"그러니 아프가니스탄의 딸들이여, 나는 여러분에게 이렇게 말하고 싶습니다. 여러분에게는 이제 엄숙한 의무가 주어져 있습니다. 그것은 열심히 배우고, 자신을 활용하고, 학습에 박차를 가해, 여러분의 아버지와 어머니만이 아니라 우리 모두에게 공통되는 어머니를 자랑스럽게 하는 것입니다. 우리 나라의 미래는 내가 아니라 여러분의 손에 달려 있습니다. 나는 여러분이 이 학교를, 내가 여러분에게 주는 선물로 생각하지 않기를 바랍니다. 건물은 **진짜** 선물을 수용하기 위한 것일 뿐입니다. 그게 여러분입니다. 어린 자매 여러분, 여러분들이 선물입니다. 여러분은 나만이 아니라, 샤드바그에나우만이 아니라, 무엇보다도 아프가니스탄한테 선물입니다! 알라께서 여러분에게 축복을 내려주시기를 간절히 기원합니다!"

박수가 터져 나왔다. 여러 사람이 소리쳤다.

"알라께서 사령관님에게도 축복을 내려주시기를 간절히 기원합니다!"

아버지가 주먹을 들고 크게 웃었다. 그걸 바라보는 아델의 눈은 자부심으로 가득했다.

말라라이 선생이 아버지에게 가위를 건넸다. 붉은 리본이 교실 입구에 매여 있었다. 사람들이 그 모습을 더 잘 보려고 가까이 몰려들었다. 카비르는 몇몇 사람들에게 물러서라는 몸짓을 하며 두어 명의 가슴을 밀쳤다. 사람들은 리본을 자르는 장면을 찍으려고 휴대전화를 높이 들어 올렸다. 아버지가 가위를 잡고 잠시 생각하더니 아델을 향해 돌아서며 말했다.

"아들아, 네가 해라."

그가 아델에게 가위를 건넸다.

아델이 눈을 깜빡였다.

"제가요?"

아버지가 소년에게 눈을 찡긋하며 말했다.

"어서 해."

아델이 리본을 끊었다. 박수 소리가 오랫동안 이어졌다. 아델은 카메라 셔터를 누르는 소리와 사람들이 외치는 소리를 들었다.

"알라우 악바르(알라는 위대하시다)!"

그러고 나서 아버지는 학생들이 줄지어 한 명씩 교실로 들어갈 때, 출입구에 서 있었다. 그들은 여덟 살에서 열다섯 살까지의 어린 여학생들이었다. 모두가 흰 스카프를 두르고 줄무늬가 있는 검정색과 회색 교복을 입고 있었다. 아버지가 그들에게 준 것이었다. 아델은 학생들 하나하나가 들어가면서 부끄러운 듯 아버지에게 자신을 소개하는 모습을 바라보았다. 아버지는 따뜻한 미소를 지으며 그들의 머리를 두드려주고 격려의 말을 한두 마디씩 건넸다.

"마리암, 성공하기를 바란다."

"호마이라, 열심히 공부하렴."

"일함, 우리를 자랑스럽게 해다오."

나중에 아델은 검정색 랜드크루저 옆에 서서, 아버지가 더위에 땀을 흘리며 사람들과 악수하는 모습을 바라보았다. 아버지는 한 손에 염주를 들고 몸을 약간 기울인 채 이마에 주름을 잡으며 한 사람 한 사람한테 주의를 기울였다. 그들은 아버지에게 고마움을 표하고 기도를 해주고 존경의 표시를 했다. 많은 사람들은 그 기회를 이용해 그에게 부탁을 했다. 아이가 아파서 카불에 있는 의사를 찾아가야 한다는 어머니, 구두 수선 가게를 차리기 위해 돈을 빌려야 한다는 남자, 새로운 연장이 필요하다고 하는 기술자 등등.

사령관님께서 저를 좀 도와주신다면……

하소연할 데가 아무 데도 없으니 사령관님께서……

아델은 가까운 가족을 제외한 사람이 아버지를 부를 때 "사령관님" 외의 다른 표현을 사용하는 걸 들은 적이 없다. 그러나 러시아인들이 떠난 지는 오래였다. 아버지는 10년 넘게 총을 쏜 적이 없었다. 집에는 아버지가 지하드 전사였던 시절의 사진들이 액자에 넣어져 거실에 줄줄이 걸려 있었다. 아델은 사진 하나하나를 기억했다. 먼지 묻은 낡은 지프 옆에 기대고 있는 사진도 있었고, 그의 부하들과 함께 의기양양한 모습으로 불에 탄 탱크의 포탑 위에 앉아 있는 사진도 있었다. 그들이 격추시킨 헬리콥터 옆에서 가슴에 탄띠를 두르고 있는 사진도 있었다. 아버지가 조끼를 입고 탄띠를 걸치고 사막

에 이마를 대고 기도하는 사진도 있었다. 아델의 아버지는 그 당시에
는 훨씬 더 마른 모습이었다. 그의 뒤로는 언제나 산과 모래만이 있
었다.

아버지는 전투 중, 두 번이나 러시아군의 총에 맞았다. 그는 아들
에게 상처를 보여준 적이 있었는데, 하나는 왼쪽 갈비뼈 바로 밑이었
고—그는 그것 때문에 비장을 잃었다고 했다—다른 하나는 배꼽에
서 약간 떨어진 곳이었다. 아버지는 모든 걸 감안하면 자신은 운이
좋았다고 했다. 팔과 다리와 눈을 잃은 친구들도 있고, 얼굴에 화상
을 입은 친구들도 있다고 했다. 아버지는 그들이 조국을 위해 그런
희생을 치렀고, 알라를 위해 그런 희생을 치렀다고 했다. 그것이 지
하드라고 했다. 희생하는 것이 지하드라고 했다. 수족을 희생시키고
눈을 희생시키고 심지어…… 그런 일들을 기쁘게 하는 것이 지하드
라고 했다. 지하드는 어떤 권리와 특혜를 주기도 한다고 했다. 알라께
서 희생을 많이 한 사람들에게 보상을 해주시기 때문이라고 했다.

이승에서도 그렇고 저승에서도 마찬가지란다.

아버지는 처음에는 두툼한 손가락으로 아래를 가리키고 다음에
는 위를 가리키며 그렇게 말했다.

아델은 사진을 바라보며 더 모험적이었던 그 시절에 자신도 아버
지 옆에서 지하드에 참여했으면 얼마나 좋았을까 싶었다. 소년은 자
신과 아버지가 러시아 헬리콥터를 격추시키고 탱크를 폭파시키고 총
격을 교묘하게 피해 산에서 살고 동굴에서 자는 모습을 상상하기를
좋아했다. 아델은 자신이 아버지와 함께 전쟁 영웅이 되어 있는 모습

을 상상하면 기분이 좋았다.

아버지가 카불에 있는 대통령 궁인 아르그에서 카르자이 대통령과 웃으면서 찍은 큰 사진도 있었다. 이 사진은 더 최근 것이었는데, 샤드바그에나우에서 인도주의적인 일을 한 데 대한 표창을 받으면서 찍은 것이었다. 아버지는 상을 받을 만한 일 이상의 것을 했다. 새로운 여학교를 세운 것은 그가 최근에 한 일일 따름이었다. 아델은 시골 여자들이 아이를 낳다가 죽는 일이 전에는 많았는데, 자신의 아버지가 큰 병원을 세우면서부터 더 이상 그런 일이 없어졌다는 걸 알았다. 두 명의 의사와 세 명의 조산사가 근무하는 병원으로, 그들의 월급은 아버지의 호주머니에서 나왔다. 사람들은 무료로 진료를 받았다. 샤드바그에나우에는 예방접종을 하지 않은 아이가 하나도 없었다. 아버지는 사람들을 보내 샤드바그에나우의 전역에 걸쳐 물이 있는 곳을 찾아 샘을 파게 했다. 샤드바그에나우에 24시간 전기가 들어오게 도움을 준 것도 아버지였다. 적어도 열두어 개의 가게가 그가 빌려준 돈에 힘입어 문을 열었다. 아델이 카비르에게서 들은 바에 따르면, 아버지가 빌려준 돈을 돌려받는 경우는 거의 없다고 했다.

아델이 앞서 선생한테 했던 말은 진심이었다. 그는 자신이 그런 아버지의 아들이라서 운이 좋다는 걸 **알았다.**

악수가 끝나갈 무렵, 아델은 호리호리한 남자가 아버지에게 접근하는 모습을 보았다. 둥글고 가는 테의 안경을 쓰고 희끗희끗한 수염을 짧게 기르고, 작은 치아가 쓰고 난 성냥골처럼 생긴 사람이었다. 아델의 나이쯤 되는 아이가 그 뒤를 따르고 있었다. 아이의 엄지 발가락이 운동화에 난 구멍으로 비어져 나와 있었고, 머리칼은 납작하고 움직이지 않는 더미처럼 머리 위에 얹혀 있었다. 아이가 입은 청바지는 때가 묻어 뻣뻣했고, 그나마도 너무 작았다. 그에 반해, 티셔츠는 거의 무릎까지 내려와 있었다.

카비르는 노인과 아버지 사이로 비집어 들어가며 말했다.

"내가 이미 당신한테 오늘은 적당한 시간이 아니라고 했잖소."

노인이 대꾸했다.

"사령관님한테 몇 마디만 하게 해주시오."

아버지가 아델의 팔을 잡고 부드럽게 랜드크루저 뒷좌석에 태웠다.

"가자, 아들아. 네 어머니가 너를 기다리신다."

그는 아델 옆에 타고 문을 닫았다.

아델은 색이 들어간 차 유리가 올라갈 때, 카비르가 노인에게 무슨 말인가를 하는 걸 지켜보았다. 그러고 나서 카비르는 에스유브이의 앞쪽으로 와서 칼라시니코프 소총을 옆 좌석에 놓고 시동을 걸었다.

아델이 물었다.

"무슨 일이에요?"

카비르가 말했다.

"별일 아니다."

그들이 길로 접어들었다. 사람들 속에 있던 아이들 몇몇이 랜드크루저가 속력을 내 멀어지기 전에 차를 따라왔다. 카비르는 샤드바그 에나우 시를 양분하는 혼잡한 곳을 지나쳐 차를 몰았다. 그는 도로 를 빠져나가면서 자주 경적을 울렸다. 모든 사람이 길을 양보했다. 어 떤 사람들은 손을 흔들었다. 아델은 사람들로 붐비는 양쪽 인도를 바라보았다. 푸줏간의 갈고리에 걸려 있는 고기들, 나무 바퀴를 돌 리는 대장장이들, 고리버들 의자에 앉아 숫돌에 면도칼을 갈고 있 는 거리의 이발사들. 모두가 낯익은 모습이었다. 그들은 찻집, 케밥집, 자동차 수리점, 사원을 지나고 큰 광장을 지났다. 광장 한가운데에 는 푸른 분수와 검정색 돌로 된 3미터 높이의 무자히딘상像이 있었 다. 머리에 우아하게 터번을 두른 무자히딘은 어깨에 대전차 로켓포 를 메고 동쪽을 쳐다보고 있었다. 아버지가 개인적으로 카불에서 조 각가를 불러와 만들게 한 동상이었다.

북쪽에는 거주지가 몇 블록에 걸쳐 있었다. 도로는 좁은 비포장도 로였고 지붕이 평평한 작은 집들은 흰색이나 노란색, 푸른색 페인트 로 칠해져 있었다. 몇몇 집의 옥상에는 위성안테나가 설치돼 있었고 창문에는 아프간 국기가 드리워져 있었다. 아버지는 아델에게 샤드 바그에나우에 있는 대부분의 집과 상가는 지난 15년에 걸쳐 지어졌 다고 일러주었다. 그는 그것들을 짓는 데 상당한 역할을 했다. 여기 에 살고 있는 대부분의 사람들은 그를 샤드바그에나우의 설립자라 고 생각했다. 아델은 이 도시의 원로들이 아버지의 이름을 따서 도 시를 명명하겠다고 제안했지만, 아버지가 그 명예를 거절했다는 걸 알고 있었다.

중심가는 그곳으로부터 북쪽으로 3킬로미터 정도 뻗다가 샤드바그에코나, 즉 옛 샤드바그 마을로 이어졌다. 아델은 몇십 년 전의 마을을 한 번도 본 적이 없었다. 아버지가 자신과 어머니를 카불에서 샤드바그로 데려왔을 즈음 마을은 거의 사라지고 없었다. 집들은 모두 없어진 상태였다. 유일하게 남아 있는 과거의 유물은 썩어가는 풍차였다. 카비르는 샤드바그에코나에서 왼쪽으로 방향을 틀어 400미터쯤 되는 넓은 비포장도로로 접어들었다. 아델이 부모와 함께 살고 있는 저택을 둘러싼 3.5미터 높이의 두꺼운 벽으로 통하는 도로였다. 풍차를 제외하면, 그 저택은 샤드바그에코나에 남은 유일한 구조물이었다. 에스유브이가 흔들거리며 나아갈 때, 흰 벽들이 보였다. 벽의 위쪽을 따라 철조망이 설치돼 있었다.

저택 입구를 지키고 있는 제복 입은 경비가 경례를 하고 문을 열어줬다. 카비르는 문을 통과해 자갈이 깔린 길을 지나 집으로 차를 몰았다.

집은 밝은 분홍색과 청록색 페인트가 칠해진 3층짜리 건물이었다. 우람한 기둥, 뾰족한 처마, 전면이 햇빛을 받아 반짝이는 높은 유리로 된 집이었다. 흉벽, 멋진 모자이크 무늬가 있는 베란다, 구부러진 단철 난간이 달린 널찍한 발코니가 있었다. 방은 아홉 개였고 욕실은 일곱 개였다. 때때로 아델은 아버지와 술래잡기 놀이를 할 때, 아버지를 찾으러 한 시간 이상을 돌아다니기도 했다. 욕실 세면대와 부엌의 싱크대는 화강암과 대리석으로 되어 있었다. 아델은 최근, 아버지가 지하실에 수영장을 만드는 것에 대해 얘기하는 걸 듣고 기분이 퍽 좋았다.

카비르가 높은 현관문 밖의 순환 차로에 차를 세우고 시동을 껐다.

아버지가 말했다.

"잠깐 나가 있어."

카비르가 고개를 끄덕이고 차에서 나갔다. 아델은 그가 대리석 계단을 올라 문으로 가서 초인종을 누르는 걸 눈으로 좇았다. 문을 열어준 것은 다른 경호원인 아즈마라이였다. 땅딸막하고 우락부락한 사람이었다. 두 사람이 무슨 말인가를 하더니 계단에서 담배에 불을 붙였다.

아델이 말했다.

"정말로 가셔야 되나요?"

아델의 아버지는 아침에 남쪽으로 갈 예정이었다. 헬만드에 있는 목화밭을 둘러보고 그곳에 있는 면직물 공장의 일꾼들과 만나기 위해서였다. 그는 2주 동안 그곳에 가 있을 예정이었다. 아델에게 그것은 너무도 긴 시간처럼 여겨졌다.

아버지가 소년에게 눈길을 돌렸다. 그가 뒷좌석의 반 이상을 차지해, 아델은 더 작아 보였다.

"나도 안 갔으면 좋겠구나, 아들아."

아델이 고개를 끄덕였다.

"오늘 아버지가 자랑스러웠어요. 정말 자랑스러웠어요."

아버지가 큼직하고 무거운 손을 아델의 무릎에 얹었다.

"고맙다, 아델. 정말 고맙다. 그러나 내가 그런 곳에 너를 데려가는 건 네가 보고 배워서 우리처럼 운 좋은 사람들이 책임을 다하는 것이 중요하다는 걸 깨닫게 하기 위해서다."

"저는 아버지가 늘 떠나 있는 게 싫어요."

"아들아, 나도 그렇다. 나도 그래. 그러나 내일까지는 안 갈 거다. 저녁에는 집에 올 거다."

아델은 자신의 손을 내려다보며 고개를 끄덕였다.

아버지가 부드러운 목소리로 말했다.

"아델, 이 도시 사람들을 보렴. 그들이 나를 필요로 하고 있다. 그들은 집을 갖고 직장을 찾고 살아가는 데 내 도움을 필요로 한다. 카불도 나름의 문제를 갖고 있어서 그들을 도와줄 수 없다. 그래서 내가 도와주지 않으면 아무도 도와주는 사람이 없을 거야. 그렇다면 그 사람들이 고통을 당하게 되겠지."

아델이 나직하게 말했다.

"알아요."

아버지가 소년의 무릎을 부드럽게 쥐었다.

"네가 카불과 네 친구들을 보고 싶어 한다는 걸 나도 안다. 너와 네 엄마가 이곳에 적응하는 데 힘들어한다는 것도 안다. 그리고 내가 늘 어딘가에 가고 모임에 참석하고 많은 사람들 때문에 시간을 써야 한다는 것도 안다. 그러나…… 아들아, 나를 보렴."

아델이 눈을 들어 아버지의 눈을 바라보았다. 부얼부얼한 눈썹 밑의 눈이 자신을 향해 따뜻하게 빛났다.

"아델, 나한테는 이 세상의 누구도 너보다 중요한 사람은 없다. 너는 내 아들이다. 나는 너를 위해서라면 이 모든 걸 기꺼이 단념할 것이다. 아들아, 너를 위해서라면 목숨도 내놓을 것이다."

아델이 고개를 끄덕였다. 소년의 눈이 조금 촉촉해졌다. 때때로 아버지가 이런 식으로 얘기할 때면, 아델은 숨을 쉬기 어려울 정도로 가슴이 부푸는 걸 느꼈다.

"내 말 알아듣겠니?"

"네, 아버지."

"내 말을 믿니?"

"네."

"좋아. 그렇다면 아버지한테 입맞춤을 해주렴."

아델은 아버지의 목에 팔을 둘렀다. 아버지가 소년을 꼭 껴안았다. 아델은 어렸을 때를 떠올렸다. 자신이 한밤중에 악몽을 꾸다 일어나면 아버지는 어깨를 토닥거려줬다. 그리고 다시 침대에 눕히고 이불을 덮어주고 아델이 떨던 걸 멈추고 다시 잠이 들 때까지 껴안아주고 정수리에 입을 맞추곤 했었다.

아버지가 말했다.

"너를 위해 헬만드에서 뭔가를 가져올 수도 있다."

아델이 작은 목소리로 말했다.

"그러실 필요 없어요."

소년은 이미 감당할 수 있는 것 이상으로 많은 장난감을 갖고 있었다. 아버지의 부재를 벌충해줄 수 있는 장난감은 이 세상 어디에도 없었다.

그날 늦게, 아델은 집 안 계단 중간에 앉아 아래쪽에서 펼쳐지는 광경을 바라보았다. 초인종이 울리자 카비르가 나갔다. 그는 팔짱을 끼고 문틀에 기대어 입구를 막고서 다른 쪽에 있는 사람에게 얘기를 했다. 아델은 얘기 상대가 아까 전 학교에서 보았던 노인이라는 걸 알았다. 안경을 끼고 이가 타버린 성냥골처럼 생긴 그 노인 옆에는 구멍 뚫린 운동화를 신은 아이도 서 있었다.

노인이 말했다.

"어디 가셨소?"

카비르가 대답했다.

"사업차 남쪽에 가셨소."

"내일 가신다고 들었는데."

카비르가 어깨를 으쓱했다.

"얼마나 오래 자리를 비우시는 거요?"

"두세 달 정도요. 아무도 모르는 일이오."

"내가 듣기로는 그게 아니던데."

카비르가 팔짱을 풀며 말했다.

"노인장, 당신은 지금 내 인내심을 시험하고 있어."

"기다리겠소."

"여기서는 안 돼."

"내 말은 저쪽 길 옆에서 기다리겠다는 말이오."

카비르가 가만히 있지 못하고 발을 움직였다.

"마음대로 하시오. 그러나 사령관님은 바쁘신 분이오. 언제 돌아오실지 알 수 없소."

노인은 고개를 끄덕이고 물러났다. 아이가 그의 뒤를 따랐다.

카비르가 문을 닫았다.

아델은 거실 커튼을 잡아당겨 노인과 소년이 저택과 큰길을 연결하는 비포장도로를 걸어가는 모습을 창문으로 바라보았다.

아델이 말했다.

"아저씨는 저분한테 거짓말을 했어요."

"벌레들로부터 네 아버지를 보호하는 게 내 임무의 일부란다."

"그런데 저 사람이 원하는 게 뭐예요?"

카비르가 소파로 가서 신발을 벗었다. 그는 아델을 올려다보고 눈을 찡긋했다. 소년은 불쾌한 데다 자신에게 거의 한 마디도 하지 않는 아즈마라이보다 카비르를 훨씬 더 좋아했다. 카비르는 자신과 카드놀이도 해주고 디브이디도 같이 보았다. 카비르는 영화를 좋아했다. 그에게는 암시장에서 산 디브이디가 많았다. 그는 일주일에 열 편 정도의 영화를 보았는데, 이란 영화, 프랑스 영화, 미국 영화, 발리우드 영화 등 가리지 않고 보았다. 때때로 아델의 어머니가 다른 방에 있으면, 카비르는 아델에게 아버지한테 얘기하지 않겠다는 약속을 받고 칼라시니코프 소총의 탄창을 제거하고 아델이 무자히딘처럼 그것을 들고 있게 해줬다. 지금은 칼라시니코프 소총이 앞문 옆의 벽에 세워져 있었다.

카비르가 발을 팔걸이에 올리고 소파에 누워, 신문을 넘기기 시작했다.

아델이 커튼 자락을 놓고 카비르를 향해 말했다.

"해롭지 않은 사람들 같았어요."

신문 너머로 카비르의 이마가 보였다.

카비르가 나직이 대꾸했다.

"내가 그들을 들어오게 해서 차를 대접했어야 했나 보다. 케이크도 좀 주고 말이다."

"놀리지 마세요."

"모두가 해롭지 않은 사람들처럼 보인다."

"아버지가 그들을 도와주실까요?"

카비르가 한숨을 쉬었다.

"그럴지도 모르지. 네 아버지는 사람들에게는 강이나 마찬가지니까."

그가 신문을 내려놓고 씩 웃으며 덧붙였다.

"저건 어디 거지? 이리 와봐, 아델. 우리 저거 지난달에 봤잖아."

아델이 어깨를 으쓱하고 위층으로 올라가기 시작했다.

카비르가 소파에서 소리쳤다.

"앤서니 퀸이 나오는 〈아라비아의 로렌스〉야."

아델이 계단 위에 다다랐을 때, 카비르가 말했다.

"저 사람들은 벌레다. 저 사람들한테 속지 마라. 기회가 있다면 네 아버지를 홀딱 벗겨 먹을 사람들이니까."

아버지가 헬만드로 떠난 지 이틀째 되는 아침이었다. 아델이 부모님의 침실로 가는데, 문 저편으로 시끄러운 음악이 들려왔다. 아델의 어머니가 짧은 바지에 티셔츠를 입고 큼지막한 텔레비전 화면 앞에 있었다. 그녀는 금발 머리 여자 세 명이 땀을 흘리며 뛰고 쪼그려 앉고 한쪽 발을 내밀고 엉덩이를 올리는 동작을 따라서 하고 있었다. 그녀는 화장대의 큰 거울로 아들이 들어온 걸 보았다.

그녀가 헐떡거리면서 음악 소리보다 크게 말했다.

"같이 할래?"

"저는 그냥 여기에 앉아 있을게요."

아델은 양탄자가 깔린 바닥에 앉으며 어머니가 방을 가로질러 펄쩍펄쩍 뛰어갔다가 돌아오는 모습을 지켜보았다. 어머니의 이름은 아리아였다.

아델의 어머니는 손과 발이 우아하고 코는 약간 들창코였다. 얼굴은 카비르가 보는 발리우드 영화에 나오는 여배우 같았으며, 날씬하고 민첩하고 젊었다. 아버지와 결혼했을 때, 어머니는 겨우 열네 살이었다. 아델에게는 나이가 더 많은 어머니가 또 있었다. 세 명의 배다른 형들도 있었다. 그러나 아버지는 그들을 동부의 잘랄라바드에 살게 했고, 그래서 아델은 한 달에 한 번씩 아버지가 그곳에 데리고 갈 때, 그들을 만났다. 서로를 싫어하는 어머니와 계모 사이와는 달리, 아델은 배다른 형들하고 잘 지냈다. 잘랄라바드에 가면, 그들은 동생을 공원과 시장, 영화관과 부즈카시 대회에 데리고 다녔다. 또 동생과 같이 〈레지던트 이블〉 게임을 하고 〈콜 오브 듀티〉 게임에서 좀비들을 죽였다. 그들은 이웃에서 축구 경기를 하면 늘 동생을 자기들

편으로 끌어들였다. 아델은 형들이 가까이 살았으면 좋겠다고 생각
했다.

소년은 어머니가 누워서 발목으로 파란 공을 잡고 다리를 올렸다
가 내렸다가 하는 모습을 바라보았다.

솔직히 샤드바그는 너무 단조로워 견디기 힘들었다. 이곳에 산 지
거의 2년이 됐지만, 아직도 친구가 하나도 없었다. 자전거를 타고 혼
자서 시내로 갈 수도 없었다. 납치당할 위험이 곳곳에 산재해 있기
때문이었다. 그러나 소년은 이따금 잠깐씩 살짝 빠져나갔다. 물론 늘
저택 안에만 머물렀다. 아델에게는 학교 친구도 없었다. 아버지가 '안
전상의 이유'로 학교에 다니는 걸 허락해주지 않았다. 그래서 매일
아침, 가정교사가 집으로 와서 개인 교습을 해줬다. 대부분, 아델은
책을 읽거나 혼자서 공을 차거나 카비르와 함께 영화를 보았다. 이
미 본 영화를 보고 또 보았다. 소년은 천장이 높고 엄청나게 큰 집의
넓은 복도를 멍하니 돌아다니거나 크고 텅 빈 방을 돌아다니거나,
위층에 있는 자기 방에서 밖을 내다보며 앉아 있었다. 큰 저택에 살
았지만, 소년이 사는 세계는 쪼그라들어 있었다. 어떤 날은 너무 지
루해 나무라도 씹고 싶은 심정이었다.

아델은 어머니도 이곳에서 몹시 외로워한다는 걸 알았다. 그녀는
일상적인 일을 하며 하루를 보내려고 노력했다. 아침에는 운동을 하
고 샤워를 하고, 다음에는 아침을 먹고, 다음에는 독서를 하고 정원
을 돌보고, 그리고 오후에는 텔레비전에 나오는 인도 연속극을 보았
다. 아버지는 집을 자주 비웠다. 아버지가 없을 때면, 그녀는 늘 운동

화를 신고 회색 땀복을 입고 집 주변을 돌아다녔다. 그녀는 화장도 안 하고 머리를 목 뒤로 질끈 묶고 있었다. 아버지가 두바이에서 사다 준 반지와 목걸이, 귀걸이가 들어 있는 보석 상자는 거의 열어보지 않았다. 어머니는 때때로 카불에 사는 가족들하고 몇 시간 동안 통화를 했다. 그녀는 언니와 부모가 두세 달에 한 번씩 찾아와 며칠간 있을 때라야 생기가 돌았다. 그럴 때면, 그녀는 기다란 사라사 드레스를 입고 하이힐을 신고 화장을 했다. 눈은 반짝거렸으며 웃음소리가 커졌다. 그럴 때면, 아델은 어머니가 과거에 어떻게 살았는지 얼핏 엿볼 수 있었다.

아버지가 없을 때면, 아델과 어머니는 서로를 위로했다. 모자는 지그소 퍼즐 맞추기를 하고 아델의 닌텐도로 골프와 테니스 게임을 했다. 그러나 아델이 가장 좋아하는 건 어머니와 같이 이쑤시개로 집을 만드는 것이었다. 아델의 어머니는 종이 위에 삼차원적인 집의 청사진을 그렸다. 현관도 있고 박공 달린 지붕도 있고, 안에는 계단도 있고, 여러 개의 방 사이사이에는 벽들이 있었다. 그들은 우선 기초를 다지고, 다음에는 안쪽 벽과 계단을 만들었다. 그들은 이쑤시개를 조심스럽게 붙여 말리고 집을 짓는 데 몇 시간을 보냈다. 아델의 어머니는 결혼하기 전에는 건축가가 되고 싶었다고 했다.

그렇게 집 짓는 놀이를 할 때, 아델은 어머니가 아버지와 어떻게 결혼하게 됐는지에 대해 듣게 되었다.

사실, 네 아버지는 내 언니와 결혼하려고 했단다.

나르기스 이모 말인가요?

그래, 카불에서 있었던 일이지. 어느 날 네 아버지가 거리에서 네 이모를 봤던 모양이야. 그리고 결혼을 해야겠다고 생각했던 거지. 다음 날, 네 아버지는 다섯 남자와 함께 우리 집에 찾아왔어. 다짜고짜 안으로 들어왔는데, 모두가 목이 긴 구두를 신고 있었단다.

그녀는 아버지가 우스운 짓을 한 것처럼 고개를 저으며 웃었다. 그러나 그녀의 웃음은 정말로 우스울 때 짓는 웃음과는 다른 웃음이었다.

네가 외할머니와 외할아버지의 표정을 봤어야 하는데.

아버지와 그의 부하들, 그리고 외할머니와 외할아버지는 거실에 앉아 있었다. 어머니는 그들이 얘기하는 동안, 부엌에서 차를 만들고 있었다. 문제는 어머니의 언니인 나르기스가 이미 약혼한 상태라는 것이었다. 이모는 암스테르담에서 기계공학을 공부하는 사촌과 결혼하기로 돼 있었고, 외할머니와 외할아버지는 어떻게 그런 약혼을 파기할 수 있겠느냐고 물었다.

그때 내가 차와 과자가 담긴 접시를 들고 들어갔지. 나는 차를 따르고 탁자 위에 음식을 놓았어. 네 아버지가 나를 보더니, 내가 돌아설 때 이렇게 말하더구나. "어르신 말씀이 어쩌면 맞을지도 모르겠습니다. 약혼을 파기하는 것은 온당치 못하죠. 그러나 저 따님도 이미 임자가 있다면, 어르신이 저를 좋아하지 않는다고 할 수밖에 없을 것 같습니다." 그렇게 말하고 네 아버지가 웃었어. 그렇게 해서 우리가 결혼하게 된 거란다.

그녀가 접착제 통을 집으며 말했다.

아버지가 좋았어요?

그녀가 어깨를 약간 으쓱했다.

솔직히 말하면, 나는 무엇보다 네 아버지가 무서웠단다.

그러나 이제는 아버지를 좋아하시죠? 사랑하시죠?

아델의 어머니가 말했다.

당연히 그렇지. 무슨 질문이 그러니?

아버지와 결혼한 걸 후회하진 않으시죠?

그녀가 접착제를 내려놓고 잠시 기다렸다가 천천히 말했다.

아델, 우리가 사는 걸 보렴. 주변을 둘러보렴. 후회할 게 뭐가 있니?

그녀가 미소를 지으며 아들의 귓불을 부드럽게 잡아당겼다.

게다가 그랬다면 나한테 네가 없었을 거다.

아델의 어머니가 텔레비전을 끄고 마루에 앉았다. 그녀는 헐떡거리면서 목에 난 땀을 수건으로 닦았다.

그녀가 목을 뒤로 젖히며 말했다.

"오늘 아침에는 너 혼자서 뭔가를 하면 어떠니? 나는 샤워하고 뭘 좀 먹어야겠어. 네 외갓집에 전화도 해야겠고. 전화를 안 한 지 이틀이나 됐다."

아델이 한숨을 쉬고 일어났다.

소년은 아래층에 있는 자신의 방으로 갔다. 그 방은 전체 건물에서 돌출되어 있었다. 아델은 열두 살 때 아버지한테서 생일 선물로 받은, 지단의 이름이 새겨진 저지를 입고 축구공을 꺼냈다. 아래층으로 내려가자, 카비르가 신문을 누비이불처럼 가슴에 펼쳐놓고 낮잠을 자고 있었다. 아델은 냉장고에서 사과 주스 캔을 꺼내고 밖으로 나갔다.

아델은 저택 입구 쪽으로 난 자갈길을 걸어갔다. 무장한 경비가 근무하는 초소가 비어 있었다. 소년은 경비가 순찰을 도는 시간이라는 걸 알았다. 그래서 조심스럽게 문을 열고 밖으로 나가 문을 닫았다. 그러자 바로, 숨 쉬는 게 편해졌다. 어떤 날은 저택이 감옥처럼 여겨지기도 했다.

벽이 널따랗게 그림자를 땅에 드리우고 있었다. 아델은 도로를 벗어나 집 뒤쪽을 향해 걸어갔다. 그곳에는 아버지가 아주 자랑스럽게 생각하는 과수원이 있었는데, 몇천 제곱킬로미터에 달하는 땅에 배나무, 사과나무, 살구나무, 벚나무, 무화과나무, 비파나무가 길게 줄을 지어 심어져 있었다. 아버지와 함께 이 과수원에서 오랫동안 걸을 때면, 아델은 아버지의 어깨에 올라타 잘 익은 사과 두 개를 따곤 했다. 집과 과수원 사이에는 개간지가 있었지만, 정원사들이 자신의 연장을 보관하는 헛간 말고는 대부분 텅 비어 있었다. 거기에 있는 유일한 다른 것은 전에 있었던 나무의 그루터기였다. 생김새로 미루어 엄청나게 큰 나무였던 것 같았다. 아버지는 언젠가 아델과 함께 나이테를 세어보고, 나무가 칭기즈 칸의 군대가 들어왔을 무렵에도 있었을 가능성이 있다는 결론을 내렸다. 그는 슬프게 고개를 저으며 그 나무를 잘라버린 사람이 누구든 어리석은 바보였다고 말했다.

날이 더웠다. 하늘은 아델이 어렸을 때 크레용으로 그린 그림 속의 하늘처럼 구름 한 점 없이 푸르렀다. 하늘에서 해가 이글거리고 있었다. 아델은 사과 주스 캔을 나무 그루터기에 내려놓고 땅에 닿지 않게 공을 튀기는 연습을 했다. 지금까지 최고는 예순여섯 번이었다. 그는 봄에 그 기록을 세웠다. 그런데 지금은 여름 중반이었는데, 아직도 그걸 넘으려고 노력 중이었다. 스물여덟 번째로 공을 튀겼을 때, 아델은 누군가가 자기를 지켜보고 있다는 걸 알았다. 아이였다. 개교식에서 아버지한테 접근하려고 했던 노인과 같이 있었던 아이가 벽돌로 된 헛간의 그늘 속에 쭈그리고 앉아 있었다.

아델은 카비르가 낯선 사람들한테 얘기할 때처럼 고함을 치듯 말했다.

"너, 여기에서 뭘 하니?"

아이가 대답했다.

"그늘이 필요해서 그래. 이르지 마."

"너는 여기에 있으면 안 돼."

"너도 마찬가지지."

"뭐라고?"

아이가 깔깔거리며 웃었다.

"신경 쓰지 마."

아이는 팔을 크게 벌리고 일어섰다. 아델은 아이의 호주머니가 불룩한지 보려고 했다. 어쩌면 과일을 훔치려고 들어왔는지도 모를 일이었다. 아이가 아델한테 걸어와서 한 발로 공을 올리고 빠르게 두 번 튀기더니 뒤꿈치로 아델을 향해 찼다. 아델은 공을 잡아 품에 안았다.

"너희 집 깡패가 우리 아버지와 나한테 기다리라고 한 길 옆에는 그늘이 없어. 하늘에는 염병할 구름 한 점 없고 말이야."

아델은 카비르를 두둔해야 할 필요를 느꼈다.

"카비르는 깡패가 아니야."

"그는 우리가 칼라시니코프 소총을 유심히 보게 만들었지. 그건 내가 확실히 말할 수 있어."

아이는 아델을 바라보았다. 아이의 입술에 한가롭고 재미있다는 듯한 미소가 어려 있었다. 아이는 자기 발 옆에 침을 뱉었다.

"너는 그 박치기 선수 팬이구나."

아이가 무슨 말을 하는지 아델이 깨닫는 데 잠시 시간이 걸렸다.

"실수 한 번 한 걸 갖고 그를 판단해서는 안 되지. 그는 최고였어. 미드필드의 마법사라고."

"나는 더 잘하는 사람을 봤어."

"그래? 누구?"

"마라도나."

아델이 화가 나서 대꾸했다.

"마라도나라고?"

아델은 잘랄라바드에서 의붓형 하나와 이 문제로 다툰 적이 있었다.

"마라도나는 부정행위를 했어! '신의 손' 사건 기억나니?"

"모두가 속이고 모두가 거짓말을 하지."

아이가 하품을 하고 그곳을 떠나려고 했다. 아이의 키는 아델과 비슷했다. 크다면 머리카락 한 올 정도 컸다. 어쩌면 나이도 비슷할 것 같았다. 그러나 걸음걸이는 어른 같았다. 서두르지도 않았다. 세상의 모든 걸 다 보았고 아무것도 자신을 놀라게 할 수 없다는 듯한 분위기가 아이에게 어른거렸다.

"내 이름은 아델이야."

"나는 골람이야."

그들은 악수를 했다. 골람의 손에는 힘이 있었고, 손바닥은 메마르고 굳은살이 박여 있었다.

"너, 몇 살이니?"

골람이 어깨를 으쓱했다.

"아마 열세 살쯤 됐을 거야. 지금쯤 열네 살이 됐을 수도 있고."

"자기 생일을 모른다는 말이야?"

골람이 씩 웃었다.

"너는 네 생일을 알겠지. 그걸 기다리기도 할 거고."

아델이 변명하듯 대꾸했다.

"안 그래. 기다리지 않아."

"나는 가야 해. 우리 아버지가 혼자 기다리고 계셔서."

"나는 그분이 네 할아버지라고 생각했어."

"아니거든."

아델이 물었다.

"너, 페널티 킥 하고 놀래?"

"골대에 넣는 것 말이야?"

“각자 다섯 개씩 차는 걸로…… 어때?”

골람이 다시 침을 뱉고 거리 쪽을 곁눈질하더니 다시 아델을 쳐다보았다. 아델은 골람의 턱이 얼굴에 비해 조금 작고 양쪽 송곳니가 뻐드렁니로 나와 있고 그중 하나가 심하게 깨져 썩어가는 걸 보았다. 또 왼쪽 눈썹은 짧고 좁은 상처로 갈라져 있었다. 그리고 골람에게선 냄새도 심하게 났다. 그러나 아델은 지난 2년간 또래 아이와 노는 건 고사하고 얘기 한 번 한 적이 없었다. 잘랄라바드에 매월 가는 걸 제외하면 그랬다. 아델은 실망할 것에 대한 마음의 준비를 했다. 그런데 골람이 어깨를 으쓱하더니 말했다.

“그래, 해보지 뭐. 그런데 내가 먼저 찰 거야.”

그들은 두 개의 돌을 여섯 걸음쯤 떼어서 놓고 골대로 사용했다. 골람이 다섯 번을 찼다. 한 번은 넣고 두 번은 빗나가고 나머지 두 번은 아델이 쉽게 막았다. 골람의 골키퍼 실력은 슛 실력보다 훨씬 더 나빴다. 아델은 네 개를 넣었는데, 매번 골람의 몸이 다른 방향으로 쏠리게 속이고 슛을 했다. 아델이 잘못 찬 슛 하나는 골대를 향해서 날아가지도 않았다.

골람이 무릎에 손바닥을 대고 말했다.

“에이 씨발.”

아델은 웃지 않으려 했지만 힘들었다. 속으로는 날아갈 것 같았다.

“다시 할래?”

골람이 그러겠다고 했다. 결과는 훨씬 더 일방적이었다. 골람은 한 골밖에 못 넣었다. 아델은 이번에는 다섯 개를 다 넣었다.

골람이 손을 위로 들고 말했다.

"그래, 내가 졌어."

골람은 나무의 그루터기로 가더니 신음 소리를 내며 앉았다. 아델은 공을 갖고 그 옆에 앉았다.

골람이 청바지 앞주머니에서 담뱃갑을 꺼내며 말했다.

"이것도 아마 도움이 안 되겠지."

담뱃갑에는 담배가 한 개비만 들어 있었다. 골람은 성냥을 그어 불을 붙이고 만족스럽게 빨아들이더니 아델에게 건넸다. 아델은 골람한테 깊은 인상을 심어줄 요량으로 한번 피워보고 싶었지만 사양했다. 카비르나 어머니가 담배 냄새를 맡게 될 게 걱정돼서 그랬다.

골람이 고개를 뒤로 젖히며 말했다.

"잘 생각했어."

그들은 한동안 축구에 대해 한가롭게 얘기했다. 아델은 골람이 축구에 대해 잘 알고 있다는 사실이 기쁘기도 하고 놀랍기도 했다. 그들은 자기가 좋아하는 경기와 골 이야기를 했다. 그들은 각각 최고의 축구 선수를 다섯 사람씩 꼽아보기로 했다. 대부분은 같았지만, 골람이 브라질의 호나우두를 포함시킨 데 반해 아델은 포르투갈의 호날두를 포함시켰다. 결국 이야기는 2006년의 월드컵 결승전과 아델에게는 고통스러운 박치기 사건으로 넘어갔다. 골람은 수용소에서 멀지 않은 전파상의 창문 밖에서 다른 사람들과 함께 경기를 지켜봤다고 했다.

"수용소라고?"

"나는 거기서 자랐거든. 파키스탄에 있어."

골람은 아델에게 아프가니스탄에 온 건 이번이 처음이며, 지금까지는 자신이 태어난 파키스탄의 잘로자이 난민 수용소에서 살았다고 했다. 잘로자이는 천막과 진흙 오두막, 오물과 똥이 널려 있는 좁은 통로 양쪽에 비닐과 알루미늄으로 된 집들이 넓게 펼쳐져 있는 미로 같은 도시라고 했다. 그것은 훨씬 더 큰 도시의 복판에 있는 도시였다. 골람에게는 남동생이 셋 있었는데, 모두 수용소에서 자랐다. 골람은 동생들, 어머니, 이크발이라는 이름을 가진 아버지, 그리고 할머니인 파르와나와 함께 작은 흙집에서 살았다. 골람과 동생들은 골목에서 걷고 말하는 법을 배웠다. 그리고 그곳에서 학교에 다녔다. 골람은 해가 져서 할머니가 집으로 부를 때까지, 막대기와 녹이 슨 낡은 자전거 바퀴살을 갖고 다른 난민 아이들과 더러운 거리를 뛰어다니며 놀았다.

"나는 그곳이 좋았어. 친구들도 있었고, 누구나 다 알고 지냈지. 우리는 괜찮게 지냈어. 미국에 압둘라라는 아버지의 배다른 형이 사는데, 나는 만난 적이 없지만 큰아버지가 우리에게 몇 달에 한 번씩 돈을 보내줬어. 그게 도움이 됐어. 상당한 도움이 됐지."

"그런데 왜 그곳을 떠난 거니?"

"그럴 수밖에 없었어. 파키스탄이 수용소를 폐쇄해버렸거든. 그들은 아프간인들은 아프가니스탄으로 돌아가야 한다고 생각했어. 그러고 나서 큰아버지가 보내주는 돈이 끊겼어. 그래서 우리 아버지는 어차피 탈레반이 파키스탄 쪽 국경으로 달아났으니, 고향으로 돌아가서 다시 시작하는 게 좋을지 모르겠다고 말씀하셨어. 아버지는 우리가 파키스탄에 손님으로 너무 오래 머물러 미움을 사게 됐다고 하셨어. 나는 정말 우울했어. 이곳은 말이야,"

골람은 손을 흔들었다.

"이곳은 나에게는 외국이야. 아프가니스탄에 실제로 와본 적이 있는 수용소 아이들 중 아무도 이곳에 관해서 좋은 얘기를 안 하더라."

아델은 골람의 기분이 어떤지 알고 있다고 말하고 싶었다. 자신이 얼마나 카불을 보고 싶어 하는지, 잘랄라바드에 있는 배다른 형제들이 얼마나 보고 싶은지 말하고 싶었다. 그러나 그걸 듣고 골람이 비웃을 것 같아서 이렇게 말했다.

"이곳이 상당히 지루하긴 하지."

골람이 그 말에 웃음을 터뜨렸다.

"그 아이들이 말한 건 그런 뜻이 아니었어."

아델은 희미하게나마 그 말에 자신에 대한 질책이 들어 있다는 걸 이해했다.

골람은 담배를 한 모금 빨더니 여러 개의 연기 고리를 만들어 뿜었다. 그들은 연기 고리가 부드럽게 떠돌다가 사라지는 모습을 눈으로 좇았다.

"우리 아버지는 나와 동생들에게 이렇게 말씀하셨어. '애들아, 샤드바그의 공기를 마시고 그곳의 물맛을 볼 때까지 기다려라.' 우리 아버지는 여기서 태어나서 여기서 자라셨어. 아버지는 이렇게 말씀하셨어. '애들아, 너희들은 그렇게 시원하고 달콤한 물맛을 본 적이 없을 게다.' 아버지는 늘 우리에게 샤드바그에 관해 얘기를 해주셨어. 내 생각에 우리 아버지가 살았을 때는 작은 마을에 지나지 않았던 것 같아. 아버지는 세상 어느 곳에서도 자라지 않고 오직 샤드바그에서만 자랄 수 있는 포도가 있다고 하셨어. 그런 말씀을 하시는 걸 들으면 마치 천국에 대한 얘기를 듣는 것 같았어."

아델은 골람에게 지금은 어디에 사느냐고 물었다. 골람은 담배꽁초를 던지고 미간을 찌푸리고는 눈부신 하늘을 올려다보았다.

"풍차 옆에 있는 공터 알지?"

"응."

아델은 더 설명해주기를 기다렸지만, 골람에게선 더 이상 아무 말도 없었다.

"공터에서 산다는 말이야?"

골람이 낮은 소리로 대꾸했다.

"당분간은 그래. 천막에서 살아."

"이곳에 친척이 없니?"

"없어. 죽어서 없거나 떠나서 없지. 아버지의 외삼촌이 카불에 살고 계셔. 아니면 옛날에 그랬거나. 아직도 살아 있는지 어떤지는 몰라. 우리 할머니의 오빠 되는 분인데, 잘사는 집에서 일을 하셨대. 그런데 그분과 우리 할머니는 몇십 년 동안 만난 적이 없는 것 같아. 50년 이상으로 말이야. 그래서 실질적으로 그들은 남이지. 우리 아버지는 정말 그래야 할 상황이 되면 그분한테 가실 거야. 그러나 우선은 스스로의 힘으로 일어서고 싶어 하셔. 여기가 아버지의 고향이니까."

그들은 잠시 아무 말 없이 나무 그루터기에 앉아, 부드러운 바람에 과수원의 나뭇잎들이 흔들리는 모습을 바라보았다. 아델은 골람과 골람의 가족이 천막에서 잠을 자는 모습을 머릿속으로 그려보았다. 전갈과 뱀이 주변에 기어 다닐 것이었다.

아델은 자신이 부모님과 카불에서 이곳으로 이사를 오게 된 이유에 대해 골람에게 왜 얘기하게 됐는지 잘 알지 못했다. 혹은 이사를 오게 된 여러 이유 중에서 하나만을 선택할 수는 없었는지도 몰랐다. 아델은 자신이 큰 집에 산다는 이유만으로 태평하게 살고 있다는 골람의 생각을 바꿔놓았는지 확신이 서지 않았다. 혹은 기선을 제압하기 위해 그런 말을 했는지도 몰랐다. 혹은 동정심을 유발하기 위해서 그랬는지도 몰랐다. 두 사람 사이의 거리를 좁히기 위해서 그렇게 했을까? 아델은 알지 못했다. 어쩌면 이 모든 것이 다 어우러져서 그리 했는지도 몰랐다. 아델은 골람이 자신을 좋아해주는 게 왜 그렇게 중요하게 느껴지는지도 알지 못했다. 자신이 외롭다는 것과 친구에 대한 갈망 이상의 복잡한 이유가 있다는 것을 어렴풋하게 느낄 뿐이었다.

아델이 말했다.

"우리가 샤드바그로 이사를 온 건 카불에서 누군가가 우리를 죽이려고 했기 때문이야. 어느 날, 오토바이를 탄 사람이 오더니 우리 집에 총을 난사했어. 범인은 잡히지 않았지. 그러나 다행히도 우리 가족은 아무도 안 다쳤어."

아델은 자신이 어떤 반응을 예상했는지 알지 못했지만, 골람이 아무런 반응을 하지 않는다는 사실이 놀라웠다. 골람은 여전히 가늘게 뜬 눈으로 해를 바라보며 대꾸했다.

"응, 알아."

"네가 안다고?"

"네 아버지가 코를 후비는 것만으로도 그게 뉴스가 되니까."

아델은 골람이 빈 담뱃갑을 구겨서 청바지 앞주머니에 넣는 모습을 바라보았다.

골람이 한숨을 쉬었다.

"네 아버지한테는 적이 **있는** 거야."

아델은 그걸 알았다. 아버지는 아델에게 1980년대에 소련에 대항해 자신과 함께 싸웠던 사람들 중 일부가 권력을 잡은 이후로 부패했다고 설명해줬다. 아버지의 말에 따르면, 그들은 길을 잃어버렸다고 했다. 그들은 아버지가 자신들의 범죄에 가담하지 않으려 하기 때문에 늘 그를 폄하하고 그에 관한 잘못된 악의적인 소문을 퍼뜨려 이름에 먹칠을 하려고 했다. 이것이 아버지가 늘 아델을 보호하려고 하는 이유였다. 예를 들어 그는 집 안에 신문을 들이지 않았다. 그는 자신의 아들이 텔레비전 뉴스를 보거나 인터넷을 하는 걸 원치 않았다.

골람이 앞으로 몸을 기울이며 말했다.

"네 아버지가 상당한 농부라는 얘기도 있더라."

아델이 어깨를 으쓱했다.

"네 눈으로 직접 볼 수 있잖아. 몇천 제곱킬로미터에 달하는 과수
원도 있고 공장을 돌리는 데 필요한 헬만드의 목화밭도 있고."

골람의 얼굴에 미소가 서서히 번지면서 썩은 송곳니가 드러났다.
그는 아델의 눈을 살폈다.

"목화라. 너 참, 대단하구나. 내가 무슨 말을 해야 할지 모르겠다."

아델은 골람의 말이 무슨 뜻인지 이해하지 못했다. 그러다가 벌떡
일어나더니 공을 튀기며 말했다.

"재대결 어때?"

"좋아!"

"시작하자."

"이번에는 한 골도 못 넣을걸."

아델이 씩 웃으며 대꾸했다.

"이번에는 뭘 걸고 하자. 난 뭘 걸까?"

"그거야 쉽지. 지단 저지."

"내가 이기면?"

골람이 대꾸했다.

"내가 너라면, 그렇게 불가능한 것에 관해서는 걱정하지 않겠다."

그야말로 대단한 사기극이었다. 골람은 좌우로 몸을 던지며 아델
이 쏘는 슛을 다 막아냈다. 저지를 벗으면서 아델은 합법적으로 자
신의 소유인 것을, 어쩌면 가장 아끼는 물건일지도 모르는 것을 멍청
하게도 속아서 빼앗기는 기분이 들었다. 아델은 저지를 넘겨줬다. 놀
랍게도 눈물이 나려고 했지만 애써 참았다.

적어도 골람은 자기 앞에서 그걸 입지 않는 눈치는 있었다. 골람은 가면서 어깨 너머로 웃으며 말했다.

"네 아버지가 정말로 석 달 동안 떠나계신 건 아니지?"

아델이 말했다.

"내일 그걸 걸고 또 내기하자. 저지 말이야."

"그건 생각해봐야 할 것 같아."

골람이 중심가를 향해 걸음을 옮겼다. 그리고 반쯤 가다가 걸음을 멈추고는 호주머니에서 구겨진 담뱃갑을 꺼내 아델의 집 담 너머로 던졌다.

아델은 일주일 동안 매일 아침, 개인 교습이 끝나면 공을 갖고 집을 나섰다. 처음 두 번은 무장 경비가 순찰을 도는 시간에 맞춰 빠져나왔다. 그러나 세 번째에는 경비가 그를 잡고 나가지 못하게 했다. 아델은 집으로 가서 아이팟과 시계를 갖고 돌아왔다. 그때부터 경비는 아델이 과수원 주변에서만 논다는 조건으로 은밀히 나가고 들어오게 해줬다. 그의 어머니와 카비르는 그가 한두 시간 없어져도 알아차리지 못했다. 그것이 그렇게 큰 집에 사는 장점 중 하나였다.

아델은 집 뒤의 공터에 있는 나무 그루터기 옆에서 혼자 놀며 골람이 나타나기를 기다렸다. 그는 중심가로 이어지는 비포장도로를 계속 바라보았다. 공을 차올리면서도 그랬고, 그루터기에 앉아 제트기가 하늘에 길게 연기를 뿜는 모습을 바라볼 때도 그랬고, 힘없이 돌을 아무 데나 던질 때도 그랬다.

그러던 어느 날, 골람이 종이 봉지를 들고 나타났다.

"어디 갔었니?"

골람이 대답했다.

"일했어."

골람은 아델에게 아버지와 같이 며칠 동안 벽돌 만드는 일을 했다고 했다. 골람은 모르타르를 섞는 일을 했다. 물통을 끌고 앞뒤로 오가기도 하고, 자기보다 무거운 메이슨리 시멘트 자루와 모래 자루를 끌어오기도 했다. 그는 아델에게 손수레에서 모르타르를 어떻게 섞는지 얘기해줬다. 섞은 것에 물을 붓고 호미로 여러 번 젓다가 다시 물을 붓고 모래를 섞는다고 했다. 그렇게 하다 보면, 시멘트가 부드럽게 엉겨서 부서지지 않게 된다고 했다. 그런 다음 손수레를 밀고 벽돌공한테 가져다주고 다시 돌아와 시멘트를 갠다고 했다. 골람은 아델에게 물집이 잡힌 손바닥을 보여줬다.

아델이 말했다.

"와우."

아델은 그 말이 멍청한 소리라는 걸 알았지만, 달리 대꾸할 말을 찾지 못했다. 자신이 해본 일이라곤 3년 전 어느 날, 카불에 있는 집의 뒤뜰에 정원사가 몇 그루의 사과나무 묘목을 심는 걸 도와준 게 전부였다.

"네가 놀랄 게 있어."

골람이 종이 봉지에 손을 넣어 지단 저지를 꺼내더니 아델에게 던졌다.

아델이 놀라고 감격해서 말했다.

"왜 주는 건지 모르겠네."

"어떤 애가 이걸 입고 있는 걸 봤거든."

골람은 이렇게 말하고 손가락으로 공을 달라는 동작을 했다. 아델이 자신을 향해 공을 차자 골람은 공을 차올리면서 말을 이었다.

"상상이 가? 나는 걔에게 가서 말했지. '야, 그건 내 친구 저지야.' 걔가 날 쳐다보더라. 간단하게 얘기해서, 우리는 골목에서 합의를 봤지. 결국 걘 **나한테** 셔츠를 받아달라고 애걸하게 됐지!"

골람이 공을 잡더니 침을 뱉고 아델을 향해 씩 웃었다.

"괜찮아, 내가 이틀 전에 그걸 걔한테 팔았거든."

"그건 옳은 일이 아니지. 네가 팔았다면, 그건 그 애 거야."

"이제 필요 없다는 거니? 그런 곡절을 거쳐 너한테 다시 주려고 하는데도? 그건 일방적인 싸움이 아니었어. 나도 몇 방 세게 얻어맞았다고."

아델이 나직하게 웅얼거렸다.

"그래도……"

"게다가 내가 너를 속여서 그걸 가져간 거잖아. 그래서 기분이 별로였거든. 이제 너는 저지를 돌려받았고 나는……"

골람이 자신의 발을 가리켰다. 골람은 청색과 흰색이 섞인 새 운동화를 신고 있었다.

아델이 물었다.

"그 애는 괜찮니?"

“살아 있을걸. 그런데 얘기만 할 거니, 아니면 축구를 할 거니?”

“오늘도 네 아버지와 같이 있는 거니?”

“오늘은 아니야. 카불 법원에 가셨어. 자, 놀자.”

그들은 공을 차며 잠시 놀았다. 그러고 나서 산보를 했다. 아델은 경비한테 했던 약속을 어기고 과수원 안으로 들어갔다. 그들은 비파나무 열매를 따서 먹고 아델이 부엌에서 몰래 가져온 환타를 마셨다.

곧 그들은 거의 매일, 이런 식으로 만나기 시작했다. 그들은 축구를 하고, 과일나무 사이로 서로를 쫓아다니며 놀았다. 그들은 스포츠와 영화에 대해 얘기했고, 할 얘기가 없을 때는 샤드바그에나우시가지, 멀리 있는 부드러운 언덕 중턱, 그보다 더 멀리 있는 희미한 산들을 바라보았는데 그것도 썩 괜찮았다.

이제 아델은 날마다 잠에서 깨면 흙길을 살금살금 올라오는 골람의 모습과 친구의 크고 자신만만한 목소리를 생각했다. 아침에 개인교습을 받을 때도 가끔씩 정신을 팔았다. 나중에 축구를 하고 서로에게 얘기를 할 생각을 하면 집중력이 떨어졌다. 아델은 골람을 잃을까 봐 걱정이었다. 골람의 아버지인 이크발이 안정적인 일이나 살 곳을 찾지 못해 다른 도시로 이사 가는 게 아닐까 걱정이었다. 아델은 그럴 가능성에 대해 마음의 준비를 하려고 노력했다. 작별을 하게 되면 마음을 굳게 먹어야겠다고 다짐했다.

어느 날, 나무 그루터기에 앉아 있을 때, 골람이 말했다.

“아델, 너 여자하고 해본 적 있니?”

"네 말은——"

"그래, 그 말이야."

아델은 귀가 화끈거리는 걸 느꼈다. 잠시 거짓말을 할까도 생각했지만, 바로 들통 날 것이라는 걸 알았다.

대신에 아델은 나직이 물었다.

"너는?"

골람이 담배에 불을 붙여 아델에게 건넸다. 아델은 이번에는 경비가 모퉁이에서 보고 있거나 카비르가 밖으로 나온 건 아닌지 어깨 너머로 살핀 후, 그걸 받았다. 그리고 한 모금을 빨더니 캑캑거리며 정신을 못 차렸다. 골람이 능글맞게 웃으며 친구의 등을 두드려줬다.

아델이 눈물을 찔끔거리고 숨을 헐떡이며 말했다.

"너는 해봤어, 안 해봤어?"

골람이 은밀한 어조로 대답했다.

"수용소에 있을 때, 나보다 나이 많은 형이 나를 데리고 페샤와르에 있는 창녀촌에 간 적이 있지."

골람은 그 이야기를 했다. 작고 더러운 방. 오렌지색 커튼, 갈라진 벽, 천장에 매달린 전구, 마루 위의 쥐. 밖에서 들려오는 인력거 소리, 우르릉거리는 자동차 소리. 매트리스에서 비리아니(볶음밥)를 마저 먹고 씹으며 아무런 표정 없이 자신을 바라보던 젊은 여자. 침침한 불빛 속에서도 나이가 자기보다 많은 것이 드러나는 예쁜 얼굴. 마지막 남은 밥과 납작한 난을 마저 먹고, 접시를 치운 후 누워 바지를 내리면서 옷에 손가락을 닦던 여자.

아델은 얼이 빠져 듣고 있었다. 자신에게는 이런 친구가 있었던 적이 없었다. 골람은 자기보다 몇 살 위인 아델의 이복형제들보다도 세상에 대해 더 많이 알았다. 카불에 있는 아델의 친구들도 마찬가지였다. 그들은 모두, 기술 공무원, 관리, 장관의 아들들이었다. 그들은 정도의 차이는 있을지언정 아델이 사는 것처럼 살았다. 골람이 해준 얘기는 어렵고 예측 불가능한 삶이 존재하고 아델이 사는 것과는 다른 모험의 세계가 존재한다는 걸 암시해줬다. 아델은 이렇게 가까운 거리에서 그런 것에 관해 듣고 있었다. 골람의 이야기를 들으며 아델은 자신의 삶이 너무 지루하다는 생각이 들었다.

아델이 물었다.

"그래서 했니? 그 여자한테 넣었니?"

"아니, 차를 마시며 루미에 대해 얘기했지. 너는 뭘 **생각**했는데?"

아델이 얼굴을 붉혔다.

"어땠니?"

그러나 골람은 이미 다른 얘기를 하고 있었다. 그들의 대화는 종종 이런 식이었다. 골람은 자기가 얘기하고 싶은 것을 골라 정신없이 얘기하다가 아델을 끌어들이고 나서는 정작 자기는 흥미를 잃고 아델만 감질 나게 만들었다.

골람은 자기가 시작했던 얘기를 끝내는 대신, 이런 얘기를 했다.

"우리 할머니 말씀에 따르면, 우리 할아버지 사부르가 언젠가 이 나무에 얽힌 얘기를 해줬대. 나무를 자르기 오래전 일이었대. 그들이 어렸을 때, 할아버지가 할머니에게 해준 얘기라는데, 이런 거야. 소원이 있으면 나무 앞에 무릎을 꿇고 속삭이면 된대. 그리고 나무가 소원을 들어주기로 하면, 머리 위로 정확하게 열 개의 잎이 떨어진다는 거야."

아델이 말했다.

"나는 그런 얘기는 들어본 적이 없어."

"당연히 못 들었겠지."

그때서야 아델은 골람이 실제로 했던 말을 붙들고 늘어졌다.

"잠깐. 네 할아버지가 우리 나무를 잘랐다고?"

골람이 친구에게 눈길을 돌렸다.

"너희 나무라고? 이건 너희 나무가 아니야."

아델이 눈을 깜빡거렸다.

"무슨 뜻이니?"

골람이 아델의 얼굴을 뚫어질 듯이 응시했다. 처음으로 아델은 자기 친구의 얼굴에서 평소와 같은 생기나 특유의 능글맞은 웃음, 가벼운 장난기의 흔적을 전혀 찾을 수 없었다. 골람의 얼굴은 변해 있었다. 그의 표정은 진지하고 놀랍게도 어른스러웠다.

"이건 우리 가족의 나무였어. 여기는 우리 가족의 땅이었고. 수 세대에 걸쳐 우리 것이었어. 네 아버지가 우리 땅에 집을 지은 거야. 우리가 전쟁 중 파키스탄에 있을 때 말이야."

골람은 과수원을 손으로 가리켰다.

"저곳에는 마을 사람들의 집이 있었지. 그러나 네 아버지가 불도저로 밀어버린 거야. 우리 아버지가 태어나고 자란 집을 밀어버린 것처럼 말이지."

아델이 눈을 깜빡였다.

"네 아버지는 우리 땅을 자기 것이라고 하고, 그 자리에 **저걸** 지은 거야."

골람은 엄지손가락으로 저택이 있는 방향을 가리키며 냉소를 지었다.

아델은 속이 약간 메스꺼웠다. 가슴이 쿵쿵 뛰었다.

"나는 우리가 친구라고 생각했어. 너는 어째서 나한테 이런 거짓말을 하는 거니?"

골람이 얼굴을 붉히며 말했다.

"내가 속임수로 네 저지 가져간 것 기억하니? 너는 울려고 했어. 발뺌하지 마. 나는 다 봤어. 저지 때문에 그랬지. **저지** 한 벌 때문에 말이야. 우리 가족이 파키스탄에서 그 먼 길을 와서 버스에서 내리자마자 우리 땅에 **저게** 서 있는 걸 보았을 때, 어떤 심정이었을지 상상이 가니? 그리고 자주색 양복을 입은 너희 집 깡패가 우리를 우리 땅에서 쫓아낼 때, 우리가 어떤 심정이었을지 상상이 가니?"

아델이 소리쳤다.

"우리 아버지는 도둑이 아니야! 샤드바그에나우에 사는 아무한테나 물어봐. 그 사람들에게 우리 아버지가 자기들을 위해 뭘 하셨는지 물어봐!"

아델은 자신의 아버지가 도시의 사원에서 사람들을 맞던 모습을 떠올렸다. 그는 찻잔을 앞에 놓고 손에 염주를 들고 마루에서 사람들을 맞았다. 그가 앉아 있는 방석에서부터 출입구까지 사람들이 길게 줄을 서 있었다. 손에 흙이 묻은 남자들도 있었고, 이가 빠진 늙은 여자들도 있었고, 아이가 딸린 과부들도 있었다. 모두가 도움이 필요해서 온 사람들이었다. 그들은 그에게 부탁을 하고 일자리를 요청하고 지붕을 수선하거나 도랑을 파거나 우유 살 돈을 빌려달라고 했다. 아버지는 줄 서 있는 사람들 하나하나가 가족처럼 소중한 듯 고개를 끄덕이며 그들의 말을 경청했다. 자신의 아버지는 그런 아버지였다.

골람이 말했다.

"그래? 그렇다면 어떻게 내 아버지가 문서를 갖고 있겠니? 내 아버지가 법원에서 판사한테 건넨 문서 말이야."

"골람 네 아버지가 우리 아버지께 얘기를 하면 분명히——"

"네 아버지는 얘기를 안 하려고 해. 그는 자기가 한 일을 인정하지 않을 거야. 그는 우리가 길을 잃은 개라도 되듯 차를 타고 가버리지."

"너희들은 개가 아니야."

아델은 목소리를 차분하게 하려고 노력했다.

"개가 아니라 벌레야. 카비르의 말이 딱 맞았어. 내가 그걸 알았어야 했다."

골람이 일어서서 한두 걸음을 떼더니 멈추고 말했다.

"너는 그렇게 알고 있겠지. 나는 너한테 아무 감정도 없다. 너는 무지한 어린애일 뿐이니까. 그러나 다음번에 네 아버지가 헬만드에 갈 때, 공장에 데리고 가달라고 해라. 그리고 거기서 그가 뭘 키우고 있는지 봐. 힌트를 하나 주자면, 목화는 아니다."

그날 밤 저녁을 먹기 전, 아델은 따뜻한 비눗물로 채워진 욕조에 누워 있었다. 아래층에서 텔레비전 소리가 들려왔다. 카비르가 오래된 해적 영화를 보고 있었다. 오후 내내 느꼈던 분노가 사그라지며, 지금 돌이켜보니 골람한테 너무 거칠게 대한 것 같았다. 아버지는 언젠가 자신에게, 아무리 잘해줘도 가난한 사람들은 때때로 부자에 대해 나쁘게 얘기한다고 말했다. 그들이 그렇게 하는 이유는 자기들의 삶에 실망해서라고 했다. 그건 어쩔 수 없는 일이며, 당연하기까지 한 일이라고 했다. **아델, 우리는 그들을 비난해서는 안 된다.** 아버지는 그렇게 말했었다.

아델은 세상이 기본적으로 불공정한 곳이라는 걸 모를 정도로 순진하지는 않았다. 그것은 자신의 침실에서 내려다보기만 하면 금세 알게 되는 일이었다. 그러나 골람 같은 사람들은 이런 걸 인정하는 것만으로는 만족하지 않는다고 생각했다. 어쩌면 골람 같은 사람들에게는 비난할 대상이 필요한지도 몰랐다. 그들이 힘들게 살도록 만들었다고 편하게 지목할 누군가가, 욕하고 화낼 누군가가 필요한지도 몰랐다. 그런 사람들에 대한 적절한 대응은 이해해주고 판단을 유보하는 것이라는 아버지의 말은 어쩌면 맞는 말이었다. 친절하게 응수해주는 것도 필요한 일일지 몰랐다. 아델은 작은 비눗방울이 위로 올라와 터지는 걸 바라보며, 자신에 관해 나쁜 말을 하는 사람들이 있다는 걸 알면서도 학교와 병원을 세우는 아버지를 떠올렸다.

아델이 몸을 말릴 때, 어머니가 욕실 문으로 고개를 들이밀고 말했다.

"저녁 먹으러 내려올 거니?"

"배 안 고파요."

그녀가 안으로 들어오며 선반에서 수건을 꺼냈다.

"그래? 여기 앉아라. 머리를 말려줄게."

"저 혼자도 할 수 있어요."

그녀는 아들의 뒤에 서서 거울 속의 아델을 유심히 살폈다.

"아델, 너 괜찮은 거니?"

아델이 어깨를 으쓱했다. 그녀가 한 손을 그의 어깨에 올리고, 아들이 자신의 손에 볼을 비비기를 바라는 것처럼 바라보았다. 그러나 아델은 그렇게 하지 않았다.

"어머니는 아버지의 공장을 본 적이 있어요?"

아델은 어머니가 잠깐 멈칫하는 걸 눈여겨보았다.

"당연하지. 너도 봤잖아."

"사진 말고 직접 봤어요? 가봤어요?"

어머니가 거울 속에서 머리를 기울이며 말했다.

"내가 어떻게 그럴 수 있겠니? 헬만드는 안전하지 못한 곳이다. 네 아버지는 나나 너를 위험에 처하게 하지 않으실 거다."

아델이 고개를 끄덕였다.

아래층에서 대포 소리와 해적들이 전투를 벌이며 질러대는 소리가 들렸다.

사흘 후, 골람이 다시 나타났다. 골람은 아델을 향해 후다닥 다가오더니 걸음을 멈췄다.

아델이 말했다.

"잘 왔어. 너한테 줄 게 있어."

아델은 나무 그루터기에서 그들이 말다툼을 한 후로 날마다 가져왔던 옷을 집어 들었다. 안감이 부드러운 양가죽으로 되어 있고 지퍼가 달려 떼었다 붙였다 할 수 있는 모자가 달린 옷이었다. 아델은 그걸 골람을 향해 내밀었다.

"몇 번밖에 안 입은 거야. 나한테는 약간 커. 너한테는 맞을 거야."

골람은 가만히 있었다.

그러더니 단조롭게 말했다.

"우리는 어제 버스를 타고 카불 법원에 갔었어. 판사가 우리한테 뭐라고 했는지 맞혀봐. 그는 나쁜 소식이 있다고 했어. 사고가 있었다고 했지. 작은 불이 났다며, 우리 아버지의 집문서가 타버렸다고 하더군. 그래서 그게 없어졌다는 거야."

아델은 재킷을 들고 있던 손을 천천히 내렸다.

"그러더니 서류가 없으면 자기가 할 수 있는 게 아무것도 없다고 말했어. 그런데 그가 팔목에 뭘 차고 있었는지 아니? 우리 아버지가 그를 마지막으로 보았을 때는 차고 있지 않던 새 금시계를 차고 있었어."

아델이 눈을 깜빡였다.

골람이 옷을 쳐다보았다. 그것은 상대를 치욕스럽게 만들기 위한 날카로운 눈길이었다. 그리고 그것이 먹혔다. 아델은 움츠러들었다. 그는 자신의 손에 들린 옷이 흔들리는 걸 느꼈다. 그것은 화해의 몸 짓에서 뇌물로 의미가 바뀌고 있었다.

골람은 빙글 돌더니 씩씩하고 바쁜 걸음으로 길 쪽으로 걸어갔다.

아버지는 돌아온 날 저녁, 집에서 파티를 열었다. 아델은 식사를 위해 마루에 깔아놓은 넓은 천의 맨 위쪽에 앉은 아버지 옆에 앉아 있었다. 때때로 아버지는 바닥에 앉아서 손으로 음식을 먹는 걸 좋아했다. 특히 지하드 시절의 친구들을 만날 때 그랬다. **이렇게 하면 동굴에 살던 시절이 생각나거든.** 그는 이렇게 농담을 했다. 여자들은 식당에 있는 식탁에서 스푼과 포크를 이용해 음식을 먹었다. 아델의 어머니가 상석에 앉아 있었다. 아델은 그들이 얘기하는 소리가 대리석 벽에 울리는 걸 들을 수 있었다. 그중에는 긴 머리를 붉게 물들이고 엉덩이가 넓적한 여자가 있었는데, 그녀는 아버지 친구의 약혼자였다. 그녀는 식사를 하기 얼마 전에 아델의 어머니에게 두바이에 있는 혼수용품 가게에 갔을 때, 디지털카메라로 찍은 사진들을 보여주었다.

아버지는 식사가 끝나고 차를 마시면서, 자신의 부대가 소련군이 북쪽에 있는 계곡에서 들어오지 못하도록 매복했던 얘기를 했다. 모두가 귀를 기울여 들었다.

아버지가 한 손으로 아델의 머리를 무심코 쓰다듬으며 말했다.

"그들이 사정권 안에 들어왔을 때, 우리는 발포했죠. 우리는 선두에 있는 차량을 파괴하고 몇 대의 지프까지 파괴했습니다. 나는 그들이 후퇴하거나 활로를 뚫으려고 할 것이라 생각했죠. 그런데 그 개자식들이 차에서 내리더니 우리와 총격전을 벌이더군요. 그게 믿깁니까?”

사람들이 웅성대고 고개를 저었다. 아델은 안에 있는 사람 중 적어도 반수가 무자히딘이었다는 걸 알았다.

“우리가 수적으로 우세했지요. 아마 3대 1쯤 됐을 거예요. 그러나 그들에게는 강력한 무기가 있었어요. 오래지 않아 **그들**이 **우리**를 공격해왔어요! 과수원 안에 있는 우리를 공격해온 거죠. 곧 모든 사람이 흩어졌어요. 우리는 달아났죠. 나는 모하마드라는 친구와 같이 달아났어요. 우리는 포도밭을 통과해 나란히 달려갔어요. 그 포도밭은 말뚝이나 철조망이 있는 포도밭이 아니라 사람들이 포도나무를 땅 위에 그냥 심어놓은 곳이었어요. 총알이 사방으로 날아왔어요. 우리는 살려고 도망을 치고 있었죠. 그러다가 갑자기 우리는 미끄러져 넘어졌어요. 나는 다시 일어나 달렸어요. 그런데 모하마드라는 친구가 따라오는 기미가 없는 거예요. 나는 돌아서서 ‘이 멍청아, 빨리 일어서!’라고 소리쳤지요.”

아버지는 극적인 효과를 위해 잠시 말을 멈췄다. 그는 입술에 주먹을 대고 웃음을 참고 있었다.

“그러자 그가 일어나서 달려오기 시작하더군요. 그런데 그 미친놈이 포도를 듬뿍 들고 오는 게 아니겠어요! 양쪽 팔에 한 움큼씩 들고서 말이죠!”

웃음이 터졌다. 아델도 웃었다. 아버지는 아델의 등을 문지르고 가까이 잡아당겼다. 누군가가 다른 이야기를 하기 시작했다. 아버지는 접시 옆에 있는 담배에 손을 뻗었다. 그러나 그가 담배에 불을 붙이기 전에 갑자기 집 안 어디에선가 유리창이 깨지는 소리가 났다.

식당에서 여자들이 소리를 질렀다. 포크나 버터나이프 같은 것이 대리석 위로 떨어지는 큰 소리가 났다. 남자들이 벌떡 일어났다. 아즈마라이와 카비르가 총을 들고 방으로 달려갔다.

카비르가 말했다.

"입구 쪽이에요."

그가 이 말을 할 때, 유리가 다시 깨졌다.

아즈마라이가 말했다.

"여기서 기다리십시오, 사령관님. 저희가 확인하겠습니다."

아버지가 벌써 몸을 일으켜 움직이며 으르렁거렸다.

"이런 염병할! 나는 비겁하게 숨지는 않겠다."

그가 현관홀 쪽으로 가자, 아델, 아즈마라이, 카비르, 모든 남자 손님이 뒤를 따랐다. 아델은 가면서 카비르가 그들이 겨울에 스토브의 불을 쑤석거릴 때 사용하는 쇠막대를 집어 드는 걸 보았다. 어머니가 그들을 향해 달려왔다. 그녀의 얼굴은 창백하게 일그러져 있었다. 그들이 현관홀에 도착했을 때, 돌이 날아들어 유리창이 박살 나며 유리 조각이 바닥에 흩어졌다. 곧 신부가 될 붉은 머리의 여자가 비명을 질렀다. 밖에서 누군가가 소리를 지르고 있었다.

누군가가 아델 뒤에서 소리쳤다.

"도대체 저놈들이 어떻게 경비를 통과했지?"

카비르가 소리쳤다.

"사령관님, 안 돼요!"

그러나 아델의 아버지는 이미 현관문을 열었다.

날이 침침해지고 있었다. 그러나 여름이었기 때문에 하늘은 아직 옅은 노란색으로 물들어 있었다. 멀리서 샤드바그에나우의 사람들이 가족과 함께 저녁 식사를 하려고 하는 모습이 아델의 눈에 들어왔다. 지평선을 따라 보이는 언덕들은 어두워진 상태였고, 곧 어둠이 모든 걸 까맣게 물들일 것이었다. 그러나 아직 그리 어둡지는 않았다. 돌을 양손에 하나씩 들고 앞 계단 밑에 서 있는 노인이 아델의 눈에 보이지 않을 정도로 어둡지는 않았다.

아버지가 어깨 너머로 아델의 어머니를 향해 말했다.

"저 애를 위층으로 데려가. 당장!"

아델의 어머니가 아들의 어깨를 감싸고 계단을 올라가 복도를 지나서 그녀가 아버지와 같이 쓰는 침실로 데리고 갔다. 그녀는 문을 걸어 잠그고 커튼을 여미고 텔레비전을 켰다. 그녀는 아델을 침대로 데리고 가 같이 누웠다. 두 명의 아랍인이 큰 픽업트럭에서 일하는 장면이 화면에 나왔다. 두 사람은 기다란 쿠르타(튜닉형 상의)를 입고 비니를 쓰고 있었다.

"아버지가 저 노인을 어떻게 하려는 거죠?"

아델은 몸을 부들부들 떨었다.

"저 사람을 어떻게 하려는 거죠?"

아델은 자신의 어머니를 쳐다보았다. 그녀의 얼굴에 근심의 빛이 어렸다. 그는 그녀의 입에서 무슨 말이 나오든 믿을 수 없는 말일 것이라는 걸 바로 알았다.

그녀가 떨리는 목소리로 말했다.

"얘기를 하겠지. 그 사람이 누구든, 얘기를 하려고 할 게다. 네 아버지는 그런 분이잖니. 네 아버지는 사람들을 합리적으로 대하시잖니."

아델은 고개를 저었다. 그는 이제 울고 있었다.

"무슨 짓을 하려는 거죠? 저 노인한테 무슨 짓을 하려는 거죠?"

어머니는 계속해서 똑같은 얘기를 했다. 그녀는 결국 다 잘될 거라고, 모든 것이 괜찮아질 거라고, 아무도 다치지 않을 거라고 되풀이해서 말했다. 그러나 그녀가 말을 하면 할수록 아델은 더 흐느꼈다. 결국 지쳐서 어머니의 무릎을 베고 잠이 들 때까지 계속 흐느꼈다.

전 사령관 암살을 모면하다.

아델은 아버지의 서재에서 아버지의 컴퓨터로 기사를 읽었다. 기사는 그 공격을 "사악한" 짓이라며 범인을 "탈레반과 관련된 것으로 추정되는" 난민이라고 묘사했다. 기사는 중간쯤, 가족의 안전이 두려웠다는 아델의 아버지 말을 인용하고 있었다. 아버지는 **특히, 죄 없는 어린 우리 아이의 안전이 두려웠다**고 말했다. 기사는 범인의 이름이 무엇인지, 그가 어떻게 되었는지에 관해서는 아무 언급도 없었다.

아델은 컴퓨터를 껐다. 자신은 컴퓨터를 사용해서는 안 되었다. 아버지의 서재에 들어간 것은 명을 어긴 것이었다. 한 달 전이라면, 감히 그렇게 하지 못했을 것이었다. 아델은 자신의 방으로 돌아가 침대에 누워 벽에 대고 낡은 테니스공을 튕겼다. **쿵! 쿵! 쿵!** 오래지 않아 어머니가 고개를 들이밀고 그러지 말라고 했지만, 아델은 멈추지 않았다. 그녀는 문에서 한동안 서성거리다가 슬머시 가버렸다.

쿵! 쿵! 쿵!

겉으로는 아무것도 변한 게 없었다. 아델이 매일 하는 일을 보면 그는 정상적인 생활 주기로 돌아간 것 같았다. 아델은 여전히 똑같은 시간에 일어나 세수를 하고 부모님과 함께 아침 식사를 하고 가정교사한테 수업을 받았다. 그 후에는 점심을 먹고, 카비르와 같이 영화를 보거나 혼자서 비디오게임을 하며 오후 시간을 보냈다.

그러나 아무것도 똑같지 않았다. 아델에게 문을 열어준 이는 골람이었을지 모르지만, 자신을 밀어서 그 문으로 들어가게 한 이는 아버지였다. 아델의 내부에서 잠자고 있던 톱니바퀴들이 돌아가기 시작했다. 아델은 밤사이에 전혀 새로운 감각을 갖게 된 것 같았다. 그것을 통해서 자신을 수년 동안 응시하고 있었지만, 전에는 알지 못했던 것을 인식하는 힘이 생긴 듯했다. 예를 들어, 아델은 어머니가 비밀을 속으로 간직하고 있다는 걸 알았다. 어머니를 바라보면 그 비밀들이 그녀의 얼굴 위로 물결치고 지나가는 게 보였다. 그는 그녀가 자신이 알고 있는 모든 것과 자신이 조심스럽게 지키며 안에 가두는 모든 것을 아들이 알지 못하도록 몸부림치는 걸 보았다. 아델은 아버지의 집에 대해 다른 모든 사람이 속으로 생각하는 것처럼, 처음으로 그것을 기괴하고 모욕적이고 불의에 대한 상징으로 보게 되었다. 아델은 사람들이 잽싸게 아버지의 비위를 맞추려고 드는 걸 보면서 그들의 존경과 경외감 밑에 깔려 있는 위협과 두려움을 보았다. 그는 자신이 이런 생각을 하게 된 걸 골람이 자랑스럽게 여길 것 같다는 생각이 들었다. 처음으로 아델은 자신의 삶을 늘 지배했던 더 큰 움직임에 대해 진짜로 알게 되었다.

그리고 아델은 사람 안에 극적으로 모순되는 진실들이 있다는 것도 알게 되었다. 그것은 비단 자신의 아버지나 어머니, 카비르에게만 해당되는 게 아니었다.

그것은 자신에게도 해당되는 것이었다.

아델은 자신도 그렇다는 걸 알고 너무 놀랐다. 아버지가 뭘 했는지—처음에는 지하드의 이름으로, 그리고 그다음에는 그가 **희생에 대한 보상**이라고 일컫는 것을 위해—를 확인하게 되자, 아델은 머리가 어지러웠다. 적어도 한동안은 그랬다. 돌이 날아들어 유리창을 깬 그날 밤 이후 며칠 동안, 아델은 아버지가 방에 들어올 때마다 배가 아팠다. 아버지가 휴대전화에 대고 소리를 지를 때도 그랬고, 그가 콧노래를 하며 목욕을 할 때조차, 등뼈가 무너지는 것 같았고 고통스럽게 목이 탔다. 아버지가 잘 자라고 입맞춤을 하면 움츠러들었다. 아델은 악몽을 꿨다. 과수원 가장자리에 서서 과일나무들 사이에서 누군가가 맞는 모습을 지켜보는 꿈을 꿨다. 꿈속에서 쇠막대는 위아래로 번쩍번쩍 움직이면서 사람의 살과 뼈를 내리치는 소리를 냈다. 아델은 소리도 못 지르고 이런 꿈에서 깨어났다. 그리고 아무 때나 느닷없이 울음을 터뜨렸다.

그러나.

그러나.

뭔가 다른 일도 일어나고 있었다. 현실에 대한 새로운 깨달음이 마음속에서 희미해진 건 아니었지만, 서서히 그것은 동반자를 찾아냈다. 또 다른 상반된 의식의 흐름이 이제 아델을 훑고 지나갔다. 그것은 첫 번째 것을 대신한 게 아니라 그것 옆에 자리를 잡았다. 아델은 다르면서도 더 혼란스러운 자신의 일부를 의식하게 되었다. 그의 일부는 자신의 새로운 정체성을 서서히, 거의 알아차릴 수 없을 정도로 받아들였다. 아델의 일부는 젖은 모직 스웨터처럼 몸을 따끔거리게 만드는 새로운 정체성을 받아들였다. 아델은 자신이 어쩌면 결국, 어머니처럼 모든 걸 받아들일 것이라는 걸 알았다. 그는 처음에는 어머니한테 화가 났지만, 지금은 더 관대해졌다. 어쩌면 그녀는 남편에 대한 두려움 때문에 그런 걸 받아들였을지 몰랐다. 혹은 그녀가 누리는 사치스러운 삶과 그걸 맞바꿨는지도 몰랐다. 그러나 대개는, 자신처럼 어쩔 수 없기 때문에 받아들였는지도 몰랐다. 무슨 선택의 여지가 있었으랴. 골람이 자신의 삶으로부터 달아날 수 없는 것처럼, 아델도 자신의 삶으로부터 더 이상 달아날 수 없었다. 사람들은 상상할 수 없는 것들과 더불어 살아가는 법을 배웠다. 자신도 마찬가지일 것이었다. 이것이 그의 삶이었다. 이것이 그의 어머니였다. 이것이 그의 아버지였다. 그리고 비록 아델이 그 사실을 늘 알았던 건 아니지만, 이것이 그 자신이었다.

아델은 자신이 아버지를 전처럼 사랑하지 못할 것이라는 걸 알았다. 그의 두툼한 팔에 안겨 행복하게 잠을 자지도 못할 것이다. 그런 건 이제 생각할 수 없었다. 그러나 이제 다르고 더 복잡하고 혼란스러운 일이긴 하지만, 그를 다시 사랑하는 법을 배울 것이었다. 아델은 자신이 유년 시절을 건너뛰는 것 같은 느낌을 받았다. 곧 자신은 어른이 될 것이다. 그리고 그렇게 되면, 돌아갈 수 없을 것이다. 성인의 세계는 언젠가 아버지가 한번 영웅이면 죽을 때도 영웅이라고 말한 것과 흡사하게, 예전으로 돌아갈 수 없는 것이었다.

아델은 밤에 침대에 누워 언젠가, 다음 날이나 그다음 날, 혹은 다음 주 어느 날, 집을 나가 골람이 가족과 함께 무단으로 살고 있다는 풍차 옆의 들판에 가봐야겠다고 생각했다. 들판은 비어 있을 것 같았다. 자신은 길가에 서서, 골람과 그의 어머니와 동생들과 할머니가 살림살이를 묶어서 질질 끌고 먼지가 많은 시골길을 터벅터벅 걸어 다니며 정착할 곳을 찾는 모습을 그려보게 될 것 같았다. 골람은 이제 가장이었다. 그는 일을 해야 할 것이다. 이제 운하를 청소하고 도랑을 파고 벽돌을 만들고 추수하는 일을 거들면서 젊음을 보내게 될 것이다. 골람은 차츰, 쟁기로 밭을 가는 쭈글쭈글한 얼굴의 남자가 될 것이다.

아델은 자신이 잠시 들판에 서서 샤드바그의 신시가지 위에 언덕과 산이 어른거리는 모습을 지켜보게 될 거라고 생각했다. 그리고 언젠가 과수원을 걷다가 발견해서 넣어둔, 왼쪽만 남은 안경을 호주머니에서 꺼낼 것이다. 가운데는 부러지고 렌즈가 깨진 곳에는 거미줄이 끼고 관자놀이 쪽은 마른 피가 묻어 딱딱해진 반쪽짜리 안경을 꺼낼 것이다. 그리고 부서진 안경을 도랑에 던져버릴 것이다. 돌아서서 집으로 걸어올 때 느끼는 감정은 안도감에 가까울 것 같았다.

8

2010년 가을

오늘 저녁, 집에 오니 침실에 있는 전화 응답기에 탈리아가 남긴 메시지가 있다. 나는 그걸 틀어놓고 신발을 벗고 책상에 앉는다. 그녀는 어머니한테서 감기가 옮은 게 확실하다고 말한다. 그리고 카불에서 일이 어떻게 돌아가는지 묻는다. 그녀는 전화를 끊기 전에 말한다.

네 어머니는 왜 네가 전화를 안 하는지 묻고 또 묻고 또 물어. 물론 너한테 직접 얘기하지는 않을 거야. 그래서 내가 얘기하는 거야. 마르코스, 제발 네 어머니한테 전화 좀 해. 이 멍텅구리야.

나는 미소를 짓는다.

탈리아.

나는 책상에 그녀의 사진을 놓아두고 있다. 오래전 티노스의 해변에서 찍은 사진이다. 사진 속의 탈리아는 카메라를 등지고 바위에 앉아 있다. 사진은 액자에 넣어져 있다. 그런데 자세히 보면, 오른쪽 하단에 짙은 갈색 자국이 보인다. 몇 년 전에 어떤 미치광이 이탈리아 여자가 태우려고 했을 때 생긴 자국이다.

나는 노트북을 켜고 전날의 수술 일지를 타이핑하기 시작한다. 내 방은 위층에 있다. 내가 2002년 카불에 왔을 때부터 살아온 이 집의 2층에는 방이 세 개 있는데, 그중 하나를 내가 쓴다. 내 책상은 정원이 내려다보이는 창문 옆에 있다. 집주인인 나비와 내가 몇 년 전에 심은 비파나무들이 보인다. 나비가 한때 기거했던 오두막도 보인다. 뒷벽 쪽에 있는 그의 오두막은 이제 페인트가 새로 칠해져 있다. 그가 죽은 후, 나는 그곳을 정보통신 기술 분야에서 고등학교에 도움을 주는 젊은 네덜란드 친구에게 빌려줬다. 창밖 오른쪽으로는 술레이만 와다티의 1940년대식 쉐보레가 보인다. 몇십 년 동안 그 자리에 있는데, 바위가 이끼로 덮이듯 녹으로 덮여 있다. 어제, 놀랍게도 빨리 내린 첫눈도 그 위에 엷게 덮여 있다. 나비가 죽은 후, 나는 차를 카불에 있는 폐차장으로 보낼까도 잠시 생각했지만, 그럴 용기가 없었다. 그것은 내게는 이 집의 과거와 역사의 무척 중요한 일부처럼 보였다.

나는 일지를 다 작성하고 시계를 본다. 벌써 저녁 9시 반이다. 그리스는 저녁 7시다.

네 어머니한테 전화 좀 해. 이 멍텅구리야.

오늘 어머니한테 전화를 하려면, 더 이상 지체해서는 안 된다. 나는 탈리아가 이메일에서 어머니가 잠자리에 드는 시각이 점점 더 빨라지고 있다고 얘기했던 것을 기억한다. 나는 심호흡을 하고 마음의 준비를 한다. 그리고 수화기를 들고 번호를 돌린다.

나는 열두 살이었던 1967년 여름, 탈리아를 만났다. 그녀와 그녀의 어머니인 마달리네가 티노스에 왔을 때였다. 우리 어머니의 이름은 오델리아였다. 어머니는 자신의 친구인 마달리네와 서로를 마지막으로 본 게 정말로 오래전이었다고 했다. 정확히 말하면, 15년이었다. 마달리네는 열일곱 살에 섬을 떠나 아테네로 가서 어느 정도의 명성을 가진 배우가 되었다. 적어도 한동안은 그랬다.

어머니가 말했다.

"나는 그 친구가 연기를 한다는 얘기를 들었을 때 놀라지 않았어. 얼굴 때문이지. 누구나 마달리네를 늘 좋아했거든. 너도 만나면 네 눈으로 확인하게 될 거다."

나는 어머니에게 그분에 대해서 한 번도 얘기하지 않은 이유가 뭔지 물었다.

"내가 안 했다고? 확실하니?"

"정말이에요."

"틀림없이 했을 거다. 여하튼, 그 친구한테는 탈리아라는 이름의 딸이 있지. 그런데 그 애를 대할 때는 조심해야 한다. 사고가 나서 그래. 개한테 물린 상처가 있단다."

어머니는 더 이상 얘기하지 않았지만, 나는 어머니한테 그것에 대해 캐물어 좋을 게 없다고 생각했다. 그러나 그 얘기는 나의 흥미를 끌었다. 그것은 마달리네가 과거에 영화와 연극에서 활동했다는 것보다 훨씬 더 나의 흥미를 끌었다. 그녀에게 특별한 배려를 해야 할 정도면 그 상처가 눈에 보일 게 틀림없었다. 그래서 더욱 흥미가 일었다. 나는 병적인 호기심을 갖고 그 상처를 내 눈으로 직접 보기를 기다렸다.

어머니가 말했다.

"마달리네와 나는 어렸을 때, 미사에서 만났단다."

그녀는 자신들이 그때부터 떨어질 수 없는 친구가 되었다고 했다. 그들은 수업 시간에는 책상 밑으로 서로의 손을 잡았다. 그건 쉬는 시간에도, 교회에서도, 보리밭을 지나 산책을 할 때도 마찬가지였다. 그들은 평생 자매가 되기로 맹세했다. 그들은 결혼을 한 다음에도 가깝게 살자고 약속했다. 그들은 이웃에서 살자고 했다. 만약 남편이 이사를 가자고 하면, 이혼을 요구하자고 했다. 나는 어머니가 이런 얘기를 다소 조롱 조로 얘기하면서 살짝 미소를 머금던 모습을 기억한다. 그녀는 젊었을 때의 감정 과잉과 어리석음, 그리고 정신없이 무턱대고 했던 약속들로부터 거리를 지키려는 것처럼 미소를 머금었다. 그러나 나는 그녀의 얼굴에서 상처와 실망의 흔적을 보았다. 다만 어머니는 자존심이 무척이나 강해 그걸 인정할 수 없을 따름이었다.

마달리네는 부유하고 훨씬 더 나이가 많은 남자와 결혼해 살고 있었다. 남편의 이름은 안드레아스 기아나코스였는데, 그는 그녀가 두 번째이자 결국 마지막이 된 영화에 출연하기 수년 전부터 연출을 했던 사람이었다. 그는 지금은 건설업에 종사하며 아테네에 큰 회사를 갖고 있었다. 마달리네와 기아나코스 씨는 최근 크게 싸운 모양이었다. 그렇다고 어머니가 나한테 그 얘기를 해준 건 아니었다. 나는 마달리네가 어머니를 찾아오겠다며 급히 보낸 편지의 내용을 일부 읽고 그걸 알게 되었다.

안드레아스와 그의 우익 친구들이 하는 얘기와 그들의 군악을 듣고 있으면 지루해 죽겠어. 나는 늘 입을 꾹 다물고 있지. 그들이 우리의 민주주의를 우롱했던 흉악한 군인들을 칭송하면, 나는 아무 말도 안 하지. 그들은 내가 반대 의견을 한 마디라도 내비치면 틀림없이 나를 공산주의 아나키스트로 몰걸. 그렇게 되면 안드레아스의 영향력도 나를 구렁텅이에서 꺼내주지 못할 거야. 어쩌면 그는 영향력을 행사하지 않을지도 몰라. 어떤 때는 그가 날 자극해서 비난받게 하려고 일부러 그런다는 생각마저 들어. 오디에, 네가 정말 보고 싶어. 너와 같이 있던 때가 무척 그립다…….

손님들이 오기로 되어 있던 날, 어머니는 집 청소를 하려고 일찍 일어났다. 우리는 언덕 중턱에 자리한 작은 집에 살고 있었다. 티노스에 있는 대부분의 집들처럼 우리 집 역시 하얗게 칠해진 석조 건물로, 평평한 지붕에는 다이아몬드 모양의 붉은 타일이 깔려 있었다. 어머니와 내가 같이 쓰는 위층의 작은 침실에는 문이 없었다. 좁은 계단을 오르면 방으로 바로 들어가게 되어 있었다. 그러나 침실에는 채광창과 허리 높이의 단철 난간이 달린 좁은 베란다가 있었다. 그곳에 서 있으면, 다른 집들의 지붕, 올리브 나무와 염소들, 돌이 깔린 구불구불한 샛길과 아치를 볼 수 있었다. 물론 당연히, 여름 아침이면 푸르고 고요했다가, 북쪽에서 멜테미(지중해의 강하고 건조한 계절풍)가 불어오는 오후가 되면 흰 파도가 일렁이는 에게 해도 보였다.

어머니는 집 청소를 끝내고, 본인이 생각하는 화려한 옷을 입었다. 그것은 그녀가 매년 8월 15일 성모승천 대축일에 파나기아(성모 마리아) 복음교회에 갈 때 입는 옷이었다. 성모승천 대축일은 교회의 유명한 성상 앞에서 기도하려고 순례자들이 지중해 지역 곳곳으로부터 티노스에 몰려드는 날이었다. 그 옷을 입고 찍은 어머니의 사진이 있다. 사진 속의 어머니는 목선이 둥근, 길고 우중충하고 바랜 금색 드레스와 줄어든 흰 스웨터를 입고, 스타킹에 볼품없는 검정 구두를 신고 있다. 어디로 보나 엄한 표정의 미망인이다. 엄격하기 그지없는 얼굴, 촘촘한 눈썹, 들창코, 아주 경건한 표정으로 딱딱하게 서 있는 모습이 영락없는 순례자 같다. 사진 속에는 나도 있다. 나는 어머니의 엉덩이 옆에 딱딱하게 서 있다. 나는 흰 셔츠에 흰 바지를 입고 무릎까지 올라오는 양말을 신고 있다. 얼굴을 찌푸린 걸로 보아 어머니로부터 웃지 말고 똑바로 서 있으라는 말을 들은 모양이다. 나는 강제로 세수를 하고 머리카락에 물을 발라 빗어 넘긴 모습이다. 두 사람은 불만이 가득해 보인다. 사진 속의 우리는 몸이 서로에게 거의 닿지 않은 모습으로 딱딱하게 서 있다.

다른 사람은 그렇지 않을지 몰라도 나는 사진을 볼 때마다 그런 느낌을 받는다. 그걸 마지막으로 본 게 2년 전이다. 나는 두 사람의 표정 속에서 경계심과 노력과 조바심을 읽는다. 자신만의 완고한 원칙 때문에 서로를 당황하게 만들고 실망시키게 될, 비슷한 두 사람의 비슷한 모습을 본다.

나는 위층에 있는 침실 창문에서 어머니가 티노스 선착장으로 떠나는 모습을 눈으로 좇았다. 목에 스카프를 두른 어머니가 화창한 날씨 속으로 걸음을 서둘렀다. 그녀는 아이처럼 가냘프고 골격이 작은 사람이었다. 그러나 그녀가 오는 걸 보면, 길을 비켜주는 게 잘하는 일이었다. 나는 매일 아침 그녀와 같이 학교에 가던 걸 기억한다. 어머니는 지금은 은퇴했지만 학교 선생님이었다. 우리가 걸을 때, 어머니는 내 손을 잡아준 적이 없었다. 다른 어머니들은 자기 아이들의 손을 잡아줬건만, 내 어머니는 그런 적이 없었다. 그녀는 나를 다른 학생과 똑같이 대해야 한다고 말했다. 그녀는 손으로 스웨터의 목덜미를 꼭 여미고 앞에서 걸어갔다. 나는 도시락 주머니를 손에 들고 그녀를 따라가려고 종종걸음을 쳤다. 나는 교실에서는 늘 뒤에 앉았다. 나는 어머니가 칠판 앞에 서서, 말 안 듣는 아이를 향해 차가운 눈길을 던짐으로써 그 아이를 꼼짝 못하게 하던 걸 기억한다. 그것은 고무줄 새총에서 날아온 돌이 정확하게 과녁에 맞는 것이나 마찬가지였다. 그녀는 어두운 표정이나 갑작스러운 침묵만으로도 사람을 둘로 쪼개버릴 수 있었다.

어머니는 자기를 부정하는 한이 있어도 무엇보다 충성심이 중요하다고 생각했다. 아니, 특히 자기부정의 희생이 필요하다고 여겼다. 또

한 그녀는 늘 진실을 얘기하는 것이, 과장 없이 솔직하게 진실을 얘기하는 것이 최선이라고 생각했다. 불유쾌한 것일수록 더 빨리 얘기하는 게 최선이라고 생각했다. 그녀는 나약함에 대한 인내심이 없었다. 그녀는 굉장한 의지를 가진 여자였고 용서를 모르는 여자였으며, 말싸움을 할 상대가 아니었다. 아니, **지금도** 그건 마찬가지다. 그러나 나는 그녀의 성격이 타고난 것인지, 아니면 결혼한 지 1년도 안 되어 남편이 죽는 바람에 나를 혼자 키워야 해서 불가피하게 갖게 된 것인지 결코 이해할 수 없었다. 그건 지금도 마찬가지다.

나는 어머니가 가고 난 후 잠시 위층에서 잠을 잤다. 그리고 어떤 여자의 높고 울리는 듯한 목소리에 잠에서 깼다. 일어나보니, 그녀가 와 있었다. 짙은 립스틱, 분과 향수 냄새, 나긋나긋한 몸매, 모자에 달린 얇은 베일 아래로 드러난, 항공사 광고에 나올 법한 환한 미소. 그녀는 그런 모습으로 방 한가운데에 서 있었다. 녹색 미니 드레스를 입은 그녀의 발치에 가죽 가방이 놓여 있었다. 적갈색 머리에 팔다리가 늘씬한 그녀가 미소 지으며 나를 내려다보고 있었다. 얼굴은 환하게 빛났고 목소리는 침착하고 기운이 넘쳤다.

"네가 오디에의 아들 마르코스구나! 네 엄마가 아들이 이렇게 잘 생겼다고는 말해주지 않았는데! 어머니와 판박이구나. 눈이 똑같아. 눈이 닮았다는 얘기는 많이 들었겠어. 너를 정말 만나고 싶었다. 네 어머니와 나는…… 맞아, 네 어머니가 너한테 이미 말해줬겠구나. 그러니 두 사람을 만나는 게, 마르코스 너를 만나는 게, 나한테 얼마나 짜릿한 일인지 너도 알겠지. 마르코스 바르바리스! 내 이름은 마달리네 기아나코스란다. 반갑다."

그녀는 팔꿈치까지 올라오는 크림색 공단 장갑을 벗었다. 그것은 내가 잡지에서만 보았던 우아한 여자들이 야회에서 끼는 장갑이었다. 오페라 공연장의 넓은 계단에서 담배를 피우거나 번쩍이는 검정색 차에서 에스코트를 받아 내리는, 얼굴이 빛나고 세련된 여자들이 끼는 장갑. 그녀가 여러 번에 걸쳐 손가락 하나하나를 잡아당겨서야 장갑이 벗겨졌다. 그녀는 장갑을 벗고 허리까지 몸을 숙이더니 나한테 손을 내밀었다.

"정말 반갑다."

그녀의 손은 부드럽고, 장갑을 끼고 있었음에도 차가웠다.

"이 애는 내 딸 탈리아란다. 탈리아, 마르코스 바르바리스에게 인사하렴."

소녀는 방 입구에 있는 내 어머니 옆에 서서 나를 물끄러미 바라보았다. 곱슬머리에 홀쭉하고 피부가 창백한 여자아이였다. 그것 말고는 탈리아에 대해 얘기할 수 있는 게 없다. 나는 그날 그녀가 어떤 색의 원피스를 입었는지 모른다. 사실, 원피스를 입었는지 어땠는지도 모른다. 혹은 그녀가 어떤 신발을 신었는지, 혹은 양말을 신었는지 어땠는지, 아니면 시계나 목걸이, 반지, 귀걸이를 찼는지 어땠는지 모른다. 내가 그걸 모르는 것은 예를 들어, 레스토랑에 갔을 때, 누군가가 갑자기 옷을 벗고 탁자 위에 올라가서 디저트 스푼으로 곡예를 하기 시작하면, 얼굴밖에 안 보이는 것과 같은 이유에서다. 소녀의 얼굴 아래쪽 반을 가린 마스크가 원인이었다. 그것은 다른 것을 볼

가능성을 말살해버렸다.

"탈리아, 인사해야지. 무례하게 굴지 마라."

소녀가 희미하게 고개를 끄덕이는 것 같았다.

나는 까칠까칠한 입으로 말했다.

"안녕."

대기가 출렁거렸다. 뭔가가 물결쳤다. 나는 짜릿하기도 하고 두렵기도 한 감정이 내 안에서 폭발해 밖으로 꼬불꼬불 흘러나오는 느낌을 받았다. 나는 마스크를 응시했다. 그리고 마스크를 바라보는 일을 멈출 수 없다는 걸 알았다. 나는 소녀의 귀 뒤로 묶인 두 개의 끈과 가로로 입을 가린 좁은 하늘색 마스크에서 눈을 뗄 수 없었다. 나는 그 마스크가 가리고 있는 게 무엇이든, 그것을 확인하게 되는 상황을 견딜 수 없으며, 동시에 그 뒤에 무엇이 있는지 확인할 때까지 기다리기 힘들다는 것도 알았다. 나와 다른 사람들이 보호받아야 할 그 무엇, 너무나 끔찍하고 두려운 것을 내가 직접 볼 때까지는, 내 인생의 어느 것도 정상적으로 돌아갈 수 없을 것 같았다.

나는 그 마스크가 어쩌면 탈리아를 우리로부터 보호하기 위해 고안된 것일 가능성에 대해서는 생각해보지 못했다. 현기증이 나는 첫 만남의 순간에는 적어도 그랬다.

마달리네와 탈리아가 위층에서 짐을 푸는 동안, 어머니는 부엌에서 저녁으로 요리할 가자미를 토막 내고 있었다. 그리고 나한테는 마달리네를 위해 터키 커피를 한 잔 만들라고 했다. 내가 시키는 대로 했더니, 그녀는 나에게 그걸 위층에 가져다주라고 했다. 나는 시키는 대로, 그걸 작은 접시에 담긴 파스텔리(강정)와 함께 쟁반에 담아 위층으로 가져갔다.

수십 년이 지난 지금도 여전히 그때 있었던 일을 생각하면 수치심이 미지근하고 끈끈한 액체처럼 몰려온다. 아직까지도 나는 그 장면을 사진처럼 생생하게 그릴 수 있다. 창문 옆에서 한 손을 엉덩이에 짚고 발을 꼬고 서서 담배를 피우며 노란 렌즈 선글라스로 바다를 내다보는 마달리네. 화장대 위에 놓인 그녀의 모자. 화장대 너머의 거울, 침대 가장자리에 등을 보이고 앉아 있는 거울 속의 탈리아. 몸을 숙이고 뭔가를 하는 탈리아, 어쩌면 신발 끈을 풀고 있는지 모를 탈리아. 마스크를 벗은 탈리아. 탈리아 옆에 놓인 마스크. 나의 등에 흐르는 식은땀, 그러지 않으려고 애쓰지만 떨리는 손, 쟁반 위의 커피 잔이 움직이는 소리, 그 소리에 나를 향해 고개를 돌린 마달리네, 그러자 올려다보는 탈리아. 거울에 비친 소녀의 모습.

쟁반이 내 손에서 미끄러졌다. 잔이 깨졌다. 뜨거운 액체가 흐르고 쟁반이 요란한 소리를 내며 계단으로 굴렀다. 나는 엎어져서 깨진 유리 조각 위에 토하고 있었다.

마달리네가 말했다.

"이걸 어째, 이걸 어째."

어머니가 소리를 지르며 위층으로 달려왔다.

"마르코스, 무슨 짓을 한 거니?"

어머니는 소녀한테 **개에 물린 상처가 있다**고 경고했었다. 개가 탈리아의 얼굴을 물었다는 것이었다. 아니, **먹었다**는 것이었다. 내가 거울

로 본 모습을 묘사할 단어들이 어쩌면 있을지 모르지만, **상처**는 적
합한 단어가 아니었다.

나는 어머니가 내 어깨를 움켜쥐고 일으켜 돌려세우며 말했던 걸
기억한다.

"너, 미쳤냐?"

나는 나의 머리 너머를 쳐다보던 어머니의 눈길을 기억한다. 그녀
의 눈길이 얼어붙었다. 말은 그녀의 입속에서 굳어버렸다. 그녀의 얼
굴은 멍해졌다. 내 어깨를 잡고 있던 손이 아래로 떨궈졌다. 그때, 나
는 정말이지 몹시도 놀라운 광경을 목격했다. 콘스탄티누스 대제가
광대 복장을 하고 우리 집 문에 나타나는 걸 보는 편이 그보다는 차
라리 덜 놀라울 것이었다. 어머니의 오른쪽 눈 가장자리에 한 방울
의 눈물이 고였던 것이다.

어머니가 묻는다.

"그 여자는 어떻더냐?"

"누구 말씀이세요?"

"누구긴 누구야? 프랑스 여자 말이다. 집주인의 조카라던. 파리에
서 왔다는 그 교수 말이야."

나는 수화기를 다른 쪽 귀로 옮긴다. 그녀가 그걸 기억하고 있다
는 사실이 놀랍다. 평생 동안 나는 내가 어머니에게 말한 것들이 어
딘가로 사라진다는 느낌을 받았다. 우리 사이의 연결 상태가 안 좋
아 잡음이 나는 것처럼. 지금처럼 카불에서 전화를 걸 때면, 이따금

그녀가 조용히 수화기 소리를 줄여놓고 물러나 있어서, 내가 대륙을 건너 허공에 대고 얘기를 하고 있는 느낌을 받곤 했다. 물론 어머니가 다른 편에 있다는 것이 느껴지고 내 귀에 그녀의 숨소리가 들리긴 하지만 말이다. 나는 어떤 때는 그녀에게 내가 병원에서 본 것들에 대해 얘기하기도 한다. 예를 들어, 잘못된 날의 잘못된 시간에 잘못된 곳에서 놀다가 폭탄이 터져 귀가 잘려 나가고 볼에 파편이 박힌 상태로 아버지의 품에 안겨 온 소년에 대해서 얘기한다. 그런데 느닷없이 쿵 하는 소리가 난다. 어머니의 목소리가 멀리서 커졌다 작아졌다 한다. 그리고 발소리가 나고 뭔가를 끄는 소리가 난다. 그러면 나는 입을 다물고 그녀가 돌아올 때까지 기다린다. 결국 그녀가 돌아온다. 그리고 숨을 헐떡이며 설명한다. **내가 서서 받아도 괜찮다고 했다. 내가 분명히 탈리아한테 창가에 서서 물을 바라보며 마르코스와 통화를 하고 싶다고 했는데도 막무가내란다. 피곤하지 않게 앉아서 전화를 받으라고 성화다. 작년에 나한테 사준 이 큼지막한 가죽 의자를 끌어다 주면서 말이다. 이걸 창가로 끌어왔다니까. 힘도 세지. 아, 너는 물론 이 의자를 본 적이 없지. 물론이지.** 그녀는 짐짓 화난 척하며 얘기를 계속하라고 한다. 그러나 그때쯤 나는 얘기를 하기에는 마음이 너무 불편해져 있다. 그러면서 어렴풋이 무슨 이유에선가 책망을 들은 것 같은 느낌을 받는다. 실제로 그런 말을 들은 적은 없지만, 그럼에도 불구하고 나의 잘못된 행동으로 인해 당연히 들어야 하는 책망을 들었다는 느낌을 받는다. 그래서 내가 이야기를 계속하더라도 그것이 내 귀에마저 별로 중요하지 않게 들린다. 더 이상 그것은 팔걸이의자를 둘러싼 어머니와 탈리아 사이의 실랑이에 걸맞은 게 아닌 것처럼 들린다.

어머니가 묻는다.

"이름이 뭐였지? 파리 어쩌고 한 것 같은데, 내가 틀렸냐?"

내가 어머니에게 나의 다정한 친구인 나비에 관해 얘기한 적이 있어서, 그녀는 그의 삶에 대해서는 얼추 알고 있다. 그녀는 그가 유언장을 통해 카불의 집을 프랑스에서 성장한 조카인 파리에게 물려줬다는 걸 알고 있다. 그러나 나는 어머니에게 닐라 와다티에 관한 얘기는 하지 않았다. 그녀가 남편이 뇌졸중으로 쓰러진 후에 파리로 떠났고, 나비가 수십 년 동안 술레이만을 보살폈다는 얘기는 하지 않았다. **그런** 얘기는 하지 않은 것이다. 했다가는 부메랑이 되어 돌아올 것이었다. 그것은 자신의 죄목을 크게 읽는 일이나 마찬가지일 것이었다.

"맞아요, 파리예요. 좋은 사람이었어요. 따뜻한 사람이었어요. 특히 학문에 종사하는 사람치고는 그랬어요."

"화학자라고 했던가?"

나는 노트북의 뚜껑을 닫으며 말한다.

"수학자예요."

다시 눈이 오기 시작했다. 작은 눈송이들이 어둠 속에서 휘날리다 창문에 와서 부딪치고 있다.

나는 어머니에게 이번 여름에 파리 와다티가 왔던 일에 대해 얘기한다. 그녀는 정말 아름다웠다. 부드럽고 날씬했으며 머리는 희끗희끗했다. 기다란 목의 양쪽에 푸른 정맥이 선명했고, 사이가 벌어진 이를 내보이며 짓는 미소는 따뜻했다. 그녀는 조금 약해 보였고 나이보다 늙어 보였다. 심한 관절 류머티즘을 앓고 있었다. 특히 손가락 마디가 울퉁불퉁했다. 손을 아직 쓸 수는 있지만 머지않아 쓰지 못하게 될 것이라는 걸 그녀 자신도 알고 있었다. 그것을 보자 어머니와 어머니의 미래가 생각났다.

파리 와다티는 카불의 집에서 나와 같이 일주일을 지냈다. 나는 그녀가 파리에서 왔을 때, 집 안을 한 바퀴 구경시켜줬다. 그녀가 그 집을 마지막으로 본 게 1955년이었는데, 자신이 그곳을 생생하게 기억하는 것에 아주 놀라는 눈치였다. 그 집의 일반적인 설계도 기억하고 있었고, 거실과 식당 사이에 있는 두 개의 계단도 잘 기억하고 있었다. 그녀는 그 계단에서 아침에 햇볕을 쬐며 책을 읽었다고 했다. 내가 그녀를 위층으로 데려가자, 그녀는 어느 방이 자기 방이었는지 알았다. 그러나 그 방은 현재, 세계식량계획에서 일하는 나의 독일인 동료가 쓰고 있다. 그녀가 침실 구석에 있는 작은 옷장을 보고 놀라던 모습이 생각난다. 그것은 그녀의 유년 시절과 관련되어 남아 있는 것 중 하나였다. 나는 나비가 죽기 전에 남긴 편지에서 그 옷장을 언급했던 것을 기억했다. 그녀는 그 옆에 쭈그리고 앉아 손가락 끝으로 군데군데 벗겨진 노란 페인트를 만졌다. 그녀는 옷장 문에 있는 색이 바랜 기린들과 꼬리 긴 원숭이들도 손가락 끝으로 만졌다. 나를 올려다보는 그녀의 눈에는 눈물이 약간 고여 있었다. 그녀가 나한테 아주 수줍고 미안한 목소리로 그것을 파리로 부쳐줄 수 있겠느냐고 물었다. 옷장을 교체하는 비용은 자신이 부담하겠다면서 그녀가 그 집에서 원하는 건 그것뿐이라고 했다. 나는 기꺼이 그렇게 하겠다고 했다.

나는 그녀가 떠난 며칠 후, 옷장을 그녀에게 부쳤다. 옷장 말고 파리가 프랑스로 갖고 간 것은 술레이만 와다티의 스케치북, 나비의 편지, 나비가 보관해놓았던 닐라의 시 몇 편이 전부였다. 그녀가 머무르는 동안 나한테 요청한 다른 유일한 것은 자신이 태어난 마을을 볼 수 있도록 샤드바그까지 태워다 줄 사람을 구해달라는 것이었다. 그녀는 자신의 배다른 동생인 이크발을 만나고 싶어 했다.

어머니가 말한다.

"그 사람은 집이 이제 자기 것이 됐으니 다른 사람한테 팔겠구나."

내가 말한다.

"저한테 원하는 만큼 이 집에서 살아도 된다고 하더군요. 공짜로요."

어머니의 입술이 믿을 수 없다는 듯 굳어지는 모습이 눈에 선하다. 그녀는 섬사람이다. 그녀는 뭍사람들의 동기를 의심하고 선한 의지에서 나온 행동들을 의심한다. 이것이 내가 어렸을 때, 기회가 생기면 티노스를 떠나려고 했던 이유 중 하나였다. 나는 사람들이 이런 식으로 얘기하는 것을 들을 때마다 일종의 절망감을 느꼈다.

나는 화제를 바꾸려고 묻는다.

"비둘기장은 어때요?"

"잠시 놔두고 있다. 너무 피곤해서."

어머니는 6개월 전 아테네에 가서 신경과 전문의에게 진찰을 받았다. 나는 탈리아한테서 어머니가 늘 물건을 떨어뜨린다는 얘기를 듣고 그 의사를 찾아가라고 했었다. 그녀를 데리고 간 건 탈리아였다. 신경과 전문의한테 다녀온 후로 어머니는 야단법석이었다. 나는 탈리아가 나한테 보낸 이메일을 통해 그 사실을 알고 있다. 어머니는 집에 페인트를 새로 칠하고, 물이 새는 데를 고치고, 탈리아를 꼬드겨 위층에 새로운 벽장을 만들고, 심지어 갈라진 지붕 판자들을 교체하기까지 했다. 그러나 다행스럽게도 탈리아가 그런 일들을 마무리했다. 그리고 이제는 비둘기장 차례였다. 나는 어머니가 소매를 걷어붙이고 망치를 손에 들고 등에 땀이 난 채 못을 박고 나무를 사포로 문지르는 모습을 그려본다. 그녀가 상태가 나빠지는 신경조직과 싸워가며, 아직 시간이 있을 때, 마지막 남은 힘을 총동원하는 모습을 그려본다.

어머니가 말한다.

"언제 집에 올 거니?"

내가 말한다.

"곧 갈게요."

나는 그녀가 작년에도 같은 질문을 했을 때, **곧 갈게요**라고 대답했다. 내가 티노스에 마지막으로 간 지가 2년이나 됐다.

어머니가 잠시 뜸을 들이더니 말한다.

"너무 오래 기다리게 하지는 마라. 나는 사람들이 나한테 철제 호흡 보조기를 채우기 전에 너를 보고 싶다."

그녀가 웃는다. 불운 앞에서 농담하고, 아주 작은 자기 연민마저 질색하는 건 어머니의 오랜 습관이다. 그것은 불행을 축소시키고 증대시키는 모순적인—어쩌면 계산된—효과를 불러온다.

그녀가 말을 잇는다.

"가능하면 크리스마스에 오렴. 어떻게 해서든 1월 4일 이전에는 와라. 탈리아 말로는 그날, 그리스에 일식이 있을 거란다. 인터넷에서 그랬다는구나. 우리가 그걸 같이 볼 수 있겠다."

내가 대답한다.

"노력할게요, 어머니."

그것은 어느 날 아침에 일어나보니 야생동물이 집으로 어슬렁거리며 들어와 있다는 사실을 알게 된 것이나 다름없었다. 어떤 곳도 나에게는 안전하게 느껴지지 않았다. 그녀는 어디를 가나 거기에 있었다. 그녀는 입에서 계속 흘러내리는 침을 닦으려고 손수건으로 연신 볼을 두드리며 기웃거리고 다녔다. 더욱이 우리 집이 작아서 그녀를 피하기란 불가능했다. 나는 특히 탈리아가 마스크 아래쪽을 들어 올리고 입에 음식을 넣는 모습을 견뎌야 하는 식사 시간이 두려웠다. 그 모습을 보고 그 소리를 들으면 속이 메스꺼웠다. 그녀는 요란한 소리를 내며 먹었다. 반쯤 씹은 음식 조각이 접시나 식탁, 심지어 바닥에까지 떨어졌다. 그녀는 액체로 된 건 모두, 그녀의 어머니가 핸드백에 넣어갖고 다니는 빨대로 먹어야 했다. 수프를 먹을 때도 그랬다. 그녀가 묽은 수프를 빨대로 먹을 때면 꼬르륵거리는 소리가 났

다. 그러다 보면 늘 마스크가 젖어 액체가 턱 옆을 따라 목으로 흘러
내렸다. 처음에 내가 식탁에서 빠져나갈 구실을 찾자, 어머니가 나를
심하게 노려봤다. 그래서 나는 시선을 외면하고 소리를 듣지 않으려
고 노력했지만, 쉬운 일이 아니었다. 부엌에 가면 그녀가 조용히 앉아
있었다. 그녀의 어머니가 피부가 쓸리지 않도록 딸의 볼에 연고를 발
라주고 있었다. 나는 속으로 시간을 헤아렸다. 어머니는 마달리네와
탈리아가 4주 동안 머물 것이라고 했다.

　마달리네가 혼자 왔더라면 얼마나 좋았을까 싶었다. 나는 마달리
네를 적당히 좋아했다. 우리 네 사람은 앞문 밖에 있는 네모난 작은
안뜰에 앉았다. 마달리네는 커피를 마시며 줄담배를 피웠다. 그녀의
얼굴 귀퉁이에 올리브 나무가 드리운 그늘이 져 있었다. 그녀는 종
모양의 금색 밀짚모자를 쓰고 있었다. 그 모자를 쓰고 있으면 우스
꽝스럽게 보였어야 했다. 누가 쓰더라도 **그럴** 것이었다. 가령 어머니
가 쓰면 우스워 보일 것이었다. 그러나 마달리네는 우아함을 저절로
갖추게 되는 사람들 중 하나였다. 그것은 혀를 튜브 모양으로 구부리
는 것처럼 타고난 능력인 듯했다. 마달리네와 같이 있으면 대화가 지
루하지 않았다. 그녀의 입에서는 이야기가 술술 흘러나왔다. 어느 날
아침, 그녀는 우리에게 여행을 다닌 얘기를 했다. 앙카라에 가서 엥
구리 수 강의 둑을 산책하고 라크(터키 전통주)를 탄 녹차를 마신 얘
기도 했고, 기아나코스 씨와 같이 케냐에 가서 코끼리를 타고 가시
가 많은 아카시아 숲을 통과하고 시골 사람들과 같이 옥수수죽과
코코넛 덮밥을 먹은 얘기도 했다.

마달리네의 이야기는 내 안에 있는 해묵은 들뜬 감정을 불러일으켰다. 그것은 겁 없이 세상 속으로 뛰어들고 싶다는 충동이었다. 티노스에 사는 건 너무 평범해 보였다. 나의 삶이 끝없는 무無의 연속일 것 같았다. 그래서 티노스에서 살았던 유년 시절의 대부분을 몸부림치며 지냈다. 나는 나 자신의 대리인 같았다. 나의 진짜 자아는 어딘가 다른 곳에서 더 희미하고 더 공허한 자아와 언젠가 합쳐지기를 기다리고 있는 것 같았다. 나는 고립된 것 같았다. 고향에서 귀양살이를 하는 것 같았다.

마달리네는 앙카라에 갔을 때, 쿠울루(백조) 공원이라 불리는 곳에 가서 백조 떼가 물에서 헤엄을 치는 모습을 보았다고 했다. 그때 보았던 물이 현란했다고 했다.

그녀가 웃으면서 말했다.

"내가 너무 감정에 취했나 보다."

어머니가 말했다.

"그렇지 않아."

"오랜 습관이야. 나는 말을 너무 많이 해. 늘 그랬어. 너, 내가 수업 시간에 말 걸어서 곤욕을 치렀던 일 기억나니? 오디에, 너는 아무 잘못이 없었어. 넌 책임감이 강하고 착실했지."

"네 얘기를 들으니 재미있다. 너는 재미있게 사는구나."

마달리네가 눈을 흘겼다.

"아예 저주를 하는구나."

어머니가 탈리아에게 물었다.

"너는 아프리카가 좋더니?"

탈리아는 손수건으로 볼을 누르고 아무 대답도 하지 않았다. 그래서 나는 안도했다. 그녀가 말하면 이상한 소리가 나왔다. 혀짤배기소리와 양치질 소리가 섞인 듯한 소리였다.

마달리네가 담배를 비벼서 끄며 말했다.

"탈리아는 여행을 안 좋아해."

마달리네는 부정할 수 없는 진실인 것처럼 그렇게 말했다. 그녀는 의견을 물으러 탈리아 쪽을 바라보지도 않았다.

"이 아이는 그런 데 취향이 없어."

어머니가 다시 탈리아를 향해 말했다.

"그건 나도 그렇단다. 나도 집에 있는 게 좋거든. 나도 티노스를 떠나야 할 특별한 이유를 찾지 못했단다."

마달리네가 끼어들었다.

"당연히, 나는 너 말고는 이곳에 있어야 할 이유를 찾지 못했어."

그녀가 어머니의 팔목을 만지며 말을 이었다.

"내가 떠날 때, 가장 두렵고 걱정됐던 게 뭔지 아니? 오디에 없이 어떻게 살까 하는 거였어. 그 생각에 망연자실했지."

어머니가 탈리아에게서 시선을 거두며 천천히 대꾸했다.

"잘 살았으면서 뭘 그러니."

마달리네가 말했다.

"너는 모를 거다."

그녀가 나를 빤히 바라보고 있었기 때문에 그녀의 말 속의 "너"가

나라는 걸 깨달았다.

"네 어머니가 없었다면 난 모든 걸 견뎌내지 못했을 거야. 네 어머니가 날 구해줬단다."

어머니가 말했다.

"넌 **지금** 감정에 취해 있어."

탈리아가 얼굴을 들었다. 그녀가 눈을 가늘게 떴다. 제트기 한 대가 하늘 높이 떠서 기다란 꼬리를 남기며 소리 없이 날아가고 있었다.

마달리네가 말했다.

"오디에가 나를 내 아버지한테서 구해줬지."

나는 그녀가 아직도 나를 향해 얘기를 하는지 어떤지 확신할 수 없었다.

"내 아버지는 태생적으로 비열한 사람이었단다. 눈은 튀어나오고, 두툼하고 짧은 목 뒤에는 검은 점이 있었어. 주먹은 벽돌 같았지. 아버지는 집에 와서 아무것도 할 필요가 없었어. 현관에서 구둣발 소리가 나고 열쇠가 달카닥거리는 소리가 나고 그가 콧노래를 부르는 소리만 나도 나한테는 충분했지. 그는 화가 나면 언제나 코로 한숨을 쉬고 깊은 생각에 잠긴 것처럼 눈을 꼭 감고, 얼굴을 문지르며 말했어. **좋아, 이 계집애야, 좋아.** 그러고는 폭풍이 몰아쳤지. 누가 말릴 수도 없었어. 아무도 도와줄 수 없었어. 나는 때로는 그가 얼굴을 문지르거나 한숨 소리가 콧수염을 스치는 것만으로도 얼굴이 핼쑥해졌어.

나는 그와 비슷한 남자들을 만난 적이 있지. 그런 적이 없다고 말하고 싶지만, 그랬어. 그리고 내가 터득한 건 조금만 파보면 그들 모두가 대체로 비슷하다는 거야. 물론 어떤 이들은 좀 더 세련됐지. 사람을 속일 수 있는 매력을 제법 갖고 있거든. 그러나 화가 나면 난리법석을 치는 불행한 어린애들 같아. 자기가 부당한 취급을 받고 마땅히 받아야 할 보상을 못 받았다고 생각하지. 아무도 자신을 충분히 사랑해주지 않았다고 생각하는 거지. 당연히 자기를 사랑해주고 안아주고 얼러주고 안심시켜주기를 바라지. 그러나 그걸 그들에게 주는 건 실수야. 그들은 그런 걸 받아들일 수 없어. 자기들이 필요로 하는 걸 받아들일 수가 없는 거야. 그들은 결국 상대를 증오하게 돼. 그 증오는 아무리 해도 충분치 않기 때문에 끝나지 않지. 고통, 사과, 약속 위반, 비참함 등, 모든 게 끝없이 계속되는 거야. 내 첫 남편이 그랬단다."

나는 너무나 놀랐다. 내 앞에서 이렇게 솔직하게 털어놓은 사람이 그때까지 아무도 없었기 때문이었다. 특히 어머니는 그랬다. 내가 알고 있는 누구도 자신의 불행을 이런 식으로 드러내지는 않았다. 나는 당황하면서도 그녀의 솔직함에 감탄했다.

마달리네가 첫 남편에 대해 얘기했을 때, 나는 그녀를 만난 이후 처음으로 그녀의 얼굴에 그림자가 스치는 걸 보았다. 어둡고 억압된 뭔가가 얼핏 드러난 듯했다. 그것은 그녀의 활기찬 웃음이나 장난기, 입고 있는 헐거운 주황색 꽃무늬 드레스와 어울리지 않는 것이었다. 나는 당시, 쾌활함 뒤에 실망과 상처를 숨기는 걸 보며 그녀가 훌륭한 여배우임에 틀림없다고 생각했다. 가면을 쓴 것처럼 말이다. 나는 그렇게 영리한 생각을 하는 스스로가 속으로 대견했다.

그런데 나중에 나이를 더 먹자, 꼭 그랬던 건 아니었다는 생각이 들었다. 돌아보니, 그녀가 첫 남편에 대해 얘기할 때, 잠깐 멈칫하면서 눈을 내리깔고 목에 뭔가가 걸린 듯 행동하며 입술을 약간 떨었던 모습에 뭔가 부자연스러운 구석이 있었던 것 같았다. 용솟음치는 활기와 농담, 활달하면서 부자연스러운 매력, 그리고 사람을 안심시키는 윙크와 웃음을 곁들여 모욕적인 말을 살짝 내뱉는 방식까지도 어색하기는 마찬가지였다. 내게는 어떤 것이 연기고 어떤 것이 진짜인지가 모호해졌다. 그것은 적어도 나로 하여금 그녀를 대단히 **흥미로운** 여배우로 생각하게 만들었다.

마달리네가 말했다.

"오디에, 내가 얼마나 많이 이 집으로 달려왔었니!"

그녀는 다시 함박웃음을 짓고 있었다.

"네 부모님이 힘드셨을 거야. 그래도 이 집이 내 피난처고 은신처였어. 정말 그랬어. 섬 안의 작은 섬이었지."

어머니가 대꾸했다.

"우리 집에서는 늘 너를 환영했지."

"마르코스, 매질을 끝내게 만든 건 네 어머니였단다. 어머니가 그 얘기를 해주더니?"

나는 얘기해주지 않았다고 말했다.

"그건 놀랍지 않구나. 그게 네 어머니 오델리아 바르바리스란다."

어머니는 몽상을 하는 듯한 표정을 띠고 무릎 쪽의 앞치마 가장
자리를 구부렸다 폈다를 반복하고 있었다.

"어느 날 밤, 내가 여기 왔었지. 입에서는 피가 나고 관자놀이 쪽의
머리는 한 움큼 뽑히고 귀는 얻어맞아서 얼얼한 상태였단다. 그날은
아버지가 나한테 진짜로 손찌검을 한 날이었어. 내 꼴은 말이 아니었
지!"

마달리네가 얘기하는 걸 듣고 있으면, 화려한 식사나 재미있는 소
설에 대해 얘기하는 것 같았다.

"네 어머니는 알기 때문에 아무것도 묻지 않았어. 당연히 알고 있
었지. 네 어머니는 부들부들 떨며 서 있는 나를 오랫동안 쳐다보기
만 했어. 그러고는 이렇게 말했지. 아직도 그 말이 생생하다. 이렇게
말했단다. **이 정도면 됐다. 네 아버지한테 같이 가자.** 나는 애원했지.
아버지가 우리 둘을 죽이지 않을까 무서웠거든. 하지만 너도 네 어
머니가 어떤 사람인지 알잖니."

나는 알고 있다고 말했다. 그러자 어머니가 나를 슬쩍 곁눈질했다.

"네 어머니는 내 말을 들으려고 하지 않았어. 특유의 표정을 하고
서 말이야. 너도 어떤 표정인지 알 거다. 우리 집으로 가는 내내, 나
는 네 어머니에게 제발 그러지 말라며, 그에게 맞은 데가 별로 아프
지 않다고 했어. 그러나 네 어머니는 듣는 척도 안 했지. 우리는 곧장
문으로 갔는데, 현관에 내 아버지가 있었어. 그런데 네 어머니가 총
을 들어 그의 턱에 대고 말했어. **한 번만 더 그래 봐. 그러면 이 총으로
당신 낯짝을 쏠 거야.**

아버지는 눈을 깜빡였어. 그는 잠시 할 말을 잃었지. 그는 한 마디도 못했어. 마르코스, 거기서 최고가 뭐였는지 아니? 아래를 내려다보니 작은 원이 있었어. 너도 짐작할 수 있을 거다. 아버지의 맨발 사이의 마루에 작은 원이 서서히 번지고 있었어."

마달리네는 머리카락을 뒤로 넘기고 다시 담배에 불을 붙였다.

"이건 진짜 있었던 일이란다."

그녀는 그 말을 굳이 할 필요가 없었다. 나는 그 얘기가 진짜라는 걸 알았다. 그 속에는 어머니의 단순하고 맹렬한 충성심과 어마어마한 결단력이 있었다. 불의를 바로잡고 짓밟힌 사람들을 보호하고자 하는 충동과 필요가 있었다. 그리고 나는 마달리네가 마지막 얘기를 할 때 어머니가 입을 꼭 다물고 깊이 신음하는 걸 듣고 그것이 사실임을 알 수 있었다. 어머니는 못마땅해하는 것 같았다. 그녀는 그것이 싫었을지 몰랐다. 그녀는 사람이 살아생전에 아무리 한심한 짓을 했더라도 죽은 후에는 어느 정도 위엄을 지켜줄 필요가 있다고 생각했다. 특히 가족 간에는 그래야 한다고 생각했다.

어머니가 자리에서 몸을 움직이며 말했다.

"탈리아, 여행을 안 좋아하면 하고 싶은 게 뭐니?"

모두의 눈이 탈리아에게 쏠렸다. 마달리네가 한동안 얘기를 하는 통에 탈리아는 잊혀 있던 상태였다. 나는 그때, 햇볕이 내리쬐는 뜰에 앉아서 마달리네가 하는 얘기를 들으며, 그녀가 우리의 관심을 집중시키고 모든 것을 얘기 속으로 끌어들여 탈리아를 잊게 만들고 있다고 생각했다. 그랬던 기억이 지금도 새롭다. 나는 모녀가 필요에 의해서 그런 역할을 했을 수 있다고 생각했다. 관심을 다른 곳으로 돌리는 자기도취적인 어머니에 의해서 말 없는 딸이 가려지는 일이 필요에 의한 것이었을 수 있다고 생각했다. 그리고 마달리네의 자기도취가 어쩌면 모성적인 보호 본능이자 일종의 친절일 수 있다고 생각했다.

탈리아가 뭐라고 중얼거렸다.

마달리네가 말했다.

"애야, 좀 더 크게 말하렴."

탈리아가 목청을 가다듬었다. 가래가 끓는 것처럼 그르렁거리는 소리가 났다.

"과학요."

나는 처음으로, 때묻지 않은 목초지 같은 녹색을 띤 그녀의 눈동자, 새까만 머리칼, 자기 어머니처럼 새하얀 피부를 보았다. 나는 그녀가 전에는 예뻤을지, 어쩌면 마달리네만큼 아름다웠을지 궁금했다.

마달리네가 말했다.

"애야, 해시계에 대해서 말해보려무나."

탈리아가 어깨를 으쓱했다.

마달리네가 말했다.

"애가 우리 집 뒤뜰에 해시계를 만들었어. 지난여름에 아무 도움도 받지 않고서 말이야. 안드레아스도 안 도와줬고, 당연히 나도 안 도왔지."

그녀가 만족스러운 듯 크게 웃었다.

어머니가 물었다.

"적도 해시계니, 수평 해시계니?"

탈리아의 눈에 놀라움이 스쳤다. 예기치 않은 반응에 멈칫했다가 보이는 놀라움이었다. 그녀는 외국 도시에서 사람이 북적이는 거리를 걷다가 모국어 몇 마디를 듣기라도 한 듯이 놀라는 것 같았다. 탈리아가 이상하고 축축한 목소리로 대답했다.

"수평 해시계예요."

"바늘은 뭘 사용했니?"

탈리아의 시선이 어머니한테 머물렀다.

"엽서를 잘라서 썼어요."

나는 처음으로 두 사람 사이의 관계가 어떻게 발전할 수 있을지 보았다.

마달리네가 말했다.

"저 애는 어렸을 때, 장난감을 분해하곤 했지. 안에 기계장치가 들어 있는 장난감을 좋아했어. 탈리아, 그걸 갖고 놀려고 했던 건 아니었지? 저 애는 우리가 사주자마자 그 비싼 장난감들을 분해해버렸어. 나는 그것 때문에 흥분하곤 했었지. 그런데 안드레아스는 호기심 때문에 그런 거라며 그냥 놔뒀어. 이 점에서는 그의 공을 인정해야 할 것 같아."

어머니가 말했다.

"네가 좋다면, 우리 같이 만들어볼 수도 있겠다. 해시계 말이다."

“만드는 방법은 이미 알고 있어요.”

마달리네가 춤을 출 때 그러듯이 한쪽 다리를 펼쳤다 구부렸다 하며 말했다.

“얘야, 예의를 갖추렴. 오디에 이모는 널 도와주려는 거야.”

어머니가 말했다.

“그렇다면 다른 건 어떨까? 다른 것도 만들어볼 수 있지 않을까 싶구나.”

마달리네가 갑자기 담배 연기를 뿜으며 헐떡거렸다.

“이런! 이런! 내가 아직까지 그 얘기를 안 하다니, 믿을 수 없네. 좋은 소식이 있어. 맞혀봐.”

어머니가 어깨를 으쓱했다.

“내가 다시 연기를 하게 돼! 영화야! 큰 회사에서 나한테 주역을 맡겼어. 믿어지니?”

어머니가 힘없이 대꾸했다.

“축하해.”

“나한테 대본도 있어. 오디에, 너한테 읽게 해줄게. 그런데 네가 좋아하지 않을까 걱정이다. 네가 안 좋다고 하면 나는 실망할 거야. 솔직히 말해, 네가 그러면 난 극복하지 못할 거야. 영화는 가을에 촬영할 예정이야.”

다음 날 아침, 식사가 끝나자 어머니가 나를 옆으로 끌고 갔다.

“무슨 일이냐? 뭐가 문제야?”

나는 무슨 말을 하는지 모르겠다고 대답했다.

그녀가 말했다.

"그러지 않는 게 좋다. 어리석은 짓이야. 너답지도 않고."

어머니는 말을 할 때, 눈을 가늘게 뜨고 고개를 약간 기울이는 습관이 있었다. 지금까지도 그 모습이 강렬하게 내 머릿속에 남아 있다.

"어머니, 못하겠어요. 저한테 강요하지 마세요."

"정확히 왜 안 된다는 거니?"

나도 모르는 사이에 내 입에서 말이 튀어나왔다.

"저 애는 괴물이에요."

어머니의 입이 오므려졌다. 그녀는 화난 게 아니라 낙담한 표정으로 나를 바라보았다. 내가 그녀에게서 기를 다 빼내버리기라도 한 것 같은 모습이었다. 그 표정은 확고했다. 그건 체념이었다. 자기가 원하는 형상을 새길 수 없는 다루기 힘든 돌을 포기하며 망치와 끌을 최종적으로 내려놓는 조각가처럼, 체념한 모습이었다.

"끔찍한 일을 겪은 아이다. 네가 저 아이를 향해 그 말을 한 번만 더 쓰면, 두고 보자. 입 밖에 내는 순간, 무슨 일이 일어나는지 두고 봐라."

얼마 후, 우리 즉 탈리아와 나는 돌담 사이의 자갈길을 걸어가고 있었다. 나는 지나가는 사람들이나 학교 아이들 중 하나가 우리가 같이 걸어간다고 생각하지 않도록 그녀보다 몇 걸음 앞에서 걸어가려고 했다. 물론 그들은 어찌 됐든 그렇게 생각할 것이었다. 누구라도 보면 알 것이었다. 적어도 나는 거리를 둠으로써 내가 못마땅하게 생각하고 마지못해 그렇게 한다는 걸 그녀에게 보여주고 싶었다. 다행히도 그녀는 보조를 맞추려는 노력을 하지 않았다. 시장에서 돌아오는, 햇볕에 타고 지쳐 보이는 농부들이 우리 옆을 지나갔다. 팔리지 않은 농산품이 담긴 바구니를 등에 진 당나귀들이 딸가닥거리는 소리를 내며 힘들게 걸어갔다. 나는 농부들 대부분을 알고 있었지만, 고개를 숙이고 눈길을 외면했다.

나는 탈리아를 해변으로 데리고 갔다. 나는 내가 이따금 간 적이 있는 돌이 많은 해변을 택했다. 아기오스 로마노스 같은 해변과 다르게, 사람들로 붐비지 않을 것을 알고 그 해변을 택한 것이었다. 나는 바지를 걷고 울퉁불퉁한 바위에서 파도가 쳤다가 물러가는 곳에 가까운 다른 바위로 건너뛰었다. 나는 신발을 벗고 돌무더기 사이에 생긴 작은 웅덩이에 발을 담갔다. 내 발가락이 닿자 소라게가 정신없이 달아났다. 오른쪽을 쳐다보니 탈리아가 가까운 바위 위에 앉아 있었다.

우리는 아무 말 없이 오랫동안 앉아서 파도가 바위에 부서지는 모습을 바라보았다. 날카로운 바람이 불면서 내 얼굴에 소금 냄새를 뿌렸다. 펠리컨 한 마리가 날개를 펴고 청록색 물 위를 떠돌았다. 두 여자가 치마를 높이 올리고 무릎까지 차는 물속에 나란히 서 있었다. 서쪽으로 섬이 보였다. 집과 풍차는 대부분 흰색이었다. 푸른 보리밭도 보였고, 해마다 샘물이 흘러나오는 흐릿한 갈색의 험한 산도 보였다. 내 아버지는 그런 산에서 죽었다. 그는 녹색 대리석 채석장에서 일하다가 어머니가 나를 임신한 지 6개월 되던 어느 날, 낭떠러지에서 미끄러져 30미터 아래로 떨어졌다. 어머니는 아버지가 안전 장치 매는 걸 잊고 있었다고 말했다.

탈리아가 말했다.

"그만둬."

나는 근처에 있는 양철통 속에 돌을 던지고 있었다. 그녀의 목소리가 나를 놀라게 했다. 그 바람에 돌이 들어가지 않았다.

"저게 너한테 뭔데 그래?"

"내 말은 자만하지 말라는 얘기야. 나도 너 이상으로 이런 건 원치 않아."

바람이 그녀의 머리를 나풀거리게 만들었다. 탈리아는 마스크를 꼭 잡고 있었다. 나는 그녀가 그런 두려움을 안고 날마다 사는 건 아닐지 싶었다. 갑자기 바람이 불어서 마스크가 벗겨져 얼굴을 드러낸 채 마스크를 쫓아 달려가는 두려움을 안고 사는 건 아닐지 싶었다. 나는 아무 말도 하지 않았다. 그리고 다른 돌을 던졌다. 이번에도 안 들어갔다.

그녀가 말했다.

"너는 멍청이야."

잠시 후 그녀가 일어섰다. 나는 그대로 있는 척했다. 그런데 어깨 너머를 바라보니 그녀가 해변으로 가서 길을 따라 돌아가는 모습이 보였다. 그래서 나는 신발을 신고 그녀를 따라 집으로 갔다.

우리가 돌아가자, 어머니는 부엌에서 오크라를 썰고 있었다. 마달리네는 근처에 앉아 손톱에 매니큐어를 칠하며 담배를 피우고 있었다. 그녀는 담뱃재를 접시에 떨었다. 나는 그 접시가 할머니한테서 어머니가 물려받은 것이라는 걸 알고 경악했다. 그것은 어머니가 소유한, 유일하게 가치 있는 물건이었다. 어머니는 그것을 천장 가까이의 선반에 넣어두고 꺼낸 적이 거의 없었다.

마달리네는 담배를 피우는 사이사이 손톱에 입김을 불고 파타코스, 파파도풀로스, 마카레조스에 관해 얘기하고 있었다. 그들은 그해 일찍, 아테네에서 쿠데타―당시에는 장군들의 쿠데타로 알려져 있었다―를 일으킨 세 명의 대령들이었다. 그녀는 공산주의 파괴 분자라는 죄목으로 감옥에 갇힌 극작가―그녀는 그를 "무척이나 소중한 사람"이라고 했다―를 알고 있다고 말했다.

"물론 말이 안 되지! 안 되고말고! 너, 에사(그리스 군사경찰)가 사람들의 입을 열기 위해 무슨 짓을 하는지 아니?"

마달리네는 군사경찰이 집 안 어딘가에 숨어 있기라도 한 것처럼 낮은 목소리로 말했다.

"엉덩이에 호스를 집어넣고 물을 세게 틀어버린대. 정말이야, 오디에. 맹세할 수 있어. 그들은 최고로 더러운 것에, 그러니까 똥 같은 거 말이야, 걸레를 적셔서 사람들의 입에 쑤셔 넣는대."

어머니가 단조로운 어조로 대꾸했다.

"끔찍하구나."

나는 그녀가 벌써 마달리네에게 싫증을 내고 있는 건 아닌지 궁금했다. 끊임없이 떠벌리는 정치적 견해, 남편과 함께 참석했던 파티 이야기, 시인들과 지식인들과 음악가들과 함께 샴페인 잔을 부딪치며 즐긴 이야기, 필요도 없고 분별도 없는 외국 여행 이야기, 핵 참사나 인구과잉이나 오염에 관한 생각. 어머니는 미소를 지으며 생각에 잠긴 표정으로 마달리네의 이야기를 들었지만, 나는 그녀가 마달리네를 좋게 생각하지 않는다는 걸 알았다. 어쩌면 그녀는 마달리네가 허영을 부린다고 생각하는지도 몰랐다. 어쩌면 그녀는 당혹스러워하고 있는지도 몰랐다.

이것이 괴로운 부분이다. 이것이 어머니의 친절과 구제, 용기 있는 행동을 오염시키는 부분이다. 그들에게 그늘을 드리우는 부채. 사람을 붙들어 매는 요구와 의무. 이러한 행위들을 화폐처럼 활용하여 그것을 충성심과 바꾸는 방식. 나는 마달리네가 오래전에 떠난 이유를 이제 이해한다. 사람을 홍수에서 구해준 밧줄은 목에 걸린 올가미가 될 수 있다. 사람들은 언제나 결국에는 어머니를 실망시킨다. 나도 거기에 포함된다. 그들은 자기가 빚진 것을 변제할 수 없다. 어머니가 기대하는 방식으로는 그럴 수 없다. 어머니가 받을 수 있는 위안은 자기가 늘 부당한 취급을 받는 사람이기 때문에 우세한 위치에서, 전략적으로 유리한 위치에서 자기 마음대로 상대에 대한 판단을 내릴 수 있다는 만족감이다.

그것이 나를 슬프게 한다. 그것이 나에게 어머니 자신의 필요, 불안, 외로움에 대한 두려움, 옴짝달싹 못하고 버려질 것에 대한 두려움에 대해 말해주기 때문이다. 그렇다면 그것이 나에 대해 말해주는 건 무엇일까? 나는 어머니의 그런 점을 알면서도, 그녀가 뭘 필요로 하는지 정확히 알면서도, 의도적으로 지난 30년 중 대부분을 대양,

대륙, 혹은 대양과 대륙 양쪽을 우리 사이에 놓으며 그녀를 거부해
왔다.

마달리네가 말하고 있었다.

"군사정부는 아이러니의 감각도 없어. 그들은 사람들을 깔아뭉개
고 있어. 그리스에서! 민주주의의 발생지인 이곳에서…… 아, 너희들
왔구나! 어땠니? 둘이서 뭘 했니?"

탈리아가 대답했다.

"해변에서 놀았어요."

"재미있었니?"

"네, 아주 좋았어요."

어머니의 눈이 미심쩍은 표정으로 나와 탈리아를 번갈아 오갔다.
그러나 마달리네가 환하게 웃으면서 갈채를 보냈다.

"잘했다! 이제 너희 둘이 잘 지내는지 걱정할 필요가 없으니, 오디
에와 내가 우리만의 시간을 오붓하게 가질 수 있겠구나. 오디에, 어떻
게 생각해? 우리한테는 아직도 할 얘기가 많잖니."

어머니가 상처 입은 듯한 미소를 지으며 배추 밑동을 향해 손을
뻗었다.

그때부터 탈리아와 나는 함께 시간을 보냈다. 우리는 아이들이 으
레 그러듯, 섬을 돌아다니고 해변에서 놀이를 하고 즐거워하도록 되
어 있었다. 그래서 아침 식사를 한 후, 어머니가 싸주는 샌드위치를
들고 같이 집을 나섰다.

그런데 안 보이는 곳에 가면, 우리는 대개 따로 떨어져 놀았다. 해변에 가면 나는 수영을 하거나 셔츠를 벗고 바위에 누워 있었고, 탈리아는 조개껍질을 줍거나 물속에 있는 바위에서 바위로 건너뛰었다. 그러나 바위를 건너뛰는 건 파도가 너무 높아서 자주 할 수 있는 일은 아니었다. 우리는 포도밭과 보리밭 사이로 난 구불구불한 길을 따라 걷고 자신의 그림자를 내려다보며 혼자만의 생각에 잠겼다. 그러나 우리는 대부분, 그냥 돌아다녔다. 그 당시, 티노스에는 관광이라고 부를 만한 게 별로 없었다. 그 섬은 농촌이었다. 사람들은 소와 염소, 올리브 나무와 밀에 의존해 살았다. 우리는 지루해지면 나무나 풍차 그늘 밑에서 조용히 점심을 먹으며, 계곡과 가시나무 숲, 산과 바다를 바라보았다.

어느 날 나는 시내를 향해 걸음을 옮겼다. 우리는 섬의 남서쪽 기슭에 살았다. 티노스 시는 남쪽으로 몇 킬로미터만 가면 되었다. 루소스 씨라는 이름의 홀아비가 운영하는 작은 가게가 거기에 있었다. 그는 표정이 심각해 보이는 사람이었다. 창문으로 들여다보면 가게에는 1940년대 타자기에서부터 가죽 작업화, 풍향계, 낡은 화분 받침대, 대大초, 십자가, 파나기아 복음교회의 성상 모형, 심지어는 놋쇠로 만든 고릴라 등 없는 게 없었다. 루소스 씨는 아마추어 사진작가기도 해서 가게 뒤편에 임시변통의 암실까지 갖추고 있었다. 순례자들이 매년 8월에 성상을 보러 오면, 그는 그들에게 필름을 팔고 암실에서 그들의 사진을 인화해줬다.

한 달 전쯤, 나는 가게에 카메라가 진열돼 있는 걸 보았다. 카메라는 낡은 황갈색 가죽 케이스에 넣어져 있었다. 며칠마다 나는 가게로 가서 그 카메라를 바라보며 인도에 가서 가죽 케이스를 어깨에 걸치고 《내셔널 지오그래픽》에서 보았던 벼와 차 밭을 찍는 나 자신의 모습을 상상했다. 나는 잉카 트레일도 찍고 싶었다. 더위와 싸워가며 낙타나 먼지가 자욱한 낡은 트럭을 타거나 걸어서, 스핑크스와 피라미드가 있는 곳까지 가 사진을 찍어 내 사진들이 반들반들한 잡지에 실리는 걸 보고 싶었다. 이것이 그날 아침, 루소스 씨의 가게로 나를 향하게 했다. 가게는 닫혀 있었지만, 나는 유리에 이마를 대고 몽상을 했다.

"어떤 거지?"

나는 몸을 약간 뒤로 물렀다. 유리창에 탈리아의 모습이 비쳤다. 그녀는 손수건으로 왼쪽 볼을 가볍게 두드렸다.

"카메라 말이야."

나는 어깨를 으쓱했다.

그녀가 말했다.

"아거스 C3 같군."

"네가 어떻게 아니?"

그녀가 약간 비난하듯 대꾸했다.

"지난 30년 동안 세계에서 가장 잘 팔리는 35밀리 카메라는 저것뿐이니까. 그러나 별로 쳐다볼 건 없어. 못생겼으니까. 벽돌처럼 생겼잖아. 어른이 되면 사진작가가 되고 싶니? 네 어머니가 그러시던데."

나는 몸을 돌렸다.

"어머니가 그걸 너한테 말해줬다고?"

"그래서?"

나는 어깨를 으쓱했다. 어머니가 탈리아와 그런 얘기를 했다는 게 당황스러웠다. 나는 어머니가 어떤 식으로 그 얘기를 했을지 궁금했다. 그녀는 자신이 이상하다거나 경박하다고 생각하는 것들에 관해 얘기할 때면 조롱하는 듯한 진지한 어조를 사용했다. 그것은 그녀의 무기였다. 그녀는 상대방이 바라는 것을 눈앞에서 오그라들게 만들었다. **마르코스는 세상을 돌아다니며 사진을 찍고 싶어 한단다.** 어머니는 이런 식으로 말하지 않았을까 싶다.

탈리아는 인도에 앉아서 무릎 위로 치마를 걷어 올렸다. 더운 날이었다. 마치 물어뜯을 듯, 햇볕이 살을 파고들었다. 거리를 따라 터벅터벅 걸음을 옮기는 노부부를 제외하고 밖에 나와 있는 사람은 없었다. 남편 되는 사람은 데미스 어쩌고 하는 이름의 남자였다. 그는 납작한 회색 모자를 쓰고 그 계절에 입기에는 지나치게 두툼해 보이는 갈색 트위드재킷을 걸치고 있었다. 그는 일부 노인들이 그러하듯이 눈을 크게 뜨고 굳어버린 표정을 짓고 있었다. 자기들이 너무 늙었다는 사실에 계속 놀라는 듯한 표정이었다. 그가 파킨슨병에 걸린 게 아닐까 의심한 건 내가 몇 년 후 의과대학에 들어가서야 가능했다. 그들이 지나가면서 손을 흔들자, 나도 손을 흔들었다. 나는 그들이 탈리아를 보고 걸음을 잠깐 멈추더니 다시 걸어가는 모습을 바라보았다.

탈리아가 말했다.

"너, 카메라 있니?"

"아니."

"사진 찍어본 적 있니?"

"아니."

"그런데 사진작가가 되고 싶니?"

"그게 너한테는 이상하니?"

"약간."

"그럼 내가 경찰관이 되고 싶다고 말하면, 너는 그것도 이상하다고 할 거니? 내가 누구한테 수갑을 채워본 적이 없다는 이유에서?"

나는 탈리아의 눈에 부드러운 표정이 깃드는 걸 보았다. 그럴 수만 있다면, 그녀는 미소를 지었을 것이었다.

그녀가 말했다.

"그러니까 너는 영리한 바보로구나. 충고 하나 할게. 우리 어머니 앞에서 카메라 얘기는 하지 마. 그러지 않으면 너한테 그걸 사줄 테니까 말이야. 우리 어머니는 남을 기쁘게 하기를 좋아하거든. 그러나 네 어머니가 그걸 허락하시진 않을 것 같다. 너도 이미 그건 알고 있겠지."

나는 그녀가 얼마 되지도 않은 시간 동안 그렇게 많은 걸 알게 된 데 감동하기도 하고 조금은 불안하기도 했다. 나는 어쩌면 마스크 때문에 그럴지도 모른다고 생각했다. 가면을 쓰고 있으니, 마음대로 지켜보고 관찰하고 분석하는 건지도 모른다고.

"네 어머니는 아마 그걸 돌려주게 할 거야."

나는 한숨을 쉬었다. 맞는 말이었다. 어머니는 그렇게 쉽게 뭘 받는 걸 허락하지 않을 것이었다. 돈과 관련된 일이면 특히 그랬다.

탈리아가 일어서서 엉덩이의 먼지를 털었다.

"집에 상자 하나 있니?"

마달리네는 부엌에서 어머니와 함께 와인을 마시고 있었다. 탈리아와 나는 위층으로 갔다. 우리는 구두 상자를 사인펜으로 칠하기 시작했다. 그 상자는 마달리네의 것이었다. 하이힐이 달린 라임빛 녹색 가죽 구두가 안에 들어 있었다. 구두는 새것으로 아직도 종이에 싸여 있었다.

내가 물었다.

"저런 걸 어디서 신으려고 하신 거니?"

마달리네가 아래층에서 얘기하는 소리가 들렸다. 그녀는 연기 학원 선생이 자기에게 바위에 아무런 움직임 없이 앉아 있는 도마뱀이라고 가정해보라고 했다는 얘기를 하며, 까르르 웃었다.

우리는 두 번째로 칠을 했다. 탈리아는 빠진 부분이 없도록 확실하게 해두기 위해 세 번을 칠해야 한다고 말했다. 검은 부분이 일정하고 완전무결해야 했다.

그녀가 말했다.

"카메라는 이런 거야. 빛이 들어갈 구멍과 빛을 흡수할 뭔가가 달린 검은 상자일 뿐이라고. 나한테 바늘을 줘."

나는 그녀에게 어머니의 바늘을 건넸다. 나는 아무리 좋게 말해도 이렇게 만든 카메라가 무슨 기능을 할 것인지 회의적이었다. 구두 상자와 바늘로 카메라를 만든다니, 말이 안 되는 것 같았다. 그러나 탈리아는 대단한 믿음과 확신을 갖고 그 일에 덤벼들었다. 그래서 나는 그럴 가능성이 없긴 하지만, 그것이 작동할지도 모를 여지를 남겨둬야 했다. 탈리아는 내가 모르는 것을 알고 있는 것 같았다.

그녀가 바늘로 조심스럽게 상자를 찌르며 말했다.

"내가 계산을 해봤는데, 렌즈가 없으니까, 작은 면에 바늘구멍을 낼 수가 없어. 상자가 너무 길어서 말이야. 그러나 넓이는 알맞은 것 같아. 문제는 적당한 크기의 바늘구멍을 내는 거야. 대충 6밀리 정도면 될 것 같아. 됐어. 이제는 셔터가 필요해."

아래층에서 들려오는 마달리네의 목소리가 낮고 절박한 중얼거림으로 변했다. 무슨 말을 하는지 알 수 없었지만, 그녀가 전보다 천천히 또박또박 얘기하고 있다는 건 알았다. 나는 그녀가 앞으로 몸을 기울이고 무릎에 팔꿈치를 괴고 눈을 깜빡이지 않고 상대를 쳐다보는 모습을 상상했다. 나는 사람들이 이런 식으로 속 얘기를 한다는 걸 경험을 통해 알았다. 사람들은 이런 식으로 얘기할 때면, 무슨 거창한 재앙에 대해 털어놓거나 고백하고, 듣는 이에게 무슨 부탁을 할 가능성이 많았다. 전사자 통보 요원들이 문을 두드릴 때도 그런 식이고, 변호사들이 유죄협상의 장점을 의뢰인에게 권할 때도 그런 식이다. 새벽 3시에 차를 몰고 가다가 경찰한테 걸렸을 때도 그런 식이고, 남편을 속일 때도 그런 식이다. 나는 이곳 카불에 있는 병원에서 얼마나 많이 그 수법을 써먹었던가! 가족들을 조용한 방으로 안

내해 앉으라고 하고, 의자를 끌어다가 나도 앉으며 그들에게 소식을 전할 마음의 준비를 하면서 얼마나 자주 그 수법을 써먹었던가!

탈리아가 단조로운 목소리로 말했다.

"우리 어머니는 안드레아스에 관한 얘기를 하는 중이야. 틀림없어. 크게 싸웠거든. 테이프와 가위 좀 건네줘."

"그분은 어떠니? 부자라는 거 말고 다른 것들 말이야."

"누구? 안드레아스? 괜찮아. 여행을 많이 다니지. 집에 있을 때면, 늘 사람들과 어울려. 장관이나 장군처럼 중요한 사람들하고 말이야. 그들은 벽난로 옆에서 술을 마시며 밤새도록 얘기를 하지. 대부분이 사업과 정치에 관한 얘기야. 그들이 하는 말이 내 방까지 들리거든. 안드레아스가 손님들과 같이 있으면, 나는 위층에 있어야 해. 아래로 내려가지 못하게 되어 있어. 그러나 그는 나한테 물건들을 사주고, 가정교사를 구해 나를 가르치게 하지. 나한테 친절하게 말하기도 하고."

탈리아는 바늘구멍 위에 마찬가지로 검게 칠한 직사각형 판지를 테이프로 붙였다.

아래층은 조용했다. 나는 그 모습을 머릿속에 그려보았다. 손수건이 플레이도(놀이용 점토 상표) 덩어리라도 되는 것처럼 만지작거리며 소리 없이 울고 있는 마달리네, 혀 밑에 신 것이 들어 있는 것처럼 얼굴을 찡그리고 희미한 미소를 띤 어머니. 굳은 표정으로 상대를 바라보며 별 도움을 주지 않는 어머니. 어머니는 사람들이 면전에서 울면 참을 수 없어 한다. 그들의 부석부석한 눈, 애원하는 눈길을 좀처럼 마주 보지 않는다. 그녀는 울음이 유약하다는 증거이며 관심을 받기 위한 조야한 호소라고 생각하고 받아주지 않는다. 그녀는 위로를 해주지 못한다. 나는 자라면서 그것이 그녀의 장기 중 하나가 아니라는 걸 알게 되었다. 그녀의 생각에 슬픔은 자랑할 게 아니라 사적인 것이어야 한다. 나는 어렸을 때 어머니에게 아버지가 돌아가셨을 때 울었느냐고 물은 적이 있었다.

장례식에서요, 아버지를 묻을 때 말이에요.

아니, 울지 않았다.

슬프지 않아서 그랬나요?

내가 슬픈지 어떤지는 누구도 상관할 바가 아니기 때문이다.

제가 죽으면 우실 거예요?

그걸 알 필요가 없게 되기를 바라자.

탈리아가 인화지 상자를 들고 말했다.

"손전등을 가져와."

우리는 어머니의 작은 방으로 들어가 문을 꼭 닫고서 아래쪽을 수건으로 막아 빛이 들어오지 않게 했다. 안이 칠흑처럼 어두워지자, 탈리아가 내게 붉은 셀로판지로 여러 겹을 싼 손전등을 켜라고 했다. 내가 희미한 빛 속에서 볼 수 있는 건 인화지를 잘라 바늘구멍 반대쪽 구두 상자 안쪽에 테이프로 고정하는 그녀의 가느다란 손가락이 전부였다. 우리는 전날 루소스 씨의 가게에서 인화지를 사다 놓았다. 우리가 계산대로 인화지를 가져가자, 루소스 씨는 안경 너머로 탈리아를 보고 말했다. 너, **강도냐?** 탈리아가 그를 집게손가락으

로 가리키며 권총의 공이치기를 당기는 것처럼 엄지손가락을 뒤로
당겼다.

탈리아가 구두 상자의 뚜껑을 덮고 셔터로 바늘구멍을 가렸다. 어
둠 속에서 그녀가 말했다.

"너는 내일, 네 인생에서 처음으로 사진을 찍는 거야."

나는 그녀가 농담을 하는지 어떤지 알 수 없었다.

우리는 해변을 택했다. 우리는 납작한 바위 위에 구두 상자를 놓
고 움직이지 않도록 노끈으로 묶었다. 탈리아는 셔터를 누를 때, 아
무런 움직임도 없어야 한다고 말했다. 그녀는 내 옆으로 와서 파인더
를 통해 보는 것처럼 상자 위를 쳐다보았다.

그녀가 말했다.

"완벽해."

"거의. 그런데 찍을 대상이 필요해."

그녀가 나를 바라보았다. 나는 그것이 무슨 의미인지 알았다.

"싫어, 나는 안 할 거야."

한동안 입씨름을 하다가 그녀가 마침내 동의했다. 그러나 얼굴을
보이지 않는 조건으로 그렇게 하겠다고 했다. 그녀는 신발을 벗고 줄
타기하는 사람처럼 팔을 이용해가며, 카메라에서 몇십 센티미터 떨
어진 바위 위로 걸어갔다. 그녀는 시로스와 키트노스가 있는 서쪽
을 향해 바위에 앉았다. 그녀가 머리칼을 휙 움직였다. 그러자 그녀
의 머리 뒤에 있는 마스크 줄이 머리칼에 가려졌다. 그녀가 어깨 너

머로 나를 바라보았다.

그녀가 소리쳤다.

"스물까지 세는 거 잊지 마."

그녀가 다시 고개를 돌려 바다를 바라보았다.

나는 고개를 숙이고 상자 너머로 보이는 탈리아의 등, 그녀의 주변에 있는 바위들, 죽은 뱀처럼 바위 사이에 엉겨 있는 해초들, 멀리서 움직이는 작은 예인선, 울퉁불퉁한 해안선에 부딪쳤다가 물러나는 파도를 바라보았다. 나는 바늘구멍에서 셔터를 들어 올리고 숫자를 세기 시작했다.

하나······ 둘······ 셋······ 넷······ 다섯······

우리는 침대에 누워 있다. 텔레비전에서는 두 명의 아코디언 연주자가 대결을 벌이고 있다. 그러나 잔나가 소리를 무음으로 해놓고 있다. 한낮의 햇빛이 블라인드를 통해 날카롭게 들어와서 먹다 남은 마르게리타 피자 위에 줄무늬를 드리운다. 우리가 룸서비스를 이용해 점심 식사로 주문한 피자다. 검은 머리를 말쑥하게 뒤로 넘기고 검은 타이에 흰 코트를 입은, 키가 크고 호리호리한 남자가 피자를 배달해줬다. 그가 방 안으로 굴리고 들어온 탁자에는 장미 한 송이가 꽂힌 길쭉한 꽃병이 놓여 있었다. 그는 피자를 덮고 있던 둥근 덮개를 들어 올리더니, 마술사가 모자에서 토끼가 튀어나오게 한 후에 관객을 향해 취하는 것과 같은 손동작을 했다.

우리 주변에는 내가 지난 1년 반 동안 벨파스트, 몬테비데오, 탕헤르, 마르세유, 리마, 테헤란에 가서 찍은 사진들이 널려 있다. 나는 그걸 잔나에게 보여줬다. 나는 그녀에게 코펜하겐에 머물 때 잠시 몸담 았던 공동체의 사진들을 보여준다. 나는 거기서 이전에는 군사기지 였던 곳에 자치 공동체를 세워서 살고 있는, 찢어진 티셔츠를 입고 비니를 쓴 덴마크 비트족과 같이 잠시 살았다.

잔나가 묻는다.

당신은 어디 있어요? 사진에는 없잖아요.

내가 말한다.

나는 렌즈 뒤에 있는 게 더 좋아요.

그건 사실이다. 수백 장의 사진을 찍었지만, 나는 어디에도 없다. 나는 필름을 맡길 때, 늘 두 장씩 뽑아달라고 한다. 하나는 내가 갖고, 다른 하나는 고향에 있는 탈리아에게 보낸다.

잔나는 여행 경비는 어떻게 조달하느냐고 묻는다. 나는 유산으로 물려받은 돈으로 충당한다고 답한다. 그 말은 그 유산이 내 것이 아니라 탈리아의 것이기 때문에 부분적으로만 맞는 말이다. 명백한 이유에서 안드레아스의 유언장에는 마달리네의 이름은 없고, 탈리아의 이름만 언급돼 있었다. 탈리아는 내게 그 돈의 절반을 줬다. 나는 그걸로 대학을 마치게 되어 있다.

여덟…… 아홉…… 열……

잔나가 침대에서 팔꿈치로 몸을 움직여 나한테 온다. 그녀의 작은 젖가슴이 내 몸에 스친다. 그녀가 담뱃갑을 찾아 담배에 불을 붙인다. 나는 전날, 스페인 광장에서 그녀를 만났다. 나는 아래에 있는 광장을 언덕 위의 성당으로 이어주는 돌계단에 서 있었다. 그녀가 올라오더니 내게 이탈리아어로 말을 걸었다. 그녀는 삼위일체 성당과 광장 주변에 많이 있는 아름다운 여자들처럼 보였다. 그런 여자들은 담배를 피우며 큰 소리로 얘기하고 많이 웃고, 정처 없이 걸어 다녔다. 나는 고개를 저으며 말했다.

뭐라고요?

그녀가 미소 지으며 강한 억양의 영어로 말했다.

아! 라이터? 담배.

나는 고개를 저으며 나 나름의 강한 억양의 영어로 담배를 피우지 않는다고 대꾸했다. 그녀가 씩 웃었다. 그녀의 눈이 밝게 빛났다. 늦은 아침의 태양이 다이아몬드 모양의 얼굴에 후광을 드리웠다.

나는 잠깐 졸다가 그녀가 내 옆구리를 치는 바람에 깼다.

잔나가 말한다.

라 투아 라가차(당신의 여자 친구)?

그녀는 해변에 서 있는 탈리아의 사진을 보고 있다. 수년 전에 만든 바늘구멍 카메라로 찍은 사진이다.

걸프렌드?

아뇨.

시스터?

아뇨.

라 투아 쿠지나(당신의 사촌)? 커즌?

나는 고개를 젓는다.

잔나는 사진을 조금 더 살피더니, 담배를 빠르게 빨아댄다. 놀랍게도 그녀가 화가 난 듯 날카로운 어조로 내뱉는다.

퀘스타 에 라 투아 라가차(이 사람 당신 여자 친구 맞아요)! 당신은 거짓말쟁이예요!

그녀는 이렇게 말하고 순식간에 라이터를 켜더니 사진에 불을 붙인다.

열넷…… 열다섯…… 열여섯…… 열일곱……

왔던 길을 되돌아 버스 정류장으로 반쯤 갔을 때, 나는 사진을 잃어버렸다는 걸 알아차린다. 나는 그들에게 돌아가야 된다고 말한다. 돌아가는 것 말고는 선택의 여지가 없다고 말한다. 우리의 비공식적인 칠레인 가이드이자, 강단 있게 생기고 말수가 적은 우아소(시골 사람) 알폰소가 어떻게 할 거냐는 표정으로 게리를 쳐다본다. 게리는 미국인이다. 그는 우리 셋 중 우두머리로, 지저분한 금발 머리에 볼에 여드름 자국이 난 사람이다. 그의 얼굴을 보면 힘들게 산 것 같은 인상을 받는다. 게리는 기분이 몹시 안 좋은 상태다. 배도 고프고 술도 없고, 전날 리트레 관목에 스쳐 오른쪽 종아리에 심한 발진이 생겨서 더 그렇다. 나는 두 사람을 북적거리는 산티아고의 술집에서 만났다. 알폰소는 피스콜라(페루의 증류주 피스코에 콜라를 섞은 음료)를 대여섯 차례 마신 후 살토 델 아포킨도 폭포에 하이킹을 가자고 제안했다. 그가 어렸을 때 아버지가 데리고 가던 곳이라고 했다. 우리는 다음 날 하이킹을 했고 폭포에서 야영을 했다. 우리는 물소리가 요란하고 하늘에 별이 촘촘히 떠 있는 곳에서 마리화나를 피웠다. 우리는 지금, 버스를 타려고 산카를로스 데 아포킨도를 향해 걸어가고 있었다.

게리가 코르도바 모자의 넓은 가장자리를 뒤로 밀고 손수건으로 이마를 훔치며 말한다.

마르코스, 다시 가려면 세 시간이나 걸려요.

알폰소가 그 말을 반복한다.

트레스 오라스, 아갈레 콤프렌데(세 시간이라고요, 제대로 알아들었어요)?

알아요.

그래도 갈 거요?

네.

알폰소가 말한다.

파라 우나 포토(사진 한 장 때문에)?

나는 고개를 끄덕인다. 나는 그들이 이해하지 못할 것이기에 입을 다문다. 나 스스로도 그걸 납득하고 있는지는 모르겠다.

게리가 말한다.

길을 잃을 거요.

그럴 수도 있죠.

게리가 손을 내밀며 말한다.

그렇다면 행운을 빌어요, 친구.

알폰소가 말한다.

에스 운 그리에고 로코(미친 그리스 사람 같으니).

나는 웃는다. 미친 그리스 사람이라는 말을 들은 게 이번이 처음은 아니다. 우리는 악수를 나눈다. 게리는 배낭의 끈을 조정한다. 두 사람이 산길을 따라가기 시작한다. 게리가 급커브 길을 돌 때 고개를 돌리지도 않고 손을 흔든다. 나는 우리가 왔던 길을 되돌아간다. 실제로 네 시간이 걸린다. 게리가 예상했던 대로 길을 잃은 탓이다. 나는 야영장에 도착할 때쯤, 기진맥진해 있다. 나는 모든 곳을 찾아본다. 숲도 찾아보고 바위 사이도 찾아본다. 소득이 없다. 그러자 두려움이 밀려온다. 그런데 내가 단념하려고 할 때, 낮은 기슭에 있는 관목 사이에서 흰 것이 눈에 띈다. 사진이 나무딸기 덤불 사이에 들어가 있다. 나는 그것을 떼어내 먼지를 털어낸다. 안도의 눈물이 고인다.

스물셋…… 스물넷…… 스물다섯……

카라카스에서는 다리 밑에서 잔다. 브뤼셀에서는 유스호스텔에서 잔다. 때때로 나는 과시하듯 좋은 호텔 방을 잡고 오랫동안 뜨거운 물로 샤워한 후 실내복을 입은 채 식사를 한다. 나는 컬러텔레비전을 본다. 도시들과 도로들과 시골, 그리고 내가 만난 사람들 모두가 흐릿해지기 시작한다. 나는 내가 뭔가를 찾고 있다고 스스로에게 말한다. 그러나 점점 더, 내가 방황하고 있으며 뭔가가 나한테 일어나기를, 모든 것을 바꾸게 해줄 뭔가를, 내 인생 전체가 지향할 뭔가를, 기다리고 있는 것 같은 느낌이 든다.

서른넷…… 서른다섯…… 서른여섯……

인도에 온 지 나흘째다. 나는 길 잃은 소 떼 사이의 더러운 길을 따라 비틀거리며 걷는다. 세상이 내 발밑에서 기우뚱거린다. 나는 하루 종일 토하고 있다. 나의 살갗은 사리처럼 누렇다. 보이지 않는 손이 살갗을 벗겨내고 있는 것 같다. 나는 더 이상 걸을 수 없어서 길 옆에 눕는다. 길 건너에서 한 노인이 커다란 솥에 든 것을 젓는다. 노인 옆에는 새장이 있고, 새장 안에는 붉은색과 푸른색이 섞인 앵무새가 있다. 검은 피부의 행상이 텅 빈 녹색 병들이 가득 실린 수레를 밀고 나를 지나친다. 그것이 내가 기억하는 마지막 장면이다.

마흔하나⋯⋯ 마흔둘⋯⋯

깨어보니, 나는 큰 병실에 있다. 열기와 멜론이 썩는 것 같은 냄새가 지독하게 난다. 나는 2인용 철제 침대에 누워 있다. 종이 표지로 된 책보다 두껍지 않은 매트리스가 깔린 침대다. 매트리스는 스프링이 들어 있지 않아 딱딱하다. 병실은 이런 침대들로 가득하다. 나는 병실 안을 둘러본다. 침대 옆에서 흔들거리고 있는 메마른 팔들, 얼룩이 묻은 시트에서 나와 있는 검은 성냥개비처럼 마른 다리들. 천장에서 돌아가는 선풍기. 곰팡이가 곳곳에 핀 벽들. 내 옆에 있는 창문에서 뜨겁고 끈적끈적한 바람과 햇빛이 들어온다. 햇빛에 눈이 아프다. 간호사—굴이라는 이름의 무뚝뚝하고 험상궂은 무슬림 남자—는 내가 간염으로 죽을지도 모른다고 말한다.

쉰다섯⋯⋯ 쉰여섯⋯⋯ 쉰일곱⋯⋯

나는 배낭을 달라고 한다. 굴이 심드렁하게 대꾸한다.

무슨 가방 말이죠?

모든 것이 없어졌다. 옷, 돈, 책, 카메라 등 모든 것이 없어졌다.

굴이 내 옆에 있는 창턱을 가리키며 꼬부랑 영어로 말한다.

도둑이 남긴 건 저게 전부요.

사진이다. 나는 그것을 집어 든다. 머리가 바람에 나부끼는 탈리아의 모습. 그녀의 주변에서 포말을 일으키는 바닷물, 바위 위의 맨발, 그녀의 앞에 펼쳐진 에게 해. 무슨 덩어리가 목을 타고 올라온다. 나는 여기서 죽고 싶지 않다. 그녀로부터 이렇게 멀리 떨어져 이방인들 사이에서 죽고 싶지 않다. 나는 유리와 창문틀 사이의 쐐기에 사진을 놓는다.

예순여섯…… 예순일곱…… 예순여덟……

내 옆에 누워 있는 소년의 얼굴은 노인 같다. 수척하고 푹 꺼지고 우툴두툴하다. 소년의 아랫배는 종기 때문에 볼링공처럼 크게 부풀어 있다. 간호사가 그곳을 만질 때마다, 소년은 눈을 꼭 감고 고통스러운 신음 소리를 낸다. 오늘 아침에는 굴이 아니라 다른 간호사가 와서 약을 먹이려고 하지만, 아이가 고개를 이리저리 돌리며 나무에 긁히는 것 같은 소리를 목에서 낸다. 결국 간호사가 입을 억지로 벌리고 약을 밀어 넣는다. 간호사가 가자, 소년이 나를 향해 서서히 고개를 돌린다. 우리는 침대 너머로 서로를 쳐다본다. 한 방울의 눈물이 소년의 눈에서 나와 볼을 타고 흘러내린다.

일흔다섯…… 일흔여섯…… 일흔일곱……

이곳의 고통과 절망은 파도 같다. 그것은 모든 침대에서 일어나 곰팡이가 핀 벽들에 부딪고 다시 사람을 덮친다. 그것에 빠져 죽을 수도 있다. 나는 잠을 많이 잔다. 그러지 않을 때는 몸이 가렵다. 나는 그들이 내게 주는 약을 먹는다. 약을 먹으면 다시 졸린다. 나는 잠을 자지 않을 때는 북적거리는 도로를 바라보고 천막으로 된 잡화전들과 뒷골목에 있는 찻집들 위로 쏟아지는 햇빛을 바라본다. 나는 하수구 옆의 인도에서 돌을 던지며 노는 아이들, 문간에 앉아 있는 노파들, 그리고 도티(허리에 두르는 치마 형태의 인도 남성 하의)를 입고 깔개에 쭈그려 앉아 코코넛 껍질을 벗기고 금잔화 꽃다발을 파는 거리의 행상들을 바라본다. 누군가가 방 저쪽에서 귀가 찢어지게 소리를 지른다.

여든셋······ 여든넷······ 여든다섯······

나는 아이의 이름이 마나르라는 걸 알게 된다. '빛'이라는 의미라고 한다. 그런데 아이의 어머니는 창녀고 아버지는 도둑이다. 마나르는 작은아버지 내외와 같이 살았는데 그들에게 엄청 얻어맞았다. 아무도 아이가 뭣 때문에 죽어가는지 정확히 알지 못한다. 죽어간다는 것만 확실할 뿐이다. 아무도 아이를 찾아오지 않는다. 마나르가 지금부터 한 주 안—한 달이 될 수도 있겠지만, 길어야 두 달일 것이다—에 죽으면, 아무도 아이를 찾지 않을 것이다. 아무도 슬퍼하지 않을 것이다. 아무도 기억하지 않을 것이다. 마나르는 자신이 살았던 곳에서, 갈라진 틈 속에서 죽을 것이다. 나는 잠이 든 아이를 바라본다. 움푹 파인 관자놀이, 어깨에 비해 너무 큰 두상, 아랫입술에 난 착색된 상처 자국. 굴이 나한테 알려준 바에 따르면, 그 상처는 마나르의 어머니의 포주가 담배를 거기다 비벼서 끄는 버릇이 있어서 생긴 것이다. 나는 아이에게 영어로 얘기하다가 다음에는 내가 알고 있는 몇 마디의 우르두어로 얘기하지만, 아이는 피곤한 듯 눈을 깜빡거릴 따름이다. 때때로 나는 마나르를 웃게 하려고 손으로 벽에 동물의 그림자 형상을 만든다.

여든일곱······ 여든여덟······ 여든아홉······

어느 날, 마나르가 창문 밖의 뭔가를 가리킨다. 나는 아이의 손가락이 가리키는 곳을 보려고 고개를 든다. 그러나 구름 사이로 보이는 푸른 하늘, 거리의 펌프에서 나오는 물을 갖고 장난을 치는 아이들, 배기가스를 내뿜는 버스 외에는 아무것도 보이지 않는다. 그때서야 나는 마나르가 탈리아의 사진을 가리키고 있다는 걸 알아챈다. 나는 그것을 창문에서 집어 아이에게 건넨다. 마나르는 담뱃불에 지져진 쪽의 얼굴 가까이에 들고 사진을 오랫동안 바라본다. 나는 사진 속의 바다가 아이의 흥미를 끈 것인지 어떤지 궁금하다. 아이가 짠물을 맛본 적이 있거나 발밑에서 파도가 밀려나는 것을 보며 현기증을 느껴본 적이 있는지 궁금하다. 혹은 어쩌면 아이는 탈리아의 얼굴을 볼 수는 없지만, 고통이 무엇인지 알고 있는 탈리아와 동질감을 느끼고 있는 건지도 모른다. 마나르는 사진을 나한테 돌려준다. 나는 고개를 젓는다.

내가 말한다.

가져도 돼.

못 믿겠다는 표정이 아이의 얼굴에 스친다. 나는 미소를 짓는다. 확신할 수는 없지만, 아이도 나를 향해 미소 짓는 것 같다.

아흔둘······ 아흔셋······ 아흔넷······

나는 간염을 이겨낸다. 굴의 말이 틀렸다는 걸 증명한 것이다. 그런데 이상하게 그가 그 사실에 좋아하는지 실망하는지 알 수가 없다. 그러나 그는 내가 자원봉사자로 여기에 있어도 되느냐고 묻자, 놀라는 표정을 짓는다. 그는 고개를 옆으로 기울이고 얼굴을 찡그린다. 나는 결국 수간호사 중 하나와 얘기를 해야 한다.

아흔일곱⋯⋯ 아흔여덟⋯⋯ 아흔아홉⋯⋯

샤워실에서는 오줌과 황 냄새가 난다. 매일 아침, 나는 마나르의 벌거벗은 몸을 안아 흔들리지 않도록 조심하면서 그곳에 데려간다. 나는 어떤 자원봉사자가 쌀자루라도 되는 것처럼 마나르를 어깨에 들쳐 메고 가는 걸 본 적이 있다. 나는 아이를 부드럽게 벤치에 내려놓고 한숨 돌리기를 기다린다. 그리고 따뜻한 물로 아이의 작고 연약한 몸을 씻는다. 마나르는 늘 손바닥을 무릎에 대고 고개를 푹 숙이고 조용히 앉아 있다. 마치 두려움에 질린 앙상한 노인 같다. 나는 스펀지에 비누를 묻혀 아이의 갈비뼈, 등뼈, 상어 지느러미처럼 튀어나온 어깨뼈를 문지른다. 나는 아이를 침대로 다시 데려가 약을 먹인다. 내가 발과 종아리를 마사지해주면 고통이 덜한 모양이다. 그래서 나는 여유를 갖고 그렇게 해준다. 마나르는 잘 때면 언제나, 베개 밑으로 탈리아의 사진을 반쯤 밀어 넣고 잔다.

백하나⋯⋯ 백둘⋯⋯

나는 오랫동안 도시를 걸어 다닌다. 병원으로부터 벗어나고 싶어서일 뿐이다. 아픈 사람과 죽어가는 사람들이 뿜어내는 숨결로부터 떠나 있고 싶어서일 뿐이다. 나는 낙서로 가득한 벽을 따라 이어지는 먼지 자욱한 길을 석양빛을 받으며 걷는다. 다닥다닥 붙어 있는 함석 노점들을 지나고, 바구니에 거름을 가득 담아 머리에 이고 가는 작은 소녀들과 함께 길을 건넌다. 검댕을 뒤집어쓰고 커다란 알루미늄 통에 걸레를 삶고 있는 여자들을 지나친다. 나는 좁은 골목길을 정처 없이 거닐면서 마나르에 대해 많은 생각을 한다. 마나르는 자신처럼 망가진 사람들로 가득한 병실에서 죽기를 기다리고 있다. 나는 바위에 앉아 바다를 바라보는 탈리아에 대해서도 많은 생각을 한다. 나는 내 안에서 자신을 끌어당기는 뭔가 깊은 것을 느낀다. 그것은 나를 역류처럼 끌어당긴다. 그것에 굴복하고 그것에 붙잡히고 싶다. 나는 나 자신을 단념하고 나라는 존재에서 나와, 뱀이 허물을 벗듯이 모든 것을 벗어버리고 싶다.

마나르가 모든 걸 바꿔놓았다는 이야기가 아니다. 그 아이가 그런 건 아니었다. 나는 그 후로도 또 한 해 동안 세상을 돌아다니고 나서야, 드디어 아테네의 도서관 귀퉁이에 있는 책상에서 의과대학 지원서를 바라보게 된다. 마나르를 만났을 때와 의과대학에 지원했을 때 사이에는 내가 다마스쿠스에서 보낸 2주가 있다. 아이라인을 짙게 그리고 금니가 하나씩 있는 두 여자의 웃는 얼굴 외에는 기억이 없는 다마스쿠스에서의 2주가 있다. 혹은 카이로에 가서 마리화나 중독자인 집주인이 관리하는 무너질 듯한 집의 지하실에서 보낸 석 달이 있다. 나는 아이슬란드에 가서 버스를 타고 다니거나 뮌헨에 가서 펑크 밴드를 따라다니며 탈리아의 돈을 소비한다. 1977년에는 빌바오에서 열린 반핵 시위에 참여하다가 팔꿈치가 부러진다.

그러나 버스 뒷자리나 트럭의 짐칸에 앉아 먼 길을 갈 때 고요한 순간이 되면, 내 마음은 늘 마나르한테로 돌아간다. 그 아이를 생각하고, 아이의 마지막 날의 괴로움을 생각하고, 그런 걸 보면서도 무기력할 수밖에 없었던 자신을 생각하면, 내가 했던 모든 것과 내가 하고자 하는 모든 것이, 잠들기 전에 했지만 깨어날 때는 이미 잊어버리고 마는 작은 맹세들처럼 중요하지 않게 느껴진다.

백열아홉······ 백스물.

나는 셔터를 누른다.

여름이 끝나갈 무렵인 어느 날 밤, 나는 마달리네가 탈리아를 잠시 우리 집에 두고 아테네로 간다는 사실을 알았다.

그녀가 말했다.

"몇 주 동안만."

우리 네 사람은 어머니와 마달리네가 만든 흰콩 수프로 저녁을 먹고 있었다. 나는 식탁 맞은편에 있는 탈리아를 흘낏 바라보았다. 마달리네가 그 얘기를 나한테만 한 건지 확인하기 위해서였다. 그런 것 같았다. 탈리아는 스푼을 들 때마다 마스크를 조금 들고 수프를 먹었다. 그때쯤, 탈리아가 말하고 음식을 먹는 방식은 더 이상 나를 괴롭히지 않았다. 그것은 적어도, 오랜 후에 어머니가 그럴 것처럼, 노인이 잘 맞지 않는 틀니를 끼고 음식을 먹는 것과 다를 바 없었다.

마달리네는 영화를 다 찍고 나면 탈리아를 데려가겠다고 했다. 영화는 크리스마스 이전에 촬영이 끝날 거라고 했다.

그녀는 늘 그렇듯이 쾌활한 표정으로 말했다.

"나는 모두를 아테네로 초청하고 싶어. 영화 시사회에 같이 가도록 말이야. 마르코스, 멋지지 않겠니? 우리 네 사람이 근사하게 옷을 차려입고 극장에 들어가면 말이야."

나는 그렇겠다고 대답했지만, 어머니가 화려한 옷을 입거나 어딘가에 들어가는 걸 상상하는 데 애를 먹었다.

마달리네는 모든 게 잘될 거라고 했다. 학교가 2주 후에 개학하면 탈리아는 공부를 계속할 수 있을 거라고 했다. 물론 집에서 내 어머니와 함께 말이었다. 그녀는 우리에게 엽서와 편지, 세트장 사진을 보내주겠다고 했다. 그녀는 뭘 더 보내준다고 했지만 나는 대부분을 건성으로 들었다. 나는 커다란 안도감과 현기증을 느꼈다. 여름이 끝나가는 게 너무 두려워 배가 뻣뻣해질 지경이었다. 다가오는 작별에 마음을 단단히 먹으려고 했지만, 날마다 정도가 더 심해졌다. 나는 매일 아침 잠에서 깨면 식탁에 얼른 가서 탈리아를 보고 그녀의 이상한 말소리를 듣고 싶었다. 우리는 스푼을 놓기 무섭게 나무를 타고 서로를 쫓아 보리밭으로 들어갔다. 우리는 보릿대를 가르며 소리를 질렀다. 그 소리에 도마뱀이 놀라서 도망쳤다. 우리는 동굴에 가상의 보물을 숨기고 메아리가 가장 잘 들리는 섬 안의 장소들을 찾아냈다. 우리는 바늘구멍 카메라로 풍차와 비둘기장을 찍어 루소스 씨한테 갖고 가서 인화해달라고 했다. 그는 우리를 암실로 데리고 들어가 갖가지 현상액, 정착액, 정지액을 보여주기까지 했다.

마달리네는 그 얘기를 한 날 저녁에 어머니와 함께 부엌에서 와인 한 병을 마셨다. 그녀가 대부분을 마셨다. 그사이, 탈리아와 나는 위층에서 타블리(주사위를 던져 나오는 숫자대로 말을 움직여서 먼저 홈 보드로 모두 옮기는 쪽이 이기는 보드게임)를 했다. 탈리아는 마나(말이 출발하는 위치)에서 벌써 홈 보드 쪽으로 말의 반을 움직여놓고 있었다.

탈리아가 주사위를 굴리며 말했다.

"어머니한테는 애인이 있어."

내가 깜짝 놀라며 물었다.

"누군데?"

"'누구'라니, 누구일 것 같니?"

나는 여름을 보내면서 그녀의 눈을 통해 그녀의 표정을 읽는 법을 익혔다. 탈리아는 지금, 내가 해변에 서서 물이 어디 있느냐고 묻는다는 듯이 나를 바라보고 있었다. 나는 얼굴을 붉히며 그걸 재빨리 만회했다.

"알지. 그러니까 내 말은……"

나는 열두 살 먹은 소년이었다. 나의 어휘에는 **애인**이라는 말이 들어 있지 않았다.

"짐작 못하겠니? 영화감독이야."

"나도 그렇게 말할 참이었어."

"엘리아스라는 작자야. 웃기는 사람이지. 1920년대식으로 머리를 납작하게 하고 다녀. 콧수염도 얇고 작게 기르고 다니지. 그렇게 하면 자기가 멋져 보일 거라고 생각하는 것 같아. 우스꽝스럽기 그지없어. 물론 그는 자기가 위대한 예술가라고 생각하지. 어머니도 같은 생각이야. 너도 두 사람이 함께 있는 모습을 한번 봐야 해. 내 어머니는 그의 천재성 때문에 그에게 머리를 조아리고 응석을 받아줘야 하는 듯이 행동하지. 나는 어머니가 그걸 알아차리지 못하는 이유를 이해할 수 없어.”

“마달리네 이모가 그 사람과 결혼하려고 하는 거야?”

탈리아가 어깨를 으쓱했다.

“어머니의 남자 취향은 최악이야. **최악**이고말고.”

그녀는 주사위를 잡고 다시 생각을 해보는 것 같았다.

“내 생각에 안드레아스는 예외지. 그는 괜찮은 사람이야. 상당히 괜찮은 사람이야. 그러나 어머니는 안드레아스를 떠나려고 해. 어머니는 늘 개자식들하고 사랑에 빠져.”

“네 아버지처럼 말이니?”

그녀가 얼굴을 약간 찌푸렸다.

“내 아버지는 내 어머니가 암스테르담에 가다가 만난 모르는 사람이었어. 폭풍우가 칠 때 기차역에서 만난 거라고. 그래서 오후를 같이 보낸 거야. 나는 그가 누구인지 몰라. 내 어머니도 그건 마찬가지야.”

“아, 네 어머니가 첫 남편에 대해 했던 말이 생각나. 그가 술에 취해 있었다고 했어. 그래서 나는 단지 추측으로……”

탈리아가 말했다.

“그건 도리안일 거야. 그도 웃기는 사람이긴 마찬가지지.”

그녀가 다른 말을 움직였다.

“그는 내 어머니를 때렸어. 잘해주다가도 금세 화를 내곤 했지. 갑자기 변하는 날씨처럼 말이야. 그래, 그는 날씨 같았어. 하루의 대부분을 술을 마시면서 빈둥거리며 별일을 하지 않았지. 그는 술을 마실 때는 뭘 잘 잊어먹었어. 예를 들어 수도꼭지를 계속 틀어놓고는 집에 물난리가 나도록 했어. 한번은 스토브를 잠그지 않아서 세간이 거의 타버린 적도 있어.”

탈리아는 말들을 쌓아 작은 탑을 만들었다. 그러고는 잠시 말없이 탑이 어그러지지 않도록 매만지고 있었다.

“도리안이 정말로 좋아한 유일한 건 아폴로였어. 이웃 아이들은 모두 두려워했지. 아폴로를 말이야. 그 개를 직접 본 아이는 거의 없어. 짖는 소리를 들었을 뿐이지. 그들에게는 그걸로 충분했어. 도리안은 개를 뒤뜰에 묶어놓고 키웠어. 양고기 토막을 먹이면서 말이지.”

그녀는 더 이상 얘기하지 않았다. 그러나 나는 그 모습을 쉽게 상상할 수 있었다. 도리안이 잊어먹고 개를 풀어놓고 나갔을 것이었다. 칸막이 문은 열려 있었을 것이었다.

나는 낮은 소리로 물었다.

“그때가 몇 살이었니?”

“다섯 살.”

나는 그때, 여름 초부터 묻고 싶었던 걸 물었다.

“그들이 뭔가 조치를 취할 수 있지 않——”

탈리아가 눈길을 돌렸다. 그녀가 고통이 묻어나는 무거운 어조로 대꾸했다.

"제발 묻지 마. 그 얘기를 하자면 지치니까."

내가 사과했다.

"미안해."

"언젠가 얘기해줄게."

그녀는 실제로 나중에 얘기해줬다. 어설픈 수술, 수술 후의 처참한 염증과 부패, 그것으로 인한 신장 기능의 중단, 간부전, 새로운 외과적 피판술을 통한 음식 섭취, 그로 인해 의사들이 너덜거리는 부분만이 아니라 그녀의 왼쪽 볼에서 남아 있는 부분과 턱뼈의 일부까지 더 잘라내야 했던 일 등…… 그녀는 합병증 때문에 석 달 가까이를 입원해 있어야 했다. 거의 죽을 수도 있었다. 그녀는 자신이 그때 죽었어야 한다고 말했다. 그 후로, 그녀는 그들이 자신의 몸에 손을 대는 걸 용납하지 않았다고 했다.

내가 말했다.

"탈리아, 우리가 처음 만났을 때 있었던 일, 정말 너무 미안해."

그녀가 나를 향해 눈길을 돌렸다. 장난기가 돌아와 있었다.

"미안해야지. 그러나 나는 그 이전에도 알고 있었어."

"뭘?"

"네가 멍청이라는 걸."

마달리네는 학교가 시작하기 이틀 전에 떠났다. 그녀는 날씬한 몸에 딱 달라붙는, 소매 없는 노란색 드레스를 입고 뿔테 선글라스를 끼고 흰 실크 스카프로 머리를 여미고 있었다. 마치 자신의 일부가 느슨해질까 봐 염려하는 것처럼, 몸에 꼭 끼는 옷차림을 하고 있었다. 티노스의 선착장에서 그녀는 우리와 포옹을 했다. 그녀는 탈리아를 가장 힘껏 오래 껴안았다. 그녀는 탈리아의 정수리에 입술을 대고 입을 맞췄다. 선글라스는 벗지 않았다.

나는 그녀가 속삭이는 소리를 들었다.

"나도 안아주렴."

탈리아는 굳은 몸으로 그 말에 응했다.

배가 소리를 내면서 물보라를 뒤에 남기고 떠나자, 나는 마달리네가 그 자리에 서서 손을 흔들고 우리한테 입맞춤을 보낼 것이라고 생각했다. 그러나 그녀는 후다닥 뱃머리를 향해 가더니 자리를 잡고는, 우리가 있는 방향을 바라보지 않았다.

집에 가자, 어머니가 우리에게 앉으라고 하더니, 앞에 서서 말했다.

"탈리아, 너는 이 집에서 그걸 더 이상 쓸 필요가 없다. 나는 그걸 네가 알았으면 싶어. 나를 위해서는 그럴 필요가 없단다. 이 아이한 테도 마찬가지다. 너 편할 때만 그걸 써라. 나는 이 일에 대해서는 더 이상 할 말이 없다."

그때 불현듯, 나는 어머니가 이미 보았던 것을 이해하게 되었다. 그 마스크는 마달리네를 위한 것이었다는 걸. 그리고 그것이 **그녀**가 당황하고 수치스러움을 느끼지 않도록 하기 위한 것이었다는 걸.

오랫동안 탈리아는 움직이지도 않고 말을 하지도 않았다. 그리고 서서히 손을 올려 머리 뒤에 있는 끈을 풀더니 마스크를 내렸다. 나는 탈리아의 얼굴을 똑바로 쳐다보았다. 나는 갑작스러운 소음이 들릴 때 그러하듯이, 뒤로 물러나고 싶은 충동을 느꼈다. 그러나 그렇게 하지 않았다. 나는 눈길을 돌리지 않았다. 눈을 깜빡거리지도 않았다.

어머니는 마달리네가 돌아올 때까지, 탈리아가 혼자 있지 않도록 나를 집에서 가르치겠다고 말했다. 어머니는 저녁을 먹고 나서 우리를 가르치고, 그녀가 학교에 가 있는 동안 우리가 아침에 해야 할 숙제를 내줬다. 그것은 적어도 이론적으로는 가능한 일이었다.

그러나 우리가 숙제를 하는 건, 특히 어머니가 없을 때, 거의 불가능했다. 탈리아의 일그러진 얼굴에 대한 소문이 섬에 퍼졌고, 호기심 가득한 사람들이 계속 문을 두드렸다. 그것은 섬에 갑자기 밀가루와 마늘과 소금이 떨어져, 우리 집이 유일하게 그런 것을 찾을 수 있는 곳이 된 듯한 상황이었다. 그들은 자신들의 의도를 숨기려는 노력을 별로 하지 않았다. 그들은 문가에서 늘 내 어깨 너머를 들여다보고 있었다. 목을 길게 빼고 발끝으로 서서 안을 엿보았다. 대개는 이웃 사람들도 아니었다. 그들은 구경하려고 먼 길을 걸어온 사람들이었다. 물론 나는 그들을 안으로 들이지 않았다. 나는 그들의 얼굴에 대고 문을 쾅 닫으면서 약간의 만족감을 느꼈다. 그러나 동시에, 내가 이 섬에 남아 있으면 이 사람들한테 너무 깊은 영향을 받게 될 거라는 걸 알고 우울하고 의기소침해졌다. 결국 나는 그들 중 하나가 될 것이었다.

아이들은 더 나쁘고 훨씬 더 대담했다. 날마다 나는 밖에서 어슬렁거리며 담을 넘는 아이를 잡았다. 탈리아가 연필로 내 어깨를 치고 턱을 끄덕여 돌아보면, 유리창에 얼굴을 대고 있는 아이가 있었다. 때로는 한 사람 이상이었다. 상황이 너무 나빠져서 우리는 위층으로 올라가 커튼을 여며야 했다. 어느 날 문을 열어보니 내가 학교에서 알고 지내던 페트로스와 그의 세 친구들이 서 있었다. 그는 나한테 한 번 보게 해주는 대가로 동전을 한 움큼 주겠다고 했다. 나는 서커스를 보러 온 줄 아느냐며 거절했다.

결국, 나는 어머니에게 얘기를 해야 했다. 내 말을 듣더니 그녀의 얼굴이 벌겋게 타올랐다. 그녀는 이를 악물었다.

다음 날 아침, 어머니는 우리의 책과 샌드위치 두 개를 탁자 위에 준비해놓고 있었다. 탈리아가 나보다 빨리 상황을 이해했다. 그녀는 나뭇잎처럼 몸을 웅크렸다. 떠날 시간이 되자, 그녀가 항의하기 시작했다.

"오디에 이모, 안 돼요."

"손 이리 내라."

"안 돼요, 제발."

"어서, 손 이리 내."

"가고 싶지 않아요."

"늦겠다."

"오디에 이모, 강요하지 마세요."

어머니는 탈리아를 일으켜 세우고 몸을 기울여 내가 잘 알고 있는 방식으로 그녀를 응시했다. 이 세상의 그 어느 것도 이제 어머니를 막을 수 없었다. 어머니가 부드러우면서도 단호하게 말했다.

"탈리아, 나는 네가 부끄럽지 않단다."

우리 세 사람은 그렇게 출발했다. 어머니는 입을 꼭 다물고 거친 바람을 뚫고 앞으로 나아가는 사람처럼 종종걸음을 놓았다. 나는 어머니가 오래전에 총을 손에 들고 마달리네의 아버지의 집을 향해 이렇게 다부진 모습으로 갔을 모습을 상상해보았다.

우리가 구불구불한 길을 걸어가는 걸 보고, 사람들은 놀라서 입을 벌렸다. 그들은 가던 길을 멈추고 우리를 쳐다보았다. 몇몇은 손가락질을 했다. 나는 그들을 쳐다보지 않으려고 노력했다. 그들의 희미한 얼굴과 벌린 입술들이 내 시야의 가장자리로 흐릿하게 들어왔다.

학교 운동장에 들어서자, 아이들이 우리가 지나가도록 갈라섰다. 어떤 여자아이는 비명을 질렀다. 어머니는 탈리아를 끌고, 핀을 넘어뜨리는 볼링공처럼 그들 사이로 지나갔다. 그녀는 아이들을 밀치고 벤치가 있는 운동장 구석으로 갔다. 그리고 벤치에 올라가 탈리아를 끌어 올렸다. 어머니가 호각을 세 번 불자, 운동장에 정적이 깃들었다.

어머니가 소리쳤다.

"이 아이가 탈리아 기아나코스다. 오늘부터……"

그녀는 여기서 잠시 말을 멈췄다.

"우는 사람이 누구든, 내가 그쪽으로 가기 전에 입을 닥쳐라. 오늘부터 탈리아는 이 학교의 학생이다. 모두가 점잖고 예의 바르게 탈리아한테 대해주기 바란다. 만약 내 귀에 탈리아를 조롱했다는 얘기가 들리면, 잡아서 버릇을 단단히 고쳐놓겠다. 너희들도 내가 그럴 것이라는 걸 알겠지. 나는 이 일에 대해서는 더 이상 얘기할 게 없다."

그녀는 벤치에서 내려와 탈리아의 손을 잡고 교실로 향했다.

그날부터 탈리아는 공개적인 장소에서든 집에서든 다시는 마스크를 쓰지 않았다.

그해의 크리스마스가 되기 2주 전, 마달리네가 보낸 편지가 도착했다. 촬영이 예기치 않게 연장되었다고 했다. 우선, 카메라 감독—마달리네가 디오피라고 써서 탈리아가 나와 어머니한테 그걸 설명해줘야 했다—이 세트장에서 떨어져 팔을 세 군데나 다쳤다고 했다. 그리고 날씨 때문에 촬영을 하는 데 문제가 많다고 했다.

그래, 우리는 사람들이 일반적으로 하는 말처럼 "촬영 대기" 중이야. 그러나 이게 전적으로 나쁜 것은 아니지. 시나리오와 관련된 문제점을 바로잡을 시간을 주니까 말이야. 물론 내가 기대했던 것처럼 우리가 만나지 못하게 된 건 유감스러운 일이지. 나는 정말 낙담하고 있어. 세 사람 모두 보고 싶어. 특히 탈리아 네가 보고 싶다. 올봄에 이 촬영이 끝나고 우리가 다시 만날 날을 손꼽아 기다릴게. 나는 매 순간, 세 사람을 가슴에 담고 살고 있어.

탈리아가 편지를 어머니에게 건네며 단조로운 목소리로 말했다.

"돌아오지 않으실 거예요."

나는 어안이 벙벙해져 말했다.

"당연히 돌아오실 거야!"

나는 어머니를 향해 고개를 돌리고 무슨 말인가를 해주기를 기다렸다. 적어도 격려의 말을 한 마디쯤 해주기를 바랐다. 그러나 어머니는 편지를 접어 탁자 위에 놓더니 조용히 커피를 마실 물을 끓이러 갔다. 그때 어머니가 마달리네가 오지 않는다는 데 동의할지라도 탈리아를 위로하지 않는 게 너무 무정하다고 생각했던 게 지금도 떠오른다. 그러나 나는 그들이 이미 서로를 이해하고 있다는 걸, 어쩌면 내가 두 사람을 이해하는 것보다 더 잘, 이해하고 있다는 걸 아직 알지 못하고 있었다. 어머니는 그런 식으로 달래기에는 탈리아를 너무 존중했다. 그녀는 사실이 아닌 빈말로 탈리아를 모욕하지 않으려 했다.

화려한 영광의 계절인 봄이 오고 또 갔다. 우리는 마달리네에게서 한 장의 엽서와 급하게 쓴 것처럼 보이는 편지 한 통을 받았다. 그녀는 우리에게 촬영에 더 많은 문제가 생겼다고 했다. 이번에는 투자와 관련된 문제인데, 그들이 촬영이 지연되었다며 투자를 철회하겠다고 위협하고 있다고 했다. 이 편지에서 그녀는 지난번과 다르게 언제 올 것인지 시간을 정하지 않았다.

어느 따뜻한 초여름 오후였다. 1968년이었을 것이다. 탈리아와 나는 도리라는 이름의 여자애와 함께 해변에 갔다. 탈리아가 티노스에서 우리와 같이 산 지 1년쯤 되었을 무렵이었다. 그녀의 흉한 모습을 두고 사람들은 더 이상 속삭이거나 빤히 쳐다보지 않았다. 아직도 호기심을 가지는 사람들은 있었다. 늘 그럴 것이었다. 그러나 그것도 잠잠해지고 있었다. 탈리아는 이제는 자기 친구들을 갖고 있었다. 도리는 그중 하나였다. 그들은 더 이상 그녀의 모습에 놀라 달아나지 않았다. 그녀는 친구들과 같이 점심도 먹고 잡담도 하고, 학교가 끝나면 놀기도 하고 공부도 같이 했다. 불가능할 것 같았지만 그녀는 거의 평범해졌다. 나는 섬사람들이 그녀를 자기들 중의 하나로 받아들이는 걸 보고 조금은 감탄하지 않을 수 없었다.

그날 오후, 우리 세 사람은 수영을 하기로 했다. 그런데 물이 아직도 상당히 차가워서 바위에 누워 그냥 즐기만 했다. 탈리아와 내가 집에 오자, 어머니는 부엌에서 당근 껍질을 벗기고 있었다. 개봉되지 않은 편지가 탁자 위에 놓여 있었다.

어머니가 말했다.

"너의 새아버지한테서 온 거다."

탈리아는 편지를 들고 위층으로 갔다. 그녀가 아래로 내려오기까지 오랜 시간이 걸렸다. 그녀는 편지를 탁자 위에 내려놓고 앉더니 칼과 당근을 집어 들었다.

"제가 집으로 오기를 바라고 계세요."

어머니가 말했다.

"그렇구나."

어머니의 목소리가 희미하게 떨리는 것 같았다.

"엄밀히 말해서 집은 아니에요. 영국에 있는 사립학교와 접촉을 하셨대요. 가을에 입학할 수 있도록 말이에요. 자기가 돈을 대겠다고 하시네요."

내가 물었다.

"마달리네 이모는?"

"가버렸대. 엘리아스와 도망갔대."

"영화는?"

어머니와 탈리아가 눈길을 교환하더니 동시에 나를 올려다보았다.
그때서야 나는 그들이 내내 알고 있던 것을 알았다.

30년 이상이 흐른 2002년 어느 날 아침, 아테네에서 카불로 갈 준
비를 하다가, 나는 신문에서 마달리네의 사망 기사를 우연히 보게 된
다. 그녀의 성은 이제 쿠리스로 돼 있다. 하지만 나는 늙은 여인의 사
진을 보고 시원한 눈매에 낯익은 미소의 그녀를 바로 알아본다. 젊었
을 때의 아름다움이 꽤 남아 있는 얼굴이다. 작은 사진 밑에는 그녀
가 1980년대 초, 극단을 만들기 이전에 잠깐 배우로 활동한 적이 있
다고 쓰여 있다. 그녀가 만든 극단은 다양한 연출로 찬사를 받았다.
특히 1990년대에 오랫동안 무대에 오른 유진 오닐의 〈밤으로의 긴 여
로〉, 체호프의 〈갈매기〉, 그리고 디미트리오스 보그리스의 〈약혼〉이 그
랬다고 한다. 기사는 그녀가 아테네의 예술계에서는 자선사업, 재치,
연출 감각, 화려한 파티, 이름 없는 극작가들에 대한 과감한 투자로
유명했었다고 전하고 있다. 또한 그녀가 폐 공기증으로 오랫동안 고생
하다가 죽었다면서도, 유족에 관해서는 일절 언급하지 않는다. 더 놀
라운 것은 그녀가 아테네의 콜로나키에 있는 나의 집에서 여섯 블록
도 떨어지지 않은 집에서 20년 이상을 살았다는 사실이다.

나는 신문을 내려놓는다. 놀랍게도 30년도 넘게 못 만난 죽은 여
자를 향해 조금은 참기 힘든 감정을 느낀다. 그녀가 어떻게 됐는지

에 대한 이야기에 저항감도 느낀다. 나는 늘 그녀가 거칠고 변덕스러운 삶을 살고, 발작과 놀람, 신경쇠약과 회한으로 이어지는 불행하고 어려운 삶을 살 거라고 생각했었다. 나는 그녀가 늘 분별없고 절망적인 연애로 일관된 삶을 살 거라고 생각했다. 나는 늘 그녀가 자멸적이며 사람들이 **비극적**이라고 부를 정도로 일찍 삶을 마감할 때까지 술을 마셔댈 거라고 생각했다. 심지어 속으로 나는 그녀가 그렇게 될 줄 알고, 탈리아를 티노스에 데려다 놓음으로써 딸에게 닥칠 재앙을 미연에 방지하려 했을 수 있다고 생각했다. 그러나 지금, 나는 어머니가 늘 생각했을 게 틀림없는 방식으로 마달리네를 생각한다. 자리에 앉아서 자신의 미래에 대한 지도를 냉정히 그리고, 짐이 되는 딸을 테두리에서 말끔히 배제하는 지도 제작자로서의 마달리네. 그녀는 적어도 사망 기사에 따르면, 화려한 성공을 거뒀다. 기사는 성취와 우아함과 존경으로 넘치는 품위 있는 그녀의 삶을 짧막하게 요약하고 있다.

나는 받아들일 수 없다. 성공을 갖고 빠져나가다니, 우스꽝스럽다. 그 대가는, 그것에 상응하는 벌은, 어디에 있었는가!

그러나 신문을 접으면서, 내 마음속에 초조한 의문이 몰려들기 시작한다. 내가 마달리네를 지나치게 박하게 평가했으며, 우리가, 그러니까 그녀와 내가, 그리 다르지 않다는 희미한 생각이 몰려들기 시작한다. 우리 두 사람은 탈출과 개혁과 새로운 정체성을 바라지 않았던가? 우리는 결국 스스로를 매어놓은 닻을 풀어버림으로써 떠나지 않았던가? 나는 이런 생각을 비웃으며 우리는 전혀 다르다고 반박한다. 내가 마달리네를 향해 느끼는 분노가 실제로는 그녀가 나보다 더 성공한 데 대한 질투의 가면일지도 모른다는 생각을 하면서도 말이다.

나는 신문을 던져버린다. 탈리아가 알게 된다면, 그 소식을 전해주는 이는 내가 아닐 것이다.

어머니는 칼로 탁자 위에 있는 당근 부스러기를 밀어 그릇에 담았다. 그녀는 사람들이 음식을 낭비하는 걸 지독히 싫어했다. 그녀는 부스러기로 마멀레이드를 만들 것이었다.

그녀가 말했다.

"탈리아, 큰 결심을 해야 되겠구나."

놀랍게도 탈리아가 나를 쳐다보며 물었다.

"마르코스, 너라면 어떻게 하겠니?"

어머니가 재빨리 말했다.

"아, 나는 **저 애**가 어떻게 할지 안다."

나는 어머니를 쳐다보며, 어머니가 생각하는 반역자의 역할을 하는 것에 만족감을 느끼면서 탈리아의 말에 대답했다.

"나라면 갈 거야."

물론 내 말은 진심이기도 했다. 나는 탈리아가 망설인다는 사실을 믿을 수 없었다. 나는 그런 기회가 있으면 당장 붙들 것이었다. 사립학교 교육, 그것도 런던에서.

어머니가 말했다.

"잘 생각해보렴."

"이미 했어요."

탈리아는 이렇게 대꾸하고, 눈을 들어 어머니의 눈을 쳐다보며 머뭇머뭇 말을 이었다.

"그렇다고 제가 여기에 있을 수 있다고 생각하는 건 아니에요."

어머니가 칼을 내려놓았다. 나는 그녀가 희미하게 숨을 내쉬는 소리를 들었다. 숨을 참고 있었던 걸까? 그것만 아니었더라면 그녀의 무표정한 얼굴만으로는 어떤 안도의 표시도 알아챌 수 없었을 것이었다.

"당연히 있을 수 있지. 당연하고말고."

탈리아가 탁자 위로 손을 뻗어 어머니의 팔목을 잡았다.

"오디에 이모, 고맙습니다."

내가 끼어들었다.

"딱 한 번만 말할게요. 난 이게 실수라고 생각해요. 두 사람 다, 실수하고 있는 거예요."

그들의 눈이 나를 향했다.

탈리아가 말했다.

"마르코스, 내가 가기를 바라니?"

내가 말했다.

"그래, 나는 네가 많이 보고 싶을 거야. 너도 그건 알잖아. 그러나 사립학교 교육을 받을 기회를 놓치면 안 돼. 너는 나중에 대학에 갈 수 있어. 연구원도 되고 과학자도 되고 교수도 되고 발명가도 될 수 있어. 그게 네가 원하는 거 아니니? 너는 내가 만난 사람 중 가장 영리한 사람이야. 너는 네가 원하는 무엇이든 될 수 있어."

나는 말을 멈췄다.

탈리아가 무거운 어조로 대꾸했다.

"아니야, 마르코스. 그럴 수 없을 거야."

그녀는 반박의 여지를 차단해버리는 단호한 어조로 말했다.

나는 오랜 세월이 흘러, 성형외과 의사로 실습을 시작할 때, 그날 부엌에서 탈리아에게 티노스를 떠나 기숙학교에 들어가라고 할 때는 이해하지 못했던 것을 이해하게 되었다. 세상은 사람의 마음속을 들여다보지 않으며, 살과 뼈에 가려진 희망과 꿈과 슬픔에 대해서는 조금도 상관하지 않는다는 걸 배우게 되었다. 그것은 그처럼 단순하고 불합리하고 잔인했다. 나의 환자들은 이 사실을 알았다. 그들은 자신들의 현재와 미래의 얼마나 많은 부분이 그들의 골상의 좌우대칭, 눈 사이의 간격, 턱의 길이, 코끝의 이상적인 비전두각에 따라 정해지는지 알았다.

아름다움은 임의로, 어리석게 그냥 주어지는 엄청난 선물이다.

내가 이 전공을 택한 것은 탈리아와 같은 사람들에게 불평등을 평등한 것으로 만들어주기 위해서였다. 나의 메스로 독단적인 불의를 바로잡기 위해서였다. 내가 혐오하는 세계 질서에 작으나마 저항하기 위해서였다. 개한테 물린 일이 작은 소녀에게서 미래를 빼앗아가고 추방자로 만들고 경멸의 대상으로 만드는 세계 질서에 저항하기 위해서였다.

적어도 이것이 내가 스스로에게 얘기하는 이유다. 내가 성형외과를 택한 다른 이유들도 있을 것이다. 예를 들어, 돈과 명예와 사회적 신분도 한몫을 했을 것이다. 내가 오직 탈리아 때문에 성형외과를 택했다고 말하는 건 생각으로서야 아름다울지 몰라도 너무 단순하고, 너무 적절하고, 너무 반듯한 대답이다. 내가 카불에서 배운 게 있다면, 인간의 행동은 복잡하고 예측할 수 없으며, 편리한 좌우대칭에는 무관심하다는 것이다. 그러나 나는 거기에서 위안을 찾는다. 형태에 대한 생각에서, 암실에서의 사진처럼 내 삶의 이야기가 형태를 갖춘다는 생각에서, 위안을 찾는다. 서서히 모습을 드러내며, 내가 늘 나 자신에게서 보고자 했던 선을 확인시켜주는 이야기의 형태를 갖추는 것에서 위안을 찾는다. 그것이, 그러니까 이 이야기가, 나를 지탱시켜준다.

나는 아테네에서 진료의 반을, 주름을 펴고 눈꺼풀을 올리고 턱을 올리고 잘못된 코의 형태를 바꾸며 보냈다. 다른 반은 내가 **정말로** 하고 싶은 것을 했다. 세계 곳곳을 돌아다니며, 예를 들어 중앙아메리카, 사하라 사막 이남의 아프리카, 남아시아, 극동 지역에 가서, 아이들한테 수술을 해줬다. 언청이 입술과 입천장을 고쳐주고 얼굴에 난 종기를 제거해주고 얼굴에 난 상처를 고쳐줬다. 아테네에서의 일은 그렇게 만족스럽지는 않았지만, 벌이가 좋아서 내가 한 번에 몇 주나 몇 달씩 자원봉사를 하는 사치를 가능하게 해줬다.

그런데 2002년 초, 나는 알고 지내던 여자한테서 전화를 한 통 받았다. 그녀의 이름은 아므라 아데모비치였다. 보스니아 출신의 간호사로, 그녀와 나는 몇 년 전 런던에서 열린 학회에서 만나 즐거운 주말을 함께 보냈다. 우리는 서로 그것을 대수롭지 않게 여겼지만, 이따금 연락을 주고받고 공식적인 자리에서 만났다. 그녀는 지금, 카불에 있는 비영리단체에서 일하고 있는데, 아이들에게 수술을 해줄 성형외과 의사를 찾고 있다고 말했다. 언청이 입술, 포탄의 파편이나 총알에 맞아 생긴 얼굴 상처를 수술해줄 의사가 필요하다는 것이었다. 나는 그 자리에서 수락했다. 석 달 동안만 있을 생각이었다. 나는 2002년 늦은 봄에 갔다. 그러고는 돌아가지 않았다.

탈리아가 선착장으로 마중을 나와 있다. 그녀는 녹색 모직 스카프를 두르고 카디건과 청바지 위에 흐릿한 장미색의 두툼한 코트를 걸치고 있다. 그녀는 요즘에는 머리카락을 길러 어깨 위로 늘어뜨리고 있다. 가르마를 정중앙에서 타는데, 머리카락이 희끗희끗하다. 내가 그녀를 만나면 불편하고 당황스러운 것은 그녀의 훼손된 아래쪽 얼굴이 아니라 바로 이런 모습 때문이다. 그것 때문에 내가 놀란다는 말은 아니다. 탈리아는 30대 중반부터 머리가 희끗희끗해졌고, 이후 10년이 흘러서는 아예 하얘졌다. 물론 나도 변했다는 걸 안다. 올챙이배도 계속 나오고 있고, 머리 선도 자꾸 뒤로 물러나고 있다. 그러나 몸이 쇠퇴하는 건 서서히 진행되어서 거의 알아차릴 수 없을 정도다. 그런데 탈리아의 흰머리를 보는 일은 그녀가, 그리고 내가, 노년을 향해 빠르게 나아가고 있다는 걸 되살리는 증거가 된다.

그녀가 목에 두른 스카프를 여미며 말한다.

"추울 거야."

일요일, 늦은 아침이다. 하늘은 흐리고 우중충하다. 나무에 달린 오그라든 나뭇잎들이 서늘한 바람에 흔들리는 소리가 들린다.

나는 여행 가방을 든다.

"추위라면 카불에 가야 진짜지."

"의사 선생, 맘대로 하시지. 버스 타고 갈 거야, 아니면 걸어갈 거야? 선택해."

"걸어가."

우리는 북쪽으로 향한다. 우리는 티노스 시내를 지난다. 범선과 요트들이 항구의 안쪽에 정박해 있다. 엽서와 티셔츠를 파는 매점들이 보인다. 사람들이 카페 밖에 있는 작은 원형 탁자에 둘러앉아 커피를 마시고 있다. 신문을 읽는 사람도 있고 체스를 두는 사람도 있다. 웨이터들이 점심 식사를 위해 은그릇을 내놓고 있다. 한두 시간 있으면 생선을 요리하는 냄새가 부엌에서 흘러나올 것이다.

탈리아는 택지 개발업자들이 미코노스 섬과 에게 해가 바라보이는, 티노스 남쪽에 짓고 있다는 흰 방갈로들에 관한 이야기를 하느라 정신이 없다. 그 방갈로들은 1990년대부터 티노스를 찾기 시작한 여행객들이나 여름에 와서 휴가를 즐기고 가는 부유층을 위한 것이라고 한다. 그녀의 말에 따르면, 방갈로에는 야외 수영장과 헬스클럽이 딸릴 것이란다.

그녀는 몇 년 동안 이메일로 티노스에 생기는 이런 변화들에 대해 내게 설명해줬다. 위성안테나가 달리고 번호 키로 들고 나는 해변의 호텔, 나이트클럽과 바와 선술집, 여행객들을 위한 레스토랑과 가게, 택시, 버스, 군중, 해변에 웃옷을 벗고 누워 있는 외국 여자들. 농부들은 이제 당나귀 대신 픽업트럭을 탄다. 적어도 이곳에 남은 농부들은 그렇다. 대부분은 오래전에 떠났다. 그리고 일부는 은퇴하고 나서 섬에서 살려고 돌아오고 있다.

"오디에 이모는 별로 안 좋아하셔."

탈리아의 말은 변화를 두고 하는 얘기다. 그녀는 이것에 관해서도 내게 이메일로 얘기했었다. 노인들은 새로 들어오는 사람들과 그들이 가져오는 변화를 불신하고 있다고 한다.

내가 말한다.

"그런데 너는 변화를 꺼리는 것 같지는 않네."

그녀가 대꾸한다.

"어쩔 수 없는 것에는 불평을 해봤자 소용이 없잖아."

그녀는 이렇게 말하고 덧붙인다.

"그런데 오디에 이모 말로는 내가 여기에서 안 태어나서 이런 소리를 하는 거래."

그녀가 깔깔깔 웃는다.

"티노스에서 44년을 살았으면 나도 자격이 있을 텐데 말이야. 그러나 어쩔 수 없지."

탈리아도 변했다. 겨울 코트를 걸쳤음에도 엉덩이가 더 커진 게 눈에 들어온다. 부드럽게 살이 찐 게 아니라 단단하게 쪘다고 해야겠다. 그녀는 자기가 생각하기에 약간 어리석어 보이는, 내가 하는 일들에 관해 얘기할 때면 교묘하게 사람을 골리며 살짝 무시하기도 한다. 그녀의 눈이 반짝이고 전과 다르게 너털웃음을 짓고 볼을 계속 붉히는 걸 보면, 영락없는 농부의 아낙이다. 친절한 건 물론이고 의문시하기 힘든 권위와 단단함이 묻어나는 다부진 아낙.

내가 묻는다.

"사업은 어때? 아직도 하는 거야?"

탈리아가 말한다.

"여기저기서 하지. 너도 상황이 어떤지 알잖아."

우리 두 사람은 고개를 젓는다. 나는 긴축정책에 관한 소식을 카불에서 들어 알고 있었다. 나는 시엔엔 방송으로 마스크를 쓴 그리스 청년들이 의사당 밖에서 경찰에게 돌을 던지고 무장한 경찰들이 그들을 향해 최루가스를 살포하고 곤봉을 휘두르는 장면을 보았다.

탈리아는 엄격한 의미에서 말하면 사업을 하는 게 아니다. 그녀는 디지털 시대가 되기 전에는 근본적으로 잡역부였다. 사람들의 집을 찾아가 텔레비전 수상기 안에 있는 전원 트랜지스터에 납땜을 해주고, 낡은 진공관 라디오에 있는 신호 축전기를 교체해줬다. 결함이 있는 냉장고 온도 조절 장치를 고쳐주고, 물이 새는 관을 때워줬다. 사람들은 되는 대로 그녀에게 돈을 줬다. 그녀는 돈을 낼 수 없는 사람들에게도 그냥 해줬다. 탈리아는 이렇게 말했다. **나는 사실, 돈이 필요 없어. 좋아서 하는 일일 뿐이야. 물건들을 뜯어서 그게 어떻게 작동하는지 보면 아직도 짜릿짜릿해.** 요즘, 그녀는 여자 한 사람으로 구성된 프리랜스 정보통신 기술 부서 같다. 탈리아가 아는 모든 건 스

스로 터득한 것이다. 그녀는 있으나 마나 한 돈을 받고 사람들의 컴
퓨터를 고쳐주고, 네트워크 환경을 새로 설정해주고, 그들의 정지된
응용프로그램 파일을 복구해주고, 속도가 느려진 것을 빠르게 해주
고, 업그레이드를 시켜주고, 부팅이 안 되는 걸 손봐준다. 나 역시 내
가 가진 컴퓨터가 먹통이 되는 바람에 다급해져 카불에서 그녀에게
전화를 건 적이 몇 차례 있었다.

어머니 집에 도착하자, 우리는 오래된 올리브 나무 옆의 뜰에 잠
시 머무른다. 나는 어머니가 최근에 정신없이 했던 일들의 현장을
본다. 페인트를 다시 칠한 담장, 반쯤 완성된 비둘기장, 나무 판에 놓
여 있는 망치와 못 상자.

내가 묻는다.

"어머니는 어떠셔?"

"늘 그렇듯이 잔소리가 많으셔. 그래서 내가 저걸 단 거야."

그녀가 지붕 위의 위성안테나를 가리킨다.

"외국 드라마를 같이 봐. 아랍 것이 최고거나 최악이야. 결국 같은
것이더군. 우리는 줄거리를 얘기해보려고 하지. 그러면 나한테 까탈
을 안 부리셔."

그녀가 현관문 안으로 들어간다.

"집에 온 걸 환영해. 먹을 것 좀 챙겨줄게."

이 집에 돌아와 있는 게 이상하다. 몇 가지 낯선 물건이 눈에 띈다.
거실에 있는 회색 가죽 팔걸이의자, 텔레비전 옆에 있는 작은 백색

고리버들 탁자는 못 보던 것이다. 그러나 다른 것들은 모두 얼추 똑같다. 이제는 가지와 배 모양이 번갈아가며 그려진 비닐 덮개로 싸인 부엌 식탁, 등받이가 똑바르게 생긴 대나무 의자들, 심지를 돌리게 돼 있는 낡은 오일 램프, 연기로 까맣게 그을린 부채꼴 모양의 굴뚝, 거실 벽난로 선반 위에 아직도 걸려 있는 나와 어머니—나는 흰 셔츠를 입고 어머니는 멋진 드레스를 입고 있다—의 사진, 아직도 높은 선반 위에 있는 어머니의 다기 세트.

그러나 여행 가방을 내려놓으면서, 나는 그 모든 것의 한복판에서 입을 벌리고 있는 구멍을 느낀다. 내 어머니가 탈리아와 같이 살았던 수십 년이 내게는 깜깜하고 거대한 구멍이다. 나는 부재했다. 탈리아와 어머니가 이 식탁에서 같이 한 식사들, 웃음들, 싸움들, 지루함들, 병들, 평생 이어지는 간단한 의식들, 그런 것들로부터 나는 부재했다. 어렸을 때 살았던 집에 들어오자, 나는 오래전에 읽기 시작했다가 그만둔 소설의 끝 부분을 읽는 것처럼, 약간 어리둥절한 느낌을 받는다.

탈리아가 벌써 앞치마를 걸치고 프라이팬에 기름을 두르며 말한다.

"달걀 요리 어때?"

그녀가 자신의 집인 것처럼 당당하게 부엌에서 움직인다.

"좋지. 그런데 어머니는 어디 계셔?"

"주무셔. 지난밤에 힘드셨거든."

"얼른 들여다보고 올게."

탈리아가 서랍에서 달걀 거품기를 꺼낸다.

"깨우기만 해봐, 나한테 혼날 줄 알아, 의사 선생."

나는 침실로 통하는 계단을 살금살금 올라간다. 방은 어둡다. 한 줄기의 좁고 기다란 빛이 여민 커튼 사이로 들어와 어머니의 침대를 가로지르고 있다. 공기에서는 건강하지 않은 냄새가 무겁게 난다. 딱히 냄새도 아니다. 오히려 물질적인 실재랄까. 의사라면 누구나 이걸 안다. 병은 수증기처럼 방에 스며든다. 나는 문가에 잠시 서서 눈이 적응하기를 기다린다. 어둠이 화장대에 있는 얼룩덜룩한 사각형 빛에 의해 깨진다. 탈리아가 눕는 쪽인 것 같다. 그곳은 전에는 내가 눕던 곳이다. 빛은 디지털 액자에서 나오는 것이다. 벼가 심어진 논과 지붕이 회색 타일로 된 나무 집들, 다음에는 가죽을 벗긴 염소들이 갈고리에 걸려 있는 북적거리는 시장, 다음에는 흙탕물이 흐르는 강가에 쭈그리고 앉아 손가락으로 양치질을 하는 검은 피부의 남자.

나는 의자를 끌어다가 어머니의 침대 옆에 앉는다. 어둠에 적응된 눈으로 그녀를 쳐다보며, 뭔가가 내 안에서 내려앉는 걸 느낀다. 나는 어머니의 몸이 얼마나 쭈그러들었는지 보고 깜짝 놀란다. 그녀의 작은 어깨 주변과 납작한 가슴 위의 꽃무늬 파자마가 헐렁해 보인다. 입을 벌리고 실룩거리면서 자는 어머니의 모습이 보기에 좋지는 않다. 그녀는 나쁜 꿈을 꾸는 것 같다. 자다가 틀니가 빠져나온 모습도 보기에 좋지 않다. 그녀의 눈꺼풀이 살짝 움직인다. 나는 잠시 거기에 앉아 있다. 나는 스스로에게 대체 뭘 기대했었느냐고 묻는다. 벽에서 시계가 가는 소리가 들린다. 뒤집개가 프라이팬에 닿는 소리가 아래층에서 들려온다. 나는 어머니의 삶을 이루는 진부한 것들을 훑

어본다. 벽에 고정된 평면 텔레비전, 구석에 자리한 컴퓨터, 침대 옆
탁자에 있는 아직 끝내지 않은 스도쿠 게임, 펼쳐진 책 위에 놓인 돋
보기 , 텔레비전 리모컨, 인공 누액, 스테로이드 크림, 의치 접착제, 작
은 약병, 마루 위에 있는 굴 색깔의 솜털 슬리퍼. 그녀는 전에는 그런
슬리퍼를 신으려 하지 않았을 것이다. 슬리퍼 외에 일회용 기저귀도
있다. 나는 이런 것들과 내 어머니를 일치시킬 수 없다. 나는 그것들
을 받아들이지 못한다. 그것들은 나에게 낯선 사람의 물건처럼 보인
다. 게으르고 무해한 누군가의, 타인을 향해 결코 화를 내지 못하는
누군가의, 물건처럼 보인다.

　침대 저편에 있는 디지털 액자의 사진이 다시 바뀐다. 문득, 내가
그 사진들을 알고 있다는 생각이 든다. 그러고 보니, 내가 찍은 사진
들이다. 언제였더라……? 걸어 다니면서 찍은 사진들 같다. 나는 늘
두 장을 인화해서 하나는 탈리아한테 보냈었다. 그녀는 그것들을 간
직하고 있었던 것이다. 그 오랜 세월 동안 말이다. 탈리아. 애정이 꿀
처럼 달콤하게 내 안에 흘러든다. 그녀는 나의 진정한 누이였고 나의
진정한 마나르(빛)였다. 내내 그랬다.

　그녀가 아래층에서 내 이름을 부른다.

　나는 조용히 일어선다. 방에서 나가려 할 때, 뭔가가 내 눈을 사로
잡는다. 시계 뒤편의 벽에 액자가 걸려 있다. 그게 뭔지는 어두워서
알아볼 수 없다. 나는 휴대전화를 열고 그 빛으로 그걸 확인한다. 내
가 일하는 카불의 비영리단체에 관한 연합통신 기사다. 나는 그 인
터뷰를 기억한다. 기자는 말을 약간 더듬는 상냥한 한국계 미국인이

었다. 우리는 갈색 현미밥과 건포도와 양고기가 들어간 아프간식 필래프인 카불리를 같이 먹었다. 기사 가운데에 단체 사진이 있다. 나와 아이들이 앞에 서고 나비는 뒷짐을 지고 굳은 표정으로 뒤에 서 있다. 그는 아프간 사람이 사진을 찍을 때 종종 그러하듯이, 숙명적이면서 수줍고 엄숙한 표정으로 서 있다. 아므라도 양녀인 로시와 함께 거기에 있다. 아이들은 활짝 웃고 있다.

탈리아가 부른다.

"마르코스."

나는 휴대전화 폴더를 닫고 아래층으로 내려간다.

탈리아가 내 앞에 우유 한 잔과 토마토 위에 김이 모락모락 나는 달걀을 얹은 접시를 갖다 놓는다.

"걱정 마. 이미 우유에 설탕은 탔으니까."

"기억하네."

탈리아는 앞치마를 굳이 벗지도 않고 자리에 앉는다. 그녀는 식탁에 팔꿈치를 괴고 이따금 손수건으로 왼쪽 볼을 두드리며 내가 먹는 모습을 지켜본다.

나는 얼굴을 수술해주겠다며 그녀를 설득하려고 했던 과거의 일을 떠올린다. 나는 그녀에게 1960년대 이후로 수술 기술이 많이 발달해서, 굳이 다 고치지 않겠다면 적어도 훼손된 부위를 상당히 개선시킬 수 있다고 말했다. 탈리아는 거절했다. 나는 많이 당황했다. 그녀는 내게 말했다. **이게 나야.** 당시에는 그게 무미건조하고 불만족스러운 답변이라고 생각했다. 나는 그것이 무슨 의미인지조차 이해하지 못했다. 당시, 나는 무자비하게도 그녀를 무기징역수에 비교했다. 밖으로 나가는 걸 무서워하고, 가석방을 두려워하고, 변화를 두려워하고, 철조망과 감시탑 밖의 새로운 삶에 직면하는 걸 두려워하는 무기징역수.

내가 탈리아에게 했던 제안은 지금도 유효하다. 나는 그녀가 받아들이지 않으리란 걸 안다. 그러나 지금은 이해한다. 그녀가 옳기 때문이다. 이것이 그녀이기 때문이다. 나는 날마다 거울 속에서 그 얼굴을 바라보고, 끔찍하게 훼손된 걸 뜯어보고, 그 사실을 받아들일 의지를 불러일으키는 것이 어떤 것이었을지 아는 체할 수는 없다. 엄청난 긴장과 노력과 인내심을 필요로 했을 것이다. 그것을 받아들이는 것은 부딪쳐오는 파도에 형태가 갖춰지는 해변 낭떠러지의 바위들처럼, 수년에 걸쳐 서서히 이루어졌을 것이었다. 개가 탈리아의 얼굴을 물어뜯은 건 몇 분이었지만, 그녀가 그것을 자신의 정체성으로 만든 건 일생에 걸친 작업이었다. 그녀는 그 모든 걸 내가 메스로 뭉개도록 허락하지 않을 것이다. 그것은 옛 상처를 덧내는 일이나 마찬가지일 것이다.

나는 달걀을 먹는다. 실제로는 배가 고프지 않지만 내가 먹으면 그녀가 기뻐할 것이라는 걸 알기에 맛있게 먹는다.

"탈리아, 이거 맛있네."

"그래, 흥분돼?"

"뭐가?"

그녀가 등 뒤로 손을 뻗어 부엌 싱크대의 서랍을 열고, 사각형 렌즈가 달린 선글라스를 꺼낸다. 그러고 보니 생각난다. 일식을 두고 한 말이다.

"물론이지."

그녀가 말한다.

"처음에는 바늘구멍으로 볼까 생각했었는데, 오디에 이모가 네가 온다고 하시더라고. 그래서 내가 '근사하게 보자'고 했지."

우리는 다음 날 일어날 일식에 대한 얘기를 조금 나눈다. 탈리아 말로는 아침에 시작해서 정오쯤에 끝난다는데, 일기예보를 확인했더니 다행히 섬에는 구름이 끼지 않을 거라고 한다. 그녀가 달걀을 더 먹을 거냐고 물어서 나는 좋다고 대답한다. 그녀는 루소스 씨의 가게가 있던 자리에 생긴 인터넷 카페에 대한 얘기를 한다.

내가 말한다.

"위층에 있는 사진들 봤어. 기사도 보고"

그녀가 내가 흘린 식탁 위의 빵가루를 손바닥으로 쓸더니 어깨 너머로 쳐다보지도 않고 싱크대에 던진다.

"아, 그건 쉬운 일이었어. 스캔 해서 올리면 되더라고. 어려운 부분은 그것들을 나라에 따라 분류하는 거였어. 네가 아무런 메모도 없이 사진만 달랑 보냈기 때문에 앉아서 생각을 해야 했어. 이모가 구체적으로 그걸 나라별로 분류하라고 하셨거든. 그렇게 해야 한다고 하셨어. 끝까지 우기시더라고."

"어머니가?"

그녀가 한숨을 쉰다.

"그래, 네 어머니 말고 누가 있겠어?"

"어머니의 생각이었다는 말이야?"

"기사도 마찬가지야. 인터넷에서 그걸 찾아낸 것도 오디에 이모야."

내가 대꾸한다.

"어머니가 나를 찾아보셨다고?"

"내가 그걸 가르쳐드리지 말았어야 했어. 이제는 그만두지 않으실 거야."

그녀가 깔깔 웃는다.

"매일 너에 대해 확인을 하셔. 정말이야. 마르코스 바르바리스, 너한테는 사이버 공간의 스토커가 있는 셈이야."

어머니가 오후 일찍 아래층으로 내려온다. 그녀는 짙은 청색 실내복을 입고 내가 벌써 싫어하게 된 솜털 슬리퍼를 신고 있다. 그녀는 머리를 빗고 내려온 것처럼 보인다. 나는 어머니가 계단을 내려와, 나를 향해 팔을 내밀고 졸린 듯한 미소를 짓는 걸 보고 마음이 놓인다. 그녀가 정상적으로 몸을 움직이는 것 같아서다.

우리는 탁자에 앉아 커피를 마신다.

그녀가 커피를 입김으로 불며 묻는다.

"탈리아는 어디 있니?"

"내일 먹을 걸 사러 갔어요. 그런데 저건 어머니 건가요?"

나는 팔걸이의자 뒤의 벽에 기대어 있는 지팡이를 가리킨다. 처음 들어왔을 때는 그걸 보지 못했다.

"그래, 잘 쓰지는 않는다. 안 좋을 때만 쓰지. 오래 걸을 때를 위한 거다. 그럴 때도 대부분, 마음의 평화를 위해서지."

그녀는 무척 시큰둥하게 대꾸한다. 그래서 나는 그녀가 말과 다르게 훨씬 더 그것에 의존한다는 걸 알게 된다.

"내가 걱정하는 건 너다. 탈리아는 나한테 그 끔찍한 나라에 관한 뉴스를 보지 말라고 하지. 마음이 산란해질 거라면서 말이야."

내가 말한다.

"사고도 좀 나긴 하지요. 그러나 대부분, 사람들은 그저 그들의 삶을 살아가고 있을 뿐이에요. 어머니, 저는 늘 조심하고 있어요."

물론 나는 길 건너의 게스트하우스에서 총격 사건이 있었고 외국인 구호반원들에 대한 공격이 최근에 늘었다는 얘기는 하지 않는다. 또한 **조심하고 있다**는 말이 차를 타고 시내를 돌아다닐 때 9밀리미터 총을 갖고 다닌다는 의미라는 얘기도 하지 않는다. 어쩌면 나는 처음부터 총을 들고 다니지 말았어야 했는지 모른다.

어머니는 커피를 조금 마시며 몸을 약간 움찔한다. 그녀는 나를 몰아치지 않는다. 나는 이게 좋은 일인지 어떤지 확신할 수 없다. 나는 그녀가 노인들이 그러하듯 자기 안으로 물러난 건 아닌지, 아니면 거짓말을 하게 하거나 속만 상하게 될 일들을 발설하도록 나를 몰아치지 않는 것이 전략인지 어떤지 확신할 수 없다.

그녀가 말한다.

"우리는 크리스마스에 네가 보고 싶었다."

"빠져나올 수가 없는 상황이었어요, 어머니."

그녀가 고개를 끄덕인다.

"지금은 여기에 있잖냐. 그게 중요한 거지."

나는 커피를 조금 마신다. 나는 어렸을 때, 어머니와 같이 매일 아침 이 탁자에 앉아 조용히, 거의 엄숙하게 아침 식사를 했던 걸 떠올린다. 우리는 밥을 먹고 나서 같이 학교에 가면서, 서로에게 거의 아무 말도 하지 않았다.

"어머니, 저도 어머니가 걱정돼요."

"그럴 필요 없다. 내 몸은 내가 잘 돌보고 있으니까."

안개 속의 희미한 번뜩임처럼, 그녀의 옛 자존심이 반짝 나타난다.

"그러나 얼마나 오랫동안 그러실 수 있을까요?"

"내가 할 수 있는 한 그럴 거다."

"그러지 못하시면 어떻게 되는 거죠?"

나는 어머니의 말에 대들려는 게 아니다. 몰라서 물을 뿐이다. 내가 어떤 역할을 할지, 혹은 내가 행여 무슨 역할을 하기라도 할지 모르겠다.

그녀가 찬찬히 나를 쳐다본다. 그러더니 설탕을 한 숟갈 떠서 잔에 넣고 천천히 젓는다.

"마르코스, 참 우스운 얘기지만, 사람들은 대부분 거꾸로 간다. 그들은 자기가 원하는 것에 따라 산다고 생각하지. 그러나 정말로 그들을 끌고 가는 건 그들이 두려워하는 것이다. 그들이 원하지 **않는** 것이란 말이다."

"어머니, 무슨 말씀인지 모르겠어요."

"너를 예로 들어보자. 네가 여기를 떠나서 인생을 개척한 것 말이다. 너는 여기에 갇히는 걸 두려워했다. 나와 같이 갇히는 걸 말이다. 너는 내가 너를 잡을까 봐 두려워했지. 혹은 탈리아를 예로 들어보자. 탈리아는 더 이상 사람들이 쳐다보는 걸 원치 않았기 때문에 여기에 머물렀다."

나는 그녀가 커피 맛을 보고 설탕을 한 숟갈 더 넣는 모습을 바라본다. 나는 어렸을 때 그녀에게 내 주장을 펴려고 했던 일을 떠올린다. 그녀는 대꾸할 여지가 없게 얘기를 했다. 그녀는 처음부터 사실을 밀고 나갔다. 처음부터 명백하고 직접적으로 사실을 얘기했다. 나는 한 마디도 하기 전에 늘 졌다. 그것은 늘 공정치 못한 것 같았다.

나는 묻는다.

"어머니는 어때요? 어머니는 뭐가 두려우세요? 뭘 원하지 않으세요?"

"짐이 되는 거다."

"그러지 않으실 거예요."

"그래, 그건 네 말이 맞는다, 마르코스."

이 모호한 말에 불안감이 엄습한다. 불현듯, 나비가 카불에서 나한테 준 편지, 즉 사후의 고백이 생각난다. 술레이만 와다티와 나비 사이의 약속. 나는 어머니가 탈리아와 비슷한 약속을 한 건 아닌지, 때가 되면 탈리아에게 자신을 구해주라는 부탁을 한 건 아닌지 궁금하다. 나는 탈리아가 그렇게 할 수 있다는 걸 안다. 그녀는 이제 강하다. 그녀는 어머니를 구해줄 것이다.

어머니가 내 얼굴을 살핀다. 마치 내 마음속을 들여다보고 내가 뭘 걱정하는지 알아낸 것처럼, 대화의 방향을 바꾸며 이제는 더 부드럽게 말한다.

"마르코스, 너한테는 네 인생과 네 일이 있다."

내가 의치, 기저귀, 솜털 슬리퍼로 인해 그녀를 과소평가했다는 게 드러난다. 그녀는 아직도 유리한 위치에 있다. 늘 그러할 것이다.

"나는 너한테 짐이 되고 싶지 않다."

마침내, 거짓말. 그녀의 마지막 말은 거짓말이다. 그러나 친절한 거짓말이다. 그녀가 짐이 되는 건 나한테가 아니다. 그녀도 이 사실을 잘 안다. 나는 수천 킬로미터 떨어진 곳에 있다. 불유쾌한 일과 노동, 단조로운 일은 탈리아가 떠맡게 될 것이다. 그러나 어머니는 나를 포함시킴으로써, 나로서는 자격도 없고 시도도 해보지 않은 뭔가를 내게 주고 있다.

나는 힘없이 대꾸한다.

"그렇게 안 될 거예요."

어머니가 미소를 짓는다.

"네 일에 대해 얘기해보자. 네가 그 나라에 간다고 결심했을 때, 내가 그다지 찬성하지 않았다는 건 너도 알 거다."

"네, 그러실 것 같았어요."

"나는 네가 왜 가는지 이해할 수 없었다. 네가 왜 열심히 일해서 얻은 의사직과 돈과 아테네의 집을 다 포기하고 그 위험한 곳으로 들어갔는지 이해할 수 없었지."

"저에게도 나름대로 이유가 있었어요."

"알고 있다."

어머니가 커피 잔을 입으로 가져가더니 마시지 않고 다시 내려놓는다. 그녀가 천천히, 거의 수줍은 듯이 말한다.

"나는 이런 말을 잘하지 못한다만, 네가 결과적으로 잘됐다는 말을 하고 싶구나. 마르코스, 나는 네가 자랑스럽다."

나는 내 손을 내려다본다. 그녀의 말이 내 안 깊숙이 내려앉는 걸 느낀다. 그녀는 나를 놀라게 만들었다. 허를 찔렀다. 그녀가 한 말로. 혹은 그 말을 할 때 그녀의 눈에 깃든 부드러움으로. 그래서 나는 어떻게 대꾸해야 할지 모른다.

나는 간신히 속삭인다.

"고맙습니다, 어머니."

나는 그 이상은 말할 수 없다. 우리는 잠시 조용히 앉아 있다. 우리 사이의 공기가 어색함과 잃어버린 모든 시간과 낭비된 기회들에 대한 생각으로 가득해진다.

어머니가 말한다.

"너한테 물어보고 싶은 게 있다."

"뭔데요?"

"제임스 파킨슨, 조지 헌팅턴, 로버트 그레이브스, 존 다운. 이제는 나와 관련이 있는 루 게릭. 어째서 남자들이 병 이름까지 독점하게 되었느냐?"

나는 눈을 깜빡이고 어머니도 눈을 깜빡인다. 그리고 그녀가 웃고 나도 웃는다. 내 속이 무너져 내리는데도.

다음 날 아침, 우리는 바깥에 있는 안락의자에 누워 있다. 어머니
는 두툼한 스카프를 두르고 회색 파카를 입고, 추위에 대비해 다리
를 양털 담요로 덮고 있다. 우리는 커피를 마시며 탈리아가 사다 놓
은 계피 향 나는 구운 퀸스를 야금야금 먹는다. 그리고 일식용 선글
라스를 쓰고 하늘을 쳐다보고 있다. 태양의 북쪽 가장자리가 약간
가려져 있는 게 눈에 들어온다. 그것은 탈리아가 온라인 포럼에 글
을 올리려고 펼치는 애플사의 노트북에 붙어 있는 상표처럼 보인다.
사람들이 그 광경을 지켜보려고 인도나 지붕에 자리를 잡고 있다. 어
떤 사람들은 가족을 데리고 그리스 천문학회가 망원경들을 설치해
놓은 섬의 다른 쪽 끝으로 갔다.
내가 묻는다.
"몇 시가 절정이지?"
탈리아가 말한다.
"10시 30분경이야."
그녀가 선글라스를 들어 올리고 시계를 본다.
"한 시간쯤 더 있어야겠네."
그녀가 흥분해서 손을 비비고 키보드를 두드린다.
나는 두 사람을 쳐다본다. 어머니는 검은 선글라스를 쓰고 푸른
정맥이 드러난 손을 맞잡아 가슴 위에 올려놓고 있다. 탈리아는 정
신없이 키보드를 두드리고 있다. 그녀가 쓴 비니 밑으로 흰 머리가

나와 있다.

　나는 전날 밤 소파에 누워, 어머니가 **결과적으로 잘됐다**고 했던 말을 떠올리고 있었다. 그러다가 생각이 마달리네한테 미쳤다. 나는 어렸을 때 다른 어머니들과 달리, 어머니가 해주지 않는 것들 때문에 속이 상했던 일들을 떠올렸다. 어머니는 걸어갈 때 내 손을 잡아주지도 않았다. 나를 무릎에 앉히고 옛날이야기를 읽어주거나 내 얼굴에 입맞춤을 해주지도 않았다. 그것은 익히 사실이었다. 그러나 그 무렵, 나는 더 큰 진실을 보지 못하고 있었다. 내가 갖고 있는 불만 때문에 그것을 인정하지도, 고마워하지도 않았다. 그것은 바로, 내 어머니는 나를 두고 결코 떠나지 않을 거라는 것이었다. 이것이 나를 향한 그녀의 선물이었다. 마달리네가 탈리아한테 했던 일을 어머니가 나한테 결코 하지 않을 거라는 철석같은 믿음이 바로 그것이었다. 그녀는 내 어머니였고 나를 두고 떠나지 않을 것이었다. 그런데 나는 그걸 너무나 당연하게 생각했다. 해가 나한테 빛을 비추는 걸 고마워하지 않듯이, 나는 그녀에게 고마워하지 않았다.

　탈리아가 소리친다.

"저것 봐요!"

　갑자기 주변의 모든 것에, 땅과 벽과 우리의 옷에, 작은 낫 모양의 형상들이 생긴다. 초승달 모양의 해가 우리 집 올리브 나무 잎사귀 사이로 빛나고 있다. 내 잔 속의 커피 위에 초승달 모양의 해가 가물거리고, 나의 구두끈 위에서도 가물거린다.

　탈리아가 말한다.

"오디에 이모, 손 좀 이리 내요. 얼른요!"

어머니가 맞잡았던 손을 풀고 내민다. 탈리아가 호주머니에서 사각형 유리 조각을 꺼내 어머니의 손바닥에 놓아준다. 갑자기 내 어머니의 쭈글쭈글한 손 위에서 작은 초승달 모양의 무지개들이 춤을 춘다. 그녀가 놀란다.

어머니가 좋아서 어쩔 줄 모르는 여학생처럼 웃는다. 나는 어머니가 이렇게 순수하고 꾸밈없이 웃는 모습을 본 적이 없다.

우리 세 사람은 앉아서 어머니의 손 위에서 작은 무지개들이 너울거리는 광경을 바라본다. 그리고 나는 슬픔과 해묵은 아픔을 느낀다. 양쪽이 다, 내 목을 틀어쥐는 발톱 같다.

너는 결과적으로 잘됐다.

마르코스, 나는 네가 자랑스럽다.

나는 지금, 쉰여섯 살이다. 나는 그 말을 들으려고 평생을 기다렸다. 너무 늦은 걸까? 우리에게는 너무 늦은 걸까? 우리는, 어머니와 나는, 너무 오랫동안 유랑했던 걸까? 나의 일부는 우리가 늘 그래 왔던 것처럼 살아가고, 우리가 얼마나 서로한테 안 맞는지 모르는 것처럼 행동하는 편이 더 나을 수도 있다고 생각한다. 그게 덜 고통스러울지 모른다. 때늦은 말보다는 어쩌면 그게 더 나을지 모른다. 우리 사이에 가능할 수 있었을 것에 대한 어렴풋한 감지. 가슴 떨리는 감지. 그것은 회한만을 가져올 뿐이다. 회한이 무슨 소용인가? 그것은 아무것도 되돌려주지 않는다. 우리가 잃어버린 것은 되찾을 수 없다.

어머니가 말한다.

“아름답지 않니, 마르코스?”

나는 이렇게 대답한다.

“네, 어머니. 아름답네요.”

그때, 내 안에 있는 뭔가가 활짝 열리기 시작한다. 나는 손을 뻗어 어머니의 손을 잡는다.

9

2010년 겨울

어렸을 때, 아버지와 내가 밤이 되면 치르는 의식이 있었다. 그는 내가 스물한 번에 걸쳐 비스밀라(알라의 이름으로)를 말하고 나면 나를 침대에 눕히고 옆에 앉아, 엄지손가락과 집게손가락으로 내 머리로부터 나쁜 꿈을 몰아내는 의식을 행했다. 아버지의 손가락은 나의 이마에서 관자놀이까지 갔다가 귀의 뒤쪽으로 해서 머리 뒤로 갔다. 그는 내 머리에서 악몽을 쫓을 때마다 코르크 마개를 따는 것 같은 소리를 냈다. 그는 꿈들을 하나씩 그의 무릎에 놓인 보이지 않는 자루에 넣고 단단히 끈을 졸라맸다. 그런 다음 그는 가둬버린 꿈들을 대신할 좋은 꿈들을 공기 중에서 찾으려고 했다. 나는 그가 멀리서 들려오는 음악에 귀를 기울이는 것처럼, 고개를 약간 숙이고 얼굴을 찡그리는 모습을 바라보았다. 나는 아버지가 얼굴에 미소를 띠며 **아, 여기에 하나가 있구나**라고 말하면서, 손을 찻종 모양으로 만들어, 나무에서 서서히 떨어지는 꽃잎을 받듯 그 꿈을 손바닥에 받는 순간을 기다렸다. 그러고 나서 아버지는 부드럽게, 아주 부드럽게—아버지는 이 세상의 좋은 것들은 모두, 약하고 놓치기 쉽다고 말했다— 손을 내 얼굴로 들어 올려 손바닥을 내 이마에 대고 내 머릿속으로 행복한 꿈을 넣었다.

나는 물었다.

아버지, 제가 오늘 밤은 무슨 꿈을 꾸게 되죠?

아, 오늘 밤은 특별한 꿈을 꾸게 될 거다.

그는 꿈 얘기를 시작하기 전에 늘 이 말부터 했다. 그리고 즉석에서 이야기를 지어냈다. 나는 꿈에서 세계에서 가장 유명한 화가가 되기도 했고, 매혹적인 섬에서 날아다니는 왕관을 쓴 여왕이 되기도 했다. 아버지는 내가 좋아하는 디저트인 젤오(젤리 상표)가 나오는 꿈 얘기도 해줬다. 나는 꿈속에서 지팡이를 흔들면 무엇이든 젤오로 바꾸는 능력을 갖고 있었다. 마음만 먹으면 학교 버스, 엠파이어 스테이트 빌딩, 태평양을 통째로 젤오로 바꿀 수 있었다. 나는 떨어지는 유성을 향해 지팡이를 휘둘러 지구의 파멸을 막은 적도 있었다. 할아버지에 대해 결코 많은 얘기를 한 적이 없는 내 아버지는 자신이 이야기를 잘하는 게 그에게서 물려받은 것이라고 말했다. 할아버지는 아버지가 어렸을 때, 자주 있는 일은 아니었지만 마음이 내키면 이따금 자기를 앉혀놓고 악마와 요정과 신령들이 나오는 얘기를 해줬다고 했다.

어떤 날은 주객이 바뀌었다. 이번에는 아버지가 눈을 감고 내가 손바닥으로 그의 얼굴을 쓸어 내려갔다. 그의 이마에서 시작하여, 꺼끌꺼끌한 볼, 억센 콧수염을 더듬어 내려갔다.

그러면 그가 내 손을 잡으며 속삭였다.

오늘은 내가 무슨 꿈을 꾸게 되니?

그가 미소를 짓기 시작했다. 아버지는 내가 무슨 꿈을 자신에게 줄지 벌써 알고 있기 때문이었다. 그것은 늘 똑같은 꿈이었다. 그와 그의 여동생이 오후에 꽃이 핀 사과나무 밑에 누워 낮잠을 자려고 하는 꿈이었다. 그들의 볼에 와 닿는 따사로운 햇살, 풀잎과 나뭇잎과 위로 보이는 꽃들에 부서지는 따사로운 햇살이 나오는 꿈이었다.

자식은 나밖에 없었다. 나는 종종 외로웠다. 파키스탄에서 서로를 마흔 살 무렵에 만났던 내 부모님은 나를 낳은 후, 운명을 다시 시험하는 건 그만두기로 했다. 나는 어렸을 때 남동생이나 여동생이 있는 아이들이 참 부러웠다. 동네에서도 그랬고 학교에서도 그랬다. 나는 그들이 자기들의 행운을 모르고 서로를 대하는 방식을 보고 무척 당황했었다. 그들은 들개처럼 행동했다. 자기들이 생각할 수 있는 갖은 수단을 동원해서 서로를 꼬집고 때리고 밀치고 배반했다. 서로에게 코웃음을 치기도 했고, 말을 하지 않기도 했다. 나는 이해할 수 없었다. 나는 유년 시절의 대부분을 형제자매가 있었으면 하는 마음으로 보냈다. 내가 **정말로** 원했던 것은 쌍둥이였다. 한 침대에서 울고 자고 어머니의 젖을 같이 먹는 쌍둥이였다. 어찌할 도리 없이 무조건 사랑하고 그 얼굴에서 내 얼굴을 늘 확인할 수 있는 쌍둥이였다.

그래서 아버지의 여동생인 파리는 나 외에는 아무에게도 보이지 않는 은밀한 친구였다. 그녀는 **나의** 자매였다. 부모님이 늘 나한테 낳아줬으면 싶었던 자매였다. 우리가 아침에 나란히 서서 이를 닦을 때, 나는 욕실의 거울 속에서 그녀를 보았다. 우리는 옷도 같이 입었다. 그녀는 나를 따라 학교에도 가고 수업 시간에는 내 옆에 앉았다. 나는 칠판을 똑바로 쳐다보면서도, 그녀의 검은 머리와 새하얀 옆모습을 곁눈질로 늘 확인할 수 있었다. 쉬는 시간에는 그녀를 운동장에 데리고 갔다. 구름사다리를 타고 옮겨 다닐 때면, 나는 그녀가 뒤에 있는 걸 느꼈다. 내가 학교가 파하고 집에 가서 부엌 식탁에 앉아 스케치를 하고 있으면, 그녀는 내가 끝낼 때까지 근처에 묵묵히 있거나 창밖을 내다보며 서 있었다. 그게 끝나면 우리는 밖으로 뛰어나가 줄넘기를 하며 놀았다. 그러면 우리의 두 그림자가 콘크리트 위에서 오르락내리락했다.

아무도 파리와 내가 같이 논다는 걸 알지 못했다. 아버지조차 몰랐다. 그녀는 나의 비밀이었다.

때때로 아무도 주변에 없을 때면, 우리는 포도를 먹으면서 끝없이 얘기를 나눴다. 장난감 얘기도 했고, 어느 시리얼이 가장 맛있는지에 대해서도 얘기했다. 우리가 좋아하는 만화영화 얘기도 했고, 어떤 애들이 싫고 어떤 선생이 고약한지에 대해서도 얘기했다. 우리는 같은 색깔—노란색을 좋아하고 같은 아이스크림—검은 버찌 맛을 좋아했다. 텔레비전 프로그램도 같은 것—〈외계인 알프〉를 좋아했다. 우리는 커서 예술가가 되고 싶었다. 자연스럽게 나는 우리가 쌍둥이기 때문에 생김새도 정확히 똑같다고 상상했다. 때때로 그녀가 내 눈에 보이는 것 같았다. 내 말은 정말로 **볼 수 있었다**는 의미다. 나는 내 시야의 언저리 어딘가에서 그녀를 볼 수 있었다. 나는 그녀의 모습을 그려보려고 했다. 매번 나와 똑같이, 눈은 약간 고르지 못한 밝은 녹색이고, 머리카락은 검고 구불거리고, 눈썹은 양쪽이 거의 맞닿을 정도로 길게 그렸다. 다른 사람이 누구를 그렸느냐고 물으면, 나는 나 자신을 그렸다고 했다.

아버지가 여동생을 잃게 된 사연은 어머니가 나한테 얘기해주고, 나중에는 내 부모님이 나를 헤이워드에 있는 사원의 주일학교에 등록시켰을 때 다시 알게 된, 마호메트에 관한 얘기만큼이나 내게 익숙했다. 그렇게 익숙했음에도 불구하고, 나는 매일 밤 그것의 중력에 이끌려 그 이야기를 다시 해달라고 졸라댔다. 어쩌면 우리의 이름이 같다는 단순한 이유 때문이었는지도 몰랐다. 어쩌면 그것이 내가 우리 사이에 관계가 있다고, 희미하고 신비에 싸여 있지만 현실로 존재하는 관계가 있다고 생각한 이유였는지 몰랐다. 아니, 그 이상이었다. 그녀가 나를 **만지는** 것 같았다. 마치 내게도 그녀에게 일어났던 일의 흔적이 남은 것 같았다. 우리는 서로 얽혀 있었다. 눈에 보이지 않는 질서를 통해 내가 이해할 수 없는 방식으로 얽혀 있었다. 우리의 이름을 초월해, 가족 관계를 초월해, 수수께끼를 함께 푼 것처럼, 우리는 얽혀 있었다. 나는 그렇게 느꼈다.

나는 그녀에 관한 이야기를 속속들이 충분히 들으면, 나 자신에 관한 뭔가를 알게 될 것이라고 확신했다.

아버지의 아버지가 슬퍼하셨을 것 같아요? 딸을 팔았을 때 말이에요.

파리, 어떤 사람들은 슬픔을 아주 잘 숨긴단다. 내 아버지는 그랬어. 얼굴을 봐도 아무것도 알 수 없었지. 그는 단단한 사람이었어. 그러나 나는 그가 속으로 슬퍼했을 거라고 생각한다. 그래, 나는 그렇게 생각한다.

아버지는? 아버지는 슬퍼요?

아버지는 내 말에 미소를 지으며 말했다.

네가 있는데 내가 왜 그래야 하니?

그러나 나는 그 나이에도 알 수 있었다. 그것은 그의 얼굴에 난 점 같았다.

우리가 이런 식으로 얘기를 하는 내내, 나는 상상을 하고 있었다. 사탕이나 딱지에 한 푼도 쓰지 않고 돈을 모아서 돼지 저금통—그러나 돼지가 아니라 바위에 앉아 있는 인어 형상의 저금통이었다—에 넣고, 그것이 다 차면 열어서 돈을 호주머니에 다 넣고 내 아버지의 여동생을 찾아 나서는 상상을 했다. 나는 그녀를 돈으로 다시 사서 아버지한테 데려다 주고 싶었다. 나는 아버지를 행복하게 해주고 싶었다. 그의 슬픔을 걷어내는 일보다 내가 더 원하는 건 이 세상에 아무것도 없었다.

아버지가 물었다.

오늘 밤은 내가 어떤 꿈을 꾸게 되는 거니?

이미 아시잖아요.

그의 얼굴에 떠오른 또 다른 미소.

그래, 알지.

아버지?

응?

동생은 착한 사람이었어요?

완벽했다.

아버지는 내 볼에 입맞춤을 하고 담요를 목까지 끌어 올려줬다. 그는 문가에서 불을 끈 다음, 잠시 멈춰 서서 덧붙였다.

완벽했단다. 너처럼.

나는 그가 문을 닫을 때까지 기다렸다가, 침대에서 미끄러져 나와 여분의 베개를 가져다 내 베개 옆에 놓았다. 늘 그랬다. 나는 매일 밤, 내 가슴에 맞닿아 뛰는 쌍둥이의 가슴을 느끼며 잠이 들었다.

올드오클랜드 로드 입구에서 간선도로로 접어들면서 나는 시계를 본다. 벌써 12시 반이다. 101번 도로에 사고나 공사가 없다면 샌프란시스코 국제공항까지는 40분이 걸릴 것이다. 그녀가 다행히 국제선을 타고 와서 세관을 거쳐야 할 테니, 시간을 좀 벌 수 있을 듯하다. 나는 왼쪽 차선으로 이동해 렉서스를 시속 130킬로미터 가까이 밟는다.

나는 한 달쯤 전에 아버지와 작지만 기적 같은 대화를 나눴던 걸 떠올린다. 그것은 바다의 깊고 어둡고 차가운 바닥에 있는 기포처럼 빠르게 지나가버리는 정상正常의 순간이었다. 나는 아버지에게 늦은 점심을 가져다주고 있었다. 그는 안락의자에서 고개를 돌려 부드럽지만 나무라는 어조로, 내가 천성적으로 시간을 지키지 못하는 사람이라고 말했다.

먼저 간 네 어머니처럼 말이다.

그러더니 그는 나를 안심시키려는 듯 미소를 지으며 말을 이었다.

그러나 사람이 결점 하나쯤은 있어야지.

나는 쌀밥과 콩이 담긴 접시를 그의 무릎에 내려놓으며 대꾸했다.

그러니까 이게 알라께서 저한테 주신 결점인가요? 습관적으로 늑장을 부리는 게 말이에요?

아버지가 손을 뻗어 내 손을 잡았다.

한마디 덧붙이자면, 알라께서는 마지못해 그러셨을 거다. 너를 너무 완벽에 가깝게 만드셔놓고 말이다.

몇 가지 더 말씀하셔도 괜찮아요.

결점을 어디에 숨겨놓았단 말이니?

네, 엄청 많이요. 언제나 튀어나올 준비가 되어 있죠. 늙고 힘없어지면 그럴 거예요.

늙고 힘없어진 건 나다.

이제는 제가 아버지를 안쓰럽게 생각해주길 바라시는군요.

나는 라디오를 만지작거리며 토크쇼, 컨트리 음악, 재즈 채널로 돌렸다가 다시 토크쇼로 바꾼다. 그러다가 꺼버린다. 나는 불안하고 과민해 있다. 옆 좌석에 놓인 휴대전화를 집어 집에 전화를 걸고 휴대전화를 무릎에 놓는다.

"여보세요?"

"살람, 아버지. 저예요."

"파리?"

"네, 아버지. 아버지와 엑토르, 두 사람 다 잘 있죠?"

"그래, 엑토르는 훌륭한 젊은이더구나. 달걀 프라이를 해줘서 토스
토와 같이 먹었다. 너는 어디니?"

"운전하는 중이에요."

"식당에 가는 중이니? 오늘은 근무 없니?"

"없어요, 아버지. 저는 지금 공항에 가는 중이에요. 누군가를 태우
러 가고 있어요."

"오케이. 네 어머니한테 점심을 준비해놓으라고 이르마. 식당에서
뭔가를 좀 가져올 수 있을 게다."

"알았어요, 아버지."

다행히도 그는 어머니 얘기를 다시 하지는 않는다. 그러나 어떤 날
에는 끝없이 한다. **파리, 너는 어째서 네 어머니가 어디 있는지 나한테
말하지 않으려고 하는 거니? 수술을 받고 있니? 거짓말하지 마라! 왜
모두가 나한테 거짓말을 하는 거니? 어디 간 거니? 아프가니스탄에 갔
니? 그렇다면 나도 가겠다! 나도 카불에 갈 거다. 막지 마라.** 우리는 이
런 식으로 옥신각신한다. 아버지는 마음이 산란해져 이리저리 왔다
갔다 하고, 나는 그에게 거짓말을 하고, 그러다가 그가 모아놓은 주
택 개조 카탈로그나 텔레비전으로 그의 관심을 돌리려고 한다. 때때
로 그게 통하지만, 때로는 그 속임수가 통하지 않는다. 아버지는 울

면서 발작을 일으킬 때까지 걱정한다. 그는 자신의 머리를 때리고 의자에서 몸을 흔들며 흐느끼고 다리를 떤다. 그러면 아티반(신경안정제 상표)을 먹여야 한다. 나는 그의 눈이 흐릿해지고 나서야 숨이 차고 기진맥진해져 소파에 앉는다. 울고 싶을 지경이다. 나는 현관문과 그 너머를 동경하듯 바라본다. 문을 나가 계속 걸어가고 싶다. 그때 아버지가 잠 속에서 신음 소리를 낸다. 그러면 나는 급히 현실로 돌아온다. 죄의식에 젖어서.

"아버지, 엑토르와 통화할 수 있어요?"

수화기를 바꾸는 소리가 들린다. 텔레비전 속에서 게임 쇼를 지켜보는 사람들이 신음 소리를 내고 박수를 치는 소리가 휴대전화 너머로 들린다.

"여보세요?"

엑토르 후아레스는 길 건너에 산다. 우리는 오랫동안 그냥 이웃으로 살다가 지난 몇 년 사이에 친구가 되었다. 그는 한 주에 두 차례 건너온다. 그와 나는 인스턴트식품을 먹으며 늦게까지 시답잖은 텔레비전 프로그램을 본다. 대부분은 리얼리티 쇼를 본다. 우리는 식은 피자를 먹으며 터무니없거나 울화가 치미는 장면이 나오면 넋을 놓고 고개를 젓는다. 그는 아프가니스탄 남부에서 복무한 해병대원으로, 2년 전 급조 폭발물 공격으로 심하게 다쳤다. 그가 마침내 재향군인사무국에서 집으로 왔을 때, 인근에 사는 사람들이 거의 다 모였다. 그의 부모는 앞마당에 **웰컴 홈, 엑토르**라고 쓴 플래카드를 풍선과 꽃과 더불어 걸어놓고 있었다. 그의 부모가 차를 세우자, 사람들이 박수를 쳤다. 몇몇 이웃은 파이를 만들어서 가지고 왔다. 사람들은 그의 군 복무에 대해 고마움을 표했다. 그들은 그에게 말했다. **이제 힘을 내라, 하느님의 가호가 있기를.** 그의 아버지 세사르가 며칠 후, 우리 집에 왔다. 나는 세사르와 함께, 그가 자기 집 밖에 만든 것과 똑같은 휠체어용 경사로를 우리 집 앞에 만들었다. 그의 집 경사로는 성조기가 걸린 현관문까지의 경사로였다. 나는 그와 같이 경사로를 만들면서 내 아버지의 조국에서 엑토르에게 생겼던 일에 대해 사과를 해야만 할 것 같았다.

내가 말한다.

"안녕. 그냥 확인차 전화했어요."

엑토르가 말한다.

"여긴 다 괜찮아요. 식사도 했고. 〈가격이 맞습니다!〉 프로그램도 봤고, 지금은 〈휠〉을 보고 있어요. 다음은 〈가족 대항전〉이에요."

"아이쿠, 미안해요."

"우리는 재미있는 시간을 보내고 있는데, 뭣 때문에 미안해요? 안 그래요, 아저씨?"

내가 말한다.

"아버지한테 달걀 프라이 만들어줘서 고마워요."

엑토르가 목소리를 약간 낮춘다.

"사실은 팬케이크였어요. 어땠는지 알아요? 아저씨가 좋아하셨어요. 네 조각이나 드셨어요."

"당신한테 정말 신세 많이 지네요."

"헤이, 새 그림이 참 좋네요. 우스꽝스러운 모자를 쓴 아이를 그린 그림 말이에요. 아저씨가 그걸 나한테 보여줬어요. 아저씨도 아주 자랑스러워하셨어요. 자랑스럽게 생각하는 건 **당연하다**고 아저씨한테 말씀드렸어요."

나는 뒤에 바짝 붙은 차가 지나가도록 차선을 바꾸며 웃는다.

"이제는 크리스마스에 당신한테 뭘 줘야 할지 알 것 같아요."

엑토르가 말한다.

"우리가 왜 **결혼할 수 없는지** 나한테 다시 한 번 상기시켜주지 그래요?"

아버지가 불평하는 소리가 뒤에 들린다. 엑토르가 수화기에서 입을 떼고 웃는다.

"아저씨, 농담이에요. 심각하게 받아들이지 마세요. 저는 절름발이잖아요."

그가 나를 향해 말한다.

"당신의 아버지가 방금 나한테 파슈토어로 화를 내신 것 같아요."

나는 그에게 조금 있다가 약을 드시게 하라고 부탁하고 전화를 끊는다.

이건 라디오에 나오는 사람들의 사진을 보는 일 같다. 실제로 만나면, 그들이 차에서 목소리를 듣고 상상했던 대로 생기지 않았다는 걸 확인하게 된다. 우선, 그녀는 늙었다. 아니, 약간 늙었다. 물론 나는 이 사실을 알고 있었다. 나는 계산을 해보고 그녀가 60대 초반쯤 됐을 것이라는 걸 알았다. 그런데 희끗희끗한 머리에 호리호리한 여자를 내가 늘 마음속에 그려왔던 작은 소녀, 즉 나와 거의 비슷하게 까만 곱슬머리에 긴 속눈썹을 한 세 살짜리 소녀와 일치시키는 것이 어렵다. 그녀는 내가 상상했던 것보다 키가 크다. 그녀가 샌드위치 매점 근처의 벤치에 앉아 길 잃은 사람처럼 두려운 듯 주위를 둘러보고 있지만, 나는 그걸 알 수 있다. 그녀는 좁은 어깨와 가냘픈 몸집에 상냥한 얼굴을 하고 있다. 머리칼은 뒤로 넘겨 코바늘로 뜬 머리끈으로 질끈 묶고 있다. 그녀는 백옥 귀걸이를 하고 바랜 청바지에 기다란 살색 스웨터를 입고, 목에는 가벼운 유럽식 우아함이 묻어나는 노란 스카프를 두르고 있다. 그녀는 마지막 이메일에서 내가 자기를 빨리 알아볼 수 있도록 노란 스카프를 두르겠다고 했다.

그녀는 아직 나를 보지 못했다. 나는 여행 가방이 실린 카트를 밀고 공항을 빠져나가는 여행객들과 고객들의 이름을 들고 있는 타운카 운전사들 사이에서 잠시 머뭇거린다. 심장이 흉곽 안쪽에서 요란하게 뛰고 있다.

이게 그녀다. 이게 그녀다. 이게 진짜로 그녀다.

그때, 우리의 눈이 만난다. 그녀의 얼굴에 나를 알아보는 표정이 스친다. 그녀가 손을 흔든다.

우리는 벤치에서 만난다. 그녀가 씩 웃는다. 나는 다리가 휘청거린다. 그녀가 웃는 모습이 아버지와 너무 똑같다. 그녀의 윗니가 한 톨의 쌀만큼 벌어져 있는 걸 제외하면 정확하게 똑같다. 웃을 때, 고개가 약간 기울고 왼쪽 얼굴이 위로 약간 찌그러지며 눈이 거의 감기는 모습이 영락없는 아버지다. 그녀가 일어선다. 나는 마디가 진 관절, 첫 번째 마디에서 엄지손가락의 반대쪽으로 구부러진 손가락들, 팔목에 난 병아리콩만 한 혹을 눈여겨본다. 그 모습이 몹시도 고통스러워 보여, 내 배가 뒤틀리는 것 같다.

우리는 포옹을 한다. 그녀가 나의 양 볼에 입을 맞춘다. 그녀의 피부가 펠트처럼 부드럽다. 그녀는 몸을 뒤로 물리면서 내 어깨를 잡고 조금 떨어진 거리에서 그림을 평가하는 것처럼 내 얼굴을 바라본다. 그녀의 눈에 물기가 어린다. 행복한 표정이다.

"늦어서 죄송해요."

그녀가 말한다.

"괜찮아. 마침내 너를 만나게 됐구나! 정말 기쁘다."

그녀는 프랑스식으로 영어를 발음한다. 프랑스어 억양이 전화로 들었을 때보다 직접 들으니 훨씬 더 강하다.

내가 말한다.

"저도 기뻐요. 여행은 어떠셨어요?"

"약을 먹고 잤어. 그러지 않으면 잘 수 없다는 걸 아니까 그렇게 했지. 그렇지 않았다면 내내 깨어 있었을 거야. 너무 행복하고 너무 흥분돼서."

그녀는 환하게 웃으면서, 고개를 돌리면 마법이 깨질까 봐 염려하는 사람처럼 나를 계속 응시한다. 그녀는 머리 위에서 승객들에게 방치된 수화물이 있으면 알려달라는 안내 방송이 나올 때까지 그런 자세로 서 있다. 방송이 들리자, 그녀의 얼굴이 느슨해진다.

"압둘라 오빠는 내가 온다는 걸 알고 있니?"

내가 대답한다.

"손님을 집에 데려올 거라고 말씀드렸어요."

나중에 차에 타고, 나는 그녀를 슬쩍 쳐다본다. 파리 와다티가 나에게서 몇 센티미터 떨어지지 않은 차 안에 있다는 걸 믿기 어렵다. 한 순간에는 그녀가 분명히 보인다. 그녀의 목에 두른 노란 스카프, 이마 선의 짧고 약한 머리칼, 왼쪽 귀밑의 커피색 반점이 선명히 눈에 들어온다. 그러나 다음 순간, 마치 내가 그녀를 흐릿한 안경을 통해 보는 것처럼, 그녀의 모습이 안개에 감싸인다. 잠깐, 나는 일종의 현기증을 느낀다.

그녀가 안전벨트를 차면서 나를 쳐다보고 말한다.

"괜찮은 거야?"

"고모가 어디로 사라지는 건 아닌지 계속 생각하고 있어요."

"뭐라고?"

내가 불안한 웃음을 띠며 말한다.

"고모가 실제로 존재하는 사람이라는 게 조금은 믿기 어렵네요. 실제로 여기에 계시다는 게 믿기 어려워요."

그녀가 미소를 지으며 고개를 끄덕인다.

"나도 그래. 나도 이상한 느낌이야. 나는 평생 나와 똑같은 이름을 가진 사람을 만난 적이 없거든."

내가 시동을 걸며 말한다.

"저도 마찬가지예요. 자녀분들에 대해 말씀해주세요."

주차장을 빠져나갈 때, 그녀가 자식들에 대해 얘기하기 시작한다. 그녀는 내가 평생 그들을 알았던 것처럼 이름을 거론하며 얘기를 한다. 마치 그녀의 아이들과 내가 같이 자라고 가족 소풍도 가고 캠핑도 가고 해변 리조트에서 여름휴가도 보내고, 조가비로 목걸이를 만들고, 서로를 모래에 묻으며 놀기도 한 것처럼.

우리가 그랬더라면 싶다.

그녀가 내게 알랭이라는 이름의 아들에 대해 얘기한다. 그녀는 "네 사촌"이라는 말을 덧붙인다. 그녀는 알랭이 아나라는 부인과의 사이에서 다섯 번째 아이를 낳았는데 딸이라고 말한다. 그들이 집을 사서 발렌시아로 이사 갔다고 한다.

"마드리드에 있는 지긋지긋한 아파트에서 마침내 벗어난 거란다!"

첫째인 이자벨은 텔레비전 음악을 작곡하는데 처음으로 영화음악을 작곡해달라는 의뢰를 받았다고 한다. 이자벨의 남편인 알베르는 파리에 있는 평판 좋은 레스토랑의 수석 주방장이라고 한다.

그녀가 묻는다.

"네 소유의 식당이 있었니? 나한테 이메일로 그렇게 말한 것 같은데."

"부모님 것이었어요. 식당을 갖는 게 늘 아버지의 꿈이었으니까요. 제가 부모님이 식당 운영하시는 걸 도와드렸는데, 몇 년 후에 팔아야 했어요. 어머니가 돌아가시고 아버지가 운영을 할 수 없게 되고 나서였죠."

"아, 안됐구나."

"그러실 필요 없어요. 저한테는 식당 일이 맞지 않았거든요."

"그랬겠지. 너는 예술가잖아."

처음에 우리가 대화를 나누었을 때, 그녀가 뭘 하느냐고 물어서, 나는 지나가는 말로 예술학교에 가고 싶은 생각이 있다고 말했었다.

"사실, 저는 트랜스크립셔니스트(기록사)예요."

그녀는 내가 《포춘》의 500위 안에 드는 회사들을 위해 데이터를 처리해주는 회사에서 일하고 있다고 설명하자, 열심히 듣는다.

"저는 그들을 위해 서류를 작성해주죠. 팸플릿, 영수증, 고객 명단, 이메일 명단과 같은 것들 말이죠. 주로 하는 일은 타이핑이에요. 보수도 괜찮고요."

그녀가 말한다.

"그렇구나."

그녀는 이렇게 말하고 나서 무슨 생각을 하더니 묻는다.

"그 일이 너한테 재미있니?"

우리는 남쪽으로 향하는 길에 레드우드 시를 지난다. 나는 그녀의 무릎 위쪽으로 손을 뻗어 창문 너머를 가리킨다.

"저 건물 보이시죠? 푸른 간판이 달린 높은 건물요."

"응."

"저는 저기에서 태어났어요."

차가 그곳을 지나칠 때, 그녀는 고개를 돌리고 건물을 계속 쳐다보며 말한다.

"아, 봉(그래)? 너는 운이 좋구나."

"어째서요?"

"네가 태어난 곳을 알고 있으니까."

"저는 그런 생각은 별로 해보지 않은 것 같아요."

"당연하지. 그러나 네 뿌리를 아는 건 중요한 거야. 네가 한 인간으로서 어디에서 시작했는지를 아는 건 중요하지. 그렇지 않으면 자신의 삶이 비현실적인 것 같거든. 수수께끼처럼 말이지. 부 콩프레네(이해되니)? 이야기의 시작을 놓치고 이야기의 한가운데로 들어가 그걸 이해하려고 노력하는 격이지."

나는 아버지가 요즘 그런 느낌을 받는 게 아닐까 상상해본다. 틈새가 많은 그의 삶, 매일매일이 알 수 없는 이야기였고 어렵게 풀어야 하는 수수께끼였을 그의 삶.

우리는 3킬로미터 정도를 말없이 간다.

내가 말한다.

"제가 하는 일이 재미있느냐고 물으셨죠? 어느 날 집에 오니까 싱크대에서 물이 흐르고 있었어요. 마루에는 유리가 깨져 있고, 가스레인지는 켜져 있었어요. 저는 그때 아버지를 더 이상 혼자 둘 수 없다는 걸 깨달았어요. 저는 입주해서 아버지를 돌봐줄 사람을 감당할 수 없었기 때문에 집에서 할 수 있는 일을 찾아봤어요. 그래서 '재미'가 있고 없고는 제 상황에는 별로 안 맞는 문제 같아요."

"예술학교는 나중에 가도 되지."

"그래야죠."

나는 그녀가 나를 딸로 둬서 아버지는 대단히 운 좋은 사람이라고 말할까 봐 걱정스럽다. 그러나 다행히, 또 고맙게도, 그녀는 고개 만 끄덕이고 간선도로 표지판 쪽으로 눈을 돌린다. 그러나 다른 사람들은, 특히 아프간 사람들은 늘, 아버지가 운이 좋은 사람이며 내가 대단히 축복받은 존재라고 말한다. 그들은 나에 대해 좋은 말을 한다. 그들은 내가 성인聖人이라도 되듯 말한다. 그들은 나를 집에 머물면서 아버지를 돌보기 위해 편안함과 특권이 기다리는 화려한 삶을 용기 있게 버린 딸로 만든다. 그들이 나에 대해 동정 어린 말을 하는 소리가 들리는 것 같다. 나는 그들이 이렇게 말하는 걸 상상해본다. 게다가 처음에는 어머니였지. 어머니를 간호한 세월을 생각해봐. 정말 엉망이었어. 그런데 이번에는 아버지야. 그 아이가 미녀인 적은 없지만, 남자 친구가 있었잖아. 태양전지판 사업을 하는 활달한 미국인 남자였어. 그 친구와 결혼할 수도 있었을 텐데 결혼하지 않았지. 부모 때문이었어. 그 아이가 희생을 한 거지. 부모한테는 모름지기 저런 딸이 있어야 해. 그들은 나의 쾌활함을 좋아한다. 그들은 사람들이 신체적 불구나 심각한 언어장애를 극복한 이들에게 그러하듯이, 나의 용기와 숭고함에 감탄한다.

그러나 그런 이야기 속의 나는 실제의 나와는 거리가 멀다. 예를 들면 이렇다. 어느 날 아침, 아버지가 침대 가장자리에 앉아, 건조하고 얼룩덜룩한 발에 양말을 빨리 신겨달라며 나를 끈적거리는 눈으로 바라본다. 그는 내 이름을 부르짖고 아이 같은 표정을 짓는다. 그가 코에 주름을 잡으면 물에 젖은 무서운 설치류처럼 보인다. 나는 그가 그런 표정을 할 때가 싫다. 그런 모습이 싫다. 나는 그가 내 삶의 테두리를 좁혀버린 것에도 화가 나고, 최고의 세월을 나로부터 고갈시키는 것에도 화가 난다. 어떤 날은 그의 까다로움과 의존성으로부터 벗어나고 싶어 미칠 지경이다. 나는 성자하고는 거리가 멀다.

나는 13번 도로로 빠져나간다. 그리고 몇 킬로미터를 더 가서 우리가 사는 비버크리크 코트로 들어가 시동을 끈다.

파리가 우리의 1층 집, 페인트가 벗겨지고 있는 차고 문, 올리브색 창문틀, 앞문의 양쪽에 서 있는 초라한 두 마리의 돌사자를 차창 밖으로 바라본다. 아버지는 그 돌사자를 몹시도 좋아했다. 그래서 나는 그걸 없애고 싶어도 그럴 용기가 없었다. 없애도 그가 알아볼 것 같진 않았지만 말이다. 우리는 내가 일곱 살 때인 1983년부터 이 집에서 살았다. 처음에는 세 들어 살았지만, 아버지가 1993년에 집주인한테서 샀다. 어머니는 화창한 크리스마스이브 아침에 이 집에서 죽었다. 그녀는 내가 손님용 침실에 들여놓아준 병원 침대에서 마지막 3개월을 살다가 죽었다. 어머니는 자기를 전망이 좋은 그 방으로 옮겨달라고 내게 부탁했었다. 그 방에 가면 기분이 좋아진다고 했다. 다리가 퉁퉁 붓고 희끄무레해진 그녀는 막다른 골목에 달했을 때, 침대에 누워 창밖을 내다보며 마지막 나날을 보냈다. 자신이 몇 년 전에 심은 일본 단풍나무들이 빙 둘러진 앞뜰, 별 모양의 화단, 가운데로 좁은 자갈길이 나 있는 잔디밭, 멀리 보이는 산기슭의 작은 언덕, 그리고 그 언덕이 볕이 가장 강할 때인 정오가 되면 깊고 화려한 황금색으로 변하는 모습을 보며, 마지막 나날을 보냈다.

파리가 조용히 말한다.

"너무 긴장된다."

내가 말한다.

"이해할 수 있어요. 58년이라는 세월이 흘렀으니까요."

그녀가 무릎 위로 맞잡은 손을 내려다본다.

"나는 오빠에 대해 기억하는 게 거의 아무것도 없어. 기억나는 건 얼굴도 아니고 목소리도 아니야. 내 인생에서 뭔가가 늘 빠져 있었다는 느낌뿐이야. 어떤 좋은 것이. 어떤…… 뭐라고 해야 할지 모르겠다. 그게 전부야."

나는 고개를 끄덕인다. 나는 내가 그런 걸 아주 잘 이해한다고 말하려다가 그만둔다. 그리고 그녀가 나의 존재를 어렴풋하게나마 느낀 적이 있는지 물으려고 하다가 그만둔다.

그녀가 스카프의 닳은 가장자리를 만지작거리며 말한다.

"네 아버지가 나를 기억할 것 같니?"

"사실을 알고 싶으세요?"

그녀가 내 얼굴을 살핀다.

"당연하지."

"아마 기억하지 못하는 게 최선일지 몰라요."

부모님을 오랫동안 치료한 바시리 의사가 했던 말이 떠오른다. 그는 아버지한테 필요한 건 질서라고 했다. 그러니 그를 놀래는 일을 최소화하라고 했다. **예측 가능한 것이 필요**하다고 했다.

나는 문을 연다.

"잠시 차에 계셔도 괜찮겠어요? 제 친구를 보내고 나서 아버지를 만나시는 게 좋을 것 같아서요."

그녀가 한 손을 눈에 갖다 댄다. 나는 기다리지 않고 그냥 나온다. 그래서 그녀가 울었는지 어쨌는지는 모른다.

열한 살 때였다. 내가 다니는 초등학교 6학년 학생 전체가 몬터레이 만의 수족관으로 1박 2일 현장학습을 가기로 했다. 우리는 금요일이 될 때까지 한 주 내내 그 얘기만 했다. 도서관에서도 그랬고, 쉬는 시간에 땅따먹기 놀이를 하면서도 그랬다. 우리는 수족관이 폐장하면 파자마를 입고 귀상어, 박쥐가오리, 실고기 사이를 마음 놓고 뛰어다닐 생각이었다. 길레스피 선생님은 수족관 주변에 저녁 식사 장소가 마련되어 피넛 버터 젤리 샌드위치나 마카로니 앤드 치즈 중에서 선택해 먹을 수 있게 될 것이라고 했다. 그녀는 **디저트로 브라우니나 바닐라 아이스크림을 먹을 수 있다고** 말했다. 학생들은 밤에는 침낭 속으로 들어가 선생님들이 읽어주는 동화를 듣게 될 것이고, 흔들리는 커다란 켈프의 줄기 사이로 미끄러지는 표범상어, 해마, 정어리 사이에서 잠이 들 것이었다. 목요일이 되자, 교실은 기대감으로 충만했다. 보통 때는 말썽을 피우던 아이들도 여차하면 수족관 야외 학습에 따라가지 못하게 될까 봐 얌전히 있으려고 최선을 다했다.

그런데 그것이 내게는 소리를 끄고 재미있는 영화를 보는 일 같았다. 나는 즐거움과는 거리가 떨어져 있고, 축제 분위기로부터 차단되어 있는 것 같았다. 그것은 학생들이 집에 가서 전나무나 난로 위에 매달려 있는 양말 속의 선물을 한 아름 받게 되는 매년 12월이 되면, 내가 느끼는 것과 흡사한 감정이었다. 나는 길레스피 선생님한테 못 갈 거라고 말했다. 그녀가 이유를 묻자, 나는 현장학습일이 무슬림 축일과 겹친다고 대답했다. 그녀가 내 말을 믿는지 어떤지는 확신할 수 없었다.

다른 아이들이 현장학습을 간 날 밤, 나는 부모님과 함께 집에서 〈제시카의 추리극장〉을 봤다. 현장학습에 대해 생각하지 않고 텔레비전에 집중하려고 했지만, 마음이 자꾸 다른 곳을 향했다. 나는 파자마를 입고 손전등을 들고, 미꾸라지가 들어 있는 거대한 수조의 유리에 이마를 대고 있을 동급생들의 모습을 상상했다. 뭔가가 나의 가슴을 쥐어뜯는 것 같았다. 나는 소파에서 몸을 뒤척였다. 다른 소파에 몸을 기대고 있던 아버지가 볶은 땅콩을 입속에 넣으며 앤절라 랜스베리가 텔레비전에서 하는 말을 듣고 껄껄 웃었다. 그 옆에서 어머니가 수심 가득한 얼굴로 나를 유심히 바라보고 있었다. 그러나 그녀는 나와 눈이 마주치자, 후다닥 표정을 바꾸고 미소를 지었다. 은밀한 미소였다. 나는 애써 미소를 지었다. 그날 밤, 나는 해변에 있는 꿈을 꾸었다. 나는 바닷물이 허리까지 차는 곳에 서 있었다. 녹색, 청색, 옥색, 청옥색, 취옥색, 청록색 등, 다양한 색깔의 물이 내 엉덩이를 부드럽게 찰싹거렸다. 발 옆으로는 수많은 물고기들이 지나가고 있었다. 바다가 나만의 수족관인 것 같았다. 엄청나게 많은 물고기들이 흰 모래를 배경으로 몸을 반짝이며 내 발가락을 스치고 종아리를 간질였다.

그 주의 일요일이었다. 아버지가 나를 놀라게 했다. 그런 적이 거의 없던 그가 식당 문을 닫고 우리 두 사람을 몬터레이에 있는 수족관으로 데리고 갔다. 아버지는 그곳으로 가는 내내, 흥분해서 얘기를 했다. 정말 재미있을 것이라고도 하고, 특히 상어를 보는 게 기대된다고도 하고, 점심으로 뭘 먹을 것인지 물어보기도 했다. 나는 그의 얘기를 들으며 어렸을 때를 떠올렸다. 그는 나를 켈리 공원에 있는 동물원에 데리고 갔고, 또 그 옆에 있는 일본식 정원에 가서 코이 잉어를 보여줬다. 우리들은 고기들 하나하나에 이름을 붙였다. 그때, 나는 그의 손에 매달리면서 이 세상에서 아버지 외의 다른 사람은 필요 없을 것이라고 생각했다.

나는 씩씩하게 수족관을 돌아다니며, 물고기들에 관한 아버지의 질문에 내가 알고 있는 선에서 답변하려고 최선을 다했다. 그러나 그곳은 너무 밝고 시끄러웠다. 사람도 너무 많았다. 그것은 내가 야외학습에 대해 상상했던 것과는 전혀 달랐다. 힘들었다. 즐거운 시간을 보내고 있는 척하려니까 지쳤다. 배가 아플 것 같은 조짐이 보였다. 우리는 한 시간쯤 돌아다니다가 그곳을 떠났다. 아버지는 집에 오는 길에 상처 받은 표정으로 나를 바라보며 무슨 말인가를 하려고 했다. 그의 눈이 나를 압박해오는 걸 느꼈다. 나는 자는 척했다.

이듬해에 중학교에 들어가자, 내 나이 또래의 여자애들은 아이섀도와 립글로스를 바르고 있었다. 그들은 보이즈 투 맨 콘서트에도 가고 학교 댄스파티에도 갔다. 그들은 그룹으로 짝을 지어 놀이공원에 가서 아슬아슬한 놀이 기구를 타며 소리를 지르기도 했다. 동급생들은 농구부와 치어리더부에 들어갔다. 스페인어 수업 시간에 내 뒤에 앉는 여자애는 수영부에 들어간다고 했다. 창백한 피부에 주근깨가 있는 애였다. 그녀는 어느 날, 내가 종이 올린 직후 책상을 정리하고 있는데, 나도 한번 가보면 어떻겠느냐고 가볍게 권했다. 그녀는 이해하지 못했다. 내가 수영복을 입으면 부모님이 속상해할 것이었다. 그렇다고 내가 수영복을 입고 싶었다는 말은 아니다. 나는 내 몸에 와닿는 남의 시선을 지독하게 의식했다. 나는 허리 위로는 날씬하지만 밑으로는 균형이 안 맞게 너무 통통했다. 중력이 모든 몸무게를 아래로 끌어 내린 것 같은 모습이었다. 모든 사람이 웃을 정도로, 아이가 보드게임을 하며 조각을 잘못 맞춰버리기라도 한 것 같은 모습이었다. 어머니는 내가 "단단한 골격"을 가졌다고 했다. 그녀는 자신의 어머니도 그랬다고 했다. 결국 그녀는 단단한 골격이라는 말이 여자애한테 할 말이 아니라는 걸 알고 더 이상 그 말을 쓰지 않았다. 내 추측으로는 그렇다.

나는 아버지한테 배구부에 들어가게 해달라고 졸랐다. 그러나 그는 나를 안고 부드럽게 내 머리에 손을 짚더니, 누가 나를 연습장이나 경기장에 데려다 줄 거냐고 물었다.

파리, 우리한테도 그런 사치가 있었으면 좋겠구나. 네 친구들의 부모들처럼 말이다. 그러나 네 어머니와 나는 먹고 살아야 한다. 나는 우리 가족을 생활보호 대상자로 만들고 싶지 않다. 내 딸아, 너도 이해하겠지. 암, 이해하겠지.

그런데 아버지는 먹고 살아야 하는 절박한 상황에도 불구하고 캠벨에서 진행되는 페르시아어 강좌에는 시간을 내서 나를 꼭 데려다

줬다. 나는 매주 화요일 오후, 정규 수업이 끝난 후, 페르시아어 수업을 받았다. 나는 물을 거슬러 올라가는 물고기처럼 내 손의 움직임과는 반대로 오른쪽에서 왼쪽으로 펜을 움직이려고 노력했다. 아버지에게 페르시아어 수업을 받지 않게 해달라고 졸랐지만 그는 들어주지 않았다. 아버지는 자신이 주는 선물을 내가 나중에는 고맙게 여길 것이라고 말했다. 그는 문화가 집이라면, 언어는 앞문과 그 안에 있는 모든 방으로 들어가는 열쇠라고 말했다. 그것이 없으면 제대로 된 집이나 적법한 정체성도 갖지 못하고 흔들리게 된다고 했다.

그리고 나는 일요일이 되면, 흰 면 스카프를 두르고 헤이워드에 있는 사원에 가서 코란 수업을 받아야 했다. 내가 열 명 남짓한 다른 아프간 여자아이들과 같이 수업을 받는 방은 작은 데다 에어컨도 없었고, 세탁하지 않은 리넨 냄새가 났다. 창문은 영화에서 보는 감옥 창문처럼 좁고 높았다. 우리를 가르치는 여자는 프리몬트에 있는 식료품 상인의 아내였는데, 나는 그녀가 우리에게 마호메트의 삶에 관한 얘기를 해줄 때가 가장 좋았다. 사막에서 유년 시절을 어떻게 보냈고, 가브리엘 천사가 동굴 속에 나타나 그에게 코란의 구절을 암송하게 했으며, 그를 만나는 모든 사람이 그의 밝고 친절한 얼굴에 깊은 인상을 받았다는 얘기가 재미있었다. 그러나 그녀는 우리가 정숙한 무슬림 처녀로서 서구 문화에 타락하지 않도록 무조건 피해야 하는 것들을 나열하며 경고하는 데 대부분의 시간을 보냈다. 그녀는 무엇보다도 남자를 피해야 한다고 했다. 그리고 랩 음악, 마돈나, 드라마 〈멜로스 플레이스〉, 짧은 바지, 춤, 공공장소에서의 수영, 치어리

더 일, 술, 베이컨, 페페로니, 이슬람교 계율에 따라 도축되지 않은 고기가 든 버거를 비롯한 많은 것들을 피해야 한다고 했다. 나는 더위에 땀을 흘리며 마루 위에 앉아 있었다. 발에는 감각이 없어졌다. 머리에 두른 면 스카프를 벗고 싶었지만, 사원 안에서는 그럴 수 없었다. 창문을 올려다보았지만 하늘이 조금밖에 보이지 않았다. 나는 사원에서 나가 신선한 공기를 얼굴에 맞을 시간이 되기를 기다렸다. 밖에 나가면 늘 가슴속의 뭔가가 풀어지는 느낌이었다. 불편한 매듭이 풀리는 느낌이었다.

그러나 그때까지의 유일한 탈출구는 마음속의 고삐를 늦추는 것뿐이었다. 이따금 나는 수학 수업을 같이 듣는 제러미 워릭을 생각했다. 제러미는 푸른 눈에 얼굴이 흰 혼혈아였는데, 말수가 적고 생각이 많았다. 그는 개라지 밴드에서 기타를 담당했으며, 그가 속한 밴드는 학교의 연례 장기 자랑에서 〈하우스 오브 더 라이징 선〉을 요란하게 연주했다. 나는 수업을 받을 때, 제러미의 왼쪽으로 네 자리 뒤에 앉았다. 때때로 나는 우리가 키스하는 상상을 했다. 그가 내 목덜미를 손으로 잡고 세상이 안 보일 정도로 얼굴을 내 얼굴 가까이 대고 키스를 하는 모습을 상상했다. 그러면 짜릿한 느낌이 배와 팔다리를 깃털처럼 부드럽게 훑고 지나갔다. 물론 그건 있을 수 없는 일이었다. 제러미와 나는 결코 그럴 수 없었다. 그가 나의 존재를 조금이라도 의식했는지 모르겠지만, 그는 아무런 내색도 하지 않았다. 사실, 그것도 괜찮았다. 이렇게 하면, 우리가 함께 있을 수 없는 유일한 이유가 그가 나를 좋아하지 않아서라고 시치미를 뗄 수 있었으니까 말이다.

여름에는 부모님의 식당에서 일을 했다. 더 어렸을 때는 탁자 위를 치우고 접시와 은그릇을 정리하는 걸 돕고, 종이 냅킨을 접고, 탁자 중앙에 놓인 자그마한 둥근 꽃병에 거베라를 한 송이 꽂는 일을 좋아했었다. 나는 내가 가족의 사업에 없어서는 안 될 존재이며, 내가 소금병과 후추병을 꽉 채워놓지 않으면 식당이 제대로 돌아가지 않는 척했다.

그런데 고등학교에 들어가면서, 아베스 케밥 하우스에서 보내는 시간들이 길고 지루하게 느껴졌다. 어렸을 때 식당에서 느끼던 광채가 많이 희미해졌다. 구석에 있는 낡은 소다수 자판기, 비닐 테이블보, 얼룩이 묻은 플라스틱 컵, 메뉴판에 적힌 초라한 메뉴—카라반 케밥, 키베르 고개 필래프, 실크로드 치킨 등, 모두가 그랬다.《내셔널 지오그래픽》에 나온 아프간 소녀의 포스터를 형편없는 틀에 넣어 붙여놓은 것도 그랬다. 그들이 무슨 법령이라도 통과시킨 것처럼, 아프간 식당에 가면 어디나, 사람을 빤히 쳐다보는 아프간 소녀의 포스터가 벽에 붙어 있었다. 아버지는 포스터 옆에 내가 7학년 때 헤라트의 첨탑들을 그린 유화를 걸어놓았다. 나는 아버지가 그걸 처음 걸었을 때, 내 그림 밑에서 손님들이 양고기 케밥을 먹는 모습을 지켜보며 굉장한 자부심을 느꼈던 걸 지금도 기억한다.

점심시간이 되면 어머니와 나는 시큼한 연기가 나는 부엌과 사무실 직원들, 시청 직원들, 경찰들이 앉아 있는 탁자 사이를 정신없이 오갔다. 아버지는 계산대를 맡았다. 기름때 묻은 흰 셔츠를 입고, 풀어진 윗단추 위로 올라온 희끄무레한 가슴 털이 보이고, 두툼한 팔뚝에는 털이 부얼부얼한 아버지는 들어오는 손님을 향해 반갑게 손을 흔들며 환히 웃었다. **안녕하세요! 어서 오세요! 저는 아베입니다. 주문하시겠어요?** 그는 자신의 말이 형편없는 시트콤에 나오는 중동 출신의 얼빠진 사람의 대사처럼 들린다는 걸 알지 못했다. 나는 그게 싫었다. 게다가 그는 내가 음식을 가져다줄 때마다 낡은 구리종을 흔들었다. 내 생각에 처음에는 그 종을 일종의 장난으로 울리기 시작했던 것 같다. 아버지는 그걸 계산대 뒤의 벽에 달아놓고, 음식이 나올 때마다 흔들었다. 식당에 자주 오는 사람들은 이제 그것에 익숙해져 있었다. 그들의 귀에는 더 이상 그 소리가 들리지 않았다. 또한 처음 온 사람들은 대부분, 그것을 익살스러운 매력으로 받아들였다. 그러나 이따금 불평하는 사람들도 있었다.

아버지가 어느 날 밤 말했다.

더 이상 종을 울리지 말아야겠다.

내가 고등학교 졸업반 봄 학기를 다닐 때였다. 우리는 식당 문을 닫고 차에서, 제산제를 두고 와서 다시 들어간 어머니를 기다리고 있었다. 아버지의 얼굴에 활기가 없었다. 그는 하루 종일 기분이 안 좋았다. 가벼운 보슬비가 스트립 몰에 내리고 있었다. 늦은 시각이었다. 케이에프씨 드라이브스루에 있는 두 대의 차와 세탁소 밖에 주차된 픽업트럭, 담배를 피우며 창문으로 연기를 내보내고 있는 두 남자가 타고 있는 트럭을 제외하면 그곳은 텅 비어 있었다.

내가 말했다.

하지 말아야 했을 때가 더 재미있었죠.

그가 무겁게 한숨을 쉬며 대꾸했다.

모든 게 다 그런 것 같다.

나는 어렸을 적, 아버지가 나를 들어 올려 종을 울리게 해줬을 때, 얼마나 짜릿한 느낌이었는지를 떠올렸다. 그가 나를 내려놓았을 때, 나는 정말 행복하고 자랑스러웠다.

아버지가 자동차의 히터를 틀며 팔짱을 끼었다.

볼티모어까지는 먼 길인데.

내가 밝게 말했다.

아무 때나 비행기 타면 오실 수 있어요.

그가 빈정거림이 섞인 어조로 말했다.

아무 때나 비행기를 타고 간다고? 파리, 나는 케밥을 만들어 먹고 사는 사람이다.

그럼 제가 오면 되죠.

아버지는 나를 향해 눈을 굴리며 일그러진 시선으로 바라보았다. 차창 밖에서 몰려드는 어둠처럼, 그의 얼굴에 우울한 표정이 몰려들고 있었다.

나는 한 달 동안 매일, 우편함을 확인했다. 하물 배달 트럭이 멈출 때마다 기대감으로 가슴이 뛰었다. 나는 우편물을 안으로 가져가 눈을 감고 **이게 틀림없다**고 생각했다. 그리고 눈을 뜨고 고지서와 쿠폰과 경품 마케팅 사이를 면밀히 살폈다. 그러다가 지난주 화요일, 봉투를 열어보니 내가 기다리던 말이 있었다. **우리는 당신한테 이 사실**

을 알려드리게 되어 기쁘게 생각하는 바입니다…….

나는 벌떡 일어나 소리를 질렀다. 눈물이 나올 정도로 목청이 찢어져라 소리를 질렀다. 그 순간, 머릿속으로 어떤 영상이 스쳐 지나갔다. 갤러리를 개장하는 첫날 밤, 수수하고 우아한 검정색 옷을 입고 후원자들과 이마에 주름이 잡힌 비평가들에 둘러싸여 미소를 지으며 그들의 질문에 답하고, 내 그림 앞에 팬들이 몰려 있고, 흰 장갑을 낀 급사들이 갤러리 안을 돌아다니며 와인을 따라주고, 소회향이 가미된 작고 네모난 모양의 연어와 퍼프 페이스트리로 싸인 아스파라거스 싹을 먹어보라고 권하는 영상. 나는 갑작스러운 행복감에 도취했다. 모르는 사람들과 포옹하고 빙빙 돌며 춤을 추고 싶을 정도로 행복했다.

아버지가 말했다.

내가 걱정하는 건 네 어머니다.

매일 밤 전화를 드릴게요. 약속할게요. 제가 그러리라는 걸 아시잖아요.

아버지가 고개를 끄덕였다. 주차장 입구 근처에 있는 단풍나무 잎들이 돌풍에 흔들렸다.

그가 말했다.

우리가 했던 얘기에 대해 좀 더 생각해보았니?

단기대학 말씀이세요?

1년만 말이다. 어쩌면 2년이 될 수도 있겠지. 그 생각에 익숙해지도록 시간을 가지란 말이다. 그런 다음에 다시 지원할 수 있잖아.

나는 화가 나서 부르르 몸을 떨었다.

아버지, 이 사람들은 제 시험 성적과 학교 성적표를 검토하고, 제 포트폴리오를 살펴봤어요. 그리고 제 작품에 대해 충분히 생각해본 후, 저를 받아줄 뿐만 아니라 장학금까지 주겠다고 했어요. 거긴 이 나라에서 최고의 예술학교 중 하나예요. 이건 안 가겠다고 할 학교가 아니라니까요. 이런 기회는 두 번 다시 없어요.

그가 똑바로 앉으며 말했다.

그건 맞는 말이지.

그는 양손을 컵 모양으로 만들어 거기에 입김을 불었다.

물론 나는 이해한단다. 당연히 너를 생각하면 기쁘지.

나는 아버지의 얼굴에서 몸부림을 볼 수 있었다. 두려움도 볼 수 있었다. 그것은 나를 위한 두려움만이 아니었다. 집에서 4,800킬로미터 떨어진 곳에서 나한테 생길지 모르는 일에 대한 두려움만이 아니었다. 그것은 나에 대한, 나를 잃는 것에 대한 두려움이었다. 나의 부재를 통해 내가 행사할 수 있는 힘에 대한 두려움이었다. 내가 그러기로 마음먹으면, 고양이한테 달려드는 도베르만처럼, 그를 불행하게 만들고 그의 여린 가슴에 상처를 낼 힘에 대한 두려움이었다.

나는 그의 여동생을 생각했다. 그 무렵에는 이미, 그토록 깊고 강렬했던 파리와의 관계가 약해진 지 오래였다. 내가 그녀를 생각하는 일이 드물어졌다. 세월이 빠르게 흐르면서 좋아하는 파자마나 한때 집착했던 봉제 동물 인형을 벗어나듯이, 나는 그녀에게서 벗어났다. 그런데 지금, 나는 다시 한 번 그녀를 생각하고 우리를 묶어준 끈을 생각했다. 그녀에게 일어났던 일을 기슭에서 멀리 떨어진 곳에서 부서지는 파도에 비유할 수 있다면, 그것은 이제 내 발목 주변에 몰려왔다가 다시 내 발로부터 멀어지는 파도의 역류였다.

아버지가 헛기침을 하고 검은 하늘과 구름에 덮인 달을 창문으로 바라보았다. 그의 눈에 물기가 어려 있었다.

모든 것이 나에게 너를 생각나게 할 거다.

나는 아버지가 부드러우면서도 약간은 괴로운 듯 그 말을 했을 때, 그가 상처 받은 사람이고, 나에 대한 그의 사랑이 하늘처럼 진실하고 크고 영원하며, 그것이 늘 나를 압박해오리라는 걸 알았다. 그것은 언젠가는 사람을 구석으로 몰아 선택을 하게 만드는 그런 종류의 사랑이었다. 뿌리치고 자유로워지든지, 아니면 떠나지 않고 머물면서 그것이 자신을 자신보다 더 작은 어떤 것으로 밀어 넣을 때조차 그 가혹함을 견뎌내기를 선택해야 하는 사랑이었다.

나는 어두워진 뒷좌석에서 손을 뻗어 아버지의 얼굴을 만졌다. 그가 내 손바닥으로 볼을 기울였다.

그가 속삭였다.

뭐가 이리 오래 걸린다니.

내가 말했다.

자물쇠를 채우고 계세요.

나는 기진맥진했다. 나는 어머니가 서둘러 차를 향해 오는 모습을 바라보았다. 보슬비가 장대비로 바뀌어 있었다.

한 달 후였다. 그리고 내가 비행기를 타고 동부에 있는 학교에 가

보기로 한 날로부터 2주 전이었다. 어머니가 바시리 의사에게 가서 제산제가 위의 통증을 완화하는 데 전혀 도움이 되지 않는다고 하자, 그는 초음파 검사를 받게 했다. 그들은 그녀의 왼쪽 난소에서 호두 알만 한 종기를 발견했다.

"아버지?"

그가 안락의자에서 아무 움직임 없이 앞으로 몸을 숙이고 있다. 그는 헐렁한 바지를 입고 다리 아래쪽을 바둑판무늬의 모직 숄로 덮고 있으며, 위까지 단추를 다 채운 플란넬 셔츠 위에 내가 작년에 사준 갈색 카디건을 입고 있다. 그는 셔츠를 목단추까지 채워 입겠다고 우긴다. 그렇게 입으면 앳되면서도 약해 보인다. 그는 나이가 들었다는 사실에 체념한 듯 보인다. 오늘은 그의 얼굴이 약간 부은 것 같다. 빗지 않은 머리가 이마 위로 흘러 내려와 있다. 그는 〈누가 백만장자가 되고 싶은가?〉를 엄숙하고 당황한 표정으로 보고 있다. 내가 부르자, 그는 부르는 소리를 듣지 않은 것처럼 화면을 잠시 쳐다보더니, 천천히 눈길을 돌려 못마땅한 표정으로 나를 올려다본다. 왼쪽 눈의 아래쪽에 작은 다래끼가 나고 있다. 면도를 할 때가 된 것 같다.

"아버지, 잠시 텔레비전을 무음으로 해도 될까요?"

그가 말한다.

"내가 보고 있잖니."

"알아요. 그런데 손님이 와서 그래요."

나는 전날에도 그랬고 오늘 아침에도 다시 한 번 그에게 파리 와 다티가 올 것이라고 말해뒀다. 그러나 아버지가 그걸 기억하는지 어떤지 묻지는 않는다. 그를 몰아세우지 않아야 한다는 걸 일찍 터득한 탓이다. 몰아세우게 되면, 그는 당황하고 방어적이 되고 때로는 욕을 한다.

나는 안락의자의 팔걸이에서 리모컨을 들어 소리를 죽이고 그가 화를 버럭 낼 것에 대비한다. 그가 처음에 화를 냈을 때는, 일부러 화내는 척만 하는 거라고 생각했었다. 다행스럽게도 아버지는 한숨을 길게 쉰 것 말고는 항의하지 않는다.

나는 거실 입구의 복도에서 서성거리고 있는 파리를 향해 손짓한다. 천천히 그녀가 우리를 향해 걸어온다. 나는 아버지의 안락의자 가까이에 있는 의자에 그녀를 앉게 한다. 나는 그녀가 긴장하고 흥분해 있다는 걸 알 수 있다. 창백한 모습의 그녀는 의자 가장자리에서 앞으로 몸을 기울이고 똑바로 앉는다. 그녀는 무릎을 맞대고 두 손을 맞잡는다. 너무 긴장한 미소를 머금은 탓에 입술이 하얗게 질리고 있다. 그녀는 그와 잠깐밖에 못 있을 사람처럼, 그래서 그의 얼굴을 기억하려고 애쓰는 사람처럼, 아버지한테서 눈을 떼지 않는다.

"아버지, 이분이 제가 말씀드렸던 친구예요."

그는 머리가 희끗희끗한 여인을 건너다본다. 그런데 요사이 아버지는 아무 표정 없이 사람들을 쳐다본다. 그들을 똑바로 바라보고 있을 때조차, 아무 표정이 없다. 다른 곳을 보려고 했는데 어쩌다가 눈길이 머문 것처럼, 그는 멀리 가 있다.

파리가 헛기침을 한다. 그럼에도 불구하고, 그녀의 목소리가 흔들린다.

"안녕하세요, 압둘라. 제 이름은 파리예요. 만나서 정말 반가워요."

아버지가 천천히 고개를 끄덕인다. 나는 근육 경련이 일어나는 것처럼 그의 얼굴에 불확실하고 혼란스러운 표정이 스치는 걸 **본다**. 그의 눈이 내 얼굴과 파리의 얼굴을 번갈아 오간다. 그는 자기를 놀린다고 생각할 때 그러하듯이, 입을 벌리고 긴장한 미소를 반쯤 머금는다.

그가 마침내 말한다.

"억양이 강하시군요."

내가 말한다.

"프랑스에 사세요. 그래서 아버지가 영어로 말씀하셔야 돼요. 이분은 페르시아어를 모르세요."

아버지가 고개를 끄덕인다.

그가 파리에게 묻는다.

"런던에 산다고요?"

"아버지!"

그가 날카롭게 나를 쳐다본다.

"왜 그래?"

그러고 나서야 그는 상황을 알아채고 당황해서 웃으며 페르시아어로 얘기하는 걸 멈춘다.

"런던에 살아요?"

파리가 말한다.

"파리에 살아요. 파리에 있는 작은 아파트에서 살고 있어요."

그녀는 그에게서 눈을 떼지 않는다.

"나는 늘 아내를 데리고 파리에 가려고 했다오. 내 아내의 이름은 술타나였는데 죽었어요. 아내는 늘 나한테 파리에 가자고, 언제 데려가줄 거냐고 했죠."

실제로, 어머니는 여행하는 걸 그다지 좋아하지 않았다. 그녀는 편안하고 친숙한 집을 뇌두고 비행기를 타고 여행 가방을 챙기는 힘든 일을 하는 이유를 결코 이해하지 못했다. 그녀에게는 이국에 가서 색다른 음식을 맛보는 취미 같은 건 없었다. 어머니에게 이국적인 음식이란 테일러 거리에 있는 중국 음식점에서 사갖고 올 수 있는 오렌지 치킨 정도였다. 아버지가 때로는 신비스러울 정도로 정확하게, 그리고 때로는 정말이지 너무 부정확하게, 어머니와 관련된 것을 기억하는 걸 보면 조금은 놀라울 따름이다. 가령 그는 어머니가 손바닥에 소금을 놓고 흔들면서 음식에 조금씩 뿌렸던 걸 정확하게 기억했다. 그런데 어머니가 통화하는 사람을 방해하는 습관을 갖고 있었다고 기억했는데, 사실은 전혀 그런 적이 없었다. 나는 어머니가 그의 기억에서 희미해지고 있다고 생각한다. 얼굴도 희미해지고, 모래가 주먹에서 새는 것처럼 기억도 날마다 희미해지고 있다고 생각한다. 그녀가 희미한 윤곽과 텅 빈 조개껍질처럼 되어가자, 그는 허위적인 기억들이 아무 기억도 없는 것보다 낫다는 듯이, 믿을 수 없는 사실들과 조작된 것들로 빈자리를 채우려 하는 것처럼 보인다.

파리가 말한다.

"아름다운 도시지요."

"지금도 내 아내를 데리고 가고 싶어요. 그러나 지금 당장은 암에 걸렸답니다. 여자들이 걸리는 암이라던데, 뭐라더라……"

내가 말한다.

"난소암요."

파리가 고개를 끄덕이며 나를 잠시 바라봤다가 다시 아버지를 향한다.

아버지가 말한다.

"그 사람이 가장 원하는 건 에펠탑에 올라가보는 거요. 그걸 본 적 있나요?"

파리 와다티가 웃는다.

"에펠탑 말인가요? 그럼요, 날마다 보죠. 사실, 그걸 피하는 게 어렵답니다."

"올라가봤어요? 꼭대기까지?"

"물론이죠. 올라가면 아름답지요. 그러나 저는 높은 곳을 무서워해서 늘 편하지는 않아요. 그러나 꼭대기에 올라가면 맑은 날에는 60킬로미터 이상이 보여요. 물론 파리에는 그렇게 맑고 화창한 날들이 많지는 않지만요."

아버지가 툴툴거리는 소리를 낸다. 용기를 얻은 파리는 탑에 관한 얘기를 계속한다. 그녀는 그것을 만드는 데 얼마나 오래 걸렸으며, 1889년에 열렸던 만국박람회 이후에 그것을 파리에 둘 계획이 아니었다는 얘기를 한다. 그러나 그녀는 나와 달리, 아버지의 눈을 읽을 수는 없다. 그의 표정이 시들해졌다. 그녀는 그가 흥미를 잃었으며, 바람에 날리는 잎사귀들처럼 그의 생각들이 이미 방향을 바꿨다는 걸 깨닫지 못한다. 파리가 의자에 가까이 간다.

"압둘라, 그들이 7년마다 탑에 페인트를 칠해야 한다는 걸 알아요?"

아버지가 말한다.

"당신 이름이 뭐라고 했죠?"

"파리요."

"그건 내 딸의 이름이오."

"네, 알아요."

아버지가 말한다.

"당신도 같은 이름을 갖고 있다는 거군요. 두 사람의 이름이 같다는 거군요. 그렇군요."

그가 기침을 하고 안락의자의 팔걸이 부분이 약간 찢어져 있는 곳을 무심코 뜯는다.

"압둘라, 질문 하나 해도 될까요?"

아버지가 어깨를 으쓱한다.

파리가 허락을 구하는 것처럼 나를 바라본다. 나는 고개를 끄덕인다. 그녀는 의자에서 몸을 앞으로 기울인다.

"어떻게 딸 이름을 파리라고 지었어요?"

아버지가 창문으로 눈길을 돌린다. 그의 손가락은 아직도 안락의자의 찢어진 부분을 뜯고 있다.

"압둘라, 왜 이런 이름을 지었는지 기억하세요?"

그는 고개를 젓는다. 그는 주먹으로 카디건을 잡아당겨서 목을 꼭 여민다. 그가 입술을 거의 움직이지도 않고 나직하게 뭔가를 흥얼거리기 시작한다. 아버지는 불안하거나 대꾸할 말을 못 찾을 때 이런 식으로 중얼거린다. 그는 모든 것이 흐릿해지고 관련이 없는 생각들이 몰려와 당황스러워지면, 애매모호한 것들이 명료해지기를 필사적으로 기다리며 뭔가를 흥얼거리기 시작한다.

파리가 말한다.

"압둘라, 그게 뭐죠?"

그가 중얼거린다.

"아무것도 아니에요."

"당신이 하는 노래가 뭐죠?"

그가 무기력한 모습으로 나를 쳐다본다. 그는 알지 못한다.

내가 말한다.

"자장가 같은 거예요. 아버지, 기억 안 나세요? 어렸을 때 배운 거라고 하셨잖아요. 아버지의 어머니한테서 배운 거라고 하셨잖아요."

"오케이."

파리가 목이 멘 채 절박하게 말한다.

"저를 위해 그걸 불러주실 수 있어요? 부탁이에요. 불러주실래요?"

그가 고개를 내려뜨리고 천천히 젓는다.

내가 그의 앙상한 어깨에 손을 대며 부드럽게 말한다.

"아버지, 해보세요. 괜찮아요."

아버지가 머뭇거리며, 높고 떨리는 목소리로 고개를 들지 않고 두 소절을 여러 번 부른다.

나는 종이 나무 그늘 밑에 있는

슬픈 요정을 보았네.

내가 파리에게 말한다.

"그다음 소절도 있다고 하셨는데, 잊어버리셨어요."

파리 와다티가 갑자기 깊고 쉰 듯한 소리가 나게 웃더니 입을 가린다. 그녀가 속삭인다.

"아, 몽 디외(신이시여)."

그녀가 손을 들어 올린다. 그녀가 페르시아어로 노래를 한다.

나는 어느 날 밤, 바람에 날아간

슬픈 요정을 알고 있네.

아버지의 이마에 주름이 나타난다. 극히 짧은 순간, 나는 그의 눈에 작은 빛이 어리는 걸 본다. 그러나 그것은 이내 사그라진다. 그의 얼굴이 다시 평온해진다. 그는 고개를 젓는다.

"아냐, 아냐. 내 생각엔 그게 아닌 것 같아."

파리가 말한다.

"오, 압둘라……"

미소를 짓고 있지만 파리의 눈에는 눈물이 가득하다. 그녀가 아버지의 손을 잡는다. 그녀는 양 손등에 입을 맞추고 그의 손바닥을 자신의 볼에 갖다 댄다. 아버지가 씩 웃는다. 그의 눈에도 이제는 물기가 고이고 있다. 파리가 행복한 눈물을 흘리며 나를 올려다본다. 나는 그녀가 동화에 나오는 요정처럼 마법의 노래로 잃어버렸던 동생을 불러내는 데 성공했다고 생각하는 걸 본다. 그녀는 곧, 그가 그녀의 따뜻한 손길과 애정의 표시에 반응했을 뿐이라는 걸 알게 될 것이다. 그것은 동물적인 본능에 지나지 않을 따름이다. 나는 고통스럽지만 그걸 분명하게 안다.

바시리 의사가 나한테 호스피스 전화번호를 주기 몇 달 전, 어머니와 나는 샌타크루스 산에 있는 호텔에서 일주일을 묵었다. 어머니는 긴 여행을 좋아하지 않았지만, 아프기 전에는 나와 같이 이따금 짧은 여행길에 오르곤 했다. 그럴 때면 아버지가 사람을 고용해 식당을 운영했다. 나는 차를 몰고 어머니와 같이 보데가 만, 소살리토, 샌프란시스코 등지에 갔다. 우리는 늘 유니언 스퀘어 근처의 호텔에 묵었고, 방에 들어가 룸서비스를 시키고 유료 영화를 보았다. 그리고 나중에는 부두에 가서—어머니는 여행객들이 빠지는 함정에 쉽게 빠지는 사람이었다—젤라토를 사고 바다사자들이 방파제 옆의 물에서 움직이는 모습을 바라보았다. 우리는 거리 기타 연주자들의 기타 케이스와 팬터마임 배우들의 배낭에 돈을 던져줬다. 또 스프레이 페인트로 로봇 분장을 한 사람들에게도 동전을 던져줬다. 우리는 언제나 근대미술관에 들렀다. 나는 어머니의 팔짱을 끼고 리베라, 칼로, 마티스, 폴록의 그림을 보여줬다. 그렇지 않으면 어머니가 아주 좋아하는 극장에 가서 영화를 두세 편 보고 어두워질 때 나왔다. 그때 우리의 눈은 침침했고 귓속은 윙윙거렸고 손가락에서는 팝콘 냄새가 났다.

어머니와의 관계는 늘 그랬던 것처럼 더 쉬웠다. 덜 복잡하고 덜 불안정했다. 나는 별로 조심할 필요가 없었다. 내가 하는 말로 상처를 줄까 봐 늘 조바심을 칠 필요도 없었다. 어머니하고 주말에 둘이서 도망치는 건 부드러운 구름 속으로 들어가는 것 같았다. 나를 괴롭혔던 모든 것이 이틀 동안에는 수 킬로미터 저쪽으로 멀어져 전혀 중요하지 않게 되었다.

우리는 또 다른 항암 치료가 끝난 걸 축하하고 있었다. 그런데 그것이 결국 그녀의 마지막 항암 치료가 되고 말았다. 여하튼, 호텔은 아름답고 호젓했다. 온천도 있었고, 피트니스센터도 있었고, 대형 화면의 텔레비전도 있었고, 당구대도 있었다. 우리의 방은 나무로 된 베란다가 있는 객실이었는데 수영장과 식당, 그리고 높이 솟은 삼나무 숲 전체가 보였다. 어떤 나무들은 굉장히 가까이 있어서, 나무를 타고 오르는 다람쥐의 털이 어떤 색인지 보일 정도였다. 그곳에서 맞은 첫날 아침, 어머니가 나를 깨우며 말했다.

얼른 일어나봐라, 파리. 이걸 봐야 해.

창문 밖에서 사슴 한 마리가 작은 나무를 뜯어 먹고 있었다.

나는 그녀를 휠체어에 태우고 정원을 돌아다녔다.

어머니가 말했다.

내가 구경거리가 됐구나.

나는 휠체어를 분수 옆에 세우고 벤치에 앉았다. 햇볕이 우리의 얼굴에 따스하게 내리쬐었다. 우리는 벌새들이 꽃들 사이를 바쁘게 돌아다니는 모습을 바라보았다. 그러다가 그녀는 잠이 들었다. 나는 휠체어를 밀고 방으로 돌아갔다.

일요일 오후, 우리는 레스토랑 밖에 있는 발코니에서 차를 곁들여 크루아상을 먹었다. 그 레스토랑은 골조가 드러나 있는 높은 천장에다 책장이 있고, 한쪽 벽에는 드림캐처(좋은 꿈을 꾸게 해준다는 아메리카 인디언들의 주술 도구로, 그물과 깃털, 구슬 등으로 장식한 작은 고리)가 있고, 진짜 돌로 된 벽난로 바닥이 있는 곳이었다. 낮은 층에서는 수도사같이 생긴 남자와 생기 없는 금발 머리의 여자가 활기 없이 탁구를 치고 있었다.

어머니가 말했다.

이 눈썹 좀 어떻게 해야 되겠다.

그녀는 스웨터 위에 겨울 외투를 걸치고, 그녀의 표현대로 하자면 모든 축제들이 시작된 1년 반 전에 털실로 뜬 밤색 비니를 쓰고 있었다.

내가 말했다.

제가 다시 그려드릴게요.

그렇다면 화려하게 해다오.

〈클레오파트라〉에 나오는 엘리자베스 테일러처럼 화려하게요?

그녀가 힘없이 웃었다.

아무러면 어떠니?

그녀가 차를 조금 마셨다. 웃으니 그녀의 얼굴에 생긴 새로운 주름이 더 붉거져 보였다.

네 아버지를 만났을 때, 나는 페샤와르의 길가에서 옷을 팔고 있었단다. 그는 내 눈썹이 아름답다고 했었지.

탁구를 치던 두 사람이 탁구 채를 놓았다. 그들은 이제 나무 난간에 기대어 담배를 나눠 피우면서, 화창하지만 구름 몇 조각이 떠 있는 하늘을 올려다보고 있었다. 여자는 팔이 길고 앙상했다.

내가 말했다.

오늘 캐피톨라에서 수공예품 박람회가 있다고 신문에서 읽었어요. 원하시면 가도 괜찮을 것 같아요. 원하신다면 그곳에서 저녁을 먹을 수도 있고요.

파리?

네.

너한테 할 얘기가 있다.

말씀하세요.

어머니가 말했다.

네 아버지한테 남동생이 있다. 배다른 동생이지.

나는 그녀를 날카롭게 쳐다보았다.

이크발이라고 하는데, 아들들도 있고 손자들도 있다. 페샤와르 근처

의 난민 수용소에서 살고 있다더라.

나는 컵을 내려놓고 말을 하려고 했으나 어머니가 내 말을 잘랐다.

내가 지금 너한테 얘기하고 있지 않니? 그게 중요한 거다. 네 아버지한테도 나름의 이유가 있단다. 너도 이해할 수 있을 거다. 그러니 생각을 좀 해보렴. 중요한 건 네 아버지한테 배다른 형제가 있다는 것이고, 아버지가 그를 도우려고 돈을 보냈다는 거다.

그녀는 오랜 세월 동안 아버지가 어떻게 이크발—낭패스럽게도 나의 배다른 작은아버지였다—에게 석 달마다 1,000달러씩 보냈는지 얘기했다. 아버지는 그 돈을 웨스턴유니언에 갖고 가서 페샤와르에 있는 은행으로 송금했다고 했다.

내가 물었다.

지금 저한테 말씀하시는 이유가 뭔데요?

네 아버지가 모르더라도 너는 알고 있어야 할 것 같아서다. 게다가 네가 곧 돈을 관리할 테고, 그러면 여하튼 알게 될 일이니까.

나는 고개를 돌려 고양이가 꼬리를 세우고 탁구를 치던 두 사람 곁으로 다가가는 모습을 바라보았다. 여자가 만지려고 손을 뻗자 고양이는 처음에는 긴장했다. 그러나 난간에 몸을 기대면서 여자가 귀와 등을 만지도록 가만히 놔뒀다. 나는 마음이 어지러웠다. 나한테 미국 밖에 사는 가족이 있다는 것이었다.

내가 말했다.

어머니가 오랫동안 돈 관리를 하실 거잖아요.

나는 목소리가 떨리는 걸 들키지 않으려고 안간힘을 썼다.

잠시 짙은 침묵이 흘렀다. 그녀가 다시 입을 열었을 때, 그녀의 목소리는 내가 어렸을 적 장례식에 데리고 갔을 때처럼 낮고 느린 어조였다. 그녀는 그때, 내 옆에 쭈그리고 앉더니 입구에서 신발을 벗어야 하고 기도를 할 때는 불안해하지 말고 불평하지도 말고 조용히 있어야 하며, 나중에 갈 필요가 없도록 미리 화장실에 다녀오라고 차근차근 일러주었다. 어머니의 어조는 그때와 똑같았다.

그녀가 말했다.

그렇지 않을 거다. 내가 그럴 거라고는 생각하지 마라. 때가 됐어. 너는 마음의 준비를 해야 해.

나는 깊은숨을 내쉬었다. 목구멍에 뭔가 딱딱한 게 걸린 것 같았다. 어딘가에서 전기톱 돌아가는 소리가 나기 시작했다. 그 소리가 숲의 정적과는 대조적으로 점점 더 커지고 있었다.

네 아버지는 어린애 같다. 버림받는 걸 무서워하지. 네가 없으면 길을 잃고 영영 돌아오는 길을 찾지 못하게 될 거다.

나는 나무들을 바라보았다. 깃털 같은 잎들과 거친 나무껍질들이 햇빛에 씻기고 있었다. 나는 앞니 사이에 혀를 넣고 꼭 깨물었다. 눈에 눈물이 고였다. 입속에서는 피 맛이 났다.

내가 말했다.

남동생이 있다고요?

그래.

궁금한 게 많아요.

오늘 밤에 물어보렴. 내가 피곤하지 않을 때 말이다. 알고 있는 모든 걸 얘기해주마.

나는 고개를 끄덕였다. 그리고 식어버린 차를 단숨에 들이켰다. 옆의 탁자에서는 중년 부부가 신문을 나눠서 보고 있었다. 머리가 빨갛고 얼굴이 순진하게 생긴 여자가 신문 너머로 우리를 조용히 쳐다보고 있었다. 그녀의 눈길이 나에게서 내 어머니에게로 옮아갔다. 그녀는 내 어머니의 창백한 얼굴, 비니, 곳곳에 멍이 든 손, 움푹 들어간 눈, 해골 같은 웃음을 바라보았다. 나와 눈길이 마주치자, 그녀가 우리 사이에 은밀한 공유점이 있는 것처럼 잠깐 미소를 지었다. 나는 그녀에게도 이런 경험이 있다는 걸 알아챘다.

어머니, 어떻게 생각하세요? 박람회에 가보는 게 어때요?

어머니의 눈길이 내게 머물렀다. 그녀의 눈이 머리에 비해 너무 커 보였다. 그리고 머리는 어깨에 비해 너무 커 보였다.

그녀가 말했다.

새 모자를 써볼 수 있겠구나.

나는 탁자 위에 냅킨을 던지고 의자를 뒤로 밀치며 일어나서 다른 쪽으로 돌아갔다. 나는 브레이크를 풀고 휠체어를 탁자에서 잡아당겼다.

어머니가 말했다.

파리.

네?

그녀가 고개를 뒤로 완전히 젖혀 나를 바라보았다. 햇빛이 나뭇잎들 사이로 쏟아져 들어와 그녀의 얼굴에서 부서졌다.

너는 알라께서 너를 얼마나 강하게 만드셨는지 아니? 얼마나 강하고 착하게 만드셨는지 아니?

마음이 어떻게 작동하는지 설명할 길은 없다. 가령 이 순간이 그렇다. 내 어머니와 내가 오랜 세월 동안 같이했던 수많은 순간 중에서, 가장 빛나기도 하고 가장 큰 울림으로 내 마음에 남아 있는 것은 눈부신 햇살이 그녀의 피부에 반짝거릴 때, 어머니가 고개를 내려뜨린 채 어깨 너머로 나를 올려다보며 알라께서 얼마나 나를 착하고 강하게 만들었는지 아느냐고 묻는 모습이다.

아버지가 안락의자에서 잠이 들자, 파리는 부드럽게 카디건의 지퍼를 올려주고 숄을 끌어 올려 그를 덮어준다. 그녀는 아버지의 귀 뒤로 흘러 있는 한 가닥의 머리를 올려주고 그가 잠자는 모습을 한동안 지켜보며 서 있다. 나도 그가 자는 모습을 바라보는 걸 좋아한다. 아무것도 잘못된 게 없어 보이기 때문이다. 눈을 감으면 멍한 표정이 사라지고 멍한 눈길도 사라지고, 아버지가 더없이 친숙해 보인다. 잠을 잘 때면 예전 모습이 다시 돌아온 듯이 더 기민하고 더 살아 있는 것처럼 보인다. 나는 파리가 베개에 누인 그의 얼굴을 바라보며 아버지가 이전에 어땠는지, 어떻게 웃었는지 상상해볼 수 있을지 궁금하다.

우리는 거실에서 부엌으로 간다. 나는 찬장에서 병을 꺼내 싱크대에서 물을 받는다.

파리가 흥분한 목소리로 말한다.

"너한테 보여주고 싶은 게 있어."

그녀가 식탁에 앉아 여행 가방에서 미리 꺼내놓은 사진첩을 바삐 넘기고 있다.

나는 병에 든 물을 커피 메이커에 부으며 어깨 너머로 말한다.

"커피가 고모 수준에는 안 맞을 것 같네요."

"까탈 안 부릴 테니 걱정하지 마."

그녀는 노란 스카프를 벗고 돋보기를 쓰고서 사진들을 바라보고 있다.

커피 메이커에서 소리가 나기 시작할 때, 나는 파리 옆에 앉는다.

그녀가 말한다.

"부알라(여기)."

그녀가 사진첩을 돌려 나한테 밀어준다. 사진 하나를 가리키고 있다.

"여기가 네 아버지와 내가 태어난 곳이야. 우리 동생 이크발도 여기서 태어났어."

그녀는 파리에서 내게 처음으로 전화했을 때, 이크발의 이름을 언급했다. 어쩌면 그녀 자신이 누군지에 대해 거짓말을 하는 게 아니라고 나를 납득시키기 위해서였는지도 몰랐다. 그러나 나는 이미 그녀가 사실을 말하고 있다는 걸 알았다. 나는 수화기를 들고 그녀가 내 아버지의 이름을 얘기하고 거기가 그의 집이 맞느냐고 묻는 순간, 그걸 알았다. **네, 그런데 누구세요?** 내가 이렇게 묻자 그녀가 대답했다. **나는 그의 동생이랍니다.** 심장이 무섭게 뛰었다. 나는 더듬더듬 의자를 찾아 털썩 앉았다. 내 주변의 모든 것이 갑자기 고요해졌다. 그래, 그것은 충격이었다. 현실 세계에서는 사람들에게 좀처럼 일어나지 않는, 연극에서나 일어날 법한 극적인 일이었다. 한편으로 다른 측면에서 보면, 그러니까 입 밖에 내면 그것의 본질이 깨지고 부서지고 마는, 합리화를 허용하지 않는 측면에서 보자면, 나는 그녀가 전화를 했다는 게 놀랍지 않았다. 마치 내가 그걸 기대하고 있었던 것 같았다. 그것도 평생 그랬던 것 같았다. 어떤 현란한 계획이나 상황이나 우연이나 운명, 혹은 그것이 어떤 이름이든, 그것을 통해 우리가, 그러니까 그녀와 내가, 서로를 만나게 될 것을 평생 예상하고 있었던 것 같았다.

나는 수화기를 들고 뒤뜰로 나가 채소밭 옆에 있는 의자에 앉았다. 나는 어머니가 채소밭에 심었던 피망과 호박을 이어 가꾸고 있었다. 내가 떨리는 손으로 담배에 불을 붙일 때, 햇볕이 따뜻하게 나의 목에 내리쬐었다.

내가 말했다.

저는 당신이 누군지 알아요. 평생 알고 있었어요.

저쪽에서는 아무 말이 없었다. 그러나 그녀가 소리 없이 울고 있는 것 같았다. 수화기에서 고개를 돌리고 울고 있는 것 같았다.

우리는 거의 한 시간 동안 얘기했다. 나는 그녀에게 어떤 일이 있었는지 알고 있으며, 잠을 잘 때 아버지에게 그 얘기를 해달라고 조르곤 했었다고 말해줬다. 파리는 자신의 기구한 운명에 대해 알지 못하고 있었다고 말했다. 그녀의 의붓외삼촌인 나비가 죽기 전에 남긴 편지가 없었다면 그걸 모르고 죽었을지 모른다고 말했다. 그 편지에서 그는 그녀의 유년 시절에 있었던 사건들에 대해 자세히 언급했다고 했다. 그는 그 편지를 카불에서 일하고 있는 마르코스 바르바리스라는 이름의 의사한테 맡겼고, 그 의사가 프랑스에 있는 파리를 찾아냈다고 했다. 그래서 여름에 카불로 가서 마르코스 바르바리스를 만났고 그의 도움으로 샤드바그에도 다녀왔다고 했다.

전화가 끝나갈 무렵, 나는 그녀가 마음을 가다듬고 **이제 준비된 것 같아. 지금 오빠와 얘기할 수 있을까?**라고 말할 것 같은 느낌을 받았다.

그 말을 듣기 전에 나는 그녀에게 어떤 상황인지 설명해줘야 했다.

나는 사진첩을 가까이 잡아당겨 파리가 가리키는 사진을 유심히 들여다본다. 위에 철조망이 있는 반들반들한 흰색의 높은 벽으로 둘러싸인 저택 사진을 본다. 아니, 저택이라기보다는 누군가가 대저택이랍시고 말도 안 되게 지어놓은 건물을 바라본다. 흉벽과 작은 탑들과 뾰쪽한 처마, 모자이크, 유리로 이뤄진 분홍색과 녹색, 노란색과 흰색의 3층짜리 집. 참으로 형편없는 저속함의 극치.

내가 말한다.

"원 세상에!"

파리가 말한다.

"세 타프뢰, 농(끔찍하지)? 아프간 사람들은 이걸 나르코 궁전이라고 부르더라. 이건 유명한 전범의 집이야."

"그래서 이것만이 샤드바그에서 남은 건가요?"

"응, 옛 마을은 그렇지. 이 집과 몇천 제곱킬로미터에 달하는 베르제, 이걸 영어로 뭐라고 하지?"

"오처드(과수원)라고 해요."

"맞아."

그녀는 그 사진을 손가락으로 만진다.

"우리 집이 정확히 어디 있었는지 알았으면 좋겠어. 내 말은 이 나르코 궁전과 관련해서 말이야. 정확한 지점을 알면 좋을 것 같아."

그녀는 내게 옛 마을에서 3킬로미터 정도 떨어진 곳에 세워진 샤드바그 신시가지에 대해 얘기한다. 학교도 있고 병원도 있고 시장도 있고 작은 호텔까지 있다고 한다. 그녀와 통역은 그곳에 가서 그녀의 이복동생을 찾으려고 했다. 나는 파리와 처음에 오랫동안 얘기하면서 이 모든 것들에 대해 알게 되었다. 그녀가 아무리 물어봐도 아무도 이크발을 모르는 것 같더니, 어렸을 때 이크발과 친구였다는 노인을 우연히 만나게 되었다. 그 노인이 파리에게 이크발과 그의 가족이 풍차 옆에 있는 불모지에 살고 있다고 알려줬다. 이크발은 그의 옛 친구에게 파키스탄에 있을 때, 캘리포니아 북부에 살고 있는 형한테서 돈을 받았다는 얘기를 했다고 했다. 파리가 전화로 말했다. **그래서 나는 그에게 이크발이 형의 이름을 말하더냐고 물었더니, 압둘라라고 했어. 나머지는 그리 어려운 일이 아니었어. 너와 네 아버지를 찾는 일 말이야. 나는 그 노인에게 이크발이 지금 어디 있느냐고 물었어. 그에게 무슨 일이 있었느냐고 물었지. 노인은 모른다고 했어. 그러나 그는 아**

주 불안해하는 것 같았어. 그 말을 하면서, 그는 나를 쳐다보지 않았어. 그래서 나는 뭔가 나쁜 일이 이크발에게 생긴 게 아닐까 걱정이야.

그녀가 사진첩을 넘겨 알랭, 이자벨, 티에리의 사진과 생일 파티나 수영장에서 찍은 손자들의 스냅사진을 보여준다. 파스텔풍의 푸른 벽과 문턱까지 흰 블라인드가 내려진, 파리에 있는 자신의 아파트 사진도 보여준다. 류머티즘 때문에 어쩔 수 없이 은퇴하기 전에 수학을 가르쳤던 대학의 어수선한 연구실 사진도 보여준다.

나는 계속 사진첩을 넘기고 그녀는 스냅사진에 대한 설명을 곁들인다. 그녀의 오랜 친구인 콜레트, 이자벨의 남편인 알베르, 1997년에 심장마비로 죽은 극작가 남편 에리크. 나는 두 사람이 같이 찍은 사진을 본다. 앳된 두 사람이 어떤 레스토랑에서 오렌지색의 방석 위에 나란히 앉아 있다. 그녀는 흰 블라우스를 입고 있고, 그는 티셔츠를 입고 길고 나긋나긋한 머리를 묶어서 아래로 내려뜨리고 있다.

파리가 말한다.

"우리가 처음 만난 날에 찍은 거야. 그건 음모였지."

"친절하게 보이는 분이네요."

파리가 고개를 끄덕인다.

"그랬지. 나는 우리가 결혼했을 때, 오랫동안 같이 살 거라고 생각했어. 적어도 30년, 아니면 40년 정도 같이 살 거라고. 운이 좋으면 50년도 같이 살 거라고 생각했어. 왜 안 되냐 싶었지."

그녀가 사진을 응시하면서 잠시 생각에 잠기는가 싶더니 가볍게 미소를 짓는다.

"그러나 시간이란 마법과 같아. 생각하는 것만큼 가질 수 있는 게 아니더라고."

그녀가 사진첩을 밀치고 커피를 마신다.

"너는 어때? 결혼은 안 한 거니?"

나는 어깨를 으쓱하고 사진첩을 넘긴다.

"클로스 콜이었던 적이 한 번 있었어요."

"'클로스 콜'이라고?"

"거의 할 뻔했다는 말이에요. 그러나 반지를 살 단계까지는 가지 못했어요."

그건 사실이 아니다. 그것은 고통스럽고 복잡했다. 지금도 그 일을 생각하면 갈비뼈 안쪽이 조금 아픈 느낌이 든다.

그녀가 머리를 숙인다.

"미안해. 내가 너무 무례했다."

"아뇨, 괜찮아요. 그 사람은 더 아름답고 덜…… 거치적거리는 사람을 만났을 거예요. 그런데 이 아름다운 여자는 누구죠?"

나는 검은 머리를 길게 기르고 눈이 큰 아름다운 여자를 가리킨다. 사진 속의 그녀는 지루한 듯이 담배를 들고 있다. 팔꿈치는 옆구리에 붙이고 고개는 무관심하게 들고 있다. 그러나 눈매는 날카롭고 도전적이다.

"이분은 내 어머니야. 닐라 와다티. 아니, 내가 내 어머니라고 생각했던 분이야. 너는 알겠지."

내가 말한다.

"멋지시네요."

"그러셨지. 자살하셨어. 1974년에."

"저런!"

"농, 농(아냐, 아냐). 괜찮아."

그녀는 엄지손가락 옆으로 무심하게 사진을 문지른다.

"우아하고 재능이 많은 분이었지. 책을 많이 읽으셨고 자기 의견이 강해서 늘 사람들에게 그걸 말씀하셨어. 그러나 슬픔도 많은 분이었지. 어머니는 평생 나한테 삽을 주며 **파리, 내 안에 있는 이 구멍들을 메워줘**라고 말씀하신 셈이지."

나는 고개를 끄덕인다. 무슨 말인지 이해할 것 같다.

"그러나 나는 그럴 수가 없었어. 나중에는 그러고 싶지 않았고. 나는 경솔한 짓들을 했지. 무모한 짓들도 했고."

그녀는 의자에서 몸을 뒤로 물린다. 그리고 어깨를 숙이고 가느다란 흰 손을 무릎에 놓는다. 그녀는 다음 말을 하기 전에 잠시 생각을 고른다.

"조레 뒤 에트르 플뤼 장티유. 더 따뜻하게 대해드렸어야 했다는 말이야. 그런 건 아무리 많이 해도 결코 후회하지 않는 거잖아. 나이가 들어서 **그 사람한테 친절하지 말았어야 했는데**라고 말하지는 않는 법이니까. 그렇게는 생각하지 않잖아."

잠시 그녀의 얼굴에 괴로운 표정이 스친다. 마치 무력한 여학생 같다. 그녀가 피곤한 목소리로 말을 잇는다.

"그렇게 어려운 일도 아니었을 텐데. 내가 더 따뜻하게 대해드렸어야 했어. 너 같았어야 했어."

그녀가 무거운 숨을 내쉬고 사진첩을 닫는다. 잠시 후, 그녀가 밝은 목소리로 말한다.

"아, 너한테 부탁하고 싶은 게 있어."

"네."

"네 그림 좀 보여줄래?"

우리는 서로를 향해 미소를 짓는다.

파리는 아버지와 나와 함께 한 달을 지낸다. 우리는 아침에 부엌에서 같이 아침 식사를 한다. 파리는 블랙커피에 토스트를, 나는 요구르트를, 아버지는 빵에 달걀 프라이를 먹는다. 아버지는 지난 1년 동안 그렇게 먹는 걸 좋아하게 되었다. 달걀을 많이 먹다 보니 콜레스테롤 수치가 올라가지 않을까 걱정이 돼서, 아버지를 모시고 갔을 때, 바시리 의사에게 물은 적이 있다. 그랬더니 의사는 입을 다물고 미소를 짓더니 말했다. **걱정 안 하셔도 돼요.** 그 말을 듣고 나는 안심했다. 적어도 얼마 후 내가 아버지의 안전벨트를 매어주게 되기 전까지는 그랬다. 그때, 문득 바시리 의사가 했던 말의 속뜻이 **그 단계는 이미 지났어요**라는 의미가 아니었을까 하는 생각이 들었다.

아침 식사를 하고 나서, 나는 내 침실 겸 사무실로 들어간다. 내가 일을 하는 동안, 파리는 아버지와 같이 있다. 그녀의 부탁으로 나는 아버지가 즐겨 보는 텔레비전 프로그램이 언제 방영되는지, 오전 몇 시에 그에게 약을 줘야 하는지, 그가 어떤 간식거리를 좋아하는지,

또 그것을 언제 달라고 하는지를 적어줬다. 내가 그걸 적게 된 건 그녀의 요청 때문이었다.

내가 말했다.

그냥 들어와서 물어보시면 되잖아요.

그녀가 대꾸했다.

널 방해하고 싶지 않아서 그래. 그리고 알고 싶거든. 오빠를 알고 싶어서 그래.

나는 그녀에게 자신이 바라는 식으로는 그를 이해할 수 없을 것이라는 말은 하지 않는다. 그래도 몇 가지 요령은 귀띔해준다. 예를 들어, 아버지가 동요하기 시작하면, 늘 그런 건 아니지만 보통의 경우, 그에게 홈쇼핑 카탈로그나 가구 세일 전단지를 얼른 쥐여주면 잠잠해진다고 얘기해준다. 나는 그 경우를 대비해서 카탈로그와 전단지를 모아놓고 있다.

낮잠을 주무시게 하고 싶으면, 일기예보 방송이나 골프와 관련된 방송을 틀어놓으면 돼요. 요리 프로그램은 절대 보시게 해서는 안 되고요.

왜?

무슨 이유에선지 안절부절못하세요.

점심 식사가 끝난 후, 우리 세 사람은 산책을 나선다. 우리는 두 사람을 위해 짧게 산책을 마친다. 아버지는 쉽게 피곤해하고 파리는 관절염을 앓고 있기 때문이다. 낡은 신문 배달원 모자를 쓰고 카디건을 입고 속이 양털로 된 모카신을 신은 아버지는 경계하는 눈빛을 하고 파리와 나 사이에서 비틀비틀 걷는다. 한 블록을 돌면 중학교가 나온다. 학교에는 손질이 안 된 축구장과 작은 운동장이 있는데, 나는 종종 운동장으로 아버지를 모시고 간다. 우리는 유모차를 근처에 세워두고 아이가 흙장난을 하도록 놔두는 한두 명의 어머니를 이따금 만난다. 때로는 수업을 빼먹고 한가롭게 그네를 타거나 담배를 피우는 10대 아이들을 만나기도 한다. 10대들은 아버지를 쳐다보지 않고 무심히 스치거나 혐오스러운 표정을 짓는다. 마치 내 아버지가 자신의 앞가림을 제대로 못해서 그렇게 되기라도 한 것처럼.

어느 날, 나는 하던 일을 잠시 멈추고 커피를 마시러 부엌에 간다. 두 사람이 같이 영화를 보고 있는 모습이 눈에 들어온다. 아버지는 안락의자에 앉아 있다. 그의 모카신이 솔 밑으로 나와 있다. 머리는 앞으로 기울어져 있고, 입은 약간 벌어져 있고, 눈썹은 집중해서인지 아니면 혼란스러워서인지 사이가 좁아져 있다. 파리는 그의 옆에 앉아 무릎 위에 손을 맞잡고 발을 발목 근처에서 꼬고 있다.

아버지가 말한다.

"이게 누구지?"

"라티카예요."

"누구?"

"빈민가에서 온 작은 소녀 라티카요. 기차에 올라타지 못했던 그 아이 말이에요."

"그렇게 어려 보이지 않는데."

"맞아요, 그러나 몇 년이 지났잖아요. 지금은 나이가 든 거죠."

지난주, 어느 날이었다. 우리 세 사람이 벤치에 앉아 있는데 파리가 말했다.

압둘라, 어렸을 때 여동생이 있었던 거 기억나요?

그녀가 말을 마치자마자 아버지가 울기 시작했다. 파리는 그의 머리를 끌어안으며 말했다.

미안해요, 미안해요.

그녀는 두 손으로 그의 볼을 닦아주며 고통스럽게 그 말을 반복했다. 그러나 아버지는 계속 흐느꼈다. 질식할 만큼 격렬하게 흐느꼈다.

"압둘라, 이게 누군지 알아요?"

아버지가 투덜댄다.

"자말이에요. 게임 쇼에 나왔던 아이 말이죠."

아버지가 거칠게 대꾸한다.

"아니야."

"그렇게 생각 안 해요?"

"차를 대접하고 있잖아!"

"맞아요. 그러나 그건 과거의 일이에요. 전에 있었던 일이라고요. 그걸 영어로 뭐라고 하……"

나는 커피 잔에 대고 **플래시백**이라고 말한다.

"압둘라, 게임 쇼는 지금 일어나는 일이고요. 저 사람이 차를 대접했던 건 과거에 있었던 일이에요."

아버지가 멍한 눈을 깜빡인다. 화면 속의 자말과 살림이 뭄바이의 건물 위에 앉아 다리를 대롱거리고 있다.

파리는 그의 정신이 돌아올 순간을 기다리고 있는 것처럼 그를 지켜본다. 그녀가 말한다.

"압둘라, 한 가지 물어보고 싶은 게 있어요. 어느 날 100만 달러를 타면 뭘 하고 싶어요?"

아버지가 얼굴을 찡그리고 몸을 뒤척이며 팔을 더 멀리 뻗는다.

파리가 말한다.

"**나는** 뭘 할지 알아요."

아버지가 멍한 표정으로 그녀를 바라본다.

"100만 달러를 타면, 이 거리에 있는 집을 하나 사고 싶어요. 그러면 당신과 내가 이웃이 될 수 있잖아요. 내가 날마다 여기에 와서 텔레비전을 같이 볼 수 있잖아요."

아버지가 씩 웃는다.

그러나 불과 몇 분 지나지 않아, 내가 방으로 돌아와 이어폰을 끼고 타이핑을 하고 있는데, 뭔가 깨지고 아버지가 페르시아어로 고함을 치는 소리가 들린다. 나는 파리가 전자레인지가 있는 벽에 기대어 손을 턱 밑에 오그리고 있는 모습을 본다. 아버지는 눈을 이글거리며 지팡이로 그녀의 어깨를 찌르고 있다.

아버지가 나를 보자 소리친다.

"이 여자 내보내! 이 여자를 내 집에서 내보내!"

"아버지!"

파리의 볼이 창백해져 있다. 눈물이 그녀의 눈에서 쏟아지고 있다.

"아버지, 지팡이 내려놓으세요! 한 발자국도 움직이지 마세요. 발을 다칠 거예요."

나는 한바탕 씨름을 하고 나서야 그의 손에서 지팡이를 뺏는다.

"이 여자 나가라고 해! 도둑년이야!"

파리가 비참한 어조로 말한다.

"무슨 얘기를 하는 거지?"

"저 여자가 내 약을 훔쳐 갔어!"

내가 말한다.

"아버지, 저건 저분 거예요."

나는 그의 어깨를 잡고 부엌에서 데리고 나간다. 그의 몸이 내 손바닥 밑에서 떨린다. 우리가 파리를 지나칠 때, 그가 다시 그녀를 향해 달려들려고 한다. 내가 그를 붙들어야 한다.

"됐어요, 아버지, 그만하면 됐어요. 저건 아버지 게 아니라 저분의 약이라고요. 손이 아파서 저걸 드시는 거예요."

나는 안락의자로 가는 길에 커피 탁자 위에 있는 홈쇼핑 카탈로 그를 집어 든다.

아버지가 안락의자에 앉으며 말한다.

"나는 저 여자 못 믿겠어. 너는 모르겠지만 나는 안다. 나는 도둑을 보면 바로 알아!"

그는 내 손에 든 카탈로그를 움켜쥐고 거칠게 책장을 넘기면서 숨을 헐떡거린다. 그러다가 그걸로 자신의 무릎을 탁 치더니 눈썹을 추켜세우고 나를 올려다본다.

"염병할 거짓말쟁이기도 하고. 저 여자가 나한테 뭐라고 했는지 아니? 자기가 내 동생이란다! **내 동생!** 술타나에게 이 얘기를 해주자꾸나."

"좋아요, 아버지. 우리 같이 어머니에게 얘기하도록 해요."

"미친 여자야."

나는 일기예보 방송을 틀고 옆에 앉아 아버지의 몸의 떨림이 멈추고 숨이 고르게 될 때까지 어깨를 어루만진다. 5분도 안 되어 그는 잠이 든다.

부엌으로 돌아가자, 파리는 식기세척기에 등을 대고 바닥에 웅크리고 있다. 혼비백산한 것처럼 보인다. 그녀는 종이 냅킨으로 눈물을 닦는다.

"미안하다. 내가 신중하지 못했어."

나는 싱크대 밑에서 쓰레받기와 비를 꺼내며 말한다.

"아니에요."

깨진 유리 사이에 분홍색과 오렌지색이 섞인 알약이 흩어져 있다. 나는 그걸 하나씩 줍고 마루에서 유리를 쓸어 담는다.

"즈 쉬이 윈 앵베실(내가 바보였다). 오빠에게 너무 많은 걸 얘기하려고 했어. 내가 사실을 얘기하면 어쩌면 그가…… 내가 무슨 생각을 하고 있었는지 모르겠다."

나는 깨진 유리를 쓰레기통에 비운다. 그리고 무릎을 꿇고 파리의 셔츠의 목깃을 잡아당기고 아버지한테 맞은 어깨를 살핀다.

"멍이 생기겠어요. 정말이에요."

나는 그녀의 옆에 앉는다.

그녀가 손바닥을 편다. 나는 거기에 알약을 놓아준다.

"종종 이러니?"

"흥분하시는 날이 있어요."

"전문가의 도움을 받는 건 어떠니?"

나는 한숨을 쉬며 고개를 끄덕인다. 나는 최근에 많은 생각을 했다. 아침에 눈을 뜨면 나만 집에 혼자 있고, 아버지는 낯선 사람이 아침 식사가 담긴 쟁반을 가져오는 걸 바라보며 낯선 침대에 몸을 웅크리고 누워 있게 될 상황에 대해 많은 생각을 했다. 방의 탁자 뒤에 몸을 웅크리고 졸고 있을 아버지의 모습.

내가 말한다.

"알아요. 하지만 아직은 아니에요. 제가 할 수 있는 한 오랫동안 아버지를 돌보고 싶어요."

파리가 미소 지으며 코를 푼다.

"이해한다."

그녀가 정말 이해하는지는 모르겠다. 나는 그녀에게 다른 이유는 얘기해주지 않는다. 나 스스로 그걸 인정할 수 없다. 그렇게 되기를 바라고 있음에도, 내가 자유로워지는 걸 얼마나 두려워하는지. 아버지가 가버리면 나에게 무슨 일이 생길지, 내가 뭘 하게 될지를 얼마나 두려워하는지. 나는 평생, 안전한 유리 수족관 안에 있는 물고기처럼 살아왔다. 투명하지만 침투할 수 없는 벽 뒤에서 살아왔다. 거리낌 없이 다른 쪽에 있는 반짝이는 세계를 바라보고 그 속에 있는 나를 상상하곤 했다. 그러나 나는 늘 아버지가 나를 위해 지어놓은 삶의 단단한 테두리 안에 있었다. 어렸을 때는 일부러 그랬고, 아버지가 날마다 조금씩 쇠퇴해가는 지금에는 어쩔 수 없이 그러고 있다. 나는 유리에 익숙해져 있어 그것이 깨지면, 그래서 내가 혼자 있게 되면, 미지의 망망대해로 내동댕이쳐져 무기력하게 허우적거리지 않을까 두렵다.

인정하고 싶지 않은 건 내가 늘 나의 등에 아버지의 무게를 필요로 했다는 것이다.

그렇지 않다면 어째서 아버지가 볼티모어에 가지 말라고 했을 때, 별로 저항하지도 않고 예술학교에 대한 꿈을 그렇게 쉽게 접었겠는가? 그렇지 않다면 내가 왜 몇 년 전에 약혼한 사이였던 닐을 떠났겠는가? 그는 작은 태양전지판 설비 회사를 운영하고 있었다. 네모난 얼굴에 주름이 많은 사람이었는데, 나는 아베스 케밥 하우스에서 처음 만났을 때부터 그의 얼굴이 마음에 들었다. 내가 주문을 받을 때, 메뉴판에서 고개를 들고 씩 웃는 모습이 마음에 들었다. 그는 인내심이 많고 친절하고 차분한 성격을 갖고 있었다. 내가 파리에게 그에 관해 말한 것은 사실이 아니다. 닐은 더 아름다운 사람을 위해 날 떠난 게 아니었다. 내가 고의로 일을 어렵게 만든 것이었다. 그가 이슬람교로 개종하고 페르시아어를 배우겠다고 했을 때조차, 나는 다른 구실을 찾았고 다른 문제점을 찾아냈다. 결국 나는 겁을 먹고 내가 살아온 삶의 낯익은 구석과 틈으로 다시 도망쳤다.

내 곁에 앉아 있던 파리가 일어서려 한다. 나는 그녀가 드레스에 잡힌 주름을 펴는 모습을 바라본다. 그녀가 나로부터 몇 센티미터밖에 떨어지지 않은 곳에 있다는 게 다시 기적처럼 느껴진다.

내가 말한다.

"보여드릴 게 있어요."

나는 일어나서 내 방으로 간다. 내가 집을 떠나지 않은 핑계 중 하나는 아무도 내 방을 정리해서 장난감을 개라지 세일에서 팔아주지도 않고, 아무도 더 이상 맞지 않는 옷을 처분해주지 않을 거라는 이유에서다. 나는 서른 살이 다 된 여자로서 유년 시절의 유물들을 지나치게 많이 갖고 있다는 걸 안다. 그리고 그 대부분을 침대 옆에 있는 큰 상자에 넣어두고 있다. 나는 지금, 그것의 뚜껑을 연다. 안에는 낡은 인형들, 빗질할 수 있는 갈기가 있는 분홍색 조랑말, 그림책, 내가 초등학교에 다닐 때 강낭콩과 반짝이와 작은 별들을 갖고 부모님에게 만들어드렸던 생일 카드와 밸런타인데이 카드가 들어 있다. 닐은 나와 마지막으로 헤어질 때, 이렇게 말했다. **파리, 나는 너를 기다릴 수 없어. 네가 크기를 기다리지는 않을 거야.**

나는 뚜껑을 닫고 거실로 간다. 파리는 아버지 맞은편의 소파에 앉아 있다. 나는 그녀의 옆에 앉는다.

나는 그녀에게 한 묶음의 엽서를 건넨다.

"이것 좀 보세요."

그녀는 협탁에 있는 돋보기를 들고 엽서를 묶은 고무줄을 벗겨낸다. 그녀가 첫 번째 것을 보면서 얼굴을 찡그린다. 라스베이거스에 있는 휘황찬란한 시저스 팰리스 호텔의 야간 풍경이 담긴 사진엽서다.

그녀는 그것을 뒤집어 큰 소리로 읽는다.

파리에게

너는 이곳이 얼마나 더운지 믿지 못할 거야. 오늘은 아버지가 렌터카의 보닛에 손바닥을 댔다가 물집이 생겼단다. 어머니가 거기에 치약을 발라줘야 했어. 시저스 팰리스 호텔에 가면 칼을 들고 투구를 쓰고 붉은 망토를 두른 로마 병사들이 있어. 아버지는 그들과 같이 있는 어머니의 모습을 카메라로 찍으려고 했지만, 어머니가 한사코 마다하셨어. 그러나 나는 찍었어! 집에 가면 보여줄게. 여기서 줄일게. 네가 보고 싶다. 네가 여기에 있으면 좋겠다.

1992년 7월 21일

파리가

추신

나는 정말 맛있는 초콜릿 아이스크림을 먹으면서 이 엽서를 썼어.

그녀는 다음 엽서로 넘어간다. 허스트 캐슬에서 쓴 엽서다. 그녀는 이제 중얼거리는 소리로 엽서를 읽는다. **여기에 딸린 동물원이 있대! 멋지지 않니? 캥거루, 얼룩말, 영양, 쌍봉낙타도 있어.** 마법사 모자를 쓰고 지팡이를 흔드는 미키가 나오는 디즈니랜드 엽서. **목이 잘린 사람이 천장에서 떨어지자 어머니는 비명을 지르셨어! 네가 그 소리를 들었어야 하는데!** 라호이아 만. 빅서. 30킬로미터 드라이브. 뮤어우

553

즈 국립천연기념물. 타호 호湖. 네가 보고 싶어. 너도 여기 왔으면 정말 좋아했을 거야. 네가 있으면 좋겠다.

네가 여기에 있으면 좋겠다.

네가 여기에 있으면 좋겠다.

파리가 돋보기를 벗는다.

"자기가 자기한테 엽서를 썼다는 말이야?"

나는 고개를 젓는다.

"고모한테요. 쑥스럽네요."

나는 웃는다.

파리가 엽서를 커피 탁자에 놓고 나한테 다가온다.

"무슨 일인지 나한테 얘기해봐."

나는 내 손을 내려다보고 팔목에 찬 시계를 돌린다.

"나는 고모와 내가 쌍둥이 자매라고 가장했어요. 나 외에는 아무도 고모를 볼 수 없었죠. 나는 고모에게 모든 걸 얘기했어요. 나의 모든 비밀을 얘기했어요. 고모는 나한테는 현실이었어요. 늘 가까이 있었어요. 나는 고모 때문에 덜 외로웠어요. 우리가 도플갱어(분신)인 것 같았어요. 그 말 아니요?"

그녀의 눈에 미소가 걸린다.

"그럼."

나는 우리 두 사람을, 바람에 멀리 날아가버렸지만 같은 뿌리에서 나온 두 개의 잎사귀라고 생각하곤 했다.

파리가 말한다.

"나에게는 그게 정반대였다. 너는 실제로 존재한다고 느꼈다고 말하는데, 나는 부재만을 느꼈지. 근원도 모르는 모호한 고통이랄까. 나는 의사에게 아프긴 아픈데 어디가 아프다고 설명할 수 없는 환자 같았어."

그녀가 내 손에 자기 손을 놓는다. 우리는 잠시 아무 말도 하지 않는다.

안락의자에서 아버지가 신음 소리를 내며 몸을 움직인다.

내가 말한다.

"정말 미안해요."

"뭐가 미안해?"

"두 분이 너무 늦게 만난 거요."

그녀가 가슴 아픈 목소리로 말한다.

"그래도 우리는 서로를 찾았잖아. 오빠가 이런 상태라도 괜찮아. 나는 행복해. 나는 잃어버린 나의 일부를 찾았어."

그녀가 내 손을 꼭 쥔다.

"나는 파리 너도 찾았어."

그녀의 말이 내가 어렸을 때 품었던 소망들을 떠올리게 한다. 외로울 때면 그녀의 이름—**우리의** 이름—을 나직이 부르고 숨죽이고 메아리를 기다렸던 걸 떠올린다. 나는 메아리가 언젠가 들려올 것이라고 확신했다. 이제 부엌에서 그녀가 내 이름을 부르는 걸 듣고 있으니, 우리를 갈라놓았던 세월이 빠르게 접히고 또 접혀 결국에는 사진 한 장, 엽서 한 장의 크기로 줄어들어, 내 유년 시절의 휘황하게 빛나는 유물들이 담긴 사진과 엽서의 크기로 줄어들어, 내 옆에 앉아, 내 손을 잡고, 내 이름을 부르는 것만 같다. 아니, 우리의 이름을 부르는 것 같다. 나는 뭔가가 기울면서 짤까닥 소리를 내고 자리를 잡는 느낌을 받는다. 오래전에 찢어졌던 게 봉합되는 걸 느낀다. 나는 가슴이 부드럽게 기울어지는 걸 느낀다. 내 옆에서 다른 심장이 새롭게 고동치기 시작하는 작은 소리가 느껴진다.

안락의자에 앉아 있는 아버지가 팔꿈치에 기대어 몸을 세운다. 그가 눈을 비비며 우리를 쳐다본다.

"두 여자가 무슨 음모를 꾸미는 거야?"

그가 씩 웃는다.

다른 자장가. 이번에는 아비뇽의 다리에 관한 자장가.

파리가 나를 위해 가락을 흥얼거리고 프랑스어로 된 노랫말을 읊조린다.

쉬르 르 퐁 다비뇽(아비뇽 다리 위에서)

롱 이 당스, 롱 이 당스(우리는 춤을 추네, 춤을 추네)

쉬르 르 퐁 다비뇽(아비뇽 다리 위에서)

롱 이 당스 투스 앙 롱(빙글빙글 돌면서 춤을 추네).

차가운 돌풍이 불자 그녀가 스카프를 여미며 말한다.

"어렸을 때, 내 어머니가 가르쳐준 노래야."

날은 차갑지만 하늘은 푸르고 햇빛은 강렬하다. 햇빛이 희끄무레한 론 강에 내리쬐며 수면에 빛의 파편을 드리운다.

"프랑스 아이라면 누구나 이 노래를 알아."

우리는 물을 바라보는 공원의 나무 벤치에 앉아 있다. 그녀가 노랫말을 번역해주는 걸 들으며, 나는 강 건너의 도시를 보고 감탄한다. 최근에야 자신의 역사를 발견한 나는 역사로 가득한 곳을 보며 경외감을 금할 수 없다. 모든 것이 기록되고 보존되어 있다. 기적적이다. 이 도시의 모든 것이 그렇다. 맑은 공기, 강물 위로 불면서 돌이 많은 둑에 물결이 치게 하는 바람, 곳곳에서 반짝이는 풍요롭고 충만한 빛. 나는 이런 것들에 경이로움을 느낀다. 벤치에서는 오래된 도심과 좁고 구불구불한 거리들을 둘러싸고 있는 낡은 성벽들이 보인다. 아비뇽 대성당의 서쪽 탑도 보이고, 그 위에서 반짝이는 성모 마리아의 금빛 상도 보인다.

파리는 나에게 다리의 역사에 대해 말해준다. 12세기에 양치기 청년이 천사들이 그에게 강 위에 다리를 놓으라고 했다며, 거대한 돌을 들어 물속에 던짐으로써 자신의 주장이 확실하다는 걸 보여줬다고 한다. 또한 그녀는 그들의 수호성인인 성 니콜라우스를 기리기 위해 다리에 올라갔던 론 강의 사공들에 관한 얘기도 해준다. 그리고 다리의 아치를 부식시켜 결국 무너지게 만든, 수 세기에 걸친 홍수에 관한 얘기도 해준다. 그녀는 그날 일찍 나를 데리고 고딕식 건물인 교황청을 돌아다니며 설명을 해줬을 때와 똑같이, 빠르고 활기차게 이런 얘기들을 한다. 그녀는 오디오 가이드 헤드폰을 들어 올리고 프레스코 벽화를 가리키고, 내 팔꿈치를 두드리며 흥미로운 조각, 스테인드글라스, 머리 위에서 교차하는 서까래에 내 관심을 끌려 한다.

우리가 비둘기 떼와 관광객들, 밝은 튜닉을 입고 팔찌와 짝퉁 시계를 팔고 있는 아프리카 상인들, 사과 상자에 앉아서 〈보헤미안 랩소디〉를 기타로 연주하는 안경을 쓴 젊은 음악인 사이로 아비뇽 교황청 광장을 거닐 때, 그녀는 거의 쉬지 않고 성인들과 교황들과 추기경들의 이름을 댔다. 미국에 왔을 때는 그녀가 이렇게 수다를 떤 기억이 없다. 그것은 내게 뭔가를 뒤로 미루는 전략처럼 느껴진다. 그녀가 정말로 원하는 것—우리가 하게 될 것—주변을 빙빙 도는 듯하다. 그리고 이 모든 말들이 다리처럼 느껴진다.

그녀가 말한다.

"곧 진짜 다리를 보게 될 거야. 다들 도착하면 가르교에 같이 갈 거거든. 그 다리 아니? 몰라? 울랄라. 세 브레망 메르베이외(정말 굉장해). 로마인들이 외르에서 님까지 물을 실어 나르려고 1세기에 만든 거래! 50킬로미터나 돼! 공학이 이뤄낸 완벽한 작품이지."

나는 프랑스에 나흘 있었는데, 아비뇽에서 이틀 있었다. 파리와 나는 테제베(프랑스의 고속철도)를 타고 흐리고 쌀쌀한 파리를 벗어나 맑은 하늘과 따뜻한 바람과 합창하듯 울어대는 매미가 있는 곳으로 왔다. 나는 기차역에서 여행 가방을 끌고 내리느라 정신이 없었다. 하마터면 내리지 못할 뻔해서, 문이 닫히기 직전에 뛰어내려야 했다. 지금 이 순간, 나는 3초만 안에 더 있었다면 마르세유 역까지 갈 뻔했다는 얘기를 아버지한테 해주는 상상을 한다.

파리는 샤를드골 공항에서 자신의 아파트까지 택시를 타고 가면서 물었다.

아버지는 어떠셔?

내가 말했다.

조금 더 심해지셨어요.

아버지는 이제 요양원에 있다. 처음에 시설을 보러 갔을 때, 페니라는 이름의 관리인—진홍색 곱슬머리의 키가 크고 연약하게 생긴 여자—은 나를 데리고 그곳을 두루 보여줬다. 그때 나는 그곳이 그리 나쁘지 않다고 생각했다.

그리고 그렇게 말했다.

그리 나쁘지 않네요.

그곳은 깨끗했다. 창문은 정원 쪽으로 나 있었다. 페니는 정원에서 매주 수요일 4시 30분에 다과회가 있다고 했다. 로비에서는 계피와 소나무 냄새가 희미하게 났다. 지금은 이름까지 알 정도로 대부분 안면을 익혔지만, 직원들은 당시에도 공손하고 인내심 있고 능력 있어 보였다. 나는 얼굴은 엉망이고 턱에는 수염이 난 노파들이 침을 흘리면서 자기들끼리 재잘대고 텔레비전 화면에 눈을 고정시키고 있는 곳을 상상했었다. 그러나 내가 본 사람 대부분은 그리 늙지 않았다. 상당수는 휠체어도 타지 않았다.

내가 말했다.

저는 여기 환경이 이보다 더 나쁠 거라고 생각했죠.

페니가 상냥하게 웃으며 말했다.

그러셨어요?

불쾌하셨다면 죄송합니다.

전혀 그렇지 않습니다. 우리는 사람들이 이런 곳에 대해 어떤 생각을 갖고 있는지 잘 알고 있습니다. 물론,

이 대목에서 그녀는 어깨 너머를 조심스럽게 쳐다보며 덧붙였다.

물론 이곳은 요양 시설이에요. 당신이 아버님에 대해 말해준 것을 토대로 판단해보면, 아버님이 이곳과 맞을지는 잘 모르겠어요. 내 생각에 그분한테는 기억력 향상 시설이 더 적절할 것 같아요. 여하튼 다 왔습니다.

그녀는 카드 키를 이용해 안으로 들어갔다. 그곳에서는 계피나 소나무 냄새가 나지 않았다. 나는 속이 뒤틀렸다. 본능적으로 돌아서서 다시 나가고 싶었다. 페니가 내 어깨에 손을 대고 지그시 눌렀다. 그녀가 부드러운 눈길로 나를 바라보았다. 나는 시설을 둘러보면서 엄청난 죄의식에 당황하고 있었다.

유럽으로 가기 전날 아침, 아버지를 보러 갔다. 나는 요양 시설의 로비를 지나치며 전화 받는 일을 담당하는 과테말라 출신의 카르멘을 향해 손을 흔들었다. 그리고 노인들이 가득 모인 강당을 지나쳤다. 그들은 복장을 갖춘 고등학교 학생들이 연주하는 현악 사중주를 듣고 있었다. 나는 다시, 컴퓨터와 책꽂이와 도미노 세트들이 있는 다용도실을 지나고 유익한 정보와 안내문—**콩이 나쁜 콜레스테롤을 감소시킨다는 걸 알고 있습니까? 이번 주 화요일 오전 11시에 있을**

명상 시간을 잊지 마세요!—이 붙어 있는 게시판을 지났다.

나는 격리동으로 들어갔다. 여기에는 다과회도 없고 빙고도 없다. 이곳에서는 아무도 아침을 태극권과 함께 시작하지 않는다. 나는 아버지의 방으로 들어갔다. 그러나 방에 안 계셨다. 침대는 정돈돼 있고 텔레비전은 꺼져 있었다. 침대 옆 탁자에 반쯤 찬 물컵이 놓여 있었다. 나는 약간 안심이 되었다. 아버지가 요양원 침대에 비스듬히 누워 손을 베개 밑에 넣고 퀭한 눈으로 나를 멍하니 바라보는 모습이 싫다.

아버지는 휠체어를 타고 휴게실에 있었다. 정원이 바라보이는 창문 옆에 있었는데, 플란넬 파자마를 입고 신문 배달원 모자를 쓰고 있었다. 그의 무릎에는 페니가 **불안 조절 앞치마**라고 부르는 것이 덮여 있었다. 꼴 수 있는 끈과 열었다 잠글 수 있는 단추들이 달린 앞치마는 아버지가 손가락을 계속 민첩하게 움직이는 데 도움이 된다고 페니가 일러줬다.

나는 그의 볼에 입을 맞추고 의자를 끌어다 앉았다. 누군가가 그에게 면도를 해주고 물을 묻혀 머리카락을 빗어준 모양이었다. 아버지의 얼굴에서 비누 냄새가 났다.

내가 말했다.

내일은 중요한 날이에요. 제가 비행기를 타고 프랑스로 파리 고모를 만나러 가요. 그렇게 할 거라고 말씀드렸던 것 기억하시죠?

아버지가 눈을 깜빡였다. 뇌졸중이 오기 전에도 이미 그는 긴 침묵 속으로 빠져들고 슬퍼 보이기 시작했다. 뇌졸중이 있은 후로 그의 얼굴은 가면이 되었다. 아버지의 입에는 한쪽으로 기운 다소곳한 엷은 미소가 계속 머물고 있었다. 그런데 그 미소가 눈까지 번지지는 않았다. 그는 뇌졸중에 걸린 후로는 단 한 마디도 하지 않았다. 때때로 그의 입술이 벌어지고 목쉰 소리가 나왔다. **아아아아!** 끝을 올리는 걸 보면, 놀라는 소리처럼 들렸다. 내가 말한 게 그의 안에 있는 뭔가를 조금이나마 건드린 것이었다.

우리는 파리에서 만나 기차를 타고 아비뇽에 갈 거예요. 프랑스 남부 근처에 작은 도시가 있대요. 14세기에 교황들이 살았던 곳이라는데, 거길 구경할 예정이에요. 그러나 중요한 건 파리 고모가 자식들에게 제가 간다고 얘기해서 그들이 우리와 합류할 거라는 거예요.

아버지가 미소 지었다. 엑토르가 그 전주에 그를 보러 왔을 때 그랬듯이, 그리고 내가 그에게 샌프란시스코 주립대의 인문대학 입학 원서를 보여줬을 때 그랬듯이.

아버지의 조카인 이자벨과 이자벨 남편인 알베르가 레보드프로방스에 별장을 갖고 있대요. 아버지, 제가 인터넷으로 찾아봤는데, 굉장한 곳이에요. 알피유 산의 석회암 정상에 세워진 별장이라는데, 중세시대의 성의 잔재를 볼 수도 있고 평원과 과수원들이 보인다고 하네요. 사진을 열심히 찍어 돌아와서 보여드릴게요.

실내복을 입은 노파가 근처에서 만족스러운 얼굴로 지그소 퍼즐을 맞추고 있었다. 옆 탁자에서는 솜털 같은 흰 머리의 다른 여자가 은그릇 통에 포크와 스푼과 버터나이프를 정리하고 있었다. 구석에 있는 대형 화면에서는 수갑에 팔목이 함께 묶인 리키와 루시가 입씨름을 하고 있었다.

아버지가 말했다.

아아아아!

아버지의 조카인 알랭과 그의 부인인 아나가 다섯 아이들을 모두 데리고 스페인에서 그쪽으로 온대요. 지금은 제가 아이들의 이름을 다 알지 못하지만 알게 되겠죠. 그리고 파리 고모를 정말로 기쁘게 하는 건 아버지의 또 다른 조카이자 고모의 막내인 티에리도 온다는 거예요. 고모는 몇 년 동안 그 아들을 못 봤대요. 서로 얘기도 못 했대요. 그런데 이번에 아프리카에서 하는 일을 잠시 접어두고 휴가를 얻어서 날아온대요. 그래서 가족 모두가 한자리에 모이게 되는 거죠.

나는 얼마 후에 그곳을 떠나려고 일어섰을 때, 그의 볼에 다시 입을 맞췄다. 나는 유치원에 다닐 때 아버지가 나를 차에 태우고 다시 데니스에 가서 어머니를 태우던 기억을 떠올리며, 그의 얼굴에 내 얼굴을 대고 머뭇거렸다. 그때, 우리는 데니스 안에 있는 칸막이 좌석에 앉아 어머니가 일을 끝내기를 기다리곤 했다. 나는 매니저가 늘 나에게 가져다주는 아이스크림을 먹었고, 그날 그린 그림을 아버지에게 보여줬다. 아버지는 그림 하나하나를 유심히 살피며 고개를 끄덕였다.

아버지가 특유의 미소를 지었다.

아, 제가 하마터면 잊을 뻔했네요.

나는 몸을 숙이고 늘 해왔던 작별의 의식을 했다. 손가락 끝으로 그의 볼에서부터 시작하여 주름살이 진 이마와 관자놀이를 만지고,

숱이 줄어드는 흰머리와 거칠어진 두피의 딱지를 만지고 귀 뒤를 만지며, 그의 머리에서 나쁜 꿈들을 모두 떼어냈다. 나는 눈에 보이지 않는 자루를 열고 나쁜 꿈들을 넣고서 끈을 잡아당겨 꼭 여몄다.

됐어요.

아버지가 무슨 소리를 냈다.

아버지, 좋은 꿈 꾸세요. 2주 후에 뵐게요.

문득, 우리가 이렇게 오랫동안 떨어져 있은 적이 없다는 생각이 들었다.

내가 걸어 나올 때, 아버지가 나를 바라보고 있다는 느낌이 들었다. 그러나 돌아서서 바라보자, 그는 머리를 숙이고 앞치마에 달린 단추를 만지작거리고 있었다.

파리는 지금, 이자벨과 알베르의 별장에 대해 얘기하고 있다. 그녀는 나에게 그 별장을 찍은 사진들을 보여줬다. 개보수를 한, 돌로 만들어진 아름다운 프로방스 농가다. 뤼베롱 언덕에 서 있다. 현관문 밖에는 과일나무와 정자가 있다. 테라코타 타일과 밖으로 드러난 대들보가 보인다.

"내가 너한테 보여준 사진에는 나와 있지 않지만, 보클뤼즈 산이 보이는 기가 막힌 곳이야."

"우리가 그 농가에 다 들어갈 수 있을까요? 사람이 너무 많은 게 아닌가 싶어서요."

그녀가 말한다.

"플뤼스 옹 에 드 푸, 플뤼스 옹 리(많을수록 더 즐겁지). 이걸 영어로 어떻게 표현하지? '더 모어 더 해피어happier'라고 하니?"

"'더 모어 더 메리어merrier'라고 해요."

"아 부알라(아, 그렇지). 세 사(맞아)."

"애들은 어쩌죠? 어디서——"

"파리?"

나는 그녀를 쳐다본다.

"네?"

그녀가 길게 숨을 내쉰다.

"이제 그걸 나한테 줘도 돼."

내가 고개를 끄덕인다. 나는 내 발 사이에 있는 핸드백 속에 손을 넣는다.

나는 아버지를 요양원으로 모시기 몇 달 전에 그것을 발견했어야 했다. 그러나 아버지를 위해 짐을 꾸릴 때, 나는 복도 벽장에서 세 개의 여행 가방 중에서 맨 위에 있는 것을 꺼냈다. 그런데 거기에 아버지의 옷을 다 넣을 수 있었다. 그러다가 마침내 용기를 내어 아버지의 침실을 청소하기로 했다. 나는 낡은 벽지를 뜯어내고 벽에 페인트를 다시 칠했다. 또 퀸사이즈 침대와 타원형 거울이 붙은 화장대를 밖으로 옮기고 아버지의 옷과 비닐에 싸인 어머니의 블라우스와 드레스가 들어 있는 옷장을 정리했다. 나는 그걸 굿윌에 한두 차례에 걸쳐 갖다 주려고 꾸러미로 만들어 차고에 갖다 놓았다. 나는 내 책상을 그들의 침실로 옮겨서 지금은 내 사무실로 쓰고 있다. 가을에 수업이 시작되면 그곳을 서재로 사용할 것이다. 나는 내 침대 발치에 있는 상자도 비웠다. 모든 장난감과 유년 시절의 옷들, 작아서 더 이상 못 신는 신발들과 테니스화를 쓰레기봉투에 담았다. 나는 내가 부모님한테 만들어드린 생일 카드, 아버지날 카드, 어머니날 카드를 더 이상 쳐다볼 수 없었다. 그것들이 내 발치에 있다는 걸 알고 잠을 이룰 수는 없었다. 너무 고통스러웠다.

내가 복도에 있는 벽장을 치우면서 두 개의 여행 가방을 차고에 보관하려고 끌어냈을 때였다. 갑자기 그중 하나에서 쿵 소리가 나는 것 같았다. 나는 지퍼를 열었고, 그 안에서 짙은 갈색 종이로 싼 꾸러미를 발견했다. 꾸러미에는 봉투 하나가 테이프로 붙어 있었다. 거기에는 영어로 **나의 동생 파리에게**라고 쓰여 있었다. 나는 그것이 아버지의 필체라는 걸 즉시 알아보았다. 나는 아베스 케밥 하우스에서 일할 때, 아버지가 계산대에서 주문을 받는 걸 보면서 그의 필체에 익숙해 있었다.

나는 지금, 열어보지 않은 꾸러미를 파리에게 건넨다.

그녀는 그것을 무릎에 놓고 바라본다. 그녀는 봉투에 쓰인 글씨를 손으로 만진다. 강 건너에서 교회 종이 울리기 시작한다. 새 한 마리가 물가의 바위 위에서 죽은 고기의 내장을 찢어 먹고 있다.

파리가 핸드백을 열고 뭔가를 찾는다. 그녀가 말한다.

"재 우블리예 메 뤼네트. 돋보기를 가져오는 걸 잊어버렸네."

"제가 읽어드릴까요?"

그녀가 꾸러미에서 봉투를 떼어내려고 한다. 그러나 오늘은 손의 상태가 좋지 못하다. 그녀는 얼마간 실랑이를 하다가 결국 나한테 꾸러미를 건넨다. 나는 봉투를 떼어내고 개봉한다. 나는 접혀 있는 편지를 펼친다.

"페르시아어로 되어 있네요."

파리가 걱정스러운 표정으로 말한다.

"그래도 너는 읽을 수 있잖니? 네가 번역할 수 있잖아."

나는 내 안에 희미한 미소가 번지는 걸 느끼며 답한다.

"네."

아버지가 매주 화요일 오후에 페르시아어 수업을 받으라고 나를 캠벨까지 태워다 줬던 게 늦었지만 고마워진다. 나는 이제, 그의 모습을 떠올린다. 삶이 그에게서 빼앗은 빛나는 작은 것들이 여기저기 흩어져 있는 길을 뒤로하고, 지치고 망연자실하여 사막을 비틀거리며 나아가는 그의 모습을 떠올린다.

나는 거센 바람에 날아가지 않게 편지를 꼭 잡는다. 나는 파리에게 세 문장으로 된 편지를 읽어준다.

그들의 말에 따르면 나는 곧 내가 빠져 죽게 될 물속으로 들어가야 한단다. 그래서 들어가기 전에 너를 위해 기슭에 이것을 남기는 거야. 동생아, 네가 언젠가 이걸 보고 내가 걸어 들어갈 때 어떤 마음이었을지 알았으면 싶어서다.

날짜도 적혀 있다. 2007년 8월.

내가 말한다.

"2007년 8월은 아버지가 처음 진단을 받으셨던 때예요."

그것은 파리가 나한테 연락하기 3년 전이었다.

파리가 손등으로 눈가를 훔치며 고개를 끄덕인다. 젊은 부부가 2인승 자전거를 타고 지나간다. 금발 머리에 분홍색 얼굴을 한 날씬한 여자가 앞에 타고, 레게 머리에 피부가 다갈색인 남자가 뒤에 타고 있다. 옆에 있는 잔디 위에서는 짧은 검정색 가죽 치마를 입은 10대 소녀가 휴대전화로 통화를 하고 있다. 소녀는 전화를 하면서 작고 까만 테리어를 묶은 끈을 꼭 쥐고 있다.

파리가 나에게 꾸러미를 건넨다. 나는 그녀를 위해 그것을 찢어서 연다. 안에는 차가 담겼던 낡은 티 박스가 들어 있다. 뚜껑에는 수염을 기르고 기다란 붉은색 옷을 입은 인도 남자가 그려져 있다. 그 남자는 차를 대접하는 것처럼 김이 모락모락 나는 찻잔을 들고 있다. 찻잔에서 나오는 김이 이제는 거의 희미해지고, 옷의 붉은색도 대부분 탈색되어 분홍색으로 변해 있다. 나는 걸쇠를 풀고 뚜껑을 연다. 안에는 갖가지 색깔, 갖가지 모습의 깃털들이 들어 있다. 짧고 짙은 녹색 깃털들, 대가 검정색인 기다란 황갈색 깃털들, 청둥오리의 것일 듯한, 자줏빛이 약간 도는 노란색 깃털, 깃의 대를 따라 검은 반점이 나 있는 갈색 깃털들, 끝에 큰 눈이 달린 녹색 공작 깃털.

나는 파리를 바라본다.

"이게 뭔지 아세요?"

파리가 턱을 떨며 서서히 고개를 젓는다. 그녀가 내게서 티 박스를 받아 들고 안을 들여다본다.

그녀가 말한다.

"아니, 내가 아는 건 압둘라와 내가 서로를 잃어버렸을 때, 그가 나보다 훨씬 더 상처를 받았다는 것밖에 없어. 나는 어려서 몰랐으니까, 운이 좋았던 거지. 즈 푸베 우블리예(나는 잊을 수 있었어). 나에게는 그래도 망각이라는 사치가 있었어. 그에게는 없었고.”

그녀는 깃털 하나를 들어 올려 팔목에 가볍게 대고, 그것이 살아나서 날아가기를 바라는 것처럼 바라본다.

“나는 이 깃털이 무슨 의미인지, 이 깃털에 얽힌 이야기가 무엇인지 몰라. 그러나 나는 이것이 압둘라가 나를 생각하고 있었다는 의미라는 건 알아. 수없는 세월 동안. 그는 나를 생각하고 있었던 거야.”

나는 소리를 죽여 흐느끼는 그녀의 어깨에 팔을 두른다. 나는 햇빛에 씻긴 나무들과 우리를 지나 퐁 생베네제 다리 밑으로 흐르는 강을 바라본다. 동요에 나오는 그 다리다. 그것은 사실, 원래의 아치가 네 개밖에 안 남아 있어서 반쪽 다리다. 그것은 강의 중간쯤에서 끝난다. 손을 뻗어 다른 쪽과 다시 만나려고 했지만 여의치 않았던 것처럼.

그날 밤, 나는 잠이 오지 않는다. 나는 호텔 침대에 누워 창문 밖에 걸린 커다란 보름달에 구름이 다가가는 모습을 바라본다. 구두 뒤꿈치가 자갈에 닿는 소리가 밑에서 들린다. 웃는 소리도 들리고 얘기하는 소리도 들린다. 모터가 달린 자전거가 지나가는 소리도 들린다. 길 건너의 레스토랑에서 쟁반 위의 유리잔이 부딪는 소리도 들린다. 피아노 소리도 들린다.

나는 돌아누워 옆에서 곤히 자고 있는 파리의 모습을 바라본다.

불빛에 비치는 얼굴이 창백하다. 나는 그녀의 얼굴에서 아버지를 본
다. 젊고 희망차고 행복했을 아버지를 본다. 나는 파리를 볼 때마다
늘 아버지를 보게 될 것이라는 걸 안다. 그녀는 나의 혈육이다. 곧
나는 그녀의 아이들과 그들의 아이들을 만날 것이다. 나의 피가 그
들에게도 흐른다. 나는 혼자가 아니다. 갑작스러운 행복감이 몰려온
다. 나는 행복이 내 안에 스며드는 걸 느낀다. 나의 눈이 고마움과
희망으로 축축해진다.

나는 파리가 자는 걸 바라보면서, 아버지와 내가 자기 전에 했던
놀이를 떠올린다. 나쁜 꿈을 떼어내고 행복한 꿈을 넣어주던 놀이.
나는 내가 그에게 줬던 꿈을 떠올린다. 파리를 깨우지 않도록 조심
하며, 나는 그녀의 이마에 내 손바닥을 살포시 올려놓고, 눈을 감는
다.

햇살이 화사한 오후다. 그들은 다시 한 번 어린아이로 돌아가 있
다. 오빠와 동생. 젊고 눈매가 맑고 튼튼한 오빠와 동생. 그들은 꽃이
화사하게 핀 사과나무 그늘의 웃자란 풀밭에 누워 있다. 그들의 등
에 와 닿는 풀이 따스하다. 햇살이 흐드러진 꽃들 사이로 반짝이며
그들의 얼굴에 와서 닿는다. 그들은 졸린 듯 나란히 누워 있다. 오빠
는 밖으로 나온 두툼한 뿌리를 베고 있고, 동생은 오빠가 접어준 외
투를 베고 있다. 그녀는 반쯤 감긴 눈으로 찌르레기 한 마리가 가지
에 앉는 모습을 바라본다. 서늘한 공기가 잎사귀들을 지나 아래로
흐른다.

그녀가 얼굴을 돌려 그를 바라본다. 무엇이든 자기편인 오빠. 그러

나 얼굴이 너무 가까이 있어서 얼굴 전체를 다 볼 수가 없다. 눈썹의 경사, 콧마루, 눈썹의 곡선만 보인다. 그러나 괜찮다. 그의 옆에 있는 것만으로, 그와 함께 있는 것만으로 충분히 행복하니까. 낮잠이 서서히 몰려온다. 그녀는 완벽한 평온의 물결이 자신을 감싸는 걸 느낀다. 그녀는 눈을 감고 잠 속으로 떠내려간다. 모든 것이 평온하고 맑고 빛나는 가운데.

감사의 말

감사의 말을 하기 전에 몇 가지 짚고 넘어가야 할 것이 있다. 샤드바그 마을은 허구적인 마을이다. 그러나 그런 이름을 가진 마을이 아프가니스탄 어딘가에 존재할 가능성은 있다. 행여 그런 마을이 있다면, 나는 가본 적이 없다. 압둘라와 파리가 부르는 동요, 특히 "슬픈 요정"에 관한 언급은 위대한 페르시아 시인 포루그 파로흐자드의 시에서 영감을 받은 것이다. 그리고 소설의 제목은 부분적으로, 윌리엄 블레이크의 아름다운 시 「유모의 노래」에서 영감을 받았다.

이 소설을 내는 데 지도 편달을 아끼지 않은 밥 바넷과 드닌 하월에게 감사의 마음을 전한다. 헬렌 헬러, 데이비드 그로스먼, 조디 호치키스에게도 감사의 마음을 전한다. 또한 열정과 인내심을 보여주고 충고를 아끼지 않은 챈들러 크로퍼드에게도 감사의 마음을 전한다. 진 마틴, 케이트 스타크, 세라 스타인, 레슬리 슈워츠, 크레이그 D. 버크, 헬렌 옌터스와 같은 출판사 관계자들에게도 고마움을 전한다. 여기에 이름을 다 밝히지는 않았지만, 이 책이 나오는 데 협조해 준 많은 분들에게도 고마움을 전한다.

자신의 의무를 상회하는 작업을 해준 교열 담당자 토니 데이비스에게도 고마움을 전한다.

특히 고마운 사람은 놀라운 재능을 가진 편집자 세라 맥그래스다. 그녀는 대단한 통찰력과 시야로 나를 부드럽게 이끌어줬으며, 내가 일일이 다 기억할 수 없을 정도로 이 책이 형태를 갖추는 데 많은 도움을 줬다. 내가 편집 과정을 이토록 즐긴 것은 전에 없던 일이다.

마지막으로 나와 나의 글을 전적으로 신뢰해준 수전 피터슨 케네디와 제프리 클로스키에게 고마움을 전한다.

늘 내 편이 되어주고 용감하고 친절하게 나를 받아들여준 친구들과 가족들에게 감사드린다. 그리고 늘 그랬던 것처럼, 나의 아름다운 아내 로야에게 고마운 마음을 전한다. 그녀는 이 소설이 형태를 갖추기까지 원고를 읽고 조언을 해줬을 뿐만 아니라, 내가 글쓰기에 전념할 수 있도록 아무런 불평도 하지 않고 일상을 꾸려나갔다. 로야가 없었다면, 이 책은 첫 쪽의 첫 단락에서 끝나고 말았을 것이다. 아내에게 나의 사랑을 전한다.

할레드 호세이니

울림이 있는 아름답고 슬픈 이야기

아프가니스탄 출신의 미국 작가 할레드 호세이니는 스토리텔링에 능한 작가다. 『연을 쫓는 아이*The Kite Runner*』와 『천 개의 찬란한 태양*A Thousand Splendid Suns*』은 그가 얼마나 스토리텔링에 능한지를 유감없이 보여줬다. 그는 두 권의 소설만을 갖고 수천만 명의 독자들을 감동의 드라마 속으로 밀어 넣고 들었다 놨다 했다. 『연을 쫓는 아이』와 『천 개의 찬란한 태양』이 각각 2003년과 2007년에 발표되었으니, 하나는 발표된 지가 10년, 다른 하나는 6년이 되었다. 그럼에도 두 소설에 대한 열기가 아직까지 수그러들지 않고 있는 걸 보면 다소 놀라운 면이 없지 않지만, 두 소설이 갖고 있는 서사의 힘과 역동성을 고려하면 그리 놀랄 일만은 아닌 듯하다.

그가 2013년 5월, 또 한 권의 감동적인 소설 『그리고 산이 울렸다 *And the Mountains Echoed*』를 들고 나왔다. 앞서 발표한 두 권의 소설이 아프가니스탄을 주된 배경으로 한 것과 달리, 이 소설은 아프가니스탄만이 아니라 프랑스, 그리스, 미국 등으로 이어지는 보다 넓은 공간을 배경으로 하고 있다는 점에서 약간의 차이가 있지만, 서사의 힘과 역동성의 측면에서 보자면, 이전 소설들과 조금도 다를 바 없는 호세이니표 소설이다. 그는 여전히 가족이라는 테두리 안에서 사랑과 배반, 기억과 회한의 문제를 다루면서 독자를 감동시킨다.

이 소설의 중심에 있는 것은 오누이인 압둘라와 파리의 가슴 아픈 사랑이다. 가난 때문에 생이별을 하게 되는 압둘라와 파리의 가슴 아픈 이야기가 소설의 한복판을 차지하고 있는 것이다. 오빠가 어린 여동생을 대하는 모습을 보고 있노라면, 세상에 그런 마음이 존재할 수 있을까 싶을 정도로 이상적이고 이타적이고 지극하다. 그것은 자기를 상대한테 아낌없이 내어주는 사랑이다. 그래서 동화에서나 가능할 것 같은 사랑이다. 어머니가 자신을 낳다가 죽었기에, 파리에게 압둘라는 오빠 이상의 존재다. 어머니는 죽고 아버지는 세 사람의 입에 풀칠을 하기 위해 막노동을 하느라 정신이 없어서 집에 와서도 자기 바쁘니, 동생을 돌보는 건 당연히 오빠의 몫이다. 밤중에 울면 일어나서 기저귀를 갈아주는 것도 오빠고, 밥을 먹이는 것도 오빠다. 그래서 압둘라는 파리에게 오빠이자 어머니인 셈이다. 우리의 어머니들이 우리를 위해 자신의 모든 걸 내어주듯, 압둘라도 파리를 위해 기꺼이 모든 걸 내어준다. 동생이 깃털을 좋아한다는 이유로, 아버지가 찢어지게 가난한 살림에 정말로 어렵게 사준 신발과 공작 깃털 하나를 맞바꾸는 장면은 압둘라가 얼마나 동생을 사랑하는지 실감 나게 보여준다. 여기까지라면 얼마나 좋을까. 그들이 그렇게 영원히 서로를 사랑하고 살았으면 얼마나 좋을까. 문제는 이 소설의 초점이 서로를 향한 오빠와 동생의 지극한 사랑이 아니라, 갈라져서도 안 되고 갈라질 수도 없는 두 사람이 갈라지면서 생기는 슬픔과 부재에 맞춰져 있다는 것이다.

그래서 이 소설을 관통하는 주된 감정은 슬픔이요 부재다. 더 정확하게 얘기하면, 고통스러운 것들을 낱낱이 기억하고 살아가야 하는 압둘라의 입장에서는 슬픔이고, 너무 어려서 자신에게 어떤 일이 있었는지, 자신이 뭘 잃었는지, 기억하지 못하고 팔려 간 파리의 입장에서는 부재다. 한 사람은 기억해서 슬프고, 다른 한 사람은 기억하지 못해서 슬프다. 소설은 그래서 기억에 관한 이야기이기도 하다. 그렇게 한 사람은 동생을 그리워하며, 또 한 사람은 오빠의 존재를 알지 못한 채, 그래서 역설적으로 그리움을 그리워하며 노년이 되어 간다. 그들이 세월이 흐르고 또 흘러 머리가 희끗희끗해진 상태에서 서로와 다시 만나는 장면은 독자의 마음을 흔들어놓기에 족하다. 압둘라는 평생을 그리워하며 살던 동생을 알아보지 못한다. 기억의 끈을 놓아버린 탓이다. 그 기억이 너무 고통스러웠는지, 그것을 붙들고 있던 끈을 놓아버린 탓이다. 그에게 치매는 그래서 병이 아니라 치유다. 그들이 그런 상태에서 서로를 만나는 장면은 스토리를 그렇게 끌고 가는 작가가 원망스러울 정도로 우리의 마음을 아리게 만든다.

이처럼 작가는 압둘라와 파리를 중심에 놓고 때로는 천천히, 때로는 대단히 빠른 속도로 스토리를 전개한다. 그렇다고 이 소설이 두 사람의 이야기로만 구성되어 있다는 건 결코 아니다. 질투로 쌍둥이 언니를 죽게 했다는 죄의식을 가진 파르와나, 그런 파르와나와 결혼하는 압둘라와 파리 남매의 아버지 사부르, 보수적인 아프간 사회에서는 찾아보기 힘든 진보적인 여류 시인 닐라, 여주인 닐라를 사랑하는 하인 나비, 남자 하인을 사랑하는 닐라의 남편 술레이만, 전쟁이 끝난 후 카불에 와서 아프간 사람들을 치료해주는 성형외과 의사 마르코스와 그의 어머니, 미국에 정착해 의사가 되었지만 조국 아프가니스탄을 향한 복잡하고 모순된 감정에 휘둘리는 이드리스, 압둘라와 파리가 살던 집을 무단으로 허물고 그곳에 으리으리한 집을 짓고 사는 타락한 장군과 그의 아들 아델 등 흥미진진한 이야기들이 곳곳에 펼쳐져 있다. 이들의 이야기는 전후 맥락을 빼고 읽어도 그 자체만으로 충분히 흥미롭고 감동적이다. 가령, 독자는 동성애에 대한 호불호의 문제를 떠나서 그것을 그토록 아름답고 처연하게 묘사한 4장을 읽으며 잔잔한 감동을 느끼게 된다(나는 이러한 주제를 이토록 감동적으로 묘사한 다른 예를 알지 못한다). 이는 아프가니스탄의 신여성이자 작가이며 파리의 어머니가 되는 닐라의 이야기를 읽을 때도, 어머니와 아들의 관계가 실감 있게 그려진 마르코스의 이야기를 읽을 때도, 파르와나와 마수마의 사랑과 배반에 관한 이야기를 읽을 때도 마찬가지다.

그래서 이 소설의 흥미로운 점은 압둘라와 파리의 이야기가 중심이면서도, 다른 이야기들이 때로는 그것과 밀접하게, 때로는 그것과 무관하지 않으면서도 일정한 거리를 두고 전개된다는 데 있다. 소설의 1장에 나오는 동화도 이 점에서는 마찬가지다. 이 동화는 딸을 부잣집에 넘기려고 먼 여행길에 나서기 전날 밤, 사부르가 압둘라와 파리에게 해주는 이야기인데, 소설은 이후에 이 동화에 대한 언급을 가급적 자제하지만, 독자는 이후에 전개되는 스토리에 이 동화가 그림자를 길게 드리우고 있다는 것을 은연중에 느끼게 된다. 즉, 처음에는 관련이 없는 것처럼 보이는 이야기가 사실은 전체적인 맥락에서 밀접한 관련이 있게끔 유기적으로 연결되어 있다는 말이다. 바로 이것이 책을 다 읽고 나서 1장이나 2장을 다시 읽어보면 더 큰 울림이 생기는 이유다.

그리고 바로 이 울림이 이 소설의 핵심이다. 'And the Mountains Echoed'라는 제목이 의미하는 바는 바로 여기에 있다. '에코'는 소리의 울림이요 반향이요 메아리다. 그 울림으로 인해 압둘라는 파리를 고통스럽게 기억하면서 살고, 파리는 자세하게 기억할 수는 없지만 어쩌다 문득, 자기도 모르게 그것을 감지하고 자신에게 뭔가가 부재하고 있다는 것을 막연하게 느끼며 살아간다. 작가는 윌리엄 블레이크의 「유모의 노래Nurse's Song」에서 제목을 빌려 왔다고 한다(그래, 그래, 어두워질 때까지 놀다가 / 집에 가서 자려무나 / 작은 아이들이 뛰고 소리치고 웃었다 / 그러자 모든 언덕이 울렸다And all the hills echoed). 호세이니는 블레이크의 시에 나오는 'And all the hills echoed'를 'And the Mountains Echoed'로 바꾼 것이다. 그가 언덕을 산으로 바꾼 것은 자연스러운 일이다. 블레이크의 시가 그만그만한 언덕이 주를 이루는 영국의 지형을 배경으로 하고 있는 데 반해, 호세이니의 소설은 언덕보다 산이 많은 아프가니스탄의 지형을 배경으로 하고 있기 때문이다.

호세이니의 소설에 나오는 산은 인간이 행하는 일을 조용히 지켜보고 또 그것을 영원히 반향 하는 존재다. 그러니 산은 수동적인 존재가 아니라, 인간사를 지켜보고 인간의 울부짖음과 울음소리를 울림으로 전하는 능동적인 존재다. 파르와나가 쌍둥이 언니 마수마를 사막에서 죽어가도록 내버려두고 자기 혼자 집으로 돌아가는 모습을 목격하는 것도 산이고, 사부르가 자동차를 타고 갈 수 있음에도 굳이 수레에 딸을 태워 카불로 끌고 가는 고독하고 처절한 모습을 목격하는 것도 산이다. 산은 자신이 목격한 것을 울림으로 변환시켜 물결처럼 퍼지게 만들고, 결국 그 물결이 사람들의 삶을 변화시킨다. 그러니 이 소설은 그러한 울림과 물결의 여파에 관한 이야기인 셈이다.

호세이니는 전작인 『천 개의 찬란한 태양』의 책 제목을 17세기 페르시아 시인 사이브에타브리지의 시에서 따오며 카불의 아름다움과 아프가니스탄의 비극적인 역사를 교차시킨 것처럼, 인간의 행동이나 결정이 자신만이 아니라 다른 사람들의 삶에 두고두고 영향을 미치는 것을 지칭하는 메타포를 블레이크의 시에서 찾아낸 것처럼 보인다. 예를 들어, 눈에 넣어도 아프지 않을 딸을 남한테 파는 사부르의 행동이나 결심은 그만이 아니라 그의 자식들과 다른 사람들에게까지 심오한 영향을 미치게 되는데, 바로 이것이 제목이 암시하는 울림이고 반향이고 메아리인 것이다. 이런 의미에서 보면, 블레이크의 시에서 빌려 온 제목은 적절해 보인다.

그러나 블레이크의 울림이 순진한 아이들이 웃고 떠드는 소리의 반향이라면, 호세이니의 울림은 웃음보다는 울음의 반향에 가깝다. 호세이니는 제목을 빌려 오면서, 순수와 낙원의 울림에 원망과 절규의 울림을 얹어놓았다. 블레이크의 노래가 동화의 세계라면, 호세이니의 노래는 현실의 세계다. 눈물 없이는 볼 수도 없고 살 수도 없는 현실의 세계다.

제목이 시사하듯, 이 소설은 울림이 많은 소설이다. 이 맥락에서 이 소설을 읽을(혹은 이미 읽은) 독자들에게 조심스럽게 한 가지를 제안해본다. 마지막 장까지 다 읽고 1장과 2장을 다시 읽어보면 어떨까 싶다. 그러면 더 큰 울림이, 어쩌면 놀랍기까지 할 울림이 있을 것이다. 그리고 바로 그 울림이 호세이니의 스토리텔링이 갖고 있는 힘이다.

나는 이 소설을 번역하면서, 울림이 강한 이 소설을 학생들에게 원서로 읽히기로 했다. 책이 공식적으로 출판되기 전이어서 다소 부담스럽긴 했지만, 보람도 있고 학생들에게 좋은 추억도 될 것 같았다. 그들은 처음에는 어쩔 수 없이 읽었다. 소설을 면밀히 읽고 스토리의 구조를 파악하고 세부적인 것들을 기억해야 매주 치러지는 퀴즈를 풀 수 있었으니, 그들로서는 어쩔 도리가 없었다. 그러나 시간이 지나면서 그들은 스토리에 빠져들었고, 더 이상 채근하지 않아도 소설을 읽어나갔다. 그들은 소설에 열광하며 호세이니의 스토리텔링이 어떤 것인지를 체험하고 있었다.

소설을 끝까지 다 읽고 그들이 강의 전용 카페에 올린 말 중에서 "시험공부를 눈물 글썽거리면서 한 과목은 처음"이라는 말과, 1장에 나오는 동화 속에서 아들의 "목에 걸어준 방울에서 나는 소리가 아빠에게 계속해서 슬픈 소리로 들리는 대목이 마치 압둘라가 파리를 간절히 그리워하는 마음이 긴 세월 동안 울려 퍼져서 파리에게 닿는 것"과 비슷하게 느껴졌다는 말이 참 인상적이었다. 앞의 반응은 스토리가 감동적이라는 의미고, 뒤의 것은 스토리의 촘촘한 유기성과 제목이 암시하는 바를 설명한 것인데, 두 사람 다 소설의 본령을 제대로 짚고 있었다.

학생들이 느끼는 감동을 나도 비슷하게 느꼈기 때문이었는지, 몇 년 전에 『연을 쫓는 아이』와 『천 개의 찬란한 태양』을 번역할 때 그랬던 것처럼, 이 소설을 번역하는 것도 힘이 들었다. 번역 자체가 힘든 게 아니라, 가슴이 아파서 그랬다. 냉정을 기해야 하는 옮긴이가 감정에 휘둘리는 것은 다소간에 부담일 수 있었지만, 그의 소설이 갖고 있는 감정의 힘 때문에 어쩔 수 없는 일이었다. 나는 때로는 가난 때문에 딸을 팔아버리는 아버지였고(전혀 상관이 없음에도 불구하고, 이 부분에서 나는 올 초에 돌아가신 아버지를 많이 생각하고 이유 없이 가슴 아파라 했다), 때로는 동생과 생이별을 해야 하는 오빠였고, 때로는 사랑하는 오빠를 더 이상 기억하지 못하는 동생이었다.

내가 읽고 번역하고 또 가르치면서 느낀 것은 이 소설이 전작에 비해 스토리의 외연을 확장하려는 경향이 더 강하고, 여운이나 울림이 더 오래가고, 그래서 더 아름답고 우아하다는 것이었다. 어쩌면 이것은 작가가 자신의 소설을 한 지점에 머물게 하지 않고 새로운 영역으로 끌고 가려는 의도에서 비롯된 현상이 아닐까 싶었다. 그래서인지 전작에 비해 정치성이 약해진 것도, 글쓰기에 대한 자의식이 곳곳에 드러나 있는 것도, 아프가니스탄 출신의 미국 의사로서 조국에 대해 갖고 있는 자의식을 드러낸 것도 새로웠다. 작가는 의도적으로, 전작에 배어 있는 정치성으로부터 거리를 두면서 평범한 사람들이 견뎌내야 하는 삶과 고통에 더욱 주목하고 있는 것처럼 보인다. 이런 의미에서 그가 책머리에 얹어놓은 13세기 페르시아 시인 루미의 시는 아름다우면서 의미심장하다. "잘잘못에 대한 생각을 / 넘어선 저 멀리에 / 들판이 있다. / 나, 그대를 그곳에서 만나리." 이 시는 호세이니의 관심이 정치도 아니고 이데올로기도 아니고 개인의 잘잘못에 관한 것도 아니라는 걸 압축하여 보여준다. 딸을 팔아버린 아버지도, 언니를 사막에 버리고 온 동생도, 단죄의 대상이 아니라 동정의 대상인 이유가 여기에 있다. 결국 작가가 지향하는 건 휴머니즘인 것이다. 이처럼 인간에 대한 따뜻한 마음을 갖고 매번 조금씩 달라지는 소설을 써내고 있는 그에게, 그리고 "대단히 개인적인 이야기를 한국 독자들과 나눌 수 있어 짜릿하다"는 그에게 경의를 표한다.

옮긴이로서 호세이니의 세 소설을 다 번역한 감회는 남다르다. 이 자리를 빌려 『연을 쫓는 아이』와 『천 개의 찬란한 태양』을 열심히 읽어준 수많은 독자들에게 감사를 드린다. 누군가는 가슴을 두근거리며 새로운 소설이 번역되어 나오기를 기다리고 있을지 모르겠다. 하얗고 노란 계란꽃이 곳곳에 피어 있는 이 계절에 사랑과 "살람"의 인사를 전한다.

나의 번역문이 호세이니의 소설이 주는 감동을 제대로 살려냈는지 모르겠지만, 적어도 삶을 바라보는 작가의 애틋하고 따뜻한 시선이 완전하지 못한 번역문을 통해서라도 독자에게 전달되고 그것이 잔잔하면서도 감동적인 '울림'으로 이어지기를 바라는 마음 간절하다.

2013년 7월
왕은철

그리고 산이 울렸다

지은이 할레드 호세이니
옮긴이 왕은철
펴낸이 양숙진

초판 1쇄 펴낸날 2013년 7월 15일
초판 11쇄 펴낸날 2013년 8월 19일

펴낸곳 (주)현대문학
등록번호 제1-452호
주소 (137-905) 서울시 서초구 잠원동 41-10
전화 02-2017-0280
팩스 02-516-5433
홈페이지 www.hdmh.co.kr

ⓒ 2013, 현대문학

ISBN 978-89-7275-674-3 03840

* 책값은 뒤표지에 있습니다.